Laurence Horn

RODINIA
DIE RÜCKKEHR DES ZAUBERERS

Laurence Horn

Rodinia
Die Rückkehr des Zauberers

ROMAN

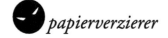

Copyright © 2016 by Papierverzierer Verlag
1. Auflage, Papierverzierer Verlag, Essen
Herstellung, Satz, Lektorat, Cover: Papierverzierer Verlag
Coverbild: Phantagrafie

Alle Rechte vorbehalten.
Sämtliche Inhalte, Fotos, Texte und Grafiken sind urheberrechtlich geschützt. Sie dürfen ohne vorherige Genehmigung weder ganz noch auszugsweise kopiert, verändert, vervielfältigt oder veröffentlicht werden.

ISBN 978-3-95962-292-9

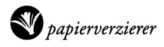

www.papierverzierer.de

Bibliografische Information der Deutschen Nationalbibliothek
Die Deutsche Nationalbibliothek verzeichnet diese Publikation in der Deutschen Nationalbibliografie; detaillierte bibliografische Daten sind im Internet über http://dnb.dnb.de abrufbar.

Im Gedenken an meinen Vater

»Schatten und Licht,
Nacht und Tag,
Asche und Schnee
kommen und gehen
tagein, tagaus.
Leben und Sterben und wieder Leben.
Zauber und Magie noch getrennt.
Nach eintausend Jahren,
wenn Bruder und Schwester vereint,
eine neue Königin erscheint.«

Prophezeiung des Orakels

Teil I

Die Rückkehr
(Herbst – Winter)

Prolog

Die Stimme drang dem Magister ins Unterbewusstsein.

Ein Murmeln nur.

Augenblicklich kehrte sein Geist in den Körper zurück.

Er schlug die Augen auf.

Ein gebeugter Mann, das Gesicht von Runzeln überzogen, stand neben seinem Bett, die Hand auf seine Schulter gelegt. Ein sanftes Rütteln ging davon aus.

»Was?«, fragte der Magister mit ruhiger, klarer Stimme.

»Eine Angelegenheit, die keinen Aufschub duldet. Ich bin untröstlich, Magister.«

Der Magister seufzte. »Wieder ein Schiff, das fortwill?«

»Nicht ganz … Es nähert sich.« Eine Pause entstand, ehe der Alte fortfuhr. »Es kommt von der Außenwelt!«

Stille legte sich über die Schlafkammer. Zwei Augen wie dunkelbraune Bernsteine bewegten sich, starrten den Diener aus einem hageren Gesicht an, als sei er der Eindringling.

»Magister?«

Nach einer geraumen Weile folgte eine Reaktion: »Wie gelangte es durch den Nebel?«

Der gebeugte Mann zuckte mit den Schultern. »Sie sind noch nicht hindurch.«

Schwerfällig richtete sich der Magister im Bett auf. »Ich verstehe …«, sagte er, die Stirn in Falten gelegt. »Schickt die Sammler und die Bewahrer los. Und erweckt den Wächter.«

»Den Wächter?« Der Diener klang erschrocken. »Ist das wirklich nötig?«

Der eisige Blick seines Meisters duldete keinen Widerspruch.

»Wie Ihr befehlt, Magister.«

I

Schiffbruch

Du hast sie in den Tod geschickt.
Habe ich das? Vielleicht sind wir bereits tot, ohne es zu wissen.
Sie.
Ich.
*Wir alle sind ... **TOT!***
Kyrian zuckte zusammen. Er riss seine saphirblauen Augen auf und ein keuchender Laut drang aus seiner Kehle.
Hatte ein dumpfer Schlag das Schiff getroffen? Mit angehaltenem Atem lauschte er.
Nichts.
Absolute Stille.
Er atmete durch.
Er musste für eine Sekunde eingeschlafen sein. Vor Müdigkeit rieb er sich die Stirn, fuhr mit der Hand am spitzen Kinn entlang und kratzte sich die Bartstoppeln.
Die Stimmen seines Traumes verschwanden, doch das schneeweiße Antlitz des Mädchens blieb eine geraume Weile vor seinem inneren Auge bestehen. Dann verblasste das wallende, weißgelockte Haar langsam und mit ihm das Gesicht, das ihn bereits seit so langer Zeit verfolgte.
Er stand wie immer auf dem Zwischendeck des kleinen Handelsschiffes, hielt das Steuerruder mit beiden Händen umklammert. An seinen kräftigen Armen traten die Sehnen hervor. Sie fühlten sich so taub an, dass er sich vergewissern wollte, ob sie sich noch an seinem Körper befanden. Ja, Targas hatte recht gehabt: Hier wirkte selbst seine sonnengebräunte Haut grau.
Kyrian gähnte und streckte sich.
»Diese verdammte Brühe«, murmelte er. Er schüttelte sich, kniff die Augen zusammen, um die winzigen Wassertropfen an seinen dunklen Wimpern loszuwerden. Seine Kleidung konnte er längst nicht mehr als *klamm* bezeichnen – sie befand sich bereits in dem Zustand *feucht*. Die braune Pluderhose, die aus mehr Stoff gefertigt wurde, als manch

anderer am ganzen Leib trug, wog schwer und seine königsblaue Tunika klebte mittlerweile auf seiner Haut. Die nassen Stiefel hatte er gar nicht erst angezogen.

Seit sechs Tagen fuhren sie inzwischen durch dieses Grau-Weiß.

Kein Tag. Keine Nacht. Nur diffuses Zwielicht.

Und Nebel. So dicht und fest wie die Wolle eines Schafes. Zeitweise kam es ihm vor, als stünde das Schiff auf der Stelle. Wie eine Fliege, die an einem Honigbrot festklebt. Aber vielleicht saßen sie auch auf einer Sandbank fest, ohne es zu merken.

Die Mannschaft war in den vergangenen Jahren auf See oft von Nebelbänken überrascht worden und im Grunde genommen machte ihr das Wetter nichts aus.

Dieser Nebel war jedoch anders.

Er lebte.

Kyrian konnte seine Bösartigkeit förmlich spüren.

Irgendetwas wollte verhindern, dass sie dieses Gewässer durchqueren. Etwas lauerte dort draußen, schlich um sie herum.

Kann Nebel bösartig sein?

Der Gedanke kehrte stets zu ihm zurück, wie der Filzball eines Kindes, der, in die Luft geworfen, doch jedes Mal durch die Schwerkraft zu Boden fiel.

Wenn der Nebel wahrhaftig bösartig ist …

Kyrian strich sich eine Strähne seines pechschwarzen Haares aus dem Gesicht. Als er ein Geräusch vernahm, verengte er die Augen zu Schlitzen, um in dem undurchdringlichen Nebel die Gestalt genauer erkennen zu können, deren Schemen zwischen den Schlieren hervortrat. Der stattliche Ankömmling hatte sein graues Haupthaar zu einem Zopf gebunden, der Bart ruhte geflochten auf seiner Brust und ein knielanger Mantel wallte um die Lederstiefel des Mannes.

Mit wenigen Schritten stellte er sich neben Kyrian. »Ich dachte mir, du könntest etwas Gesellschaft gebrauchen.«

»Targas, alter Gefährte. Stets adrett gekleidet und frisiert.« Sein Freund schmunzelte, was ihn weiterreden ließ. »Ich kenne dich nun schon … wie lange? Einundzwanzig Jahre? Mein gesamtes Leben. Dennoch ist es mir ein Rätsel, wie du es fortwährend schaffst, so tadellos auszusehen.«

Targas musterte ihn immer noch schmunzelnd. »Du hingegen siehst zum Fürchten aus.«

Kyrian lachte auf. »Danke. Ich hatte mich bereits gefreut, dich zu sehen. Jetzt weiß ich auch wieder, warum.«

»Ist aber wahr. Ich beobachte dich seit einer geraumen Weile, wie du hier am Steuer stehst, und wenn ich dich so anschaue, muss ich jedes Mal an diese eine Statue im Palast deines Vaters denken.«

»Ah, die erhaben Aussehende?«

Targas Lächeln verwandelte sich zu einem breiten Grinsen, das seine Fältchen wie auch die Grübchen um seine strahlenden Augen hervortreten ließ. »Nein. Eher die mit dem ovalen Gesicht nebst der gebogenen Nase.«

Kyrian riss in gespielter Empörung die Augenbrauen hoch. »Die ist abscheulich! Die sieht aus wie ein Verbrecher.«

»Genau.«

Beide lachten.

Daraufhin schwiegen die Männer eine ganze Weile und starrten auf den Nebel. Targas ergriff als Erster das Wort: »Willst du etwas essen? Ich habe Stockfisch mitgebracht.« Er langte in einen Beutel, der an seiner Seite baumelte.

Kyrian winkte abwesend ab. »Nein, danke.«

»Du musst aber etwas essen. Du hast die letzten Tage kaum Nahrung zu dir genommen, geschweige denn geschlafen. Ich werde jemanden schicken, der dich ablöst.«

»Nein, das …«

In diesem Moment ging ein Ruck durch das Schiff. Sofort straffte Kyrian seinen Körper, seine Muskeln spannten sich.

»Was war das?«

»Was?«

»Hast du das nicht gespürt?«

Targas runzelte die Stirn. »Nein«, sagte er. »Was?«

Kyrian schüttelte den Kopf. »Ach, nichts.« Er gähnte. »Höchstwahrscheinlich hast du Recht. Ich bin hundemüde.«

»Wir alle sind müde. Der Unmut macht sich breit.«

»Ah, jetzt verstehe ich. Bist du deswegen gekommen?«

Targas verzog den Mund. »Nein … und ja. Wir sollten umkehren.«

Kyrian stieß ein sarkastisches Gelächter aus. Er brauchte keine Worte. Sein Freund selbst gab die Antwort. »Ja, du lachst zu Recht. Wohin könnten wir auch gehen. Die Männer meinen, wir hätten uns hoffnungslos verirrt. Aus diesem Nebel gibt es kein Entrinnen.«

»Und das können sie mir nicht ins Gesicht sagen? Sind sie dafür zu feige?«

Targas sog scharf die Luft ein. »Du weißt, dass das nicht stimmt.«

Die beiden fuhren herum, als eine rauchige Stimme hinter ihnen ertönte. »Wahr gesprochen.«

Aus den Nebelschwaden schälten sich nach und nach sechs Personen heraus. Es sah so aus, als hätten sie dort bereits gewartet.

Kyrian stöhnte auf. »Nicht schon wieder.«

»Hör dir an, was sie vorbringen wollen. Sie sind mutlos geworden«, raunte Targas und übernahm das Steuer.

Kyrian schloss die Augen. Müde rieb er sich die Nasenwurzel. Dann drehte er sich mit vor der Brust verschränkten Armen um. »Nun, Männer? Lasst mich kurz überlegen: Euer letztes Aufbegehren liegt … zwei Tage zurück? Brachte es euch etwas? Nein. Ich werde weiter den Kurs halten.«

»Der Proviant geht zur Neige.«

Ehe jemand reagierte, nannte der Sprecher die zweite Hiobsbotschaft: »Und nein: Es gibt hier keinen einzigen Fisch, den wir fangen könnten. Es gibt hier nichts. Nur diesen verfluchten Nebel.«

Für einen Moment sagte niemand ein Wort. Kyrian betrachtete die vor ihm Stehenden. Was hätte er auch sagen sollen? Er wusste es doch selbst nicht. Dabei kannte er sie alle. Redloff, Toke, Wulfbert, Arnold, Friedjof, Rolf. Er hatte so manche Schlacht mit jedem von ihnen geschlagen.

Sein Blick wanderte zu Targas, doch der zog nur mit einer entschuldigenden Geste die Schultern hoch.

Kyrian atmete tief ein und stieß die Luft geräuschvoll aus. »Also: Was schlagt ihr vor?«

»Sag du es uns. Du bist zwar nicht der Kapitän, dennoch bist du der Grund unserer Reise.«

Fast musste Kyrian lächeln. Die Mannschaft bestand aus kampferprobten Seeleuten, deren Gesichter vom Wind und der rauen See gezeichnet und deren Muskeln durch die schwere Arbeit an Deck täglich gestählt wurden. *Furchtlos im Kampf gegen eine Überzahl an Gegnern, aber eine simple Trübung der Luft macht diesen Kriegern scheinbar Angst.*

Kyrian ließ sich niemals von irgendwelchem abergläubischen Seemannsgarn beeinflussen, das sich die Männer in den Nächten erzählten. Tief in ihm keimte jedoch die Frage auf, ob es einzig der Nebel war oder vielmehr der Gedanke, über den Rand der Welt hinauszusegeln, der ihn selbst insgeheim ängstigte. Niemand wusste genau, was hinter der Nebelwand lag. Nach seinem Gespür und den Berührungen am Schiffsrumpf zu urteilen, nichts Gutes.

Trotzdem zischte er mit dunkler Stimme, den Blick stur auf die Rädelsführer gerichtet: »Wir halten den Kurs.«

Toke knuffte den rotbärtigen Redloff in die Seite. Erst zögerte dieser, doch dann fuhr er fort: »Wir vertrauen dir. Dennoch ... befinden wir uns aufgrund ... eines Traumes hier.«

»Es ist eine Vision. Kein Traum.«

Toke drängte vor. »Vision hin, Traum her. Es ist einerlei. Hirngespinste.« Er fuchtelte in Richtung Meer. »Da ist etwas im Wasser. Du kannst erzählen, was du willst, aber es wird ein schreckliches Ende nehmen, wenn wir nicht umkehren.«

Kyrian schnaubte und ballte die Hand vor seinem Gesicht zur Faust. »Wir stehen so kurz vor dem Ziel. Ich spüre es«, presste er hervor. »Die weiße Zauberin ... sie zeigte mir den Weg. Bedenkt doch: Niemals zuvor ist jemand weiter gelangt, als wir es sind. Seit über einem Jahrtausend nicht mehr.« Er starrte in den Nebel hinein, während die Bilder von damals in ihm aufwallten. Ein Mädchen mit schneeweißer Haut, das die Fähigkeiten des Zauberns und die der Magie vereinte. Als Beherrscherin der Welten ...

»Deine Vision liegt sechs Jahre zurück.«

Wulfberts Erwiderung kam so trocken wie der Schiffszwieback am Anfang ihrer Fahrt. Kyrians Gesicht verfinsterte sich, als er die Gruppe betrachtete.

»Denken alle so?«, knurrte er.

Die Mannschaft schwieg. Selbst Redloff sah verlegen zu Boden. Nur Toke reckte trotzig seinen Kopf und schaute ihm direkt in die Augen. Kyrian ignorierte die Angst, die er darin las. »Ich muss euch nicht erneut meine Macht demonstrieren, oder?«

In diesem Moment griff Targas ein. »Genug! Die Kräfte

des Universums sollten niemals zu Demonstrationszwecken missbraucht werden.« Er wandte sich an die Besatzungsmitglieder. »Und ihr geht zurück auf eure Posten. Wenn Kyrian sagt, wir fahren weiter, dann fahren wir weiter!«

Niemand rührte sich.

»Was ist los? Zurück – auf eure – Posten!«

Urplötzlich wankten alle Anwesenden. Sie traten gleichzeitig von einem Fuß auf den anderen, fast synchron. Da war es wieder. Etwas hatte das Boot berührt. Schlagartig geriet die Mannschaft in Betriebsamkeit.

Kyrian übernahm mit zusammengekniffenen Lippen das Ruder, während Targas Befehle schrie. »Weckt den Rest der Besatzung auf. Ich will alle Mann an Deck sehen. Und sie sollen ihre Waffen mitbringen. Los, los, los!«

»Danke«, sagte Kyrian, als der Nebel die Sechs verschluckte, doch der Kapitän blickte ihn mit Strenge an.

»Du hättest den Männern nicht zu drohen brauchen. Sie sind deine Freunde.«

»Ich weiß ja …« Kyrian atmete tief durch. »Wir können es schaffen«, flüsterte er. »Ich kann es spüren. Es ist nicht mehr weit. Ich weiß es.«

Targas nickte. »Ich stehe zu dir. Ich habe einen Eid geleistet.«

»Hättest du das nicht, ständest du dann auch zu mir?«

»Was soll das Gerede? Du bist wie ein Sohn für mich. Das solltest du wissen.«

Kyrian lächelte, dann drehte er am Steuerrad.

»Bericht«, rief Kyrian in das Grau vor ihm.

»Nichts …«, kam die gedämpfte Antwort vom Bug des Schiffes zurück.

Targas verweilte an seiner Seite. Gemeinsam versuchten sie, etwas im Dunst zu erkennen.

Oder zu hören.

Doch jedes Geräusch wurde gnadenlos verschluckt. Selbst das der Wellen, die seicht und permanent gegen das kleine Boot schlugen.

Alle zwölf Besatzungsmitglieder standen an der Reling verteilt. Erfolglos spähten sie in das Grau.

Urplötzlich traf ein dumpfer Schlag, weitaus härter als die Male zuvor, den Rumpf. Ein Aufschrei zerriss die Stille und die Männer erstarrten.

»Scheint, als wären wir am Ziel«, rief Kyrian.

Keiner regte sich. Erst, als ein weiterer Ruck das Schiff erfasste, brüllte er: »Auf eure Posten. Sofort! Es geht los!« Augenblicklich fiel die Starre von der Mannschaft ab.

Wie auf ein geheimes Stichwort kam Wind auf. Targas' Blick schweifte in die Ferne.

Kyrian schaute seinen Weggefährten an. »Am Ziel«, flüsterte er.

Das Blut pulsierte ihm heftig durch seinen Körper. Jegliche Müdigkeit verflog. Wenige Atemzüge später wurde die Nebelwand regelrecht in Fetzen gerissen. Sie brach auf, doch es wurde nicht heller. Im Gegenteil.

Mit einem Schlag verdunkelte sich der Himmel. Blitze zuckten und Donner zerriss die Stille.

Die Männer konnten einen kurzen Ausblick auf ein gewaltiges Bergmassiv erhaschen, das sich hinter einem Strandabschnitt erhob.

Ein Aufschrei ertönte. »Riffe voraus!«

Mit einem Mal kam Hektik auf. Jeder der Seeleute stand auf seinem Posten. Befehle hallten über das Deck.

»Magie!«, schrie Targas. »Das ist Magie!«

Langsam streckte er die Hände vor.

Kyrian nickte nur. Dabei versuchte er, den scharfkantigen Felsen auszuweichen.

Der Wind hob zu einem Tosen an. Innerhalb von Sekunden türmten sich die Wellen zu Bergen vor ihnen auf. Ein heftiges Schütteln durchlief den Rumpf des Schiffs. Augenblicklich neigte es sich gefährlich zur Seite, senkte sich der Wasseroberfläche entgegen.

»Die Segel … die Segel!« Wulfbert gestikulierte mit einem Handbeil Richtung Mast.

Im letzten Moment kappten sie die Seile der Takelage, die daraufhin in sich zusammenfiel. Sofort wurde dem Wind seine Angriffsfläche genommen. Der Schiffskörper schwankte, richtete sich aber dann doch noch auf.

Mit unbändiger Kraft warfen die Böen das Boot zwischen den Wassermassen wie ein Blatt im Herbststurm hin und her. Kyrian stemmte sich mit aller Gewalt gegen das Steuerruder. Es glich einem Wunder, dass sie bis jetzt nicht auf ein Riff gelaufen waren.

Rolf wurde als Erster getroffen. Sein gellender Schrei übertönte das Brausen des Sturmes, als ihn ein dunkler Schatten, finsterer als die Nacht, von Bord fegte. Er galt als ausgezeichneter Schwimmer, dennoch verschwand er wie ein Stein in der Tiefe.

Da wand sich etwas im Wasser.

Irgendetwas Großes.

Lange schwarze Tentakel schossen plötzlich aus dem Meer empor, peitschten über das Deck. Die Männer zogen ihre Waffen, und ein ungleicher Kampf entbrannte.

In diesem Moment war der Mannschaft klar: Sie hatten nicht den Hauch einer Chance. Zusätzlich zum Schwanken des Schiffes kam der Wind, der die Seeleute behinderte.

Friedjof verlor das Gleichgewicht. Wie eine Feder schleuderte ihn das Wesen aus der Tiefe fort. Weit hinten, auf dem Meer, landete er in den Fluten, ehe die Wellen über ihm zusammenschlugen und den Unglücklichen auf ewig verschluckten. Die Luft knisterte von den Blitzen um sie herum. Das Wasser brodelte.

Wulfbert, ein Bär von einem Mann, verglühte in einem einzigen Lichtbogen, so dass nur ein Häufchen Asche von ihm übrigblieb. Die Besatzung kämpfte verbissen, doch das glitschige Seeungeheuer tötete erbarmungslos weiter, packte Arme und Beine, zerrte einen nach dem anderen von Bord. Kyrian sah Arnold und Toke sterben. Selbst Redloff, der bis zum Schluss verzweifelt um sich schlug, hackte und stach, verschwand wie ein kreischendes Kind von Bord.

Am Ende befanden sich nur noch Targas und Kyrian, der sich weiterhin an das Steuerrad klammerte, auf dem Schiff.

Targas stand wie angewurzelt inmitten eines Gewirrs zuckender Fangarme an Deck. Er hielt die Hände ausgestreckt und murmelte unablässig Worte einer alten Sprache. Das Schwanken des Bootes sowie der Wind schienen ihm nichts auszumachen.

Die Tentakeln zogen sich für einen Moment zurück, um gleich darauf erneut aus dem Wasser zu schießen. Mit einem Krachen knickte der Hauptmast um, als wäre er ein Schilfhalm.

Targas begann vor Anstrengung zu zittern, während der Wind an seinem Körper zerrte und ihm die Haare seines gelösten Zopfes ins Gesicht klatschte.

Längst wusste Kyrian, dass er das Unvermeidliche nicht mehr aufhalten konnte.

Lass los! Du musst überleben!, tönte Targas' Stimme in seinem Kopf. Er fuhr herum und blickte in die Augen seines langjährigen Freundes.

»Aber die Felsen?«, schrie er.

Lass los!

Zwei Atemzüge darauf ließen seine muskulösen Arme das Steuerrad los.

Sofort streifte das Boot ein Riff. Ein markerschütterndes Knirschen folgte, als der Rumpf auf einer Länge von elf Fuß aufgerissen wurde.

Holz splitterte.

Targas geriet ins Wanken. Er stürzte auf die Knie, als sich das Schiff unendlich langsam auf die Seite legte. Im selben Moment schossen mehrere Fangarme empor, die den alten Kapitän umschlangen.

»Targas!«, schrie Kyrian und klammerte sich an die Reling. Er wollte seinem Freund zu Hilfe eilen, doch der verschwand in der Finsternis. Das Letzte, was er vernahm, waren die Worte: »… dich allein gestellt.«

Wie benommen hing er da. Bis ihn ein Blitz zusammenzucken ließ. Mit einem ohrenbetäubenden Krachen wurde der Rest des Mastes aus dem Schiffskörper gerissen. Wasser sprudelte aus dem Loch heraus. Das Boot sank. Offenbar wollte das Wesen auch noch den kläglichen Rest vernichten.

Kyrian taumelte, als das Schiff mit einem Ruck zum Stehen kam. Er musste sich etwas einfallen lassen. Targas, sein Lehrmeister. *Was täte er jetzt?*

Er schloss die Augen, konzentrierte sich. Die Wärme der Energie, die er aus der bloßen Luft zog, durchflutete ihn. Gab ihm Kraft.

Nun war er es, der die Worte murmelte.

Wut stieg in ihm empor. Aus Wut wurde Hass. Unermüdlich schrie er in den Sturm hinein. Immer und immer wieder. Sätze einer uralten Zauberformel. Der Wind legte sich kaum merklich, die schwarzen Arme hielten in ihrer Zerstörung inne. Langsam krochen sie die Bordwände herauf, hoben das Boot in eine waagerechte Lage und umschlossen es wie die Streben eines Käfigs. Weitere Fangarme krochen aus der Tiefe.

Kyrian verstummte mit angehaltenem Atem. Unfähig, sich zu rühren.

»Zeig dich«, flüsterte er schließlich.

Einen Augenblick später schlugen die Tentakel zu.

Ein einziger Schlag zerbarst das Schiff in tausend Stücke …

Wasser. Überall. Zu allen Seiten.

Das Salzwasser veränderte seine Sicht. Mit weit aufgerissenen Augen versuchte er, in der Dunkelheit etwas zu erkennen. Er suchte den Blickkontakt mit dem Angreifer.

Und dann sah er es.

Tief unter ihm starrte ihn ein gewaltiges Wesen an. Er konzentrierte sich. Stierte zurück. Holz trieb an ihm vorbei. Ein Buch. Dann ein lebloser Körper. Einer jener Männer, die ihr Leben für ihn gegeben hatten. Die Luft wurde knapp.

Er durfte sich nicht ablenken lassen. Erneut bündelte er seine Konzentration. Ein glitschiger Fangarm packte Kyrians Bein. Ein zweiter umschlang seine Hüfte, presste die einzig verbliebene Luft aus ihm heraus. Rotbunte Kreise tanzten vor seinen Augen. Doch anstatt ihn in den Tod zu ziehen, schleuderte ihn das Untier aus dem Meer, weit über das Felsenriff in Richtung Küste.

Er schlug auf der Wasseroberfläche auf und abermals umfing ihn nasse Dunkelheit.

Wasser. Wellen. Kein Oben und kein Unten.

In einem wüsten Durcheinander kreisten Kyrians Gedanken um Targas, der wie ein Vater zu ihm gewesen war, um die Mannschaft und um seine Rache. Die dreizehn Männer durften nicht umsonst gestorben sein. Sein Hass erhielt ihn am Leben, gab ihm Kraft. Er spürte keine Kälte, fühlte sich noch nicht zum Sterben bereit. Wut brannte in ihm wie die Glut eines Schmiedefeuers. Die vollgesogene Kleidung zerrte an Kyrian, versuchte, ihn nach unten in die endlose Schwärze zu ziehen.

Unter dem Aufgebot all seiner Energie kämpfte er sich an die Oberfläche und tauchte hustend auf. Orientierungslos begann er zu schwimmen, die Brandung zog ihn mit.

Er wusste nicht, wen er für diese Tat verantwortlich machen konnte. Doch eines schwor er sich: Irgendjemand würde dafür bezahlen. Er würde den Befehlsgeber samt seiner Handlanger auslöschen. Einen nach dem anderen. Er würde ihre Welt in Schutt und Asche legen.

Am Ende seiner Kräfte spuckte das Meer Kyrian an Land. Eine Welle drehte ihn auf den Rücken.

Der Wind hatte sich gelegt. Der wolkenverhangene Himmel zeigte sich grau.

Er war zurück, im Land seiner Urväter!

Dann verlor er die Besinnung.

II

Gefangen

Bralag starrte auf das Meer. Bereits seit einer geraumen Weile stand der Mann mit dem kurzen, schlohweißen Haar unbeweglich am Strand, die Arme hinter dem Rücken verschränkt. Gedankenverloren blickte er auf das Felsenriff, das sich in dieser Region über die gesamte Küste erstreckte.

Das Wasser hatte sich beruhigt, der Himmel zeigte sich wieder klar. Bralags dunkelblaue, fast schwarze Robe blähte sich leicht im sanften Wind auf.

In Momenten wie diesen fragte er sich, wofür er all die Strapazen auf sich nahm. Er war der oberste Heerführer der Magier. Ihm unterstanden die Sammler wie auch die *Bewahrer der Ruhe*, sogenannte Kriegermagier, die für Recht und Ordnung im Königreich sorgten. Warum also stand er hier und saß nicht zu Hause am Kamin, auf seinem Anwesen, einen Kristallkelch vorzüglichen Weines in der Hand? Bralag seufzte. Weitaus bedeutendere Fragen sollten ihm jetzt durch den Kopf gehen.

Gleich nachdem ein geflügelter Bote aus der Hauptstadt eine Nachricht des Magisters überbracht hatte, waren sie ausgerückt. Eigentlich reichten die Sammler aus dem nahegelegenen Winterturm aus, den Strandstreifen der Küste nach Wrackteilen abzusuchen; so wie immer, wenn ein Schiff vom Wächter am Verlassen der Insel gehindert wurde. Doch der Magister befahl die *Bewahrer der Ruhe* hinzu. Bralag erkannte zuerst keine Veranlassung dafür. Dann fanden sie den Überlebenden, und alles ergab einen Sinn. Es hatte noch niemals einen Überlebenden gegeben. Der Wächter tötete zuverlässig. Normalerweise. So wurde das Gebiet ein zweites Mal Meter um Meter abgesucht.

Auch jetzt wurde das Küstengebiet vom Nebel umsäumt. Der Strand selbst schien klar, doch das Geschehen dort wurde durch eine wabernde, weiße Wand vor unliebsamen Blicken geschützt.

Bralag verzog den Mundwinkel. Wer sollte zusehen?

Zwerge vielleicht, die in den Tiefen der Erde nach Edelsteinen schürften? Nein. Die Minen lagen auf der anderen Seite des gewaltigen Bergmassivs. Hier wohnte niemand. Graues Gestein und schroffe Felsen erstreckten sich über die gesamte westliche Küste Rodinias. An manchen Stellen verschwanden die Spitzen des Gebirges zwischen Wolken, als wollten sie sich am Himmel mit den Gestirnen verbinden.

Bralag wurde in seinen Gedankengängen unterbrochen, als ein Mann gleichen Alters neben ihn trat. Er trug ähnliche Kleidung wie der Heerführer, und sein Haar zeigte, bis auf ein paar schwarze Strähnen, gleichermaßen eine weiße Färbung.

»Wir sind fertig, Meister Bralag. Der Fremde befindet sich in sicherem Gewahrsam.«

»Warum?«, fragte Bralag, ohne den Ankömmling eines Blickes zu würdigen.

»Wie belieben?«, fragte der Mann.

Bralag wandte den Kopf in seine Richtung. »Warum, Meister Penthur? Warum verschonte ihn der Wächter?« Seine Stimme klang jetzt laut, etwas Sonores, Autoritäres lag darin.

Der Mann, der als Meister Penthur angesprochen worden war, zuckte mit den Schultern und blickte ebenfalls auf das Meer hinaus. »Sollen wir seine Loyalität überprüfen, Meister Bralag?«

Der Heerführer überlegte kurz. »Nein. Nein, es muss einen anderen Grund dafür geben.« Er wirbelte herum. »Ruft die Männer zusammen und lichtet den Nebel. Wir rücken ab!«

»Zum Winterturm?«

»Nein. Nach Königstadt. Der Magister will das Verhör höchstpersönlich durchführen. Nehmt die Trollfurt an der Steppe vorbei. Ich meine, das ist die schnellste Strecke.«

»Ein guter Weg, Meister Bralag«, erwiderte Penthur mit einer Verbeugung.

»Der Weg ist durchaus nicht *gut*. Er ist effektiv.«

Damit stieg der Heerführer ohne ein weiteres Wort in seine Kutsche.

Einen Augenblick später bewegte sich der Tross, bestehend aus einundzwanzig Magiern, zwei Personenkutschen und einem Gefängniswagen, in Richtung Hauptstadt des Reiches.

Noch ahnte keiner, dass sie Königstadt niemals erreichen würden …

Schwarz.

Alles um ihn herum bestand aus Dunkelheit.

Eine Finsternis wie in einem Grab. Gleichzeitig spürte er die Enge, die sich um seine Brust legte, seine Glieder einschnürte und ihn der Luft zum Atmen beraubte.

Kyrian erwachte allmählich. Er wusste nicht, ob er noch immer bewusstlos am Strand lag oder ob er bereits im Totenreich erwacht war. Die Schmerzen in seinem Körper sprachen gegen beide Optionen.

Quälend langsam klärte sich sein Verstand. Ein dumpfes Pochen in seinem Schädel blieb zurück. Er zwang sich, die Augen zu öffnen.

Im Lauf der Zeit erschien ein bläuliches Leuchten in seinem Blickfeld. Sogleich versuchte er, die Umgebung zu erkunden. Es bereitete ihm Mühe, den Kopf zu heben. Eine eiserne Kette band ihn an einem Stuhl fest. Das kalte Metall spürte er durch den dünnen Stoff der Kleidung hindurch. Kyrian fühlte sich nackt, obwohl er nicht unbekleidet war. Man hatte ihn anscheinend seiner eigenen Kleidung beraubt und ihn stattdessen in ein knielanges Gewand aus grobem Leinen gehüllt.

Der Raum, in dem er sich befand, war so klein, dass er mit seinen Knien fast die Wände berührte. Von Zeit zu Zeit stieß er in seiner gekrümmten Haltung schmerzhaft mit dem Kopf gegen die Decke und wurde hin- und hergeschaukelt.

Eine Kutsche, sagte er sich. *Ich sitze in einer Kiste … in einer Kutsche.*

Kyrian versuchte aufzustöhnen, um sich Luft zu verschaffen, doch kein Laut verließ seine Lippen. Er war verwirrt, öffnete den Mund, wollte etwas sagen, blieb aber stumm. Er vernahm einzig ein gedämpftes Rattern außerhalb seines Gefängnisses.

Dieses bläuliche Licht, es umschloss seine untere Gesichtspartie. Die Erkenntnis traf ihn wie ein Fausthieb. Augenblicklich schnellte sein Puls in die Höhe. Seine Gedanken rasten. *Eine magische Fessel! Das ist so ziemlich das Übelste, was mir passieren konnte.*

Er rief sich die unzähligen Unterrichtsstunden ins Gedächtnis, in denen Targas ihm jegliches Grundwissen über die Zauberei gelehrt hatte. Mit dem entsprechenden Zauberspruch löste man eine Fixierung wie diese mit Leichtigkeit. Das Dumme an der Sache war, dass eine magische Mundfessel nur ein Außenstehender aufheben konnte. Die Worte mussten laut ausgesprochen werden, wie alle Magiersprüche.

Unwillkürlich lächelte er. Es gab eine Unzahl an Illusionssprüchen, wie zum Beispiel das Erscheinenlassen der eigenen Stimme an einem entfernten Ort, der ähnlich wie das Bauchreden funktionierte. *Ja, so sollte es klappen.* Er konzentrierte sich, sammelte die spärlich vorhandene Energie von Materie in sich. Der Spruch für das Lösen der Mundfessel erklang gedämpft, doch nichts geschah.

Es funktioniert nicht. Verdammt.

Sein Herz zog sich zusammen, als er das Fehlen seines Amulettes mit dem braunen Katzenstein in der Mitte bemerkte. Der Quell seiner Macht. Hatte er es verloren? Oder hatte man es ihm abgenommen? Sicherlich hatte man es ihm abgenommen. *Sie* hatten ihm schließlich alles genommen.

Er musste es zurückbekommen.

Nein, er *würde* es sich zurückholen. Es war nur eine Frage der Zeit, bis sich ihm eine Möglichkeit bieten würde. Letzten Endes konnten sie ihn nicht verhungern oder verdursten lassen.

Die Zelle wird schon noch geöffnet werden.
Irgendwann.
Von irgendjemandem.
Es dauerte seine Zeit, aber Zeit ... hatte er.
Er hatte sogar alle Zeit *dieser* Welt!

Ein Magiertrio ritt dem Tross voran. Eine Zeit lang galoppierten sie auf ihren braunglänzenden Rössern außer Sichtweite, anders als die zwei Männer der Nachhut, die dem letzten der drei Wagen dicht folgten.

Bralag lehnte sich zurück, so bequem, wie es eben seine Kutsche in rasender Geschwindigkeit über einen Sandstrand erlaubte. Die rubinroten Lederpolster boten keinen vernünftigen Halt, weswegen er bei jeder Unebenheit hin- und herrutschte. Er schwieg während der Fahrt. Seine Gedanken klebten am Gefängniswagen, einem massigen Metallkasten mit Wänden so dick wie ein Baumstamm. Aus diesem entkam kein Gefangener. Schon gar nicht das Häufchen Elend, das die *Bewahrer der Ruhe* am Strand aufgelesen hatten.

Der Heerführer schaute nicht aus dem Fenster. Genau wie die Männer seines Trosses interessierte auch er sich nicht für die Schönheit des imposanten schneebedeckten Gebirges. Weder die dunklen Höhlen noch die Trolle darin jagten ihm oder seinen Männern Angst ein. Sie waren *Bewahrer der Ruhe*. Kriegermagier. Pflichtbewusst und gehorsam.

Die Kutschen verlangsamten ihre Fahrt.

Eine vierzig Fuß breite Felsspalte schnitt schräg in den Berg hinein. Rechts und links wuchs grauer zerklüfteter Fels in die Höhe und gewährte nur noch einen schmalen Ausblick auf das Blau des Himmels. Nach einer Weile verengte sich der Pfad, bis er schließlich vor einem dunklen höhlenartigen Schlund endete.

Die drei Reiter der Vorhut warteten bei ihren Pferden, die mit angelegten Ohren unruhig mit den Hufen scharrten. *Sie spüren die Trolle,* fuhr es Bralag durch den Kopf. Ein schneidiger Magier trat an den Wagen heran.

»Es scheint alles in Ordnung, Meister Bralag«, verkündete er mit stolzgeschwellter Brust.

Für zwei Wimpernschläge schloss der oberste Heerführer die Augen. Der Bursche konnte noch nicht lange im Dienst der *Bewahrer der Ruhe* stehen, soviel war klar. Bralag seufzte. Zeit für eine Belehrung.

»Scheinen? Die Sonne scheint. Scheinen ist nicht Wissen. Ich habe eine einfache Frage, auf die es eine einfache und logische Antwort gibt: Ist der Weg frei?«

Der Mann schluckte. »Ich … wir … äh …«

Bralag hob die Hand. »Genug. Wie ist Euer Name?«

Die Augen des Mannes weiteten sich, als er aufblickte. »Helmar.« Er räusperte sich. »Helmar von Breitenweg.«

»Und wie lange steht Ihr im Dienste der Bewahrer?«

»Ich habe meine Ausbildung mit Bravour im letzten Monat bestanden, Meister Bralag.« Helmar hatte sich gefangen. Jedes seiner Worte troff vor Stolz.

»Wohl an, Helmar, der Ihr Euren Abschluss der Magielehre mit Bravour bestanden habt, ich will Euch etwas verraten.« Bralags Lächeln, das sich zuvor auf sein Gesicht geschlichen hatte, verschwand vollständig. »Ich hasse Überraschungen. Und ich überlasse nichts, aber auch rein gar nichts, dem Zufall!«

Der junge Magier blickte verlegen zu Boden.

»Tretet beiseite. Ich überzeuge mich selbst.«

Bralag schritt an ihm vorbei, hielt jedoch im nächsten Moment inne. Er konnte ebenso gut dem Burschen eine Lehrstunde in Trollkunde erteilen. Mit einer lässigen Handbewegung winkte er Helmar an seine Seite und dieser trat neben ihn.

»Ganz gewiss gabt Ihr einen ausgezeichneten Schüler ab. Somit dürfte Euch das Folgende nicht schwerfallen, es mir gleichzutun.« Bralags Hände beschrieben einen Kreis. »Es gibt zwei Möglichkeiten, die Sicherheit beim Durchqueren eines trollverseuchten Tunnelsystems zu gewährleisten: Schall und Licht.«

Helmar nickte wissbegierig.

»Gut. Wir schicken erst einen Ton durch das Tunnelsystem, um die Trolle aufzuschrecken. Wenn sie zu ergründen versuchen, woher er kommt oder *was* den Ton verursacht, folgt der Lichtstrahl. Spätestens zu diesem Zeitpunkt wissen diese primitiven Wesen, dass sie es mit Magiern zu tun haben.«

Bralag trat an die dunkle Höhlenöffnung heran.

»Macht es mir gleich. Aber …«, er erhob mahnend einen Zeigefinger, »… lasst die Schallwelle ausschließlich nach vorne strömen. *Uns* sollen schließlich nicht die Ohren abfallen.«

Gemeinsam konzentrierten sie sich und murmelten die

Worte eines magischen Spruches. Augenblicklich begann die Luft zu knistern. Die Energie der Erde floss durch die Körper der beiden Männer. Sie entzogen ihr, was sie brauchten.

Bralag streckte die Hände vor seinen Bauch. Ein Flimmern entstand zwischen seinen Handflächen und die flimmernde Schallwelle schoss in das Dunkel des Ganges hinein. Blitzschnell wiederholte er die Bewegung, jedoch mit einer anderen Formel für Licht. Er zögerte, bis auch Helmar sein Ultraschallgeräusch verschossen hatte. Dann erst schnellten seine Hände, einen imaginären Ball formend, erneut nach vorn. Mit einem Zischen verschwand der Lichtball im finsteren Tunnel, dicht gefolgt von Helmars weitaus schwächerer Kugel.

Ein markerschütterndes Brüllen aus der Tiefe des Berginnern ließ den jungen Magier zusammenzucken. Bralag schmunzelte.

»Seht Ihr? Nun könnt Ihr Euch sicher sein: Der Weg ist frei.«

Als er die Furcht in Helmars wässrig blauen Augen bemerkte, fügte er hinzu: »Keine Sorge, Trolle meiden grelles Licht. Ganz besonders, wenn es magischer Herkunft ist.« Er wandte sich an die anderen Männer der Gruppe. »Präpariert die Pferde und Kutschen! Zeigt ihnen, wer ihre Herren sind.«

Die Magier machten sich daran, die Tiere mit Helligkeit zu umgeben. Der gesamte Tross erstrahlte innerhalb weniger Momente in einem gleißenden, nach außen strahlenden Licht. Bralag lächelte und tätschelte fast beiläufig Helmars Schulter. »Das Licht wird Euch leiten.«

Dann schritt er zurück zu seiner Kutsche.

Helmar wirkte nicht überzeugt, bestieg aber sein Pferd. Die anderen Reiter der Vorhut taten es ihm gleich.

»Es geht weiter«, schrie jemand.

Peitschen knallten.

In vollem Galopp raste der Gefängnistransport in die Finsternis.

Es dauerte fast fünf Stunden, dann sahen die Magier Tageslicht am Ende des unterirdischen Weges. Ein Aufatmen durchlief die Männer. Ein jeder hatte gespürt, hatte gesehen, dass sich die Trolle letztendlich nicht ganz von dem künstlich erzeugten Licht verscheuchen ließen. Nicht nur einmal huschten dunkle Schatten knurrend vorbei oder verschwanden in einem Seitenarm des Tunnels.

Die Reiter der Vorhut trieben ihre Tiere beim ersten erkennbaren Sonnenstrahl an und setzten sich vom Tross ab. Sie ritten voraus, um die Lage außerhalb der Trollfurt auszukundschaften.

Kaum galoppierten die drei Rösser aus dem Tunnel ins Freie, ertönte ein Schrei des Entsetzens.

»Hinderniiiiis!«

Der Ausgang lag noch mindestens eine halbe Meile entfernt. Bralags Wagenlenker zerrte an den Zügeln und riss die Pferde herum, so dass die Kutsche einen Schlenker vollführte. Für einen Moment raste der Wagen auf zwei Rädern dahin. Der Mann am Kutschbock klammerte sich krampfhaft am Sitz fest. Dann brachte er das Gefährt wieder unter Kontrolle und sie preschten in voller Fahrt weiter.

Der Gefängniswagen in der Mitte des Trosses hatte weitaus weniger Glück. Sein Pferdelenker wollte ebenfalls ausweichen, doch das Hindernis bewegte sich.

Ein harter Schlag streifte den Metallkasten oberhalb der Hinterachse. Die beiden Wächter, die auf der Rückbank am Ende des Wagens saßen, schrien auf. Das Gefährt wurde herumgerissen und prallte mit dem Heck gegen die Felswand. Ein ohrenbetäubendes Kreischen von Metall erklang, und Funken stieben auf.

Der Gefängniswagen schlingerte und raste so am Hindernis vorbei.

Penthurs Personenwagen, als Letzter der Reihe, wich elegant zur anderen Seite aus.

So schnell, wie alles begann, war es wieder vorbei und die drei Kutschen jagten dem Tunnelausgang entgegen.

Kyrian hatte sich vorrangig damit beschäftigt, seine Fesseln loszuwerden, was sich schwerer erwies als gedacht. Es bereitete ihm Probleme, seinen Geist klar zu ordnen. Offenbar ein Konzentrationsbann. Magier! Sie waren es, die sein Schiff und die Besatzung auf dem Gewissen hatten. Sie hatten alle getötet. Grundlos!

Kyrian bezwang seinen Zorn. Seine Gedanken schwirrten umher wie Bienen in einem Stock.

Wie viel Zauberenergie durfte er verwenden? Wenn es zu einem Kampf kam, würde ihm dann dieses eine Quäntchen an Energie fehlen? Er wollte kein Risiko eingehen, also versuchte er einen leichten Zauberspruch. Er konzentrierte sich auf die Verbesserung seines Gehörs. Aber er konnte sich beim besten Willen nicht auf das Lauschen konzentrieren. Die Panik kroch in sein Gehirn. Vielleicht hatte er die Situation unterschätzt. Vielleicht hatte er diese Magier nicht ernst genug genommen.

Auf einmal vernahm er gedämpfte Schreie. Er kniff die Augen zusammen, als würde er so besser hören.

Unvermittelt wurde er herumgeschleudert, schlug mit dem Kopf so heftig gegen die Decke, dass er Sterne vor den Augen sah. Dann umfing ihn gnädige Dunkelheit, da er bewusstlos zusammensackte.

Als die Kutschen ins Freie schossen, verweigerten die Pferde augenblicklich die Weiterfahrt. Die Sonne stach ihnen in die Augen und der Tross kam wenige Wagenlängen hinter dem Höhlenausgang zum Stehen. Vier schwer bewaffnete Trolle rissen vor Schreck die Augen auf. Ein gemeinschaftliches Brüllen ließ den Boden für einen Moment erzittern. Die Pferde scheuten. Die Luft knisterte, als die Wagenlenker magische Worte der Beruhigung in die Ohren der Tiere flüsterten.

Mit einem einzigen Satz fegte Bralag aus der Kabine seines Gefährts. Sein Gesicht glich einem dunkelroten Apfel, als er den Trollposten anschrie: »Was war das da drinnen? Ein Anschlag?«

Zwei von ihnen standen gleichgültig und mit dümmlichem Gesichtsausdruck am Rand des Weges, der Dritte fauchte wütend. Schuppige, lederne Rüstungen verdeckten ihre graue Haut zum Teil und ließen sich allein durch die bräunliche Färbung davon unterscheiden. Ihre gewaltigen Schädel steckten unter eisernen Helmen, drei davon mit Stacheln versehen. Spitz und tödlich scharf blitzten sie im Sonnenlicht. Genau wie ihre Zähne.

Der Anführer der Trolle reckte die Schultern. Er lugte an Bralag vorbei in Richtung Eisenkasten.

»Wir uns kümmern«, antwortete er mit einer Stimme, die wie ein Gewittergrollen klang. »Letzte Zeit, viele Steine fallen. Kaputt-kaputt.«

»Willst du mich für dumm verkaufen?«, schrie Bralag, immer noch außer sich vor Zorn. Er atmete tief durch. In einem drohenden Tonfall zischte er: »Ich hoffe nur, es handelte sich nicht um einen tätlichen Angriff eines der Höhlentrolle. Wenn ja, müssten wir *euch* bestrafen. Oder ist es wieder einmal an der Zeit, euer Höhlensystem ein klein wenig zu reinigen?«

»Keine Strafe. Nein, nein. Wir uns kümmern.« Der Trollanführer wedelte mit den Händen, als habe er sich an einem heißen Topf verbrannt. Hektisch rief er seine Kameraden herbei und die vier Trolle sprinteten in Richtung Tunnel.

Kurz darauf kehrten sie zurück. Sie schleppten einen Felsbrocken von der Größe eines Pferdes heran. Während Bralag den Gesteinsbrocken genauer in Augenschein nahm, schlichen die Trolle zu ihren Posten. Die Wagenlenker inspizierten derweil die sichtbaren Schäden der Gefängniszelle.

Bereits einen Augenblick später trat einer der Kutscher, ein stämmiger Hüne, neben den obersten Feldherrn.

»Auf ein Wort, Meister Bralag. Der Felsblock hat nur einige Kratzer an dem Gefängniswagen hinterlassen. Weitaus schlimmer steht es um die hintere Achsaufhängung. Die Metall-Ummantelung sowie die Radnabe des linken Hinterrades weisen einen erheblichen Riss auf.«

Bralag seufzte. »Und was bedeutet das im Klartext?«

Der Mann wog den Kopf hin und her. Dabei schürzte er die Lippen. Seine Stimme war ein eindringliches Flüstern. »Wir werden es nicht weit mit diesem Rad schaffen, Meister

Bralag. Nicht bei der Strecke, die wir noch bis zum Mittelturm zurücklegen müssen.«

»Können *wir* es reparieren?«

Der Kutscher schüttelte energisch sein Haupt, so dass sein geflochtener Zopf umherschlug. »Was wir brauchen, ist ein Schmied. Hier helfen uns keine magischen Fähigkeiten.«

»Verdammte Trollbrut«, rutschte es Bralag heraus. Er seufzte erneut. »Mit welcher Geschwindigkeit ist ein Fortkommen noch möglich?«

»Nicht sehr schnell, wenn wir einen Bruch des Rades vermeiden wollen«, antwortete der Mann.

Bralag überlegte, dann nickte er. »Soweit ich weiß, gibt es ein Stück landeinwärts ein Dorf. Davor befindet sich ein Wald. Dort können wir ohne Aufsehen rasten. In diesem Dorf wird auch ein Schmied zu finden sein. Ich werde vorausfahren und dem Magister berichten.«

Er blickte zu Penthur, der im gleichen Moment neben ihn trat. »Ah, Meister Penthur. Ausgeschlafen?« Ohne eine Antwort abzuwarten, fuhr Bralag fort. »Meine Kutsche wird alleine reisen. Alle anderen Männer begleiten Euch. Ihr leitet bis zu meiner Rückkehr die Bewahrer.« Als der Magier an seiner Seite keine Regung zeigte, fragte er: »Fühlt Ihr Euch der Aufgabe gewachsen, *Meister* Penthur?«

»Durchaus, Meister Bralag, durchaus.« Ein aufgesetztes Lächeln huschte über Penthurs Gesicht, ließ seine sanften Gesichtszüge wie aus Wachs erscheinen. Seine hellbraunen Augen funkelten kalt. Bralag las förmlich seine Gedanken.

»Täuscht Euch nicht. Seid stets wachsam. Ihr bürgt für den Gefangenen mit Eurem Leben. Nachlässigkeit und Leichtsinn werden Euch den Tod bringen!«

Penthur senkte seinen Kopf. »Sehr wohl, Meister Bralag«, presste er zähneknirschend hervor.

Gleich darauf bereitete Bralag seine Abreise vor. Er hatte für den Fall, dass Komplikationen auftreten könnten, einen geflügelten Boten mitgenommen. Er weckte die handgroße Fee, die in einem Eisenkäfig gehalten wurde. Sie gähnte ausgiebig, um dann hellwach vor Bralag hin- und herzuschweben. Die Feen waren die einzigen Lebewesen auf Rodinia, die Entfernungen einer Tagesreise in einer knappen Stunde zurücklegen konnten. Die männliche Fee flog somit innerhalb von sechs bis sieben Stunden nach Königstadt, um dort dem Magister Bericht zu erstatten. Bralag betrachtete den Feenmann nachdenklich. Diese unerklärbare Geschwindigkeit des Reisens wurde lediglich durch einen Erdknoten übertroffen, ein Zauberportal, das seit uralten Zeiten existierte. Nur noch eine Handvoll Eingeweihter kannte die Handhabung der magischen Tore. Bralag galt als einer der wenigen, die das vermochten. Ihm wurde schon jetzt schlecht, wenn er an die Nutzung des Portals dachte, und sein Blick verfinsterte sich.

Der Feenmann unterdessen legte seinen Kopf schief und zog die Augenbrauen erwartungsvoll nach oben. Bralag hob seinen Zeigefinger. Augenblicklich verharrte der Bote.

»Richte dem Magister meine Ankunft für heute Nachmittag aus. Ich werde den Erdknoten im Wetterturm benutzen.«

»Erdknoten – Wetterturm – Ankunft heute Nachmittag. Geht klar, Meister.« Die Fee salutierte. Als der oberste Heerführer sie ausdruckslos anstarrte, fügte sie ein »Meister *Braaalag*« hinzu.

Bralag beugte sich vor und zischte: »Denk immer daran, Oleri aus dem Hause Banderath, wem du dienst.«

Der Feenmann schluckte hörbar. Dann straffte er sich. »Ich überbringe noch heute Abend zuverlässig Eure Botschaft, Meister Bralag.«

»Das will ich für dich hoffen.« Ein leichtes Zucken von Bralags Kopf war Befehl genug. Augenblicklich sauste Oleri in Windeseile davon.

Eine Weile begleitete Bralag den Gefangenentransport. Er nahm sich die Zeit, denn er wusste, dass er trotzdem in dieser Nacht Königstadt erreichen würde. Außerdem bereitete es ihm Vergnügen, Penthurs Laune zu beobachten, die nach seiner Zurechtweisung alles andere als gut war.

Erst als sie eine Wegkreuzung erreichten, löste sich der Tross auf. Bralags Gefährt beschleunigte und raste davon, während zwei Reiter in das nächste Dorf galoppierten, um einen Schmied zu holen. Der Rest des Trosses schlug die dritte Abzweigung ein, die direkt in den Wald führte. Das Waldgebiet lag parallel zur Handelsroute, die bei den freien Erzminen im Süden begann und sich über Mittelland am Wetterturm vorbei bis nach Grünland im Norden schlängelte. Die Straße endete in Königstadt, dem nördlichsten Punkt von Rodinia und dem Ziel ihrer Reise.

Bralag hoffte, dass die Rast des Gefangenentransports unbemerkt blieb. Wenn der Schmied aus dem Dorf seine Kunst halbwegs beherrschte, und wenn Penthur mit seiner aufgeblasenen Art nicht alles vermasselte, konnte die Gruppe bereits am nächsten Tag weiterreisen. Dieser Aufenthalt stellte zwar eine ärgerliche, ungeplante Verzögerung dar, aber sie gab Penthur die Gelegenheit, sich zu beweisen und die Befehlsgewalt über die Sammler und die *Bewahrer der Ruhe* zu übernehmen. Bralag wusste allerdings nicht so recht, ob er damit eine weise Entscheidung getroffen hatte.

Kyrian erwachte durch die Schmerzen in Rücken und Nacken. Nasse Haare verklebten seine Stirn, und der süßliche Geruch von Blut hing in der stickigen Luft. Sein eigenes Blut. Er hatte jegliches Zeitgefühl verloren. Das Ruckeln hatte aufgehört, also rastete die Kutsche. Sein Magen knurrte, der Durst jedoch quälte ihn weitaus mehr. Kyrians Mund klebte. Er fuhr mit der trockenen Zunge über die spröden Lippen. Gewiss gab man ihm bald zu essen und zu trinken. Oder nicht? War es ihnen zu verdenken, wenn sie ihm nichts bringen würden?

Den Gegner mürbe machen, schwächen.

Eine gängige Methode in seinem Land. Warum also nicht auch hier? Sollten seine Informationen stimmen, waren die Sprüche der Magier denen der Zauberer ähnlich. Ein *Fesselbannen*. Ein *Schlösseröffnen*. Schon wäre er frei. Aber er konnte sich beim besten Willen nicht konzentrieren. Sein Schädel dröhnte und das Hämmern darin fühlte sich an, als würde es ihn zum Bersten bringen. Seine Gedanken rotierten wie ein Brummkreisel. Das war ein Problem. Ein großes Problem. Gedankenfetzen schoben sich in seinen Kopf.

Kuchen. Kirschkuchen.

Als Erstes musste er die verdammte Mundfessel loswerden. Wie lautete der Spruch hierfür?

Tee mit einer Prise Zimt ...

Zum wiederholten Male versuchte Kyrian, zu schreien. Seine Augen fielen ihm immer wieder zu. Schwäche nahm seinen Körper gefangen und erneut umgab ihn absolute Dunkelheit.

III
Mira

Das Mädchen blickte aus dem Fenster der Bauernhütte. Draußen strahlte die Sonne und tauchte den Wohnraum in ein warmes Licht. Die Pflanzen im Garten leuchteten in einem saftigen Grün. Nicht das Geringste deutete auf das Unwetter der letzten Nacht hin, bei dem sich das Mädchen, trotz ihrer neunzehn Winter, die sie zählte, unter ihren Schlafdecken verkrochen hatte.

Wie schön doch die Welt ist ..., bemerkte sie.

»*Mirabella!* Träumst du?«

Die Stimme ihrer Mutter Magdalena riss sie aus ihren Gedanken.

»Was? Es ... es tut mir leid, Mutter.«

Mira schaute auf. Ihr Blick irrte für einen Moment im Raum umher, erfasste die klobige Feuerstelle aus Lehm und Holz, den Tisch mit den drei Stühlen und blieb an der stattlichen Frau von sechsundvierzig Wintern hängen. Trotz ihres Alters sah man ihr die schwere Arbeit nicht an. Wären Magdalenas goldenen Haare nicht zu einem dicken Zopf geflochten und zu einem Ring auf dem Kopf zusammengebunden gewesen, so hätten diese bis weit über ihr Gesäß gereicht. Sie hatte so wenig Gemeinsamkeiten mit ihrer Mutter. Selbst die Hautfarbe ähnelte ihrer nicht im geringsten. Braungebrannt. Wie ein goldbrauner, knuspriger Pfannkuchen, nur nicht so rund. Mira schmunzelte wegen des Vergleichs. In ihrem Gesicht erstrahlten lediglich dieselben vollmundigen Lippen und dieselben wachen Augen. Miras Augenfarbe war wässrig blau mit einem Hauch lila. Ihre Haare waren schneeweiß, genau wie ihre Wimpern und ihre Haut.

Ihre Mutter seufzte.

»Was soll nur aus dir werden, Kind. Du schaust mich an und träumst.« Magdalena hielt weiterhin einen Wassereimer in ihrer ausgestreckten Hand. »Wasser. *Holst du bitte Wasser!*«

»Oh … natürlich. Vom …« Mira zeigte Richtung Wald, in dem es einen Bachlauf gab.

Ihre Mutter schüttelte bestimmt den Kopf. »Vom Brunnen. Es wird bald Mittag und ich will kochen.«

»Oh … vom … Brunnen.« Miras Schultern sanken herab. Nach einer Pause rief sie: »Ich könnte zum Bach laufen. Ich beeile mich auch.«

»Kommt gar nicht infrage«, entgegnete Magdalena. »Was du immer hast. Der Marktplatz ist einen Katzensprung entfernt. Du weißt doch, wie dein Vater reagiert, wenn das Essen nicht zur Mittagsstunde auf dem Tisch steht! Wir sind jetzt schon spät dran.«

»Ja, Mutter.«

Miras Schultern sanken weiter herab und sie ergriff den Eimer. Vor der Tür hielt sie Magdalenas energische Stimme zurück. »Mira!«

»Ja, Mutter?«

Eine leichte Zornesfalte bildete sich auf Magdalenas Stirn. Unwirsch fuhr sie ihre Tochter an. »Beide Eimer!«

»Oh …« Mira schaute auf einen zweiten Behälter. Sie schnappte ihn und schlüpfte durch die klobige Holztür der geräumigen Wohnküche nach draußen. Dort rief ihre Mutter ihr zu: »Trödle nicht wieder so. Ach: Und hol bei Lisbeth ein Brot für morgen ab. Aber lass dich nicht im Schnack aufhalten.«

»Ja, Mutter.«

Mira blieb am Gartentor stehen und schloss die Augen. Die wärmenden Strahlen der Sonne strichen über ihr ovales Gesicht. In der Spätsommerluft lag ein intensiver Geruch von Kräutern und Blumen. Ein leichtes Kitzeln kroch in ihre Nase, während der seichte Wind den herben Duft vom Korn der Felder zu ihr herübertrieb. Die Erntezeit war fast vorüber.

»Sieh zu!« Ihre Mutter erschien mit vor der Brust verschränkten Armen in der Tür. Die Zornesfalte auf ihrer Stirn vertiefte sich zunehmend. Mira lächelte entschuldigend und rannte los. Heute würde es ihr nichts ausmachen, zum Brunnen zu gehen. Nicht an diesem wundervollen Tag.

Einen Augenblick später befand sie sich auf der Dorfstraße zum Marktplatz. Mira lief ein Stück die gewundene

Straße entlang und gelangte zum Bäcker. Als sie das zierliche Fachwerkhaus mit dem wuchtigen Lehmofen betrat, überwältigten sie die süßen aromatischen Düfte von Kardamom, Safran, Vanille und Zimt. Jeden zweiten Tag bestellte ihre Familie hier ihr Brot, doch so intensiv, so unverfälscht wie an diesem Tag war der Geruch schon lange nicht mehr gewesen. Sie sog die Luft tief ein.

»Guten Morgen.« Mira wartete höflich, bis die dralle Bäckersfrau die Brotlaibe aus dem Ofen geholt hatte. Nachdem sie die Ofentür verriegelt hatte, wischte sie sich den Schweiß von der Stirn.

»Ah, die kleine Hafermann. Einen Laib Brot wie immer?«

Mira nickte und verstaute das gereichte Graubrot in ihrer Tasche, nachdem sie bezahlt hatte.

»Richte schöne Grüße an Magdalena aus, Kleines.«

»Mach ich.« Mira schnappte sich ihre beiden Eimer und huschte auf die Straße hinaus. Sie kam bereits seit ihrer Kindheit hierher, dennoch kannte die Bäckersfrau nicht ihren Namen. Wie so viele im Dorf.

Miras Weg führte an der Schmiedewerkstatt vorbei. Normalerweise brannte ab Sonnenaufgang das Schmiedefeuer, und Rauch drang aus ihr hervor. Heute nicht. Vielleicht blieb die Schmiede wegen des Sturmes geschlossen, überlegte sie.

Mira hatte den Dorfplatz fast erreicht. In ihr keimte der Hoffnungsschimmer, Gerald dort nicht anzutreffen.

Wunschdenken.

Als sie das letzte Wohngebäude der Dorfstraße passierte und auf den runden Platz einbog, zerfaserte diese Hoffnung jäh wie die von einem heftigen Windstoß getroffene Blüte einer Pusteblume. Sofort zerstoben auch ihre Gedanken, übrig blieb nur ein leerer Blütenteller. Eine lähmende Angst kroch in ihrem Inneren empor, fraß sich mitten durch ihre Eingeweide.

Das Erste, was Mira wahrnahm, war Geralds dominantes Auftreten. Er ginge durchaus als Märchenprinz durch. Hochgewachsen, muskulös, mit blonden Haaren, strahlend wie die Sonne selbst. Jedoch war ihm diese Position allzu bewusst, und dadurch veränderte er sich zu einem – wie man so schön sagte – Ekelpaket. Das konnte auch der Grund dafür sein, warum der Platz wie ausgestorben wirkte. Einzige Ausnahme: die Rotte um Gerald. An diesem Tag hatte der Sohn des Bürgermeisters eine beunruhigende Schar Anhänger um sich versammelt. Wigand aus Lüttenburg, Geralds bester Kumpel, stand natürlich, treu wie ein Hund, an seiner Seite.

Mira wusste nicht, wer von den beiden schlimmer war. Sie wusste aber mit Bestimmtheit, dass diese zwei Burschen ein unausstehliches Duo abgaben.

Wigand war es auch, der Mira als Erster erblickte. Er stieß Gerald an und deutete mit einem Kopfnicken in ihre Richtung. Sofort sprang er auf.

»Sieh einer an, wer kommt denn da. Wenn das nicht unsere kleine Schnee-Eule Mirabella Hafermann ist. Bekommst du keinen Sonnenbrand, wenn du aus deinem Löchlein kriechst?«

Er genoss die Aufmerksamkeit, während die umstehenden Männer lauthals lachten.

Mira lächelte gezwungen und schritt weiter auf den Brunnen zu. Sie schwieg.

»Ach ja. Ich vergaß. Unsere *stumme* Schnee-Eule! Aber dank meiner Großzügigkeit habe ich ihr das Sprechen beigebracht.« Geralds Lächeln verschwand, als er drohend zischte: »Habe ich doch, nicht wahr?«

Mira schluckte. Sie stand vor der Gruppe, schlug die Augen nieder und vollführte einen Knicks. »Ich wünsche einen guten Morgen, … mein Herr Gerald«, sagte sie mit bebenden Worten.

»Was? Wir können dich nicht verstehen«, blökte ihr Gegenüber.

Mira erhob die Stimme. »Ich wünsche einen guten Morgen, mein Herr Gerald.«

»Seht ihr.« Er fuhr lachend herum. »Wenigstens hat sie eine gute Erziehung bekommen, dank mir.«

Die anderen Jungs lachten erneut und klatschten anerkennend in die Hände.

Gerald drehte sich zu Mira. »Und was willst du hier?«

Sie biss die Zähne zusammen, ehe sie antwortete. »Ich bitte euch, an den Brunnen treten zu dürfen. Ich brauche Wasser.«

Gerald lächelte abfällig. Mit einer ausladenden Geste in Richtung Wasserquelle gab er den Weg frei. »Bitte gewährt.«
Mira zögerte.
Das geht heute entschieden zu leicht, seine Stimme klang einen Hauch zu freundlich.
Die anderen Jungs schoben sich ebenfalls beiseite. Erwartungsvolle Blicke bohrten sich in ihren Körper. Wie klitzekleine spitze Nadeln. Vorsichtig trat sie an den Brunnen und zog das Gefäß am Ende eines Seiles herauf. Nichts geschah. Der Kübel befand sich an seiner dafür vorgesehenen Stelle, das Tau riss nicht und auch sonst tat sich nichts Ungewöhnliches.

Aus ihren Augenwinkeln sah sie Gerald mit Wigand tuscheln, worauf dieser in Begleitung von zwei Halbwüchsigen fortlief. Mira konzentrierte sich auf das schwere Herauswuchten des Kübels und befüllte ihre Behälter mit klarem Grundwasser.

Geralds Stimme ließ sie zusammenzucken.
»Ich bin durstig. Zieh mir frisches Wasser herauf.«
Er stand, die Arme verschränkt, neben ihr. Mira ließ den Brunnenkübel in die Tiefe gleiten, in der Hoffnung, er würde ihr Zittern nicht bemerken. Erneut holte sie Wasser empor.

»Ich habe es mir anders überlegt«, sagte Gerald unvermittelt. Ohne eine weitere Erklärung schlenderte er zu seinen Leuten. Er trug ein diabolisches Grinsen im Gesicht, als er sich zu ihr umdrehte. Wigand stand bei ihm. Auch er grinste.
Hier stimmt doch etwas nicht.
Mira schnellte herum. Im gleichen Augenblick sprangen die zwei Burschen von ihren Wassereimern fort. Sie waren herangeschlichen, ohne dass Mira es bemerkt hatte. Ihr Mund öffnete sich und der Kübel entglitt ihren Händen. Mit einem dumpfen Platschen landete er im Brunnen und versank.

Die Meute brach in schallendes Gelächter aus.
Diese Schweine!
In beiden Eimern schwammen jeweils mehrere Pferdeäpfel. Mira hätte heulen können, doch diese Genugtuung sollte Gerald nicht bekommen. Nicht an diesem wundervollen Tag.

Sie schnappte sich einen Behälter, um ihn ein Stück

abseits der Wasserstelle zu entleeren, als Geralds Schrei sie zurückhielt. »He! Untersteh dich, deinen Dreck auf dem Marktplatz hinzuschütten. Mach das woanders! Und wehe, der Kübel hängt nicht wieder an seinem Platz.«

Mira wandte sich um, doch Wigand hielt sie zurück. »Wie heißt das?«

»Ja, Herr Gerald«, brachte sie zerknirscht hervor.

In einer Seitenstraße entleerte Mira die Eimer in einem der schmalen Gräben, die an jedem Haus vorbeiführten und als Abwasserkanäle galten.

Na großartig! Jetzt mussten die Eimer auch noch ausgewaschen werden. Ach, wäre sie lieber gleich zum Bach gelaufen.

Zu ihrem Glück erschienen in diesem Moment zwei Frauen auf dem Platz. Widerwillig rückte einer der Jungen die Stange, die im Falle eines Kübelverlustes zum Herausfischen des selbigen diente, raus.

Mira ließ ein wenig Wasser in beide Behälter laufen und begann diese zu säubern. Fertig mit dieser Arbeit, stellte sie sich hinter die Bäuerinnen und verwickelte diese geschickt in ein Gespräch. Auf diese Weise füllte sie ihre Eimer und eilte daraufhin vom Dorfplatz.

»Bis morgen, Schnee-Eule!«, rief Gerald. Die Jungen warfen ihr noch Pferdeäpfel hinterher, trafen aber zum Glück nicht.

Mira hatte weitaus mehr Zeit gebraucht als geplant. Außer Atem erreichte sie den Hof ihrer Eltern.

Ihre Mutter stand vor einem Küchentisch, auf dem geschnittenes Gemüse in fein sortierten Haufen lag.

»Warum hat das so lange gedauert? Ich habe dir doch gesagt, du sollst zum Brunnen gehen!«

»Ich war auch beim Brunnen, Mutter.«

»Lüg mich nicht an!«

»Ich lüge nicht. Am Brunnen … ich …« Mira wusste nicht, was sie sagen sollte. Ihre Mutter hätte die Wahrheit nicht geglaubt. Sie begann, an ihren Fingern zu pulen.

»Es ist immer dasselbe mit dir. Du bist ein Tagträumer! Wo soll das noch hinführen«, zeterte ihre Mutter.

So fing es immer an. Mira konnte im Geiste bereits die Sätze mitsprechen.

So bekommst du nie einen Mann ab.

»So bekommst du nie einen Mann ab.«

Du kannst doch nicht bis an dein Lebensende hier wohnen.

»Du kannst doch nicht bis an dein Lebensende hier wohnen.«

Du wirst schon …

– KLATSCH –

Das schallende Geräusch der Ohrfeige riss Mira aus ihren Gedanken. Ihre Wange glühte und sie starrte ihre Mutter einfach nur an.

»Hör mir zu, wenn ich mit dir rede«, kreischte sie mit hochrotem Kopf.

Das brachte das Fass zum Überlaufen. Nicht, dass dieser Vorfall am Marktplatz schon schlimm genug gewesen war, nun bezichtigte ihre Mutter sie auch noch der Lüge. Miras Unterlippe zitterte unkontrolliert. Abrupt drehte sie sich um und lief hinaus.

»Ja, geh nur!«, keifte Magdalena hinter ihr her. »Geh mir aus den Augen! Ich will dich nicht mehr sehen!«

Mira stürzte durch den Garten, sprang über einen Graben und rannte direkt in den angrenzenden Wald hinein.

IV
Numras Etbia Fres

Als Kyrian dieses Mal erwachte, klärte sich sein Verstand für einen Moment auf. Er nutzte die Situation jedoch nicht zu seinem Vorteil, denn die erste Frage, die ihm in den Sinn kam, lautete: Wo befand er sich? Gleich darauf entglitten ihm seine Gedanken, sobald er sich zu konzentrieren versuchte. Er musste seinen Geist leeren. Was hatte ihn Tonga gelehrt? Tongo? Wie war der Name seines Lehrmeisters? Kyrian wollte aus Leibeskräften schreien. Er schrie auch, doch nicht ein Laut drang durch seine magische Mundfessel.

TARGAS!

Targas. Es half. Sein Lehrer hieß Targas. Und sein Lehrer war tot.

Wieder leerte er seinen Kopf mithilfe eines lautlosen Schreis. Ein Wort flog vorbei, eine Schwalbe im Sturzflug.

Etbia.

Entbinden. Entfesseln. Etbia!

Er keuchte. Die stummen Schreie kosteten Kraft.

Wie ging der Spruch weiter? Wie fing er an? Kyrians Gedanken waren zu verworren, um den Zauberspruch in eine logische Reihenfolge zu bringen.

Trolle. Er musste die Trolle … zum Kirschkuchenessen einladen. Essen mit Tante. Vater will uns sehen.

Der Konzentrationsbann entfaltete seine volle Wirkung. Schweiß bildete sich auf seiner Stirn und der Atem kam stoßweise. Wieder schrie er in sich hinein.

Das schneeweiße Gesicht erschien. Ein kindliches Gesicht mit einem knallroten Mund. Hoher Haaransatz, blonde Locken. *Fres!* Der Mund. Kaum sechzehn Winter alt. Er musste sie finden. Genau wie die Trolle. Und ein Schiff. Sein Schiff. *Der Tod. Mutter hat Kuchen gebacken. Numras … liebt Tiere. Hund oder Katze.*

Alles drehte sich in seinem Schädel. Kyrian suchte nach einem Schlüssel. Ein wiederkehrendes Muster. Wenn er nur den Gedankenmüll ausblenden könnte. Das Unwichtige trennen. Mit einem Mal offenbarte sich die Lösung. Der Spruch tauchte in seinem Unterbewusstsein auf, drang an die Oberfläche und verweilte dort. Nein, er war die ganze Zeit über dagewesen. Er hatte ihn nur ordnen müssen. Er hatte den Zauberspruch entschlüsselt. Ein stummer Freudenschrei bahnte sich durch seinen Körper. Jetzt blendete er alle anderen Störungen aus und ließ die Intuition fließen. Die drei Wörter erstrahlten vor seinem geistigen Auge und er las sie sich vor.

NUMRAS ETBIA FRES!

Nichts geschah.

Das bläuliche Leuchten blieb bestehen.

Numras Etbia Fres!

Kriechend wie eine Schnecke gelangte die Erkenntnis in Kyrians Bewusstsein: Gedanken nutzten ihm in keiner Weise. Der Zauberspruch zum Lösen einer magischen Mundfessel musste zweifellos verbal ausgesprochen werden. Von einem Außenstehenden. Sonst hätte die Fessel ja keinen Sinn. Keinen Sinn … sinnlos.

Im Wald kamen die Tränen. Wie jedes Mal. Mira lief, bis sie die Stiche in ihrer Seite zum Halten zwangen. Vornübergebeugt rang sie nach Atem, wischte sich mit dem Handrücken die nassen Spuren weg und atmete tief durch.

Sie wollte schreien, doch selbst dafür war sie zu feige. Die Angst vor ihrer eigenen Stimme machte sie stumm.

Alles war wie immer.

Mira schniefte und trottete weiter. Die Waldlichtung lag nicht mehr weit entfernt. Ihre Lichtung. Ihre Zuflucht. Hier konnte sie ihren Gedanken freien Lauf lassen, denn hier fühlte sie sich zu Hause.

Mira konnte sich nicht erinnern, wann sie diesen Platz zum ersten Mal gesehen hatte. Es musste in einem der harten Winter vor vielen Jahren gewesen sein, als jeder Dörfler zum Holzsammeln mit in den Wald gehen sollte. Die Sonne schien auf eine schneebedeckte Ebene. Alles glitzerte und funkelte wie Abermillionen Sterne. Im darauffolgenden Frühjahr hatte die Waldlichtung noch atemberaubender ausgesehen. Seit jener Zeit kam sie regelmäßig her. Nach jedem Streit, wann immer sie ihre Ruhe brauchte, besuchte sie die grüne Idylle. Stets ein wenig Futter in der Tasche für Rehe, Eichhörnchen, Hasen, Marder … Mira bildete sich ein, die Tiere wären ihre Vertrauten. Ein Trugschluss, denn sobald Mira auf der Lichtung stand, ließ sich kein Lebewesen mehr blicken. Nicht einmal die Waldbewohner wollten ihre Freunde sein …

Sie schlenderte, von trüben Gedanken begleitet, querfeldein, genoss die Klänge des Waldes, den Gesang der Vögel und das beruhigende Rauschen der Bäume.

Mira erschrak und blieb stehen. Heute trug der Wind andere Geräusche heran. Menschliche Stimmen. Hier im Wald?

Sie verlangsamte ihre Schritte und lauschte. Sprachfetzen, zu wenig, um einen Sinn zu ergeben. Pferdeschnauben. Trotz ihrer Angst schlich sie dichter an die Quelle des Lärms heran. Waren das möglicherweise Gaukler oder Barden? Ihre Eltern hatten ihr immer verboten, die Vorstellungen zu besuchen, die beizeiten im Dorf abgehalten wurden. Selten genug, dass sich fahrendes Volk hierher an den Rand der grauen Steppe verirrte.

Eigentlich sollte sie umkehren. Doch wie bei allen Dingen, die so faszinierend waren, konnte sie sich nicht lösen und lauschte von ihrem Versteck aus.

Unvermittelt bauten sich drei Männer in dunkelgrünen, fast schwarzen Roben vor ihr auf. Vor Schreck entfuhr ihr ein schriller Schrei.

»Wer bist du? Was hast du hier verloren?«, blaffte einer.

Da Mira nicht sofort antwortete, knurrte der andere: »Wir werden dir schon die Zunge lösen! Vorwärts!«

Ein Zittern durchlief ihren Körper. Wie gelähmt starrte sie auf die Stäbe in den Händen der Männer, von deren Spitzen ein bläuliches Glimmen ausging.

Magier!

Mira war noch nie zuvor einem Magier begegnet. Aber sie hatte die Sagen in ihrem Dorf gehört, von den ruhmreichen Kriegermagiern aus vergangenen Zeiten. Von Heldentaten im Kampf gegen Monster, Bestien und

Dämonen und einen übermächtigen Feind. Geschichten von Siegern!

Miras Nackenhärchen richteten sich auf.

»Na los!«, drohte einer der Männer. Sein Stab ruckte gefährlich in ihre Richtung. Mira taumelte vorwärts und auf die Lichtung, direkt in ein Lager hinein. Ein mit Tuch abgesperrter Bereich dominierte die ovale Fläche, auf der keine Bäume wuchsen. Zwei weiße Kutschen standen am Rand, daneben zahlreiche Pferde und Menschen. Es liefen mehr Menschen herum als zur Mittagszeit am Brunnen ihres Dorfes, wenn sie Wasser holten. Sie alle trugen dunkle Roben, eilten umher, in geschäftiges Treiben vertieft. Das Gelände befand sich noch im Aufbau. Selbst jetzt, in dieser misslichen Situation, funkelte die Sonne durch das grüne Blätterdach, warf ihre Strahlen hindurch, tastete in einem Streifenmuster über die gesamte Waldlichtung und tauchte den Platz in ein mystisches Licht. Mira war stehengeblieben. Eine Hand stieß sie nach vorne, so dass sie stolperte.

In diesem Augenblick ertönte eine raue Stimme hinter ihr.

»Ich kenne das Mädchen. Die ist aus meinem Ort.«

Mira brauchte sich nicht umzudrehen, um in deren rauchigem Klang den Dorfschmied zu erkennen, auch wenn ihr im ersten Moment der Name nicht einfiel.

»Ist das wahr?«, fragte einer der drei Männer. »Sprich, oder bist du stumm?«

Pallak, der Schmied hieß Pallak.

Mira nickte eifrig, brachte jedoch keinen vernünftigen Satz zustande. »Ich stimmt. Es ... bin zufällig ... öfters ... also ich ...«

Der Schmied sprach in seinem sonoren, besänftigenden Ton: »Seht ihr nicht, dass sie völlig verängstigt ist? Sie ist ein einfaches Bauernmädchen und nicht gefährlich. Seid ihr etwa misstrauisch?«

»Das lass unsere Sorge sein!«, fuhr der Mann den stämmigen Handwerker an. Sein hellbraunes Haar war kurzgeschoren und seine Augen funkelten zornig. »Meister Penthur wird entscheiden.«

»Ganz recht!« Die Stimme erklang schneidend scharf, so

dass alle Anwesenden zusammenzuckten. »Ungefährlich oder nicht. Das entscheiden immer noch wir.«

Der Mann, der gesprochen hatte, tauchte aus dem Nichts hinter Pallak auf, den er um einen Kopf überragte. Er musterte Mira arrogant und herablassend aus graublauen kalten Augen. Diese Augen, ohne jegliches Mitgefühl, ließen sie erschaudern. Die hellen Augenbrauen waren über der Nasenwurzel zusammengewachsen, wodurch sein Blick maskenhaft wirkte. Das war ganz offensichtlich Meister Penthur, ging es Mira durch den Kopf, denn selbst die drei Wächter zuckten bei seinem Erscheinen zusammen.

»Sie könnte mir helfen ...«, brach der Schmied das Schweigen.

Penthur schnitt ihm das Wort ab. »Du sprichst nur, wenn du gefragt wirst! Und du tust nur, was dir gesagt wird!«

Pallak senkte verlegen den Kopf und trat von einem Bein auf das andere. Er legte die Hände an seine lederne Schürze vor seinen Bauch. Unzählige Funken hatten durch die viele Arbeit mit glühendem Eisen verschieden große schwarze Punkte darauf hinterlassen.

Penthur setzte ein Lächeln auf. Es wirkte falsch.

Abschätzend zog er Miras Körperkonturen nach, und sofort wuchs die Abneigung in ihr. Mira kannte solche Blicke von Männern, die damit ganz genau sagten: Du bist andersartig, keine Schönheit, aber mal sehen, inwieweit du willig bist. Oft genug hatte sie diese Blicke von den Brautwerbern erduldet, die ihre Eltern stets aussuchten. Das Weiß ihrer Haut und der Haare schreckte ab.

Penthur wandte sich schwungvoll ab. Mit einer unwirschen Geste verscheuchte er die Wachen. »Auf eure Posten. Ich kümmere mich um das Mädchen.«

Die drei Männer senkten ihre Stäbe und nickten. Dann marschierten sie zurück in den Wald.

Penthur blickte Pallak an. »Und du hast viel zu tun. Wie lange wird es dauern?«

»Nun ja ...«, begann der Schmied. »Es muss ein Feuer entzündet werden, wenn ich das Rad an Ort und Stelle reparieren soll. Ein sehr heißes Feuer. Zum Härten brauche ich einen Eimer mit Öl, einen mit Wasser ...«

»Wie lange?«, fuhr Penthur den Schmied an.

»Bis zum Sonnenuntergang, vielleicht länger.«

Der Magier lachte kurz. Es klang wie ein Bellen. Er hob die Arme und murmelte zwei unverständliche Worte. Ohne Vorwarnung entstand ein Stundenglas in seiner Hand. Mira hätte beinahe aufgeschrien, doch sie war zu verblüfft.

Magie. Sie war Zeugin echter Magie!

Penthur hielt dem Handwerker die Sanduhr vor das rundliche Gesicht. »Kennst du einen Gegenstand wie diesen? Ich gebe dir eine Stunde!«

Pallak riss die Augen auf. »Eine Stunde? In einer Stunde ist es nicht zu schaffen. Alleine das Feuer …«

»Das Feuer lass unsere Sorge sein«, schnitt Penthur dem Schmied erneut das Wort ab. In versöhnlichem Ton fügte er hinzu: »Wir werden dir ein magisches Feuer erschaffen, von dem du nur träumen kannst. Eine Stunde. Höchstens zwei. Ich will kein Unmensch sein.« Seinem Lächeln fehlte jedwede Freundlichkeit und Mira erschauderte zum wiederholten Mal.

Pallak nickte stumm. Er zwinkerte Mira zu, wollte ihr Mut machen. Dann trottete er fort.

Penthur drehte sich um.

»Nun zu dir. Du kannst Wasser holen. Mach dich nützlich. Beschaff dir zwei Eimer, aber beeile dich und komm zügig zurück. Wir beobachten dich.«

Damit scheuchte er sie weg wie eine lästige Fliege und verschwand hinter der Absperrung.

Numras Etbia Fres. Numras Etbia Fres. Numras …

Jetzt, da er sich an die Lösung wieder erinnerte, musste er jemanden finden, der die magische Formel aufsagte. Aber wie lange gelang es ihm noch, den Spruch aufrechtzuerhalten? Geriet er in Vergessenheit, war Kyrian verloren. Und dann? Was kam dann?

Seine Überzeugung, dass es ihm gelingen würde, aus dem Gefängnis auszubrechen, ließ ihn nicht seinen Verstand verlieren. Er vertraute auf die Dummheit seiner Gegner.

Doch … was, wenn es nicht so war? Was, wenn der

Bann nicht gebrochen werden konnte? Wenn er, Kyrian der Schwarze, niemanden zu überlisten vermochte?

Es musste etwas geschehen. Und zwar schnell.

Das Wer und das Wie waren entscheidend. Seine Häscher würden für das, was sie seiner Mannschaft angetan hatten, bezahlen. Targas schwebte vorüber. Nebel.

Seine Gedanken drifteten ab, nicht mehr so extrem wie zu Beginn seines Erwachens. Er hatte sich unter Kontrolle. Die Mundfessel war lästig …

Ein zum Paket verschnürter Kirschkuchen flog vorbei und wurde von einer dicken roten Katze mit einem einzigen Bissen verspeist.

Numras … Etbia … Fres …

Hol Wasser! Mira äffte Penthur im Stillen nach. Ihre Fäuste umschlossen die Griffe der Wassereimer so fest, dass ihre Knöchel weiß hervortraten. Sie ging in Richtung Bach, konnte aber nicht verhindern, dass ihre Gedanken wiederholt Karussell spielten.

Erst die Demütigungen von Gerald, der Streit mit ihrer Mutter und zu guter Letzt diese Magierschar. Und überhaupt. Dies war ihre Waldlichtung. Sie hatte diesen Platz vor Jahren entdeckt. Sie war oft hergekommen und noch nie waren Fremde aufgetaucht. Sie hatte sogar mehr Zeit hier verbracht, als manch ein Holzfäller aus ihrem Dorf in seinem gesamten Leben den Wald besuchte.

Schließlich erreichte Mira den Bachlauf. Seicht plätscherte ein zwei Ellen tiefer Wasserlauf an moosbewachsenen Steinen vorbei, bevor er schlängelnd zwischen mannsdicken Bäumen verschwand.

Sie warf die beiden Wassereimer ins Wasser, so dass sie mit enormer Wucht aufklatschten. Während ein Eimer sofort versank, trieb der zweite Behälter in der Strömung davon.

Mira schnaufte und stampfte mit dem Fuß auf.

»Verdammter Mist!« Was für ein mieser Tag. Und zu guter Letzt wurden auch noch ihre Schuhe nass. Sie sog mit tiefen

Atemzügen die Luft ein und stieß sie geräuschvoll wieder aus, um sich damit zur Ruhe zu zwingen. Dann sprang sie am Ufer entlang, dem dahinschwimmenden Holzeimer hinterher, und fischte ihn heraus. Mit beiden Behältern in den Händen marschierte Mira zurück. Trotz ihrer zierlichen Gestalt machte ihr das Tragen der vollen Wassereimer nichts aus. Ihre Wut richtete sich in diesem Moment gegen diesen arroganten Obermagier. Warum gerade an diesem Tag? Warum musste gerade heute, an diesem wundervollen Tag, alles schieflaufen?

Was stimmte denn bloß mit ihrem Leben nicht?

Im Lager angekommen, führte sie ihr Weg, durch die klirrenden Hammerschläge geleitet, zum Schmied. Erstaunt blieb Mira stehen und betrachtete das Feuer, das in einer provisorischen Feldesse brannte. Es leuchtete blau. Ein konstantes, unnatürliches …

»Halte hier keine Maulaffen feil!«

Mira zuckte zusammen. Zwei stattliche Magier, die bräunlichen Haare mit grauen Strähnen versetzt, beobachteten sie. Der eine grinste keck.

Peinlich berührt schloss sie ihren Mund. Im gleichen Augenblick schien auch der Schmied ihre Anwesenheit zu bemerken. Ohne aufzublicken, sagte er: »Stell den Eimer dorthin.«

Mira schaute sich um. Wo sollte sie den Wassereimer hinstellen? Die Magierwachposten halfen ihr nicht. Die beiden Männer sprachen miteinander, behielten Mira aber im Auge.

Nach einer Weile entdeckte sie einen zweiten Behälter mit einer dunklen zähen Flüssigkeit. Dem Geruch nach handelte es sich eindeutig um Öl. Sie platzierte ihren Eimer daneben. Dann blieb sie erwartungsvoll stehen.

Die Magier waren findig, das musste Mira zugeben. Eine geleerte Holzkiste mit Sand befüllt diente als Feueresse. Im Inneren befand sich nichts weiter außer bläulichen, züngelnden Flammen. Keine Kohle, keine Glut, kein Blasebalg. Niemals zuvor hatte Mira in ihrem Leben blaues Feuer gesehen. Magisches Feuer.

Ein Mann stand konzentriert neben der Esse. Von Zeit zu Zeit murmelte er unverständliche Worte. Einen Wimpernschlag darauf flackerte das Licht und erstrahlte in neuem

Glanz. Die Stelle, über der die selbstgebaute Feldesse stand, färbte sich allmählich grau.

Das Schmiedefeuer selbst strahlte kaum Hitze aus, doch das Eisen, das der Schmied immer wieder zwischen seinen geschickten, kräftigen Hammerschlägen in die Esse hielt, begann augenblicklich zu glühen, sobald die Feuerzungen daran leckten. Pallak bearbeitete das glühende Werkstück mit stoischer Ruhe, während sich die blauen Flammen gierig um das Metall legten, als wollten sie es verschlingen.

Mira fiel siedend heiß der zweite Wassereimer ein. Sie musste das Wasser diesem anderen Magier bringen.

Er hat es nicht einmal für nötig gehalten, seinen Namen zu nennen, dachte sie. Erneut stieg die Wut in ihr auf, vermischte sich mit der Angst, als sie die mit Tuchbahnen umspannte Fläche erreichte. Der davor postierte Wächter ließ sie ungehindert passieren.

Zum wiederholten Mal kam Mira aus dem Staunen nicht heraus. Hinter der Tuchabsperrung stand eine Kutsche verborgen, vollständig aus Eisen. Ein Rad fehlte und an seiner Stelle befand sich ein dicker Baumstumpf unter dem Gefährt.

Der Magier hielt sich an einem provisorischen Tisch auf, eine Holzplatte auf zwei Böcken. Er untersuchte verschiedene Gegenstände, die er aus einer metallbeschlagenen Kiste mit verschnörkelten Verzierungen holte, sie kurz ansah, drehte und dann achtlos auf die Tischplatte warf. Ein Messer, einen Gürtel, einen Ring.

Mira rang mit sich, etwas zu sagen, doch der Mann hatte sie längst bemerkt.

»Füll die Karaffe mit Wasser«, sagte er, ohne Mira Beachtung zu schenken, und betrachtete eine Kette mit Anhänger.

Der schmale, längliche Hals der Karaffe war definitiv zu groß, um sie in den Eimer zu tauchen. Unwillkürlich fragte sie sich, ob dieser Magier es ernst meinte, oder ob er sie einer Geschicklichkeitsprobe unterzog. Davon abgesehen: Sie konnte noch so vorsichtig mit dem klobigen Eimer gießen, sie würde die Hälfte des Wassers verschütten. Aber wie lauteten seine Worte noch zu Pallak? *Du tust nur, was dir gesagt wird.* Ein trotziges Lächeln zeigte sich auf Miras Gesicht, als sie dicht an den Magier herantrat und die Karaffe zu befüllen versuchte.

Es kam, wie es kommen musste, besser gesagt: Es kam noch schlimmer. Anfangs goss sie äußerst behutsam. Dennoch ging ein wenig Wasser daneben. Auf Dauer war der Eimer jedoch zu schwer, ihre Arme begannen zu zittern. Das hatte zur Folge, dass die Metallkaraffe mit einem dumpfen -Klong- umfiel. Penthur entfuhr ein wütender Schrei, als sich die Flüssigkeit blitzschnell einen Weg über die Tischplatte bahnte und Penthurs Robe an Ärmel und Hüfte tränkte. Mit wutverzerrtem Gesicht warf er die Kette in Richtung Kiste. In der gleichen Bewegung wirbelte er herum.

»Du dummes Ding. Was hast du angestellt?!«

Erschrocken sprang Mira ein Stück zurück, wobei erneut Wasser aus dem Eimer schwappte. Penthurs linker Schuh füllte sich mit Nässe.

»Was …? Oh … stell den Eimer endlich hin«, fauchte er, während er auf einem Bein hüpfte und das Wasser aus seinem Lederschuh zu schütteln versuchte. Er drohte mit einem Finger. »Du! … Wisch die Sauerei weg! Wenn ich zurück bin, ist hier alles wieder trocken!«

Er schnappte sich die verzierte Kiste, schlug den Deckel zu und stürmte hinaus. Draußen vor dem Zelt fuhr er einen Wächter an: »Bring das in meine Kutsche!«

Mira schmunzelte, ohne es zu wollen.

Er ist wie ein Hase gehüpft.

Einen Augenblick später verschlechterte sich ihre Laune wieder. Sie konnte keinen Lappen entdecken, mit dem sie das Wasser hätte wegwischen können. Der Tisch war leer. Missmutig verzog sie ihren Mund und wollte schon einen Ärmel ihrer Tunika benutzen, als ein Glitzern sie innehalten ließ. Ihr Blick wanderte über den Boden. Dort im Gras lag eine silberne Kette. Ein brauner Stein prangte inmitten einer weiß schimmernden, sternförmigen Einfassung, der die Größe eines Auges hatte.

Sie trat einen Schritt näher heran. Von der Kette ging etwas … Zauberhaftes aus. Mira faszinierte die schlichte Schönheit des Gegenstandes. Schmuck besaß sie nicht.

Es schien die Halskette zu sein, die der Magier achtlos Richtung Kiste geworfen hatte. Mira blickte vorsichtig zum Eingang. Ihre Gedanken überschlugen sich.

Mira hatte nicht den Mut, das Schmuckstück mitzunehmen. Sie würde die Kette auf den Tisch legen und es diesem übel gelaunten Magier sagen. Mira bückte sich und streckte ihre Finger aus.

V

Helfer wider Willen

Es dauert zu lange.

Er würde den Verstand verlieren, bevor er einen Weg fände, um auszubrechen. Die hellen Momente, in denen seine Gedanken geordnet flossen, schwanden, doch sie waren vorhanden. Wie in diesem Augenblick.

Auf dich allein gestellt. Waren das Targas' letzte Worte? Oder doch *lass los*? Sollte er loslassen und sich der Ohnmacht ergeben? Der Resignation?

Kyrian konnte nicht einmal genau bestimmen, ob er wachte oder schlief.

Er zwang sich zur Ruhe, lauschte.

Kein Geräusch von außen drang an seine Ohren. Dieses Gefängnis war nahezu perfekt. Es stammte sicherlich aus vergangenen Epochen. Modernisiert und verbessert. Vielleicht sogar aus der Ära des *einen* gewaltigen Krieges, über den Kyrian gelesen und dessen uralten Sagen und Bücher er verschlungen hatte. Dieser Kasten stellte zweifelsohne eine meisterhafte Leistung dar.

Da man ihn noch nicht aus dem Gefängnis befreit hatte, schienen sie nicht am Ziel angelangt zu sein. Wenn sich nicht bald das winzige Sichtfenster öffnete, das er zu seiner Linken entdeckt hatte, würden seine Chancen rapide sinken. Er hatte anscheinend doch nicht so viel Zeit, wie er glaubte.

Die Zweifel krochen in seine Gedanken wie der Abendnebel, der in den sumpfigen Gebieten seiner Heimat aufzog und alles mit der Geduld von Zeitaltern verschlang.

Die Zeit flieht.

Das stumme Schreien brachte ihm auch keinen klaren Kopf. Deshalb hatte er es aufgegeben. Die rote Katze war zu einem alles verschlingenden Dämon herangewachsen.

Unwillkürlich flatterte ein Kinderreim vorbei. Der Text passte nicht, aber die Melodie erklang in seinem Schädel. Dann ein Geistesblitz.

Klopf klopf, kleine weiße Fee
Klopf klopf, so kalt wie weißer Schnee
Klopf klopf, schwarze Magie
Klopf klopf, verwenden Zaubrer nie ...

Kyrian verband die Melodie mit seinem Körper.
Klopf – klopf.
Er versuchte, den Fuß zu bewegen. Ja, so ging es.
Klopfe an, so wird dir aufgetan, hatte Targas oft gesagt.
Also begann er, mit seinem nackten Fuß zu klopfen.

Noch ehe Miras Fingerspitzen die Silberkette berührten, hörte sie das Geräusch. Kam da jemand?

Sie schnellte in die Höhe, stieß mit dem Kopf gegen die Tischplatte und stand schnell wie ein Pfeil, der die Sehne eines Bogens bei der Jagd verlässt, aufrecht da. Sie rieb sich die schmerzende Stelle am Kopf und blickte verstohlen zum Eingang der Tuchumspannung. Doch da tat sich nichts. Alles blieb ruhig.

Das Einzige, was sie vernahm, war ihr eigener Herzschlag, der gleich einem Specht gegen ihren Brustkorb hämmerte.

Sie schaute zur Kette. Ein einzelner Sonnenstrahl leuchtete darauf und ließ das Silber glänzen.

Jetzt oder nie.

Mira bückte sich erneut und griff zu.

Als ihre Finger die Halskette berührten, war sie warm und der Stein ... pulsierte. Ihr Zeigefinger glitt über den braunen Anhänger. Es roch nach ... Kirschkuchen ...

In diesem Moment hörte sie auch wieder das Geräusch. Es klang hohl, irgendwie tappend.

Sie richtete sich auf, lauschte.

Nichts.

Hatte sie sich doch getäuscht?

Ihr Blick huschte über den noch nassen Tisch. Ins Gras wollte sie die Kette auch nicht zurücklegen. Kurzerhand steckte Mira das Geschmeide in ihre Gürteltasche.

Vorsichtig bückte sie sich erneut und verharrte.
Da war es wieder! Eindeutig.
Tapp – Tapp – Tapp.
Als sie endlich erkannte, woher das Geräusch kam, setzte ihr Herzschlag aus. Mit aufgerissenen Augen starrte sie das metallische Ding von Kutsche an.
Ein Gedanke schoss ihr durch den Kopf.
Wenn sich da drinnen ein Lebewesen befindet ... bekommt es genug Luft? Es hat doch sicherlich Durst.
Mira näherte sich vorsichtig dem Wagen. Der Kasten bestand aus einem dunklen Metall, mattglänzend wie schwarze Seide. Sie entdeckte an der Seite ein schmales Fenster zum Aufschieben. Ob das eine Tür war? Lediglich ein hauchdünner Spalt wies auf eine mögliche Öffnung hin. Kein Griff. Was für ein Wesen hielten die Magier wohl darin gefangen?
Das innenliegende Schiebefenster war mit einem gebogenen Haken verriegelt.
Sie legte ihr Ohr an die Metallfläche. Die Sonne hatte das Eisen erwärmt.
Tapp – Tapp – Tapp.
Das Klopfzeichen kam eindeutig und in regelmäßigen Abständen aus der Kutsche. Draußen vor dem Zelt blieb alles ruhig. Mira hob zaghaft die Hand und pochte vorsichtig gegen die Fensteröffnung.
Zweimal. Aufeinanderfolgend. Dumpf und ohne jeglichen Klang. Dann lauschte sie erneut ...
Mira zuckte zurück, als die Antwort ertönte.
Tapp ... Tapp!
Ihre Hand zitterte unkontrolliert, als sie mit rasendem Herzen vier Mal, nun in schneller Folge, gegen das Fenster klopfte. Die Erwiderung folgte prompt.
Tapp–Tapp–Tapp–Tapp.
Mira biss sich auf die Unterlippe. Im Inneren der Kutsche befand sich definitiv ein vernunftbegabtes Wesen. Jemand musste ihm helfen. Wer, wenn nicht sie? Mit Sicherheit litt es schrecklichen Durst. Die Sonne brannte auf den Metallkasten nieder und wer konnte schon sagen, wie es im Innenraum des Gefährts aussah?
Dennoch zögerte Mira. Tat sie nicht etwas Verbotenes,

wenn sie ihm Wasser gab? Immerhin handelte es sich um einen Gefangenen. Vielleicht war es ja ein Mörder oder ein gefährliches Tier, eine Bestie? Sicherlich hatte man es nicht grundlos eingesperrt.

Trotz alledem. *Bestien sind nicht intelligent.*

Sie musste sich entscheiden, ehe der Magier zurückkam.

Sie streckte die Hand zaghaft nach dem kleinen Fenster aus, verharrte, legte den Haken mit einer ruckartigen Bewegung um und schob das Fenster geräuschlos zur Seite …

Kyrian riss sich zusammen, als er das Klopfen vernahm. Jetzt war der Moment gekommen. Jetzt musste er sein Können in Sachen Hypnose unter Beweis stellen. Aber wie sollte er jemanden ohne seine Stimme hypnotisieren? Alle Gedanken zerstoben in einem gleißenden Feuerball, als Licht in den Innenraum drang. *Lass dir etwas einfallen, JETZT!*, schrie eine Stimme in Kyrians Kopf. Er versuchte, sich zu erinnern und den Spruch mit der Kraft seiner Gedanken an sein Gegenüber zu schicken, wer immer dort stand … Numras Etbia Fres!

Abgestandene Luft schlug Mira entgegen, als sie durch die Öffnung hineinspähte. Das Zentrum im Inneren der Kutsche bestand aus einem bläulichen Glimmen. Dann gewöhnten sich ihre Augen an das Dunkel und sie erkannte eine kleine Gestalt, von deren Kopf das Leuchten ausging.

Das Entsetzen packte Mira. Sie presste sich beide Hände vor den Mund, um nicht loszuschreien.

Ein Kind? Dort muss sich ein Kind befinden. Wie anders ist die Größe zu erklären? Miras Gedanken überschlugen sich. Ihr kamen noch ein oder zwei andere Lebewesen mit gleicher Statur in den Sinn. Zwerge oder Kobolde zum Beispiel. Von denen hatte sie schon einmal gehört. Und die waren gefährlich. Mira blieb dabei. In diesem engen Gefängnis musste es wahnsinnig heiß sein, trocken.

Mira überwand ihre Angst. »Haben Sie Durst?«
Ihre Stimme war nur ein gehauchtes Flüstern.
Keine Antwort.
»Können Sie nicht sprechen?« Mira kicherte impulsiv über diese ausgesprochen dumme Frage, so dass sie erschrak. Sie schaute sich um, aber am Eingang der Absperrung rührte sich nichts.
Vielleicht verstand das Wesen ihre Sprache gar nicht?
Mira fiel auf, dass sich das bläuliche Licht wie ein Band um seinen Kopf zog und seinen Mund verschloss. Anscheinend *durfte* es nicht sprechen. Warum nur tat man einem Lebewesen so etwas Schreckliches an?
Sie überlegte angestrengt, wie sie dem Geschöpf helfen konnte. Ihm die Karaffe hereinzureichen, würde sich schwierig gestalten, denn ihre Arme waren zu kurz und das Fenster zu winzig. An Essen trug sie nur ein paar mickrige Brotkrumen als Vogelfutter in ihrer Gürteltasche bei sich.
Auf einmal hob das Wesen mühsam den Kopf.
Mira stockte der Atem.
Diese Augen.
Trotz der Dunkelheit und der bläulichen Spiegelung in ihnen kam es Mira vor, als säße sie auf dem Grund eines Brunnenschachtes und blickte durch das Wasser hinauf in einen wolkenlosen Himmel. Ihre Schläfen begannen zu pochen, sie schnappte nach Luft. Ihre Hand wanderte, ohne es zu merken, zur Gürteltasche.
Eine Stimme ertönte. *Ich befehle dir, sprich ...*
Mira zuckte zusammen und wirbelte herum. Hatte man sie ertappt?
Sie wollte zu einer Erklärung ansetzen, doch hinter ihr stand niemand. Stattdessen vernahm sie die Stimme wiederholt. Allerdings klang sie verwirrt. Wie mühsam hervorgebrachte Worte.
Wieso ... hört sie mich nicht?
Eindeutig ein jung klingender, angenehm dunkler Tonfall.
Mira entfernte sich ein paar Schritte von der Kutsche und lauschte. Der Sprecher verstummte.
Wahrscheinlich ein anderer Magier draußen vor dem Zelt, überlegte sie. Sie musste sich beeilen, wenn sie der Kreatur

im Innenraum der Zelle helfen wollte. Sie schlich zurück und spähte wieder in den Raum.

Hilf mir ... bitte, ertönte es.

Das Wesen konnte doch reden?

»Wer bist du?«, flüsterte Mira.

Numras Etbia Fres. Gepresste Worte, unter extremer Anstrengung hervorgebracht.

»Ist das dein Name?«

Numras Etbia Fres!, erklang die Stimme dumpf in ihrem Kopf. Eine schnurrende, rote Katze kam ihr wie eine Vision in den Sinn.

»Numras? Etbia Fres?«, murmelte Mira. *Was für ein seltsamer Name.*

Ihr blieb verborgen, wie das bläuliche Leuchten erlosch, denn im selben Moment vernahm sie vor der Absperrung Schritte und wirbelte herum.

»Ich muss gehen ...«, flüsterte sie und schob vor Panik das Fenster zu. Es kam ihr vor, als rastete der Riegel mit einem dumpfen Donnerschlag ein. Keinen Augenblick zu früh sprang Mira zum Wassereimer. Der mürrische Magier trat in Begleitung eines Burschen ihres Alters ein und stutzte.

»Was hast du hier noch zu suchen?«, schnauzte er Mira an.

»Ihr habt mir nichts gegeben, womit ich es wegwischen kann«, entgegnete Mira geistesgegenwärtig.

Penthur verzog missmutig den Mund. »Du kannst gehen! Wende dich an den Schmied und frage, ob er deine Hilfe benötigt.«

Mit einer unwirschen Handbewegung scheuchte er Mira fort, die sich an beiden Männern vorbei ins Freie drückte.

Weder sie noch die zwei Magier hörten das leise Lachen im Innern des eisernen Kastens ...

Penthur blickte Mira misstrauisch hinterher, kaum dass sie die Absperrung verlassen hatte. Dann wanderte sein Blick zur Kutsche. Mit einem kurzen Kopfnicken Richtung Gefängniszelle gab er dem Kriegermagier an seiner Seite zu verstehen, den Wagen zu kontrollieren. Der Mann ging zum Schiebefenster, legte den gebogenen Haken um, schob das Fenster auf und schaute in die Kutsche. Direkt in zwei Augen. Er fiel in einen Brunnenschacht und tauchte unter.

Augenblicklich übernahm eine innere Stimme die Kontrolle über seinen Körper. Er kam nicht einmal dazu, einen Laut von sich zu geben.

VI

Beim Magister

Bralag erreichte die Stadt Ilmathori, die Mittelstadt, gegen Mittag. Sein Ziel war der Wetterturm, einer der dreizehn Magiertürme, die sich über die gesamte Welt *Rodinia* erstreckten. Der gewaltige dunkle Turm erhob sich wie ein Fingerzeig zum Himmel. Als drittgrößtes Bauwerk der Welt strahlte er eine Präsenz aus, die nur von den beiden Türmen in Königstadt übertroffen wurde.

Dort angekommen hielt sich Bralag nicht lange mit Wortgeplänkel auf. Er eilte die Stufen zu den Kellergewölben hinunter, die sich mehrere Tausend Fuß tief in den Leib der Erde fraßen. Vorbei an Laboratorien, geheimen Bibliotheken und Räumen, von denen Bralag nicht einmal zu träumen wagte, wenn er sie nicht mit eigenen Augen gesehen hätte.

Der Erdknoten, ein Portal, das direkt nach Königstadt in den Magierturm führte, befand sich an der tiefsten Stelle des Turmes in einer unscheinbaren Halle. An den Wänden hing graues Moos. Ein Mann mit schlohweißen Haaren und einem Bart, der ihm bis zum Bauch reichte, grüßte ihn.

»Seid begrüßt. Möge die Weisheit des Magisters …«

»… auf euch fallen. Ehre dem Magister«, beendete Bralag die Parole. Vor dem steinernen Torbogen blieb er stehen. Jeder Erdknoten war anders gefärbt, besaß eine andere Struktur. Dieser sah aus wie ein faseriger Baumstamm. Ein versteinerter, mickriger Baum. Das Tor wirkte nicht gerade groß. Acht Fuß hoch, höchstens neun, schätzte Bralag.

Er seufzte. Es nutzte nichts.

Er atmete tief durch. Dann sprach er Worte, die keiner magischen Formel entstammten. In einer Sprache, wie sie seit eintausend Jahren nur in diesen Tiefen gesprochen worden war. Der weißhaarige Wächter tat es ihm gleich.

Das Portal wurde innerhalb weniger Augenblicke von Licht geflutet und erwachte brummend zum Leben. Bralags Nackenhärchen stellten sich auf. Eine spiegelglatte Fläche entstand in der Mitte des Tores und zeigte einen höhlenartigen Raum. Die Wände schimmerten in einem Azurblau, hervorgerufen durch ein Mosaik aus Lapislazuli-Steinen. Das waren eindeutig die Kellergewölbe des Magierturms in Königstein.

Bralag atmete tief ein. Er befreite seinen Geist, dann betrat er das Tor …

Übelkeit und Schwindel lösten sich in ungestümem Wechsel ab. In seinem Bauch kribbelte es, als befänden sich eine Million Ameisen darin. Ein Gefühl, als ob er in die Tiefe stürzte, um gleich darauf in die Höhe gerissen zu werden. Niemand konnte die Existenz dieser Reiseportale erklären. Sie waren schon immer da gewesen. Seit Anbeginn der Zeit. Es gab zwar nur wenige, doch diese waren praktisch und von großem Nutzen. Generationen hatten versucht, diese mystischen Tore zu entschlüsseln. Zeitmessungen hatte man nicht durchführen können. Der Sand aus mitgeführten Sanduhren verschwand, Feuer brannte nicht und selbst die Konzentration auf einen magischen Spruch schlug fehl.

Daher konnte Bralag die Zeitspanne nicht benennen, die er für die Reise durch eins der Portale benötigte.

Es endete so unerwartet, wie es begonnen hatte.

Bralag meinte, ersticken zu müssen, und taumelte mit einem keuchenden Laut vorwärts. Das Durchschreiten eines Erdknotens zehrte an Körper und Geist.

Ein undeutliches Lachen empfing ihn, dann eine Stimme.

»Gemach mein Freund, gemach.«

Bralag blinzelte. Im ersten Moment verschwamm seine Umgebung.

Ein Individuum musste Vertrauen zum Zielpunkt besitzen, schoss es Bralag durch den Kopf. Kein geeignetes Transportmittel für kriegerische Unternehmungen, falls einen am anderen Ende der Feind erwartete.

In diesem Falle erkannte Bralag zu seinem Glück die Stimme des Magisters.

»Es ist mir eine Freude, Euch zu sehen. Ich komme nicht umhin, meine Neugierde zum Ausdruck zu bringen. Obwohl, wenn ich Euch jetzt so ansehe: Kommt erst einmal an.«

Bralags Augen fokussierten sich wieder und er erfasste mehrere Diener in der Halle. Sofort reichte ihm ein Mann

Wasser. Er bedankte sich und trank einen Schluck. Seine Kehle fühlte sich trocken an, wegen des Schweißes klebte die Robe auf seiner Haut. Ein weiterer Nachteil dieser geheimnisvollen Erdknoten.

»Seid gegrüßt, mein Magister. Ihr seht gut aus«, hörte sich Bralag sprechen und war immer noch leicht benommen.

»Was man von Euch nicht gerade behaupten kann.«

»Das bringt das Reisen mittels Erdknoten leider mit sich.« Bralag strich sich über seine kurzgeschnittenen Haare.

Der Magister lachte erneut und trat vor. »Ich wünsche einen vollständigen Bericht. Ich würde sagen, wir treffen uns im gelben Salon. So bald wie möglich.«

»Ich kann meinen Bericht durchaus sofort abliefern.«

»Wohlan. Dienstbeflissen wie eh und je. Aber, verzeiht mir, Ihr solltet Euch vorher doch ein wenig frisch machen.« Der Magister rümpfte die Nase. »Wir treffen uns nach Ablauf eines halben Stundenglases im gelben Salon.«

»Sehr wohl, mein Magister.«

»Seid Ihr hungrig? Ich werde etwas bringen lassen. Giroll.« Er winkte einen steinalten Mann herbei, der in einer dunklen Nische der Halle gewartet hatte. Der Alte wirkte wie eingestaubt, die Haut wie grauer Marmor.

Bralag kannte Giroll, den persönlichen Diener des Magisters. Er galt als sein Berater. Bralag hatte zu Anfangszeiten seiner Magierkarriere versucht, diesen Menschen zu überprüfen, zwecks Loyalität. Doch seine Nachforschungen ergaben nichts, dieser Mann schien nicht zu existieren. Außer im Magierturm, den er scheinbar niemals verließ. Das Oberhaupt der Magier hatte sehr schnell die Untersuchungen einstellen lassen. An seiner Loyalität sei keinesfalls zu zweifeln, völlig ausgeschlossen, hatte die Anweisung gelautet. Das war eine deutliche Aussage.

Der Magister legte Giroll eine Hand auf die Schulter. »Giroll, sei doch so gut und veranlasse, dass uns eine Kleinigkeit gebracht wird.«

»Sehr wohl, Magister.«

Diese Stimme. Ein Flüstern aus unendlicher Ferne, wie das Echo in einer tiefen Felsspalte. Ein Schauer lief Bralags Rücken hinunter, als er das Kellergewölbe verließ.

Der gelbe Salon strahlte in allen erdenklichen Farbtönen von Gelb über Rot bis zu einem dunklen Braun. Einem jeden Lebewesen, das diesen Raum zum ersten Mal sah, wurden durch diese Farbenpracht regelrecht die Sinne geraubt. Die Wände bestanden aus Bernsteinmosaiken, die teilweise die einzelnen Wettertürme des Reiches sowie diverse Schlacht- und Jagdszenen darstellten. Eine ovale Tafel dominierte den hallenartigen Saal, umrundet von zwölf Lehnsesseln, deren abgeriebene Lederbezüge dunkelbraun glänzten. In zahlreichen Nischen befanden sich Sitzecken mit gepolsterten Sesseln, Kanapees und Beistelltischchen aus Wurzel-, Nussbaum- oder Kirschholz, wundervoll gefertigt und mit kunstvollen Mustern verziert.

Nachdem sich Bralag gewaschen und umgezogen hatte, war er in diesen Raum geeilt, um seinen Bericht abzuliefern. Viel gab es nicht zu erzählen. Die Reinigungsaktion am Strand nach der Zerstörung des Schiffes war nach Plan verlaufen.

Direkt nach dem Eintreten entdeckte Bralag seinen geflügelten Boten in einem Käfig, der in einer der Nischen über einem Beistelltischchen hing. Die Fee schlummerte friedlich auf einem Samtkissen. Kekskrümel lagen verstreut neben ihr. Dieses Wesen erstaunte ihn zum wiederholten Male, denn es hatte tatsächlich die Strecke in weniger als fünf Stundenkerzen zurückgelegt.

Die »Kleinigkeit«, die Giroll herbeigeschafft hatte, war auf einem der Tische drapiert. Sie bestand aus frischem Brot, Schinken, Käse, Obst, verschiedenfarbigen Kuchen und Gebäck in allen vorstellbaren Formen. Bralag betrachtete die Schüssel mit den Keksen. Verschiedene Haustiere, Pferde, Bären, Einhörner und sogar einen Drachenkeks entdeckte er. *Diese Backwaren sind vielmehr kleine Kunstwerke als einfaches Naschwerk.*

In diesem Moment betrat der Magister den Raum.

»Greift nur zu.«

»Das wäre nicht nötig gewesen.«

Der Magister winkte ab. Er goss dunkelroten Wein in zwei Kelche, schnappte sich ein Kuchenstück mit einer rot-grün schimmernden Glasur und fragte stattdessen, bevor er gierig hineinbiss: »Ich habe Eure Botschaft erhalten. Wie ist der Stand der Dinge?«

Bralag entschied sich für ein fast schwarzes Gebäck in der Form eines Drachen und berichtete vom Untergang des Schiffes. Danach erst sprach er den Schiffbrüchigen an. »Es ist nichts angespült worden, wie zu allen Zeiten, wenn der Wächter sein Werk vollbringt. Allerdings frage ich mich, warum er dieses Mal einen Mann am Leben ließ.«

Der Magister strich sich über das Kinn. »Ja, eine berechtigte Frage.« Ohne darauf einzugehen, bedeutete er Bralag weiterzureden, während er an seinem Wein nippte.

»Wir haben diesen Fremden in Gewahrsam genommen. Ist es wahr, dass dieses Schiff nicht fortwollte? Ich meine, ist die Quelle verlässlich?« Sogleich bereute Bralag seine letzte Bemerkung.

Der Magister blieb jedoch gelassen und ergriff ein zweites Kuchenstück. »Die Quelle ist über jeden Zweifel erhaben. Das Auge sieht alles, das Ohr hört alles.«

Bralag wusste von diesem Orakel, einem Seher, der den Obersten der Magier über die Geschicke in der Welt unterrichtete. Er ahnte nicht einmal, wer dieser Seher war. Noch niemals hatte er die Person zu Gesicht bekommen, wenn es denn überhaupt ein menschliches Wesen war. Das Orakel war Bralag stets einen Schritt voraus. Und das nagte an ihm.

»Was geschah auf dem weiteren Weg?«

»Es gab eine Komplikation, nichts weltbe…«

Der Magister schnitt ihm das Wort ab. Er wirkte aufgeregt. »Eine Komplikation? Welcher Art? Der geflügelte Bote hatte nichts davon berichtet.«

»Ein Zwischenfall in der Trollfurt«, begann Bralag. »Ein Steinschlag hat die Gefängniskutsche am Rad beschädigt. Wir mussten rasten. Meister Penthur blieb im Wald bei Birkenbach, einer unbedeutenden Ortschaft am Rand der Grenze zwischen Mittelland und der *Grauen Steppe*. Ein Schmied muss das Rad reparieren.«

Der Magister wirkte schlagartig um Jahre gealtert. Er kniff den Mund zusammen.

»Keine Sorge, mein Magister, sie dürften bereits wieder auf dem Weg sein.«

Der Magister brachte Bralag mit einer schnellen Handbewegung zum Schweigen. »Es ist nicht Eure Schuld. Ich hätte mich klarer ausdrücken sollen.« Dann nickte er abwesend. »Ja … ich dachte mir schon so etwas«, murmelte er. In normaler Lautstärke fügte er hinzu: »Es bestätigt sozusagen meine Vermutung …«

»Ich verstehe nicht ganz, mein Magister.« Bralag zog fragend die Augenbrauen hoch. Der oberste Magier sprach in Rätseln.

»Wenn er der ist, für den ich ihn halte, dann ist das von größter Bedeutung für uns. Aber zugleich könnte er unser Untergang sein.«

Bralag versteifte sich und richtete sich auf.

»Wie ist das möglich? Ich meine … Wo kommt er her? Hinter dem Nebel befindet sich der Rand der Welt.«

»Ja, ja, so dachten wir. Ihr kennt die alten Geschichten vom Ur-Krieg vor eintausend Jahren?«

Bralag nickte. »Aus dem wir Magier siegreich hervorgingen und die Menschheit ins Licht und zu Ruhm und Reichtum geführt haben? Ja, ich habe die Chroniken gelesen. Aber …«

Der Magister lächelte wissend.

Bralag riss vor Staunen die Augen auf, als ihn die Erkenntnis wie ein Schlag ins Gesicht traf. »Dann vermutet Ihr, er sei ein …«

»… ein Zauberer, ganz recht«, beendete der Magister den Satz. »Ein Zauberer der Vorzeit. Deshalb solltet und *habt* Ihr ihn in diesem Gefährt untergebracht und mit einem Konzentrationsbann belegt. Die Kutsche wurde eigens für den Fall der Fälle konstruiert, nach einem Bauplan aus vergangener Zeit, noch vor dem großen Krieg.«

Bralag nickte erneut. »Aber warum habt Ihr mich nicht vorher darüber informiert?«, fragte er.

Der Magister überhörte seinen anklagenden Tonfall. »Es diente Eurer eigenen Sicherheit«, antwortete er stattdessen. Mehr sagte er nicht.

Bralag schwieg ebenfalls.

Der Magister steckte sich eine Weintraube in den Mund,

ehe er wieder das Wort ergriff. »Es war unausweichlich, dass jemand wie er eines Tages auftauchen würde. Wir alle haben es geahnt. Vielleicht haben viele von uns es nicht wahrhaben wollen. Doch einem jeden war diese Bedrohung unseres Friedens bewusst.«

Bralag nickte. Innerlich fügte er zu den Worten des Magisters hinzu: *Es hätte einem jeden bewusst sein müssen!* Aber war es den Magiern und Menschen zu verdenken? Der Krieg lag fast eintausend Jahre zurück.

»Was will er hier?«

»Dieser Mann …« Nachdenklich massierte sich der Magister das Kinn. »Dieser Mann ist wie ein Dämon aus einer anderen Dimension. Er könnte sich die Herrschaft über die Welt mit einem Fingerschnippen holen. Und meiner Meinung nach hat er genau das vor.«

»Undenkbar. Wir verfügen über unzählige Kriegermagier sowie die *Bewahrer der Ruhe*. Unsere Erde ist durch einen ewigen Nebel geschützt, bewacht von einem Wasserwächter.«

»Das hat diesen Fremden nicht aufgehalten«, warf der Magister ein.

»Nun ja, das würde ich so nicht behaupten. Immerhin haben wir ihn gefangen genommen.«

»In der Tat. Das haben wir. Und das war erst der erste Schritt. Wir werden viel von ihm lernen.«

Bralag überlegte, was dieser Gefangene in seinen einundzwanzig Lebensjahren, wie er sein Alter schätzte, für lohnenswerte Informationen gesammelt haben könnte.

Könnte es sein? Nein, das wäre zu abwegig.

Der Magister schien seine Gedanken zu erraten.

»Die Artefakte«, erklärte er. »Er wird uns Aufschluss darüber geben. Ihr versteht nun also, dass wir diesen Mann dringend brauchen.«

Bralag nickte. »Ich werde mich unverzüglich wieder zu dem Gefangenentransport begeben und ihn hier hergeleiten.«

Der Magister hob die Hand. »Das ist nicht nötig. Schickt euren geflügelten Boten erneut los. Lasst ihn den Tross begleiten. Falls abermals Komplikationen auftreten, kann er sofort losfliegen und berichten.«

»Aber ich …«

Der Magister schnitt ihm das Wort ab. »Tut es.«

Bralag stellte seinen Weinkelch ab und erhob sich. Mit wenigen Schritten war er bei dem schlafenden Feenmann und weckte ihn unsanft. Alles andere als begeistert fragte die Fee mit schlaftrunkener Stimme: »Was'n jetzt schon wieder?«

In knappen Sätzen erklärte Bralag die Befehle. Nach einem unverständlichen Fluch in einer fremden Sprache schwirrte Oleri los.

Der Magister schob sich ein paar rote Weintrauben in den Mund. »Ihr solltet Euren geflügelten Boten wegen des ungebührlichen Benehmens bestrafen. Die Biester nehmen sich mehr und mehr Frechheiten heraus.«

Bralag ging nicht darauf ein. »Setzt Ihr genug Vertrauen in Meister Penthur, dass er den Tross hier herführen kann?«

»Mitnichten.« Der Magister lachte auf. »Ich habe Val bereits für diese Aufgabe vorgesehen. Sie wird sich noch heute Abend auf den Weg machen.«

Bralag blinzelte verwirrt. »Val? Ihr meint Valhelia?«

»Ich weiß. Valhelia ist erst sechzehn, doch sie ist ausgesprochen talentiert. Sie ist bereits jetzt besser als viele aus der Elite der *Bewahrer der Ruhe*. Eine der Besten. Da ist es nur recht und billig, dass sie eine verantwortungsvolle Aufgabe aufgetragen bekommt.«

Bralag, der zu seinem Sitzplatz zurückkehrte, bemerkte den Glanz in den Augen des Magisters. Er ließ sich in den ledernen Sessel fallen. »Aber …«

»Kein Aber.« Die Stimme des obersten Magiers nahm einen kindlichen Ton an, wurde geradezu sanft. Ein Lächeln legte sich auf die hageren Gesichtszüge. »Bralag, alter Freund. Ihr solltet nicht so viel Zeit mit den *Bewahrern der Ruhe* verbringen. Ihr solltet Euch ein paar Freuden des Lebens gönnen. Vielleicht solltet Ihr Euch ein paar Tage frei nehmen. Ja, das ist eine gute Idee. Ich gebe Euch ein paar Tage frei. Tut, was Euch beliebt. Erholt Euch.«

Bralag fühlte sich, als ob die Spitze eines Dolches durch sein Herz gerammt wurde. Er hatte niemals *frei*.

»Ich brauche keinen Urlaub.«

»Aber sicher. Ihr könntet verreisen. So, wie Ihr es seit

mehreren Jahren zur Mitte eines jeden Monats tut.« Er zwinkerte Bralag zu, doch seine Miene verdüsterte sich. »Oh, wenn es ein Weib ist: Euer Geheimnis ist gut verwahrt. Die menschlichen Triebe sind natürlicher Art.« Der Magister kicherte.

»Ich habe kein heimliches Weib«, begehrte Bralag auf. »Ich habe Besorgungen zu machen, die einmal im Monat erledigt werden müssen. Pflichten Haus und Hof gegenüber. Trotz alledem bin ich niemandem verpflichtet außer dem Bund der Kriegermagier und den *Bewahrern der Ruhe*.«

Die Augen des Magisters wurden kalt. Etwas Lauerndes trat in seinen Blick, obwohl er immer noch lächelte.

»*Und mir* wolltet Ihr sagen.«

»Sicherlich. Ihr seid der Einzige, dem meine Treue gilt!«

»Das will ich doch meinen. Nehmt Euch frei. Besucht, wen immer Ihr besuchen wollt.«

»Es gibt niemanden«, betonte Bralag erneut. Obwohl er nur allzu gerne das winzige Wörtchen *mehr* angefügt hätte.

Die Stimme des Magisters verlor den letzten Funken Wärme. »Das war keine Bitte. Ihr seid die nächsten fünf Tage von Euren Pflichten befreit.« Der Magister erhob sich.

Bralag schnellte ebenfalls in die Höhe. »Wie Ihr wünscht, mein Magister.«

»Das wäre alles. Ach und noch eins.« Das Gesicht des Magisters war unbeweglich, das leichte Lächeln umspielte wie eingemeißelt seinen schmalen Mund. »Ich weiß ganz genau, warum Ihr Meister Penthur mit dieser Aufgabe betraut habt. Eines sollte Euch klar sein, *Bralag*: Wenn Penthur versagt, werdet Ihr die Suppe auslöffeln! Dieser Fremde ist extrem gefährlich. Ich will ihn lebend. Um jeden Preis!«

Und dann schickt Ihr Valhelia? Ein Kind? Doch er sprach den Gedanken nicht aus, nickte nur und sagte mit einem ebenso ausdruckslosen Gesicht: »Ich weiß, mein Magister.«

Sogleich verließ er den Raum. Kaum hatte er die Tür hinter sich geschlossen, ballte er die Fäuste. Der Magister konnte sich auf den Kopf stellen, Bralag würde nicht von seinen alltäglichen Gepflogenheiten, Nachforschungen anzustellen, abweichen. Er verdächtigte ihn, einem Weib nachzustellen. Sollte er nur. Aber woher hatte der Magister von seinen Reisen erfahren? Durch einen Seher?

Bralags Blick verdüsterte sich, wie so oft in letzter Zeit, wenn er dieses Gebäude verließ.

Draußen wartete seine Kutsche.

Er würde weiter seine Erkundungen anstellen. Jetzt erst recht, da ihm die folgenden fünf Tage zur freien Verfügung standen. Er würde sich einmal mehr mit der Identität des Sehers auseinandersetzen.

VII

Entkommen

Als Mira bei Pallak, dem Schmied, ankam, meinte dieser: »Ich bin gleich fertig. Wenige Hammerschläge noch, dann kann das Rad eingebaut werden. Wenn du willst, kannst du bleiben und wir gehen gemeinsam heim.«

Mira lächelte. »Oh, sehr gerne.«

In Begleitung des Schmieds die Lichtung zu verlassen und einen Abstand zwischen sich und diese Magier zu legen, kam ihr besser vor, als alleine den Heimweg anzutreten. Sie setzte sich abseits ins Gras. Neugierig, aber nicht wirklich interessiert, schaute sie dem Magier und Pallak bei ihren letzten Handgriffen zu … Die Gespräche der Menschen fand Mira viel interessanter. Vor dem Zelt gingen zwei Männer vorbei. Einer gähnte ausgiebig.

»Müde?«, fragte der andere.

»Ja, seit mein Sohn auf der Welt ist, kann ich nachts kein Auge mehr zutun.«

Der andere Mann lachte. »Na, dann kannst du dich hier ja richtig ausschlafen. Aber tröste dich, es kommen bessere Zeiten. Irgendwann können sie alleine spielen und dann kriegst du sie kaum noch zu Gesicht.«

»Es wird nicht besser, es wird nur anders.« Nun lachten beide Männer. Der zweite Sprecher zog einen Gegenstand aus seiner Tasche. »Schau mal, was mir Torge geschnitzt hat.«

Die Magier verschwanden und Mira konnte dem Gespräch nicht mehr folgen.

Penthur blickte auf die Tischplatte. Er ärgerte sich über so viel Unverständnis. Hauptsächlich aber darüber, dass der Tisch immer noch nass war. Er murmelte ein paar Worte. Seine Hände fuhren mit einem Wischen durch die Luft, die zu knistern begann, wodurch eine seichte Brise anhob. Wie von Geisterhand wurde der Tisch trocken. So etwas Simples lernte man an der Magierschule in der untersten Stufe. Er musste sich nun wirklich nicht als Magier von wahrlich hohem Rang mit solch niederen Sprüchen abgeben. Und alles, weil ein tölpelhaftes Bauernmädchen …

-Klack-

Zu spät vernahm Penthur das Geräusch der sich öffnenden Türverriegelung der Gefängniskutsche. Sein Blick erfasste im letzten Moment, wie der Wächtermagier mit seinen starren, marionettenhaften Bewegungen die verborgene Tür öffnete.

»Nein! Nicht öffnen!«, schrie er. Er riss die Arme hoch und streckte die Hände vor seiner Brust aus. Sein Geist hatte instinktiv die magischen Worte geformt, die sein Mund im gleichen Moment aussprach. Von einem Augenblick auf den anderen vibrierte die Luft, begann zu zittern, als die Energie der Erde in Penthurs Körper floss.

Die Eisentür krachte mit immenser Kraft auf und schleuderte den Magier davor beiseite. Penthur erzeugte einen Lichtblitz. Auf der Stelle schoss dieser aus seinen Handflächen. Die Gestalt, die aus der Kutsche kriechen wollte, wurde, während sie einen hohen Schrei ausstieß, in den Innenraum zurückgeschleudert.

Der Blitz traf den Flüchtling direkt in die Brust. Ein Rauchfähnchen kräuselte aus der Gefängniszelle. Penthur trat vorsichtig an die Kutsche heran. In seinen Augenwinkeln bemerkte er, wie sich der Mann, der die Tür entriegelt hatte, aufrichtete. Penthur hielt eine Hand ausgestreckt, bereit einen weiteren Lichtblitz abzufeuern.

Irgendetwas störte ihn. Sein Blick flog herum und er sah, was ihm missfiel. Der Mann, der die Tür geöffnet hatte, trug nicht die Kleidung eines Magiers. Die Person trug ein knielanges Gewand. Das Gewand eines Gefangenen.

Penthurs letzter Gedanke »*aber wie …*« erlosch in dem Moment, als ein dunkler Strahl auf ihn zuschoss. Schwärzer als der Tod.

Kyrian hatte nicht lange gewartet. In dem Augenblick, in dem er diese naive Frau überlistet hatte und mit ihrer Hilfe die magische Mundfessel loswurde, brach auch der Konzentrationsbann. Sein Geist wurde regelrecht durchflutet. Er spürte die Zauberkraft. Selbst im Innenraum des Gefängnisses war die Luft von göttlicher Energie durchsetzt. Er brauchte sie sich nur zu greifen.

Das Lösen der eisernen Ketten war ein Kinderspiel und dauerte keine zwei Atemzüge. Dafür war nicht einmal hohe Konzentration erforderlich.

Erste Stufe Basiswissen: Fesseln lösen!

Mit einem gedämpften Klirren glitten die Eisenketten zu Boden.

Kyrian überlegte. Er musste schnell sein, schneller als schnell, nun da sich ihm die Gelegenheit bot. Sollte er erneut klopfen? Er zuckte jäh zusammen, als er das Geräusch am schmalen Fenster vernahm. Der Haken wurde geöffnet. Vielleicht war es wieder die Frau, die sicherlich eine Magierin war.

Jetzt oder niemals!

Kyrian konzentrierte sich. Er öffnete gleichzeitig drei Gedankenebenen und einen Rückkanal. Ein Hochgefühl durchströmte seinen Körper, als er die Energie aufnahm, in seinen Geist lenkte und einen Teil an die Erde zurückgab. Seine Haut kribbelte.

Das Wesen aller Dinge ist, ein Gleichgewicht zu erzeugen. Ein Geben und ein Nehmen!

Nun galt es, den Plan umzusetzen. Zuallererst musste er dichter an sein Opfer herangelangen. *Körperwandlung!*

Zweitens musste er sein Opfer überzeugen, die Tür zu öffnen. *Gedankenkontrolle!*

Der dritte Punkt war weitaus schwieriger und erforderte seine gesamte Konzentration. Während sich sein Hals zu strecken begann, schrumpfte sein Schädel und wurde in Richtung Fenster gepresst. Er biss die Zähne zusammen. Körperwandlungen waren nicht sein Ding.

Das Schiebefenster öffnete sich, Licht umrahmte die Kontur des Kopfes. Kyrian erblickte zwei blaugraue Augen. Ohne Probleme drang er in den Geist des Unglücklichen.

Öffne die Tür, befahl er ihm lautlos.

Der zeitliche Ablauf musste perfekt abgestimmt sein.

Kyrian konzentrierte alle Sinne. Er vernahm ein Klicken gefolgt von einem gedämpften Rattern. Seine Konzentration war zum Bersten gespannt. Der Blickkontakt durfte nicht abreißen, sonst war er verloren. Seine Hände zitterten, ausgestreckt vor seinem Bauch verharrend. Dann ein Schrei: »Nein! Nicht öffnen!«

JETZT! Windstoß – Körpertausch!

Kyrian fiel. Er stürzte in einen Abgrund gefüllt mit zähflüssiger Schwärze, ging unter und tauchte den Bruchteil eines Wimpernschlages darauf wieder auf. Das Risiko, durch seinen eigenen ersten Zauberspruch verletzt zu werden, wenn ihm die Tür entgegenschlug, kalkulierte er ein. Seine einzige ernsthafte Sorge galt seiner Kleidung, die bei einem Körpertausch nicht wechselte und dem Umstand, dass er nicht wusste, wie viele Magier sein Gefängnis bewachten.

Der Schlag traf ihn dennoch unvorbereitet. Kyrian sank benommen zu Boden. Er hörte den Todesschrei und rappelte sich auf, um seine Orientierungslosigkeit abzuschütteln.

Kyrian erfasste, dass er sich in einem abgetrennten Areal befand. Weiterhin erkannte er einen Menschen – offensichtlich war er Magier. Er stand mit ausgestreckter Hand vor der aufgestoßenen Tür und hatte soeben seinen eigenen Mann unschädlich gemacht.

Nur ein einziger Gegner.

Der Mann drehte sich zu ihm um, doch zu spät. Kyrian lächelte, als der *Strahl der Dunkelheit* aus seiner Handfläche schoss. Der Magier brach zuckend zusammen, während das Leben seinen Körper verließ und dieser in der Dauer eines Augenblinzelns ergraute.

Vor der Zeltplane hörte er Stimmen. »Meister Penthur? Ist alles in Ordnung?«

Kyrian konzentrierte sich. Er prägte sich die Gestalt des am Boden Liegenden ein. Erneut durchfloss ihn dieses Hochgefühl.

Körperwandlung!

Er benötigte mehr Energie, um sich mitsamt der Kleidung in sein Gegenüber zu verwandeln.

Dann eilte er zum Eingang und trat hinaus, bevor jemand hinter die Absperrung gelangen konnte.

Draußen standen drei Magier in dunkelblauen Roben.

»Meister Penthur. Wir sahen einen Lichtblitz ...«, begann der Erste.

Kyrian erschrak, wusste nicht, was er tun sollte. Die Stimme. Er konnte die Stimme nicht imitieren, da er sie nicht kannte. Der Schrei? Er versuchte, sich zu erinnern. Und bemühte sich. »Nur eine kleine Demonstration. Geht wieder zurück auf eure Posten«, befahl er.

Zwei der Männer drehten sich um und wollten gehen, doch der dritte Mann blieb stehen.

»Was für eine Demonstration?«, fragte er misstrauisch. »Und was ist mit Eurer Stimme passiert?«

Kyrian überlegte sich bereits die nächsten Zaubersprüche. »Du hättest lieber nicht fragen sollen!«, grollte er.

Die anderen Magier verharrten nun ebenfalls und schauten sich an. Nur einen einzigen Atemzug lang. Dann wirbelten sie herum, die Kampfstäbe zum Angriff erhoben.

Kyrian reagierte mit der Präzision eines kampferprobten Kriegers. Seine beiden Hände packten den Kopf des Gegenübers, und er verpasste ihm einen kräftigen Schlag mit dem eigenen Schädel. Ein Ruck gefolgt von einem hässlichen Knacken und das Genick des Mannes brach.

Einen Arm um den leblosen Körper geschlungen, hielt Kyrian den Leichnam als Schutzschild vor sich. Er hob seine freie Hand, doch die verbliebenen Wächter kamen ihm zuvor. Der Druck der Lichtblitze schleuderte ihn zurück hinter die Absperrung. Noch im Flug verließ ein ebensolcher, zischender Lichtblitz seine Handfläche und fegte einen der Magier von den Beinen.

Kyrian warf den Toten zur Seite und rollte aus der Schussbahn. Vor der Absperrung wurde Alarm geschlagen.

Wenige Atemzüge darauf zerfetzten Lichtgeschosse die Zeltplane. Der Kampf hatte begonnen.

Mira schreckte zusammen. Ein Zischen gefolgt von dumpfen Detonationen und dazwischen lautstarke Schreie versetzten das Lager in Aufruhr.

Der Magier, der sich bei Mira und Pallak befand, zuckte ebenfalls zusammen. »Ihr wartet hier! Rührt euch nicht vom Fleck«, befahl er. Dann stürmte er fort.

Pallak pfiff anscheinend auf die Worte des Mannes. Er sprach so hastig, wie er sein Werkzeug einpackte. »Das hört sich nach Ärger an. Ich weiß ja nicht, wie es um dich bestellt ist, Mädchen. Aber ich bleibe keine Sekunde länger hier!«

»Aber wir sollen doch warten, hat der …« Mira verstummte.

Pallak blickte sie direkt an. »Ich an deiner Stelle würde lieber auch abhauen.« Er warf jeweils einen Blick nach links und rechts und rannte los.

Entsetzen packte Mira. Die Magier durchlöcherten die Absperrung mit Lichtblitzen. Sie erkannte hass- aber auch angstverzerrte Gesichter, die stetig Wörter schrien, die sie nicht verstand. Magische Formeln. Die Luft war von einem Knistern und Zischen erfüllt. Der Boden um die Angreifer färbte sich grau.

Mira presste sich die Hände auf die Ohren. Sie musste fort aus diesem Albtraum. Ihre Augen weiteten sich. Ein Schrei verließ ihre Kehle, als die Zeltplane Feuer fing. Eine gewaltige Flammenwand erfasste drei Männer und schoss auf sie zu. Die Flammen erloschen unmittelbar vor ihr. Dann erst löste sich Miras Starre auf. Sie eilte dem Schmied hinterher, begleitet von den entsetzlichen Todesschreien der Magier, die über die Waldlichtung hallten.

Kyrian lag auf dem Boden und kroch nach hinten. Mehr und mehr Lichtblitze durchschlugen die Absperrung. Er stieß die Tischplatte um und krabbelte dahinter. Er musste fliehen, das war ihm klar. Wo waren nur seine persönlichen Sachen, die ihm seine Häscher abgenommen hatten? Dafür blieb keine Zeit. Er musste weg. Er konnte seine Konzentration nicht ewig aufrechterhalten. Irgendwann ließ seine Zauberkraft nach und sein Geist leerte sich wie ein Gefäß, das in aller Ruhe ausgegossen wird. Er brauchte etwas Effektiveres, wenn er diese lästigen Magier loswerden wollte.

Er konzentrierte sich auf einen Zauberspruch einer höheren Stufe seines Wissens, gefolgt von einem zweiten Spruch.
Flammenwand und *Feuerball!*
Diese Zaubersprüche kosteten ihn zwar viel Kraft, doch das gab ihm den nötigen Freiraum für eine Flucht. Ein Ass hatte er noch im Ärmel. Eine besondere Überraschung. Er konzentrierte sich erneut.
Illusion des eigenen Ichs!
Keine vier Atemzüge später sprintete er geduckt in den Wald hinein.

Die Flammenwand riss eine Schneise in die Schar der Magier. Drei Männer verloren auf der Stelle ihr Leben. Der anschließende Feuerball schlug in eine der Kutschen ein und forderte ein weiteres Menschenleben. Das Feuer breitete sich aus. Die Pferde scheuten.

Helmar hatte die Gegend erkundet, als er die Detonationen vernahm. Er war ins Lager zurückgeeilt und hatte die Situation sofort richtig eingeschätzt. Scheinbar war Meister Penthur verletzt oder bereits tot. Es gab niemanden, der einen Befehl erteilte. Die Magier feuerten planlos auf die Tuchabsperrung. Jetzt konnte er die Familienehre retten und seine Unsicherheit an der Trollfurt wiedergutmachen.

»Verteilt euch!«, schrie er. »Arbeitet zusammen!«

Die Stoffbahn der Absperrung brannte an der Vorderseite vollständig nieder. Zwischen Rauchschwaden erkannte Helmar den Angreifer. Er hatte sich hinter dem umgeworfenen Tisch verschanzt. Von Zeit zu Zeit schnellte der Fremde in die Höhe und streckte die Handflächen empor. Ein gleißendes Licht erschien. Jedoch verließ kein Geschoss die Hände.

Helmar stutzte. Hier stimmte irgendetwas nicht.

Während einige der Magier das Feuer zu löschen versuchten, durchlöcherten die anderen weiterhin die Tischplatte, die bald nur noch aus glimmenden Holzsplittern bestand. Helmar erstarrte. Der Fremde hockte an der gleichen Stelle, ohne Deckung zu suchen. Als sich die Gestalt erneut erhob, feuerte er einen Lichtblitz. Dieser durchschlug sein Ziel und verpuffte im Wald dahinter. Ein Trugbild!

»Hört auf zu schießen. Es ist eine Illusion. Eine Illusion«, brüllte er gegen den Lärm an. Augenblicklich verschwand das Trugbild.

»Sucht ihn! Ausschwärmen!«

Mira rannte einen Pfad entlang.

Vom Schmied war keine Spur mehr zu sehen. Er musste trotz seines fortgeschrittenen Alters noch äußerst gut zu Fuß sein, wie es schien. Oder war er querfeldein gelaufen? Sie konnte es nur erahnen. Als Mira schließlich auffiel, dass sie den Weg nicht wiedererkannte, verlangsamte sie ihre Schritte. Panik wallte in ihr auf, da ihr die Orientierung völlig abhandengekommen war.

Ohne Vorwarnung schoss ein Schatten hinter einem Baum hervor. Mira schrie auf und sprang zur Seite. Die Gestalt in wallendem Gewand schnitt ihr den Weg ab und kam keine vier Fuß vor ihr zum Stehen. Mira verharrte in der Bewegung.

Beide starrten einander an.

Schulterlanges rabenschwarzes Haar verklebte seine schweißnasse Stirn. Darunter zwei Augen ... Augen, so tief und blau wie ein Bergsee.

War das ...?

Der Fremde blickte an ihr herab. Dann fing er sich und nahm eine drohende Körperhaltung ein.

»Gib es mir!«, keuchte er mit einer Stimme, die wie der Mühlstein einer Kornmühle klang.

»Was?« Mira wusste nicht, wovon dieser Mann sprach.

»Wenn du nicht willst, dann muss ich es mir holen!«

Mira wich panisch zurück. Seine zupackenden Hände bekamen gerade noch Miras Gürtel zu fassen. Mit einem Ruck schleuderte er sie herum. Mira schrie gellend auf. In einem Reflex riss sie ihren Ellenbogen nach hinten. Der Fremde zuckte, ließ ihren Gürtel jedoch nicht los. Stattdessen wirbelte er sie weiter um ihre eigene Achse, so dass ihr schwindelig wurde. Dann versetzte er Mira einen Stoß, und sie stürzte zu Boden.

Sofort war der Angreifer über ihr. Miras Fuß schnellte in die Höhe, doch ihr Gegner war schneller. Er blockte den Tritt in seine Weichteile ab und hielt ihren Fuß fest. Sie bemerkte, dass der Fremde ihre Gürteltasche fixierte. War der Mann etwa ein gewöhnlicher Dieb?

Sie blickte ebenfalls darauf. Ein greller Schein strahlte aus der ledernen Tasche. Und da fiel es Mira ein: die Kette! Sie hatte die Halskette mit diesem braunen Stein eingesteckt und nicht mehr daran gedacht. In aller Hast griff sie danach, doch der Fremde packte blitzschnell nach ihrem Handgelenk. Er hielt es eisern umklammert, noch bevor ihre Hand überhaupt in die Nähe ihrer Hüfte kam. Er hatte keine Hand mehr frei, Mira schon. Sie löste die Schnalle des Gürtels und schleuderte ihn kurzerhand davon.

»Nein!«, schrie der Fremde. Er ließ Miras Hand und Fuß los, um der Tasche hinterherzuspringen.

Sofort kroch Mira nach hinten.

Noch im Flug öffnete sich die Tasche und der gesamte Inhalt fiel heraus. Seltsamerweise dachte Mira in diesem Moment an ihre Habseligkeiten. Ihre Schere, den Beutel mit Samenkörnern, die Kräuter, eine Süßholzwurzel ... Ihre Besitztümer!

Der Fremde hatte die Gürteltasche erreicht und katapultierte sie, leer, wie sie war, fort. Das gute Stück landete samt Gürtel neben Mira. Mit wutverzerrtem Blick suchte der Fremde den Boden ab.

Jäh fuhren beide herum, als urplötzlich ein Magier durch ein Gebüsch brach. Der Mann prallte zurück, als sei er gegen eine imaginäre Wand gelaufen. Sofort begann er, zu schreien.

»Hierher! Ich habe das Schw-aaah ...« Weiter kam der Magier nicht. Ein Lichtblitz schleuderte ihn in das Unterholz, wo er reglos liegenblieb. Der Fremde drehte sich zu ihr um, seine rechte Handfläche zeigte direkt in Miras Richtung ...

Ein seltsamer Ausdruck trat in sein Gesicht, den Mira nicht zu deuten vermochte. Er sah aus, als wollte er etwas sagen. Dann blickte er zum Busch. Rufe erklangen dahinter.

Mira folgte seinem Blick, und als sie wieder ihren Kopf dem Fremden zuwandte, war dieser verschwunden.

Verdammt, schrie Kyrian innerlich. *Nein, nein, nein!*
Warum hatte diese dumme Gans die Tasche fortgeschleudert? Und warum hatte sich die Tasche zu allem Unglück auch noch geöffnet? Sein Glückstag war das nicht gerade.

Er hätte die Frau töten sollen … aber ihre Haut. Sie leuchtete schneeweiß. Erst jetzt wurde ihm dieser Umstand bewusst. War sie das Mädchen aus seinen Visionen? Es könnte stimmen, sie musste schließlich auch gealtert sein. In sechs Jahren veränderte sich jeder Mensch. Aber änderten sich Augen? Er meinte, einen leichten lilafarbenen Schimmer in ihren Augen gesehen zu haben. Verdammt. Hätte er sich bloß zu erkennen gegeben. Es gab nur einen einzigen Weg, das herauszufinden. Er musste umkehren.

Mira erreichte unentdeckt das bescheidene Bauernhaus ihrer Eltern. Sie hetzte quer durch den Garten, sprang ohne nachzudenken ins Haus und warf die Eichentür zu, so dass es krachte. Mit geschlossenen Augen lehnte sie sich schwer atmend dagegen. Dann riss sie die Augen wieder auf, fuhr herum und schob den Riegel vor.

Sie lauschte.

Im Gebäude war es totenstill. In der Feuerstelle glomm ein letzter Funke einer sterbenden Glut. Vor ihrem inneren Auge rollte ihr eine Feuerwand entgegen. Feuer …

Ihre Mutter war gar nicht zu Hause. Vermutlich half Magdalena ihrem Vater auf dem Feld. Mira schätzte die Tageszeit auf den frühen Nachmittag. Sie durfte ihre Eltern nicht aussperren.

Sie entriegelte die Tür wieder, schlug die Hände vors Gesicht und brach in Tränen aus.

Am Ende ihrer Kräfte schleppte sich Mira die Stiege hinauf bis in die Kammer auf dem Speicher. Dort legte sie sich in ihr Lager aus Stroh, kroch unter die Decke und vergrub sich wie am Sturmabend zuvor in den Kissen. Die ganze Welt sollte draußen bleiben. Als sich ihre tränennassen Augen schlossen, umarmte sie eine gnädige Finsternis.

Mira fuhr mit rasendem Herzen im Bett auf. Sie keuchte, denn sie war soeben durch einen Lichtblitz getötet worden. Von einem Mann in schwarzer Robe. Ein Traum.

Die Sonne warf ihren goldenen Schein durch die Ritzen des Dachstuhls. Staubkörnchen tanzten durch die Luft. Sie konnte kaum einen Augenblick geschlafen haben. Zu müde, um wach zu bleiben, holte der Schlaf sie erneut in sein Reich.

Als Mira die Augen öffnete, war der Sonnenstrahl ans Ende des Raumes gewandert, aber noch nicht sehr viel weiter. Ihre Mutter stand mit verschränkten Armen vor ihrem Bett.

»Was ist denn mit dir los? Spinnst du? Warum bist du nicht im Garten und kommst deinen Pflichten nach? Du hast hier ebenso deinen Beitrag zu leisten wie jeder andere.«

»Ich fühle mich nicht«, brachte Mira hervor. Offensichtlich klang ihre Stimme dermaßen schrecklich, dass ihre Mutter von einer weiteren Standpauke Abstand nahm und sich in den Kräutergarten verzog.

Mira seufzte und verkroch sich wieder unter ihrer Wolldecke. Doch nun konnte sie nicht mehr einschlafen. Ihre Gedanken kreisten um das Geschehene wie die Paare um den Maibaum.

Warum war sie ausgerechnet heute in den Wald gelaufen? Hätte sie sich nicht, wie sonst auch immer, auf dem Speicher verkriechen können? Und was hatte sie sich bloß dabei gedacht, diese komische Halskette einzustecken?

Doch eine Frage brannte sich Mira regelrecht ins Gehirn: Woher hatte dieser Fremde gewusst, dass *sie* diese Kette bei sich führte?

VIII

Jäger und Gejagter

Gehetzt blickte sich Kyrian um. Stoßweise pumpte sein Körper Luft in die brennende Lunge. Er lief eine Weile querfeldein und war unterwegs keinem weiteren Magier begegnet. Er wusste nicht, wie viele ihn noch verfolgten.

Dieses schneeweiße Mädchen. Sie ging ihm nicht mehr aus dem Kopf. Seine Vision. War sie es oder nicht? Er musste zurück in das Lager. Sich Gewissheit verschaffen.

Seine Erinnerung zeigte die Waldlichtung als nicht besonders groß.

Geduckt verharrte er zwischen Farngras und lauschte. Er war eins mit der Natur, hatte seinen Körper mit dem Dreck des Waldbodens beschmiert. *Tarnung ist alles.* Gerne hätte er sich durch Zauberei getarnt, doch seine Kraft ließ nach. Er konnte sich nicht ewig konzentrieren. Er war erschöpft. Er musste sich eine andere Quelle besorgen. Etwas Lebendiges.

In der Ferne vernahm er Stimmen. Geschriene Befehle. Er spürte jemanden in seiner Nähe. Ein Schatten, zwanzig Schritte voraus. Kyrian schloss für einen Moment die Augen und fuhr sich mit der Zunge über die trockenen Lippen. Er benötigte Wasser. Dringend.

Er konzentrierte sich ein letztes Mal, zog Energie aus den Pflanzen, aus den Farnen und Bäumen um ihn herum. Er musste es tun, wenn er überleben wollte. Es widerstrebte ihm, doch es musste so sein. Er hatte keine Wahl, redete er sich ein.

Tu es, raunte eine innere Stimme. *Der Tod des einen sei das Leben des anderen.*

Kyrian gehorchte. Kein Rückkanal, der einen Teil der Energie an die Natur zurückgab. Nur ein Nehmen.

Lebensraub – Mortema futinal althera Vithra!

Als er die Augen wieder öffnete, brach ein Magier durch das Dickicht. Der Mann sank ohne ein Wort zu Boden, als ihn der Lebensatem verließ. Winzige silberne Lichtpünktchen verloren sich in einer wabernden Wolke, ließen sie metallisch erscheinen und machten sie gleichwohl zu etwas Lebendigem. Pulsierendes Leben. Schwarz-rot schimmernde Schlieren verschwanden in Kyrians Handfläche.

Er hatte keine Zeit, darüber nachzudenken, dass er diesen Zauber so gut wie noch nie angewandt hatte und kaum eine Ahnung von dessen Nebenwirkungen hatte. In dem Moment, in dem die Schwaden seine Hand berührten, krümmte er sich. Ein grausamer Schmerz durchfuhr seinen Körper. Gedankenfetzen brannten sich in sein Gehirn. Erinnerungen einer fremden Lebenszeit wie ein Bühnenstück, eine Aufführung in einem Theater. Gleich darauf durchfloss ihn ein euphorisches Gefühl. Frische Lebenskraft. Dann war es vorbei.

Kyrian schluckte schwer. Er löste sich aus seinem Versteck und eilte weiter. Fast lautlos flogen seine nackten Füße über den kalten, moosbedeckten Waldboden. Zurück verblieb verdorrter, grauer Farn.

Kyrian wischte sich mit seinem Ärmel Schweiß von der Stirn. Nach dem Lebensraub fühlte er sich kräftig, gewappnet für einen Kampf gegen hundert Magier. Ihm war bewusst, dass ihn dieser Zustand täuschen konnte, doch jetzt konnte er sie büßen lassen, für den Tod seiner Männer. Kannte er eigentlich diesen Ort? Dann entdeckte er den Toten im Gebüsch. Er war im Kreis gelaufen. Hier hatte er mit diesem weißen Mädchen gerungen, dieser Magierin. Gedanken an sein Amulett schossen vorbei.

Kyrian konzentrierte sich auf seine optischen Sinne.

Wahrnehmungsverbesserung – Bussard, Falke, Adlerauge!

Augenblicklich schärfte sich sein Blick. Jede Pflanze, jeden Grashalm erkannte er mit einer Klarheit, die das Gesehene immens vergrößerte.

Wenn er jetzt seine Halskette fand, war dieser Zauberspruch nicht vergeudet. Der Anhänger daran war ein Konzentrationsverstärker aus seiner Welt. Das würde ihm die Kraft geben, es noch mit vielen Gegnern aufzunehmen.

Kyrian entdeckte sofort die Spuren des Kampfes. Kriechspuren. Ein Gesäßabdruck – ansehnlich, nicht zu breit. Einer seiner Mundwinkel wanderte nach oben. Er erspähte eine zweifingergroße, handgeschmiedete Schere, dann zwei lederne Säcklein, gefüllt mit Kräutern und Körnern. Was konnte er damit anfangen? Die Schere wäre vielleicht noch nützlich. Er hob sie auf. Dann suchte er weiter. Das war doch der Ort. Hatte vielleicht einer der Magier das Amulett gefunden?

Kyrian wollte die Suche bereits abbrechen, als er ein Blitzen wahrnahm. Innerlich hüpfte er vor Freude, als er die Kette samt Anhänger im Gras entdeckte.

Sofort griff er zu, reckte die Fäuste zum Himmel und küsste den braunen Katzenaugenstein. Kaum hatte er die Silberkette angelegt, strömte frische Energie in seinen Körper und seine Konzentration festigte sich. Mit beiden Händen berührte er seine Schläfen. Alles erschien ihm kristallklar. Die Luft, der Wald. Er spürte die Kraft der Erde, die er für sich im Kampf gegen seine Feinde nutzen konnte.

Er atmete tief durch. Aus dem Augenwinkel sah er ein Bein des Toten aus dem Gebüsch ragen.

Schicke Stiefel ...

Die Stiefel bestanden aus braunem, geschmeidigem Leder. Drei Geweihknöpfe dienten an jeder Wadeninnenseite zum Schließen. Kyrian zog die Augenbrauen nach oben. *Warum eigentlich nicht?* Er benötigte Kleidung. Und Geld. Und Informationen über dieses Land. Letzteres konnte ihm dieser Kerl nicht mehr geben. Er huschte zur Leiche und begann den entseelten Körper zu untersuchen. Darüber hinaus fand er jedoch nichts von Interesse. Es schien ein unerfahrener Magier zu sein. Das bartlose Gesicht zeigte sich schmerzerfüllt, Augen und Mund waren weit aufgerissen. Der Mann war kaum älter als Kyrian selbst ... geworden. Nun war alles Leben aus ihm gewichen.

Kyrian verglich die Schuhe des Toten mit seinen Füßen.

Könnten passen.

Auch die Statur stimmte. Er entledigte sich seiner Gefangenentracht und warf die Robe über. Die Stiefel passten tatsächlich wie für ihn angefertigt.

Punkt Eins hakte er ab. Nun ja, bis auf das Brandloch im Brustbereich des Kleidungsstückes.

»Schick ist etwas anderes«, murmelte er.

Kyrian kam eine neue Idee. Für den Fall, dass er als tot galt, gäbe ihm das einen Zeitvorsprung. Kurzerhand zog er der Leiche seine alte Kleidung an. Dann zauberte er ihr sein Aussehen. Eine Rauchsäule lockte die Feinde an diesen Ort.

Er könnte derweil zurück ins Lager der Magier marschieren. Immerhin befanden sich dort noch seine persönlichen Gegenstände. Artefakte von unschätzbarem Wert, mit denen ein Magier ohnehin nichts anfangen konnte. Er wollte sie sich um jeden Preis zurückholen.

Wenn ihn sein Orientierungssinn nicht täuschte, lag es in östlicher Richtung.

Kyrian vollführte einen weiträumigen Bogen zu der Stelle, an der er die Waldlichtung vermutete. Kurz nachdem die Magier die Rauchsäule bemerkt hatten, erreichte er die Lichtung. Kyrian lächelte, als sich ihre Rufe entfernten.

Begib dich stets dorthin, wo es dein Feind am wenigsten erwartet. Seine Miene verfinsterte sich, als er an die Weisheit seines langjährigen Freundes und Lehrmeisters Targas dachte. Und jedes Lächeln erstarb.

Dafür werden sie büßen, schwor sich Kyrian.

Er kauerte in einer von Wildschweinen ausgescharrten Mulde und beobachtete den Platz. Er erspähte lediglich zwei Magier. In dem Moment, in dem er sich erheben wollte, entdeckte er einen dritten Mann. Der kniete neben etwas oder jemandem. Möglicherweise neben einem Verletzten.

Er konzentrierte sich, atmete in gleichmäßigen, ruhigen Zügen. Er griff nach der Energie der umliegenden Bäume, der Sträucher, der Erde und der Luft, bündelte sie, führte sie durch verschiedene Gedankenbahnen in seinen Geist und gab einen Teil an die Natur zurück. Dann streckte er beide Hände aus, erhob sich und betrat die Lichtung.

Mit einem einzigen Energiestoß aus seinen Handflächen tötete er gleichzeitig zwei der Magier. Der Dritte wirbelte herum. Doch auch er hauchte sein Leben aus, als ein gebündelter Energiestrahl mühelos mit einem Zischen seinen Körper durchschlug. Blut spritzte, Knochen barsten und der Mann entleerte seinen Darm im freien Fall. Angewidert verzog Kyrian sein Gesicht. Der Tod war niemals angenehm.

Er eilte zu dem am Boden liegenden Magier und setzte ihm die gefundene Schere an die Kehle. Mit schreckgeweiteten Augen starrte der Mann ihn an. Er sah jung aus. Viel jünger als Kyrian.

»Bei Gott Mahnwa …«

Kyrian musste husten, ehe er sprechen konnte. Seine trockene Stimme klang wie das Knurren eines Wolfes.

»Hör auf, wie ein Hund zu winseln. Dein Gott wird dir nicht helfen. Aber wenn du mir sagst, was ich wissen will, lasse ich dich vielleicht am Leben.«

Der Mann regte sich nicht. Seine Robe war bis zu seinem Bauch versengt, so auch seine Beine. Es stank erbärmlich nach verbranntem Fleisch. Der würde zumindest nicht mehr weglaufen.

»Wie viele von euch krauchen hier noch rum?«

Der Mann biss die Zähne zusammen. Tränen quollen ihm aus den Augen. »Ich habe einen Sohn …«, wimmerte er.

Kyrian seufzte und konzentrierte sich. Er ließ einen handgroßen Feuerball in seiner Hand erscheinen. Das lockerte augenblicklich die Zunge des Magiers.

»Neunzehn, wir sind neunzehn. Bitte ich will noch nicht sterben …«

Kyrian überschlug die Getöteten. Viele konnten nicht mehr übrig sein. »Gut.« Er blickte sich um. Dann fragte er: »Wo ist mein Eigentum?«

Der Mann starrte ihn mit offenem Mund an.

»Meine Wertsachen. Mein Schmuck. Wo sind meine Sachen?« Kyrian stellte einen Fuß auf den Brustkorb des Verletzten.

»Kutsche …«, presste er unter Stöhnen hervor.

Kyrians Blick erfasste den kläglichen Rest der beiden Fahrzeuge. Eins der Gefährte war vollständig ausgebrannt. Der zweite Wagen stand abseits und sah durch die Auswirkung der Druckwelle leicht ramponiert aus.

Er setzte zu einer Frage an.

Unvermittelt nahm er eine Bewegung wahr.

Der am Boden liegende Magier schob eine Hand unter seine Robe.

Blitzschnell zuckte Kyrian zurück. Der Feuerball verließ seine Handfläche und fraß sich mühelos in die Brust des Mannes. Eine Blutfontäne vermischt mit Rauch spritzte aus dessen Mund und der beißende Gestank von verbranntem Fleisch verbreitete sich. Die Hand glitt unter der Kleidung hervor und zum Vorschein kam ein geschnitzter Holzbär.

Er fiel zu Boden. Ein Spielzeug. Kyrian hatte den Burschen wegen eines Spielzeugs getötet! Ein freudloses Kichern entwich seiner Kehle.

»Du dummer Bastard«, flüsterte er. Fassungslos starrte er auf die sterblichen Überreste. Kyrian hatte kostbare Konzentrationsenergie verloren. Der Platz bot ein Bild des Grauens, er war übersät mit Leichen. Was hatte er getan? Aber diese Magier waren doch für den Tod seiner Mannschaft verantwortlich.

Er atmete durch. Eine gewisse Ermattung setzte sich zunehmend fest, und seine Konzentration ließ trotz Amulett nach. Er hatte sich zu sehr verausgabt und brauchte eine Ruhepause. Aber an Schlaf war noch nicht zu denken. Und er brauchte Wasser. Er hatte quälenden Durst. Doch wenn er überleben wollte, gab es jetzt Wichtigeres zu tun.

Wann würden wohl die anderen Magier auf der Lichtung eintreffen? Das war einerlei. Er würde sie alle umbringen. Es gab kein Zurück mehr. Ja, er musste es vollenden.

Vor ihm lag die Kutsche. Mit einem Ruck eilte er los. Nach dem erfolglosen Durchwühlen des Kutschbocks sprang Kyrian im Innenraum der zweiten Kutsche sofort ein metallbeschlagenes Holzkästchen ins Auge. Ohne nachzudenken, riss er die Tür der Kutsche auf und zerrte am Deckel des Kästchens. Geräuschvoll sog er die Luft ein, als das Kästchen mit einem Klicken aufsprang.

Zwei Ringe strahlten ihm entgegen, als ob sie nur auf seine Wiederkehr gewartet hätten. Daneben lag sein Gürtel mit der silbernen Schnalle, ein Geschenk seines Onkels zu seinem dreizehnten Lebensjahr. Ein Armreif, sein Messer aus Damaststahl und seine Flöte. Ebenfalls pures Silber. Im Verkauf brachte dieses edle Stück bestimmt ein bis drei Goldstücke ein. Unwillkürlich musste Kyrian lächeln, da er zärtlich über den bauchigen Körper des Musikinstruments strich. Zauberhafte Fähigkeiten hatte ihm der Händler geweissagt. Mit der entsprechenden Melodie selbstverständlich. Kyrian hatte damit in seiner Jugend das eine oder andere Mädchen betört; nicht gleich zu Anfang, sondern später, als er das Spielen erlernt hatte. Sie war nicht herkömmlich geformt, aber gerade das hatte Kyrian gefallen, als er sie zum ersten Mal in der Hand hielt.

Er lauschte und zuckte zusammen. Aus der Ferne erklangen gedämpfte Rufe.

Sie sammeln sich.

In aller Eile streifte er die Silberringe über Ring- und Mittelfinger, und augenblicklich durchströmte ihn ein Gefühl der Sicherheit. Und mit dem Anlegen des Gürtels unter der Robe fühlte er sich annähernd vollständig. Lediglich seine eigene Kleidung fehlte. Aber darauf konnte er auch verzichten, denn er musste sich ohnehin kleidungsmäßig an die Gepflogenheiten dieses Landes anpassen.

Sein Blick fiel auf einen Lederschlauch, der an einem Haken in der Kutsche baumelte.

Durst!

Er öffnete den Schlauch und schnupperte daran. Es roch nach nichts.

Wasser.

Vorsichtig ließ er sich das köstliche Nass in seinen ausgedörrten Mund laufen. Er spülte, spuckte aus, trank gierig.

Sein Kopf ruckte herum. Er vernahm ganz in der Nähe Stimmen und hängte sich den zur Hälfte geleerten Wasserschlauch um.

Die restlichen Gegner ausschalten. Erst dann konnte er endlich von hier verschwinden.

Kyrian rief sich das letzte Bild des Lagers ins Gedächtnis.

Vier Menschen. Einer davon am Boden.

Er konzentrierte sich auf die Erschaffung einer Illusion.

Helmar trommelte die Männer zusammen.

»Sammeln! Sammelt euch! Zu mir!«

Drei Magier standen bei ihm, ein vierter eilte herbei.

»Was ist das für ein Wesen? Es kann stärkere Magiesprüche als wir anwenden«, keuchte dieser atemlos. Seine Augen waren vor Angst geweitet.

»Ich weiß es nicht«, antwortete Helmar und versuchte, seiner Stimme einen beruhigenden Klang zu verleihen. »Wir müssen Verstärkung holen. Alleine finden wir diesen Teufel niemals. Außerdem bricht die Dämmerung bald herein. Ingmar, die Pferde.«

Ein muskulöser Mann trat hervor. An seiner ausgestreckten Hand hingen drei Zügel, an deren Enden braune Rösser unruhig mit den Hufen scharrten. Sein kantiges Kinn hüpfte auf und ab, als er mit hartem Akzent der Bewohner von Königswald antwortete: »Die hier konnte ich einfangen. Nördlich habe ich zwei weitere Gäule entdeckt.«

»Sehr gut. Die anderen?«

Die übrigen Magier schüttelten die Köpfe.

Helmar nickte. »Gut, einer reitet nach Ilmathori und fordert Verstärkung an.«

Die Männer sprachen nun alle gleichzeitig.

»Sollten wir nicht erst im Lager Bescheid geben?«

»… einen Plan schmieden …?«

»Habt ihr gesehen, wie er mit Magie umgehen konnte?«

»Ruhe. Beruhigt euch«, rief Helmar. Er blickte in die Runde. »Wo ist Gresjah?«

Ingmar zuckte mit den Schultern. »Er ist mit mir gegangen, aber dann haben wir uns getrennt. Ich habe die Pferde eingefangen. Er ist diesem … Ungeheuer hinterher.«

Die Männer lauschten.

Nichts. Kein Laut drang durch das saftige Grün des Unterholzes. Der Wald war still. Totenstill. Ein paar vereinzelte Sonnenstrahlen fielen durch das dichte Blätterdach der gewaltigen Bäume und streckten ihre Lichtfinger zu dem moosbewachsenen Waldboden aus.

Die fünf Magier schauten einander betreten an.

»Wir gehen zurück ins Lager und sammeln uns«, sagte Helmar und marschierte los. Die anderen folgten ihm schweigend.

Kyrian wartete. Er hockte konzentriert im Schatten der zerstörten Kutsche. Um ihn herum begannen auf der verbrannten Erde winzige Triebe von frischem Gras zu sprießen. Der Rückfluss der Energie, die er in sich aufnahm und zum Teil an die Natur zurückgab. Er erschuf zwei

Robenträger, die im Lager umherwanderten. Die anderen beiden setzte er in Gedanken an den Rand. Nun erschien die Waldlichtung wieder belebt. Das Trugbild kostete Kraft – kein simpler Zauberspruch. Im Gegenzug war es perfekt.

Kyrian sah die Magier, lange bevor sie seine gezauberte Illusion bemerkten. Arglos betraten vier Männer, in ein Gespräch vertieft, die Lichtung.

Kyrian fixierte die Personen im Vordergrund. Dann schnellte er aus seiner Deckung hervor, und eine Blitztriade verließ seine vorgestreckten Handflächen.

»Ich habe es schon einmal gesagt: Wenn wir das Lager erreichen, sehen wir weiter.« Helmar seufzte.

Die Männer hatten Angst. Genau wie er.

Welches Wesen wandte eine leistungsstärkere Magie als die *Bewahrer der Ruhe* an? Helmar versuchte, sich vorzustellen, was Meister Bralag in dieser Situation getan hätte.

Während die anderen diskutierten, erreichten sie die Waldlichtung.

»Vielleicht sollten wir gemeinsam reiten?«, rief ein blasser Bursche mit kahlem Schädel. Ingmar blieb stehen.

»Wir haben doch nur drei Pferde. Und eins davon steht mir zu. Ich habe sie schließlich wieder eingefangen.«

Helmar seufzte erneut. Sein Blick erfasste zwei Kriegermagier, die durch die zerstörte Lagerstätte schlenderten, die Augen auf den Boden gerichtet. Immerhin waren noch ein paar von ihnen am Leben. Zwei andere Magier saßen am Rand und bewegten sich nicht.

Warum schaute niemand auf, als sie ankamen? Die Männer mussten sie doch bemerkt haben? Helmar stutzte. Irgendetwas störte ihn an der Szenerie. Dann kam die Erkenntnis. Im Lager war es still. Totenstill.

Zu spät bemerkte er die Gestalt, die hinter den schwelenden Überresten der einen Kutsche emporschnellte. Ein einziger gewaltiger Lichtball teilte sich in drei Blitze und schoss auf die Gruppe zu. Das Entsetzen lähmte Helmars Körper.

Niemals zuvor hatte er solch geballte Energie wahrgenommen. Hätte er es nicht mit eigenen Augen gesehen, so hätte er den Erzähler dieses Geschehens einen Lügner gestraft. Doch ihm blieb keine Zeit, darüber weitere Gedanken zu verschwenden.

Noch ehe Helmar reagieren konnte, durchfuhr ihn ein heißer Schmerz an der Brust. Er wurde herumgewirbelt und stieß mit einem Kameraden zusammen. Der Mann war bereits tot, bevor beide auf der Erde aufschlugen.

Instinktiv rollte sich Helmar zur Seite. Er sammelte Erdenergie, dann schrie er die Worte eines Gegenangriffs. Doch er sah seinen Gegner nicht einmal, und der Energiestrahl verpuffte zwischen den Bäumen des Waldes. Zwei Lichtblitze schlugen in seiner unmittelbaren Nähe ein, bedeckten seinen Körper mit Moos- und Sandbrocken. Ein ohrenbetäubendes Wiehern begleitet vom Todesschrei eines Menschen hallte in seinen Ohren wider. Ingmar stürzte getroffen neben ihm zu Boden, und Helmar blickte in die gebrochenen Augen seines Freundes. Wie gelähmt resignierten seine Gedanken, waren nicht mehr in der Lage, einen weiteren Angriffsspruch zu formulieren, geschweige denn zu greifen. Wie konnte dieser Dämon in einer derartigen Geschwindigkeit magische Sprüche anwenden? Oder war er …? Nein, das konnte nicht sein!

Die Lichtblitze durchdrangen seinen Leib wie ein glühendes Messer ein Stück Fassbutter. Ein atemraubender Schmerz durchfuhr seinen Körper einen Moment später. Helmar riss den Mund auf und ein zischendes Geräusch entwich seinen Lungen, als er seinen letzten Atem aushauchte. Dann sackte er zusammen, und die Schwingen des Todes trugen ihn fort.

Grabesstille legte sich über die Lichtung.

Kyrian atmete tief durch. Er war matt und erschöpft und lauschte auf die Geräusche um ihn herum.

Es drangen keinerlei menschliche Laute mehr an sein Ohr. Der Wald blieb stumm. Erst nach einer geraumen Weile vernahm er Vogelgezwitscher.

Kyrian blickte all die entseelten Körper an, und doch war er nicht von Genugtuung erfüllt. Targas Verlust schmerzte. Seinen Tod konnten all die vielen Magier nicht aufwerten.

Was jetzt? Hier durfte er nicht bleiben.

Er musste so schnell wie möglich Informationen über diese Welt erlangen. Die weiße Magierin, die Trolle? So viele Fragen brannten in ihm – wo sollte er anfangen?

Die Pferde waren fort. Ärgerlich, aber nicht zu ändern.

Kyrians Durchsuchung der Leichen förderte mehrere lederne Geldsäcklein wie auch einige Dolche und Essmesser zutage. Fast jeder der Toten besaß ein eigenes Messer, jedoch keine weiteren Waffen. Verließen sich diese Menschen etwa ausschließlich auf ihre magischen Künste?

Das ist sehr dumm von ihnen. Kyrian grinste und schüttete alle Münzen zusammen, um sie in einem einzigen Beutel zu verstauen. Dann warf er sich eine Robe über. Im nächsten Dorf würde er sich bäuerliche Kleidung besorgen. Unauffälligere Sachen.

In einer Kiste fand er Nahrung, die er gierig herunterschlang.

Ein Sirren ertönte.

Kyrian schreckte hoch und stutzte. Es klang nicht bedrohlich, eher wie ein Tier. Ein Insekt vielleicht? Oder ... Konnte es möglich sein? Täuschten ihn seine Augen? Sah er wahrhaftig ... eine Fee?

Nicht größer als ein normaler Singvogel, so hatte das Wesen doch die Gestalt eines Menschen mit durchsichtigen, schimmernden Flügeln. Es schwirrte hektisch mal hierhin, mal dorthin und stieß dabei Laute des Ekels aus, wann immer es einen Toten entdeckte.

Kyrian erhob sich.

Die Fee erstarrte, als sie ihn erblickte. Misstrauisch und doch voller Neugier flatterte sie heran. In angemessenem Abstand verharrte das Geschöpf in der Luft, wobei seine Flügelchen das sirrende Geräusch erzeugten. *Eine männliche Fee*, erkannte Kyrian.

»Was'n hier los? Das is ja ekelhaft.« Der Feenmann machte eher eine Feststellung, als dass er fragte.

Kyrian verzog den Mund und zuckte mit den Schultern.

Der Feenmann verengte die Augen. Wie der Blitz verschwand er in einer Baumkrone. Von dort oben rief er: »Du bist keiner von den Magiern.«

»Äh … doch. Die anderen sind kurz … austreten. Aber wer bist du?«, rief Kyrian hinauf.

»Ja, klar! Ich kenne die Magier. Du. Bist keiner. Von ihnen.«

»Das beantwortet nicht meine Frage.« Kyrian überlegte, mit welchem Zauberspruch er die Fee einfangen könnte.

»Das geht dich einen feuchten Kehricht an. Ich verschwinde wieder. Muss Bericht erstatten.« Das Sirren entfernte sich.

»Warte. Kennst du die weiße Magierin?«

Kyrian lauschte. Das sirrende Geräusch war noch da.

»Ich glaub, es regnet Walderdbeeren. Was willst du von mir?«, ertönte es in unmittelbarer Nähe.

Kyrian zuckte zusammen, er konnte den Standort der Fee nicht ausmachen. »Eine weiße Magierin? Ein junges Mädchen … die Haut so weiß wie Schnee …«

»Wenn du ein Weib suchst, geh ins Bumshaus! Ich verschwinde hier. Ständig am Hin- und Herreisen … Wer bin ich denn überhaupt.«

»Warte! Bleib da … Verdammt … Richte deinen Herren aus: Ich werde sie für das, was sie meiner Mannschaft angetan haben, töten … Ich werde euch alle töten!«

»Ja, ja, du mich auch«, erklang es gelangweilt aus der Ferne.

Kyrian lauschte eine Weile schweratmend, dann raffte er seine Sachen zusammen. Es wurde Zeit, abzuhauen.

Wer weiß, wo sich der nächste Stützpunkt der Magier befindet. Kyrian hatte nicht die geringste Lust herauszufinden, wie schnell die Verstärkung seiner Feinde auf der Waldlichtung eintreffen würde.

IX

Valhelia

Val fuhr herum. Ihre pechschwarzen Haare wirbelten umher, verdeckten jedoch nicht die Zornesfalte auf ihrer Stirn. »Au. Wer zum Hundsfott wagt es …«

Der Magister betrat Valhelias Gemächer, ohne anzuklopfen. »Du solltest nicht so fluchen. Es geziemt sich nicht für eine Dame.« Er lachte, während er die Rundungen von Vals zierlichem Körper betrachtete. »Du siehst honigsüß aus, wenn du wütend bist.«

»Nennt mich nicht süß. Euch gefällt es ganz offensichtlich, mich wütend zu machen. Seht, was Ihr angerichtet habt.« Sie deutete vorwurfsvoll auf einen mit Punkten und Streifen verzierten Kamm aus Geweih, dessen gebogenen Griff ihre schlanken Finger verkrampft umschlossen. Drei Zinken waren herausgebrochen.

»Ich kaufe dir einen Neuen. Einen schöneren.«

Val lächelte. Achtlos fiel der Kamm zu Boden. Mit einer geschmeidigen Bewegung glitt sie an die Seite des Magisters und umarmte ihn. Sofort wanderte ihre Hand in seinen Schritt.

»Oh warte. Nicht so ungestüm.« Er packte ihr Handgelenk.

»Ich dachte, Ihr mögt es wild und zügellos«, hauchte Val. Der Magister küsste ihre vollen roten Lippen. Dann löste er sich und schob Val in Richtung des imposanten Himmelbettes, in dessen samtenen Kissen mindestens vier Menschen Platz gefunden hätten.

»Hör mir erst zu, was ich zu sagen habe.«

»Ich bin ganz Ohr, mein geliebter Herr und Gebieter.«

»Meine süßduftende Kirschblüte. Heute ist ein außergewöhnlicher Tag. Eine ausgesprochen anspruchsvolle Aufgabe erwartet dich. Das ist der Grund, weshalb ich mir heute auch nicht viel Zeit für dich nehmen konnte.«

Mit jedem Wort verzog sich Vals breiter Mund mehr und mehr zu einem Schmollen. »Und was ist das für eine

Aufgabe?« Spielend kreisten ihre Finger über den hageren Körper des obersten Magiers, bis sie erneut an seinem Schritt ankamen.

Zustimmend nickte er und öffnete seine Robe.

»Du sollst nach Ilmathori reisen.«

Augenblicklich hielt Val in ihrem Vorhaben inne. Der Magister schmunzelte, dann lachte er schallend, als er in zwei fragende rehbraune Augen blickte.

»Du darfst ruhig anfangen. Ich weiß ja, dass du auch währenddessen zuhörst.«

Val stieß nun ebenfalls ein kehliges Lachen aus und begann gierig mit der Liebkosung.

Der Magister stöhnte auf, fuhr jedoch fort. »Wo war ich stehengeblieben? Ach ja. Du wirst nach Ilmathori reisen. Von dort aus wirst du die große Handelsstraße nach Süden reiten und einen ganz besonderen Transport abfangen.«

Val hielt abermals inne. Ihre Frage glich eher einer Antwort »Der Inhalt dieses Transportes ist von Bedeutung?«

»Ja, der Inhalt ist brisant ... gefährlich.« Der Magister zögerte. »Es ... handelt sich um einen Gefangenen in einem eisernen Gefährt. Ein Mensch. Du bringst die Kutsche unversehrt hierher. Unversehrt heißt ungeöffnet.«

»Ein Mann also? Sieht er gut aus?«

»Du fasst diesen Mann nicht an, ehe er hier bei mir ist. Ich will persönlich das Verhör leiten.«

»Wer ist dieser Mann?«

Der Magister stöhnte erneut auf. »Er ist von äußerster Wichtigkeit. Der König soll nichts von der Aktion mitbekommen. Das genügt vorerst ... au! Sei vorsichtig mit meinem besten Stück.«

Val stoppte. »Wer ist es?«

Der Magister seufzte. »Er ist vermutlich ein Zauberer.«

»Ein was?« Val schnellte zurück.

»Ein Zauberer. Vermutlich. Sein Wissen gibt mir die Macht, endlich die uralten Artefakte der Vergangenheit zu entschlüsseln, wodurch wir den Dummkopf von König ein für alle Mal loswerden. Ich will, dass du diesen Gefangenen zu mir bringst. Mit deiner speziellen Gabe ist es ein Leichtes, ihm seine Geheimnisse zu entlocken.« Er krallte sich in Vals Haare, blickte in ihre funkelnden Augen und zischte:

»Aber hüte dich davor, den Mann ohne meine Erlaubnis zu berühren. Und jetzt mach weiter.« Keuchend drückte er ihren Kopf in seinen Schritt.

Als der Magister Valhelias Gemächer verließ, säuberte sie lächelnd ihren Mund. Die frühzeitlichen Artefakte – darum ging es ihm also. Viel wusste Val nicht darüber. Diese Dinger verstaubten in einer unterirdischen Grotte im Königswald, bewacht vom Volk der Zentauren. Höchstwahrscheinlich die einzigen Wesen auf Rodinia, die den Magiern absolute Treue schworen. Genau wie die Trolle, die jedoch als strohdumm galten.

Val rekelte sich in ihrem Himmelbett, streckte ihren schlanken Körper und ergriff eine goldene Kordel, die neben der Schlafstätte von der Decke herabhing.

Endlich bekam sie eine angemessene Aufgabe. All das Umgarnen des Magisters, all ihre Mühen zahlten sich letztendlich aus. Nicht dass es ihr keinen Spaß bereitete, das Nachtlager mit ihm zu teilen. Dennoch fühlte sie sich eindeutig unterfordert. Sie langweilte sich im Magierturm von Königstadt noch zu Tode.

Auf ihr Läuten hin betraten zwei gutgebaute Jünglinge das Schlafgemach. Ergeben traten die beiden Kammerdiener an ihr Bett.

»Du da … richte das Bad her. Ich will in drei Stunden abreisebereit sein.« Mit einer lässigen Handbewegung schickte sie den Burschen fort. Der zweite Mann blieb an ihrer Seite stehen.

»Du bleibst bei mir. Pantsi lar!«

Die Hose des Dieners rutschte von Magie getrieben herunter. Valhelia hatte noch genug Zeit. Der Magister war nur die Vorspeise gewesen.

X

Flucht

Kyrian rannte durch das Unterholz. Er verlangsamte seinen Schritt erst, als sich der Wald lichtete.

Zwischen knorrigen Bäumen hindurch erspähte er ein Feld, auf dem einige Knechte ihrer Arbeit nachgingen. Ihre Eggen und Hacken bearbeiteten den Ackerboden, als wollten sie noch an diesem Abend die frische Saat auslegen. Er schüttelte sich, um die Müdigkeit loszuwerden. Er musste unbedingt ausruhen.

Gewiss lag ein Dorf in der Nähe oder zumindest ein Gehöft. Seine Häscher würden diese Orte mit größter Wahrscheinlichkeit ebenfalls heimsuchen, aber er musste es dennoch wagen. Er brauchte Nahrung, Kleidung und vor allen Dingen Schlaf. In seinem Schädel hämmerte ein dumpfer Schmerz.

Die Bauern würden irgendwann ihr Tagewerk beenden, und dann könnte er ihnen folgen.

Irgendwann ...

Die Lider flatterten und allmählich fielen ihm die Augenlider zu. Düsternis umfing Kyrian. Durch eine schwarze Wand betrat er das Traumreich.

Weiß. Alles um ihn herum. Wabernde weiße Schwaden.

Kyrian schwebte in einem undurchdringlichen Nebel.

»*Hilf mir ...*«, rief ihm eine Stimme ins Ohr. Er kannte die Stimme. **Sie** war es. Die weiße Magierin.

Das schneeweiße Gesicht erschien unvermittelt vor seinem. Instinktiv zuckte er zurück.

»*Hilf mir. Wer auch immer mich erhört. Es muss ein Ende haben. Menschen sterben, Hunderte. Beendet es. Die Magier, sie töten mit ihrer Eisnacht unzählige Menschen. Das ist nicht recht ...*«

»Ich bin gekommen, um zu helfen«, rief Kyrian.
»Hilf mir …«
»Ich bin Kyrian aus dem Geschlecht der Theiosaner. Ich will dir helfen …«
Die weiße Magierin reagierte nicht. Warum sandte sie ihm diese Vision erneut? Er war doch jetzt in ihrer Welt, und er war ihr bereits im Wald begegnet.
Das Mädchen verblasste.
»Hilf mir …«
Das Bild verschwamm, veränderte sich. Die Statur wuchs, die gelockten Haare verschwanden. An ihre Stelle trat ein geflochtener hochgesteckter Haarschopf, ein schlanker Nacken ging in einen eleganten Rücken über. Sie sprach kein Wort, sondern wirbelte in einer fließenden, katzenhaften Bewegung herum. Die fingerdicke Klinge eines Degens streifte Kyrians Brust. Ein brennender Schmerz durchzuckte ihn. Blut spritzte hervor und …

… mit einem Schrei riss er die Augen auf. Sofort presste er sich die Hand gegen den Mund. Die Feldarbeiter waren verschwunden.
»Verdammt!« Kyrian rappelte sich blinzelnd auf. Die Dämmerung hatte eingesetzt und hüllte das Land mit einem grauen Tuch des Vergessens ein. Für einen winzigen Moment stellte er sich vor, liegen zu bleiben, zu schlafen. Ein undenkbares Unterfangen.
Er konzentrierte sich auf die Macht der Natur und aktivierte seine Kraftreserven. Der simple Zauberspruch zur Verbesserung seiner Wahrnehmung bereitete ihm in seiner momentanen Übermüdung Schwierigkeiten. Trotz alledem gelang es Kyrian, zu lauschen. Die Waldgeräusche drangen um ein Vielfaches verstärkt in sein Gehirn. Sein Geist blendete alles Unnötige aus, tastete den Wald, das Feld und weit darüber hinaus die Gegend ab. Er suchte nach einem bestimmten Geräusch.
Endlich vernahm er es. Das Knirschen der Wagenräder, begleitet vom Trampeln müder Schritte der Menschen, die einen harten Arbeitstag hinter sich hatten. Jetzt kannte er die Richtung. Er hatte ein Ziel.

Der Wald lichtete sich zunehmend und Kyrian glitt von Baum zu Baum, immer dem Schall hinterher. Bald hatte er die menschliche Kolonne eingeholt. Seine Sorge vor einer Entdeckung war unbegründet, denn sie erreichten kein Dorf. Die Feldarbeiter bogen schwatzend zu einem Gehöft ab. Die reetgedeckten Dächer von zwei Langhäusern und einer Scheune lugten aus der steinernen Umfriedung des Grundstückes heraus. Rauch quoll durch den Schlot eines Gebäudes. Selbst in dieser Entfernung duftete es nach Eintopf mit Fleischeinlage. Kyrians Magen knurrte. Er suchte sich einen Platz, von dem aus er das Eingangstor beobachten konnte. Das hölzerne Tor blieb geöffnet. Scheinbar fürchteten sich diese Menschen weder vor Dieben, noch vor Raubtieren oder anderen Angreifern. Oder handelte es sich bei ihnen ebenfalls um Magier, die sich um Gefahren nicht zu scheren brauchten? Er würde auf der Hut sein.

Kyrian wartete geduldig in einem Gebüsch. Jedes Mal, wenn er gähnte oder seine Augen zufielen, schüttelte er sich und zog Grimassen. Zwei Burschen traten aus dem Haus, um mit gefüllten Wassereimern zurückzukehren. Dann war es ruhig. Spät in der Nacht wurde seine Ausdauer von Erfolg gekrönt, denn der Hof lag in absoluter Finsternis vor ihm.

Ein weiteres Mal konzentrierte Kyrian sich und spürte ein Kribbeln in seinen Füßen. Eine Luftschicht legte sich unter die Fußsohlen seiner erbeuteten Stiefel, die jegliches Geräusch verschlang. Ohne einen Laut erreichte er den Innenhof. Er realisierte die schwarzen Silhouetten kleinerer Gebäude – sechs an der Zahl; Vorratshütten, Gerätehäuschen, eine winzige überdachte Schmiede. Der fahle Mondschein ließ die Holzschindeln eines Schuppens glänzen, als hätte es wenige Augenblicke zuvor geregnet.

Kyrian interessierte sich für ein Haus, dessen Dach bis auf die Erde reichte. Ein Grubenhaus. *Das könnte die Speisekammer sein*, dachte er. Gut einen Meter tief ins Erdreich gebaut, blieb es darin auch tagsüber angenehm kühl.

Er schloss die Augen und schnupperte an der Tür. Im

ersten Moment roch es nach Holz. An einer Ritze zwischen den Balken krochen ihm dann jedoch die Gerüche von geräuchertem Schinken, Käse und Pökelfleisch entgegen. Kyrian leckte sich die Lippen. Ein massives Eisenschloss hing an der Eichentür.
Mist. Verschlossen.
Er versuchte, sich zu konzentrieren, doch der pochende Schmerz in seinem Schädel verwehrte ihm dies. Er brauchte Erholung. Ohne Zauberei war er verwundbar.

Kyrian ballte die Faust, beherrschte sich jedoch, gegen die Tür zu treten. Stattdessen glitt er zur Scheune hinüber. Dort stieg er zum Heuboden hinauf und richtete sich ein halbwegs angenehmes Bett her. Er lauschte ein letztes Mal, dann schloss er die Augen. Die Erschöpfung forderte ihren Tribut und er fiel gleich darauf in einen traumlosen Schlaf.

Nach einem erfrischenden Bad, bei dem sie sich den Schweiß des Dieners vom Körper wusch, begab sich Valhelia in ihren Ankleideraum. Es klopfte und ein Bote trat ein. Er erblickte Vals nackten Körper und senkte sofort den Blick. Sie schmunzelte, ließ den Mann aber nicht zu Wort kommen.

»Ich sagte bereits: Wenn ich fertig bin, werde ich erscheinen.« Damit scheuchte sie den Mann fort.

Bereits während ihres Bades hatte ein Diener eine Botschaft überbracht. Man erwartete ihre Person im Kellergewölbe am Erdknoten.

Val zog eine karmesinrote Hose sowie eine blütenweiße hüftlange Tunika an, deren Kragen und Handgelenke blaue Seidenborten verzierten. Ihr einziges Gepäckstück baumelte an einem mit Silberbeschlägen besetzten Gürtel und beinhaltete zwanzig Goldmünzen. Was Val benötigte, pflegte sie sich während einer Reise zu kaufen.

Schwarz oder Weiß? Nacht oder Nebel?

Die Entscheidung fiel zugunsten einer wadenlangen, schneeweißen Robe mit einer goldfarbenen Brokatborte. Für einen Moment überlegte sie, einen Schal mitzunehmen. Nein. Nichts sollte ihren schlanken Hals verdecken.

Als Val die Kapuze über ihre geflochtenen Haare zog, lächelte sie. Dieses Kleidungsstück glich einem Licht im Nebel, das über das Land schwebte. Ja, das war gut.

Dieser Fremde schien dem Magister enorm bedeutungsvoll zu sein.

Im Kellergewölbe angekommen, erblickte Valhelia sieben Magier. Voller Ungeduld schritt ein Mann in dunkelblauer Robe hin und her. Von Zeit zu Zeit warf er einen Blick auf eine Konstruktion, bestehend aus verschiedenen miteinander verbundenen Glaskugeln, die sich nach und nach mit Wasser füllten. Zu jeder vollen Stunde entleerte sich das Gebilde selbsttätig, hatte der Magister ihr einmal erklärt.

»Ihr erscheint spät …«, begann der fast zwei Köpfe größere Mann in der dunklen Robe. Es gurgelte und die Wasseruhr entleerte sich. Mitternacht.

Val reagierte nicht darauf. Ohne ein Wort stolzierte sie auf den Erdknoten zu und glitt mit einem Satz hindurch. Sie fühlte sich wie in einem freien Fall. Ein Gefühl der anregenden, vollkommenen Schwerelosigkeit.

Sie vernahm die Stimme, noch bevor sie etwas sah. »Was hat das Kind hier zu suchen?«

Wankend kam Val zum Stehen. Instinktiv drehte sie sich um und rief: »Kreu vakura gwachtod!«

Innerhalb eines Wimpernschlages entzog sie dem Erdreich die Energie. Ihre Hand vollführte eine kreisende Bewegung. Ein Sog entstand. Der Sprecher keuchte, schnappte nach Luft, schlug unkontrolliert um sich und brach taumelnd zusammen.

»Löst das Vakuum!«, schrie einer der Wächter. »Sofort!«

Val funkelte ihn hasserfüllt an. Im gleichen Moment materialisierten sich die Magier aus Königstadt.

Sie zuckte gleichmütig mit den Schultern. »Datrys vakura.«

Der Mann hustete, röchelte. Blut lief ihm aus der Nase. Ehe jemand dem Verletzten aufhalf, trat Val an ihn heran. Sie umfasste sein Kinn mit einer Hand und drehte seinen

Kopf in ihre Richtung, so dass seine blutunterlaufenen Augen nach oben blickten.

»Nenn mich noch einmal Kind, und ich töte dich!« Ihre Stimme glich einem Zischen. Gleichzeitig durchlief ihren Körper ein leichter Schauer. »Darllenwich meddliau yrm gorffennol«, zischte sie. Der Mann war zu benommen, um sich zu wehren. Val schloss die Augen, um sie gleich darauf wieder zu öffnen. »Und deine hübsche Frau Darla töte ich auch. Bei allen Göttern, was hast du für ein langweiliges Leben.« Sie spie die Worte förmlich aus.

»Woher …?«, krächzte er.

»Ich sehe in die Vergangenheit der Menschen.« Val spürte, wie jemand neben sie trat. Es war der Magier in der dunkelblauen Robe.

»Meisterin Valhelia?«, sagte er. »Ich glaube, er hat es verstanden.«

Totenstille legte sich über die Anwesenden. Val blinzelte, dann ließ sie das Kinn des Mannes angewidert los.

»Ist der Transport schon angekommen?«, fragte sie.

»Nein. Vermutlich rastet er in der Nacht.«

»Das ist nicht im Sinne des Magisters. Wir brechen sofort auf. Stehen die Pferde bereit?«

Ohne auf die Antwort zu warten, verließ Valhelia das Kellergewölbe.

»Bei allem Respekt: So geht das nicht.«

Der Magier in der dunkelblauen Kleidung, der neben ihr ritt, hatte sich als Meister Bertrosius vorgestellt. Er führte die Gruppe der begleitenden *Bewahrer der Ruhe* an.

»Er hat mich beleidigt«, antwortete Val knapp.

»Das ist kein Grund, ihn tätlich anzugreifen. Ihr hattet kein Recht dazu. Ich werde eine Beschwerde beim Magister einreichen müssen.«

»Tut das. In der Zwischenzeit erfülle ich meine Aufgaben. Wie sehen die örtlichen Begebenheiten aus?«

Der Mann blickte sie mit zusammengekniffenen Lippen an. Dann seufzte er. »In der Nähe des Waldes an der

Handelsstraße zwischen Süd und Nord liegt ein Gehöft. Wir sollten es noch vor dem Morgengrauen erreichen. Falls der Gefangenentransport dort nicht rastet, können wir mit frischen Pferden in den Wald reiten.«

»Gut. Tun wir das.« Val gab ihrem Reittier die Sporen und schoss als weißer Schatten in die Dunkelheit.

Kyrian öffnete im Zwielicht der morgendlichen Dämmerung die Augen. Leicht benommen, aber kräftig genug, seinen Weg fortzusetzen, rappelte er sich hoch. Vielleicht konnte er in die Vorratskammer eindringen, wenn die Bauern auf dem Feld ihrer Arbeit nachgingen. Seine Überlegungen wurden von verschiedenen Geräuschen überlagert. Vögel zwitscherten, Pferde schnaubten, das Getrappel unzähliger Hufe war zu vernehmen. Stimmen. Der Hof erwachte zu neuem Leben. Der Hof? Pferde? Die Laute von draußen ließen ihn innehalten.

Ihm gefror das Blut in den Adern. Das waren nicht die Geräusche eines erwachenden Bauernhofes. Entschieden zu viele Pferdehufe.

Er stürzte zur Dachluke und versuchte fieberhaft, durch einen Spalt zu spähen. Im schummrigen Innenhof tummelten sich eine Menge Reiter. Magier! Früher als erwartet. Immer mehr Robenträger ritten geradewegs in den Hof hinein. Zu zahlreich für einen offenen Kampf. Kyrian taumelte zurück. Er stolperte und fiel auf sein Hinterteil.

Verdammt, durchzuckte es ihn, als er an seinem Körper herabsah. Er konnte sich unmöglich in der Kleidung der Magier mit einem Brandloch in der Brustmitte zeigen. Verräterische Kampfspuren zierten sein Gesicht, Blut … Er brauchte andere Gewänder. Mit einer Handbewegung zerrte er sich die Robe vom Leib und stopfte sie unter das Heu. Dann schlüpfte er in die Stiefel. Nackt, wie er war, stürzte er zur Leiter ins Erdgeschoss. Dort rutschte er hinunter, ohne die Stufen zu berühren, und sprintete zu einer Tränke, um sich mit dem Wasser die Blutspritzer fortzuwaschen.

In einer Ecke des Stalles entdeckte er eine Holzkiste,

erreichte mit einem Satz die Kiste und riss den Deckel auf. Putzlappen, Striegelzeug für die Pferde, Seile, Jutesäcke ... Sein Herzschlag beschleunigte sich.

Endlich erblickte er eine zerschlissene Hose. Besser als nichts. Er zerrte das Kleidungsstück heraus. Im gleichen Augenblick schlug der Torflügel der Scheune auf. Die Sonne ging auf und warf einen einzigen blutroten Streifen an die Wand vor ihm. Kyrian sah seinen eigenen Schatten.

Ein Pfiff ertönte, gefolgt von einem Lachen. Dann erklang eine junge weibliche Stimme: »Komme ich ungelegen?«

Kyrian schluckte hörbar. Er war sich unschlüssig, ob er sich konzentrieren sollte. Auf was? Diese Mädchenstimme klang nicht wie ein Angreifer.

»Was für ein schöner Arsch. Ich wünschte, ich hätte mehr Zeit.« Erneutes Lachen. »Ich mag schüchterne Jungs.«

Er rührte sich nicht.

»He, Stallbursche. Willst du ewig Maulaffen feilhalten? Bring Wasser für die Pferde. Beeil dich. Von mir aus kannst du auch nackt bleiben.« Wieder dieses helle Lachen.

Kyrian brummte eine Zustimmung und zwängte sich in die Hose. Mit fliegenden Fingern band er sich einen Strick um die Hüfte. Dummerweise war der Strick um ein Vielfaches zu lang und er musste ihn gleich dreifach umlegen.

Von draußen ertönte eine männliche Stimme: »Warum stehen keine frischen Pferde bereit? Wir wollen gleich weiterreisen.«

Kyrian senkte das Haupt. Dann drehte er sich um und blinzelte. Im Türrahmen stand eine zierliche Gestalt. Für einen Bruchteil eines Wimpernschlages stockte ihm sein Herz. *Die weiße Magierin?*

Er beherrschte sich. Fast gemächlich trat er aus dem einzelnen blendenden Strahl der Sonne. Sofort erkannte er mehr. Die junge Frau reichte ihm allenfalls bis zum Kinn. Eine goldfarbene Brokatborte zierte Handgelenke und den kompletten Saum ihrer schneeweißen Kapuzenrobe. Sie beobachtete ihn. Ihre Gesichtsfarbe zeigte eine normale Bräune. Eindeutig nicht das Mädchen aus seiner Vision. Mit gesenktem Kopf schritt Kyrian an ihr vorbei. Sie zählte höchstens fünfzehn Winter. War diese Person überhaupt eine Magierin?

Während er an ihr vorbeischritt, musterte sie ihn mit einem anzüglichen Lächeln von Kopf bis Fuß.

Wo ist der Brunnen? Er überlegte fieberhaft.

Die Ankömmlinge wirbelten herum, als die Tür des Hauses aufgerissen wurde und der Hausherr auf der Türschwelle erschien. »Oh, seid gegrüßt. Was verschafft uns die Ehre dieses hohen Besuches?«

Ein hochgewachsener Mann, das Haar fast weißblond, erhob das Wort: »Wir benötigen Verpflegung, Reiter und Ross sind durstig. Aber keine Umstände, wir halten euch nicht länger als nötig auf.«

»Ich hole sofort jemanden für die Pferde.«

Der Robenträger winkte ab. »Die Tiere sind bereits versorgt. Holt ihr nur die Nahrungsmittel.«

Der Hausherr verschwand unter Stirnrunzeln im Haus. Kyrian schöpfte derweil Wasser aus dem mit Feldsteinen gemauerten Brunnen, den er in der Mitte des Platzes entdeckt hatte. Seine Gedanken überschlugen sich. Er musste schleunigst verschwinden, denn es war nicht ausgeschlossen, dass er unter diesen Umständen in einem Kampf unterlag. Er zählte an die zwölf Reiter. Wahrscheinlich mehr. Momentan schien keiner der Anwesenden zu bemerken, dass er kein echter Stallbursche war. Niemand kannte ihn. Dummerweise auch nicht der Gutsbesitzer und die hier lebenden Menschen.

Zwei Burschen in seinem Alter führten die Pferde zu einer Tränke, die er mit Wasser füllte. Er beobachtete aus den Augenwinkeln jede Bewegung der Magier.

Das Mädchen. Wo war sie?

Da er seine Aufgabe erfüllt hatte, nickte Kyrian den Männern zu und ging in die Scheune zurück. Er zog das Tor leicht hinter sich zu. Draußen gewann das Tageslicht allmählich die Oberhand. Mehr Leute, Bauern wie Knechte, erschienen im Hof.

Kyrian blickte sich in der Scheune um. Eine Tür verband das Gebäude mit dem Haupthaus. Es war nur eine Frage der Zeit, wann hier einer der Bewohner antanzte. Geistesabwesend ergriff er eine Forke und begab sich in eine dunkle Ecke.

Mit einem Knarren schwang das Scheunentor erneut auf. Er fuhr zusammen, als er trippelnde Schritte vernahm.

Sofort begann er, im Heu zu stochern. Im Innern blieb es trotz der spaltbreit geöffneten Tür schummrig. Kyrian spürte, wie plötzlich jemand hinter ihm stand. Das Mädchen. Sein Körper versteifte sich, als sie ihre Hand auf sein Gesäß legte.

»Was für ein knackiger Hintern. Leider habe ich keine Zeit zum Spielen. Aber vielleicht auf meinem Rückweg«, hauchte sie.

Offenbar da sich Kyrian nicht rührte, lachte sie. Das Mädchen wirbelte herum und rief im Fortgehen: »Halte dich bereit.« Dann sprang sie zur Tür hinaus.

Ist das real? Ist das gerade eben wirklich passiert?, fragte sich Kyrian. Waren diese Magier wirklich so einfältig?

Er wurde aus seinen Gedanken gerissen, als eine Stimme hinter ihm dröhnte: »Wer bist du denn? Was hast du hier zu suchen?« Ohne dem Ankömmling Aufmerksamkeit zu schenken, deutete er mit seiner Handfläche in seine Richtung.

»Schlaf weiter!«, sagte er und schon sank der Sprecher schnarchend zu Boden. Kyrian dachte nach, ging zum Scheunentor und blickte den Abreisenden hinterher. Die Reiter setzten sich in Bewegung, der Trupp brach auf und innerhalb kürzester Zeit gingen die Bewohner ihrem Tagesgeschäft nach.

Kyrian verkniff sich ein Lachen. Er musterte den schlafenden Mann mittleren Alters. Ein fettiger brauner Zopf zierte sein Haupt. Der Kleidung nach zu urteilen, schien der Kerl nicht der Stallbursche, sondern eher der Stallmeister zu sein. Er konzentrierte sich auf einen Illusionszauber. Das Gesicht des Mannes veränderte sich, Bartstoppeln sprossen, das Haar färbte sich schwarz. Einen Moment darauf glich er Kyrians Ebenbild. Er tauschte noch Hose und Tunika, dann sammelte er seine Gedankenkraft erneut. Die Verwandlung setzte ein, aus Kleidung wurden Federn, und eine Taube flog durch die Scheunentür ins Freie.

XI

Die Lichtung

Die gelblichen Finger der Sonnenstrahlen zwängten sich am dichten Blätterdach der Bäume vorbei und streichelten die sechzehn Reiter mit ihrer angenehmen Spätsommerwärme. Der wagenbreite Waldpfad verlief in Schlangenlinien, was einen Blick in die Ferne verwehrte. Die Magier ritten zu zweit nebeneinander. Val beobachtete ihre Umgebung wie auch die Bewegungen der anderen Männer. Warum begegneten sie dem Gefangenentransport nicht? Hatte sich die Reparatur der Kutsche derart verzögert? Welchen Grund außer diesem gäbe es, nicht auf diesem Bauerngehöft einzukehren? Es existierte nur eine einzige Straße, die nach Ilmathori zum Mittelturm führte.

Ihr Pferd schnaubte unruhig.

Seit die *Bewahrer der Ruhe* diesen Hof verlassen hatten, kroch ein seltsames Gefühl in ihr hoch. Val konnte es kaum beschreiben. Es war, als ginge sie in einen Raum, um etwas zu holen, und vergaß, was sie dort wollte.

Unvermittelt scheuten die vorderen Pferde und brachen ein paar Schritte zur Seite aus. Die Gruppe kam zum Stehen; die Magier blickten sich um.

Val reckte den Hals, schnupperte in der Luft, da sie einen merkwürdigen Geruch wahrnahm. »Riecht Ihr das?«

Bertrosius sog ebenfalls die Luft ein. Zweimal, dreimal. »Riecht nach einem Lagerfeuer«, antwortete er. Unsicherheit schwang in seiner Stimme mit.

»Nein. Es ist noch ein anderer Geruch dabei.« Val schloss die Augen und streckte ihren Kopf vor, als wittere sie etwas oder jemanden. Mit dem Schrecken der Erkenntnis riss sie die Augen wieder auf. »Verbranntes Fleisch.«

Bertrosius zog die Augenbrauen hoch. »Das ist ... Unsinn.« Er nickte zwei Magiern zu. Augenblicklich verschwanden die beiden Reiter im Galopp hinter der Wegbiegung. Am Ende der Gruppe verteilten sich die Männer.

Val stieg vom Pferd.

»Was tut Ihr da?«, fragte Meister Bertrosius.

Ohne ihn zu beachten, hockte sie sich hin und suchte den Boden ab.

»Meisterin Valhelia? Habt Ihr etwas entdeckt?«

Alle Anwesenden schraken auf, als die Reiter um die Ecke preschten. Die Gesichter abgehetzt, kalkweiß und angstverzerrt berichteten die Späher von einer Waldwiese, die von Leichen übersät sei. Bertrosius wurde blass. Er nickte schwach.

»Macht euch bereit auszuschwärmen. Wir müssen die Gegend absuchen und die Waldlichtung sichern. Habt ihr die Gefängniskutsche gesichtet?«

»Ja, haben wir. Aber wir wollten die Lichtung nicht betreten«, erklärte einer der Männer.

»Ihr tatet gut daran.« Zu Valhelia sagte Bertrosius: »Ihr könntet hier warten, um Euch einen derartigen Anblick der Toten zu ersparen.«

»Nein, es wird schon gehen.«

»Bei allem Respekt, ich glaube, es wäre besser, wenn Ihr hier wartet, Meisterin Valhelia. Es ...«

Val funkelte ihn an. »Glaubt Ihr, ich hätte noch nie eine Leiche gesehen?«, schnitt sie ihm das Wort ab. Ein freudloses, kaltes Lächeln zierte ihr Gesicht. »*Ich* wurde vom Magister beauftragt, einen Gefangenen zu übernehmen. Also werde ich auch mitkommen.«

Bertrosius setzte zu einer Antwort an, doch Val ließ dies nicht zu. »Euch stehen zwei Möglichkeiten zur Auswahl. Erstens: Ich befolge Euren ... *Ratschlag*, der wohlgemerkt den Befehl des Obersten aller Magier missachtet, und Ihr erklärt dem Magister diesen Schlamassel ganz alleine, indem Ihr ihm eine Botenfee schickt. Oder zweitens: Ihr übergebt mir die Befehlsgewalt und lasst mich somit meiner Bestimmung nachgehen. Der Magister hat Euch sicherlich über meine Fähigkeiten unterrichtet. *Danach* berichten wir gemeinsam, wo der Gefangene abgeblieben ist. Besser noch: Wir fangen den Entflohenen wieder ein, weil nur ich ihn aufspüren kann!« Vals Stimme hatte mit jedem Wort des letzten Satzes an Lautstärke zugenommen. Alle Männer starrten sie an.

Bertrosius schwieg eine Weile, nickte dann und trat zur Seite.

»Sehr gut, dass wir einer Meinung sind.« Val grinste zufrieden. Anschließend wandte sie sich an die Magier. »Es wird nichts angefasst, bevor *ich* nicht den Platz des Geschehens inspiziert habe. Auf geht's!«

Ohne eine Antwort abzuwarten, wirbelte sie herum, sprang auf ihr Pferd, trat ihm in die Seiten und schoss mit einem Satz an den Magiern vorbei. »Sucht die Gegend ab. Aber ich bin mir sicher, ihr werdet keinen Überlebenden finden.«

Bertrosius' Gesicht wechselte die Farbe von blass zu rot. »Wartet, wenn ... ach, verdammt. Ausschwärmen. Sucht die Umgebung nach Spuren ab! Wir treffen uns auf der Lichtung.«

Wenige Atemzüge darauf kniete Val bereits am Rande der Waldlichtung am Boden. Sie schluckte. Ein säuerliches Brennen kroch aus den Tiefen ihrer Eingeweide empor. Die Realität wurde ihr jetzt gewahr. Übergeben würde sie sich trotzdem nicht. Außerdem sah sie tatsächlich nicht zum ersten Mal in ihrem Leben einen Toten. Sie hatte selbst erlebt, wie Lebenskraft einen menschlichen Körper verließ, und Freude bei ihrer Tat empfunden. Dieses Massaker jedoch übertraf jegliche Vorstellungskraft. Die Leichen mit ihren Brandwunden, der unerträgliche Gestank, der sich über die Lichtung gelegt hatte, die schwelenden verkohlten Reste einer Kutsche. Das alles verbreitete ein namenloses Entsetzen, das die abgestiegenen Reiter lähmte.

»Beim allmächtigen Gottvater ...«, erklang ein Flüstern.

Die Magier betrachteten die Stätte des Grauens. Val bedeutete den Männern mit erhobener Hand zu warten. Sie suchte, analysierte das Geschehene. Genau aus diesem Grund hatte das Oberhaupt der Magierschaft Valhelia auserwählt.

»Wir müssen dem Magister Bericht erstatten, ebenso Meister Bralag«, flüsterte Bertrosius.

Val schnalzte mit der Zunge. »Ich dachte, das hätten wir geklärt. Oder wollt Ihr dem Magister Eure Inkompetenz auf die Nase binden?«, zischte sie. »Dessen ungeachtet ist Meister Bralag beurlaubt.«

»Be ... urlaubt?

Val ging nicht weiter auf den Magier ein.

»Wir sollten uns einen Überblick verschaffen«, sagte sie halblaut. »Begleitet Ihr mich, Meister Bertrosius?«

Durch einen magischen Spruch schwebte sie in die Luft. Die Magie kribbelte in ihren Haaren, die luftige Höhe tat das gleiche in ihrem Bauch. Zwanzig Meter über der Lichtung kam sie zum Stehen. Von hier oben hatte man einen herrlichen Ausblick – wären da nicht die vielen Toten am Boden gewesen. Bertrosius erschien neben ihr. Val deutete auf eine schwarz verbrannte Schneise bei einer Metallkutsche.

»Seht Ihr das?«, rief sie lauter als gewollt. »Da liegt das Zentrum des Kampfes. Alles geht von diesem Punkt aus in verschiedene Richtungen. Da müssen wir unsere Suche beginnen.«

Wieder gelandet betrat Valhelia in Begleitung zweier Magier und Bertrosius die Waldlichtung.

Um mehr zu erfahren, war es unvermeidlich, mit Hilfe der Magie in die Vergangenheit der Getöteten zu blicken. Sie musste ihre letzten Momente *sehen*.

Sie zog ein geschmeidiges Messer unter ihrer Robe hervor und kniete neben den sterblichen Überresten eines jungen Burschen. Seine vor Entsetzen aufgerissenen Augen blickten leer in den Himmel. Eine leichte Trübung hatte die Pupillen erfasst. Um seinen Körper herum leuchtete das Gras grün und saftig.

Er scheint sich nicht gewehrt zu haben.

Val atmete tief ein, dann setzte sie die Klinge am Augenlid der Leiche an.

»Was tut Ihr?«

Sie zuckte zusammen. Fast hätte sie in das Auge des Toten gestochen und es damit zerstört. Eine Zorneshitze durchzog ihr Gesicht. »Beim gewaltigen Arsch eines Drachen. Mach das nie wieder!«, zischte sie den Magier an, der vor sie getreten war. Sie kannte seinen Namen nicht, und er war ihr auch gleichgültig.

»Was tut Ihr da?«, wiederholte der Mann seine Frage.

Vals Blick fiel auf seine unverbrauchten, dunkelbraunen Haare. Zwar älter als Val war er doch mit seinen neunzehn Wintern sehr jung für einen Magier.

Ich hasse unwissende Neulinge, die mich bevormunden wollen, dachte sie. *Ich bin kein Kind mehr!*

Gerne hätte sie ihre Gedanken ausgesprochen oder ihm wenigstens das Messer in den Bauch gerammt. Stattdessen blaffte sie ihn an. »Das ist der Grund, weswegen du in irgendeiner stinkenden Mannschaftsbaracke haust, während ich im obersten Stockwerk des Magierturmes von Königstadt residiere, in den du niemals in deinem gesamten Leben einen Fuß setzen wirst. Und jetzt lass mich meine Aufgabe erfüllen.«

Der Magier wich entsetzt zurück. Er eilte zu Meister Bertrosius, auf den er wild gestikulierend einredete. Val verdrehte die Augen. Gleich darauf erschien der Anführer der Bewahrer.

»Könntet Ihr mir erklären, was Ihr mit dem Messer vorhabt?«

Ein knurrender Laut entwich Vals Kehle. Dann seufzte sie. »Nur so kann ich die letzten Minuten der Toten miterleben. Die Vergangenheit der Lebenden ist leicht zu erkennen. Doch will ich durch die Augen der Toten sehen, brauche ich eine Verbindung – über die Sehwerkzeuge.« Nach einer kurzen Pause fügte sie hinzu: »Darf ich jetzt beginnen?«

Sie seufzte erneut, wandte sich um und begann, das Auge zu lösen. Ein winziger Schnitt am Augenlid, gefolgt von einer Hebelbewegung ließ den Augapfel schmatzend aus seiner Höhle␣ploppen. Val erfasste das an einem Muskelfaden hängende Sinnesorgan vorsichtig zwischen Daumen, Zeige- und Mittelfinger. Dann schloss sie ihrerseits die Augen, konzentrierte sich und zog die Erdenergie der Umgebung ab. Augenblicklich fühlte sie einen Sog in sich, als ob sich ein Ballon mit einem Gas, das ihn zum Schweben brachte, füllte. Die magische Formel wiederzugeben, fiel ihr nicht schwer. Der Magister hatte ihr einmal gesagt, das Sehen der Vergangenheit sei sowohl Fluch als auch Segen. Zu diesem Zeitpunkt sah Val nur Vorteile in dieser Gabe.

Einen Atemzug darauf verschwamm die Zeit. Die Reise in die Lebensgeschichte des Mannes begann. Bilder stürzten auf sie ein. Ein Chaos an Informationen und Empfindungen. Ihre außergewöhnliche Begabung erlaubte es ihr, die relevanten Dinge, die sie brauchte, zu filtern und alles Unwichtige auszublenden. Alsbald fand Val, was sie suchte. Eines konnte sie jedoch nicht kontrollieren: die Gefühle.

Sie spürte …

… Angst … unbändige Angst … gehetzte Blicke … Laufen, immer weiter … zwei Magier rennen nebenher … stolpern über die Waldlichtung … ein Lichtblitz … SCHMERZ!

Val schrie auf. »Aah … Verdammt!« Ihre Faust hinterließ eine Mulde im grauen vertrockneten Gras. Sie keuchte. Mit zusammengebissenen Zähnen murmelte sie: »Das war nicht besonders hilfreich.«

Bertrosius stand neben ihr. Er starrte sie entsetzt an.

»Ihr blutet aus der Nase.«

»Was? …« Valhelia fasste sich an die Nasenspitze und spürte einen feinen Blutstreifen. Bertrosius reichte ihr ein Tuch, mit dem sie die Blutung zu stoppen versuchte. Als ein Magier hinzutrat, wandte Bertrosius den Blick ab, um mit dem Mann zu reden. Val lauschte benommen. Ein leichtes Schwindelgefühl breitete sich in ihrem Schädel aus.

Der Ankömmling flüsterte erst stockend, dann überschlug sich seine Stimme. »Wir haben Meister Penthur gefunden. Er ist … tot. Seht ihn Euch an. So etwas habe ich noch nie gesehen.«

»Beruhigt Euch. Ist der Gefangene unter den Toten?«

»Die Zelle steht offen. Die Leiche eines Bewahrers befindet sich darin. Vom Gefangenen fehlt jede Spur.«

Dieselben Sprüche sprechen wir Magier, überlegte Val, während sie die Versengungen des Toten durch Feuer und Blitz beäugte. Wer war dieser Fremde wirklich? Sie stand auf und schaltete sich in das Gespräch ein: »Führt mich zu ihm. So erlangen wir Gewissheit über den Verbleib dieses Fremden.«

Bereits von weitem fiel ihr Blick auf die Kutsche, ein Metallkasten inmitten eines komplett verkohlten Bereiches. Ihre Schritte verlangsamten sich, als ihr Augenmerk durch eine zusammengekrümmte Gestalt am Boden angezogen wurde. Die Person, oder was auch immer es darstellte, war mit einer schwarzgrauen Schicht überzogen. Kleidung, Haare und Haut wirkten wie patiniert. Unmittelbar vor der Leiche stoppte Val. Nichts bedeckte den Körper, der Leichnam selbst war grau. Meister Penthurs Gesicht glich einer grauen entstellten Fratze, gleich der Erde, deren Erdenergie angezapft und ausgeschöpft worden war.

Dieser Fremde hat ihm scheinbar jegliche Magie entzogen. Vals Hände zitterten. Nicht um alles Gold der Welt wollte sie die Vergangenheit des ehemaligen Vertreters des obersten Heerführers sehen.

Mit brüchiger Mädchenstimme sagte sie: »Dieser Mann starb keines natürlichen Todes. Hier ist ein Spruch am Werk, der sich meiner Kenntnis entzieht. Ich … untersuche zuerst die Gefängniszelle …« Damit wandte sie sich ruckartig um und trat an den Metallkasten. Der Zugang wurde durch einen leblosen Körper versperrt. Val erkannte trotz der Dunkelheit im Innenraum das Loch in seiner Brust.

Vals Stimme hatte sich gefangen, als sie einen Magier anfuhr. »Schafft den Toten da raus. Ich muss die Zelle betreten können.« Sie bemerkte, dass es sich um den braunhaarigen Burschen handelte.

»Ich dachte, wir sollen nichts anfassen«, erwiderte der.

»Der Magister bezahlt dich nicht fürs Denken. Du sollst gehorchen, Befehle befolgen – mehr nicht.«

Der Mann blickte unsicher zwischen seinem Vorgesetzten und Val hin und her, bis Bertrosius mit einem leichten Kopfnicken seine Zustimmung unterstrich. »Tut es. Schafft den Toten da raus.«

Der Magier verzog das Gesicht. Dann zog er ächzend die Leiche hervor und ließ sie in das verkohlte Gras gleiten.

Eine schwarze, gähnende Öffnung verbarg einen winzigen Raum. In dem Moment, in dem Val hineinklettern wollte, legte Bertrosius seine Hand auf ihre Schulter.

»Wartet. Ihr werdet dort drinnen keine Magie anwenden können, um Eure Untersuchungen anzustellen. Die Kutsche wurde eigens für *spezielle* Gefangene konstruiert. Der Platz im Innern ist gesichert.«

Vals Augenbraue wanderte nach oben. »Seid Ihr Euch sicher? Viel genutzt hat es ja nicht.«

Bertrosius blinzelte verwirrt. »Nein, ich …«

Seufzend kletterte sie in den Innenraum. Ihre zierliche, schlanke Figur verlieh ihr eine Wendigkeit, die einem ausgewachsenen Mann fehlte.

Die geöffnete Tür hatte für eine ausreichende Luftzirkulation gesorgt und den Mief aus der Zelle getragen. Val schnupperte. Selbst ohne Magie hing deutlich der Geruch des Todes in der Luft. Dazwischen schwebte ein anderer Wohlgeruch. Sie schnupperte erneut.

Schweiß. Männlicher Schweiß. Ein leichter Schauer der Erregung durchlief ihren Körper. Sie konzentrierte sich und sagte eine simple Formel zur Verbesserung ihres Geruchssinns auf. Es funktionierte.

»Hier drinnen herrscht kein Konzentrationsbann. Ich kann normale Magie anwenden«, rief sie nach draußen. Noch während Val sprach, intensivierten sich die unterschiedlichsten Düfte: Salzwasser, Schweiß, Blut … der Fremde.

Der Geruch kam ihr vertraut vor. Urplötzlich schoss das Gefühl wieder durch ihren Geist. Irgendetwas hatte sie vergessen. Es lag ihr auf der Zunge, greifbarer als je zuvor und doch unerreichbar.

Val brauchte Klarheit. Vielleicht war kein zusätzlicher Toter nötig, um das Aussehen dieses Gefangenen zu entschlüsseln. Der Raum verriet es ihr. Sie murmelte die Worte der magischen Formel, strich zaghaft über die Konturen des eisernen Stuhls mit seinen Fesseln. Im selben Atemzug formierte sich ein Schatten …

… eine Gestalt. Gedrungen hockt er auf dem Eisensitz. Gefesselt, der Mund versiegelt. Blaues Licht. Augen. Tief und blau. Diese Augen, so unendlich … **Öffne die Tür!** *…*

Val keuchte. So schnell sie konnte, krabbelte sie rückwärts aus der Zelle und ballte die Hände zu Fäusten. Auch wenn sein Gesicht zum zweiten Male nicht zu erkennen war, so vergaß sie seinen Geruch jedoch nicht.

»Ich brauche ein Medium, das in direktem Kontakt zum Gefangenen stand.«

Vals Blick fiel auf die Leiche vor ihr.

Wenn er die Zellentür geöffnet hat, dann muss er zwangsläufig den Gefangenen gesehen haben.

Sie musste vorsichtiger zu Werke gehen, im rechten Moment die Verbindung lösen. Es war zu riskant, erneut den Tod mitzuerleben, das hatte ihr die blutende Nase gezeigt. Und auf einmal sickerte die Wahrheit in ihren Verstand, und sie begriff, was der Magister mit dem Fluch ihrer Gabe gemeint hatte.

Dennoch packte sie die sterblichen Überreste des Magiers zu ihren Füßen, konzentrierte sich und sprach die magische Formel. Sie reiste zurück, sah …

… die Lichtung. … Wie wunderschön der Platz ist. Das Sonnenlicht glänzt auf ihr … Ich will eine Fee sehen … So gerne.

Val stockte, das war nicht die gesuchte Information. Sie wühlte in den Gedankenschwaden bis …

… eine schneeweiße Frau … höchstens neunzehn Winter alt … sieht aus wie eine von vielen, das Haar bieder hochgesteckt … Dorfbewohner. Penthur schickt sie fort … Ich soll die Kutsche kontrollieren … Hinter dem Fenster … zwei Augen … Augen. Tief und blau und unergründlich …

Augenblicklich löste Val die Verbindung. Sie verharrte, atmete schwer. »Befindet sich unter den Toten ein weißes Mädchen … mit einer Haut so weiß wie Schnee?«

Allgemeines Verneinen.

Wer war dieses Mädchen? Gehörte sie zum Schmied? Vielleicht seine Tochter?

Val zog die Stirn kraus und erschrak, weil ein allgemeines Stöhnen durch die Anwesenden ging. Drei Reiter tauchten auf und schafften weitere Leichen herbei.

Betretenes Schweigen breitete sich aus.

Ihr Blick wurde von einem Toten angezogen, der über einem Pferderücken hing, schweifte auf der Lichtung umher und wanderte zurück zu dem leblosen Körper.

Dann fragte sie: »Alle Magier tragen dieselben Stiefel. Warum der da nicht?« Val deutete auf den Leichnam, dem das Schuhwerk fehlte.

»Vielleicht hat er sie im Kampf verloren«, entgegnete der Berittene.

»Ein Schuh – schon möglich. Aber beide?« Val zog die Augenbrauen zusammen. Blitzschnell zerrte sie die Leiche herunter und fasste dessen Füße an. Entsetzt begafften die Männer, was sie tat.

»Bird unverhall darsum, ford wyn gorfall«, flüsterte sie und tauchte ab ...

... ein Mann nähert sich ... die Stiefel des Toten *... er nimmt Maß. Er ist ... hochgewachsen, rabenschwarze Haare, markantes Kinn, düstere Erscheinung. Sein verwegenes Aussehen ... Er zieht die Schuhe an und geht fort ... ein schöner Arsch! ...*

Vals Augen weiteten sich. Jetzt wusste sie, was die ganze Zeit über in ihrem Kopf spukte, was sie glaubte, vergessen zu haben und nicht fassen konnte: die Stiefel!

»Zurück zum Hof!«, schrie sie.

Die Magier schauten sich verständnislos an.

»Er war dort! Der Bursche, der das Wasser für die Pferde geholt hat. Der Stallbursche auf dem Bauerngehöft, der Knackarsch. Das war *er*. Zumindest hatte dieser Kerl die Stiefel eines Magiers an! Und zwar die hier!« Sie zerrte am Fuß des Toten.

Jetzt reagierten die Männer. Val schwang sich, ohne abzuwarten, auf ihr Pferd und trat ihm in die Seiten.

Der Fremde. Sie kannte nun sein Aussehen und – wichtiger noch – seinen Geruch. Sie würde ihn unter Tausenden erkennen. Die Jagd konnte beginnen.

XII

Birkenbach

Kyrian flog über die Wipfel der Bäume und betrachtete diese Welt. Im Westen lagen gewaltige Bergkämme, deren schneebedeckte Spitzen das Himmelszelt berührten. Der Rest des Landes wirkte flach, teilweise bewaldet, andernorts von Wiesen oder Feldern durchzogen oder mit den bunten Tupfern der Großstädte besprenkelt. Der Norden leuchtete grün, der Süden schimmerte seltsam grau und im Osten zeigte sich in weiter Ferne eine gelblich gewellte Ebene – vielleicht eine Wüste? Das Land unterschied sich nicht großartig von seiner Heimat.

Ein gutes Dutzend zierlicher Rauchfahnen schwebte aus einer bewohnten Siedlung ganz in seiner Nähe. Das Dorf bestand aus einer langgezogenen Hauptstraße, von der nur wenige mit Sand befestigte Nebenstraßen abzweigten. Die Häuser machten einen intakten Eindruck, besonders um den runden Dorfplatz herum, wo ein zweigeschossiges, turmartiges Gebäude sein Hauptaugenmerk anzog. Vielleicht der Sitz der weißen Magierin? Die Gehöfte gingen durchaus als wohlhabend durch. Diese Ortschaft wirkte … reich. *Vielversprechend.*

Er landete am Waldrand zwischen knorrigen Bäumen. Kyrian fühlte den Schweiß an sich herabrinnen, während sich das Federkleid in seine Kleidung zurückverwandelte. Dann machte er sich auf in Richtung Dorf und schon nach kurzer Zeit schälten sich die ersten Häuser aus der Ferne. Der Weg verlief außen am sattgrünen Wald entlang, auf der anderen Wegseite wuchs das Gras spärlich, allenfalls knöchelhoch.

Eine graue, vertrocknete Steppe.

Kyrian verlangsamte seine Schritte. Er konnte unmöglich als Fremder hier auftauchen. Nicht nach dem vorangegangenen Tag. Vielleicht wusste man bereits im Dorf Bescheid. Dieses Mädchen, diese weiße Magierin, sie hatte mit Sicherheit sämtliche Bewohner informiert. Er würde sich tarnen

müssen. Er musste eine Gestaltwandlung durchführen. Wieder einmal. Darum kletterte er auf einen Baum und spähte zur Ortschaft.
Wessen Gestalt kann ich annehmen?
Ein Greis humpelte die Straße hinunter.
Zu gebrechlich.
Zwei dicke Marktweiber, die Körbe mit Gemüse gefüllt, schlenderten tratschend vorbei.
Zu zweit.
Ein hässliches mageres Mädchen kam aus einem Haus gerannt.
»Uh …« Er zog eine Grimasse.
Eine geraume Weile blieb der Dorfeingang menschenleer. Dann war da ein kräftiger Bursche, der über einen schmalen Graben sprang und zum Waldrand stakste. Dort angekommen urinierte er gegen einen Busch.
Perfekt.
Ein breites Grinsen legte sich auf Kyrians Gesicht, ehe er sich vom Baum schwang und konzentriert in Richtung Kerl schlich. Der Junge verstaute gerade sein bestes Stück in der Hose, da legte Kyrian ihm seine Hand auf die Schulter.
Du siehst müde aus, mein Freund. Schlaf ein wenig. Schlaf. Schlaf!
Der Jüngling blinzelte, dann sackte er schnarchend in sich zusammen. Kyrian packte die schlaksige Gestalt, ehe sie den Boden berührte. Mit einem Blick auf die Umgebung schleifte er sein Opfer in ein trockenes Gebüsch, konzentrierte sich und prägte sich seine Erscheinung genau ein. Jede Unebenheit seines Gesichts, seine körperliche Statur. Er schloss die Lider, hatte aber immer noch das Antlitz des Burschen vor Augen. Ein Reißen und Zerren setzte ein, als sich seine Gesichtshaut rapide straffte. So würde er sich im Dorf frei bewegen können.
Er war sich der Gefahr bewusst, die ein Aufenthalt in dieser Siedlung mit sich brachte. Nichtsdestotrotz brauchte er mehr Geld in der Landeswährung als die paar Münzen, die er den Magiern abgenommen hatte. Es war unmöglich, sämtliche Gegenstände durch Zauberei zu besorgen. Im allerschlimmsten Falle schlug ein Zauberspruch fehl,

im geringsten Fall widerstanden die Opfer dem Zauber. *Soll alles schon vorgekommen sein*, erklangen Targas' Worte in Kyrians Gedächtnis. Er ging nicht davon aus, dass ihm so etwas passierte. Schließlich war er Kyrian der Schwarze. Aber er konnte diese Zauber trotzdem nicht ewig aufrechterhalten.

An oberster Stelle stand jedoch die Beschaffung von Informationen. Die Dinge, die er über dieses Stück Erde wusste, hatte er in den Chroniken seiner Heimatwelt gelesen. Einst herrschten hier die Zauberer. Damals hatte man die Welt »Rodinia« genannt. Ob der Name heute, nach fast eintausend Jahren, noch zutraf? Es interessierte ihn nicht wirklich. Er benötigte Fakten. Wie viele strategisch günstig gelegene Städte und Militäranlagen gab es? Wo wohnten ihre Anführer? Wo lagen die Häfen? Wo befand sich das Zentrum der Magier? … Und wie konnte er sie für den Untergang seines Schiffes büßen lassen?

Kyrian schlenderte die Dorfstraße entlang. Er wollte gelangweilt wirken. In einer Schenke kursierten ständig Neuigkeiten. Er sah aber keine Schenke. *Eigentlich auch zu riskant*, dachte er. *Ein Schmied wäre eine ausgezeichnete Wahl. Handwerker kommen weit herum. Sie sind oftmals wahre Informationsquellen an Geschichten und Gerüchten.*

»Rassmuss. Ey, Rassmuss!«

Kyrian drehte sich um. Da war eine Gestalt: grobschlächtig, Bauchansatz, schütteres dunkles Haar – die typische Schlägervisage. Kyrian senkte sein Haupt. Er wollte seinen Weg fortsetzen, doch als der Mann wild gestikulierend rief, wurde ihm bewusst, dass der Kerl ihn meinte.

»Ey. Rassmuss. Hörst du nicht? Komm auf der Stelle her, du Bengel!«

Kyrian blickte sich vorsichtig um und trat heran. In einer fließenden Bewegung klatschte der Rufende seine flache Hand gegen Kyrians Hinterkopf. »Was treibst du dich hier rum?«, blaffte er. »Solltest du nicht auf dem Feld bei den anderen sein? Es ist immer das Gleiche mit dir, du Faulpelz.«

Zu perplex, um zu reagieren, ließ Kyrian die Schimpftirade des Mannes über sich ergehen.

»Es tut mir leid«, murmelte er dann. »Die … die anderen haben mich nach Hause geschickt. Ich fühle mich nicht so gut. Hab wohl was Falsches gegessen.«

»Wer hat dich nach Hause geschickt? Der alte Claasen?«

Eine weitere Welle von Flüchen folgte. Kyrian verzog den Mund. Eventuell war die Gestalt doch nicht perfekt gewählt. Dann hielt der Kerl mit einem Mal inne und fasste Kyrian am Kinn, eine Zornesfalte zwischen den Augen verdüsterte sein Gesicht.

»Hast du etwa gesoffen? Dann Gnade dir Pranos …«

Weiter kam der Schimpfende nicht, denn in diesem Moment beschloss Kyrian: *Das Maß ist voll!* Er reagierte innerhalb eines einzigen Wimpernschlages und legte dem Mann die Hand auf die Schulter, wodurch dieser sofort verstummte.

Kyrian lächelte. Freundschaftszauber beendeten seit Anbeginn der Zauberkunst jedwede unliebsame Diskussion. So auch in diesem Fall. »Wir sollten uns an einem ungestörteren Ort unterhalten. Dann stelle ich die Fragen. Nicht wahr, Freund?«

Der Kerl nickte mit ausdruckslosem Gesicht, drehte sich um und wankte benommen in sein Haus. Kyrian warf einen Blick auf die menschenleere Straße. Erst danach betrat er hinter dem Mann das Gebäude.

In gestrecktem Galopp erreichten die Magier den Gutshof, allen voran Valhelia. Sie erfasste am Eingangstor einen Pulk Menschen, in dessen Mitte eine gefesselte, mit einem Sack verhüllte Gestalt stand. Während die eine Hälfte der berittenen Magier in den Innenhof preschte, umzingelte die zweite Hälfte das Bauerngehöft. Bei ihrer Ankunft sprangen die Kriegermagier von ihren Pferden, verteilten sich in einer Angriffsposition und kesselten die verängstigten Anwohner ein. Aus dem Zentrum des Pulks trat zitternd der Hausherr vor.

»Werte Herren, … edle Dame«, stotterte er. »Wir … ich will eine Meldung machen. Diesen Kerl hier …« Er packte den Sack an der Stelle, wo sich der Kopf befand »... haben wir aufgegriffen.«

Val, die immer noch im Sattel saß, blickte unbeeindruckt auf beide hinunter. In gelangweiltem Tonfall fragte sie: »Wie lange haltet ihr ihn bereits fest?«

Stolz schwang in der Stimme des Gutsbesitzers mit, als er verkündete: »Meine Feldarbeiter entdeckten ihn, nachdem Ihr fort ward. Sie wollten die Pferde anspannen, heute wird das Heu eingefahren. Die Sau hat im Pferdestall geschlafen.«

»Löst den Leinenbeutel.«

Bertrosius schrie: »Seid Ihr von Sinnen? Was tut Ihr? Er ist äußerst gefährlich.«

Ein verächtliches Lächeln überzog Vals Gesicht. »Das wird sich zeigen.«

Der fragende Blick des Truppführers nötigte sie zu einer Erklärung: »Ich halte ihn nicht für unseren Gesuchten. Auch wenn er dessen Aussehen trägt.«

Bertrosius verzog die buschigen Augenbrauen. »Ihr meint ... es sei eine Illusion?«

Val lachte abfällig. »Ihr seid ja ein schlauer Fuchs.«

Obwohl der Hausherr einem Knecht eindeutige Zeichen gab, rührte sich niemand. Val schnaufte vor Ungeduld. Sie lenkte ihr Pferd kurzerhand zum Gefesselten und zerrte ihm den Sack vom Kopf.

Die Magier zuckten zusammen, die Bauern ebenfalls. Der Gutsbesitzer riss die Augen weit auf. »Aber das ... das ...«

Val umfasste das Kinn des Gefangenen. Er hatte eine Beule am Schädel und eine aufgeplatzte Lippe. Durch seinen glasigen Blick wirkte er benommen.

»Bei allen Göttern«, plapperte der Hausherr. »... das ist ja Reimund, unser Stallmeister. Aber wie ist das möglich? Ich sah doch diesen anderen Kerl ...?«

»Könnt Ihr ihn beschreiben?«, fuhr Bertrosius dazwischen.

»Na ja, ich ... wir ...«

Valhelia hob die Hand. »Schweigt! Alle beide!« Sie konzentrierte sich. »Bird unverhall darsum, ford wyn gorfall.«

Augenblicklich tauchte sie ins Gedächtnis des Mannes ein und die Vergangenheit offenbarte sich. Sie brauchte nicht lange zu forschen ...

… Wer ist da? … rabenschwarze Haare, Bartstoppeln … sieht aus wie ein Landstreicher. Oder ein Verbrecher … »Wer bist du denn? Was hast du hier zu suchen?« … SCHLAF …

Schwärze umfing Valhelia.

Val schlug die Augen auf. Sie lag auf dem Fußboden, umringt von besorgten Gesichtern. Sie fühlte sich ausgeruht.

Bertrosius beugte sich vor. »Was ist geschehen? Ihr seid vom Pferd gestürzt.« Kaum hörbar fügte er hinzu: »Besser gesagt, Ihr seid eingeschlafen.«

»Wie lange war ich weggetreten?«

»Nicht sehr lange.«

Sie nickte und nuschelte dabei: »Es ist … enorm. Seine Kraft wirkt sogar durch die Gedanken anderer …«

Das *Gesehene* übertraf all ihre Vorstellungen. Das hatte der Magister ihr also verschwiegen. Oder hatte er es selbst nicht gewusst? Dieser Fremde war einzigartig. Vielleicht die Chance, mit diesem Mann an ihrer Seite, die Welt zu beherrschen.

Val rappelte sich hoch und stürzte in die Scheune. Bertrosius in Begleitung zweier Kriegermagier folgte ihr in gemäßigtem Abstand.

Wie ein Tier schnüffelte Valhelia im Gebäude, schnupperte mal hier, mal dort. Nachdem sie den Schlafplatz ausfindig gemacht und dessen Vergangenheit gesehen hatte, trat sie auf die drei Männer zu.

»Er war an diesem Ort.« Sie seufzte. »Wo kann er hin?«

»Es gibt ein Dorf in der Nähe«, begann Bertrosius.

Val drehte sich zu ihm um. »Was für ein Dorf?«

»Birkenbach. Eine Siedlung am Rand der grauen Steppe. Es erscheint mir jedoch abwegig, dass er sich in eine Gefahr wie diese begibt.«

»Keineswegs.« Val umarmte Bertrosius überschwänglich, lachte und rief: »Worauf warten wir noch?«

Die erhaltenen Informationen befriedigten Kyrians spezielles Interesse an Wissen nicht im Mindesten. Der Mann nannte nur wenige Münzen sein Eigen und war daher für ihn nutzlos. Aber es war ein Anfang, denn er kannte jetzt den Weg zur Schmiedewerkstatt und den dazugehörigen Namen. Er wusste, wie der Bürgermeister hieß, wofür auch immer das gut sein sollte. Obwohl … Besaß ein Dorfoberhaupt nicht für gewöhnlich Gold oder zumindest Silber? Eine prall gefüllte Stadtkasse? Genau das Richtige in Kyrians Lage. Er kratzte sich unbewusst am Kinn. Es galt also: Schmied oder Dorfschulze? Waffen oder Geld? Viel Zeit blieb nicht, um sich zu entscheiden. Bei einem Schmied fand er vermutlich beides.

In der Gestalt von Rassmuss wanderte er die Straße entlang. Er trug einen hölzernen Spaten unter dem Arm, dessen Grabefläche mit Metall ummantelt war. Etwas Passenderes trieb er auf die Schnelle nicht auf. Ein kräftiger Schlag gegen die Metallummantelung rechtfertigte einen Besuch beim Schmied.

Zu beiden Seiten standen Häuser, deren weidengeflochtene Wände mit Lehm befestigt waren. Zahlreiche Gebäude zierten Fenster, was auf milde Winter hindeutete.

Höflich grüßte er eine Gruppe Personen, die ihm begegneten, ließ sich jedoch nicht aufhalten. Als die Werkstatt endlich vor ihm auftauchte, fuhr er durch eine Stimme zusammen.

»Hey, Rassmuss. Da wirst du kein Glück haben.«

Kyrian verharrte. Ein halbwüchsiger, rotgelockter Bursche lehnte am Zaun und glotzte ihn an. Die schlaksige Gestalt redete weiter. »Wo warst du gestern? Wir haben an der verwunschenen Linde auf dich gewartet.«

»Ich äh … ich fühlte mich nicht.« Kyrian konzentrierte sich instinktiv. Lauernd fragte er: »Womit habe ich kein Glück?«

»Brauchst nicht gleich angepisst zu sein.« Der Junge deutete mit dem Kopf Richtung Spaten in Kyrians Hand. »Die Schmiede hat zu, ist schon der zweite Tag. Vielleicht ist der alte Pallak ja krank oder so.«

»Aha. Ich überzeuge mich lieber selbst.«

Die Schultern des Burschen ruckten in die Höhe. »Musst du ja wissen.«

»Ja, weiß ich auch.« Er drehte sich um und setzte seinen Weg fort.

Von weitem sah Kyrian die Schmiedewerkstatt auf einer Wiese stehen. Das kurzgeschorene Gras darauf bot einem eventuellen Brand kaum Nahrung. Neben der Arbeitsstätte befand sich ein ansehnliches zweigeschossiges Haus, halb aus Stein, halb aus Holz gefertigt. Ein künstlich angelegtes Wasserbecken mit einem schmalen Bachlauf verband beide Gebäude. Ein massiver Fensterladen verschloss, wie zu erwarten, die Vorderfront der Werkstatt. Kein Feuer brannte, kein Qualm und keine Geräusche drangen aus dem Inneren heraus.

Es wird schwer werden, ungesehen dort einzudringen. Aber nicht unmöglich.

Der Junge hinter ihm lehnte noch immer am Zaun und beobachtete ihn. Kyrian seufzte. Zeit für eine Lektion in Körperkunde.

Er konzentrierte sich, während er weiterschlenderte, entzog der Erde die Energie und leitete einen Teil zurück. Dann blieb er stehen. Kyrian musste unweigerlich grinsen, da er ihm eine Verstauchung sandte. Der Bursche strauchelte, rutschte jammernd zu Boden, wobei er sich sein Bein hielt.

»Au ... verdammte Hacke«, hörte Kyrian ihn fluchen. Der kam ihm nicht mehr in die Quere.

Hinter der Werkstatt stand ein rechteckiger Schuppen. Er drückte sich in dessen Schatten und stellte den Spaten ab.

Der Tümpel führte zu einem zweiten, noch kümmerlicheren Wasserloch inmitten der Wiese. Jetzt erkannte er auch, warum die Fläche so schmuddelig aussah. Zwei hüfthohe schornsteinartige Kegel ragten aus dem Trümmerfeld aus Lehm hervor, daneben verteilte sich ein ansehnlicher Holz- und Kohlehaufen. *Eisenverhüttung. Diese vielen Kohlestückchen, die Schlote, ...* Kyrian lächelte. Das ergäbe ein hübsches Feuerwerk für den Fall, dass er entdeckt werden sollte.

Einen Zauberspruch später schlich er unsichtbar über eine Holzbrücke auf das Haupthaus zu, umrundete es und erreichte eine Hintertür. Der Riegel ließ sich ohne Probleme zurückschieben, so dass Kyrian lautlos in den dunklen, länglichen Raum gleiten konnte. Selbst hier roch es nach Rauch und nach Metall. Rechts befanden sich zwei Türen, links führte eine Treppe parallel zum Gang nach oben und geradeaus endete der Weg ebenfalls an einer Tür. Ein matter Lichtschimmer drang durch einen Spalt.

Er lauschte.

Aus dem oberen Teil des Gebäudes ertönte ein durchdringendes Schnarchen. Vor ihm rumorte es. Ein Schmatzen gefolgt von einem hässlichen Knacken, das Geräusch eines brechenden Knochens, ließ ihn verharren. Ein Hund? Er konzentrierte sich auf einen Schlafzauber und schlich geräuschlos voran. Beim Erreichen der Eichentür linste er durch die Öffnung.

Der Raum dahinter entpuppte sich als eine geräumige Küche, deren Mitte von einer gewaltigen Feuerstelle dominiert wurde. Eine zweite Tür führte zur Straßenseite hinaus. Ein stämmiger Mann, offensichtlich der Schmied, hockte, den Rücken in seine Richtung gewandt, am lodernden Herdfeuer. In einer seiner wuchtigen Pranken hielt er eine beachtliche Gänsekeule, mit der anderen warf er ein Holzscheit in die Flammen. Gedankenverloren biss er ein großes Stück aus dem Fleisch. Auf einem Tisch in der Nähe lag ein Holzbrett mit den Resten eines saftigen Bratens. Ein Tonkrug stand daneben. Das Bier darin duftete süßlich. Kyrians Magen gab einen knurrenden Laut von sich.

Sogleich blickte sich der Mann um, sprang zur Tür und riss sie auf. Er schaute Kyrian direkt an, sah ihn allerdings nicht. Angst zeigte sich in seinem Blick. Er lauschte. Wovor hatte er Angst? Dann fiel Kyrian die Feldesse ein, die er auf der Waldlichtung gesehen hatte. Der Schmied war dort gewesen. Jetzt musste er unbedingt erfahren, was dieser Kerl wusste. Schlafend nutzte er nichts. So konnte vielleicht sein Hunger gestillt werden, jedoch nicht sein Durst an Informationen. Ein Freundschaftszauber wäre angebrachter.

Der Schmied lehnte die Eichentür wieder an und schritt zum Herdfeuer. Kyrian schlüpfte in die Küche. Er hatte den Mann fast erreicht, als der Bratenduft erneut in seine Nase stieg. Sein Magen protestierte erneut. Der Handwerker wirbelte herum. Da sich Kyrian aber auf einen anderen Zauber konzentrierte, wurde er sichtbar. Der Mann zuckte so sehr zusammen, dass die halbabgenagte Keule in hohem Bogen ins Feuer segelte. Dann wandelte sich seine Angst in Zorn.

»Rassmuss, du Arschfurunkel einer Sumpfkröte!«

Mit einem einzigen Satz war Kyrian bei ihm und packte seine Hand.

»Guten Tag, Pallak.«

Im selben Moment wirkte der Zauberspruch. Die Wut aus Pallaks Gesicht verflog. Stattdessen trat in seine Züge ein Ausdruck des Erkennens. »Du Arsch hast mir einen verdammten Schrecken eingejagt. Wenn wir nicht so dicke Kumpels wären, wäre ich echt sauer.«

»Wir wollen niemanden stören«, flüsterte Kyrian.

Der Schmied lachte verhalten. »Meine Alte schläft noch, und das wie ein Stein. Etwas Gänsebraten? Dein Magen knurrt ja bis auf die Straße. Ich dachte schon, ein Wolf sei in den Hausflur eingedrungen.«

Das ließ sich Kyrian nicht zweimal sagen. Beherzt griff er sich den Braten. Er wusste um die Dauer eines Freundschaftszaubers. Bei so einem massigen Kerl würde die Wirkung nicht lange anhalten.

»Ich habe nicht viel Zeit«, sagte er schmatzend und schnappte sich den Krug. Gierig nahm er einen tiefen Schluck. »Ich muss … verreisen. Meine Tante ist krank. Ich benötige Geld für Medizin, die ich aus … der nächstgrößeren Stadt holen muss. Kleidung ist auch nicht schlecht, vielleicht einen Mantel.«

Der Schmied zog die Augenbrauen hoch.

»Du hast gar keine Tante. Willst du einem Weib imponieren? Da kann ich dir ein paar Tipps geben.«

»Nicht nötig. Du brauchst diese Dinge, die ich verlange, nicht mehr«, sagte Kyrian und legte erneut dem Mann freundschaftlich die Hand auf die Schulter.

Pallak lachte. »Du hast recht. Warte hier.«

»Ich komme lieber mit.«

Der Schmied zuckte mit den Schultern. »Auch gut. Folg mir. Aber sei leise, nicht dass der Drache doch noch aufwacht.« Er zwinkerte, lachte, als beide den Küchenraum verließen.

Val schnupperte.

Sie reckte die Nase in den Wind, schloss die Augen und schnüffelte ein paar Mal, wie ein Tier, das Witterung aufnimmt. Ihren Körper durchlief ein leichtes Zittern. Erst biss sie sich auf die Unterlippe, dann öffneten sich unvermittelt ihre Augen.

»Er ist im Dorf«, stellte sie leichtfertig fest.

Bertrosius gab seinen Männern Zeichen.

»Wie sicher seid Ihr Euch?«, wandte er sich an Val.

»Ich weiß es einfach. Ich rieche ihn.« Wieder erschauerte ihr Leib.

»Gut. Ich vertraue Euch.« Er gab knappe Anweisungen und die Kriegermagier teilten sich in vier Gruppen auf. Je vier Magier aus Ilmathori verteilten sich links wie rechts des Dorfrandes, drei Mann ritten zum östlichen Dorfeingang, um ihn zu versperren. Val und Bertrosius warteten eine Weile.

»Wir sollten keinesfalls alle gleichzeitig in das Dorf reiten«, sagte Valhelia. »Umstellt es, das ist gut. Der Rest von uns reitet auf direktem Weg in zwei Einheiten in die Siedlung.«

»Was habt Ihr vor?«

»Ich kümmere mich um den Schmied und um den Gefangenen. Schnappt Ihr Euch dieses Mädchen. Eine schneeweiße junge Frau sollte leicht zu finden sein. Immerhin ist sie eine echte Seltenheit.«

Bertrosius nickte schweigend.

Val zwinkerte zwei Männern mit weißblondem Haar zu.

»Ihr beiden kommt mit mir. Wir gehen jagen!«

Damit trieb sie ihr Pferd an und ritt in Birkenbach ein. Die anderen Magier folgten in angemessenem Abstand.

Ein schwarzer Schatten sprang Mira entgegen. Der Fremde! Er packte zu und schleuderte sie, wie eine Puppe, in Richtung Flammenwand. Innerhalb eines Wimpernschlages stand ihr Körper in Flammen. Ihre Hände zerfielen zu Asche, die Luft zum Atmen schwand ... Aufwachen ... du musst aufwachen. WACH AUF!

Mira keuchte, als sie erwachte. Ihre Stirn war schweißnass und ihr Herz raste. Matt sank sie zurück. Sie hatte die halbe Nacht nicht geschlafen, die zweite Hälfte wurde durch diese Albträume bestimmt. Jeder Traum endete gleich. Unzählige Male starb Mira, wobei die spektakulärste Todesart ein rot-blau gezackter Feuerball war. Oder war es doch dieser Lichtblitz mit anschließender Explosion, in der ihr Körper in Abermillionen Funken zerstob? Jedenfalls vergrößerte sich die Angst, wieder einzuschlafen, von Traum zu Traum. Zu müde, um wach zu bleiben, verfiel sie in einen Dämmerzustand.

Es musste bereits später Vormittag sein, denn die Sonne warf ein bizarres Muster an die Wand des Dachbodens. Wie gleißendes Feuer ... Mira schüttelte sich.

Magdalena hatte sie ohne Zweifel schlafen lassen. Eine nette Geste. Auch wenn es nichts gebracht hatte. Sie quälte sich aus dem Bett und kletterte die Stiege nach unten in den Wohnraum.

»Mutter?« Sie gähnte. »Mutter? Bist du da?«

Im Haus war es still. Vollkommen still. Die letzte Glut des Herdfeuers erstarb in einer sich kräuselnden Rauchfahne. Mira warf zwei Holzscheite nach und ließ die Flammen wieder zu neuem Leben erwachen. Ein Tee hätte ihr jetzt gutgetan. Ihre Kehle fühlte sich trocken an, ihr Kopf dröhnte. Sie schritt zu einem Wandschrank, entnahm ihm eine Kräutermischung und schnappte sich den Kupferkessel. Er war leer. Zum wiederholten Male fehlte Wasser. Mira seufzte.

Vielleicht hatte sie Glück und ihre Mutter machte sich in diesem Moment auf den Weg zum verhassten Brunnen.

Gedankenverloren griff sie ein Stück Brot, legte es jedoch gleich wieder fort. Mira war nicht nach Essen zumute.

Träge sickerten Stimmen von außerhalb des Hauses in ihr Bewusstsein. Sie lauschte.

Ein männlicher, beruhigender Klang, unterbrochen durch ein schrilles Keifen. Der Sprecher redete zu leise, um zu verstehen, um was es ging. Das Schimpfen stammte eindeutig von ihrer Mutter. Brauchte sie etwa Hilfe?

Mira wollte ihrer Mutter beistehen, falls es Ärger geben sollte, auch wenn Magdalena Hafermann durchaus jedwede

Unbill selbst regeln konnte. Miras Schrecken wuchs, als sich eine zweite Stimme einmischte. Dann fiel ihr Name.

Oh nein, kam Mira der Gedanke. *Sie wird doch nicht schon wieder irgendwelche Freier für mich besorgt haben?*

Sie schnappte sich den Schürhaken und schlich zur Tür. Noch auf der Türschwelle erstarrte sie.

Kyrian wog einen braunen Lederbeutel in seiner Hand. Fünfundzwanzig Silbermünzen zählte er. Der Schmied hatte es von den Magiern der Waldlichtung als Lohn für die Reparatur eines Kutschenrades bekommen, so erzählte er. Kyrian erfuhr etwas mehr über die regierenden Magier dieser Welt. Demnach gab es Kriegermagier und die *Bewahrer der Ruhe,* was aber anscheinend auf das Gleiche hinauslief. Er konnte Pallak nicht ganz folgen. Ein sehr unbefriedigendes Gespräch. Befriedigender war da schon Kyrians Ausbeute. Von einer Hose hatte er abgesehen, da der Schmied viel massiger als er war. Eine Tunika nahm er dankend an, sie wurde ohnehin durch einen Gürtel zusammengehalten. Hinzu kam ein Rechteckmantel, der gleichzeitig als Decke diente. Pallak hatte ihn gerne gegeben, da er über zwei Mäntel verfügte. Er verstaute alles in einem ledernen Rucksack und überreichte ihn mit einem Lächeln an Kyrian. Damit gingen sie zurück in die Küche, und Pallak begann, Proviant in den Ledersack zu packen.

»Sollst ja nicht vom Fleisch fallen, wenn du so eine weite Reise machst.«

Kyrian nutzte die Situation und fragte frei heraus: »Sage mal, mein Freund, wie komme ich an ein Schiff?«

»Ein Schiff?« Pallaks Augen weiteten sich. Dann brach er in schallendes Gelächter aus. »Was willst du mit einem Schiff? Du verarschst mich.«

»Nein. Durchaus nicht. Eine Seefahrt, die ist lustig, heißt es doch.«

»Eine was? Das habe ich ja noch nie gehört.« Der Schmied konnte sich kaum beruhigen.

Kyrian konzentrierte sich. Ein wenig Zauberei machte jedes Wesen gesprächiger.

»Es gibt keine Schifffahrt. Die einzigen Boote von ganz Rodinia gehören dem König und der sitzt in Königstadt.«

»Eine Kriegsflotte?«

»Nein«, stieß der Schmied mit fast entsetztem Gesichtsausdruck hervor. »Fischerboote.«

Kyrian runzelte die Stirn. »Der König besitzt keinerlei Kriegsschiffe?«

Pallak lachte. »Wozu? Es gibt nichts und niemanden auf der Welt, der uns etwas Böses will. Am Ende der Welt liegt der Nebel. Außerdem beschützen die Magier uns vor allem Unheil.« Dann schüttelte der Schmied den Kopf und knuffte Kyrian in die Seite. »Man könnte glatt meinen, du bist nicht von hier. Ah … Du treibst deine Späße mit mir.«

»Ja, ein Spaß«, sagte Kyrian lächelnd. Er schritt an eine schmale Fensteröffnung und spähte nach draußen. Sollte es so leicht sein? Seine Gedanken wirbelten umher wie ein Zweig im Sog eines Wasserstrudels. Keine Seestreitmacht, keine Gegenwehr. Lediglich der Nebel musste verschwinden … Er drehte sich um. »Noch etwas. Sag, du besitzt nicht zufällig ein einfaches Buch? Über die Schmiedekunst vielleicht?«

»Ein Buch?« Der Schmied prustete vor Lachen.

Kyrian verzog missmutig das Gesicht. »Äh … warum …?«

»Ein Buch …« Pallak schüttelte lachend den Kopf. »Schriftwerke sind den Magiern vorbehalten. Na ja, allenfalls noch den Apothekern oder Alchemisten. Was auf das Gleiche hinausläuft. Sie gehören alle der Magierschaft an. Das ist genau wie mit den Schiffen. So etwas gibt es ausschließlich in Königstadt. Der König nennt sie sein Eigen, aber die Magier sind die Verwalter aller Schriften. Nichts geschieht ohne ihre Einwilligung.«

»Und wie viele Magier gibt es so im Reich?«

Pallak brach erneut in schallendes Gelächter aus. »Jetzt verarschst du mich wirklich.«

Kyrian lachte ebenfalls, um kein Misstrauen zu erregen, und warf einen raschen Blick zur Tür.

Das Schnarchen war verstummt. In diesem Moment erklangen knarzende Schritte auf der Treppe.

Eine Stimme ertönte. »Pallak? Warum hast du mich so lange schlafen lassen?«

Kyrian wandte sich wieder zum Schmied um. »Ich muss los.«

Der begann die Stirn zu runzeln und blinzelte verwirrt.

Der Freundschaftszauber lässt nach, schoss es Kyrian durch den Kopf. Sein Puls beschleunigte sich. Erneuern oder ausschalten? Pallak durfte nichts von diesem Gespräch verraten. In diesem Moment huschten zwei Schatten am Seitenfenster vorbei in Richtung Hintertür.

Kyrian sprang in den Flur. Auf der Treppe entdeckte er eine rundliche Frau in einem gräulichen Nachthemd. Als sie ihn erblickte, drehte sie sich mit einem Aufschrei um und lief hinauf. Er sprintete los, ohne auf Pallaks erstauntes Rufen zu achten.

Im selben Augenblick hörte er die Tür des Werkstattraumes aufschlagen.

Magier! Vor dem Haus standen mehrere Männer in dunkelgrünen Roben.

Die Magier aus dem Wald. Sie haben mich gefunden! So schnell? Miras Gedanken überschlugen sich, ihr Mund wurde trocken und ihr Herz begann zu rasen. Hatte Pallak, der Schmied, sie verraten? Andererseits: mit ihrer Hautfarbe könnte sie sich auch als brennende Kerze in einem dunklen Raum verstecken.

Ein Mann, dessen braunes Haar von dicken, weißen Strähnen durchzogen war, redete mit ihrer Mutter, die energisch etwas verneinte und dabei so heftig den Kopf schüttelte, dass ihr Zopf umherwirbelte.

Mira wollte sich zurückziehen, doch ihre Beine gehorchten ihr nicht. Die Angst lähmte ihren Körper, schnürte ihre Kehle immer weiter zu. Ihre Starre löste sich erst, als Magdalenas Stimme keifte: »Fragt sie doch selbst. Das faule Ding schläft im Haus.«

Augen und Mund weit geöffnet, schrie sie innerlich. *Mutter! Warum tust du das?!*

Hätte sie nicht sagen können, Mira wäre auf dem Feld? Oder Holz hacken?

Die Hitze schoss ihr ins Gesicht, als sich die Blicke der vier Magier in ihre Richtung wandten. Vier? Hatten da nicht gerade noch fünf Männer gestanden? Mira drehte sich zögernd um. Mit einem Aufschrei prallte sie gegen eine Gestalt. Die dunkelgrüne Robe war aus dem Nichts hinter ihr aufgetaucht. Der Schürhaken entglitt ihr in dem Moment, als sich die Finger des Magiers um ihr Handgelenk schlossen.

»Wohin so eilig?«, fragte der Mann.

Mira brachte keinen Laut heraus. Ohne jegliche Gegenwehr zog er sie mit sich nach draußen. Was nun folgte, war an Peinlichkeit nicht zu überbieten. Sie war gerade erst erwacht und trug, ungewaschen und ungekämmt, ihre schmutzige Kleidung vom Vortag. Glücklicherweise hatte das Gezeter ihrer Mutter bis dahin noch keine Nachbarn angelockt. Was sich aber jederzeit ändern konnte.

»Das muss sie sein«, äußerte ein blonder Magier. Ein weiterer Mann nickte.

»Du wirst uns begleiten müssen. Wir haben ein paar Fragen an dich«, sagte ein Schwarzhaariger mit buschigen Augenbrauen.

Mira versuchte zu sprechen, doch sie krächzte nur: »Und Pallak …?«

»Der Schmied? Er befand sich unter ständiger Aufsicht. Seine Unschuld steht außer Frage.«

Der Boden wankte und Mira drohte, den Halt zu verlieren.

Seine Unschuld?

»Ich bin … angeklagt?« Ihre Stimme versagte.

Der Magier lächelte. Ein routiniertes, kaltes Lächeln.

Sofort mischte sich ihre Mutter ein. »Wirft man ihr etwas vor? Was geschieht mit ihr?«

Ohne eine Antwort abzuwarten, drehte sie sich zu Mira um und fuhr fort. »Was hast du wieder angestellt. Warum bereitest du uns immer nur Kummer? Immer treibst du dich in diesem Wald herum, anstatt auf dem Hof deine Arbeit zu verrichten. Du kannst von Glück sagen, dass dein Vater nicht da ist.«

»Ich wollte …«

»Du wolltest. Was wolltest du? Herumtreiben wolltest du dich. Aber eines sage ich dir: So wirst du nie einen Ehemann abbekommen. Die Leute reden schon genug über dich, und nun das. Du stürzt uns alle ins Unglück!«

Mira seufzte. Sie brauchte nichts zu erwidern. In der Gewissheit, dass ein Weiterreden sinnlos war, wenn sich ihre Mutter derart im Zorn befand, schwieg sie.

Der Magier, der sich die ganze Zeit zurückgehalten hatte, rief urplötzlich: »Schweig Weib! Eskeleuarum!

Magdalena Hafermann verstummte augenblicklich. Aber nicht, weil sie es wollte.

Der Magier, dessen Blick unablässig zwischen Mira und ihrer Mutter gependelt hatte, atmete tief und geräuschvoll durch. Dann fuhr er in ruhigem Tonfall fort. »Du wirst uns begleiten. Pack ein paar Sachen zusammen, es wird eine lange Reise.«

Mira brachte all ihren Mut auf und fragte: »Wohin fahren wir?«

»Nach Königstadt«, antwortete der Magier.

Magdalena schlug die Hand vor den Mund.

Den Schmied zu finden, erwies sich als einfacher, als dieses weiße Mädchen zu finden. Am Dorfeingang woben Val und die beiden Kriegermagier eine gemeinsame Illusion. In der Gestalt bescheidener Bauern ritten sie zur Schmiedewerkstatt. Meister Bertrosius bog mit vier Männern in einen Seitenweg ein. Die Krieger stiegen ab, da sich der Weg als zu schmal erwies.

Val trabte weiter. Kurz vor der Schmiede entdeckte sie einen Burschen, dessen Knöchel von einem nassen Wickel verhüllt wurde.

»Mein Pferd lahmt. Wo ist der Hufschmied?«

»Die Schmiede hat zu«, maulte der Junge und massierte sein Bein. Sein ausgestreckter Finger deutete auf das gegenüberliegende Gebäude.

»Freundlichkeit ist nicht die Stärke des einfachen Volkes. Undankbares Pack«, murmelte Val kaum hörbar.

Sie umrundeten das Haus bis zur Hälfte, um sich ein Bild der Lage zu machen. Drei Türen, drei Magier – das passte perfekt. Sie raunte den beiden Männern zu: »Zählt bis sechzig. Dann dringen wir *gemeinsam* in das Gebäude ein. Habt ihr verstanden?«

Die Kriegermagier nickten und liefen los.

Val begann zu zählen. »Eins, zwei, drei, vier …«

»Einbrecher!«, brüllte Kyrian.

Während er mit einem Illusionszauber sein Aussehen auf Pallak zauberte, sprintete er drei Treppenstufen gleichzeitig nehmend ins Obergeschoss. Der Schmied stürmte, ohne zu überlegen, zur Hintertür. Oben angelangt sah sich Kyrian der Gemahlin des Handwerkers gegenüber, die sich mit einem Nudelholz bewaffnet hatte. Wo hatte dieses Weib das Ding her? Im Untergeschoss barst eine weitere Tür unter der Wucht einer Detonation.

»Ich bin ein Freund, unten sind die Eindringlinge«, rief Kyrian, doch die Frau reagierte nicht. Stattdessen warf sie sich ihm mit einem Schrei entgegen. Er wich elegant zur Seite aus und verpasste ihr einen Handkantenschlag ins Genick. Nach zwei Schritten sank sie polternd zu Boden.

Licht fiel durch ein Fenster zum hinteren Hof. Er spähte hindurch. Als er niemanden entdeckte, sprang er mit einem Satz hinaus.

Lautlos wie eine gefallene Feder landete er auf dem Wiesengrund. Das Gras erblühte um ihn herum, als er sich konzentrierte. Der Energierückfluss erwies sich manchmal als Nachteil. Im Haus ertönten Schreie. Erst Männerstimmen, dann eine weibliche.

In rascher Folge schoss Kyrian drei Feuerbälle in die beiden Schlote auf der Wiese. Mit einem verpuffenden Geräusch explodierte das sich erhitzende Kohle-Eisenschlacke-Gemisch im Inneren und verstreute sich in der

Umgebung. Brennende Kohlestücke regneten vom Himmel herab und entzündeten die umliegenden Häuser.

Val war erst bei fünfzig angelangt, als sie einen Schrei vernahm. Gleich darauf barst eine Tür im hinteren Bereich des Gebäudes. Waren die beiden zu dumm zum Zählen?

»Blödmänner«, murmelte sie und ließ die Vordertür mit Hilfe eines Magiestoßes aufspringen.

Im Moment ihres Eintretens sah sie die Gestalt, die mit einem Aufschrei durch den Flur geschleudert wurde. Der Mann prallte gegen das Treppengeländer, durchbrach es und sackte zu Boden. Ein Rauchfähnchen kräuselte sich empor.

»Ich will ihn lebend, ihr Idioten!«, schrie sie.

Ein Magier kniete neben dem leblosen Körper.

»Es ist der Schmied. Er ist tot«, sagte er tonlos.

»Der andere ist nach oben«, rief der zweite Kriegermagier. Val hastete wie von Sinnen an ihm vorbei ins erste Stockwerk. Als die Detonation ertönte, sprintete sie zum Fenster. Gerade noch rechtzeitig zog sie einen magischen Schutzschild und wehrte die glühenden Funken ab, die ihr entgegenstoben. Ein Schatten verschwand zwischen zwei Häusern, dann leckten die Flammen nach den Holzgebäuden.

Mira packte das Notdürftigste zusammen. Ein Robenträger mit einem kurzgeschorenen blonden Bart begleitete sie und trieb zur Eile an. Einzig durch das Anraten ihrer Mutter, deren Sprachbann durch die Magier gelöst worden war, gelangten ihr blaues Kleid wie auch einige andere nützliche Dinge in ihre Tasche. Ihre selbstgenähte Hose steckte Mira heimlich ein. *Hosen sind einfach praktischer*, fand sie.

»Wenn ich bitten darf.« Der Magier lächelte wieder sein freudloses Lächeln, während ihre Mutter sofort zu weinen anfing. Sie hasste es, wenn Magdalena ihretwegen weinte. Mira fühlte sich auch so schon schuldig genug.

»Mach dir keine Sorgen, Mutter. Es ist alles gut«, rief sie ihr zu.

Der Weg bis zur Hauptstraße war zu schmal für eine Kutsche, so dass die Kriegermagier Mira in ihre Mitte nahmen und sie unter den Augen der neugierigen Nachbarn, die sich allmählich einfanden, abführten.

Na prima. Damit ist das letzte Fünkchen Ansehen im Dorf dahin, dachte sie. Alleine die Tatsache, dass man ihr nicht Fesseln anlegte, gab ihr die Hoffnung, keine Gefangene zu sein. Aber was wollten die Magier dann von ihr? Das Reden mit einem Sträfling konnte doch nicht strafbar sein? *Nun ja, kurz darauf gab es einen Tumult. Und dann die vielen Explosionen*, kam es ihr in den Sinn. Trotzdem, warum befragte man sie nicht hier und jetzt?

Eine Detonation ließ alle Anwesenden zusammenzucken.

Der Magier mit den buschigen Augenbrauen reagierte als Erster. »Vorwärts, beeilt euch. Bringt das Mädchen weg! Ihr beiden, zu mir«, rief er.

»Feuer. Es brennt …«, erklang es aus der Ferne. Miras Haare stellten sich augenblicklich auf und sie bekam eine Gänsehaut. Das Dorf brannte? Panik kam in ihr auf. Ein Brand war einer ihrer entsetzlichsten Albträume. Das durfte nicht sein! Mira blieb stehen.

Auf der Hauptstraße stand ein Fuhrwerk bereit. Durch tränennasse Augen sah sie die Menschen, die mit Eimern bewaffnet aus ihren Häusern strömten und in Richtung Teich liefen, allen voran Magdalena.

»Wartet, was ist hier los? Mutter«, schrie Mira. Als Antwort packte jemand ihr Handgelenk und riss sie fort.

»Sofort in die Kutsche! Wir müssen weg!«

Mira wurde in den Innenraum des Wagens gestoßen und zwei Magier stiegen zu ihr. Ein Mann sagte etwas, doch sie verstand ihn nicht. Hatte er überhaupt mit ihr gesprochen? Sie war sich sicher, dass er irgendetwas gesagt hatte …

Es war Mira einerlei. Die Müdigkeit übermannte sie so abrupt wie nie zuvor. Ihre Augenlider flatterten, dann kam ein traumloser Schlaf über sie, und Mira rutschte kraftlos zur Seite.

Kyrian schlug einen Haken, überwand einen Graben und gelangte in einen angrenzenden Garten.

»Feuer! Es brennt!«, schrie er. Einen Atemzug darauf stürzten die Menschen aus ihren Hütten und rannten mit Eimern zur Wasserstelle der Schmiedewerkstatt. Der Qualm verteilte sich. In welche Richtung sollte Kyrian laufen? Er hatte versäumt, den Schmied danach zu fragen. Doch dafür war es zu spät.

Als er um eine Ecke bog, wich er sogleich zurück. Zwei Männer zogen das weiße Mädchen in eine Kutsche, dann raste der Wagen davon. Kyrian sah drei weitere Magier über eine Seitengasse auf die Hauptstraße rennen. Er sprintete zurück, schwang sich über ein Gatter und durchquerte den Stall eines Langhauses. Einem verdatterten Knecht rief er zu: »Die Robenträger haben die Schmiede angezündet. Es brennt!« Und schon eilte der Bursche nach draußen.

Kyrian betrat durch die Hintertür einen Pfad, der aus dem Dorf hinausführte. Vom Waldrand her ritten vier Männer mit Roben auf die Siedlung zu. Als sie das Stadttor passiert hatten, sprangen sie von ihren Pferden und liefen in Richtung Feuer.

Magier. Sie sind überall.

Er zwang sich zur Ruhe, schlenderte einen Weg entlang auf ein Gartentor zu und drehte sich nicht einmal um, als er jemanden rufen hörte.

Kaum hatte er die Gartenanlage betreten, stürmte er los.

Er schlängelte sich zwischen Lehmhäusern hindurch, überwand mehrere Zäune und hielt auf den naheliegenden Wald zu. Warum musste nur jeder sein Grundstück einzäunen, fluchte Kyrian innerlich, als er eine weitere Abzäunung überquerte.

Wenige Meter noch trennten ihn von den schützenden Bäumen. Gleich würde er es geschafft ...

Abrupt stoppte er seinen Lauf, als auf einmal ein Pferd vor ihm auftauchte. Das Tier scheute und der Robenträger darauf hatte Mühe, sich im Sattel zu halten. Der Pferdeleib versperrte Kyrian die Schussbahn. Also warf er sich mit einem Satz nach vorn und packte das Bein des Mannes. Dann schleuderte ein Energiestoß den Reiter in hohem Bogen aus dem Sitz. Kyrian konzentrierte sich. In dem plötzlich aufquellenden Nebel schwang er sich auf das Pferd und tauchte ins Dickicht des Waldes ein.

Val sprang. Bevor sie den Fußboden erreichte, wirkte die gesprochene magische Formel zum Landen. Dummerweise entzog der Spruch die benötigte Energie der näheren Umgebung und nicht dem Erdreich. Die Dachschindeln des Schmiedehauses trockneten dermaßen aus, dass die darauf liegenden glühenden Kohlestückchen augenblicklich das Dach entzündeten, als hätte jemand Öl darübergegossen. Val interessierte es nicht. Sie stürzte weiter. Während sie lief, sog sie Energie auf, von allen Seiten, egal woher. Es musste schnell gehen.

Weit kam Valhelia nicht. Durch ihre Konzentration brannte ihr Umfeld lichterloh. Ihr weißer Mantel fing am Saum Feuer, und ihr blieb nichts anderes übrig, als das Teichwasser umzuleiten. Dabei entstand jedoch Qualm, der es unmöglich machte, den Fremden zu verfolgen, geschweige ihn zu riechen. Immer mehr Menschen rannten schreiend herbei, halfen beim Löschen und versperrten ihr den Weg. Trotz alledem gelang es ihr, den Dorfrand zu erreichen. Sie fluchte. In der kurzen Zeit konnte kein Brand die gesamte Ebene bis zum Wald verqualmt haben. Val schnupperte.

Geruchloser Nebel.

Auf einmal taumelte ein Schatten aus dem Dunst. Ohne zu zögern, schoss sie einen Lichtblitz ab. Der Mann flog zurück und verschwand in der sich allmählich auflösenden Vernebelung. Kampfbereit schlich sie der Gestalt entgegen.

Val ahnte bereits, dass es nicht der Fremde war. Nebelschlieren lösten sich auf und zeigten den am Boden liegenden, toten Reiter. Von seinem Tier fehlte jede Spur, genauso wie von ihrer Beute.

Als sie den Schmiedeplatz erreichte, stand Bertrosius inmitten einer Gruppe Dörfler, die unter ausholenden Gesten debattierten. Er ließ sich nicht verunsichern und erklärte in beruhigendem Tonfall, dass es nichts zu befürchten gäbe.

Gemeinsam mit zahlreichen Dorfbewohnern löschten die übrigen Magier die einzelnen Brandnester.

Valhelia stapfte schnurstracks auf die zwei Männer zu, die laut ihrem Befehl das Wohnhaus des Schmieds betreten sollten, und schrie sie an:»Sagt mal, seid ihr zu dumm zum Zählen? Ihr habt es verbockt!«

Bertrosius trat hinzu.»Was ist geschehen?«

»Wenn diese Idioten nicht zu früh in das Haus eingedrungen wären, dann hätten wir ihn erwischt. Und wenn die anderen Vollidioten nicht ins Dorf geritten wären, sondern am Wald gewartet hätten, wie befohlen …« Val sog die Luft scharf ein, ehe sie mit hochrotem Kopf fortfuhr:»Auch dann hätten wir ihn geschnappt!«

»Wir sahen Qualm, die Siedlung brannte. Wir wollten helfen«, verteidigte sich einer der Männer.

»Niemandem wird ein Vorwurf gemacht«, sagte Bertrosius, während Val ein paar Mal tief durchatmete.

Ihre Stimme nahm einen bedrohlichen Ton an:»Der Magister wird nicht erfreut sein. Der Schmied ist tot und einer der Reiter ebenfalls. Ich fand ihn am Dorfrand.«

Bertrosius seufzte schwer. Valhelia verschwieg, dass der Mann infolge ihres eigenen Lichtblitzes gestorben war. Es war ihr egal. Sie überlegte, wie sie den Misserfolg dem Magister erklären sollte. Ihr würde schon noch eine Lösung einfallen.

Unter einer Vielzahl an Gedanken stutzte Val und runzelte die Stirn. Bertrosius stellte sich neben sie.

»Stimmt etwas nicht?«, fragte er.

»Ich weiß nicht. Ich finde es nur seltsam, dass hier auf dieser völlig ausgedörrten Sandfläche ein mickriger Streifen grün bewachsen ist. Zumal es überall brannte.« Sie kniete vor der frischen Grasfläche und strich darüber.

»Vielleicht eine Laune der Natur?« Bertrosius kratzte sich am Kinn.

Val schüttelte ihren Kopf. »Es sieht aus wie … Fußspuren.« Sie verfolgte die Spur mit vier hüpfenden Schritten. Dann hockte sie sich wieder hin, murmelte die Worte der magischen Formel und versuchte, in die Vergangenheit zu schauen. Für einen winzigen Moment erschien ein Mann, der in rascher Folge drei Feuerbälle in die Erzöfen schoss. Das Bild verblasste abrupt. Val schaute zu Boden. Das Gras vor ihr war ausgesaugt, grau und verdorrt.

»Konntet Ihr etwas sehen?«, fragte Bertrosius.

»Verfluchter Mist. Nein!« Sie stampfte mit dem Fuß auf. Das Gesicht hochrot verfärbt, sagte Valhelia: »Ihr schafft hier Ordnung, während ich zur Kutsche aufschließe. Ich werde dieses blasse Mädchen nach Königstadt begleiten.«

»Und der Bericht an den Magister?«

»Darum kümmere ich mich, macht euch keine Sorgen.«

Der Anführer der Magier nickte. Mit unglücklicher Miene blickte er Val hinterher.

XIII

Ungewollte Reise

Oleri berichtete. Er erzählte alles, was er auf der Lichtung gesehen hatte. Kein Detail verschwieg er. Es bereitete ihm sogar ein wenig Freude, als er die Worte dieses Fremden gelangweilt zitierte: »Warte! Bleib da ... Verdammt ... Richte deinen Herren aus: Ich werde sie für das, was sie meiner Mannschaft angetan haben, töten ... Ich werde euch alle töten! Bekomme ich jetzt mein Gebäck? ... Oh, Entschuldigung, der letzte Satz gehörte nicht zur Botschaft.«

Der Magister starrte ihn an. Dann stieß er ein entsetzliches Brüllen aus, raufte sich die Haare und begann, die Einrichtung des Raumes zu zertrümmern.

»Spät geworden, ich muss los, mein Meister wartet ...«

»Du gehst nirgendwo hin!«, brüllte der Magister und schleuderte den Feenmann mit einem magischen Spruch in einen Käfig.

Dort rieb sich Oleri seinen schmerzenden Arm. »Das bedeutet wohl: keinen Keks«, murmelte er beleidigt.

Sie öffnete die Augen. Wo befand sie sich? War sie zu Hause beim Sticken eingeschlafen? Ihr fehlte die Erinnerung dazu. Allmählich realisierte Mira das Ruckeln, wie in einem Karren zur Heuernte. Sie blinzelte benommen, reckte sich, streckte die Glieder und gähnte ausgiebig. Trotz ihres schmerzenden Rückens fühlte sich Mira ausgeruht. Sie hätte augenblicklich loslaufen können, einem einjährigen Fohlen gleich, das im Spiel über die Weide tobt.

Erst da bemerkte sie die Person, die auf der gegenüberliegenden Polsterbank saß. Eine grazile jugendliche Frau, die beachtlichen schwarzen Haare zu einem Zopf geflochten, verzog die vollen, sinnlichen Lippen zu einem amüsierten Lächeln. Miras Aufmerksamkeit wurde hypnotisch von einem beeindruckenden Busen angezogen, der den Stoff einer schneeweißen Tunika spannte. Eine blaue Borte mit verschnörkelten Blumenranken verstärkte die Wirkung des Ausschnittes sogar noch. Als das Mädchen Miras Blick folgte, verbreiterte sich sein Lächeln. Mira zuckte zusammen und Hitze schoss ihr in die Wangen. Peinlich berührt blickte sie zu Boden auf eng anliegende, karmesinrote Hosenbeine. Mira trug selber gerne Hosen, doch sie hatte in ihrem gesamten Leben noch keine dermaßen eleganten Beinkleider gesehen.

Sie schaute auf, da die junge Frau ein Gespräch begann. »Fühlst du dich gut? Oder bist du krank?«

Mira zog die Stirn kraus. »Ich … verstehe nicht.«

Das Mädchen beugte sich vor und betrachtete sie weiterhin mit unverhohlener Neugier. »Du bist so blass. Ich frage mich schon eine ganze Weile: War das schon immer so?«

Diese Reaktion kannte Mira zur Genüge. Daher sagte sie monoton: »Ja, es geht mir gut.« Die Augen des Mädchens erinnerten sie an rotbraun schimmerndes Herbstlaub. Etwas Feuriges lag darin. Mira konnte sich vorstellen, wie diese Augen jedes Wesen in ihren Bann zogen. Mit Ausnahme ihres Brustumfanges natürlich, der noch eher in das Blickfeld eines Betrachters rückte. Nicht, dass die Dinger für diese zierliche Gestalt …

»Willst du sie mal anfassen?«

Mira erstarrte. »Bitte?« Ihr Mund blieb halb geöffnet. Hatte diese Jugendliche die Frage wahrhaftig gestellt?

Ihr Gegenüber lehnte sich entspannt zurück und sagte in schnippischem Tonfall: »Ist es nicht unhöflich, jemandem, den man nicht kennt, derart auf die Brüste zu starren?«

Miras Augen weiteten sich. Sie brachte keinen Ton heraus.

Das Mädchen beugte sich wieder nach vorne. »Ich weiß ja nicht viel über das Leben auf dem Lande, aber bei uns in der Stadt stellt man sich erst einmal vor.«

Mira starrte die Frau leicht verwirrt an. Irgendwo hatte sie ja recht. Deshalb antwortete sie, wie es die Höflichkeit gebot: »Ich heiße Mira. Eigentlich Mirabella. Mirabella Hafermann, um genau zu sein. Aber …«

»Weiß ich doch.«

Mira verstummte. Sie stand kurz davor, die Hand auszustrecken, doch sie ließ es bleiben.

Die Stimme des Mädchens nahm einen versöhnlicheren Ton an. »Mein Name ist Valhelia. Du darfst mich Val nennen. Ich bin bis Königstadt deine Begleitung. Wächterin, so finde ich, ist ein zu hartes Wort. Ich bin schließlich keine Bedienstete.«

Miras Augen weiteten sich. »Ich bin eure Gefangene ...« setzte Mira zu einer Entgegnung an. Sie stockte, als die Erinnerung gewaltsam in ihr empordrang. Das Dorf! Es hatte gebrannt. Das war keine Einbildung gewesen. Wieso fiel es ihr erst jetzt ein?

»Was ist mit meinem Heimatdorf?«, platzte es aus ihr heraus. »Und was ist mit meiner Mutter? Ich muss zurück.«

Das Lächeln verschwand vom Gesicht des Mädchens. Eine unerträgliche Stille legte sich über den Innenraum der Kutsche. Die Hufe der Pferde klapperten in einem monotonen Rhythmus auf der Handelsstraße. Mira vernahm ihren eigenen Atem. Nach einer gefühlten Ewigkeit antwortete die junge Frau: »Du brauchst dir keine Sorgen zu machen. Birkenbach wurde dank der Hilfe der Magierschaft gerettet.«

»Aber ...«

Val schnitt ihr scharf das Wort ab: »Ich sagte doch, es ist alles in Ordnung. Die Magier ...« In sanfterem Ton fuhr sie fort: »*Wir* bleiben dort und sorgen für Frieden!«

Mira schwieg, presste die Zähne aufeinander. Sie kämpfte gegen die Tränen an, die allmählich die Oberhand zu gewinnen drohten. Die Arme um ihren Oberkörper geschlungen schaute sie ins Dunkel des Abends hinaus. Mittlerweile zog die Dämmerung über das Land. Die Schatten wuchsen in die Länge, überzogen die Landschaft mit hoffnungsloser Schwärze.

Val brach das Schweigen. »Du solltest dich jetzt schlafen legen. Es wird eh Nacht und ich will mich auch ausruhen. Ich habe keine Lust, die gesamte Zeit auf dich aufzupassen.«

»Ich bin nicht müde«, entgegnete Mira.

»Doch das bist du, glaube mir.« Val redete, dennoch verstand Mira die Worte nicht mehr. Sie blinzelte und fühlte sich, als hätte sie von Sonnenaufgang bis Sonnenuntergang auf dem Feld gearbeitet. Dann schlossen sich ihre Augen und Mira fiel in eine alles verschlingende Dunkelheit.

Bralag hasste es, unvorbereitet dem Magieroberhaupt gegenüberzutreten. Der geflügelte Bote nannte keinen Grund und sein eigener Bote Oleri war unterwegs.

Mit einem flauen Gefühl im Magen betrat Bralag den Saal. Der Magister begrüßte ihn überschwänglich: »Bralag, mein alter Freund. Habt Ihr Euch gut erholt?«

»Ich kann nicht klagen, mein Magister.«

»Ihr fragt Euch sicherlich, warum ich Euch verfrüht aus Eurem Urlaub zurückbeordern lasse. Aber ich habe triftige Gründe. Die Lage ist ernst.«

Bralag schmunzelte innerlich. *Val hat es verbockt.* Äußerlich blieb er gelassen. Sein Gesicht überzog ein ausdrucksloses Höflichkeitslächeln. »Ich bin stets bereit, dem Reich zu dienen«, antwortete er. »Stillstand ist der Tod.«

Der Magister lachte. »Bralag, treuer Freund. So wie ich Euch kenne, seid Ihr eh schon wieder im Bilde. Ich will nicht lange um den heißen Brei reden.« Sein Lächeln verebbte und eine tiefe Falte bildete sich auf seiner Stirn. »Der Gefangene ist entkommen«, stieß er ohne Zögern aus.

Bralags Lächeln verschwand nun ebenfalls. »Wie konnte das passieren?«

»Irgendwelche Schuldzuweisungen helfen uns nicht weiter. Der Geflohene ist äußerst gefährlich. Ich habe mich getäuscht. Der Fremde ist kein gewöhnlicher Zauberer. Er scheint mir eher ein Dämon aus einer anderen Welt zu sein.«

Bralag runzelte die Stirn. »Was haben die Wächter des Trosses berichtet?«

Der Magister sprach ohne jegliche Regung: »Tot. Sie sind alle tot.«

Bralag erblasste. »Alle? Ich meine, es muss doch … Wie könnt Ihr Euch sicher sein?«

»Glaubt mir. Sie sind allesamt getötet worden. Eine Botenfee hat einen ausführlichen Bericht abgeliefert.«

»Wurden die Familien unterrichtet?«

»Die Familien, die Familien.« Das Gesicht des Magisters färbte sich rötlich. »Uns plagen ganz andere Sorgen, als die Angehörigen zu unterrichten. Dieser Fremde ist eine Gefahr für unsere Magierwelt. Für unsere gesamte Existenz! Versteht Ihr?«

Bralag biss die Zähne aufeinander. »Was können wir tun?«, fragte er schließlich.

»Es gibt eine Überlebende.«

»Jemand von außerhalb?« Bralag zog die Augenbrauen hoch.

»Ganz recht. Ein einfaches Bauernmädchen aus dem Dorf Birkenbach. Sie begleitete einen Schmied. Anscheinend hat sie etwas mit dem Verschwinden des Fremden zu tun.«

»Wo befinden sich das Mädchen und der Mann jetzt?«

»Der Schmied ist tot. Valhelia konnte nicht verhindern, dass er von diesem Monster getötet wurde. Wir vermuten, er wollte sich auch das Mädchen schnappen. Durch Vals Eingreifen ist dies nicht geschehen und deshalb ist sie mit diesem Mädchen auf dem Weg hierher.« Der Magister kratzte sich am Kinn, als er fortfuhr. »Ich weiß, ihr beide habt nicht das beste Verhältnis zueinander. Dennoch erwarte ich, dass ihr zusammenarbeitet.«

Bralag öffnete den Mund, doch der Magister ließ ihn nicht zu Wort kommen. »Lasst mich ausreden. Ihr werdet das Verhör mit diesem Bauernmädchen leiten. Ich vertraue da ganz Eurer Kunst der Wahrheitsfindung. Jagt ihr ruhig ein wenig Angst ein. Danach überlegen wir uns die weiteren Schritte. Das ist kein Wunsch, sondern ein direkter Befehl. Ihr werdet euren Zwist beilegen.«

Bralag nickte mit zusammengepressten Lippen.

Der Magister legte ihm eine Hand auf die Schulter. »Bralag. Dieses Monster hat den kompletten Tross ausgelöscht. Neunzehn Magier. Und Ihr wisst am besten, dass es gute Männer waren. Eure Männer. Also enttäuscht mich nicht und arbeitet zusammen. Val besitzt eine besondere Gabe, die ihr gemeinsam zu unser aller Vorteil nutzen könnt.«

Erneut nickte Bralag, auch wenn er dem innerlich nicht zustimmte. Valhelia war ein verzogenes Kind, verschlagen und hinterlistig dazu.

»Wie Ihr wünscht, mein Magister. Wann wird Meisterin Valhelia in Königstadt erscheinen?«

»In zwei bis drei Tagen. Euch bleibt genug Zeit, alles vorzubereiten.«

»Weiß man schon irgendetwas über diesen Fremden? Über seine Ziele?«

Der Magister begann, im Raum auf und ab zu wandern. »Nein. Wir hoffen, Aufschluss durch dieses Bauernmädchen zu erlangen. Er hat sie am Leben gelassen. Mehr nicht.«

In diesem Moment schwirrte eine Botenfee zum Fenster herein. Sie flog direkt auf den Obersten der Magier zu und blieb vor ihm in der Luft stehen.

Der Magister blaffte die wohlansehnliche männliche Fee an: »Was störst du uns ungefragt? Gibt es Neuigkeiten, sprich.«

Der Feenmann warf einen Blick in Bralags Richtung.

»Er ist ein Vertrauter. Sprich endlich«, fuhr der Magister die Fee an.

Diese streckte sich, strich ihr bräunliches Gewand glatt und begann ihre Nachricht abzuspulen. »Eine Botschaft von Meisterin Valhelia: keine Spur vom Fremden. Befinde mich auf direktem Weg über die Nord-Süd-Route. Die Gegend um Ilmathori wurde abgeriegelt. Ende der Meldung.« Der Feenmann verbeugte sich.

»Gut …«, blaffte der Magister. »Halte dich bereit.« Mit einer unwirschen Bewegung scheuchte er die Fee fort. Diese flog in eine Ecke des Raumes und ließ sich auf einem samtroten Kissen nieder. Dort widmete sie ihre gesamte Aufmerksamkeit einem mächtigen Stück Gebäck.

Der Magister wandte sich an Bralag.

»Wir müssen diesen Fremden finden. Sucht das gesamte Land ab. Dreht jeden Stein um, wenn es sein muss. Aber findet diesen Bastard!«

Bralag lächelte innerlich. Jetzt brauchte der Magister ihn wieder. Er sollte die Kastanien aus dem Feuer holen. Aber das machte nichts. Das war das, was Bralag am besten konnte.

»Ich fange mit der Weststraße an. Wir versperren den Zugang zum Gebirge. Will er sich in den Bergen verstecken, wird ihm der Weg dorthin nicht gelingen. Ist er bereits dort, wird er Winterland nicht mehr verlassen können. Die Trolle werden ihn aufgreifen und uns übergeben. Ihr könnt Euch auf mich verlassen, mein Magister.«

»Das will ich hoffen. Ihr habt drei Tage Zeit, alles abzuriegeln.«

XIV
Die Herberge im Wald

Kyrian versuchte, seinen Geist vom Körper zu lösen. Er musste seine Rache in den Hintergrund stellen und diese weiße Magierin suchen. Sie ging ihm nicht mehr aus dem Kopf. Automatisch öffneten sich seine Augen und seine Konzentration verflüchtigte sich, wie der feine Rauch einer Pfeife. Es war offensichtlich. Sie hatte ihn gerettet. Verständlicherweise war sie im Wald vor Angst geflohen. Das Mädchen kannte ihn nicht und er attackierte es. Die Situation brachte es mit sich, doch nun war es zu spät. Die Magierin blieb fort. Er hoffte lediglich, ihre Spur wiederzufinden.

Kyrians Plan, diese Welt zu erobern, ging nicht auf.

Es hätte so leicht sein können. Er wäre in dieses Land gekommen, hätte sich das Vertrauen der Trolle durch Präsente erkauft und die Magier zu einer friedlichen Aufgabe bewegt. Aber jetzt lief sein Vorhaben aus dem Ruder. Targas, sein Lehrmeister, war gestorben, wie auch seine Freunde. Das Schiff sank, die Geschenke lagen auf dem kalten Meeresgrund. All das war seine Schuld – wegen seiner Vision.

Momentan sah es alles andere als rosig aus. Er irrte seit Tagen inmitten dieses Waldes ziellos umher. Knapp entging er einer erneuten Gefangennahme. Kyrian hatte diese Magier unterschätzt.

Er fällte eine Entscheidung. *Die Trolle!*

Um die weiße Magierin würde er sich später kümmern. Selbst ohne Buch konnte er das Trollvolk besuchen. Es galt, mit ihnen eine Armee aufzustellen und diese jämmerlichen Magier in Grund und Boden zu stampfen. Zwei Fliegen mit einer Klappe. So kam er zu seiner Rache und konnte das Land für seinen Vater übernehmen.

Aber wo begann er seine Suche? In überlieferten Schriften stand, dass die Trolle in einem riesenhaften Wald wohnten. Es gab nur ein Problem: Dieser Wald existierte nicht mehr. Er war vor tausend Jahren durch den Krieg zerstört worden.

Ein Gedanke durchzuckte seinen Kopf, wie ein zuschnappendes Drachenmaul. Was, wenn die Trolle gar nicht mehr lebten? Konnte ein Volk aussterben? Kyrian wollte es sich nicht vorstellen. Von allen Lebewesen gab es zahlreiche in seiner Welt. Niemand verschwand, ohne Spuren zu hinterlassen. *Spuren ...*

Kyrian schnellte hoch, bestieg sein Pferd und ritt los.

Zwei Stundenkerzen darauf spähte Kyrian zwischen dem Geäst eines dornigen Strauches hindurch. Eine geraume Weile betrachtete er nun schon den Haupteingang des einsam gelegenen Gasthofes. Die Holzfassade wies deutliche Anzeichen der Verwitterung auf. Das Holz hatte sich durch das Einwirken der Sonne grau gefärbt. Ein verblichenes Holzschild schwang sanft im seichten Wind hin und her. Trotz der abblätternden Farbe konnte Kyrian den Namen der Herberge entziffern.

Zum Waldschrat prangte in einst kunstvoll geschwungenen Buchstaben darauf. Der gesamte Hof hatte eindeutig bessere Zeiten erlebt und Kyrian hatte noch nicht einmal die Rückseite dieser Absteige gesehen.

Niemand hatte das Gasthaus bis jetzt betreten oder verlassen. Gut besucht schien es nicht zu sein. Also sollte er einen Versuch wagen. Er benötigte dringend Informationen. Über das Land, die Magier, die Trolle.

Kyrian strich sich über seinen Bartansatz und schaute naserümpfend an seinem Körper herab. Ein Bad wäre nicht schlecht gewesen. Die Kleidung des Schmiedes aus Birkenbach starrte vor Schmutz, an mehreren Stellen war sie aufgerissen – Blessuren seiner Flucht.

Es wird schon klappen, redete er sich Mut ein. Und doch blieben die Zweifel. Er galt als der begabteste Zauberer der Welt. Seiner Welt. Andererseits hatten ihm die vergangenen drei Tage seines Fluchtweges durch die Wildnis gezeigt, dass er viele Probleme nicht mit Zauberei lösen konnte. Nahrung zum Beispiel ließ sich nicht einfach herbeizaubern. Für Gold jedoch bekam man alles. Warum sollte es in dieser Welt anders sein als in seiner Heimat? Zu Hause?

Kyrian klopfte sich den Dreck von seinem Mantel. Zumindest versuchte er es. Dann eilte er auf flinken Füßen zur doppelflügeligen Eingangstür. Er verharrte davor, lauschte. Sein Magenknurren übertönte allerdings jedes Geräusch aus dem Inneren der Herberge. Entschlossen drückte er gegen die Tür ... und prallte mit der Schulter dagegen.

Schritte. Eine Stimme dröhnte von drinnen: »Hinten rum! Die Tür ist kaputt.«

Kyrians Miene verdüsterte sich schlagartig. Kein Wunder, dass hier niemand ein- oder ausging. Sollte er umkehren? Nein. Er sollte auf der Hut sein, aber er musste es versuchen.

Kyrian umrundete das Gebäude. Im Garten des Hauses standen drei Grubenhäuser, ein Stall wie auch mehrere Verschläge, in denen Holz gelagert wurde. Ein dickes Weib kniete neben einem Holzhaufen und wusch in einem Zuber Wäsche. Sie beachtete ihn nicht. Der gesamte Hof sah gleichermaßen heruntergekommen aus. Allein der Schaft einer Axt, die in einem Hauklotz hinter der Frau steckte, wirkte neu und leuchtend.

Eine geöffnete Holztür zog Kyrians Aufmerksamkeit auf sich. Warum hatte er nicht gleich hinter dem Haus nachgeschaut? Aber der Hunger war größer als die Vorsicht.

Dämmrige Dunkelheit umfing ihn, als er den schmalen Flur betrat. Der Gang führte direkt zu einer angelehnten Tür. Stimmengemurmel drang von dort an Kyrians Ohr. Vielleicht befanden sich nur der Wirt und ein Gast in der Schenke?

Kyrians Hoffnungen wurden jäh zerstört, als die Tür aufschwang und die Sicht auf einen gemütlichen, mit allerlei Volk gefüllten Schankraum freigab. Er trat ein. Und sogleich richteten sich die Blicke auf seine abgerissene Gestalt. Kyrian spürte den Hass der Anwesenden.

Während er in Richtung Theke schritt, an der drei stämmige Burschen lehnten, erfasste er die Gäste. Die Kerle sahen alle gleich aus: Kurze dunkle Haare, bartlos, durchtrainierte Körper. Der Altersunterschied zu ihm betrug lediglich ein paar Winter. An einem Tisch in Türnähe saßen Suppe schlürfend zwei weitaus ältere Männer. Ihre Gesichter waren von zu viel Sonne gezeichnet. Ein abgenagtes Hühnchen vor ihnen machte einen kläglichen Eindruck und der vertrocknete Blumenstrauß in einer Vase hatte auf jeden Fall bereits bessere Zeiten erlebt. Dennoch lief Kyrian das Wasser im Mund zusammen. In der hintersten Ecke an einem Stehtisch schütteten zwei Zentauren irgendeine Flüssigkeit aus Holzkrügen in ihre Kehlen. Keiner der Gäste trug eine Waffe. Ein positives Zeichen. Die Holzfälleräxte, die an der Theke lehnten, sahen da schon gefährlich genug aus.

Der Wirt, ein schlaksiger Kerl, die rötlichen Haare zu einem Pferdeschwanz zusammengebunden, polterte gleich: »Wo kommst du denn her?«

Kyrian räusperte sich, ohne auf die Frage einzugehen. Mit einer derartigen Aufmerksamkeit hatte er nicht gerechnet. Dennoch blieb seine Stimme ruhig. »Ist es möglich, dass ich ein Zimmer zur Nachtruhe bekommen kann?«

»So wie du aussiehst?«, fuhr ihn der Wirt an.

»Der sieht mir nach einem Thralstädter aus!«, brummte der Mann in der Mitte des Tresens, dessen schulterlanges Haar seinen Nacken verdeckte. Seine muskulösen Arme stützten sich auf die massive Holzplatte und ein beachtlicher Brustumfang zeichnete sich unter der Schafsfellweste ab. Unverhohlene Neugier spiegelte sich in wasserblauen Augen, die sich an Kyrians Gestalt hefteten. Darin lag etwas Forschendes. Sie tasteten ihn ab. Auf Stärke, Gewandtheit, Geschicklichkeit.

Kyrians Schultern sackten leicht nach unten. Ein hilfloses Aussehen gab ihm in einem Kampf vielleicht den entscheidenden Vorteil. »Ich bezahle auch. In Gold.«

Er versuchte, freundlich zu schauen, doch in Anbetracht seines Erscheinungsbildes bewirkte es das Gegenteil.

»Woher hat einer wie du Goldmünzen? Die hast du gestohlen.«

Diese Unterhaltung nahm definitiv eine unangenehme Wendung. Genau das hatte Kyrian nicht beabsichtigt. Beschwichtigend hob er die Hände. »Ich will keinen Ärger. Ich ...«

Bei seiner Geste zuckten alle Anwesenden zusammen. Die Augen des Wirtes blitzten zornig. »Was fällt dir ein! Verspottest du die hohen Herren der Magierschaft?«

Die drei Männer am Tresen ergriffen ihre langstieligen Äxte und bauten sich drohend vor ihm auf.

Kyrian senkte abrupt die Hände. »Wir können alles in Ruhe regeln. Wir sind doch zivilisierte Menschen.«

Jetzt sprangen die beiden Pferdewesen vor. »Ey, hast du was gegen das Volk der Zentauren?«

»Bist du ein Rassist?«

Und mit einem Mal wurde Kyrian klar: Diese Leute suchten Ärger.

Er stöhnte und fuhr sich mit der Hand über die Stirn. Während er sich konzentrierte, murmelte er: »Sagt nicht, ich hätte es nicht versucht.«

Die Zeit verlangsamte sich. Zähflüssig wie ein Tropfen Sirup drang die Szenerie in Kyrians Kopf. Der Schafsfellmann, der in aller Ruhe seine Axt erhob, flankiert von seinen grinsenden Kumpanen. Die Zentauren, die ein wieherndes Lachen ausstießen und sich dabei schüttelten. Die Suppenschlürfer, die mit aufgerissenen Augen auf die vertrocknete Blume vor sich starrten, die allmählich erblühte.

Kyrian konzentrierte sich. Er lächelte siegessicher.

In diesem Moment betraten zwei in Roben gekleidete Männer den Schankraum und eine Stimme dröhnte: »Was geht hier vor?«

Wo kamen diese beiden Magier her?

Kyrian vernahm ein Murmeln. Er hatte keine Zeit mehr, zu überlegen. Ehe er reagierte, traf ihn der Schlag, der ihm den Atem raubte. Mit einem Knall prallte die Luft gegen seinen Kopf, zurück in seine Lungen. Er taumelte, dann ging er zu Boden. So auch seine drei Gegner. Ein ohrenbetäubendes Pfeifen lähmte seinen Gleichgewichtssinn. Er raste zu Boden und blieb benommen liegen. Blut rann ihm aus der Nase und er blinzelte einen rötlichen Schleier vor seinen Augen fort. Mehrere Augenblicke lang verebbte das Pfeifgeräusch und er hörte die Stimmen dumpf, als hätte er sich eine Bettdecke über den Kopf gezogen.

»Spinnst du? Wir brauchen die Hinterwäldler zum Bäumefällen. Du kannst doch kein Vakuum erschaffen.«

Der zweite Robenträger, ein Hüne von Magier, ließ sich nicht beeindrucken. »Noch habe ich das Sagen«, knurrte er. »Also nochmal: Was geht hier vor? Wer ist der Penner?« Er pustete sich eine schlohweiße Haarsträhne aus seinem länglichen Gesicht.

Der Mann am Tisch hielt seinen Suppenlöffel nach wie vor in der Hand. »K-keine Ahnung«, stotterte er. »Ist eben eingetroffen.«

Der erste Magier, seine ellenlangen Haare hatte er zu einem Zopf gebunden, trat zu Kyrian. Trotz seiner schmächtigen Figur zerrte er ihn mühelos auf die Beine. »Schau dir diesen Latrinenreiniger an. Der ist voll im Arsch.« Er gluckste lachend.

Kyrian ließ seinen Kopf kraftlos in den Nacken sinken. Im nächsten Moment stieß er blitzschnell zu. Er traf sein Gegenüber direkt an der Stirn. Ein trockenes Knacken folgte und sein Nasenbein brach. Der Zopfträger ließ los und Kyrian sackte zusammen. Noch im Fallen konzentrierte er sich. Der Zauberspruch brachte seinen Körper hinter die Theke. Mit einem Tritt holte er den Wirt von den Beinen. Ehe der begriff, wie ihm geschah, prallte Kyrians Ellenbogen gegen sein Kinn. Der Schankwirt lag da und rührte sich nicht mehr.

Kyrian rappelte sich schwerfällig auf und fixierte die beiden Robenträger. Der Langhaarige presste sich die Fäuste gegen den Schädel, während sich der andere Magier im Schneckentempo in Richtung Tresen drehte. Den Mund halb geöffnet, die Augen aufgerissen starrte der Mann auf Kyrians Hände, aus denen jeweils ein Strahl schoss. Die Wucht der Schockstrahlen schleuderte die Zwei quer durch die Schenke.

Die Zentauren wieherten panisch. Die Männer am Esstisch flohen.

Kyrian richtete seine Handflächen gegen die Pferdemenschen.

»Freunde?«, fragte der Schmächtigere von ihnen.

»Legt euch schlafen«, entgegnete Kyrian mit ausdrucksloser Miene. Bevor der Zauberspruch seine Wirkung entfaltete, registrierte er aus seinem Augenwinkel die Bewegung.

Er spürte den deutlichen Luftzug der Axt, die in die Tresenplatte einschlug. Kyrian sprang zurück. Die drei Holzfäller hatten ihre Benommenheit abgelegt. Splitternd riss der Hüne eine Spaltaxt aus dem Thekenholz.

»Haltet ihn auf, ich hole Hilfe«, brüllte einer der Zentauren und galoppierte hinaus.

Kyrian sandte ihm einen Blitzstrahl hinterher, ohne darauf zu achten, ob er getroffen hatte. Der Kerl mit der Holzfälleraxt forderte seine Aufmerksamkeit. Hinzu kamen ein zweiter Mann und der verbliebene Zentaur. Kyrian konzentrierte sich. *Euch kriege ich!*

Der erzeugte Luftwirbel schleuderte die drei Holzfäller gegen das Pferdewesen. Die hochgerissenen Waffen fielen scheppernd zu Boden. Knochen brachen, als die Luftmassen die Körper zu einem Knäuel verbanden. Zwei der Männer und der Zentaur regten sich nicht, der Dritte versuchte davonzukriechen. Ein weiterer Windstoß erfasste ihn und trug den Kreischenden zum Fenster hinaus. Der Schrei endete draußen mit einem Schlag. Kyrian senkte verausgabt die Arme. Er fuhr herum, als sich jemand hinter ihm räusperte.

Im Türrahmen lehnte eine Gestalt. Eine gestreifte Hose und ein farbenfrohes, von unzähligen Flicken übernähtes Hemd verbargen einen kompakten Körper. Ein Hut mit einem Federbausch hing, durch ein Band gehalten, an seinem Rücken, wie auch eine Laute.

»Das Frühstück wird jetzt wohl nicht mehr serviert, oder?«

Unbekümmert stieg er über den am Boden liegenden Magier und trat an die Theke heran. Er griff sich eine dort stehende Flasche nebst Tonbecher, goss ein wenig der dunklen Flüssigkeit hinein, schnupperte daran und schüttete den Inhalt in einem Zug herunter. Kyrian lauerte, atmete schwer.

»Na, das ist was«, sagte der Fremde. »Ich sah noch nie Blumen während eines Kampfes erblühen.« Er schüttelte sich und deutete auf den üppig blühenden Strauß auf dem Tisch.

Als Kyrian nichts erwiderte, fuhr er fort: »Raues Volk, diese Holzfäller. Prügeln sich ständig.«

Er drehte sich zu Kyrian um und streckte die Hand aus, zog sie allerdings sofort wieder zurück.

»Parcival mein Name.« Er zögerte. »Ich hoffe doch schwer, du wirst mich nicht töten.«

Kyrian verengte die Augen. »Kommt drauf an«, knurrte er.

Parcival schluckte. »Worauf kommt es denn an?«

»Ob du mir sagst, was ich wissen will.«

»Oh ... reden kann ich hervorragend, sagt man.«

Kyrian schmunzelte, hob eine Hand und konzentrierte sich. »Das trifft sich gut. Dann sollten wir uns unterhalten.«

XV

Das Verhör

Mira verbrachte die siebentägige Reise nach Königstadt zwischen Schlaf und Wachen, zwischen Wirklichkeit und Traum. Sie hatte zwar den Mut gefunden, ein paar Fragen zu stellen, die Val bereitwillig beantwortet hatte, dennoch verlief der größte Teil ihres Weges schweigsam.

Sieben Tage. Sieben höllisch lange Tage, in denen Mira sich ausmalte, was die Magier alles mit ihr anstellten. Womöglich folterte man sie. Ein Todesurteil war schnell gesprochen. Und mit Sicherheit würde sie in einem Kerker verrotten.

Je näher die Hauptstadt des Reiches rückte, desto unerträglicher empfand Mira diese Ungewissheit. Das Schweigen befüllte den Innenraum der Kutsche wie Regenwasser einen Bottich. Die Furcht vor der unvermeidlichen Zukunft schnürte ihr die Kehle weiter und weiter zu.

Ihr Gegenüber schien sich an dieser Angst zu weiden. Jedes Mal, wenn Mira vor dem innerlichen Zerbersten stand, eröffnete das Mädchen ein belangloses Gespräch, um kurz darauf mitten im Satz abzubrechen und zu verstummen. Sie interessierte sich keinen Deut für Miras Seelenleben. Wann immer sie zu weinen begann, murmelte Val entnervt unverständliche Worte in ihren nicht vorhandenen Bart, woraufhin Mira einschlief.

Wann endete diese Fahrt nur endlich?

Wie auf ein Stichwort meldete sich Valhelia zu Wort.

»Wir erreichen jetzt die Hauptstadt unseres Reiches.«

Mira schreckte hoch, als die Stimme so urplötzlich in ihren Gehörgang drang. Sie streckte ihren schmerzerfüllten Körper.

»Hast du jemals Königstadt gesehen?«, fragte Val. Ein spöttisches Lächeln erschien auf ihrem Gesicht. »Wohl kaum«, unterstrich sie Miras Kopfschütteln, die sofort aus dem Seitenfenster zu spähen versuchte.

Der Kutschwagen überquerte einen Fluss, der breiter

war als ihr gesamtes Heimatdorf. Eine gigantische Steinbrücke führte hinüber. Steinbehauene Bögen mit Statuen darin, stattlicher als Trolle, säumten die vier Kutschen breite Straße. Ein monströses Stadttor kam in Sichtweite. Wachposten flankierten das Holztor und Mira wurde erst jetzt das Ausmaß der gewaltigen Stadtmauern bewusst. Sie ragten über zehn Körperlängen in die Höhe, weitaus höher als der Turm des Bürgermeisters in ihrem Dorf.

Nach einer scharfen Kurve verdunkelte sich der Weg vor ihnen. Zu Miras Überraschung befanden sie sich in einer Art Tunnel, was offenbar das Innere der Stadtmauer darstellte.

»Du solltest dich ausruhen«, sagte Val.

Mira schaute ihr Gegenüber fragend an. Hatte sie nicht fast eine Woche mit Schlafen zugebracht? Oder zumindest eine ganze Weile davon? Sie verspürte keinerlei Müdigkeit. Sie war obendrein viel zu aufgewühlt, als dass sie hätte schlafen können.

»Nun schau nicht so wie ein Huhn, wenn es donnert.« Val lachte. Ihr Lächeln verschwand und ein kalter Ausdruck trat in ihren Blick. Die Magierin murmelte diese Worte, die Mira nicht verstand und die sie schon ein paar Mal auf der Reise gehört hatte.

»Nein, warte …«, rief Mira.

»Schlaf jetzt!« Valhelias Stimme klang melodiös und gleichzeitig monoton. Ein Säuseln. Vor Miras Augen verschwamm die Welt. Ihre Augenlider sanken herab.

Einmal. Zweimal.

Mira versuchte, gegen die Müdigkeit anzukämpfen, schlief jedoch einen Wimpernschlag darauf ein.

Sie konnte nicht mehr sehen, wie Val zufrieden lächelte. Ein abfälliges, kaltes Lächeln.

Mira erwachte.

Wo befand sie sich? Was war geschehen? Wie Birkenpech sickerte die Erinnerung in ihren schläfrigen Verstand. Sie lag in einem fremden Bett, in einem fremden Zimmer. Träumte Mira noch?

Sie blickte sich um. Auf einem Nachtschrank stand eine Waschschüssel. Ein runder Tisch mit einem Stuhl bildete das Mobiliar des Raumes. Alle Möbelstücke waren in einem weiß bemalten Holz gehalten und mit Schnörkeln und diversen Verzierungen versehen. Die Einrichtung zeugte von Geschmack.

Mira erhob sich.

Wasser im Gesicht würde sicherlich ihre Lebensgeister anregen. Zu ihrem Bedauern war die Wasserschüssel leer.

Mira trat an die Tür. Sie stutzte. An der Holztür befand sich keinerlei Griff, kein Riegel oder Ähnliches, um sie zu öffnen.

Tränen stiegen in ihre Augen. Ihr Herzschlag beschleunigte sich. Sie taumelte, erreichte das Bett und sank darauf nieder.

Warum hatte man sie an diesen Ort gebracht? Er schien so schön und war doch eine Gefängniszelle. Die Magier hätten sie ebenso gut in Birkenbach befragen können. Warum diese Reise? Mira verstand es nicht. Die Unwissenheit steigerte ihre Angst ins Unermessliche. Ihre Atmung ging unregelmäßig.

Luft, ich brauche frische Luft.

Ein Sonnenstrahl, der durch eine Öffnung in Deckenhöhe in den Raum drang, erregte ihre Aufmerksamkeit.

Mira sprang auf und eilte zu der Fensteröffnung, die in unerreichbarer Höhe lag.

Wenn sie einen Stuhl unter das Fenster schob …?

Ein Geräusch vor der Tür unterbrach all ihre Überlegungen. Mit einem Sprung erreichte sie das Bett und hockte sich stocksteif hin. So schnell es ging, wischte sie sich die nassen Schlieren auf ihren Wangen fort. Ihr Herz hämmerte wild gegen ihre Brust.

Wie von Geisterhand schwang die Holztür auf. Ein Mann in Miras Alter betrat das Zimmer. Er hatte seine kohlrabenschwarzen Haare zu einem schulterlangen Zopf gebunden und trug das gleiche Gewand wie die Magier von der Waldlichtung.

Ohne ein Wort zu sagen, füllte er die Waschschüssel.

Dann drehte er sich zu Mira um und lächelte. Er lächelte sie an. Ein warmherziges, beruhigendes, ehrliches Lächeln.

Selbst seine Augen schienen zu lächeln. Ja, ein regelrechtes Strahlen ging von ihnen aus.

Er verließ den Raum, erschien jedoch sogleich mit einem Tablett, gefüllt mit Brot, Schinken, Käse, frischem Obst sowie einem Becher Wasser. Er stellte das Tablett auf dem Tisch ab und zeigte in einer einladenden Handbewegung darauf. Als Mira ihren Kopf schüttelte, begann er zu sprechen. Zumindest versuchte er es. »D-d-du m-musst w-w-w … et-etwas zu trinken.«

»Wie bitte?« Mira verkniff sich ein Grinsen. *Der Junge stottert ja erbärmlich.*

Er verzog seinen Mund, doch das Lächeln seiner Augen blieb bestehen. Er deutete auf das Essen, nickte und drehte sich um. An der Tür verharrte er.

»W-w-w-wenn wenn d-d-du du w-w-was b-brauchst, dann k-k-k-kl-kl-kl …« Er atmete tief durch. »K-klopf einfach.«

Dann verschwand er. Mira musste unwillkürlich kichern. Ihr Blick glitt zum Obst. Der Duft vom Schinken und Käse stieg ihr in die Nase. Sie würde bestimmt nichts von dieser Henkersmahlzeit essen. Doch das Knurren ihres Magens erstickte diesen Vorsatz im Keim. Höchstens einen Apfel und eine Handvoll Weintrauben …

Mira leerte das halbe Tablett. Nach dem Essen wusch sie ihr Gesicht und hockte sich auf das Bett. Was nun? Sollte sie klopfen, wie der Junge es ihr angeboten hatte? Aber was konnte eine Gefangene schon verlangen?

Sie erhob sich, trat an die Zimmertür. Ein zögerliches Klopfen folgte. Sogleich öffnete sich diese lautlos und der Stotterer stand im Türrahmen.

»Ich bin fertig«, sagte Mira, ohne zu wissen, warum. Sie suchte die Gesellschaft. Sie wollte nicht alleine mit ihrer Ungewissheit bleiben.

Nach einer Weile des Schweigens antwortete der Junge: »Sch-schön f-f-für d-dich.« Der Magier zuckte mit den Schultern.

Die beiden blickten einander an.

»Was geschieht jetzt mit mir?«

Erneut zuckte der Mann mit den Schultern. Mira seufzte und drehte sich um.

Als sie sich umwandte, zeigte sich die Zimmertür verschlossen, als wäre sie niemals geöffnet gewesen.

Mira saß im Bett, als es klopfte. Wieso klopfte jemand an einer Gefängniszelle an?

Sie sprang auf und blickte sich gehetzt um, besann sich jedoch, den Gast hereinzubitten.

Ihrem zaghaften Ruf folgend, trat ein hochgewachsener Mann mit kurzem, schlohweißem Haar ein. Sein Körper wurde durch eine prunkvolle Robe in dunklem Grün verhüllt.

Der Mann stutzte. Es schien Mira, als entgleisten ihm für einen winzigen Moment sämtliche Gesichtszüge. Er fing sich, holte tief Luft und räusperte sich.

»Ich bin ... mein Name ist Bralag. Oberster Heerführer der *Bewahrer der Ruhe* und zweiter Magier dieses Landes.«

Er bedeutete Mira, sich zu setzen.

»Hast du bereits jetzt etwas zu sagen?«

Sofort schossen die Tränen in Miras Augen. »Ich ... ich weiß doch gar nicht, warum ich hier bin«, stammelte sie.

»Nun. Wir werden sehen. Morgen findet eine Anhörung statt, in der du die Vorkommnisse im Wald bei Birkenbach schildern sollst. Bis dahin bleibst du in deinem Zimmer. Eine Flucht ist aussichtslos und aus dem Fenster kannst du dich auch nicht stürzen. Also sei vernünftig. Morgen wird sich alles aufklären.«

Damit eilte er hinaus.

Schluchzend ließ sich Mira in die Kissen sinken.

Warum sagte er das? Sie hatte nicht vor zu fliehen, geschweige sich aus einem Fenster zu stürzen.

Aber, was, wenn sie am nächsten Tag für schuldig befunden würde? Denn wer sollte ihre Unschuld beweisen wollen?

Mira schluchzte noch immer, als erneut Geräusche auf dem Flur erklangen. Sie wischte die Tränen fort.

»Öffnen!«, befahl eine herrische Stimme und eine zweite antwortete: »Sehr wohl, mein Magister.«

Sie erschrak. Ihre Gedanken überschlugen sich und die Panik schnellte wie eine angreifende Schlange empor.

Der Mann mit den weißen Haaren sprach von morgen?

Warum kamen die Wächter jetzt schon?

Mira sackte zusammen. Es gab nur eine logische Antwort: schuldig!

Kyrian blieb keine Zeit für ein Gespräch. In Parcivals Gesicht lag der Ausdruck purer Panik, da ertönte ein schriller Schrei. Kyrian fuhr herum. Das Weib aus dem Garten schwang das Handbeil über ihrem Kopf – das mit dem erneuerten Schaft – und schoss in die Wirtsstube herein. Mit einer lässigen Bewegung schickte er die Frau in den Schlaf. Sie stolperte und schlug der Länge nach hin, das Beil rutschte bis vor Kyrians Füße.

Er hob es auf.

Er drehte sich um, schaute Parcival in die Augen und berührte ihn an der Schulter. »Wir sollten von diesem Ort verschwinden, mein Freund.«

Der Freundschaftszauber wirkte auch dieses Mal zuverlässig.

»Ja, das ... sollten wir.« Parcival blickte verwirrt drein. Als sich sein Blick festigte, antwortete er: »Unsereiner muss zusammenhalten.«

»Ja. Scheint so«, murmelte Kyrian.

Einen angreifenden Feind zu töten, war eins, aber ein wehrloser Gaukler ...

Mira zitterte am ganzen Körper. Sie war noch niemals von zu Hause fort gewesen. Die Waldlichtung war der entfernteste Ort gewesen, den sie je *besucht* hatte. Doch nun saß sie in der Hauptstadt des Reiches in einem wundervoll eingerichteten Gefängnis und wusste nicht, was mit ihr geschah.

Die Tür öffnete sich.

Herein schritten nicht, wie erwartet, die Häscher, um Mira zur Folter zu begleiten, sondern ein weißhaariger Herr gesetzten Alters und das Mädchen, das sie hier herbegleitet hatte. Ihr Name war Mira trotz der siebentägigen Fahrt entfallen.

Der ältere Herr eröffnete das Gespräch. »Wie heißt du, mein Kind?«

Höflichkeitsfloskeln. Als wenn sie ihren Namen nicht bereits wüssten.

»Mirabella Hafermann«, antwortete Mira dennoch. Ihre Stimme klang belegt und schrecklich verheult.

»Mirabella ist aber ein schöner Name.« Er lächelte, seine Augen blieben hart. Etwas Kaltes, Eisiges lag darin.

»Ich bin der Magister, oberster Magier des Reiches und engster Vertrauter des Königs. Meisterin Valhelia kennst du bereits von der Herfahrt. Mirabella, du weißt, weswegen du hier verweilst?«

Mira schüttelte ihren Kopf.

Der Magister tauschte einen Blick mit Val aus. Dann hob er einen Finger vor Miras Gesicht. »Sieh mich an. Edrycharna!«

Sie vernahm Valhelias gemurmelte Stimme, die in einen Singsang überging, konnte ihren Blick jedoch nicht mehr von der Hand des Magisters lösen.

Blitzschnell trat Valhelia ans Bett heran und packte ihre Schulter. Augenblicklich erfasste Mira ein heftiger Schwindel. Zeit und Raum verschwammen zu einer zähen Masse. Wie fremdgesteuert, hielt sie die Luft an.

Valhelias Gesicht erschien vor ihrem. Die Lippen der Magierin bewegten sich, formten eine Frage, die Mira nicht verstand. Weder den Sinn dahinter, noch die gesprochenen Worte. Zu ihrer eigenen Verwunderung gab sie selbst eine Antwort. Doch auch diese Erwiderung begriff sie nicht, hörte nicht einmal den Wortlaut. Die Umgebung war wie in Schafwolle verpackt und mit einem dunklen Schleier verhüllt. Schmerz stieg in ihr auf. Eine anschwellende Welle. Irgendetwas tastete in ihrem Gehirn herum. Vergangenes quoll empor. Ihr Vater schrie: »*Warum bist du kein Junge geworden. Ein Junge wie Gerald!*«

Dann verschwand dieses Gefühl so schnell, wie es gekommen war. Keuchend sog Mira die Luft ein und ein

Schütteln durchlief ihren Körper. Schwindel wechselte sich mit Übelkeit ab.

»Sie sagt die Wahrheit!«, sprach jemand. Verwirrt blickte sie zwischen dem Magister und Valhelia hin und her.

»Gut.« Er lächelte milde. »Wir wissen nun alles, was wir wissen wollten. Es bestehen keine Beweise für eine eindeutige Schuld deinerseits. Wir ziehen uns zur Beratung zurück. Ruh dich ein wenig aus.«

Die beiden verließen das Zimmer.

Miras Gedanken wirbelten umher. Erst mit verstreichender Zeit klärte sich ihre Wahrnehmung. Irgendetwas hatte in ihrem Kopf gegraben, hatte ihre Erinnerungen durchwühlt, wie ein nach Eicheln suchendes Wildschwein den Waldboden durchpflügt.

Was hatte der Magier gesagt? Das hieß doch nichts anderes, als dass ihre Unschuld ebenfalls nicht bewiesen war.

Bilder blitzten in ihrem Geist auf. Die Waldlichtung. Eine Feuerwand …

Konnte der Fremde durch ihr Einwirken fliehen? War das Unglück im Wald ihre Schuld? Was hatte sie nur getan? Sie wusste es nicht. Sie wünschte sich, die Augen zu schließen und einzuschlafen. Doch dafür war sie viel zu aufgewühlt.

Die Dämmerung brach herein.

Als Bralag das Zimmer betrat, lag dieses blassweiße Mädchen auf dem Bett und starrte zur Decke. Ihre Haut leuchtete wahrhaftig weiß wie Schnee. Bralag dachte an damals. *Sie besitzt so viel Ähnlichkeit mit ihr.*

Seitdem er dieses Bauernmädchen sah, hielt ihn die Sehnsucht umklammert. Er fragte sich mehr als einmal, wie sein Leben verlaufen wäre, sofern *sie* heute noch am Leben wäre.

Das Mädchen registrierte ihn nicht. Sie blickte weiterhin starr an die Zimmerdecke.

Das ist der Nachteil, wenn jemand in den Gedanken anderer herumpfuscht, überlegte Bralag bitter. Er seufzte.

Die Vergangenheit zu sehen war eines, in einen Kopf und die Erinnerungen eines Wesens einzudringen, diese zu durchforschen war weitaus komplizierter. Es erforderte Feingefühl. Ging man nicht behutsam vor, entstanden bleibende Schäden, bis hin zu einem Zustand völliger Umnachtung.

Nicht er hatte irgendetwas vermasselt, sondern Valhelia.

Das Mädchen blinzelte.

Bralag versuchte es. »Mirabella. Mirabella Hafermann.«

Erst nach dem dritten Ansprechen in Verbindung mit einem leichten Rütteln an ihrer Schulter zuckte sie zusammen.

Verwirrt schaute sie auf und ihr Blick klärte sich nach und nach. Ihr Körper zitterte.

»Unsere Beratung ist beendet«, begann Bralag. »Deine Schuld ist nicht eindeutig bewiesen. Eine Verhandlung wird daher nicht nötig sein. Ich habe beschlossen, du darfst nach Hause.«

Der Mann mit dem schlohweißen Haar brachte Mira hinaus, über dunkle Gänge und Korridore entlang, viele Treppen hinab. Sie ließ es geschehen. Die Welt verschwand in einem alles verschlingenden Nebel.

Der Magier hatte kein Wort mit ihr gewechselt. Oder hatte er doch etwas gesagt? Mira wusste es nicht mehr.

Nach einer Ewigkeit bestieg sie eine Kutsche, die sie in ihr Dorf zurückbringen sollte.

Wie würden ihre Eltern auf diese Situation reagieren? Wie das Heimatdorf? Mira malte sich die tuschelnden Dörfler hinter ihren Türen aus, die sie mit Blicken, scharf wie Pfeilspitzen, durchbohrten. Aber spielte es eine Rolle? Sie blieb ein Niemand. Eine Schnee-Eule, nichts weiter. Nach ihrer Rückkehr würde es genauso aussehen. Es machte keinen Unterschied. Nach dieser Erkenntnis brannte sich ein anderer Gedanke in ihrem Kopf fest, löschte jegliches Denken.

Sieben lange Tage in dieser Kutsche eingesperrt.

Sieben endlos lange Tage.

Sieben.

XVI

Grandiose Ideen

Als die Kutsche mit dem Bauernmädchen abfuhr und Bralag seinen eigenen Kutschwagen bestieg, kam ein jugendlicher Robenträger herbeigeeilt.

»Meister Bralag. Meister Bralag.«

Der oberste Heerführer hielt inne.

»Meister Bralag ..., der Magister ... wünscht ... Euch zu sehen«, keuchte der Mann, mehr als dass er sprach.

»Wo?«

»Im ... im Turm ... Privatgemächer.«

Die Gemächer des Magieroberhauptes lagen in der Turmspitze. Eine wunderbare Aussicht, zum Laufen jedoch viel zu hoch.

»Ihr befindet Euch am Anfang Eures Magierstudiums?«, fragte Bralag beiläufig, während sie auf das Eingangsportal zuschritten.

»Ganz recht. Erstes Semester.«

»Nun, dann steht Euch noch ein weiter Weg bevor. Im wahrsten Sinne des Wortes.« Bralag erreichte den Eingangsbereich. Er lächelte. »Richtet dem Magister mein Erscheinen aus. Ich komme gleich nach.«

Der Novize sackte in sich zusammen. Er nickte ergeben und verschwand im Bauwerk. Bralag schaute ihm einen Moment hinterher. Anschließend murmelte er einen Magierspruch, der ihn in die Höhe schweben ließ. Genau zwölf Atemzüge darauf landete er auf einem Balkon im obersten Stockwerk.

Der Magister lief im Zimmer hin und her. Als er Bralag erblickte, blieb er stehen.

»Wo habt Ihr so lange gesteckt?«

Bralag räusperte sich. »Ich habe die Entlassungspapiere fertiggemacht, damit dieses Bauernmädchen zurück in ihr Dorf kommt.«

»Ich wusste, er vermasselt es.«

Bralag erkannte die Stimme, ohne dass er die Person sah.

»Meisterin Valhelia. Und ich wusste nicht, dass es etwas zu *vermasseln* gab.«

Valhelia glitt an die Seite des Magisters und hänge sich an dessen Arm. Dieser ließ es geschehen. Stattdessen fragte er zornig: »Ihr habt was? Ich hatte nichts davon gesagt, dass man sie freilassen soll.«

»Es bestand keine Veranlassung, dieses Mädchen weiterhin festzuhalten. Eine Verhandlung sollte nicht stattfinden, daher nahm ich an, der Hohe Rat stimmte einer Entlassung zu.«

»Papperlapapp.« Der Magister starrte ihn finster an.

Val schaltete sich erneut ein: »Der Grund liegt doch wohl auf der Hand. Sie ist die einzige Überlebende von diesem Massaker im Wald.«

Ihr eindeutiges Grinsen zeigte Bralag, wie sehr sie ihre Position an der Seite des Magisters genoss. Das Magieroberhaupt zerfloss unter ihren Worten.

»Holt diese Mirabella Hafermann zurück.« Er hielt inne, als Val ihm etwas ins Ohr flüsterte.

»Gut, sehr gut.« Er hob seinen Zeigefinger und legte ihn an seine Unterlippe. »Eine ausgezeichnete Idee. Daran solltet Ihr Euch ein Beispiel nehmen. Ein Magier hat gute Ideen. Ein Magier gepaart mit einem Weib hat grandiose Ideen.« Er lachte und streichelte Val die Wange, die diese Berührung wie ein Kätzchen aufnahm. Sie gab ein schnurrendes Geräusch von sich.

Bralag warf einen Seitenblick zu Valhelia, wandte seine Frage jedoch an den Magister. »Weiht Ihr mich dieses Mal in Eure Pläne ein?«

»Nur zu. Erklär es ihm, Val.«

»Der Fremde hat dieses Mädchen gesucht, zweimal. Einmal auf dieser Waldlichtung und dann in ihrem Dorf. Er wird es erneut versuchen.«

»Warum seid Ihr Euch so sicher?«

»Sie ist die einzige Zeugin, die letzte Überlebende.«

Bralag zog eine Augenbraue hoch. »Ihr wollt sie als Köder benutzen?«

»Wieso nicht? Wir sollten den Umstand nutzen, dass der Fremde dieses Mädchen im Wald nicht getötet hat. Sie besitzt irgendetwas, das dieser Bastard haben will. Zumindest war er auf der Suche nach ihr. Ich konnte dummerweise nicht erkennen, warum.«

Bralag runzelte die Stirn. »Wieso könnte Mirabella für den Fremden von Interesse sein? Sie ist nur ein einfaches Bauernmädchen.«

Valhelia stemmte die Arme in die Seiten. »Dass er sie sucht, ist offensichtlich. Wenn wir sie als Köder benutzen, wird der Fremde früher oder später in unsere Falle gehen.« Val lächelte.

Der Magister blickte Bralag an. »Ihr zweifelt?«

Bralag gestikulierte mit seinen Händen. »Bei allem Respekt, das ist kompletter Unsinn. Dieser Mann wird niemals seine Sicherheit wegen eines Mädchens aufgeben. Warum sollte er? Nennt mir einen Grund. Er wird sich verkriechen und auf seine Gelegenheit warten, um uns zu dezimieren.«

Valhelias Gesicht erhellte sich. »Lasst es schneien. Im Schnee ist er hilflos. Er muss aus seinem Loch gekrochen kommen oder er wird erfrieren.« Sie klatschte vor Begeisterung in die Hände.

Die Idee eines Kindes, hätte Bralag gerne entgegnet. Doch er blieb in Gegenwart des Magisters besonnen. »Mit Verlaub, wir haben Herbstmond. Die Ernte ist noch nicht vollständig eingefahren. Ihr könnt es nicht schneien lassen.«

Der Magister überlegte. Ihm schien die Idee zu gefallen. »Die Ernte ist ersetzbar«, sagte er nach einer Weile. »Schiebt es auf den Fremden. Das Volk wird ihn hassen.«

Bralag blickte ausdruckslos. »Es untergräbt unsere Autorität. Es sähe so aus, als würden wir Magier das Wetter nicht mehr kontrollieren können. Wegen eines einzelnen Mannes?«

Der Kiefer des Magisters arbeitete, als dieser die Zähne zusammenbiss. Sein Gesicht verfärbte sich zartrosa. Er brachte Val, die ihre Idee verteidigen wollte, mit einem finsteren Seitenblick und einer Handbewegung zum Verstummen.

»Gut ... Was schlagt Ihr vor?«

Valhelia warf Bralag einen vernichtenden Blick zu. Er musste seine gesamte Willenskraft aufbringen, um nicht zu lachen. Diese Schlacht hatte er gewonnen.

»Wir sollten auf traditionelle Weise die Gegend durchsuchen und weitere Straßensperren errichten. Die vorhandenen Sperren haben ihn scheinbar zurückgehalten, denn bis jetzt ist er nur in Mittelland gesichtet worden.«

Der Magister fuhr sich über das Kinn. »Einen Versuch ist es wert«, sagte er. »Wir lassen dieses Mädchen in ihrem Heimatdorf beobachten. Sendet einen geflügelten Boten nach Ilmathori. Die ansässigen Magier sollen sich bei ein paar Leuten im Dorf einnisten. Nicht zu viele. Wir wollen kein unnötiges Aufsehen erzeugen. Schiebt es auf die Steuereintreibungen, die Holzeinteilung, auf was-weiß-ich. Lasst Euch etwas einfallen.«

Bralag setzte zu einer Antwort an, doch das Oberhaupt der Magierschaft ließ ihn nicht zu Wort kommen. »Und schickt an alle Wettertürme eine Botschaft. Sie sollen wenigstens Wolken erschaffen. Ohne die Sonne kann dieser Bastard sich nicht mehr orientieren. Er wird durch die Lande irren. Früher oder später greifen wir ihn uns.«

Valhelia grinste breit. »Meister Bralag könnte die Geschehnisse vor Ort kontrollieren. So hat er die Situation voll im Griff und ist in jeden Plan involviert.«

Der Magister lachte. »Eine ausgezeichnete Idee. So kommt Ihr auch mal wieder raus aus dem Trott, und Euch behagen ja weiße Mädchen. Na dann: auf, auf. Das wäre alles.«

Bralag überlegte kurz. Valhelia hielt den Magister in ihrem Bann. Mit ausladenden Schritten marschierte er zur Tür, drehte sich jedoch noch einmal um. »Ach, da fällt mir etwas ein, mein Magister. Habt Ihr zufällig meinen geflügelten Boten Oleri gesehen? Er ist von seinem letzten Auftrag nicht zurückgekehrt. Er lieferte doch seinen Bericht bei Euch ab?«

»Nein.«

Bralag verharrte einen Augenblick. Das war nicht die Antwort, die er hören wollte.

Der Magister wandte sich um. »Ihr bekommt einen neuen. Ich lasse Euch einen bringen. Ihr dürft gehen!«

Bralag verbeugte sich knapp und schritt mit finsterer Miene zur Tür hinaus. Reisen! Er hasste es, zu reisen.

Woher hatte der Magister die Informationen, wenn nicht von Oleri? Der Feenmann drückte sich zwar patzig in seinen Reden aus, dennoch blieb er ein zuverlässiger Bote. Was war mit ihm geschehen und warum ließ es den Magister derart kalt?

XVII
Parcival

Kyrian schaute sich im Schankraum um. Sein Aufenthalt war gewaltig in die Hose gegangen, was noch untertrieben war.

»Hilf mir, die Spuren zu beseitigen.«

»Das wird nicht nötig sein, mein Freund.«

Kyrian stutzte. Wirkte sein angewandter Freundschaftszauber nicht bei diesem Mann? »Und warum nicht?«, knurrte er.

»Weil das Feuer alles verzehren wird. Feuer ist gut in so was.«

»Zum Henker, ich will kein … oh verdammt.« Jetzt erst bemerkte Kyrian die Rauchschwaden, die aus dem Flur durch die geöffnete Tür in den Schankraum drangen.

»Verdammt, verdammt, verdammt.«

»Schade um das schöne Gesöff.« Parcival zog ein gleichgültiges Gesicht und schnappte sich eine Schnapsflasche vom Thekenregal.

Wie auf Kommando schossen mit einem lauten Knall die Flammen in den Raum. Offensichtlich hatte Kyrians Lichtblitz nicht den fliehenden Zentauren getroffen, sondern die Flurtreppe entzündet.

»Wir müssen hier raus. Schnapp dir den Wirt«, schrie er, während die Hitze hereinflutete.

Draußen brüllte eine heisere Stimme. »Zeig dich, du Bastard!«

Zwei feurige Kugeln schlugen in einen Tisch und die Theke ein. Kyrian warf sich gegen Parcival, der zu Boden ging. In einer Öffnung der Hauswand erspähte er den Magier, der zuvor von seinem Schockstrahl durch die Wand geschleudert worden war. Er stand draußen, und ein Arm hing seltsam abgewinkelt an seinem Körper herab. Ein dritter Feuerball durchschlug die Holzverkleidung und entzündete die berstenden Flaschen im Regal hinter dem Ausschank. Kyrian zauberte einen Schutzschild aus Energie und duckte sich dahinter. Glassplitter, Ton sowie bläuliche Flammen ergossen sich auf seine unmittelbare Umgebung. Für die Rettung des Wirtes blieb keine Zeit mehr. Also packte Kyrian den schreienden Parcival am Kragen und zog ihn mit sich, während er mit der anderen Hand die versperrte Eingangstür aufsprengte. Er schleuderte den Gaukler hinaus, rappelte sich hoch, sprintete um die Hausecke und schoss zwei Lichtblitze in Richtung Magier.

Der Robenträger wurde durch die Wucht gegen einen Baum geschleudert, wo er reglos liegenblieb. Im gleichen Moment ließ ihn ein entsetzliches Wiehern herumfahren. Ein Zentaur preschte an ihm vorbei, wobei er Kyrian umwarf. Von Panik getrieben, galoppierte er mit versengtem Schweif ins Dickicht des Waldes hinein. Dann wurde es still. Nur die knisternden Flammen eines stetig wachsenden Flammeninfernos verschlangen alle Geräusche umher.

»Sieht ganz so aus, als wärst du der letzte Überlebende hier.« Kyrian zerrte den Gaukler auf die Beine. Jetzt hatte er diesen Mann am Hals …

»Beil dich.« Kyrians Laune erreichte einen Tiefpunkt. Er hatte im Gasthaus keine Informationen bekommen und – was weitaus bedauerlicher war – er hatte keine Lebensmittel mitnehmen können. Kein Bad. Kein Bett. Kein Abendessen. Zu allem Unglück war sein Pferd verschwunden. Die Explosion und das Feuer hatten es vertrieben. Der Gaukler allerdings war ein kleiner Lichtblick, auch wenn er ihm am liebsten im ersten Moment den Hals umgedreht hätte.

Parcival erzählte ununterbrochen Geschichten. Über das Land, das Volk, über die Magier. Er war weit gereist und in vielen Ortschaften und Städten herumgekommen. Vielleicht war es doch Schicksal, diesen Mann getroffen zu haben. Kyrian glaubte nicht an Schicksal. Er wandte ein paar Mal einen Wahrheitszauber an, um sicherzugehen, dass Parcival ihm keinerlei Lügen auftischte, und als er sicher war, keine brauchbaren Informationen mehr zu erhalten, beschloss er, Parcival laufen zu lassen.

»Du bist ein Quatschkopf«, sagte Kyrian nach einer Weile.

»Was hast du erwartet? Ich bin ein Gaukler. Ich lebe davon, Geschichten weiterzugeben. Hättest du mich am Leben gelassen, wenn du es vorher gewusst hättest?«

»Meine Geschichte wirst du mit Sicherheit nicht erzählen.«

Parcival blickte ihn fragend an. »Was meinst du damit?«

Kyrian schwieg. Dann seufzte er erneut. »Unter einer Bedingung lasse ich dich laufen.« Er streckte die Hand aus und konzentrierte sich.

»Ich kann gehen? So ganz ohne ...« Parcivals Blick fiel auf den Rasen, der zu Kyrians Füßen zu wachsen anfing. Sein Gesicht nahm eine unendliche Traurigkeit an. »Du willst mich doch töten?«

»Keine Sorge. Du wirst noch viele Geschichten in deinem Leben erzählen, nur eben nicht meine. Du schläfst eine Weile, und wenn du erwachst, erinnerst du dich an nichts, was in der Waldherberge geschehen ist.«

»Aber ...«

Kyrians Geste ließ ihn verstummen. »Akzeptiere es oder stirb.«

Parcival akzeptierte.

Gegen Abend stapfte Kyrian einsam durch das Waldgebiet. Er überlegte die ganze Zeit, ob es ein Fehler war, einen Zeugen am Leben zu lassen. Immerhin hatte er einen Löschungszauber angewandt und so die Erinnerung dieses Geschichtenerzählers gelöscht.

Wenn er an diesen Gaukler dachte, waren vielleicht doch nicht alle Wesen dieser Welt schlecht. Vielleicht musste er nicht gleich ganz Rodinia auslöschen. Es gab sicherlich eine Menge Menschen, die nichts mit dem Tod seiner Mannschaft zu tun hatten. Dafür waren die Magier verantwortlich. Aber auch in Bezug auf sie: Waren alle Magier schuldig? Rechtfertigte seine Rache den Tod eines ganzen Volkes, eines ganzen Landes?

Kyrian schüttelte sich. Seine Gedanken kehrten zu den

Trollen zurück. Er musste das Trollvolk finden, damit sie sich mit ihm verbündeten. Was hatte Parcival erzählt? Sie lebten inzwischen im großen Gebirge im Westen Rodinias. Die Magier hatten sicher schon die Straßen um diese Region abgeriegelt. Er glaubte nicht, dass sie seine Pläne kannten, aber dort lag das Gebiet seiner ersten Flucht und dort traf er mit größter Wahrscheinlichkeit diese weiße Magierin wieder. Das waren gute Gründe für einen Weg in diese Gegend. Kyrian entschied, einen Bogen nach Osten zu laufen. Auf ein paar Tage mehr kam es nicht an. Er hatte ja alle Zeit dieser Welt.

XVIII
Drei Wochen später

Miras Befürchtungen bewahrheiteten sich nicht. Es kam schlimmer. Viel schlimmer, als sie es sich vorgestellt hatte. Zwei Wochen Hausarrest. Sie nähte, stickte, putzte, bis es ihr zum Halse heraushing. Danach half sie unter Aufsicht ihrer Mutter bei der Arbeit im Garten. Im Dorf nistete sich eine Gruppe Magier ein, wie eine Maus in einem katzenlosen Haushalt, wo sie sich jeglichen Käse und Speck unter den Nagel reißt. Jeder Dorfbewohner schien das Haus der Familie zu beobachten. Ihr Vater redete kein Wort mehr mit ihr und auch Magdalena war schweigsamer als je zuvor. Wenn ihre Eltern miteinander sprachen, dann nur im Streit. Schlimmer konnte es wirklich nicht mehr werden …

Die Sonne stand hoch am Himmel, als ihre Mutter nach ihr rief. »Mira. Komm mal her.«

Ein derart säuselnder Ton in ihrer Stimme bedeutete meistens, dass sie Gefälligkeiten einforderte.

»Ja, Mutter?«

»Wir bekommen heute Besuch«, begann Magda. »Und da will ich, dass du ein Kleid trägst.«

»Muss das sein?«

»Ja, es muss sein! Du brauchst den Rest des Tages auch nicht mehr bei der Hausarbeit zu helfen.«

Ein freier Nachmittag hörte sich gut an. Unter normalen Umständen wäre sie in den Wald zur Lichtung gelaufen. Doch nach dem Überfall vier Wochen zuvor traute sich Mira nicht mehr dort hin. Sie verließ ja nicht einmal mehr das Haus. Außerdem wimmelte es im Dorf von Magiern.

»Muss es ausgerechnet ein Kleid sein?«, versuchte es Mira erneut. Magdas Blick ließ sie verstummen.

»Zieh dein bestes Kleid an. Das mit der bestickten Schürze.«

»Mein Festkleid?« Mira riss verwundert die Augen auf.

»Ja. Ein angesehener Händler besucht uns. Da sollst du keinen schäbigen oder gar burschikosen Eindruck hinterlassen. Du weißt, wie es dein Vater hasst, wenn du so rumläufst.« Ihre Mutter zeigte sich unerbittlich.

Mira blieb nichts anderes übrig, als auf den Speicher zu trotten. Dort öffnete sie eine hölzerne Truhe und holte das Gewand hervor. Nachdenklich strich sie über die filigrane Bestickung, zog die feinen Linien nach.

Was fange ich mit meinem Nachmittag an?, überlegte Mira.

Da lag noch die dünne Leinenhose. Unter ihrem Kleid würde die gar nicht auffallen, und sie brauchte das Kleid nur abzustreifen, nachdem der Gast fort wäre …

»Mirabella! Kommst du?«, rief Magdalena von unten aus der Wohnstube.

Was für ein Aufwand. Eine düstere Vorahnung in Miras Kopf verdichtete sich zu einem Wolkenband am Horizont. Unten angelangt fragte sie: »Mutter? Kann es sein, dass …«

»Jetzt nicht!«, unterbrach Magda sie barsch. Mira spürte die Anspannung ihrer Mutter, und sie verstummte sofort. Magda zupfte Miras Kleid zurecht, strich ihr über das geflochtene Haar und öffnete die Haustür.

Beim Hinaustreten stutzte Mira. Zuerst erblickte sie Gerald, der mit drei seiner Kumpane im Hintergrund des Hofes stand. Ein breites Grinsen bedeckte sein Gesicht.

*Was hat **der** hier zu suchen*, überlegte sie. *Der lässt sich doch sonst nicht in der Nähe unseres Hauses blicken.*

Als Mira den Bürgermeister schwatzend neben ihrem Vater erkannte, blieb sie misstrauisch stehen. Das Wolkenband war nachtschwarz. Was ging hier vor sich?

Ihr Vater Enjog unterbrach ihre Gedanken. »Komm näher, Mirabella, Kind. Lass dich anschauen.«

Mira lächelte gezwungen. Doch ehe sie darauf eingehen konnte, wurde ihre Aufmerksamkeit abgelenkt, da ein Wagen in den Hof ihrer Eltern einbog. Die Pritsche wurde durch eine Plane verdeckt und zwei Männer saßen auf dem Kutschbock. Als die Kutsche stoppte, sprang ein stämmiger Mann herunter. Hochgewachsene, kräftige Statur, das schwarze Haar mit Pomade geölt und nach hinten zu einem Pferdeschwanz gebunden. Zumindest war er ansehnlich gekleidet. Seine Füße steckten in Lederstiefeln, seinen Körper verhüllte ein knöchellanger graubrauner Mantel, den eine feine Staubschicht bedeckte. Ihr Vater begrüßte den Ankömmling demütig. Die beiden unterhielten sich eine Weile, dann schritten sie gemächlich auf Mira zu. Der Mann lächelte. Mira erschauderte. Dieser Gesichtsausdruck – etwas Abschätzendes lag darin. So schauten die Händler, die zu ihrem Vorteil Getreide von den Hafermanns erwerben wollten.

»Was ist hier los?«, fragte Mira. Ihre Mutter reagierte nicht. Hinter dem nächsten Gartenzaun gafften die Nachbarn.

Es war Geralds breites Grinsen, das ihr die Augen öffnete. Er lachte und stand in ein Gespräch vertieft bei seinen drei besten Kumpels, doch er ließ Mira nicht aus den Augen. Als sich ihre Blicke trafen, machte er einen Kussmund und deutete an seinen Ringfinger. Das bestätigte ihren Verdacht, warum dieser Mensch hier erschien.

Mira drehte sich zu ihrer Mutter um und flüsterte: »Mutter, ich dachte, ihr wolltet mir keinen Bräutigam mehr vorsetzen?«

»Sei still!«, zischte Magdalena. Ihre Stimme klang derart zornig, dass Mira erschrak. So kannte sie ihre Mutter gar nicht. Eine schleichende Angst kroch in ihr empor.

Enjog kam mit dem Mann auf die beiden zu.

»Das ist meine Tochter Mirabella«, begann er. »Sie ist keine Schönheit, viel zu blass, ich weiß. Aber sie ist fleißig und tut, was man ihr sagt.«

»Vater!« Wie konnte er nur so gemein sein?

»Nein, nein, das Weiße stört mich nicht.« Der Fremde schritt um sie herum. Mira fühlte sich wie ein Stück Vieh bei der Fleischbeschau.

Der Mann blieb neben ihrem Vater stehen.

»Und sie ist Jungfrau?«, fragte er. »Ich meine, sie hat einige Winter hinter sich gelassen. Zwanzig?«

Enjog erhob seine Stimme. »Selbstverständlich ist die noch Jungfrau, dafür verbürge ich mich!«

Mira schluckte schwer. Wie konnten ihre Eltern nur so gemein sein? In Momenten wie diesen verabscheute sie ihren Vater.

»Meine Tochter ist siebzehn«, log Magdalena und nickte. »Die Haarfrisur lässt manch einen älter erscheinen.«

Ihr Vater entspannte sich. Der Mann trat auf ihre Mutter zu, als sähe er sie erst jetzt, ergriff ihre Hand und hauchte einen Kuss darauf. »Verzeiht meine Unhöflichkeit. Halfdan von Khalassom!« Ihre Mutter kicherte.

Khalassom? Das klang nach …

Halfdan wandte sich Mira zu. Sein sonnengebräuntes Gesicht wurde von einem Dreitagebart überzogen. Erneut lächelte er. Es war ein schmieriges Lächeln, das sie frösteln ließ.

Magda gab ihr einen Knuff in die Seite und Mira machte höflich einen Knicks, zog ihre Hand jedoch aus Halfdans Zugriffsbereich.

»Ich mag schüchterne Mädchen.«

Eine peinliche Pause entstand.

Halfdan nestelte an seiner Gürteltasche und brachte einen Lederbeutel zum Vorschein.

»Tja, wenn wir uns einig sind.«

Es klimperte, als Halfdan Enjog den ledernen Beutel überreichte.

Alles um Mira herum verschwamm beim Klang dieses Geräuschs. Ein Gefühl, gleich einer eiskalten Pranke, die ihr Herz zerquetschte, breitete sich in ihrem Inneren aus. Die Erde schwankte. Mira wartete auf das Loch, das sich vor ihr auftun würde, um sie zu verschlingen.

»Ihr … verkauft mich?«, würgte sie die Worte hervor.

»Verkaufen … Kindchen. Du sollst es doch einmal besser haben als wir«, antwortete ihre Mutter.

Mira glaubte an einen Scherz, während ihr Vater die Münzen im Geldbeutel zu zählen begann. »Hast du etwa geglaubt, wir füttern dich bis ans Ende aller Tage durch?«, sagte er. »Wird Zeit, dass wir endlich mal ein klein wenig zurückbekommen.«

Mira wollte nicht glauben, was ihr eigener Vater da sagte. Liebten ihre Eltern sie nicht mehr? War es etwa ihre Schuld, dass diese Situation überhaupt eintrat?

Mit Beenden des Zählens nickte Enjog dem Händler zu. Sofort ergriff Halfdan Miras Hand, doch sie blieb wie angewurzelt stehen. Fassungslos starrte sie von einem Elternteil zum anderen. Tränen der Verzweiflung schossen ihr in die Augen.

Der Mann war nicht zimperlich. Er packte fester zu und riss als ihr zukünftiger Ehemann Mira mit einem Ruck herum. Seine Hände packten sie an den Schultern, sein Griff glich einem Schraubstock.

»Hör mal gut zu, Täubchen«, zischte er. Sein Atem stank nach Weinbrand. »In der Hochzeitsnacht darfst du gerne ein bisschen wilder sein. Jetzt aber hast du zwei Möglichkeiten: Entweder du verhältst dich ruhig und darfst in der Kutsche sitzen. Oder du fährst in einer Kiste hinten im Gepäckfach mit. Du wirst also so oder so mit dieser Kutsche fahren!«

Mira verstummte. Starr vor Entsetzen. Sie zitterte. Ihre Lippen bebten und die Tränen liefen von ganz alleine.

»Na bitte«, brummte der Mann. »Und hör auf zu flennen!« Als sie weiterhin keine Anstalten machte mitzugehen, warf er sie mühelos über seine Schulter.

Mira hob den Kopf. Ein Blickkontakt zu ihren Eltern kam nicht zustande, denn ihre Mutter hatte sich bereits weggedreht und auch ihr Vater schaute feige zur Seite.

»Dafür hasse ich euch!«, schrie Mira.

Enjog bekam einen seiner Wutanfälle. Das Gesicht hochrot brüllte er: »Du undankbares Geschöpf. Du solltest dich freuen, dass du überhaupt einen Mann abbekommst. Dich nimmt doch sonst keiner!«

Geralds Lachen fraß sich in Miras Innerstes. Die bohrenden Blicke der Nachbarn. Das alles war zu viel. Sie versuchte, Halfdan zu schlagen, der gerade die Kutsche erreichte. Er warf Mira auf die Ladefläche. Ihr Kopf prallte hart auf den Pritschenboden, so dass Sterne vor ihren Augen zerplatzten und ein bizarres Muster bildeten.

Aus der Ferne rief Magdalena: »Sträub dich nicht. Dann tut es nicht so weh!«

Mira verstand nicht. »Mutter …« Ihre Stimme brach, und dicke Tränen rannen ihr über das Gesicht.

Sie spürte, wie sie gefesselt und mit einem stinkenden Lappen geknebelt wurde. Mira ergab sich ihrem Schicksal. Sie hoffte auf die Gnade einer Ohnmacht, oder darauf, in ihrem Bett aufzuwachen. Wohlbehütet. Aber weder das eine noch das andere geschah. Sie war gefangen in einem Albtraum …

XIX

Oleri

»Bin ich ausschließlich von unfähigen Idioten umgeben?«
Der Magister lief im Raum auf und ab, wobei er seine wirren Haare glättete, nur um sie erneut zu zerraufen. »Die Männer sollten dieses Mädchen nicht aus den Augen lassen. Bralag ist doch vor Ort! Ein einfacher Befehl. Was ist daran nicht zu verstehen.«

Der Feenmann Oleri zuckte mit den Schultern. »Meister Bralag ist zu einer Herberge im Wald gereist. Die ist nämlich abgebrannt, das sagte ich bereits.«

»Schweig, du Ausgeburt der Erdtiefen.«

»He, kein Grund, unfreundlich zu werden. Ich bin bloß der Überbringer.«

Valhelia, die sich eben noch auf einem Liegestuhl gerekelt hatte, erhob sich geschmeidig. Schlangenhaft glitt sie an die Seite des Magisters. »Wo ist Meister Bralag denn jetzt? Soweit ich weiß, wurde diese Spur vor zwei Wochen entdeckt.«

Oleri kratzte sich am Kopf. Er hatte von seinem Besitzer erfahren, dass diese kindliche Frau mit Vorsicht zu genießen sei. Dennoch wusste er um die Position seines Gebieters, des obersten Heerführers. Sollten diese Magier ruhig merken, dass er und sein Herr sie nicht mochten. Darum antwortete er lapidar: »Ach ja, ups, fast vergessen. Mein Meister Bralag und die Magier aus Ilmathori verfolgen die Fährte des Mädchens.«

Der Magister ballte die Faust.

Oleri, bemüht ein ausdrucksloses Gesicht zu zeigen, platzte innerlich vor Belustigung. »Soll ich jetzt gleich losfliegen oder kann ich erst ne Runde pennen?«

Der Magister funkelte ihn an. »Du überbringst deinem *Meister* eine Botschaft: Er soll sich unverzüglich hier melden. Nein, er soll sich nicht ohne diesen Zauberer blicken lassen.«

Oleri verzog seinen Mund. »Was denn nun? Ich kann mit

derart schwammigen Aussagen nicht arbeiten. Soll er nun erscheinen, ja, nein, mit wem?«

»Gurtrack Haswenn!«

Augenblicklich legte sich ein unsichtbares Seil um den Feenmann, so dass er wie ein Stein zu Boden plumpste.

Val umrundete den Magister. Sie raunte ihm in einer Lautstärke ins Ohr, dass Oleri es gerade noch hören konnte. »Er ist ziemlich frech für eine Botenfee. Sollten wir uns das bieten lassen? Wenn du jemanden bestrafen willst, triff ihn da, wo es wehtut. Hat es nicht schon einmal funktioniert?«

Der Magister vollführte eine Bewegung mit der Hand, murmelte Worte und Oleris Körper schwebte auf ihn zu. Angst kroch in dem Feenmann empor. Die Einsicht, dass er zu weit gegangen war, kam zu spät.

»Ich habe es mir anders überlegt«, knurrte der Magister. »Du gehst nirgendwo mehr hin, kleine Drecksfee. Ihr glaubt, ihr seid etwas Besonderes, weil wir euer mickriges Geheimnis der Entfernungsüberbrückung nicht herausbekommen. Aber ihr seid nichts weiter als Ungeziefer.«

Die Stimme des Magisters erhob sich, als er die magische Formel sprach, die die Umgebung veränderte. Im Hintergrund schrie Valhelia: »Nimm mich mit!«

Oleris Augen weiteten sich vor Entsetzen, als er direkt auf einen blutbesudelten Altar blickte.

»Willkommen in meinem Labor. Ich bin gespannt, wie viel Lebenszeit du mir schenken wirst.« Das Lachen des Magisters war das Letzte, was Oleri in seinem Leben vernahm.

Valhelia schritt im Raum auf und ab. Was bildete sich der Magister ein? Zum wiederholten Male verschwand er alleine mit einem Lebewesen. Die magische Formel, die er aufgesagt hatte, war Valhelia bekannt. Sie diente zur Überwindung von Entfernungen. Der Sprecher musste den genauen Zielort kennen, sonst erwies sich der Spruch als tödlich. Es war vorgekommen, dass derjenige, der diesen Magiespruch anwandte, für immer verschüttging oder seine Körperteile aus irgendwelchem Mauerwerk ragten, wenn er sich verschätzte.

Als der Magister erschien, verharrte Val an derselben Stelle, die Arme in die Hüften gestemmt. Sie machte einen Schmollmund. »Das war nicht nett, einfach zu verschwinden.«

»Die akuten Umstände machten ein derartiges Handeln erforderlich.« Er wirkte jünger, frischer.

»Ihr habt das Ritual durchgeführt«, rief Val in anklagendem Tonfall. »Wann nehmt Ihr mich endlich mit.«

Der Magister nahm sie in den Arm. »Alles zu seiner Zeit. Du wirst es schon noch erfahren. Es gibt Wichtigeres zu tun.« Als Val etwas erwidern wollte, küsste er sie stürmisch. Dann flüsterte er: »Es ist eine Katastrophe von göttlichem Ausmaß, wenn wir diesen vermaledeiten Zauberer nicht finden.«

XX
Verkauft

Warum ließ sich kein Magier blicken? Hasste die ganze Welt sie? Diese Frage schwirrte seit Stunden wie ein lästiges Insekt in Miras Kopf, während sie auf der Pritsche der Kutsche ausharrte. Sie konnte sich kaum rühren. Die Fesseln scheuerten an ihren Handgelenken und der Knebel drückte ihr in den Mundwinkeln. Bei dem Gedanken daran, was für ein Dreckslappen dieses Stück Stoff in ihrem Mund war, musste sie würgen. Das Pochen an ihrem Hinterkopf bedeutete sicherlich eine dicke Beule. Eine Zeit lang versuchte sie, die Stricke zu lösen. Als die Männer ihre Versuche bemerkten, bedachten die beiden Mira mit Spott und Gelächter.

»Gib dir keine Mühe«, rief Halfdan. »Spar lieber deine Kraft, die wirst du noch brauchen.«

Er und Daro, der zweite Mann auf dem Kutschbock, unterhielten sich eine Weile über Belanglosigkeiten. Nichts, was auf ein Ziel ihrer Reise hindeutete. Mira konnte ohnehin keinen klaren Gedanken fassen. Ständig drängten sich panikartige Wogen in ihr hoch. Was sollte mit ihr geschehen?

Die Resignation gewann die Oberhand. Kraftlos ergab sie sich ihrem Schicksal. Vielleicht hatten die Männer dann ein Einsehen und würden wenigstens ihren Knebel lösen. Sie lauschte den Worten der beiden, doch allmählich verstummten die Gespräche.

Mira erkannte hinter der Plane der Kutsche die Sonne als hellen Fleck. Die Fahrt verlief demnach in Richtung Osten. Da sie auf dem Rücken lag, fingen ihre Glieder an zu schmerzen. Irgendwann verschwand der helle Fleck und wich einem gedämpften Licht. Mira blickte auf das vorbeirauschende Grün eines Waldes.

Halfdan streckte sich. »Ich werde mich mal mit meiner Zukünftigen bekannt machen.«

Daro klang nicht begeistert, als er fragte: »Ich dachte, wir wollten sie verkaufen! Du weißt, dass die unversehrt das

Doppelte einbringt? Erst recht so eine blasshäutige Jungfrau. Das ist ein echter Glücksgriff!«

»Ja, ganz genau. Und aus diesem Grunde muss ich doch die Ware prüfen. Stell dir mal vor, die ist krebsrot am Arsch.«

Daro lachte hustend: »Ich mein ja nur. Mach nichts kaputt! Ist schließlich auch meine Kohle.«

»Du kommst noch zum Zug, versprochen mein Freund.«

Damit kletterte Halfdan vom Kutschbock, begab sich in den hinteren Teil der Kutsche und kniete sich neben Mira. Er betrachtete ausgiebig ihren erstarrten Körper.

»Hallo mein Täubchen«, raunte er grinsend. Dieses Lächeln wirkte in keiner Weise freundlich. Die Gier loderte in seinen dunklen Augen, das ließ sich nicht übersehen. Halfdan war nicht hässlich. Braungebrannt, muskulös, ansehnliche Zähne, die er geduldig lächelnd bleckte. Sofort begann sich Mira zu winden, was in Anbetracht der Fesseln kaum möglich war. Diese Gier verlieh ihm etwas Schmieriges, etwas Abstoßendes. In dieser unangenehmen Nähe roch der Mann penetrant nach Schweiß. Alles, was zuvor an einen vornehmen Herrn erinnert hatte, war verschwunden. Ihre Unsicherheit wuchs. Ob ihren Eltern das gesamte Ausmaß ihrer Tat bewusst war? Sie konnten *das* nicht vorher gewusst haben.

Halfdan grinste noch breiter. »Ich mag heißblütige Frauen.«

Mira wehrte sich nicht weiter gegen die Fesseln und versuchte, durch das Tuch zu sprechen, um an das Gewissen des Mannes zu appellieren. Doch ihrem Mund entwich nur ein unverständliches Nuscheln.

Halfdan legte seinen Zeigefinger über Miras Knebel. »Sch-sch-sch« zischte er. Sollte das beruhigend klingen, so wurde dadurch ihre Angst nur noch mehr gesteigert. Es klang wie das Zischen einer Schlange. Einer Giftschlange. Seine Finger glitten an Miras Wange entlang, ihren Hals hinunter. Angewidert drehte sie den Kopf zur Seite, bis ihr Gesicht das fleckige Holz des Pritschenbodens berührte und sie unkontrolliert zu wimmern begann. Tränen tropften zu Boden.

»Dass ihr Weiber ständig flennen müsst!«

Halfdan nestelte an seiner Hose herum und löste seinen Gürtel. »Scheiß drauf. Ich halts nicht mehr aus!«

Daro warf einen unruhigen Blick nach hinten. »Wir wollen sie doch verkaufen!«, rief er aufgebracht.

»Halts Maul, Mann!«, kam die Antwort. »An der ist kaum was dran. Aber schön weiß ist sie ... weiß wie Schnee ...« Halfdans Stimme sank zu einem Flüstern herab: »Ich will sehen, ob du überall so blass bist ...« Seine Erregung war nicht zu überhören.

Mira schickte ein Stoßgebet zu ihrer Schutzgöttin. *Hestinia* erhörte ihre Gebete, denn die Kutsche stoppte mit einem Ruck. Halfdan krallte sich im letzten Moment an der Außenplane fest. Mit hochrotem Kopf brüllte er: »Was soll der Scheiß! Hab ich nicht gesagt, du kommst auch noch dran?«

Daro erblasste: »Da ist grade so ein Arsch vor die Kutsche gesprungen.«

»Dann mach ihn platt.«

»Nee, echt ... kein Scherz. Der hat mir einen gehörigen Schrecken eingejagt.«

Halfdan zerrte die Plane am hinteren Kutschenteil zur Seite. Mira bäumte sich auf. Sie erspähte eine wankende Gestalt am Straßenrand.

»Betrunkener Penner!« Halfdan schwang seine Faust. Einen winzigen Moment hoffte Mira, er würde hinausspringen und den Kerl totschlagen oder zumindest verprügeln. Aber unter Umständen genügte diese Ablenkung. Wenn sie sich bemerkbar machte ... Jetzt.

Mira schrie aus Leibeskräften. Angesichts des Knebels erzeugte ihr Hilfeschrei einen kläglichen, erstickten Laut. Unhörbar – oder nicht? Sie erkannte, dass die Person verharrte. Zur Freude blieb ihr keine Zeit. Im nächsten Atemzug verdeckte Halfdan die Sicht. Er sprang auf Mira zu und gab ihr eine Ohrfeige, die den Stoff schmerzhaft in ihre Mundwinkel drückte. Augenblicklich begann ihre Wange, zu glühen.

Halfdan wandte sich wieder der Straße zu. »Hau bloß ab, du Penner!«, rief er erneut, bevor er sich zurück ins Wageninnere drehte.

»Fahr weiter!«, schnauzte er genervt nach vorne.

Die Kutsche setzte sich in Bewegung.

Er grinste Mira an. »Wo waren wir?«

Hektisch zerrte er ihre Fußfessel ab und fixierte Miras Beine, um nicht getreten zu werden.

In aller Ruhe schob er ihr Kleid hoch. Sein gieriges Grinsen wich einem Ausdruck des Staunens, da er Miras Hose bemerkte. »Was ist das denn für eine Scheiße? Das glaub ich jetzt nicht. Bist du ein Kerl?«

Er griff in Miras Schoß und ließ erst ab, nachdem er keine männlichen Gliedmaßen ertastet hatte.

»Na also«, stellte er zufrieden fest. »Du stehst wohl nur auf Frauen was? Aber das treibe ich dir aus. Wenn du meinen Prügel gespürt hast, willst du gar nichts anderes mehr!«

Sein dreckiges Lachen dröhnte in ihren Ohren. Mit schreckgeweiteten Augen sah Mira, wie Halfdan seine Hose herunterzog.

Nach einer Reise querfeldein gelangte Kyrians Laune an einen Tiefpunkt. Er irrte nun seit drei Wochen durch diese Gegend. Aus Angst, die Magier könnten seine Spur entdecken, zauberte er nicht. Er wäre gerne geflogen oder hätte sich anderweitig fortbewegt, aber war sich nicht sicher, wie stark die magischen Sprüche seiner Gegner waren. Vielleicht konnten sie seine Zauberei erkennen. Also wollte er lediglich im äußersten Notfall zaubern.

Die weiße Magierin ließ sich nur in seinen Träumen blicken, von den Trollen fehlte jegliche Spur und das Land bestand zwar aus Wäldern, aber diese waren derart licht, dass ein längerfristiges Verstecken vollkommen sinnlos erschien. Zumindest kam es Kyrian so vor. Hier lebten nie und nimmer Trolle. Warum hatte er nicht auf diesen Parcival gehört und war zum großen Gebirge gewandert?

In Gedanken versunken betrat er eine Straße. Zu spät bemerkte er die Kutsche, die mit der Geschwindigkeit eines wintermüden Bären seinen Weg kreuzte. Sie fuhr ihn fast über den Haufen und taumelnd wich er zur Seite aus.

»Betrunkener Penner!«, brüllte jemand.

Vielleicht sollte er mit diesem Gefährt weiterreisen,

überlegte er. Bequemer wäre es allemal. Er konzentrierte sich, lauschte, um zu hören, wie viele Männer sich auf oder in der Kutsche befanden.

Überdeutlich vernahm er einen erstickten Schrei, dann das Klatschen einer Ohrfeige. Es ging ihn nichts an, wer welche familiären Streitigkeiten dort im Innern ausfocht. Er konnte schließlich nicht einfach eine komplette Familie auslöschen.

Er stutzte. Noch ein Geräusch mischte sich in das der knirschenden Wagenräder. Schritte.

Kyrian zuckte zusammen, als die Stimme des Kutschers erneut brüllte: »Hau bloß ab, du Penner!«

Kaum zu glauben. Der Typ hatte ihn zum zweiten Mal »Penner« genannt. Kyrian wollte jetzt auf jeden Fall mit diesem Kutschwagen fahren. Er sah zwar aus wie ein Landstreicher, aber beleidigen lassen musste er sich nicht. Außerdem hörte sich der Schrei nach einem Hilferuf an.

In dem Moment, in dem die Schritte verstummten, verschmolz Kyrian nach rechts mit dem Dickicht.

»Was ist denn nun noch?«, schrie Halfdan, während die Kutsche erneut stoppte.

Mira hielt den Atem an.

»Halfdan … es wäre besser, d-du kommst nach vorne«, erklang Daros Stimme.

Halfdan zog seine Hose wieder an.

»Mist, verfluchter …« Er beugte sich dicht an Miras Ohr. »Lauf nicht weg. Ich bin gleich zurück.« Er richtete sich auf. »Du tust so, als wenn du schläfst. Einen Mucks und du wünschst dir, niemals geboren zu sein.«

Er wickelte Mira bis über Mund und Nase in eine Decke ein und kletterte nach vorne.

Mira hörte gedämpfte Stimmen. Sie verstand nicht alles.

»Was verschafft uns die Ehre?« Halfdan war wieder der professionelle Geschäftsmann, den er schon bei Miras Eltern abgegeben hatte. Waren dort Magier? Sollte sie versuchen, um Hilfe zu schreien?

Halfdan blieb gelassen und beschrieb unterdessen die genaue Richtung, in der eine Gestalt im Gebüsch des Weges verschwunden war.

Die Furcht überwog. Mit geschlossenen Augen lag Mira erstarrt auf der Pritsche. Sie schwieg. Selbst als die Plane kurzzeitig beiseitegeschlagen wurde.

Tränen rannen an Miras Gesicht herab, als eine männliche Stimme sagte: »Los! Ihr dürft weiterfahren!«

Sie wollte die Augen nicht mehr öffnen. Nie wieder.

Allerdings fuhr die Kutsche nicht an. Stattdessen vernahm Mira Schritte, und ein Befehl folgte.

»Wartet! Er soll die Stelle zeigen!«

Halfdan wurde ungehalten. »Herrschaftszeiten. Das kann doch nicht so schwer sein. Da hinten.«

Die Geräusche entfernten sich. Auch Daro stieg vom Kutschbock ab und fing ein Gespräch mit einem der Magier an. Mira verstand die Worte kaum. Die Luft wurde knapp. Grenzenloses Entsetzen wuchs in ihr heran.

Für eine Flucht reichte die Zeit nicht. Eine Gruppe Magier hatte die Straße hinter der Biegung gesperrt. Das also waren die Schritte, die Kyrian vernommen hatte. Beängstigender erschien ihm die Tatsache, dass sich Reiter näherten, eine Information, die er aus dem verbesserten Wahrnehmungszauber zog.

Er benötigte die Kutsche wirklich, um schleunigst wegzukommen. Er schlug einen leichten Bogen im Wald und bemerkte, dass der Kutschwagen stillstand. Ein Mann redete mit einem Robenträger. Scheinbar der Kutscher.

Lautlos glitt er in das Gefährt hinein. Unter einer dicken Plane bewegte sich etwas oder jemand. Ein Körper. Kyrian wurde förmlich davon angezogen.

Was um alles in der Welt ging hier vor sich? Mit einem Ruck riss er den Stoff fort und in all seinem Erstaunen brachte er nur ein einziges Wort heraus. »Du?«

XXI
Befreiung

Luft!

Mira glaubte, unter dem schweren Stoff ersticken zu müssen. Sie zerrte an ihren Fesseln. Der Schweiß brach ihr aus und durchnässte ihre Kleidung. Angst lähmte ihren Verstand. Bunte Lichtpunkte blitzten vor ihren Augen auf, als die Plane unvermittelt fortgerissen wurde. Gierig sog sie die Atemluft ein. Verschwommene Konturen verdeckten ihr die Sicht.

»Du?«

Mira erschrak. Diese Stimme. Sie erkannte die Stimme. Die Waldlichtung. Der Fremde. Nackte Panik umklammerte wie ein eiserner Griff alle Gedanken. Ihre Muskeln verkrampften sich. Mit einem Ruck lösten sich die Fesseln und die Starre zerfloss wie eine Sandburg in der Brandung. Durch die Kraft der Verzweiflung stieß Mira den Mann von sich herunter, so dass er rückwärts hinausflog.

Im gleichen Augenblick schrie jemand: »Da ist er! Hierher! Hier …«

Ein Blitz flackerte. Gleich darauf brachen die Rufe in einem gellenden Schrei ab. Todesschreie wechselten sich mit dem Zucken der Lichtblitze ab. Mira presste sich die Hände an die Ohren. Ihr Lebenserhaltungstrieb kreischte: *Flieh! Flieh aus der Kutsche.*

Ein Blick nach vorne verriet ihr, dass es zu spät war. Daro bestieg in aufrechter Sitzhaltung den Kutschbock, die Peitsche knallte und der Ruck des anfahrenden Wagens warf sie zurück. Mira rappelte sich mit steifen Gliedern auf, doch Halfdan erklomm bereits die Ladefläche.

»Wohin, mein Täubchen?«, rief er. Der Fausthieb in ihre Seite ließ sie zusammensacken, einer Marionette gleich, der man die Fäden durchtrennt hatte. Die Luft blieb ihr weg. Ein Fußtritt folgte, stieß Mira um, so dass sie wie ein Käfer auf dem Rücken lag. Sie hatte verloren. Jegliche Gegenwehr erstarb. Pulsierender Schmerz durchwogte ihre Körperseite.

Zum dritten Mal zog Halfdan die Hose runter. Daro beugte sich nach hinten: »Bist du bescheuert. Willst du etwa jetzt die Kleine durchnehmen?«, schrie er.

»Na klar!« Halfdan grinste. Er bückte sich, streckte gierig die zitternde Hand aus ...

... und verschwand.

Als hätte jemand Halfdan mit einem Lappen fortgewischt. Kein Schrei, kein einziger Laut.

Mira schaute auf. Sie blinzelte. Allmählich begann sie, die Situation zu realisieren. Ein elektrisches Knistern lag in der Luft und Wind schlug ihr ins Gesicht. Es roch nach schwelender Wolle und ... nach verbranntem Fleisch. An einer Seite der Kutschenplane zeichnete sich ein winziges Loch ab, dessen Ränder glommen, als ob sie gebrannt hätten. Auf der gegenüberliegenden Seite klaffte eine menschengroße Öffnung. Die Plane flatterte mit einem Knattern im Fahrtwind.

Mira zuckte zusammen. Ein zweiter, greller Lichtblitz schoss an ihr vorbei und erfasste das Gefährt. Daro flog in hohem Bogen vom berstenden Kutschbock. Sein Schrei erstarb unter den Hufen der Pferde. Es holperte zweimal, während sein Körper von dem Wagen überrollt wurde.

Ich muss aus der Kutsche raus, brüllte Miras innere Stimme. Es gelang ihr zumindest aufzustehen.

Abermals schlug ein Lichtblitz ein.

Eines der Räder wurde davon in Stücke gerissen. Mira wurde in Richtung Plane geschleudert, da sich die Kutsche zur Seite neigte. Das Geräusch der schleifenden Achse und Miras spitze Schreie heizten offenbar die Panik der Pferde an. Außer Kontrolle rasten die Zugtiere die Landstraße entlang.

Mira kroch zum hinteren Ausgang, hielt sich krampfhaft an den Seiten des Wagens fest. In der Ferne kämpften die Magier gegen den Fremden. Fasziniert starrte sie auf einen feurig roten Punkt, der sich in rasender Geschwindigkeit näherte. Ihre Augen weiteten sich. Die Angst kehrte zurück. Mira zog sich mit aller Kraft auf und sprang ...

Die Straße flog ihr entgegen. Eine heiße Woge schoss an ihr vorüber, dann folgte der Aufprall. Mit einem ohrenbetäubenden Knall explodierte die Kutsche hinter ihr in einem

Feuerinferno. Splitter zischten an ihr vorbei. Die Wucht katapultierte Mira wieder in die Luft. Sie landete kurz auf den Beinen, überschlug sich durch den Schwung fünf-, sechsmal, einer mörderischen Karussellfahrt gleich und blieb erschöpft vor einer Kiefer liegen. Unbändiger Schmerz wütete in ihrem Körper, verdunkelte ihre Sinne. Schwärze umfing sie. Das Pferdewiehern entfernte sich. Stille trat ein.

Komm zu dir ...

Mira konnte nicht lange bewusstlos gewesen sein, da sie immer noch schwer atmete. Ihre Augen öffneten sich in dem Moment, in dem ein Lichtblitz direkt über ihr im Baum einschlug. Nadeln, Holzsplitter und schwelende Kieferzapfen vermischt mit winzigen Harztropfen regneten herab. Schreiend rappelte Mira sich hoch. Die Gefahr war nicht vorüber. Ihr Kleid ließ sie straucheln. Ohne nachzudenken, zerriss sie den Stoff bis zu den Knien und lief Hals über Kopf los ...

Auch Kyrian rannte.

Zwei Robenträger hatte er ausgeschaltet. Der Planwagen, in dem die weiße Magierin saß, entfernte sich viel zu schnell. Kyrian blieb stehen, atmete schwer. Warum hatte ihn dieses Mädchen aus der Kutsche gestoßen?

Ein feuriger Ball schoss an ihm vorbei. Es roch verbrannt, als sich seine Armhärchen unter der enormen Hitze kräuselten. Schnell wie der Wind warf er sich herum und fegte seinen Gegner mit einem Schockstrahl von den Beinen. In einiger Entfernung detonierte der Feuerball. Verdammt, einen Magier brauchte er doch lebend.

Der letzte Mann war gleichermaßen unvorsichtig wie seine drei Kollegen, da er hinter einem Baum hervorlugte. Ein schlechter Versuch, falls er sich verstecken wollte. Mit einem Grinsen schwebte Kyrian über ihm heran und packte zu. Sein Griff setzte die Kraft eines Lähmungszaubers frei.

»Sprich, wie viele Magier gibt es von euch und wo halten sie sich auf?«

Der Mann starrte geradeaus. »Ich ... ich weiß es nicht.«

»Wenn du nicht willst, dass ich dir die Haut vom Leib ziehe«, zischte Kyrian, »solltest du mir antworten.«

Zur Verstärkung seiner Worte drehte er dem Magier den Arm um, so dass dieser einem Schmerzlaut ausstieß.

»Wo sind eure Stützpunkte?«

»In ... in Türmen. In Wettertürmen ...«, presste der Mann hervor.

»Wettertürme?«

»Wir Magier leben in Turmbauwerken, die das Wetter der Welt machen.«

»Wie das?« Kyrian kannte komplizierte oder einfache Wetterzauber, aber er hatte noch nie gehört, dass man das Wetter kontrollieren konnte. Allenfalls beeinflussen.

»Ich weiß nicht, wie es funktioniert ...« Der Robenträger stöhnte, als Kyrian den Druck auf seinen Arm verstärkte. »Kristalle, es sind die Kristalle ...«

»Wie viele Magier befinden sich in einem solchen Turm?«

»Hundert, vielleicht zweihundert ... vielleicht auch fünfhundert. Du wirst niemals gegen uns ankommen können. Gib auf!«

Der Mann hatte Mut. Ein Wahrheitszauber gab sicher Aufschluss, ob der Kerl log. Kyrian konzentrierte sich, kam jedoch nicht mehr dazu, seinen Zauber auszuführen, denn in diesem Augenblick preschten Reiter um die Straßenbiegung.

Kyrians Konzentration brach ab und der Lähmungszauber verlor seine Wirkung. Der Magier in seinem Griff riss sich los, doch Kyrian bekam seine Robe zu fassen und schleuderte ihn zu Boden.

Wenn doch die Männer vom Schiff noch leben würden ... Er brauchte einen Verbündeten, einen Freund. Ein zweites Ich hätte ihm schon gereicht.

Doppelgänger. Das war es, das war die Lösung. Während Kyrian sich konzentrierte, schrie ein weißhaariger Mann an der Spitze der Gruppe Befehle: »Arbeitet zusammen! Schützt euch! Bildet eine Einheit! Ich will ihn lebend!«

Bralag trieb sein Pferd an. Er spürte den Kampf, spürte die Lichtblitze, das Zucken und Knistern der Energieentnahme. Die Energie der Natur, gewaltig, vielschichtig, göttlich. Er spürte ebenso den Tod, der mit einem Donnerschlag einher kam. Sein Pferd wieherte und bäumte sich auf.

»Ich will diesen Fremden lebend«, hatte er seinen *Bewahrern der Ruhe* eingetrichtert. Kein leichtes Unterfangen.

Noch ehe sie die Wegbiegung erreicht hatten, roch Bralag verbranntes Fleisch. In der Ferne flackerte der grelle Schein eines Lichtblitzes auf. Er preschte an verkohlten Überresten einer Kutsche vorbei und schenkte auch den Leichen am Wegesrand keinerlei Beachtung.

Als sie um die Biegung galoppierten, erblickte er einen Magier. Ein zweiter lag am Boden. Der Mann winkte hektisch und deutete in die Waldung hinein. Bralag machte eine Handbewegung, um seine Kriegermagier anhalten zu lassen, doch zwei Reiter stürmten weiter. Die Gestalten vor ihnen verdoppelten, vervierfachten sich. Dann waren es acht, sechzehn, vierunddreißig ...

Im gleichen Augenblick streckten Lichtblitze beide Reiter nieder. Bralag sprach einen Schutzschild, schrie Befehle. »Arbeitet zusammen! Schützt euch! Bildet eine Einheit! Ich will ihn lebend!«

Er hatte nicht erkennen können, welcher der Gegner die tödlichen Geschosse sandte. Jeder der Feinde verschoss einen Lichtblitz, doch nur zwei Blitze trafen ihr Ziel. Wer war der reale Widersacher, wer die Illusion, und wieso zwei? Kamen sie von einer Person? War eine derart rasante Schussfolge überhaupt möglich?

Bralag fixierte die Gegner. Mehr als einhundert Männer zogen sich, kreuz und quer laufend, zurück. Jede getroffene Illusion verpuffte, dezimierte den Feind beständig. Die Kriegermagier zielten immer präziser. Lediglich zwei Geschosse schlugen in ihren eigenen Reihen ein.

Zwei Lichtblitze – zwei Gegner. So musste es sein! Wer war der andere Mann? Ein Verbündeter? Ein Verräter?

Bralag konzentrierte sich auf den Kampf. Ein einzelner Blitz prallte an seinem magischen Schild ab. Der Fremde konnte seine Kraftquelle nicht ewig nutzen. Irgendwann würde er erschöpft sein. Vielleicht jetzt?

Nur noch ein Mann schießt, bemerkte Bralag. Wo befand sich der zweite? Der Schütze schüttelte sich und mit ihm eine Unzahl seinesgleichen. In diesem Moment wusste er, wer sein Gegner war.

Unvermittelt erschien eine Nebelwand. Bralag wischte sie durch einen Windspruch hinfort, ebenso erstickte er eine dunkle, nachtschwarze Wolke im Keim. Mit einem gezielten Geschoss fegte er den Mann von seinen Beinen. Augenblicklich fiel die Hälfte der Feinde. Nun schoss keiner mehr und der Angriff kam zum Erliegen.

»Schießt weiter«, schrie Bralag, doch eigentlich ahnte er, dass der Fremde bereits fort war.

Kyrian erkannte einen hochgewachsenen grauhaarigen Mann an der Spitze der Gruppe. Der Kopf des Mannes wanderte suchend hin und her, dann ruckte er in seine Richtung. Zwei Wimpernschläge darauf flogen mehrere Blitze auf ihn zu. Kyrian schleuderte seinen erzeugten Lichtblitz gegen den Grauhaarigen, doch das Geschoss verpuffte an einem unsichtbaren Schild.

Verdammt, nicht gut ... hallte es in Kyrians Schädel.

Das war exakt der Augenblick, an dem ihm klar wurde, dass er diesen Kampf verlieren würde. Sein Amulett verstärkte zwar seine Zauberkräfte, dennoch konnte er nicht ewig seine Konzentration aufrechterhalten. Er würde verschwinden müssen. Doch an die Pferde kam er nicht heran, und die Kutsche war zerstört. Der Magier, den er mit einem Freundschaftszauber belegt hatte, schüttelte sich.

Verflucht, auch dass noch. Kyrian erkannte, dass sein Zauber nicht länger wirkte. Er erschuf eine Nebelwand, die der weißhaarige Mann mit einer einfachen Handbewegung fortwischte, ebenso seine erschaffene dunkle Wolke. Doch dieser Moment reichte zur Flucht. Er verwandelte sich in eine Schwalbe und brauste durch das Dickicht des Waldes davon.

Er hatte zwar die Straßensperre durchbrochen, aber er hatte es wieder nicht geschafft, mit der weißen Magierin zu reden. Wieso hatte man sie gefangen? Andererseits war es nur eine Frage der Zeit, bis die Magier Verdacht schöpften. Es war einerlei. Die weiße Magierin wusste nichts über seine Pläne. Die Gedanken irrten durch Kyrians Kopf. Er musste sich zuerst in Sicherheit bringen. Die Verfolger lagen dicht hinter ihm. Der Reitertross bereitete ihm Sorgen. Es waren zu viele, und sie bewegten sich schnell. Selbst wenn er keine Magie benötigte, um zu kämpfen, besagte ein Sprichwort seiner Heimat: Viele Jäger sind des Hasen Tod. Rückzug galt daher nicht als Feigheit.

Kyrian prägte sich das Gesicht dieses weißhaarigen Magiers ein, denn er befürchtete, diesen nicht zum letzten Mal gesehen zu haben. Dieser Mann war gefährlich.

XXII

Hals über Kopf

Laufen. *Nur weg!*, hämmerte es in ihrem Schädel im Takt des eigenen Herzschlages, der ihren Körper im Wettlauf zu überholen drohte. Das Blut dröhnte rauschend in ihren Ohren, unterbrochen von einem wellenartigen Pfeifen.

Mira lief und lief und lief …

Nur weg. Immer weiter. Ihre Füße gaben nach. Sie stürzte zu Boden, keuchte, kam zu Atem, rappelte sich auf und hastete erneut los, bis ihre Lungen brannten und die Stiche in ihrer Seite unerträglich wurden. Am Ende ihrer Kräfte schleppte sich Mira zu einer gewaltigen Linde. Sie rollte sich an dem verworrenen Wurzelwerk ein und begann, hemmungslos zu schluchzen.

Wann erwachte sie bloß aus diesem Albtraum?

Mit nachlassender Anspannung übernahm die Erschöpfung die Kontrolle über ihren Körper. Doch anstatt des Schlafes kamen die Schmerzen. Ein Pochen, ein Brennen, Ziehen und Reißen an unzähligen Stellen. Mira betrachtete ihre von Splittern übersäten Arme und Hände, untersuchte fahrig ihren Körper auf Verletzungen. Dann entfernte sie die meisten der Holzsplitter, bis ein Schmerz an ihrer Wade alles andere überdeckte. Ein fingerlanger Metallsplitter steckte in ihrem Bein.

»Oh Göttin …«, flüsterte sie weinend. Mira schob sich einen abgebrochenen Ast zwischen die Zähne, biss darauf und versuchte sich das Stück herauszuziehen, bekam es aber nicht zu fassen. Stecken bleiben durfte es nicht. Es musste raus. Sofort. Mit ihrem Kleid umwickelte sie den Splitter und zog ihn heraus, wodurch das Blut aus dem entstandenen Schnitt sickerte.

Ich werde verbluten. Mira starrte apathisch das sickernde Rot an.

Als Kind hatte sie Verletzungen gemeistert. Alleine, ohne Freunde. Im Wald auf der Lichtung. Zu Hause im Garten. Bis Magdalena ihr alles abnahm. »*Das kannst du doch nicht*«, klang die Stimme ihrer Mutter in ihrem Kopf. »*Du kannst das nicht! Du kannst gar nichts! NICHTS!*«

Nein, dachte Mira. *Ich verblute nicht.* Sie schniefte. Wie mechanisch riss sie am Saum des Kleides und legte ihn sich als Verband um die Wunde. Dann umnebelte die Ohnmacht ihren Geist.

Ein einziges Mal wachte Mira auf. Der Abend war mild. Während die Nacht hereinbrach, zollten Müdigkeit, Anstrengungen und der Schock ihren Tribut. Erneut versank sie in einen traumlosen Schlaf.

Mira erwachte durch das Zittern ihres eigenen Körpers. Es war die Kälte, vermischt mit einem Schmerz, die ihren Leib durchzog und schwächte, die sie nicht mehr an Schlaf denken ließ. Das zarte Licht des Tages focht seinen ewigen Kampf gegen die Nacht aus und vertrieb unaufhaltsam die Dunkelheit. Trotz ihres Hungers hatte Mira keinen Appetit. Eine Weile lauschte sie den Geräuschen eines zögernd erwachenden Waldes. Nichts deutete auf den Kampf vom Vortag hin.

Mira wischte sich mit dem Handrücken über die Nase. Sofort verzog sich ihr Gesicht zu einer schmerzerfüllten Grimasse. Ein paar Splitter schienen sich noch in ihrer Hand zu befinden, denn ihr Handgelenk schwoll an.

Was geschah nun? Wo sollte es hingehen? Sie wusste es nicht.

Als genügend Licht durch die dichten Baumkronen drang, quälte sich Mira hoch. Sie hielt einen Moment die Augen geschlossen, unterdrückte die aufsteigenden Tränen und lauschte. Nichts.

Sollte sie ihr zerrissenes Kleid in eine nützliche Form bringen? Nach kurzer Überlegung, es bis zu ihren Knien abzureißen, entschloss sie sich, die Enden um den Bauch zu binden. Jeder kleinste Fetzen Stoff spendete ihr in der Nacht Wärme. Ohne ernsthaft daran zu glauben, inspizierte sie ihren Körper erneut. Am Ellenbogen klaffte ein Loch im Ärmel, rötlich gefärbt vom Blut.

Mutlos setzte sich Mira in Bewegung, einen Schritt vor den anderen schlug sie sich durch das Dickicht des Waldes. Wohin würde ihr Weg führen? Weder Geld noch Nahrung befand sich in ihrem Gepäck. Ihr blieb einzig die Kleidung an ihrem Leib. Sie lächelte verbittert. Zum ersten Mal hatte sich ihr Hang ausgezahlt, sich gegen die elterlichen Kleidervorschriften heimlich hinwegzusetzen und eine Hose anzuziehen. Dabei hatten ihre Eltern gesagt: »*Zieh doch ein Kleid an. Wir bekommen noch Besuch ...*«

Wir bekommen noch Besuch. So etwas Verlogenes! Bei diesem Gedanken stieg der Zorn in Mira empor. Tränen der Wut vermischten sich mit Verzweiflung. War es ihren Eltern zu verdenken? Hatte sie wahrhaftig geglaubt, auf dem Elternhof bis ans Ende ihrer Tage wohnen zu dürfen? Zum wiederholten Male vergrub Mira ihr Gesicht in den Händen.

Überzeugt, ein Dorf oder einen anderen Ort zum Bleiben zu finden, zwang sie sich, weiterzugehen. Es galt, eine Arbeit zu suchen, Geld für Essen zu verdienen. Sie verharrte. Dies war ein Wald. Wo, bitte schön, sollten hier Menschen leben? Sie schob die Bedenken beiseite und setzte ihren Weg fort. Augenblicklich krochen die Gedanken zurück in ihren Kopf.

Es gab Siedlungen in Wäldern ...
Und wenn nicht?
Was, wenn nicht?

Mira lief den gesamten und auch den nächsten Tag durch die Wildnis, doch da war kein Dorf. Nicht einmal eine Straße fand sie. Mal taumelnd, mal schwankend irrte sie umher. Der Herbst hatte Einzug gehalten und die Sonne ließ sich selten blicken. Die Welt versank in einem unwirklichen Grauviolett. Die Nächte fühlten sich eisig an. Ein feiner Nieselregen weckte Mira bereits nach ein paar Stunden. Sie schlotterte vor Kälte, aber so würde sie zumindest nicht verdursten.

Bis zum Mittag blieb sie im Regen sitzen, danach waren ihre Hände und Beine dermaßen taub vor Kälte, dass sie sich bewegen musste, wollte sie nicht erfrieren. Das Brennen ihrer Wade hatte wenigstens nachgelassen. Planlos schleppte sie sich vorwärts. Ohne Ziel, immer weiter. Hinzu kamen die allgegenwärtigen Gedankenspiralen. An ihr Zuhause und an ihre unsichere Zukunft.

Mira hielt sich nicht für sonderlich schlau. Sie kam zwar in ihrem Leben zurecht, aber um in der Wildnis zu überleben, fehlte ihr definitiv das Wissen. Sie konnte ein paar Pilzarten zwischen ungenießbar, giftig und für den Verzehr geeignet unterscheiden, das war alles. Sie war kein Überlebenskünstler. Ein Überlebenskünstler hätte sicherlich damit begonnen, einen Unterschlupf zu bauen. Er hätte aus einem Steinsplitter ein urzeitliches Messer gefertigt, hätte ein paar Fallen gebastelt, um zusätzliche Nahrung zu den gefundenen Waldfrüchten und Insekten zu haben. Ganz zu schweigen vom sofort angelegten, wohlgemerkt trockenen, Holzvorrat für die zuvor ausgehobene Feuerstelle. Ein Überlebenskünstler hätte sich so ein neues Heim geschaffen und ein warmes, schmackhaftes Mahl aus Käfern, Kräutern und Früchten zubereitet.

Nur war Mira kein Überlebenskünstler. Sie besaß weder die Geschicklichkeit eines Fallenstellers noch den Instinkt eines Jägers. Sie wusste nicht einmal, ob sie ein Tier töten könnte, wenn es aus großen Augen zu ihr aufschaute. Das Zubereiten war kein Problem. Oft genug wurde gemeinsam gekocht, wenn ihr Vater nach erfolgreicher Jagd … Ihre Eltern …

Verkauft! Sie haben mich tatsächlich verkauft!

Wut stieg in Mira hoch. Sie konnte sich nicht gegen diese Gefühle wehren. Diese Wut tat ihr gut. Diese Wut trieb sie an, weiterzugehen.

Ein paar Walderdbeeren bis zum Abend dienten als einzige Speise. Die Abenddämmerung setzte ein. An Schlaf war auch in dieser dritten Nacht nicht zu denken. Durchnässt und hungrig kauerte Mira mit angezogenen Knien an einem Baum, die Arme um die Beine geschlungen. Sie erwachte jedes Mal durch ihr eigenes Zittern, auch wenn ihre Augen immer wieder zufielen. Alles in ihr verwandelte sich in pure Resignation. Als der Morgen graute, blieb sie, sich ihrem

Schicksal ergebend, an dem knorrigen Baumstamm liegen und schlief endlich ein – in der Überzeugung, nie wieder aufzuwachen.

Steh auf ...
Sieh hin!

Ein Raunen.
 Eine Mädchenstimme. Wer war das?
 Mira erwachte. Sie lauschte, quälte sich empor. Stille lag vor ihr. In dem Moment, in dem sie wieder am Baumstamm herabsinken wollte, offenbarte sich ihr ein Buschwerk.
 Brombeeren!
 Mira stürzte sich auf einen mit dicken, schwarzen Brombeeren behangenen Strauch. Die Dornen rissen ihre Finger beim Pflücken der Früchte blutig. Gierig verschlang sie die Beeren, deren köstlicher Geschmack sie alles vergessen ließ.
 Schmerz. Gedanken. Zeit.
 Nichts hatte Bedeutung.
 Als der Busch abgeerntet war, trottete sie weiter.
 Der Tag zeigte sich grau und ein kalter Wind blies über den Baumwipfeln, fand Lücken zwischen dem Blattwerk und kroch an kahlen Stämmen bis ins Dickicht hinunter.
 Miras Gedanken schweiften weit ab. Vermischten sich mit der Realität. Vielleicht sollte sie in die Stadt der Magier gehen, nach Königstadt. Dort könnte sie in den Dienst des Königs treten und vielleicht gab es dort einen schönen Prinzen oder Edelmann mit einer festlich gedeckten Tafel. Jeden Tag zu essen. Vielleicht ... Vielleicht starb sie in diesem Moment oder verlor ihren Verstand. Mira schnappte sich einen Ast und schleuderte ihn schreiend in den Wald hinein. Dann sank sie auf die Knie, atmete schwer. Mehr denn je knurrte ihr Magen. Der Durst quälte sie und ihre Wade brannte wie Feuer.
 Sie rappelte sich hoch. Erneut erschien das Bild eines Prinzen vor ihrem inneren Auge. Er würde ihr die feinsten Speisen servieren. Kuchen in Massen, Puddings und andere

Süßspeisen. Die ausgefallensten Früchte sowie Gemüse aller Art tischte man ihr auf. Feigen, Pflaumen, Kaktusfrüchte aus der gefährlichen, von Drachen bewohnten Wüste würde ihr Prinz für sie holen. Hühnchen, Reh und Wildschwein …

Miras Gedanken ließen sich nicht mehr bändigen. Realität und Traum verschwammen miteinander. Der deftige Geruch gebratenen Fleisches stieg ihr in die Nase. Ihr lief das Wasser im Mund zusammen. Wildschweinbraten!

Samt knuspriger Kruste!

Goldbraun …!

Wie hypnotisiert humpelte Mira vorwärts. Der Duft intensivierte sich, vermischt mit dem Rauch eines Feuers. Es qualmte. Ein versonnenes Lächeln zeichnete sich auf ihrem Gesicht ab. Ein Teil ihres Kopfes glaubte, ein Wahnzustand erzeuge diese Fantastereien. Es ging zu Ende. Sie verlor den Verstand. Lag sie bereits auf dem kalten Waldboden und hauchte ihr Leben aus?

Ein grummelndes Knurren erklang. Mira strich sich über ihren Bauch, während ihr Magen seit zwei Tagen ständig »H-U-N-G-E-R« brüllte. Gleichzeitig bemerkte sie, dass sich ihr Körper immer noch vorwärtsschleppte. Obwohl jegliches Gefühl in ihr verebbt war, starb sie nicht. Noch nicht …

Feuer … Das Dorf brennt …

Mira stockte der Atem. Da *war* Qualm! Keine fünfzig Schritte vor ihr qualmte es hinter einem Gebüsch. Stimmen, die sich unterhielten. Eine davon besaß eine weibliche, helle Klangfarbe. Zu erwachsen, um die Mädchenstimme aus ihrem Traum zu sein?

Sie verlor ihren Verstand. Ganz offenbar.

Ein Musikinstrument ertönte.

Spielen Räuber Flöte? Oder Magier? Wohl kaum. Sie blieb stehen, dachte nach, und der Schluss eines Sprichwortes fiel ihr ein: Böse Menschen haben keine Lieder.

Nur noch zwanzig Schritte. Das Flötenspiel verstummte.

Eine warmherzige Stimme rief: »Herbei, herbei. Wer es auch sei. Ist es ein Wandersmann, so komm er an unser Feuer ran. Doch bist du ein räuberischer Schuft, reiß lieber aus und verduft!«

Gelächter.

Mira schluckte. Ihr Blick wanderte an ihrem Körper herunter. Sie gab ein fürchterliches Bild ab. Schmutzstarrend, die Haare voller Kletten, die Augen rot verheult und in abgerissenen, feuchten Kleidern. Hinzu kamen blutverkrustete Schürfwunden. Aber wenn sie überleben wollte, musste sie hingehen. Ihre Arbeitskraft blieb ihr, auch wenn das nicht viel war.

Mira zuckte zusammen, als sich das Gebüsch vor ihr plötzlich teilte. Ein stattlicher, bunt gekleideter Mann schaute daraus hervor. Seine Gesichtszüge verzerrten sich zu einem erstaunten und zugleich entsetzten Ausdruck. Ein mildes Lächeln erschien auf seinem länglichen, von schwarzen Haaren eingerahmten Gesicht. Seine Sprechweise besaß etwas Beruhigendes, Einnehmendes.

»Oh, wer besucht uns da? Es ist eine holde Maid von zarter Gestalt!« Er vollführte eine vorsichtige, einladende Geste Richtung Lagerplatz und sagte sanft: »Mein Name ist Ruven. Hab keine Angst.«

Hinter dem Mann mit dem Haar wie Kohle fragte die weibliche Stimme: »Oh Tanduriel, Tanduriel. Wer ist's zu später Stund?« Dann kicherte sie.

Ruven antwortete über seine Schulter hinweg: »Es ist eine holde Maid. Ich vermute, sie fürchtet sich.«

»Quatschkopf!«, ertönte es von dort. »Komm wieder ans Feuer.«

»Nein, ungelogen.«

Als er keinerlei Anstalten machte, sich zu regen, entgegnete die Mädchenstimme in gespielt ärgerlichem Tonfall: »Wenn du mich wiederum anflunkerst, Ruven, dann kannst du was erleben!«

Mira stand starr und in gebückter Haltung da, wie von einer Schlange hypnotisiert, unfähig, die Flucht zu ergreifen. Sie hatte die Arme um ihren Oberkörper geschlungen. Neben Ruven erschien eine Frau in Miras Alter. Als sich ihre Blicke trafen, färbte sich das Gesicht des Mädchens aschfahl. Ein unkontrolliertes Zittern durchlief ihren Körper. Es legte sich erst, als der Mann ihre Schulter berührte. Rehbraune Mandelaugen starrten Mira voll Entsetzen an. Die leicht geschwungenen Augenbrauen waren perfekt gestutzt. Doch weder Mitleid noch Abscheu lagen in ihrem wachsamen

Blick. Eher Besorgnis. Ihr Aussehen war demnach viel schlimmer als erwartet.

»Ist sie eine Magierin?«

»Das glaube ich nicht«, sagte der Mann kopfschüttelnd.

»H-hallo«, sagte das Mädchen nun sanft. »Ich bin Rahia. Du brauchst keine Angst zu haben. Bist du überfallen worden?«

Überfallen? Endlich regte sich Mira. Sie wollte etwas sagen, brachte aber lediglich ein Krächzen hervor. Sie räusperte sich. »Mira … mein Name … Mira.« Ihre Stimme war zu brüchig, um gehört zu werden. Das Mädchen schien jedoch zu verstehen.

»Mira. Ein schöner Name.« Rahia näherte sich zaghaft. Sie sah ganz anders aus als die Menschen, die Mira in ihrem Dorf kannte. Ihre Haut war ebenmäßig und hatte die Farbe von geschliffenem Kirschholz, die durch ihr fast schwarzes Haar dunkler wirkte. Ihr Lächeln zeigte Zähne so weiß wie der Schnee auf den Gipfeln des westlichen Gebirges.

Dann hatte Rahia Mira erreicht. Vorsichtig nahm sie Miras Arm und redete in beruhigendem Tonfall: »Du musst frieren. Hunger hast du sicher auch. Komm. Wir sind Gaukler. Wir tun dir nichts. Hier bist du in Sicherheit.«

Irgendetwas in Rahias Stimme vermittelte Mira ein Gefühl von Vertrauen. Sie ließ sich am Handgelenk in Richtung Lagerplatz ziehen. Inmitten einer kreisrunden Lichtung lag eine Feuerstelle, über der ein wohlriechender Braten brutzelte.

Mira stoppte beim Anblick einer dritten Person. Ein wohlbeleibter Mann saß am Feuer und drehte unablässig den Bratenspieß.

»Das ist Unna, unser kleiner Vielfraß. Wir reisen als Gauklertrio durch die Lande.« Rahia lächelte.

Ohne das Fleischstück aus seinen Augen zu lassen, sagte der Mann, der als Unna vorgestellt wurde: »Verzeiht, dass ich meine Aufmerksamkeit vorerst nur dem Gelingen des Bratens widme.« Seine Stimme klang irgendwie verzerrt. »Er ist in der heißen Phase!«, fügte er hinzu. Er zerrte einen Fleischbrocken ab, pustete und steckte ihn schmatzend in seinen Mund, wobei er kurz aufschaute. Wie ein Wolf grinsend nickte er.

Mira meinte, etwas zu hören, und drehte sich um. Auf einmal stand Halfdan neben ihr und leckte sich gierig über seine Lippen. Ihre Mutter lachte schrill.

Sie war verloren.

Einen Moment später wurde Mira schwindelig und ihre Beine gaben nach.

Kyrian starrte gebannt auf die schneeweiße Haut. Das Mädchen stand zehn Schritte entfernt und starrte zurück. Etwas Trauriges aber zugleich Liebevolles lag in ihren Augen. Augenblicklich durchströmte ihn ein Gefühl von Vertrautheit. Sie war nicht gealtert. Kyrian konnte sich keinen Reim darauf machen, warum er diese Magierin mit Zauberkräften in seinen Träumen als Kind sah und nicht in ihrer Gestalt als junge Frau. Sie versuchte, ihm gestikulierend etwas zu sagen. Warum kam kein Ton aus ihrem Mund? Hatte ihre Gefangennahme damit zu tun? Befand sie sich erneut im Gewahrsam der Magier? Er hatte doch ihre Fesseln in der Kutsche gelöst.

Das Mädchen drehte sich unvermittelt um. Sie verblasste. An ihrer Statt erschien ein Gesicht, von Runzeln übersät. Schwarze Augen starrten Kyrian an. Er blickte in eine unendliche Tiefe. Ohne Vorwarnung verschossen die Pupillen glitschige Tentakel auf ihn, umschlangen seinen Leib und drückten jegliche Atemluft aus seinem Körper.

Kein Entkommen …

Schweißgebadet schreckte er hoch.

Er fuhr sich mit der Hand über das Gesicht und strich eine seiner nassen Haarsträhnen zurück. Dann atmete er tief ein und pustete die Luft geräuschvoll heraus.

»Was willst du mir mitteilen«, flüsterte er.

Er hatte diesen greisen Mann niemals zuvor gesehen. Sollte er das sein? Aber diese Fangarme. Es waren dieselben, die sein Schiff zerstört hatten.

Je länger Kyrian nachdachte, desto mehr nahm seine Verwirrung zu. Seine Rache musste warten. Alleine konnte er es sowieso nicht mit allen Magiern aufnehmen. Die Trolle könnten ihm helfen. Und gleich nachdem er die Trolle gefunden hatte, würde er sich auf den Weg machen und diese Magierin suchen. Dann würde sich alles aufklären. Er hoffte nur, dass sie noch lebte.

XXIII

Unter Gauklern

Behaglichkeit. Das Nächste, was Mira spürte, war die Wärme, die ihren Körper fast schmerzvoll durchströmte. Sie öffnete die Augen. In eine Decke gehüllt, saß sie direkt am Feuerplatz. Rahia hockte stützend neben ihr und hielt einen Becher Wasser in der Hand. Sie reichte ihr erst ein paar Tropfen, die sie mit dem Zeigefinger in ihren Mund tropfen ließ. Nach Dutzenden ersten Trinkversuchen für eine fast Verdurstete, riss Mira ihr den Becher aus der Hand und begann gierig zu trinken. Ein Teller folgte mit einer Brotscheibe darauf. Hastig verschlang Mira das angebotene Mahl, was sofort in einem Hustenanfall endete.

»Gemach, gemach. Dein Körper muss sich erst an das Essen gewöhnen.« Rahia holte eine Tonflasche hervor und schenkte eine grünliche Flüssigkeit in einen Miniaturbecher. »Ich weiß nicht, wann du das letzte Mal gegessen hast, aber bevor du vom fettigen Braten isst, solltest du dies hier trinken. Du verdirbst dir sonst den Magen.«

Mira hielt beim Essen inne und wich einige Zentimeter zurück. Misstrauisch beäugte sie Rahia, dann den Becher.

Rahia nippte selbst daran, gurgelte damit und schluckte. »Siehst du: nicht giftig. Es ist ein Kräutertrank, der deinen Magen beruhigen wird. Wir wollen dir nichts Böses.«

»Danke«, murmelte Mira. Das Getränk roch nach Minze, Fenchel und anderen Kräutern, die sie nicht einzuordnen vermochte. In einem Zug schüttete sie den Trank hinunter. Wieder erfasste ein Hustenreflex ihren Körper, da sie eine Schärfe erwartet hatte. Doch ein wohliger Geschmack, gefolgt von einer inneren Wärme, breitete sich in ihr aus.

»Wie lange sie wohl im Wald umhergeirrt ist«, hörte Mira das Mädchen zu dem Mann im bunten Gewand raunen.

Die Schultern des Mannes zuckten.

Mit jedem Bissen, den Mira herunterschlang, wuchs die unendliche Erschöpfung in ihren Gliedern. Auf einmal war ihr alles egal. Sie hatte nichts zu verlieren, war der

Barmherzigkeit dieser Menschen ausgeliefert. Als ihre Augen zufielen, erschreckte sie sich.

Das Mädchen hielt ihr eine zweite Decke hin. Sie sagte etwas, doch Mira bekam es nicht mehr mit. Die Welt versank in vollkommener Schwärze.

Als Mira am nächsten Tag erwachte, stand die Sonne hoch am Himmel. Verstohlen schaute sie sich um. Das Lagerfeuer sandte ihr eine angenehme Wärme, die in einer Woge ihren Körper erschauern ließ. Das Mädchen, dessen Namen sie bereits wieder vergessen hatte, saß neben ihr und erhitzte Wasser in zwei Kesseln.

»Guten Morgen. Du wirst dich sicherlich waschen wollen«, sagte sie.

Mira nickte stumpf. Ihre Wade brannte, ihr Leib fühlte sich schrecklich an. Zumindest fror sie nicht mehr.

Diese drei Menschen waren gar nicht so seltsam anzuschauen. Mira hatte sich keinen der Namen merken können. Der dicke Mann trug ein hellblaues Obergewand, dazu eine graue schlichte Wollhose. Die Gewänder des schlaksigen Mannes waren in Erdtönen gehalten: braune Tunika, hellbraune Wildlederhose und Stulpenstiefel. Auf einer Decke lagen Musikinstrumente ausgebreitet, die er akribisch mit einem Tuch reinigte. Neben ihm ruhte ein Spazierstock, obwohl er für eine Gehhilfe viel zu jung und beweglich aussah.

Mira liebte Musik, Gaukler und Artisten. Ein einziges Mal hatte das fahrende Volk ihr Dorf besucht, doch bevor es zu einem Auftritt kam, waren sie vom Bürgermeister verjagt worden. In Birkenbach lebten anständig arbeitende und ehrbare Bauern, die nicht durch derartiges Theater von ihrem Tun abzuhalten seien, hatte er gesagt. Mira war sich sicher, dass der eine oder andere in ihrem Heimatort die Aufführung gerne gesehen hätte. Aber so reisten die Gaukelspieler noch am gleichen Tag weiter. Dieser kurze Einblick hatte ihr jedoch genügt. Es war faszinierend, wie diese Leute aus Sackpfeifen, Flöten und Lauten solche wunderschönen

Melodien zauberten. Am darauffolgenden Morgen hatte Mira von einem Nachbarjungen eine Holzflöte gegen eine Schinkenkeule eingetauscht. Ein unfairer Handel, doch sie wollte diese Flöte unbedingt besitzen. Es gab einen gewaltigen Ärger wegen des Schinkens. Seitdem hielt Mira das geschnitzte Musikinstrument unter ihrem Kopfkissen versteckt. Darauf spielen konnte sie nicht. Gewiss hatte ihre Mutter sie beim Aufräumen längst entdeckt. Ihre ... Mira bekämpfte die aufkommenden Tränen mit Trotz. *Recht so, wenn Mutter sich über den Ungehorsam ihrer Tochter ärgert.*

Ihr Augenmerk wanderte zu der Dunkelhäutigen. Sie gefiel ihr auf Anhieb, denn sie trug ebenfalls Hosen aus Leder und ein dunkelrotes Rüschenhemd. Das Mädchen schien ihren Blick zu bemerken. »Hast du Hunger? Mira ist dein Name, nicht wahr?«

Mira zuckte zusammen. Das Mädchen hielt ihr eine Holzschale hin, auf der ein saftiges Stück von rotbraun gegrilltem Fleisch lag, daneben eine ebenso dicke Scheibe Brot. Mira schüttelte den Kopf.

»Du wirst etwas essen«, bestimmte das Mädchen und lächelte entwaffnend. Erneut bestaunte Mira ihre Schönheit. Diese ebenmäßigen Züge, diese braungebrannte Haut ...

Da sie sich nicht entsinnen konnte, wie die Dunkelhäutige hieß, war es ihr unangenehm, sie danach zu fragen. Von einem Seufzen begleitet, nahm sie den Teller entgegen.

Das Mädchen lächelte weiterhin und stellte ihr einen gefüllten Tonbecher hin. »Wasser«, sagte sie.

Der Bratenduft stieg Mira in die Nase und sie schlang ihr Stück Fleisch hinunter, während das Mädchen Holz nachlegte.

»Wenn du nicht darüber reden willst, brauchst du es nicht. Ich werde nicht weiter fragen. Aber du sollst wissen, wenn dir danach zumute ist: Ich bin eine gute Zuhörerin.«

»Danke ...« Mira zögerte.

»Rahia. Mein Name ist Rahia«, beantwortete das Mädchen Miras unausgesprochene Frage.

»Tut mir leid ..., ich muss bestimmt noch ein paar Mal nachfragen.« Sie rang sich ein Lächeln ab.

»Ist nicht schlimm. Du kannst heute Nacht bei mir

schlafen. Es sind genug Decken da. Wir reisen erst morgen weiter. Aber vorher solltest du dich waschen. Ich erhitze bereits das Wasser.«

Jetzt bemerkte Mira wieder ihren verdreckten Körper. Welche Verletzungen würden zum Vorschein kommen? Mira hatte sich selbst im Wald nur flüchtig untersucht. Wo konnte man hier baden? Sie traute sich nicht zu fragen und nickte stumm.

Rahia half ihr beim Aufstehen und brachte sie zu einem rechteckigen Kutschwagen, der ein Stück abseits der Feuerstelle stand. Vielleicht befand sich ja in diesem Wagen ein Bad? Er war ihr am Vorabend nicht aufgefallen. Genauso wenig wie der *Moropus*, der friedlich neben der Kutsche graste. Mira kannte diese Zugtiere aus ihrem Dorf. Vom Körperbau einem Bären gleich, mit vier krallenbewährten muskulösen Beinen, ähnelte sein Kopf auch dem eines Pferdes. Sie konnten die schwersten Lasten ziehen und waren extrem ausdauernd.

Auf der Rückseite des Wagens hatte jemand einen Bereich mit Tüchern abgehängt. Dahinter verbarg sich ein winziger Waschzuber.

Mira schaute Rahia mit großen Augen an. Dieses Mädchen erwartete doch nicht etwa von ihr, dass sie sich hier vor ihr entblößte?

Rahia goss heißes Wasser in den Minizuber.

»Soll ich dir helfen?« Als sie Miras erstauntes Gesicht sah, fügte sie hinzu: »Es ist gewöhnungsbedürftig, aber man bekommt es auch alleine hin. Hier hängt eine Bürste für deinen Rücken. Ich warte draußen.« Damit schlüpfte sie durch den Vorhang. »Ruf einfach, wenn du etwas brauchst«, erklang es von außerhalb.

Mira entkleidete sich, wobei ihr Kleid vollends zerriss.

»Kein Problem«, ertönte es von außerhalb der Absperrung. »Ich besitze auch Nadel und Faden. Soll ich dir nicht lieber helfen?«

»Nein, nein, es geht schon«, antwortete Mira, doch als sie ihre Hose auszog und dabei ihre Wade berührte, brach sie von einem Schmerzenslaut begleitet zusammen. Tränen rannen ihre Wangen hinab. Einen Augenblick darauf stand Rahia neben ihr und sog scharf die Luft ein.

»Zeig her. Ich bin in der Kunst des Heilens bewandert. Hat man dir Gewalt angetan? Hat man dich …«

»Nein«, entgegnete Mira heftiger als gewollt. Sie erschrak vor sich selbst. »Es … es tut mir leid. Ich …« Ihre Stimme versagte.

»Das braucht es nicht«, antwortete Rahia leise.

Mira betrachtete nun ebenfalls die dunkelblauen Verfärbungen an der Hüfte, dort, wo Halfdans Fausthieb sie getroffen hatte. Mit der Erinnerung quollen erneut Tränen aus ihren Augen, ohne dass sie sich dagegen wehren konnte. Rahia nahm Mira sanft in den Arm und wiegte sie wie einen Säugling.

»Ist schon gut. Alles ist gut.«

Nichts ist gut. Mira war sich nicht sicher, was besser war: keine Eltern zu haben oder von den eigenen Eltern nicht geliebt und verkauft zu werden. Eine wahre Tränenflut löste sich, als sie ihren Kopf an Rahias Schulter vergrub.

»Es ist gut. Lass alles raus«, säuselte eine beruhigende Stimme.

Mehrere Stundenkerzen später war Mira gewaschen, frisch eingekleidet und ihre Wade mit einem Verband umwickelt. Rahia hatte ihr ein passendes Obergewand aus grober Wolle gegeben.

Jetzt betrachtete das dunkelhäutige Mädchen den Stofffetzen, der einmal Miras Festkleid darstellte. »Die Hose kann man waschen, aber ich befürchte, das Kleid ist nicht mehr zu retten. Vielleicht können wir die Borte oder die Bestickung noch verwenden.«

»Verbrenn es«, murmelte Mira. Als Rahia nicht reagierte, riss sie ihr das Kleid aus den Händen und warf es auf das Lagerfeuer. Dann setzte sie sich hin, zog die Knie an ihren Körper und starrte apathisch in die Flammen.

Verkauft. Allmählich gewann die Wut die Oberhand.

Rahia stieß einen Seufzer aus und entfernte sich. Irgendwann erschien sie wieder. »Willst du dir meinen Wohnwagen anschauen?«

Mira schüttelte ihren Kopf, ließ sich aber dennoch sanft hochziehen. *Warum nicht.* Im Moment verspürte sie keinerlei Lust, alleine zu sein. Die Reise verlief so oder so mit diesen Leuten bis zum nächsten Ort. Sie betrachtete Rahias wohlgeformten Körper, ihren kräftigen und zugleich schlanken Rücken. Das Mädchen vermittelte ihr merkwürdigerweise Kraft. Anders konnte Mira ihr Gefühl nicht beschreiben. Rahia strahlte Stärke aus und pure Freude. Als könne die Welt einstürzen, ohne dass es sie erschütterte.

Als die beiden den Wagen erreichten, trat Mira zuerst ein. »Wow«, entfuhr es ihr. »Das … ist … unglaublich.«

Im Innenraum der Kutsche war es eng, aber gemütlich. Ein längliches Oberlicht erhellte den Raum, dessen Einrichtung aus dunkel gemasertem Holz bestand. Die komplette Stirnseite nahm ein durch dunkelrote Wollvorhänge abtrennbares Bett ein. Darüber lag ein Fenster, durch das ebenfalls Licht fiel, solange niemand auf dem Kutschbock davor saß. Zwei lederbezogene Sitzbänke standen neben sowie gegenüber von einem mit Schnörkeln reich versehenen Schminktisch. Sämtliche Verzierungen waren in roten, grünen und gelben Farbtönen bemalt. Eine wahre, farbenfrohe Augenweide.

Noch mehr erregte ein massiv aussehender Metallkasten in der Größe einer Kleidertruhe Miras Aufmerksamkeit. Ein Teekessel stand darauf. Steinplatten sicherten die Wände um dieses Ding herum und es … strahlte Wärme ab. Schwach, aber durchaus spürbar. Mira hatte nie zuvor etwas Ähnliches gesehen. Geschah das mit Hilfe von Magie?

»Es … es ist wunderschön«, stammelte sie, ohne das Metallding aus den Augen zu lassen.

»Danke. Willkommen in meinem bescheidenen Reich. Unna und Ruven schlafen meistens draußen. Nur wenn es regnet oder zu kalt ist, nutzen sie die Bänke. Hier sind unsere Kostüme und der ganze Krempel für unsere Aufführungen untergebracht … na ja, das hier ist unser Leben«, erklärte Rahia schwärmerisch. »Ach ja, pass auf den Ofen auf. Jetzt im Herbst heizen wir oft.«

»Ein … Ofen?«

»Äh … ja.« Rahia schaute sie entgeistert an. »Ein Reiseofen. Wir haben ihn witzigerweise aus Feuerland. In der

Wüstengegend fertigen sie die besten Gegenstände aus Eisen. Ein Fürst hat ihn uns als Lohn für eine harte Woche der Aufführungen geschenkt.« Rahia strahlte vor Stolz. Sie zog unter der gegenüberliegenden Bank eine Kiste hervor, in der Holz und Kohle lagen. Dann nahm sie den Teekessel fort, öffnete mit einem Schürhaken einen runden Deckel und ließ die Stücke durch die Öffnung fallen.

Mira streckte die Hände vor den Ofen. Sofort stieg die Wärme auf. Sie lächelte verzückt und klatschte in die Hände.

»Schau dich ruhig um. Wir können uns das Bett teilen.«

»Ich kann auch draußen schlafen«, sagte Mira.

»Quatsch. Du brauchst wirklich keine Angst zu haben.« Rahia kramte in einer Kiste ein Nachthemd hervor. »Du kannst meins anziehen.«

»Aber du hast mir schon so viel gegeben.«

»Keine Widerrede. Wenn es eines ist, was ich im Überfluss habe, dann Kleidung.« Rahia lachte.

Mira kamen erneut die Tränen. Sie wollte nicht weinen, doch sie konnte sich nicht dagegen wehren. Sie war noch nicht bereit, sich diesem Mädchen anzuvertrauen. Andererseits wuchs das Gefühl, innerlich zu platzen. Kurz darauf war dieser Moment gekommen, und die Worte sprudelten nur so aus ihrem Mund hervor.

Mira zitterte, als sie im Bett lag. Die Kälte der Vortage ließ sich doch nicht so leicht vertreiben. Hinzu kam die Einsamkeit. Vor Müdigkeit fielen ihr ständig die Augen zu, obgleich sich der Schlaf nicht einstellte. Es war eher ein Dämmerzustand. Erschrocken riss sie die Augen auf, als Rahia den Raum betrat und zu ihr unter die Decke kroch. Sie bemerkte, wie das Mädchen sich hinter ihr anschmiegte.

Was geschieht hier? Miras Geist wehrte sich in einer Welle der Angst. Scham stieg in ihr auf.

Doch Rahia tat nichts, außer ihren Körper zu umarmen. Das Gefühl der Angst verebbte. Stattdessen trat ein anderes hervor. Es war fast schmerzhaft, ein lange vermisstes Gefühl, wenn sie es überhaupt je gekannt hatte. Geborgenheit.

Mira ließ es geschehen. Eine Woge der Wärme durchströmte ihren Leib. Mit der Wärme kam der Schlaf. Sie fiel und schwebte zugleich, spürte den sanften Kuss der Dunkelheit. Ganz allmählich betrat sie den äußersten Kreis im Reich des Vergessens.

Rahia hielt das blasse Mädchen mit den Armen umschlungen. Sie bekam eine zweite Chance, die sie unter keinen Umständen vermasseln würde. Vielleicht konnte sie dadurch Frieden mit sich schließen.

Nachdem Mira eingeschlafen war, stand Rahia wieder auf. Sie hüllte sich in eine Decke, legte ein Kohlestück in den Ofen, dann trat sie in die Nacht hinaus.

Unna und Ruven gingen gerade zum gemütlichen Teil des Abends über, als Rahia sich setzte. Die beiden saßen schwatzend am Feuer und genossen das süffige Getränk aus einem kleinen Fass. Unaufgefordert hielt sie ihren Krug in Unnas Richtung, der diesen sogleich mit der schäumenden Flüssigkeit füllte.

»Mira schläft.« Nachdem Rahia einen kräftigen Schluck genommen hatte, folgte ein anerkennendes Nicken. »Das tut gut!«, sagte sie mit einem Seufzer.

»Und?«, fragte Ruven. »Hat sie gesagt, was passiert ist?«

»Das Mädchen hat einiges durchgemacht. Kurz aber heftig würde ich sagen. Zum Glück hat man ihr keine Gewalt angetan. Ihre Wade sieht schlimm aus, anscheinend von einem Splitter. Nur durfte ich die Verletzung nicht genauer untersuchen.« Rahia trank einen zweiten Schluck, ehe sie fortfuhr. »Ich vermute aber, die Wunde entzündet sich. Wer weiß, wie lange Mira durch die Wälder geirrt ist. Zumindest ist ihr Körper immer noch völlig unterkühlt.«

»Hat diese Mira etwas auf dem Kerbholz? Bekommen wir wegen ihr irgendwo Ärger?«, fragte Unna geradeheraus.

»Puh ... äh ... schwer zu sagen«, druckste Rahia herum. »Sagen wir mal so: Sie ist mit Magiern in Berührung gekommen. So wie es sich anhörte, waren es wohl eine Menge Magier. Es ... gab einen Kampf.«

Unna schlug die Hände über dem Kopf zusammen.
»Mehr hat sie nicht erzählt. Sie ist danach geflohen.«
Ruven räusperte sich und unterbrach die eingetretene Stille. »Was meinst du, Rahia?«
»Wir nehmen Mira mit. In der nächsten Stadt kann sie immer noch ihrer eigenen Wege gehen.« Rahia grinste. »Außerdem bin ich dann nicht so alleine.«
Ruven grinste ebenfalls, tat aber pikiert. »Genügen wir dir nicht mehr?«
»Ihr seid Männer.«
Unna blieb ernst, wobei er den Kopf schüttelte. »Ich bin dagegen. Zu gefährlich. Wenn sie nun gesucht wird? Wir verlieren womöglich ihretwegen unseren Freibrief.«
»Dann haben wir sie eben nie zuvor gesehen. Sie hatte einfach denselben Weg in die Stadt wie wir. Außerdem, du bist doch der Redner von uns.«
Unna funkelte Rahia an. »Nee ... da hab ich aber ein Problem mit.«
Ruven räusperte sich. Rahia wusste, wenn es Probleme gäbe, wäre er der Erste, der diese zu lösen vermochte. Meist auf unkonventionelle Art.
»Wir stimmen ab, wer ist dafür, dass Mira mitkommt?«
Rahia und Ruven hoben die Hand.
»Das war ja klar«, sagte Unna beleidigt.
»Mehrheitsentscheid! Problem gelöst?« Ruven stieß seinen Becher gegen Unnas und Rahias Gefäß. Dann trank er und starrte gelangweilt ins Feuer. Als er die Blicke der beiden auf sich spürte, zuckte er mit den Schultern. »Haben wir bisher immer so gemacht.«
Rahia grinste nur und Unna verdrehte die Augen. »Problem gelöst«, brummte er.

XXIV
Aufgenommen

Dunkelheit erschwerte Kyrians Weg durch den Wald in Richtung Westen. Er hatte eine weite Strecke fliegend zurückgelegt, doch inzwischen waren seine Zauberkräfte nahezu erschöpft. Gestaltwandlungen kosteten sehr viel Energie. Er konnte sich nicht mehr konzentrieren. Bei seinem letzten Flug war das Gebirge am Horizont zum Greifen nah erschienen. In der Hoffnung, ausreichend Abstand zwischen sich und diese Magier gebracht zu haben, rastete er.

Er musste lediglich die Trolle finden. Aber würden sie ihm helfen? Er hoffte es. Er vertraute auf einen uralten Schwur, den das Trollvolk vor mehr als eintausend Jahren geleistet hatte. Kyrian schüttelte seinen Kopf. Was hatte er sich nur bei dieser ganzen Sache gedacht? Seine einzige Hoffnung beruhte auf einer Sage, und er war sich nicht sicher, ob das Volk der Trolle überhaupt existierte.

Die Zeit heilt alle Wunden, so heißt es. Mira benötigte noch eine Weile. Gedanken wälzten sich schwerfällig durch ihren Geist, während sie in einem weichen Bett lag. Dieses Mädchen Rahia war nicht da. Was hatte sie gestern alles offenbart? Sie erinnerte sich nicht richtig daran. Die Lichtung im Wald, die Magier, der Überfall. Nein, ihr war nichts weiter passiert. Dann der Verkauf, ihre eigenen Eltern. Die Tatsache, dass ihr vermeintlicher Ehemann ein Sklavenhändler war, verschlimmerte ihren Gemütszustand immens. War diese Tatsache ihren Eltern bewusst gewesen, als sie sie verkauften? War Mira ihnen so egal, oder trug letztendlich sie die Schuld an allem? Hätte sie es voraussahen können, sogar *müssen*?

Vor dem Wohnwagen erklangen Stimmen.

Mira richtete sich schwerfällig auf. Sie fühlte sich schlapp, ihr war schwindelig und unendlich heiß. Dieser Metallofen heizte wahnsinnig ein.

Sie schlüpfte in die von Rahia bereitgelegten Kleidungsstücke und humpelte nach draußen. Hinter dem Außenvorhang stand eine Waschschüssel, daneben ein gefüllter Eimer. Nachdem Mira ihre Morgenwäsche beendet hatte, rückte sie ihre Tunika zurecht und ging zum Lagerfeuer. Unna schnitzte an einem löffelähnlichen Stück Holz, während Ruven einen Rucksack inspizierte. Rußgeschwärzte Fackeln ragten daraus hervor. Die beiden grüßten freundlich.

Rahia begann ein Gespräch. »Guten Morgen. Konntest du gut schlafen?«

»Ja, aber dieser Ofen ist unglaublich. Du brauchst wegen mir nicht einzuheizen.«

Rahia verzog den Mund. »Der Ofen? Der müsste längst erkaltet sein.«

»Ich mein ja nur.« Mira wischte sich verstohlen über die Stirn. Obwohl Wolken den Himmel bedeckten, empfand sie die Temperatur angenehm, fast zu warm.

»Tagsüber heize ich nicht. Das verbraucht zu viel Kohle. Willst du gleich frühstücken? Die anderen sind leider schon fertig, ich hoffe, das macht nichts. Ich leiste dir Gesellschaft.«

»Ich habe keinen Hunger. Außerdem … kann ich euch gar nichts geben«, druckste Mira herum. »Ich könnte euch höchstens …« Sie zuckte mit den Schultern. »… bei irgendwas helfen.«

Ruven erhob sich. »Ein gutes Stichwort. Wir haben uns gestern etwas ausgedacht. Wir könnten eine helfende Hand gebrauchen. Jemanden, der während der Aufführung den Hut rumgehen lässt. Wir reisen erst in ein paar Tagen zu einer Ortschaft namens *Großmist*. Dort führen wir unser Winterprogramm auf.«

Mira blickte misstrauisch zu Rahia, doch Ruven kam ihr zuvor. »Rahia hat nichts erzählt. Wir wissen daher nicht genau, was dir widerfahren ist. Wir nehmen dich nicht aus Mitleid mit, sondern akzeptieren dich unvoreingenommen.«

»Ich weiß nicht.« Tief in ihrem Inneren hatte sich Mira bereits entschieden. Was hätte sie auch anderes machen sollen? Alles war besser, als zurück nach Hause zu gehen.

Nach Hause ... sie hatte kein Zuhause mehr, und sie hatte keine Eltern mehr! Eine Rückkehr gab es nicht!

»Komm mit uns«, sagte Rahia beschwörend. »Was hast du zu verlieren?«

Mira zwang sich zu einem Lächeln und bemerkte, dass es ihr gar nicht schwerfiel. »Gut ... ich bleibe bei euch.«

Rahia klatschte begeistert in die Hände. »Sehr gut! Sehr gut!«

»Aber ich will niemandem zur Last fallen«, fügte Mira rasch hinzu.

Ruven winkte ab. »Ach hör auf. Wir sagen schon, wenn uns was nicht passt.«

»Genau.« Theatralisch und mit weit ausholenden Gesten rief Unna in den grauen Himmel: »Ein hungriges Maul mehr! Ich hoffe nur, wir werden nicht verhuuuungern!« Dann sank er auf die Knie und verbarg sein Gesicht in seinen Händen, lugte aber grinsend zwischen seinen Finger hindurch.

Rahia knuffte Unna: »Es wird schon noch genug für dich übrig bleiben, du Vielfraß!«

Die Gaukler lachten und dieses Lachen steckte Mira an. Das erste Mal in ihrem Leben fühlte sie sich bei wildfremden Menschen wohl.

Verstohlen wischte sie sich den Schweiß von der Stirn.

XXV

Trollfurt

Als Kyrian endlich das Bergmassiv erreichte, war er todmüde. Er fühlte sich schlecht, sein Körper war ausgezehrt, seine Kleidung zerschlissen. Ein Bart zierte sein Gesicht. Er mied die Dörfer, weil er nicht sicher sein konnte, ob sie Magier beherbergten. Von den zwei abgelegenen Gehöften, die er entdeckte, umrundete er eins weitläufig. Bei dem zweiten Hof drang er in die Speisekammer ein und stahl, was in seine Taschen passte. Bevor der Diebstahl bemerkt wurde, war er in den Bergen verschwunden. Das wolkenreiche Wetter erwies sich als Vorteil. Kyrian erzeugte zusätzlich einen weitflächigen Nebel, der seine Flucht verschleierte.

Er blickte noch einmal auf das Land zurück, ehe er in die zerklüfteten Felsspalten eintauchte. Kalt und grau lag der Süden vor ihm. Alles erschien düster.

Kyrian hielt die Nase in den Wind. Die kühle Luft roch nach Schnee, genauso wie es in seiner Heimat immer gerochen hatte, wenn er als kleiner Junge hinauslief. Traurigkeit erfüllte ihn. Scheinbar war diese Welt doch nicht so anders als seine Heimat. Nein! Dieses Land verdiente es unterzugehen. Dafür würde er sorgen, und die Trolle würden ihr Übriges tun. Mit ihnen konnte er diese Welt erobern und dann würde auch sein Vater endlich stolz auf ihn sein.

Kyrian trat in die Dunkelheit. Der üble Gestank der Trolle verursachte einen pelzigen Belag auf seiner Zunge, so dass er sich seinen Umhang vor Mund und Nase zog. Derart übel hatte er es sich nicht vorgestellt.

Der Lichtstrahl, der seinen Handflächen entsprang, ließ Stein und Geröll in der Finsternis auftauchen. Kyrian zuckte zusammen, als er das erste Trollgesicht erblickte. Für den Bruchteil eines Wimpernschlags lugte es hinter einem Felsen hervor, um gleich darauf wieder zu verschwinden. Er hoffte inständig, dass die Trolle ihn nicht für einen Magier hielten.

Endlich erreichte er eine Höhle. In der Höhle erkannte er mehrere Öffnungen zu weiteren Gängen.

Welchen Gang sollte er beschreiten? Welcher war der Richtige? Gab es überhaupt ein Falsch oder Richtig?

Kyrian fuhr sich mit der Hand über sein Gesicht. Was tat er hier eigentlich? Eine einzige Fehleinschätzung seiner Zauberkräfte und er würde sich für immer in den Tiefen dieses Höhlenlabyrinths verlieren.

Er seufzte. *Keine Zeit vergeuden.*

Er roch und versuchte zu ergründen, ob er aus einer der Öffnungen einen Lufthauch spürte, doch nichts dergleichen war der Fall. Alle Gänge stanken gleich.

Einem Impuls folgend, blickte er zur Decke. Dort klaffte ein Loch in der Größe, dass vier Menschen gleichzeitig hindurchgepasst hätten. War das der Eingang in ihr Reich oder nutzten sie einen anderen Weg? Wie bewerkstelligten die Trolle das Hindurchklettern? Kyrian schnaubte verächtlich. Für ihn stellte der Zugang kein Problem dar. Er konzentrierte sich und schwebte empor.

Der Gang führte geradeaus, ging diverse Male bergauf, bergab und endete in einer Höhle von gigantischem Ausmaß. In seiner Nähe tropfte Wasser in eine Pfütze.

Er zog eine Grimasse, während er die Umgebung mit seiner Hand beleuchtete. Eine kohlrabenschwarze glitzernde Ebene erstreckte sich vor ihm.

Der Durchgang wird hoffentlich nicht in diesem Gewässer liegen, schoss es durch seinen Kopf.

Er leuchtete in den See hinein. Außer einer undurchdringlichen Schwärze erkannte er absolut nichts. Wenigstens war der Gestank nicht mehr so beißend.

Kyrian brummte. Es musste einen anderen Weg geben, als in die kalten Fluten zu steigen.

Ein Geräusch ließ ihn herumfahren. Mit einem unterdrückten Schrei prallte er zurück, als sich drei Trolle aus dem Schatten einiger Stalagmiten schälten.

Die imposanten Wesen waren dermaßen verschmutzt, als hätten sie zuvor den halben Berg umgegraben. Ihre Haut schimmerte wie Granit, ihre Haare hingen in wilden Zotteln von ihren gewaltigen Schädeln herab. Felle und Leder umhüllten ihre Körper, als wären es zerschlissene Lappen. Die Keulen, die sie bei sich trugen, wirkten wie Spielzeuge in ihren Pranken.

Die Trolle funkelten Kyrian an, waren sich jedoch offenbar unschlüssig, was sie tun sollten.

Kyrian beeilte sich, etwas zu sagen: »Freund. Ich Freund. Urrtlin Aurr.« Er wusste nicht, ob er die Worte, die er in den vergilbten Büchern seiner Welt gelesen hatte, richtig aussprach, aber die Trolle schienen ihn zu verstehen. Knurrende abgehackte Laute entrannen ihren Kehlen. Lachten sie etwa? Eine Antwort folgte, doch Kyrian verstand keine einzige Silbe. Bis zu dem Zeitpunkt, zu dem der Troll »Harr Pruschtrag basten? Maglor!« knurrte.

Maglor, das Wort für Magier, war Kyrian im Gedächtnis geblieben.

»Nein. Nix Maglor. Ich ... *Zauberer*. Zarpudras!«

Die Trolle hielten inne und blickten sich an. Einer stupste Kyrian mit einem astähnlichen Stock an und animierte ihn zu einer weiteren Erklärung. »Ich friedlich. Komme in Frieden.« Mehr zu sich selbst murmelte er: »Hätte ich jetzt bloß ein Buch ... verdammt.«

»Buch?«, fragte ein anderer. »Was Buch.«

Kyrian horchte auf. »Ein Buch ... Es ist ... vernichtet worden. Als ich ... kurz vor der Küste eurer Welt.«

»Titel!«

»*Der Köhler und der Wald* von ...«

»Ein Märchen von Arnd Gablung. Ein langweiliger Schinken. Oh ...«, raunte der Troll seinem Nebenmann zu. Ertappt erstarrte er und versuchte wieder grimmig zu blicken, was ihm jedoch misslang.

Kyrian runzelte die Stirn. »Ihr sprecht meine Sprache.«

»Wir sind nicht dumm. Also was willst du?«, knurrte der Größere von ihnen.

»Zu eurem König.«

»Es gibt keinen König mehr. Wer bist du?«

»Ich bin Kyrian der Schwarze vom Geschlecht der Theiosaner. Ich komme aus der Welt hinter dem Nebel.«

Die Trolle wechselten Blicke miteinander.

»Hinter dem Nebel ist nichts!«

Kyrian lächelte. »Und doch komme ich von dort. Ich bin ein Zauberer, *kein* Magier.«

Erneut unsichere Blicke.

Ein fettes Exemplar trat aus der Dunkelheit der Höhle hervor. Er übertraf die anderen an Körpergröße und Fülle um eine Kopflänge.

»Beweis es!«

Ein selbstgefälliges Grinsen überzog Kyrian Gesicht. »Nichts leichter als das.« Er überlegte kurz. Was mochten diese Wesen am liebsten? Dann hatte er die rettende Idee.

»Wenn ich ein Magier bin, sollte mir dies nicht gelingen.« Er blieb angewurzelt stehen, die Hände auf seinem Rücken und konzentrierte sich. Die Luft begann zu flimmern. Ein leuchtendes Buch erschien in der Mitte der Höhle. Die simple Illusion entlockte den Anwesenden Laute des Staunens.

Der dicke Troll fing sich als Erster. »Warte hier.«

Er, der ein Anführer zu sein schien, verschwand im hinteren Teil der Höhle. Es dauerte eine geraume Weile, bis er zurückkam. Ein Troll in einer annehmbaren Bekleidung begleitete ihn. Er stützte sich auf einen gewundenen Stab. Graues Haar hing ihm wirr von seinem gewaltigen Schädel herab.

»Das ist er«, raunte der Anführer dem Neuankömmling ins Ohr, der Kyrian sogleich beäugte.

»Du kommst in friedlicher Absicht?«, fragte er.

Kyrian nickte knapp. Seine Augen verengten sich minimal. Der Troll bewegte sich unruhig um ihn herum. Der Stab in seiner Pranke zitterte, doch das Zittern war nicht auf sein Alter zurückzuführen. Kyrian konzentrierte sich auf einen Schutzschild.

Keinen Augenblick zu früh. Die Hand, und damit der Stab des Trolls, zuckte mit einer Schnelligkeit vor, die Kyrian ihm nicht zugetraut hätte. Aber sein unsichtbarer Schild hielt dem Schlag stand. Bedächtig nickend zog der Troll seine Hand zurück.

»Du scheinst wahrlich ein Zauberer zu sein. Dann ist die Prophezeiung also wahr ... Folge mir!« Zackig drehte er sich um und eilte davon. Kyrian brauchte eine Sekunde, um sich aus der Starre zu lösen, dann lief er hinterher. Hinab in die Tiefen der Erde.

XXVI
Auf der Schwelle des Todes

In der Nacht kam die Übelkeit. Da Mira sich nicht im Bett übergeben wollte, humpelte sie panisch nach draußen. Die Verletzung ihrer Wade raubte ihrem Bein jegliche Kraft, ließ es haltlos umknicken, so dass sie stürzte. Schwer atmend robbte sie bis vor die Stufen des Wohnwagens und brach zusammen.

Mira erwachte durchgeschwitzt auf dem feuchtkalten Waldboden der Lichtung. Hitzewellen wechselten sich mit Kältewellen ab und ihr schien es, als wandle sie über eine ellendicke Moosschicht, obwohl sie sich nicht bewegte.

»Hilfe … Rahia?« Ihre zaghafte Stimme glich einem heiseren Flüstern. Von unsäglichem Durst geplagt, lag die Zunge wie ein klebriger Lappen in ihrem Mund. Die Tür öffnete sich und die Gauklerin erschien.

»Mira. Was ist geschehen?«

»Ich weiß nicht … mir ist nicht gut.«

Rahia wollte ihr aufhelfen, doch mit einem Schmerzensschrei brach Mira wieder zusammen. »Bei Tanduriell. Du glühst ja. Ruven!«

»Nein, es …«

»Ich habe es geahnt. Dein Bein hat sich sehr wohl entzündet. Ruven!«

Der schlaftrunkene Gaukler eilte aus der Nähe des Lagerfeuers herbei. »Was ist passiert?«

»Wir müssen sie zurück in unseren Wagen bringen.«

»Ich … es tut mir leid …« Mira sah Unna im Hintergrund verschwommen auftauchen. Sie schloss für einen Moment die Augen, und als sie sie wieder öffnete, befand sie sich im Bett.

»Durst … Au«, murmelte sie. Ein Becher erschien in ihrem Blickfeld, wanderte an ihren Mund und Mira trank gierig.

Rahia entfernte den Verband an ihrer Wade. »Trollkacke! Warum hast du nichts gesagt?«

Erneut dämmerte Mira weg.

»Wir müssen gleich morgen früh weiterreisen. Sie stirbt sonst«, raunte Rahias Stimme. Mira vernahm ein Seufzen. Ruven. Seine Worte drangen undeutlich in Miras Gehör.

»Gut. Packt eure Sachen zusammen. Wir steuern die nächste Herberge an«, sagte er. Damit stürzte Mira endgültig in einen schwarzen Schlund, auf dessen Grund ein Meer aus Flammen wütete.

Rahia kletterte nach vorne zu Unna und Ruven. In den vergangenen zwei Tagen war sie nur selten von Miras Seite gewichen.

»Wie geht es ihr?«, fragte Ruven.

»Der Fieberklee schlägt nicht an und die Galgantwurzeln sind ausgegangen.« Rahia gähnte. »Sie braucht Salz!«

Ruven nickte.

Rahia streckte ihre Hand in Richtung Unna, doch als der nicht reagierte, gab sie ihm einen Klaps auf seinen Arm.

»Aua.«

»Gib mir das Salz.«

Unna schaute sie fragend an. »Warum?«

»Blöde Frage! Falls du es noch nicht bemerkt hast: Mira hat Fieber und schwitzt wie ein Schwein, und wenn man schwitzt, verliert der Körper Salz. Also: Gib mir das Salz.« Rahia hielt erneut ihre Hand hin.

»Wir besitzen nur noch diesen einzigen Salzstein.«

»Genau. Gib ihn mir!«

Unnas Blick wurde vorwurfsvoll. »Steinsalz ist teuer!«

Rahia verdrehte die Augen. Unna brummte und kramte einen rotbraunen daumengroßen Klumpen aus seinem Rucksack hervor. Er zögerte, ehe er diesen in Rahias Handfläche legte.

»Was ist, wenn es ansteckend ist?«, flüsterte er.

Nach kurzer Überlegung nickte Rahia. Sie zog ihr Messer und schlug mit dem Griff auf den Stein. Klackend zerbrach er in mehrere Splitter verschiedener Größe. Sie behielt ein mittelgroßes Stück, gab die restlichen Bruchstücke Unna und kletterte ins Wageninnere zurück.

Dort betrachtete sie die unruhig schlafende Mira. Die Wangen, vom Fieber gerötet, verliehen ihrer Blässe eine unnatürliche rosa Färbung. Winzige Schweißperlen ließen ihre Stirn glitzern. Das schneeweiße Haar, die weißen Wimpern, die blassen Lippen – alles an ihr wirkte geisterhaft. Rahia fröstelte. Es war nicht wie damals. Nichts war wie damals.

Sie rüttelte Mira sanft, bis sie erwachte und flößte ihr zu trinken ein. Dann hielt sie ihr das Salzsteinstück hin. »Hier. Salz. Leck dran.«

Mira zog fragend die Augenbrauen hoch, doch sie nahm wie mechanisch den Stein und leckte daran. Augenblicklich verzog sie das Gesicht.

»Schön weiterlecken!«, befahl Rahia und lächelte.

Es war zwecklos, denn nach einer kurzen Weile ließ Mira entkräftet ihren Arm sinken und sackte in die Kissen zurück. Rahia seufzte. Unter keinen Umständen durfte dieses Mädchen sterben.

Rahia schreckte durch eine sanfte Stimme geweckt hoch. Es war Ruven.

»Rahia, wir sind da. Unna verhandelt bereits mit dem Wirt«, flüsterte er.

Unna gab sich als Händler aus. Ein altbewährter Trick, den die Gruppe anwandte, um in Herbergen oder Schenken eine bessere Behandlung zu genießen. Er sei auf dem Weg, neue Waren abzuholen, pflegte er stets zu sagen.

So bekamen sie auch dieses Mal ein sauberes Zimmer zugewiesen, das ihrem Geldbeutel entsprach. Rahia hatte Mira verkleidet. Ein übergroßer Hut zierte ihr Haupt und eine Federboa umhüllte ihren Hals. Sie sah fast aus wie eine feine Dame.

Der Blick des Wirtes wurde dessen ungeachtet misstrauisch. »Ist sie krank? Dann könnt ihr euch nämlich gleich wieder fortmachen.«

Unna besänftigte ihn sofort: »Nein, nein. Ach wo. Es ist meine Tochter, das arme Geschöpf. Sie hat nur dem Wein zugesprochen …«

»So früh am Morgen?«

»Liebeskummer.« Unna winkte ab und versuchte, das Thema zu wechseln. »Apropos früh am Morgen. Wir hatten eine beschwerliche, anstrengende Reise und da interessieren mich Speis und Trank gar sehr. Vor allen Dingen Ersteres.«

Ein Lächeln überzog das Gesicht des Wirtes. »Na, da seid ihr bei mir genau richtig.« Sogleich begann er, die Speisen aufzuzählen.

Rahia und Ruven hakten Mira unter und erreichten das letzte Zimmer eines länglichen Ganges im ersten Stock. Das einzige Fenster darin wies zum Garten. Der Wirt hatte nicht übertrieben, als er das Zimmer als das ruhigste der Herberge angepriesen hatte. Ruven trug Mira zum Bett und Rahia befreite sie von ihrer Verkleidung.

»Besorgst du die Heilkräuter? Ich komme alleine klar.«

Der Gaukler nickte, dann eilte er aus dem Raum.

Eine halbe Stundenkerze später erschien Unna. Sein Gesichtsausdruck war alles andere als fröhlich.

»Ist das wahr, dass Ruven Heilmittel kauft?«, polterte er los. »Du kannst nicht eine wildfremde Person aufnehmen und für diese ohne Absprache über unsere gesamten Ersparnisse verfügen. Sind wir die Herren der Barmherzigkeit?«

Rahia ballte die Fäuste. »Ich dachte, es wäre geklärt. Wir haben sie gemeinsam aufgenommen. Vergiss das nicht!«

»Ihr habt mich überstimmt! Ich war von Anfang an dagegen!«

Rahia funkelte ihn an. Sie konnte nichts erwidern. Unna hatte ja recht. Mira war eine Fremde. Das Gauklertrio wusste wenig aus ihrer Vergangenheit und doch schien es Rahia, als bekäme sie eine zweite Chance. Sie wandte sich ab und betrachtete Miras ebenes, blasses Gesicht.

»Ich weiß auch nicht. Ich mag sie. Sie strahlt irgendetwas

aus ... etwas Unschuldiges. Wie damals ...« Rahia verstummte.

Unna schnappte nach Luft. Die Traurigkeit in ihren Augen ließ ihn ebenfalls verstummen.

Rahias Stimme zitterte, als sie fortfuhr: »Du weißt nichts von mir und meiner Zeit als Straßenkind in Königstadt, als ich noch eine von ihnen war.« Dann fing sie sich wieder. »Hätte Ruven damals gezaudert, weil er mich nicht kannte, so säße ich nicht hier. Glaube mir, ich sah fürchterlicher aus. Ich werde ihr helfen. *Wir* – werden ihr helfen!«

Unna schwieg. Er nickte und ging zur Tür. Die Wut auf seinem Gesicht verflog wie der feine Rauchfaden einer Kerze, fortgewischt durch einen Windstoß. Bevor er den Raum verließ, brummte er: »Ist nicht bös gemeint. Ich wollte damit nur sagen ... Mach dir keine allzu großen Hoffnungen. Sie wird sterben ...«

Rahias Schultern sanken herab, als die Gedanken der Erinnerung wie Dolchspitzen in ihr Bewusstsein drangen. Das Schlimmste daran war ihre Angst, Unna könne recht haben.

XXVII
Im Reich der Trolle

Der Troll mit dem Stab führte ihn über verschlungene Pfade immer tiefer ins Erdinnere hinab. Kyrian hatte aufgehört, die Zeit zu messen. Es mussten viele Stundenkerzen gewesen sein. Das Trollvolk verstand es, das eigene Reich zu verstecken.

Endlich erreichten sie einen sich verbreiternden Gang, der an einem gewaltigen Steintor endete. Überdimensionale Statuen aus schwarzem Granit flankierten zu beiden Seiten die Straße, die zum Tor führte. Obwohl schwer bewaffnete Wächter den Zugang sicherten, verwehrte niemand den Zutritt.

Kyrian öffnete seinen Mund, doch kein Laut verließ seine Kehle. Vor ihm erstreckte sich eine Grotte von gigantischem Ausmaß. Er konnte diese Landschaft nicht deuten. Viel zu schnell drängte ihn sein Führer, dessen Stab mit jedem Schritt rhythmisch auf dem Boden klackerte, zu einer zweirädrigen Kutsche, die von einem Troll gezogen wurde. Sobald Kyrian das Gefährt bestiegen hatte, lief der Wagenlenker los. Sie passierten Tunnel, Brücken, Gänge und Tore und gelangten schließlich an einen Palast, wo die Gruppe bereits erwartet wurde. Ein Troll von überragender Größe, die Schultern mindestens sechs Fuß breit, saß auf einem Steinthron, dessen Seitenwände verschiedene bärtige Fratzen zierten.

Zwergenschädel, schoss es Kyrian durch den Kopf.

Der König trug ein grünlich schimmerndes Lederwams, das einen Anschein von frischem Moos erweckte. Seinen monströsen Schädel schmückte eine silberne Krone aus Zweigen, die Kyrian entfernt an ein Vogelnest erinnerte. Es kostete ihn viel Mühe, sich das Grinsen zu verkneifen.

Er trat vor das Oberhaupt und deutete eine Verbeugung an, wie es die Etikette für einen Vertreter seines Standes verlangte.

»Seid gegrüßt, Herrscher des Trollvolkes. Ich bin ...«

Der Troll winkte ab. »Jaja. Was sucht ein Menschlein in den Tiefen der Erde, wenn es kein Gold ist?«

Anscheinend liebte der König die Direktheit. Kyrian verspürte ebenfalls keinerlei Bedürfnis, um den heißen Brei herumzureden, und ging in die Offensive.

»Euch an Euren Eid erinnern«, platzte es aus ihm heraus.

Der Trollkönig straffte seinen Körper und beugte sich vor. »Du wagst es, einen Eid einzufordern, und kennst scheinbar nicht einmal meinen Namen? Sag mir, wie ich heiße, und ich lasse dich am Leben.«

Erst da bemerkte Kyrian, dass auch dieses Exemplar seiner Gattung die Sprache der Menschen perfekt beherrschte.

»Nun, ich ... es liegen fast eintausend Jahre zwischen meinem Wissen und dem heutigen Tag ...« Kyrian schluckte.

»Meinen Namen!«

Augenblicklich senkten sich mehrere Lanzen in seine Richtung. Selbst wenn er sich auf einen Angriffszauber konzentrierte, gegen diese Übermacht verlor er einen Kampf. Was stand in den vergilbten Chroniken, die die Zauberer in ihre Welt gerettet hatten? Hitze stieg in ihm auf, seine Hände waren feucht. Als er seinen Zeigefinger hob, lag ihm die Antwort auf der Zunge, aber er konnte sie nicht fassen. Wie lautete der Name des einstigen Trollkönigs?

Kyrians Auge zuckte, ebenso die Lanzen, die ungeduldig nach seinem Blut zu lechzen schienen. Er räusperte sich, um Zeit zu gewinnen.

»Meinen Namen!«, schrie der Herrscher.

»A-Ackarian, Fürst vom *Bagharatan* Dunkelhain, der ... der Vierte.« Kyrian hoffte, dass er richtig geraten hatte. Bei einer normalen Lebenserwartung der Trolle von dreihundert Jahren ging er von der vierten Dynastie aus. Er hielt seinen Atem an. In der Halle war es totenstill. Niemand rührte sich. Dann begann der Trollkönig, zu lachen. Ein dumpfes, raues Donnern. Die Erde bebte und Kyrian zog den Kopf ein, denn er befürchtete fast, das Geräusch brächte die Höhle zum Einsturz.

Des Königs Lachen verebbte. Lauernd grollte er: »Namen sind Schall und Rauch. Das beweist nichts.« Müde rieb er sich über sein furchiges Gesicht. »Du kommst hierher und sprichst von einem Eid? Woher willst du wissen, dass wir dich nicht heute Mittag verspeisen?«

Kyrian lächelte nun seinerseits. »Eure Sprache ist gebildet. Dass Ihr wisst, zu welcher Stunde die Mittagszeit vorherrscht, sagt mir, dass ihr so etwas wie ein Stundenglas besitzt. Also beherrscht ihr die Zeitrechnung und seid somit intelligente Wesen, die keinen Menschen töten, um ihn zu ... *verspeisen.*«

Wieder lachte der König dröhnend. »Warum sollten wir dir glauben. Von welchem Eid sprichst du überhaupt?«

»Erzählt mir nicht, Ihr wüsstet nicht, wovon ich rede.«

Der Troll mit dem Stab trat vor. »Genug. Ich habe gehört, was nötig ist. Verzeiht, dass wir gewisse Sicherheitsvorkehrungen treffen mussten. In einer Welt der Magier ist niemandem zu trauen.«

Kyrian verstand nicht ganz. Er blinzelte abwechselnd vom König zum Stabträger. Dieser ließ nun seinen grauen Umhang fallen und zum Vorschein kam eine reich verzierte, glänzende Lederrüstung. Das Wappen dreier Bäume prangte auf der Brust.

»Du hast deine Sache gut gemacht, Trocklock.«

Der vermeintliche Herrscher drehte sich weg, verbeugte sich vor dem Stabträger und sagte: »Ich habe getan, was ich konnte, mein Gebieter.«

»Du bist nicht der König«, stellte Kyrian fest, »... und du bist der König.«

Die beiden Trolle lachten dröhnend.

»Ja, ich bin Ackarian der Fünfte.« Er lehnte seinen Stab an die Seite und setzte sich auf seinen Thron aus Granitgestein.

»Dann erinnere ich Euch an den Eid«, rief Kyrian.

»Der Eid ...« Ackarian blickte traurig in die Runde. »Mein Volk lebt schon zu lange unter der Erde. Ja, wir waren einst ein stolzes Volk, doch was ist geblieben? Die Waldtrolle haben sich in den Höhlen der Berge verkrochen. Die Magier halten uns für Tiere, aber das ist auch gut so.« Er wandte sich Kyrian zu und fuhr mit einem Seufzer fort: »Sie haben uns versklavt. Wir können also keinem Eid nachkommen. Wer bist du, der du meinst, es alleine mit einem Magister aufnehmen zu können? Sie werden dich vernichten, und wenn du bereits nicht mehr lebst, müssen wir uns immer noch mit den Magiern herumschlagen.«

»Wie könnt Ihr Euch sicher sein, dass ich verliere?«

»Wie kannst du dir sicher sein, dass du gewinnst?«

Kyrian blinzelte. »Weil …« Sollte er seine Vision offenbaren, seinen besten Trumpf ausspielen? Glaubten ihm die Trolle vielleicht dann? Es musste sein.

»Weil ich eine Vision hatte.«

Der König schmunzelte, doch seine Augen blitzten wachsam. »Visionen hat ein jeder, oder nicht?« Er breitete die Arme aus und schaute sich im Saal um. Die Trollkrieger lachten.

»Weil ich eine Verbündete habe.« Kyrians trotzige Stimme erschreckte ihn fast selbst.

»Eine Verbündete?« Der Trollkönig verzog die Augenbrauen.

Für einen winzigen Moment erwachte in Kyrian ein Gedanke: Was, wenn die Trolle treu ergebene Untertanen der Magier waren? Dann plauderte er seinen Plan aus, lieferte die weiße Magierin ans Messer und wanderte wenig später mit an den Galgen. Er verbannte das Gefühl, das Falsche zu tun, in die hinterste Ecke seines Kopfes. Es war einerlei. Es gab kein Zurück mehr. *Stillstand ist der Tod.*

Aus diesem Grund berichtete Kyrian von seiner Vision, von seinem Plan zu helfen, von der weißen Magierin, von Freiheit und einer neuen Weltordnung. Er schmückte die Geschichte so weit aus, dass die Trolle unmöglich ablehnen konnten. Allerdings ließ Kyrian die Sache mit seinem Vater weg. Sie mussten ja nicht gleich erfahren, dass er diese Welt verschenken wollte. Der König hörte ihm aufmerksam zu, nickte ab und an, schwieg jedoch. Als Kyrian endete, richtete sich der Trollkönig auf.

»Dann ist die Prophezeiung also wahr, auch wenn wir nicht wissen, wer die weiße Magierin ist oder ob sie überhaupt existiert.«

Trocklock zog eine Schriftrolle aus einer hölzernen Röhre und las die Verheißung laut vor:

»Schatten und Licht,
Nacht und Tag,
Asche und Schnee
Kommen und Gehen
tagein, tagaus.
Leben und Sterben und wieder Leben.
Zauber und Magie noch getrennt.
Nach eintausend Jahren,
wenn Bruder und Schwester vereint,
eine neue Königin erscheint.«

Kyrian unterbrach als Erster die eingetretene Stille. »Was hat das zu bedeuten?«

Ackarian zuckte mit den Schultern. »Wir wissen es nicht. Wir haben uns nie darum gekümmert. Eintausend Jahre sind eine lange Zeit.«

»Was gedenkt Ihr nun zu tun? Werdet Ihr mir helfen?«

»Wir müssen uns beraten«, antwortete der König ausweichend. »Barathur und Uschtra führen dich derweil herum.«

Kyrian nickte. Einen winzigen Moment lang überlegte er eine Antwort, doch er entschied sich dafür, zu schweigen.

Die zwei Trolle führten ihn weg, ungeachtet der Diskussion, die hinter ihnen entbrannte. Während sie das unterirdische Reich betraten, das sich von erschreckender, atemberaubender Schönheit zeigte, verebbte der Klang der Stimmen, bis er gänzlich verstummte. Seltsame Kristalle erleuchteten die Unterwelt. Alles schimmerte in einem grünlich-diffusen Licht. Schächte, die in die Decke geschlagen waren, sorgten für Frischluft. Was Kyrian für einen grob behauenen, teilweise mit Moos bedeckten Fels hielt, erwies sich bei näherer Betrachtung als filigranes Muster. Er verlangsamte seinen Schritt und blieb schließlich stehen. Voller Unglauben flüsterte er: »Sind das …?«

»Bäume«, vervollständigte Barathur Kyrians Frage. Er stand ebenfalls und ließ seine Hand über das Gestein gleiten, während er mit rauer Stimme erklärte: »Die meisten von uns sahen niemals einen Wald … und sie werden auch niemals einen sehen.«

Jetzt erkannte Kyrian die komplexe Struktur. Längliche Riefen, mal dicker, mal dünner gehalten. Geschickte Steinmetze hatten jeglichen Stein in Baumrinde, Blätter oder Astwerk verwandelt. Das ganze Höhlensystem bildete einen versteinerten Wald.

Uschtra blickte Kyrian finster an. »Gib ihnen nicht etwas, das du nicht halten kannst.«

Kyrian schluckte. »Ich weiß nicht, was du meinst.«

»Hoffnung. Gib ihnen keine Hoffnung, wenn es keine Hoffnung gibt.«

Ohne eine Antwort abzuwarten, setzten sich die Trolle in Bewegung.

Sie gelangten in eine weitere Grotte. Auch hier erschien es Kyrian, als stünde er auf einer Waldlichtung. Das grünliche Licht trug sein Übriges zu dieser Stimmung bei. Seine beiden Begleiter hockten sich hin. Barathur verschränkte die Arme hinter seinem massigen Schädel und starrte Kyrian an. Uschtra tat es ihm gleich.

»Was tun wir jetzt?«, fragte Kyrian.

»Warten!«

XXVIII
Das Orakel

Der Magister fühlte sich kraftlos. Furchen zeichneten sich auf seiner Stirn ab und unter den Augen lagen dunkle Ringe. Die Jagd nach diesem Zauberer zerrte an seinen Nerven, genau wie Valhelia. Sie wollte unablässig sein Geheimnis erfahren. Sollte er ihr das Ritual verraten? Er liebte Val ohne Zweifel, aber konnte er ihr bedingungslos vertrauen? Sie beteuerte ihre Liebe, doch er zweifelte, ob sie über die Reife für ein derartiges Wissen verfügte, ob sie nicht der Macht, die sich daraus ergab, verfiel.

Er benötigte das Orakel. Es war an der Zeit, Antworten zu finden.

Dämpfe verhüllten die schummrige Kammer, in der sich nichts weiter als eine Schlafmatte auf dem Boden befand. Darauf saß das Orakel im Schneidersitz, die Augen aufgerissen, den Blick starr geradeaus gerichtet. Der Magister ließ sich vor ihm nieder und blickte in die Schwärze der leeren Pupillen. Mitten in ihrem Inneren glommen winzige silberne Lichtpunkte, *wie die Sterne des Universums*, überrollte den Magister der Gedanke. *Ich bin so unermesslich klein.*

Ein Gefühl der Schwäche überkam ihn, als er in diese Augen schaute. Auch wenn es ihm missfiel, er musste standhaft bleiben. Er schluckte. »Was siehst du?«

»Ihr Lebenslicht erlischt.« Ein Flüstern, kehlig und dumpf. Eine Stimme, geboren in den Tiefen eines unendlichen Seins drang aus dem Mund des Orakels.

»Wessen Licht?«

»Das Mädchen ... sie steht an der Schwelle.«

»An welcher ...« Der Magister schüttelte seinen Kopf. »Das Bauernmädchen interessiert mich nicht. Wo ist dieser fremde Zauberer?«

»Sein Licht versinkt.«

»Beim Gottvater, du sprichst in Rätseln. Wie ich das hasse. Wo befindet sich der Fremde? Ist er bei diesem blassen Mädchen?«

»Er ist mal hier mal dort, doch er verweilt nie zweimal am gleichen Ort.«

Der Magister ballte die Faust und atmete durch. Er musste sich zusammenreißen. Ihm war bewusst, dass seine Ungeduld unklare Antworten erzeugte. Das Orakel wog den Kopf hin und her, als folge es einer lautlosen Melodie.

Indem er die Betonung auf jedes seiner Worte legte, fragte das Magieroberhaupt: »Wo. Befindet. Sich. Der Fremde?«

Die Augen des Orakels begannen zu flimmern, wechselten von tiefschwarz zu grau und zurück zu schwarz.

»Im inneren Kern.«

Der Magister stöhnte erkennend. »Im Erdinnern?«

Das Orakel nickte.

»Unter der Erde?«

Erneutes Nicken.

»Unter der Erde, unter der Erde …«, murmelte der Magister. »Was befindet sich über dem Fremden?«

»Das Universum. Luft. Gestein.«

»Steine? Kein Sand?«

Wieder bejahte das Orakel: »Stein über Stein, älter als das Reich besteht.«

Der Magister schritt im Raum auf und ab, überlegte angestrengt. Abrupt blieb er stehen, blickte sich um und stürzte zum Sitzenden.

»Er ist bei den Trollen!«

Das Orakel begann zu zittern, die Augen flatterten und die Schwärze darin verlor an Dunkelheit.

Kniend rüttelte der Magister an seinen Schultern. »Was will er dort? Sag es. WAS?«

Es war zu spät. Die Augen zeigten eine trübe bläuliche Färbung. Vor ihm saß ein normaler Mensch.

Der Magister stöhnte. »Wir haben sie also verloren!«

Teil II

Der Fall der Wettertürme
(Frühling – Sommer)

XXIX
Verräter

Der Schatten verschmolz mit der Dunkelheit, war kaum auszumachen in der Schwärze der Nacht. Erst vor dem Tor von Ilmathori gab er sich zu erkennen. In all seiner gewaltigen Größe erhob er sich.

Die Magier tauchten das imposante Wesen in gleißendes Licht. Schrecken und Pein ließen es brüllen. Es trug die Rüstung der Trollfurt-Wächter und durch seine Verbeugung zeigte es sich als ergebener Diener der Magierschaft.

»Was willst du hier? Die Hände der Torwache weisen auf dich«, erscholl eine dröhnende Stimme.

Der Ankömmling beugte sich tiefer, bis sein Haupt den Boden berührte. »Habe Nachricht. Wichtig«, grunzte er.

»Was könnte von derartiger Bedeutung sein, dass sich ein Steinfresser vor die Tore unserer Stadt wagt?«

Der Troll überhörte die Beleidigung. Stattdessen antwortete er mit einem einzigen Wort. »Zauberer.«

Schweigen. Einige Augenblicke später schwebte ein Magier von der Stadtmauer hernieder. »Wovon sprichst du?«

Der Troll wollte seinen Kopf heben, doch der Robenträger zischte ihn feindselig an. »Wage es nicht, dich zu rühren. Unzählige Hände warten nur darauf, dich in Stücke zu schießen. Also: was für eine Botschaft?«

Der Troll begann zu sprechen, und nachdem er berichtet und seine Nachricht vollendet hatte, zerbiss er die giftige Nuss, die er vor Erreichen des Stadttores in seinen Mund geschoben hatte. Er sah noch einen Gedankenleser herabschweben, dann brach er röchelnd zusammen.

Der Magister eilte die Gänge entlang. »Er ist doch wieder aufgetaucht! Dieser Bastard hat sich tatsächlich in den Bergen versteckt gehalten. Die Trolle haben ihn beobachtet.«

Bralag versuchte, mit ihm mitzuhalten. »Seid Ihr sicher? Warum sollte er sich beobachten lassen?«

»Diese hirnlosen Wesen können doch nichts. Dumm in der Gegend herumglotzen und beobachten, das ist ihre einzige Aufgabe. Es sind Trolle. Wofür haltet Ihr sie.«

Die beiden Magier erreichten die Arbeitszimmer des Magisters und begaben sich zu einem Tisch, überfüllt mit Karten, Schriftrollen und in Leder gebundene Folianten. Zwei leichtbekleidete Dienerinnen huschten, durch eine Handbewegung fortgescheucht, wie Geisterwesen davon.

Bralag runzelte die Stirn. »Ihr habt eure Dienerschaft ausgewechselt?«, bemerkte er beiläufig.

»Ja, ja. Die Weiber waren verbraucht. Unwichtig. Sie bleiben eh nicht lange.«

Hoffentlich wurde er nicht eines Tages ebenso belanglos *ausgewechselt*. Unwillkürlich überdachte er Valhelias hohe Position in der Gunst des obersten Magiers.

Als habe der Magister seine Gedanken gelesen, kam er auf seine Schülerin zu sprechen. »Valhelia befindet sich bereits in Ilmathori. Der Troll seinerseits ist verendet, bevor er uns mehr Auskünfte geben konnte.« Er fegte einige Karten vom Tisch, ehe er die Richtige gefunden hatte und ausrollte. Er deutete auf eine Stelle, an der ein Gebirge verzeichnet war.

»Dort. Dort wurde er zuletzt gesehen. Davor sah man ihn hier, hier und hier.« Sein Finger fuhr tippend in einem Bogen über die Landkarte und endete vor Königstadt. Er blickte hoch. »Er wandert direkt hierher.«

Bralag schluckte. Sollte dieser Fremde, dieses Wesen aus dem Nebel, derart mächtig sein oder war es simple Dummheit, die Magier in der Hauptstadt anzugreifen? Vielleicht wollte er sie ja gar nicht angreifen?

Der Magister unterbrach sein Denken. »Wir müssen Vorkehrungen treffen. Laut diesem Troll ist er auf dem Weg in unsere Bibliothek, um unser geballtes Wissen zu vernichten. Wenn er hier erscheint, fangen wir ihn am Stadttor ab. Er soll als Magieschüler getarnt sein. Die Trolle konnten ihn mit einem Sekret markieren.«

»Was für ein *Sekret*?«

»Was weiß ich. Trollpisse vielleicht.« Der Magister kicherte über seinen missratenen Scherz. Er erschien Bralag in letzter Zeit zu unbedarft. Diese Geschichte war einfach unglaubwürdig.

»Wir nehmen jeden, der nach Troll riecht, in Gewahrsam.« Der Magister lachte erneut. »Riegelt die Tore ab und verdoppelt die *Bewahrer der Ruhe*. Gut, dass im Frühling die Anwärter der Magierschulen kommen. Das gibt frisches Blut in unseren Reihen.«

Bralag fragte sich in diesem Moment, da er das diabolische Grinsen im Gesicht des obersten Magiers sah, für wen das frische Blut besser war: für die Jugend des Magisters oder die Kampfkraft der *Bewahrer der Ruhe*.

XXX
Die Zeit danach

Rahia legte die gepflückten Blumen vor das Grab am Wegesrand. Der schmale Stein wirkte verlassen und doch nicht allein, umrahmt von Efeu und den Pflanzen eines im Frühling erwachenden Waldes.

»Wer du auch warst«, flüsterte sie, »vielleicht verweilst du nun in einer besseren Welt.«

Ruvens Stimme riss sie zurück in die Realität: »Kommst du? Wir müssen weiter.«

Rahia blickte seufzend auf, erhob sich und lief zu ihrem Wagen, der sich gemächlich entfernte. Sie sprang hinein und schloss die Tür hinter sich. Der Weg führte nach Norden. Der erste Auftritt wartete, denn das Leben drehte sich im steten Lauf der Zeit.

Es erfüllte sie mit Freude, Rahia zu beobachten, deren Haut die Sonnenstrahlen zum Leuchten brachte und die in tiefen, bewussten Atemzügen die Luft einsog. Wie sie ihren Kopf aus dem Wohnwagen streckte, Richtung Sonne, gleich einem Kind. Nein, eher wie ein scheues Tier, das nach monatelangem Winterschlaf erwachte und nun vorsichtig schnuppernd seine Höhle verließ.

Bekommt jeder eine zweite Möglichkeit, sein Leben neu zu bestimmen?

Auch sie schlüpfte als kleines Mädchen stets bei den ersten wärmenden Strahlen aus dem Haus, um die Kraft der Sonne zu genießen.

Wie wunderschön der Frühling ist. Alles erwacht zu neuem Leben und die Welt wird grün. Mira musste unwillkürlich lächeln. Ja, sie hatte eine zweite Möglichkeit dank der Hilfe dieser Gaukler erhalten und durfte ein neues Leben beginnen. Das hatte vor Wochen ganz anders ausgesehen. Die

Erinnerung an diese Zeit verursachte ein Schütteln ihres Körpers.

Mira war noch nie in ihrem Leben so schwer erkrankt. Tagelang siechte sie dahin, vom Fieber gepeinigt, mehr tot als lebendig. Die Spielleute hatten nichts verraten, aber Mira ahnte, dass sie fast ihr Bein durch die Entzündung verloren hätte. Kaum mehr als ein Kratzer, allerdings mit fataler Auswirkung. Rahia, so erfuhr sie später, hatte alles darangesetzt, ihr Leben zu retten. Mira wusste nicht warum, und Rahia antwortete nur ausweichend.

Irgendwann erwachte sie in einem bequemen Bett. Ihr Schlafplatz zu Hause war nicht so weich gewesen. Sicherlich ein Traum, denn so mussten sich Wolken anfühlen.

Sie richtete sich auf. Ein heftiger Schwindel zwang sie zurück in die Kissen, so dass sie es mit geschlossenen Augen erneut versuchte. Mira verspürte Hunger. Das war ein gutes Zeichen. Sie lebte also noch.

Die Einrichtung des komfortablen Zimmers bestand aus einem Tisch, an dem zwei Stühle standen, einem Schrank, ihrem Bett und einem gepolsterten Sessel. Als ihr Blick auf diesen Sessel fiel, zuckte sie zusammen. Dort saß jemand.

»Rahia?« Ihr Krächzen endete in einem Hustenanfall, wovon die Gauklerin augenblicklich erwachte und an Miras Seite sprang.

»Mira. Wie geht es dir?«

»Ging schon mal besser.«

Rahia strahlte über ihr gesamtes Gesicht. Sie reichte Mira einen Becher Wasser, den sie in vorsichtigen Schlucken leerte.

»Ich habe Hunger.«

»Das kann ich mir sehr gut vorstellen.« Rahia lachte. »Du hast eine ganze Woche durchgeschlafen.«

Mira riss die Augen auf, was zur Folge hatte, dass Rahia erneut lachte. »Ich hole Euch sofort etwas. Einen besonderen Wunsch, werte Herrin?«, scherzte sie.

Mira schüttelte den Kopf, musste aber lächeln. Bevor die Gauklerin die Tür erreichte, rief Mira: »Ach Rahia? … Hast du … warst du die gesamte Zeit über hier?« Verlegen zog sie die Bettdecke höher.

Rahia überlegte kurz. »Wir haben uns abgewechselt.

Ja, … doch … überwiegend.« Als sie Miras Verlegenheit bemerkte, fügte sie todernst hinzu: »Aber Unna hat dich umgezogen.«

Miras entsetztes Gesicht entlockte ihr ein herzhaftes Gelächter. »Das war ein Scherz!« Damit schlüpfte sie zur Tür hinaus.

Genau drei Wimpernschläge dauerte es, da stürzten Ruven und Unna ins Zimmer.

»Mira, du bist wohlauf. Den Göttern sei Dank«, rief Ruven. Erleichterung spiegelte sich in seinen Augen wider und auch Unna schien sich ehrlich zu freuen.

Viele Wochen vergingen seitdem. Rahia hatte damals so müde ausgesehen. *Warum sie das wohl getan hat?*, überlegte Mira. Sie beschloss, dies eines Tages wiedergutzumachen. Sie wollte die Gaukler auf keinen Fall enttäuschen.

Rahias Lachen riss sie aus ihren Gedanken. Die dunkelhäutige Gauklerin schlug mehrmals ein Rad und landete vor Mira. Dann schwang sie sich den nächsten Baum hinauf. Rahia wirkte vor dem Winter immer dünn, doch nun waren ihre Wangen regelrecht eingefallen. Unna war ebenfalls kaum wiederzuerkennen. Einzig Ruven blieb schlaksig wie eh und je. Er glich einer schlanken Pappel. Mira kam nicht umhin, sich die Schuld für die missliche Ernährungslage zu geben. Die Gaukler hatten immerhin eine Menge Geld für Heilkräuter und Arzneimittel ausgegeben. Wie würde Mira diese Tat jemals ausgleichen können?

Rahia erschien kopfüber wie ein Kobold in ihrem Blickfeld und fragte unvermittelt: »Kannst du singen?«

Mira grinste schief. »Lieber nicht.«

»Komm schon. Sing was!«, ermunterte Rahia sie.

»Was soll ich denn singen?«

»Ein Frühlingslied?« Rahia summte eine Melodie.

»Ich kenne keine Lieder«, behauptete Mira.

»Och man. Du wirst doch irgendein altes Kinderlied kennen. Hat dir deine Mutter als Kind nie vorgesungen?«

Mira verzog das Gesicht zu einer traurigen Grimasse, und Rahia stoppte mit dem Schaukeln. »Oh, das tut mir leid. Ich wollte nicht …«

»Schon gut. Ist nicht schlimm.«

Nach einer Pause fragte Rahia: »Also?«

»Also was?«

»Ein Lied? Vielleicht ein Volkslied?«

Mira stöhnte entnervt auf, überlegte kurz und entschied sich für ein Erntelied. Es war mehr gesummt, als dass sie sich an den Text erinnerte. Auch die Melodie stimmte nicht.

»Guuuut ...« Rahia verzog das Gesicht. »Singen ist jetzt nicht unbedingt deine Stärke ... um es mal vorsichtig auszudrücken.«

»Sag ich doch«, maulte Mira.

»Wir finden schon etwas! Jedes Wesen verfügt über eine Begabung für irgendetwas, und ich bin der Meinung, dass ich weiß, worin deine Begabung liegt.«

»Ach ja? Und worin liegt meine *Begabung*?«

Rahia überlegte kurz. »Im Nettsein«, sagte sie dann.

Mira starrte sie entgeistert an. Im nächsten Moment prustete sie lachend los. »Im was? Im Nettsein? Etwas Dümmeres ist dir wohl nicht eingefallen.«

»Ich meine es ernst. Seit du bei uns bist, haben wir mehr Besucher als je zuvor. Weil du zu jeder Person ... nett bist. Wir sind auch freundlich zu jedem Zuschauer, aber du machst es auf eine besondere Art, selbst ohne Worte.«

»Nett. Sag doch gleich, ich kann nix. Na ja, wenigstens ist es eine *nette* Umschreibung.« Mira drehte sich weg, damit Rahia ihr Grinsen nicht sah.

»Och man, so war das nicht gemeint. Sei doch keine Mimose.«

»Jetzt bin ich auch noch eine Mimose. Das wird ja immer schöner.«

Die Gauklerin ließ sich plumpsend vom Baum fallen. »Es tut mir leid.«

Mira konnte ihren gespielten Unmut nicht lange aufrechterhalten und begann lauthals zu lachen.

»Oh du ... und ich dachte ...« Rahia atmete pustend aus. »Schauspielern ... das kannst du auf jeden Fall.«

XXXI

Der Entschluss

Kyrian hatte aufgehört, die Tage zu zählen. Er hatte jegliches Zeitgefühl unter der Erde verloren. Die Trolle begegneten ihm mit Misstrauen, doch die meisten waren einigermaßen freundlich.

Wieder ein Punkt auf Kyrians Liste, den er von den wenigen Bewohnern Rodinias, die er auf seiner Flucht befragt hatte, anders gehört hatte.

Die Trolle verfügten über einen beeindruckenden Erfindungsreichtum und eine Fingerfertigkeit, die Kyrian keinem dieser Wesen zugetraut hätte. In einer Werkstatt für Spielzeuge erblickte er eine mit filigranen Figuren besetzte Spieluhr, die eine traurige, ihm unbekannte Melodie spielte. Es war unglaublich.

Begleitet von einem Grinsen kommentierte er das Gesehene: »Ich befürchte, ich muss all mein Wissen euch betreffend überdenken.«

Der Spielzeugmacher blickte auf. »Was erzählt man an der Oberwelt über uns?«

»Man erzählte mir, ihr wäret ein durchaus barbarisches Volk.«

»Stinkende tierähnliche Wesen?«

»Ja.«

»Und wir fressen kleine Kinder?«

Kyrian nickte. »Ja.«

Während der Troll in donnerndes Gelächter ausbrach, fielen ihm seine Werkzeuge aus der Hand und er hielt sich seinen Bauch vor Lachen.

»In Büchern«, brachte er fast atemlos hervor. »In den Schriften der Magier ... steht noch weitaus mehr.«

»Schon möglich.« Kyrian begann sich allmählich zu ärgern. Bücher waren kein gutes Stichwort für ihn.

Der Troll ergriff wieder seine Werkzeuge. »Dann hat sich unsere Jahrhunderte andauernde Kampagne gelohnt. Es steckt viel Arbeit darin, sich einen Ruf zu erschaffen.«

»Jaja, ist der Ruf erst ruiniert …« Kyrian grinste halbherzig.

»… lebt es sich ganz ungeniert«, ergänzte der Troll die Weisheit. »Gib zu: Das ist genial. So lassen uns die Magier in Ruhe.«

Kyrian nickte. »Ja, das ist wahr. Aber habt ihr keine Angst, dass euer Geheimnis entdeckt wird?«

Der Troll schüttelte seinen massigen Schädel. »Du bist der Einzige, der davon weiß. Allein deswegen lässt der König dir vermutlich den Kopf abschlagen«, antwortete der Spielzeugmacher beiläufig.

Kyrian zog die Augenbrauen hoch.

Sofort prustete der Troll los. »Reingelegt. Du hast das doch nicht etwa … Doch, du hast es geglaubt. Gib es ruhig zu.«

»Sehr witzig«, murmelte Kyrian und verzog seinen Mund. Ein böses Grinsen legte sich auf sein Gesicht. »Als wenn er es schaffen würde.« Seine Antwort ging in dem donnernden Gelächter des Trolls unter, und Kyrian meinte sogar herauszuhören, »Er würde es schaffen, mein Freund, er würde«, aber sicher war er sich nicht.

»Wir haben einen Entschluss gefasst«, begann König Ackarian. »Wir trauen dir nicht, deshalb unterziehen wir dich einer Prüfung. Wenn du diese Prüfung bestehst, helfen dir die Trolle und erneuern den Eid.«

Kyrians Herz zersprang fast vor Freude. »Ich kann euch jederzeit einen weitaus größeren Beweis meiner Macht geben. Sagt nur, was ich …« Er hielt inne.

Der Trollkönig blickte ihn ernst an. »Es gibt nur eine einzige Möglichkeit, wie du uns beweisen kannst, dass du ein Zauberer bist.«

»Und die wäre?« Kyrian zog eine Augenbraue hoch. Ein flaues Gefühl breitete sich in seiner Magengegend aus.

»Bring uns das letzte verbliebene Buch der Zauberwelt.«

»Verstehe ich das richtig? Ich soll euch ein popeliges Buch bringen?«

»Es ist kein gewöhnliches Buch. Nur ein Zauberer vermag es zu öffnen. Es nennt sich *Allgarettura – das Buch der verzauberten Pflanzen*. Es befindet sich in den Händen der Magier. Allerdings in den Händen eines Mannes, der sich dem Wohl der Natur verschrieben hat. Er ist uns zwar wohlgesonnen, dennoch weiß er nicht viel über die wahre Existenz des Trollvolkes. Du verstehst, dass wir ihm nichts verraten dürfen. Es ist zu gefährlich. Dieser Mann ist im Besitz des Buches. Wenn du uns dieses Werk bringst und öffnen kannst, werden wir dir glauben.«

»Gut. Aber wie erkenne ich diesen Schinken. Ich meine: Wie sieht es aus?«

»Es besteht aus Majok-Holz, verziert mit Ranken. Glaube mir, du wirst es erkennen, wenn du es siehst.«

»Ich gehe ungern irgendwelche Risiken ein, indem ich mich etwas Unbekanntem aussetze.«

Der König schmunzelte. »Soso. Du kanntest also uns Trolle und dieses Höhlensystem?«

»Ich habe mich durch die Schriften meiner Welt informiert. Auch wenn es bereits fast eintausend Jahre her ist, stimmt die … Lebensweise teilweise … überein.«

Der Trollkönig blickte ihn ausdruckslos an. »Wir lebten einst in einem Wald. Sieh dich um. Du weißt nichts von unserem Leben.«

Kyrian kratzte sich am Hals.

»Tu es oder lass es. Es liegt an dir, auf ewig zu bleiben oder zu gehen. Du wirst sicherlich verstehen, wir dürfen dich nicht so einfach ziehen lassen. Immerhin kennst du nun unser Geheimnis.«

Kyrian schluckte, als er in die entschlossenen dunklen Augen der Trolle blickte. »Sieht so aus, als hätte ich keine andere Wahl.«

Als Kyrian fort war, erschien der Riesentroll vor dem König.

»Trocklock, ich freue mich, dich zu sehen.«

»Auftrag ausgeführt, mein König«, grollte der Ankömmling. »Die Magier sind informiert.«

Der Trollkönig nickte. »Dann wissen sie jetzt also, dass der Zauberer kommen wird.«

»Ja, Gebieter.«

»Ist der Überbringer …«

»Tot. Wie Ihr befohlen habt. Das Gift wirkte, bevor sie sein Gehirn durchforschen konnten.«

»Opfer müssen erbracht werden. Die Prophezeiung wird sich erfüllen.«

»Warum dieser Zauberer? Ich sah seine Zauberkraft mit eigenen Augen.«

Ackarian schmunzelte. »Augen lassen sich täuschen. Du denkst, der Zauberer sei ein Opfer? Nein. Wenn er das ist, was er vorgibt zu sein, wird er es schaffen.«

»Womöglich ist es ein Trick der Magier, und diese durchforschen die Gedanken seiner Vergangenheit? …«

Der König schnaubte. »Was dann? Sie sehen ein Höhlensystem aus Bäumen. Ein Wald unter einem Berg. Wer glaubt so etwas.« Er lachte dumpf. »Nicht einmal die Magier schenken dem Glauben. Soll er die Prüfungen bestehen. Nur dann ist er ein wahrer Zauberer, für den es sich lohnt, sein Leben zu opfern. Vielleicht sogar das Leben aller Trolle Rodinias.«

Trocklock nickte. »Wenn er die Falle überlebt und das Buch hier herbringt …«

»… und die Samen.«

»… und die Samen. Was geschieht dann?

»Dann werden wir ihm blind folgen.«

»Und wenn er von unserem Verrat erfährt?«

»Er wird es niemals erfahren. Wenn er scheitert, können wir unsere Hände in Unschuld waschen und sagen, wir haben es den Magiern gemeldet. Somit steht unsere Loyalität außer Frage. Gesetzt den Fall, er scheitert nicht und erfährt es, so sagen wir, wir mussten die Magier mit diesem Trick aus ihrem Versteck locken. Wenn er es schafft, ist alles gut.« Der König seufzte. »Wo befindet sich dieser Zauberer jetzt?«

»Barathur ist bei ihm. Meinst du, er hat etwas mitbekommen?«

»Warum sollte er. Ich vertraue deinen Fähigkeiten, Trocklock, sowie auf deine Verschwiegenheit. Schickt ihn auf seine Reise zur Bibliothek der Magier.«

Der Troll nickte bedächtig. »Was geschieht danach?«, fragte er nach einer Weile.

Ackarian lächelte. »Wir warten. So wie wir es seit eintausend Jahren handhaben.«

XXXII
Lustig ist das Gauklerleben

Die letzten Schneeflecken tauten. Viel zu lange verhüllte dieses Mal die weiße Decke das Land unter dem Mantel des Vergessens. Mit Frost rechnete niemand mehr. Jetzt endlich begann die Reisezeit der Gaukler.

Ruven hatte Rahias Wohnwagen von einem Bauernhof geholt. Der Bauer war ein Freund, bei dem er einen geheimen Vorrat an Münzen anzulegen pflegte, eine Notreserve für schlechte Zeiten. Dank Miras Anwesenheit verliefen die Auftritte der Gauklergruppe zufriedenstellend. Ihr Silbersäckchen hatte sich trotz der Kosten für Miras Medizin spärlich aber beständig gefüllt. Moropus und Wagen befanden sich wegen der trockenen Unterstellmöglichkeit in einem gepflegten Zustand.

An diesem Abend, als die Gruppe um ein wärmendes Feuer saß und Bratenfleisch sowie frisches Brot mit Butter verspeiste, war die Stimmung zum ersten Mal seit dem Winteranbruch ausgelassen. Die Sonne hatte allen gutgetan. Endlich wurde wieder miteinander gelacht und gescherzt.

Nach einer Weile ergriff Rahia das Wort: »Wir sollten zum Frühlingsfest reisen.«

»Genau! Wir sind letztes Jahr schon nicht hingefahren«, rief Unna. »Ich finde, das ist eine vortreffliche Idee.«

Ruven schaute Rahia fragend an, doch diese warf einen verlegenen Blick in Miras Richtung. »Ich weiß, was du fragen willst, Ruven. Die Antwort lautet: Ja, ich bin mir sicher.« Mehr zu sich selbst sagte sie: »Auch wenn ich die Stadt nicht mag, kann ich das Fest trotzdem mögen. Irgendwann muss ich mich ja meiner Vergangenheit stellen.«

Unna schob sich ein Stück Fleisch in den Mund. »Iff könnte meine Schwefter besuchen«, nuschelte er kauend und wechselte so das Thema. »Dann brauche ich endlich nicht mehr ständig eure miesepetrigen Gesichter sehen.« Er lachte herzhaft. Selbst Ruven, den die Winterabende schwermütig stimmten, fiel in das Lachen ein.

Nach einer Weile nahm Rahia das Gespräch wieder auf. »Wir sollten Mira eintragen lassen, dadurch würde sie offiziell zu uns gehören«, strahlte sie.

»Wir wissen ja gar nicht, ob es Mira recht ist, als Gauklerin durch die Welt zu ziehen«, antwortete Ruven.

Mira blickte die beiden fragend an, während Unna sich bereits Nachschlag in seine Holzschale schaufelte.

»Eintragen lassen?«

»Jeder Gaukler erhält einen Freibrief. Dort ist er oder seine Gruppe eingetragen und darf, je nach Wichtigkeit des Freibriefes, auf dem Land, in Dörfern, Städten oder sogar länderübergreifend auftreten.«

»Wir dürfen zum Beispiel alles«, warf Unna mit vor Stolz triefender Stimme ein.

»Fast alles«, ergänzte Ruven. »Jedenfalls dürfen wir in ganz Rodinia unsere Vorstellungen geben.«

Mira schaute die Drei mit riesigen Kulleraugen an.

»Genau so.« Rahia wies auf Mira. »Was hab ich euch gesagt? Wenn sie so guckt, dann werden wir reich. Das ist gut, das ist sehr gut.« Sie lachte.

»Wie schau ich denn?«

»Unschuldig, süß … Man muss dich einfach mögen.«

Mira zog die Stirn kraus. »Ihr veräppelt mich.«

»Nein, Rahia hat ganz recht.« Ruven straffte sich. »Seit du bei unseren Auftritten den Hut rumgehen lässt, ist wesentlich mehr drin als vorher.«

Unna schaute missbilligend auf, widmete sich aber wortlos seinem Teller.

Rahia und Ruven erhoben sich. Mira ließ sich von dem dunkelhäutigen Mädchen auf die Beine ziehen. Etwas Feierliches lag in Ruvens Stimme. »Mira, wir haben uns besprochen, und wir würden uns freuen, wenn du als ein festes Mitglied unserer Gruppe beitrittst.«

»Ich weiß nicht. Ich kann doch nichts«, nuschelte sie.

»Hallo? Hast du eben nicht zugehört?« Ein Schrecken huschte über Rahias Gesicht. »Du wirst doch nicht gesucht, oder?«

»Nein, natürlich nicht.«

»Also, was soll schon passieren?«, rief Rahia.

Mira überlegte. Wovor fürchtete sie sich? Das Verhör der

Magier hatte bewiesen, dass sie unschuldig war. Weshalb stellte sich ihr Angstgefühl nicht ein? Sie musste und wollte ein neues Leben beginnen. Warum also nicht als Gauklerin? War es die Angst vor Neuem?

Mira schob alle Bedenken beiseite. »Na gut.«

Rahia packte Miras Hände und wirbelte mit ihr im Kreis herum. »Juhu! Wir fahren zum Frühlingsfest! Wir fahren zum Frühlingsfest!«

»Wohin? Halt …« Mira wurde schwindelig, obwohl sie lachen musste.

Ruven fügte erklärend hinzu: »Die Stadt lädt mehrmals im Jahr zu einem Fest ein, bei dem sich auch der König zeigt. Aber das Frühlingsfest ist das Beste von allen.«

Rahia blieb stehen. Während sie die taumelnde Mira weiterhin festhielt, rief sie begeistert: »Der größte Auftrittsort der Welt! Nach Königstadt!«

Auf einmal wurde Mira klar, was sie so ängstigte: die vielen Menschen einer Großstadt.

Unna schnarchte bereits und Ruven blickte in die letzte Glut des Feuers. Die Nacht war kühl.

Rahia schwärmte den restlichen Abend vom Festablauf, von den Aufführungen, den Musikanten und Jongleuren und dem Essen. Bunte Lichter, Fackeln, die in unterschiedlichen Farben brannten, Getränke im Überfluss. Selbst als Mira neben ihr im Bett lag und die beiden sich in ihre Decke kuschelten, erzählte sie flüsternd weiter.

»Dort trifft sich alles, was Rang und Namen hat. Akrobaten aus ganz Rodinia. Hautfarben und Rassen spielen keine Rolle, alle sind freundlich gestimmt. Es ist wie ein großes Familienfest. Ich muss dich unbedingt einer Menge Leute vorstellen. Hörst du mir noch zu Mira? Mira?«

Mira brummte ihre Zustimmung, während der Schlaf sie bereits in seinen Armen wog. Sie war sich nicht sicher, ob diese verrückte Welt der Gaukler auch ihre Welt war …

»Gute Nacht«, flüsterte Rahia. »Ich hab dich lieb.«

Die letzten Worte vernahm sie nur noch im Dämmerschlaf.

XXXIII
Königstadt

Es musste Tage gedauert haben, aber die Trolle leisteten ganze Arbeit. Sie konnten weder zaubern noch Magie anwenden, und doch hatten sie sein Äußeres derart entstellt, dass er sich selbst nicht wiedererkannte. Kyrians Haare wiesen eine rötliche Färbung auf, seine buschigen Augenbrauen ebenfalls und seine Nase glich einer Kartoffel. Er wirkte wie ein sechzehnjähriger Jüngling. Er hoffte nur, dass er das Zeug in seinem Gesicht auch wieder loswurde.

Die Trollfrauen zeigten ihm, wie er sich mithilfe der Tinkturen und klebrigen Salben verwandelte. Er musste anerkennen, dass diese Wesen tatsächlich hochbegabt waren.

Zum Frühjahr, so erzählte Barathur, kamen aus aller Welt die Anwärter zur Magierschule nach Königstadt gereist. »Am Ende eines außergewöhnlichen Festes nimmt die Magierschaft die Fähigsten von ihnen durch eine Prüfung auf«, erklärte der Troll. »Du wirst nicht auffallen. Man wird glauben, du seist ein magisch Begabter.«

Kyrian grinste. Dann würde er offiziell zaubern dürfen. Er verwarf diesen Gedanken jedoch gleich wieder, da die Magier ihre Sprüche anders zelebrierten als die Zauberer.

Nach Monaten des Wartens begab er sich auf die Reise.

Das Land zeigte sich grün, und saftige Wiesen säumten seinen Weg. Die Bäume erstrahlten in wachsender Blätterpracht, als seien sie auf der Palette eines Malers zusammengemischt worden. Doch Kyrian hatte keine Augen für die Natur. Er hatte eine Aufgabe zu bewältigen. Genau wie es Barathur vorausgesagt hatte, begegnete ihm eine Vielzahl an Reisenden, die alle nach Königstadt wollten. Er erfand viele Ausreden, um sich keiner Gruppe anschließen zu müssen, und wanderte meistens allein.

Der Pfad führte bergauf. Kyrian stoppte, da am Horizont zwei Gebäude aufragten, die sich als Turmspitzen entpuppten. Eine Spitze formte sich zu einer Krone, die andere hatte ein kuppelförmiges Dach. Beide Türme ragten fast bis in den Himmel hinein. Von dort oben konnte man mit Sicherheit auf die gesamte Stadt niederblicken, so wie auf die Landschaft zu ihren Füßen, und durch Magieeinwirkung sogar die ganze Welt ...

Er erreichte ein Plateau. Mächtige Felsen mit vom Regen ausgewaschenen Furchen säumten einen Rastplatz und gewährten dennoch einen Blick auf eine Stadt von gigantischem Ausmaß.

Sein Plan, in der hiesigen Bibliothek das Buch zu besorgen und wieder zu verschwinden, löste sich in Luft auf. Hineinzugelangen war nicht das Problem, das wusste er. Die Trolle hatten ihn mit allen Informationen versorgt, die er benötigte, doch jetzt sah alles so anders aus. Kyrian musste sich einen Überblick verschaffen. Er konzentrierte sich auf den Zauberspruch *Weitsicht* zur Verbesserung der Sehkraft. Ob die Magier einen ähnlichen Spruch kannten? Vielleicht beobachteten sie seine Ankunft bereits?

Eine immense Klarheit durchflutete Kyrian. Die Dinge, die er fixierte, erschienen ihm nun hundertfach vergrößert. Sein geschultes Auge suchte nach taktischen Positionen von Kasernen, nach dem Hafen, der Armee. Das waren die Informationen einer Stadt, die ein Krieger benötigte. Zugänge, Brücken, Ein- und Ausgänge, Stadttore.

Eine breite Steinbrücke führte auf das Haupttor zu. Ein Kontrollposten überprüfte die bunte Schar der Ein- oder Ausreisenden.

Das war zu erwarten.

Sollte er einen Zauberspruch zur Ablenkung einsetzen? Nein, zu gefährlich, entschied er. Es erregte zu viel Aufmerksamkeit. Vielleicht konnten die Magier seinen Zauber erkennen und dann wussten sie, dass er angekommen war.

Kyrian zählte ein ganzes Dutzend der dunkelgrünen Roben. Roben, wie sie die Männer damals im Wald getragen hatten.

Magierpack!

Ein Schreck durchzuckte ihn. Was, wenn Trolle und Magier gemeinsame Sache machten? Eintausend Jahre waren eine lange Zeit. Mit einem Mal kam es ihm nicht mehr wie ein guter Einfall vor, als Magierschüler Königstadt zu betreten. Er musste sich etwas anderes ausdenken, um in das Stadtzentrum zu gelangen. Vielleicht als Gaukler.

Kyrian schüttelte den Kopf. Warum sollte er nicht einfach in diese Stadt fliegen? Er konnte sich nicht vorstellen, dass die Magier es schafften, eine komplette Metropole dieser Größe mit einem dauerhaften Schutzspruch zu belegen.

Probieren wir es aus.

Am Abend, als die letzten Schatten der Dunkelheit wichen, wagte Kyrian einen Versuch. Er konzentrierte sich auf einen Flugzauber und schwebte in einem weiten Bogen über die Stadtmauer. Seine dunkle Kleidung ermöglichte es ihm, mit dem Nachthimmel zu verschmelzen. Er erkannte die flackernden Lichter der Häuser, die Menschen, die, winzigen Ameisen gleich, durch die Straßen wuselten.

Auf einer freien Fläche landete er und lauschte.

Nichts.

Kein Alarm. Hatte ihn niemand bemerkt? War die Stadt derart ungesichert? Diese Magier konnten doch nicht so naiv sein.

Einerlei. Jetzt musste er untertauchen, eins werden mit Königstadt. Als Jugendlicher war er oft aus dem Palast seines Vaters ausgerissen, hatte sich Nacht für Nacht fortgemacht und in den Vergnügungsvierteln herumgetrieben. Targas hatte ihn jedes Mal aufgespürt. So entstand ein regelrechter Wettstreit. Er wusste ganz genau, wie man sich versteckte.

Kyrian schlenderte unschlüssig los. Sollte er das Buch holen, oder lieber alles für seine Flucht vorbereiten und dabei nach einem Schiff Ausschau halten? Wo war der Hafen? Bei dem Gedanken fiel ihm auf, dass er nichts dergleichen gesehen hatte. Das Meer durchaus, aber keinerlei Boote darauf.

Kyrian bekam seine Gedanken nicht in den Griff. Er atmete tief durch. Aus der Ferne drangen Lachen und gedämpfte Musik an sein Ohr. Eine Schenke?

Er brauchte einen Schlafplatz, denn er verspürte nicht die geringste Lust, eine weitere Nacht unter freiem Himmel zu schlafen. Er sehnte sich nach einem Bad, nach einem weichen Bett. Der Blick in seinen Geldbeutel versprach ein angenehmes Nachtlager.

Eine Stundenkerze später betrat er eine Herberge. Der Wirt besorgte ihm einen Badezuber mit heißem Wasser. Geld bewirkte auch in dieser Welt Wunder.

Nachdem er ausgiebig gebadet hatte, begab er sich in sein Zimmer. Der Raum war nicht schön und sehr spartanisch eingerichtet. Eigentlich bestand die Einrichtung nur aus einem einfachen Bett und einer Holzkiste für die Habseligkeiten der Gäste. Es sah jedoch sauber und die Schlafstätte annehmbar aus. Der Rest interessierte ihn nicht. Er streifte die Stiefel ab, ließ sich nieder und schüttete den Inhalt seines ledernen Geldbeutels auf die Bettdecke. Die Trolle hatten ihn gut ausgestattet. Kyrian fand inmitten von Kupfer-, Bronze-, Zinn- und Silbermünzen auch eine Goldmünze. Damit verfügte er über ein kleines Vermögen. Vorausgesetzt, die Währung ähnelte der in seiner Welt. Andererseits: Gold blieb Gold. Das besaß vermutlich überall einen ähnlichen Wert.

Er gähnte herzhaft, verstaute alle Münzen wieder im Beutel und legte ihn, fest verschnürt, unter das Kopfkissen.

Der Schlaf konnte kommen.

XXXIV

Der Steckbrief

Die Stadt wirkte wie frisch gekalkt. Sie erschien Mira viel freundlicher als bei ihrem ersten Mal. Ein Blumenmeer aus blauen Blüten zog sich die Hügel hinab. Alles erstrahlte im Sonnenlicht. Bunte Wimpel und Banner, die im seichten Wind umher tanzten, schmückten die Türme der Magier sowie die Festung des Königs. Feine Rauchfähnchen kräuselten sich in der Luft, um sich in Nichts aufzulösen.

»Komm schon. Wir wollen weiter«, rief Rahia ihr zu.

Mira schüttelte sich.

Der endlose Strom von Fuhrwerken und Lebewesen verstopfte die einzige Straße, die zur Hauptstadt führte. Mira rutschte unruhig auf dem Kutschbock hin und her, während sie ihren Hals Richtung Steinbrücke reckte. Bewohner aus allen Teilen Rodinias schoben sich quälend langsam durch das Stadttor, Feen schwirrten umher. Sie entdeckte Zwerge, Zentauren, Nomaden der grauen Steppe, Wüstenbewohner, kleine Menschen der Hügelebenen und überall dazwischen tummelten sich Musiker und buntgekleidete Gaukler.

»Warum bist du so angespannt? Bleib mal locker.« Rahia kaute an einem Stück Süßholz, mit dessen faserigem Ende sie sich die Zähne säuberte.

»Ich weiß auch nicht. Ich habe ein ungutes Gefühl.«

Rahia lachte. »Du hast doch nichts verbrochen.«

»Natürlich nicht ...« Mira knibbelte an ihren Fingern und erntete dafür von ihrer Freundin einen zärtlichen Klaps auf die Hand.

»Na also. Was soll schon passieren?«

»Ich verbinde eben nicht die besten Erinnerungen mit dieser Stadt.« Sie musste an ein Drachenmaul denken, als sie die dunkle Öffnung beobachtete. Drei Wagen trennten sie noch vom Eingang. Wie konnte Rahia nur so unbekümmert sein? Noch zwei Wagen, und sie lachte fröhlich.

»Wenn du wüsstest, welche Erinnerungen ich an diese Stadt hege ... aber lassen wir das. Das ist alles vor meiner

Zeit als Gauklerin geschehen.« Sie verstummte, als ein Magier die Kutsche vor ihnen stoppte. Akribisch durchsuchte er Inhalt und Mitfahrer.

»Was meinst du damit?«

»Erzähl ich dir ein andermal … vielleicht«, murmelte ihre Freundin und blickte zur Seite. Es schien Mira, als verdunkele ein Schatten Rahias Gesicht, obwohl sie lächelte.

»Trollkacke«, entfuhr es Rahia ohne Überleitung. Im gleichen Atemzug verschwand ihr Lächeln. »Du wirst ja doch gesucht!«

»Häh? Wovon redest du?«

Rahia deutete mit dem Daumen über ihre Schulter auf ein Pergament an der Wand des Tordurchgangs. Die Zeichnung zeigte eine Frau, die ihr verdammt ähnlich sah.

»Oh Mist. Was … was mach ich denn jetzt?«

In diesem Moment setzte sich die Kutsche vor ihnen in Bewegung.

XXXV

Erkundigungen

Nachdem Kyrian erwacht war, begab er sich in den Schankraum. Der Wirt, ein stämmiger Kerl im besten Mannesalter, rollte gerade ein Fass herein. Er hielt inne, wischte sich die Hände am Hemd oberhalb seiner ledernen Schürze ab und erwiderte Kyrians Gruß.

»Ah der Langschläfer. Ihr kommt nicht von hier, stimmt's? Sucht Ihr Arbeit?«, begann der Wirt ein Gespräch.

»Schon möglich. Ich suche eigentlich die Bibliothek.«

Der Mann starrte ihn an, dann stieß er ein rauchig hustendes Lachen hervor. »Die hiesige Bibi ... Das ist gut ... Ihr seid ein Scherzkuchen.«

Kyrian zog beide Augenbrauen hoch.

Das Lachen des Wirtes verebbte. »Magieschüler?« Er blickte an Kyrians Gestalt herab und schüttelte den Kopf. »So seht Ihr nicht aus, eher wie einer, der auf dem Frühlingsfest sein Glück sucht.«

»Warum?«, fragte Kyrian vorsichtig.

»Ganz einfach: Da Ihr Euch hier in der Vorstadt befindet, nehme ich an, Ihr seid noch nicht großartig herumgekommen.« Er deutete hinter sich. »Die Bibliothek liegt im Magierviertel und ist auch nur Magiern vorbehalten. Ihr macht, verzeiht mir meine Ehrlichkeit, nicht gerade einen vertrauenserweckenden Eindruck.« Abwehrend hob er die Hände. »Und ich will auch gar nicht wissen, woher Ihr all Euer Geld habt. In dieser Gegend stellt man nämlich keine Fragen. Das solltet Ihr wissen.«

»Hm ...« Kyrian zögerte. Die Nummer mit dem Schüler zog nicht, deshalb sagte er: »Da mögt Ihr recht haben. Ich komme aus Ban-dorin. Ich bin in Wahrheit ein Gaukler und habe eine sehr weite und unerfreuliche Reise hinter mir.«

»Bandorin? Das erklärt einiges.« Der Wirt schob das leere Fass mühelos beiseite. »Dann wollt Ihr Euch sicher registrieren lassen. Was führt Ihr auf? Jonglieren, Artistik, Feuerspuckerei?«

»Oh, ich habe mich noch gar nicht festgelegt.«

»Also ein Skalde.« Der Wirt lachte erneut. »Geschichtenerzähler kommen immer gut an. Egal, ich kann Euch sagen, wo die Anmeldung stattfindet, damit man Euch vor den Ausschuss treten lässt.« Er schüttelte mit dem Kopf und richtete das volle Bierfass auf. »Aber so wird das nix.«

»Was muss ich tun?«, fragte Kyrian. Es war nie verkehrt, über die Örtlichkeiten Bescheid zu wissen, rechtfertigte er sein geheucheltes Interesse.

Der Wirt hievte das Fass auf ein hölzernes Podest. Die Stärke des Mannes war respekteinflößend. Unweigerlich musste Kyrian an Wulfbert, einen Mann seiner ehemaligen Schiffsbesatzung, denken. *Der konnte auch ein volles Bierfass stemmen.*

Kaum schwerer atmend als zuvor wischte der Wirt sich mit seinem Putztuch einen einzigen Schweißtropfen von der Stirn.

»Da seid Ihr bei mir an der falschen Adresse.« Er schaute Kyrian noch einmal von oben bis unten an. Dann seufzte er. »Sucht Euch als Erstes einen Schneider und lasst Euch ein ordentliches Gewand schneidern. Und dann rasiert Euch. Oder lasst Euch einen anständigen Bart wachsen. Nicht das Gefissel in Eurem Gesicht.«

»Äh ... das ...« Kyrian hatte sich tatsächlich seit mindestens zwei Wochen nicht rasiert.

Der Wirt lachte auf, als Kyrian sich sein Gesicht befühlte. »Ganz genau.« Er nahm Hammer und Zapfhahn vom Tisch. Mit zwei gekonnten Schlägen versenkte er den Hahn im Fass. »Kostprobe gefällig?«

Kyrian schüttelte den Kopf. »Wo finde ich denn einen Schneider?«

Der Wirt füllte einen Krug. Nachdem er diverse Male den überschüssigen Schaum abgestrichen hatte, trank er einen kräftigen Schluck, so dass sein halber Kinnbart vom Schaum bedeckt war. Mit dem Ärmel wischte er seinen Mund ab, zapfte Bier nach und streckte seinem Gast den Krug entgegen.

»Ich bin Lemmy.«

Kyrian zögerte. »Keil, angenehm.«

»Du brauchst nicht irgendeinen Schneider, Keil. Du

musst, damit du beim Rat ankommst, etwas Besonderes sein. Besondere Kleidung, besonderes Aussehen, besonderes Können. Sonst wird das nix.«

Kyrian nippte am Getränk. Ein süßlicher Geschmack breitete sich an seinem Gaumen aus. Zustimmend nickte er und nahm einen kräftigen Schluck, was dem Wirt ein schallendes Lachen entlockte. »Gut, nicht wahr! Kommt aus dem Zwergenland jenseits der großen Berge. Bekommt man nicht alle Tage. Aber ich habe Verbindungen.«

»Wie mir scheint, nicht nur zum Zwergenland. Du wolltest gerade von einem Schneider erzählen.«

Als der Krug geleert war, wusste Kyrian, wo er einen ausgezeichneten Schneider und einen exzellenten Schuster finden würde, wo die arbeitende Bevölkerung einkaufen ging und wo es die feinen Herrschaften taten, wo sich die Bibliothek genau befand, und wo das sauberste Freudenhaus der Stadt stand.

Kyrian lächelte. Das war mehr, als er erwartet hatte. Ein Wirt galt immer noch als die beste Informationsquelle. Sein Lächeln verschwand. Genau. Der Wirt verfügte über viele Informationen. Zu viele. Er kannte Kyrians Gesicht, er würde ihn jederzeit wiedererkennen. Kyrian überlegte, ihm ein wenig von seiner Last abzunehmen.

XXXVI
Unter Magiern

Ruven zog ein Dokument hervor. »Wirft man ihr etwas vor? Wenn ja, so sprecht und lasst es mich wissen.«

Sie standen zu siebt in dem beengten Turmzimmer. An einem Eichenholzschreibtisch saß ein hagerer Mann, dessen braunes Haar von weißen Strähnen durchzogen war und der in einem dicken Buch schrieb. Er trug die Robe der städtischen *Bewahrer der Ruhe*. Mira befand sich wenige Schritte abseits der drei Gaukler inmitten von zwei Wächtern.

Der Magier inspizierte das Schriftstück, drehte es und stellte dann trocken fest: »Hier sind nur drei Namen eingetragen. Ich sehe aber vier Personen.«

Er hob die Augenbrauen, als Ruven sein Dokument zitierte: »Laut Bestimmung neunzehn ist es uns erlaubt, neue Mitglieder aufzunehmen und erst bei nächstmöglicher Gelegenheit in der nächstgrößeren Stadt, vorzugsweise der Gebietshauptstadt, von der Magierschaft eintragen zu lassen. Wir kommen geradewegs aus dem Westen …«

Der Mann am Schreibtisch schnitt ihm das Wort ab. »Ihr braucht nicht weiterzureden. Ich kenne die Regeln eines Freibriefes. Wir Magier haben sie erstellt.«

Mira biss sich auf die Lippe. Warum wollte man sie mitnehmen?

Ruven ließ nichts unversucht. Blitzschnell änderte er seine Taktik: »Es kommt letztendlich unserem König doppelt zugute: Ein fröhliches Volk arbeitet besser, und da ist ein abgabenzahlender Gaukler mehr, der die Staatskasse füllt.«

»Wenn ihr denn die Steuern zahlt«, konterte der Magier. »Die pünktliche Zahlung der Steuerabgaben nimmt das fahrende Gauklervolk ja nicht so genau.«

Ruven entgegnete entschuldigend: »Wir sind stets auf Reisen. Dafür gibt es diese Sondergenehmigungen. Da blickt ja kein Mensch durch.«

»Richtig. Kein *Mensch*«, sagte der Magier tonlos und

grinste süffisant. »Deshalb sorgen wir *Bewahrer der Ruhe* für Ordnung!« Damit machte der Mann seine Position eindeutig klar. Es entstand eine Pause, in der Ruven verlegen lächelte. Der Magier starrte ihn an, vermerkte etwas in seinem Buch und übergab das Dokument.

»Ihr seid wieder zu dritt. Jetzt hat alles seine Richtigkeit.«
Ruvens Lächeln gefror und er warf Mira einen hilflosen Blick zu. Unna schwieg. Einzig Rahia sah aus, als wolle sie sich gleich auf den Mann stürzen, um ihm die Augen auszukratzen. Ruven legte seinen Arm um ihre Schulter und hielt sie sanft zurück.

Der Magier musterte die Gruppe mit lauernder Miene.
»Das wäre alles.« Er wandte sich in Miras Richtung: »Bringt sie fort. Der Magister wartet bereits.«

Sie wurde in die Mitte genommen und abgeführt.
»Mira, wir finden eine Lösung«, rief Rahia ihr hinterher.

»Scheint als wäre uns das Glück hold. Erst die Nachricht der Trolle über den Fremden und jetzt das Mädchen«, sagte Bralag, als er vor dem Magister stand. »Ein geflügelter Bote meldete soeben, dass dieses schneeweiße Bauernmädchen am Stadttor aufgegriffen wurde. Sie ist in Begleitung von drei Gauklern.«

Das Magieroberhaupt erhob sich aus einem Ohrensessel.
»Na bestens. Schickt jemanden, der sie herholt.«

»Das ist bereits geschehen. Mirabella Hafermann befindet sich auf direktem Wege hierher.«

Val erschien wie ein Schatten hinter dem Magister. »Gaukler? Sind alle auf dem Weg hierher?«

»Nein, nur dieses Mädchen.«

»In welchem Verhältnis steht sie zu diesen Spielleuten?«

»Ich konnte sie verständlicherweise noch nicht befragen.« Bralag blickte zum Magister, doch der gebot Val keinerlei Einhalt.

Valhelia rieb sich die Hände. »Dann sollten *wir* das dringend nachholen.«

»Ich verhöre sie, sobald sie ankommt …«

Der Magister unterbrach Bralag: »Ja ja. Wir sollten die Gunst der Stunde nutzen. Es muss eine Bewandtnis haben, wenn sich der Fremde auf dem Weg hierher befindet und zeitgleich dieses Bauernmädchen auf der Bildfläche auftaucht.« Er schaute zwischen Val und Bralag hin und her. »Er hat sie damals verschont. Warum dieses Mal nicht auch. Wie können wir einen Nutzen aus diesem Umstand ziehen? Wie können wir sie ihm präsentieren?«

Zwei Stundenkerzen später befanden sich die Drei noch immer in ihre Diskussion vertieft.

»Wir könnten diese dunkelhäutige Gauklerin an ihrer Seite auswechseln. Ich könnte mich verwandeln und ihren Platz einnehmen. So wäre ich immer bei dem Bauernmädchen, wenn der Fremde auftaucht«, sagte Val.

»Das ist lächerlich. Meint Ihr, das wird sie nicht merken?« Bralag schnaufte. »Wenn sie uns die Gauklerzunft aufwiegelt, haben wir ein Problem.«

»Keines, das wir nicht zu lösen vermögen«, entgegnete Val.

Bralag wandte sich kopfschüttelnd an den obersten Magier. »Ich bin der Meinung, wir müssen sie anders überreden. Vielleicht mit einer Belohnung.«

Der Magister brach in schallendes Gelächter aus. »Eine Belohnung?«, brachte er schließlich hervor. »Mein lieber Bralag, wir wollen doch nicht zum Äußersten greifen. Es handelt sich um ein einfaches Bauernmädchen.«

Val kicherte. »Macht sie doch zu Eurer Schülerin.«

Der Magister wischte sich die Tränen fort. »Wir finden eine Lösung. Bis dahin wird Val sie begleiten, allerdings nicht in der Form dieser Gauklerin.«

Bralag setzte zu einer Antwort an: »Trotz alledem …«

Als es klopfte, beendete der Magister kurzerhand das Gespräch mit einem förmlichen Befehl: »Ich übertrage Meisterin Valhelia die Obhut dieses Bauernmädchens. Ihr werdet gemeinsam das Verhör leiten.«

»Aber …«

»Keine Widerrede. Von beiden Seiten!« Der Magister blieb eisern. »Rauft euch zusammen!«

Valhelia verschränkte die Arme, wobei sie sich wegdrehte.

Bralag schwieg. Was bildete sich der Magister ein? Er als oberster Heerführer konnte unmöglich mit dieser vorlauten Göre zusammenarbeiten. Valhelia war ein Kind. Ein gefährliches Kind.

Dann betrat ein Magier den Raum und verkündete: »Die Gefangene ist soeben eingetroffen.«

Das monströse Turmgebäude warf seinen Schatten auf die Stadt, als wolle es diese mit Haut und Haar verschlingen. Mira wurde in einen Seitentrakt des Turmes in das erste Stockwerk gebracht. Die Wachen ließen sie nicht aus den Augen und führten sie zu einer Sitzgruppe am anderen Ende eines Saals. Die Schönheit des Raumes überwältigte sie so sehr, dass sich ihre Angst mit Verzückung mischte. Ihr Blick fiel auf die goldenen Schnörkel der Sitzmöbel, auf einen Schrank, dessen Türen vollständig mit braungelben, durchsichtig schimmernden Steinen besetzt waren, und einen Spiegel – ein faszinierendes silbernes Gebilde, auf dessen glatter Fläche sich Mira im Vorbeigehen selbst erkennen konnte. Das Leben der Gaukler hatte sie körperlich verändert. Sie trug jetzt figurbetontere Kleidung. Ihre Haare hatte Rahia zu einem Zopf geflochten.

Sie schaute auf, als der weißhaarige Magier und dieses seltsame Mädchen, das sie wiedererkannte, das Zimmer betraten. Augenblicklich hämmerte Miras Herz in wildem Rhythmus in ihrer Brust.

Der Mann stellte sich und seine Begleiterin vor. Valhelia murmelte irgendetwas vor sich hin, drängte sich sogleich an ihm vorbei und hockte sich neben Mira.

»Mirabella, wie ich mich freue, dich wohlauf zu sehen. Wir sind ernsthaft um dein Wohlergehen besorgt.«

Auf einmal erschien sie Mira nicht mehr unnahbar, wie zu Beginn ihres ersten Treffens bei dem Verhör. Meisterin

Valhelia sorgte sich ehrlich um sie, davon war Mira fest überzeugt. Ob sie wohl ihre Freundin werden könnte, überlegte sie. Woher kamen diese plötzlichen Gedanken und warum blickte Meister Bralag so böse drein? Mira konnte sich keinen Reim darauf machen. Sie musste ihre volle Konzentration aufbringen, um Vals Worten zu folgen.

»Damals im Wald«, begann Valhelia mit beruhigender Stimme, »hat er alle Menschen getötet, die sich dort mit dir aufhielten. Auch bei eurem zweiten Zusammentreffen wollte er dich umbringen. Er ist hinter dir her.«

Mira schaute die beiden mit großen Augen an. »Was?«, hauchte sie und vergrub ihr Gesicht in den Händen. »Ich verstehe das nicht.« Ihr Leben geriet unaufhaltsam immer mehr aus den Fugen. Gerade erst hatte sie sich bei den Gauklern eingelebt und nun wurde ihr offenbart, dass ihr dieser Fremde nach dem Leben trachtete.

»Ihr meint ... er will mich ...«

»... töten, ja«, beendete Val Miras Satz.

»Aber warum? Was habe ich ihm getan?« Miras Augen füllten sich mit Tränen der Angst. »Wer ist dieser Mensch?«

Bralag legte Miras Hände in seine. »Du warst zur falschen Zeit am falschen Ort, um es mal mit einfachen Worten auszudrücken. Du hättest nicht auf dieser Lichtung sein sollen. Nicht an jenem Tag. Doch nun ist es so.«

In der Pause, die Bralag machte, sprach Val sofort weiter: »Und nun will er dir dein Leben nehmen. Du kannst weiter vor ihm fliehen. Oder du kannst uns helfen, es zu beenden.«

Bralag schaute ihr in die Augen und Mira senkte den Blick. »Hilf uns, diesen Mörder zu fangen. Hilf uns, diesem Wahnsinn ein Ende zu bereiten. Du hast ihn gesehen, und aus irgendeinem Grund ließ er dich am Leben. Das ist ein Zeichen. Das muss eine Bewandtnis haben. Wir können diesen Umstand zu unserem ... zu deinem Vorteil nutzen«, sagte Bralag beschwörend. Seine Stimme nahm einen fast väterlichen Tonfall an. »Wir beschützen dich. Aber du musst uns helfen. Wirst du mit uns zusammenarbeiten?«

Mira nickte zaghaft. Eine dicke Träne rann ihre Wange hinab. Sie hatte so viel von den drei Gauklern gelernt. Diese Menschen hatten ihr gleich zweimal das Leben gerettet, hatten sie aufgenommen und ihr ein neues Zuhause gegeben. Sollte sie ihnen den Rücken kehren?

Mira nahm all ihren Mut zusammen. »Was wird aus meinen Freunden? Ich gehe nicht ohne sie«, sagte sie mit zittriger Stimme.

Wieder übernahm Val das Reden. »Mira. Es ist zu gefährlich. Ich kann nicht alle beschützen, wenn dieser Fremde dich angreifen sollte. Du willst doch diese Gaukler keiner Gefahr aussetzen?«

Mira schüttelte energisch ihren Kopf. »Ohne meine Freunde gehe ich nirgendwo hin!«

Sie war so fest entschlossen, dass Bralag schließlich eingriff. »Nun gut …«, sprach er und zögerte dabei ein wenig. »Ich bin mir sicher, Meisterin Valhelia wird eine Möglichkeit finden.«

»Es wird schon zu schaffen sein«, stimmte Val kühl zu. »Dieser Fremde ist ja auch nicht hinter den anderen her, sondern nur hinter Mirabella.«

Bralag bemerkte, wie Mira zusammenzuckte und ebenso bemerkte er Valhelias Lächeln. Sie genoss es, das Bauernmädchen zu quälen, diese Schlange. Val hatte eindeutig gegen seine Verhörregeln verstoßen. Jemanden mit Magie zu belegen, damit er das sagt, was man selbst meint, ist der falsche Weg eines Verhörs. Mit Genugtuung beobachtete Bralag die gesamte Zeit, dass der magische Spruch nicht vollständig funktionierte. Mira schien einen starken Willen zu haben oder der Spruch war von Valhelia nur schlampig ausgeführt worden.

Prinzipiell wäre es Bralag egal, was mit einer Fremden geschah. Nicht aber mit diesem weißen Mädchen. Diese weiße Haut, diese Haare. Sie ähnelte *ihr* zu sehr. Zum wiederholten Male ertappte er sich dabei, dass seine Gedanken zu einem Grab in seiner geheimen Zuflucht schweiften.

Valhelias Stimme riss ihn zurück an diesen Standort.

»Du bist selbstverständlich keine Gefangene, aber du wirst dich nicht von hier fortbewegen. Ist das klar?«

Mira nickte ängstlich und Val fügte ihren Worten hinzu: »Es dient nur deiner Sicherheit. Jetzt ruh dich erst mal aus. Wir gehen vielleicht morgen oder übermorgen gemeinsam auf das Fest.«

»Sehr gerne«, sagte das weiße Mädchen.

Bralag lächelte. Er hatte bereits eine Idee, wie er Valhelia eins auswischen konnte und er musste mit diesem Mädchen noch einmal alleine reden. Sie verdiente ein Stückchen Wahrheit.

XXXVII

Das Frühlingsfest

»Der Raum ist ja riesig.« Rahia schlug ein Rad in dem überdimensionalen Zimmer, dann ließ sie sich auf das Bett fallen und überprüfte den Härtegrad der Matratze. Sie zog eine Schnute. »Ist nichts für mich. Wann können wir los?«

Mira saß auf einer gepolsterten Sitzbank und stützte sich an zwei mit rotem Samtstoff überzogenen Armlehnen ab. Dann blickte sie in Rahias Richtung. »Los wohin?«

»Na zum Fest. Die Eröffnung ist in weniger als vier Kerzenlängen. Außerdem stand draußen niemand.«

Miras Schultern sanken herab. »Als man dich hereingelassen hat, hast du doch überall die Wächter gesehen? Ich darf nicht fort. Mir ist auch nicht nach Weggehen zumute. Nicht nach dem, was diese Leute mir offenbart haben. Diese Valhelia begleitet mich später sowieso. Morgen oder so.«

Rahia riss entsetzt die Augen auf. »Bist du bescheuert? Heute ist der Tag der Tage. Und da willst du mit einem Kindermädchen losziehen? Wo bleibt denn da der Spaß?«

»Rahia! Irgendein verrückter Kerl trachtet mir nach dem Leben und ich weiß nicht einmal, warum.«

»Genau, warum sollte dich jemand umbringen? Das glaube ich nicht.«

Miras Stimme nahm einen schrillen Ton an: »Weil ich ein Zeuge im Wald war? Alle anderen aus diesem Wald sind tot, verstehst du? Ich weiß doch auch nicht.« Ihre Augen füllten sich mit Tränen.

Rahia trat neben sie und legte einen Arm um ihre Schulter. »Komm mit mir. Wenn dich jemand sucht, dann höchstwahrscheinlich hier im Magierzentrum. Wer vermutet dich schon auf einem Fest voller Gaukler. Unter so vielen Menschen bist du auf jeden Fall sicherer als in diesem riesigen Zimmer.«

»Aber hier beschützt man mich.« Mira schniefte.

»Bei uns gerätst du gar nicht erst in Gefahr, weil dich niemand bei uns vermutet. Am Ende des Festes kannst du dich immer noch bei den Magiern melden oder besser gesagt abmelden, denn dann gehen wir wieder auf Reisen. Gemeinsam. Du gehörst jetzt zu uns Gauklern.«

»Ich weiß nicht. Meinst du wirklich?« Mira wischte sich ein paar Tränen fort, und es gelang ihr sogar, zu lächeln.

»Na klar. Komm, wir hauen ab. Je eher, desto besser.«

Miras Augen weiteten sich. »Das können wir nicht machen.«

»Und ob wir das können. Du wirst schon sehen.« Rahia inspizierte das Fenster, um einen Weg nach draußen zu finden. »Bleib doch hier, wenn dir die oberflächliche Sicherheit der Magier mehr zusagt, als unterzutauchen im bunten Treiben der Gauklerzunft.«

Mira schwieg.

Rahia drehte sich seufzend zu ihr um. In ihrem Blick lag ein flehender Ausdruck. »Ich will zu meinen Leuten und ich wünsche mir, dass du mitkommst. Ich will Neuigkeiten erfahren, neue Geschichten hören, den Barden die neuesten Geheimnisse entlocken. Ich will trinken, feiern, Spaß haben.« Sie atmete tief ein und stieß die Luft geräuschvoll aus. Dann wandte sie sich wieder dem Fenster zu. »Das kann ich nicht mit einer Magierin an der Backe. Höchstwahrscheinlich sagt die um Mitternacht, wir sollen ins Bett gehen.«

Es entstand eine Pause.

Mira sagte: »Mitternacht ist aber ganz schön spät …«

Rahia fuhr herum. »Mira!« In ihrem Blick lag Entgeisterung. »Zur Mitternachtsstunde geht die Feier erst richtig los.«

Miras unschuldiges Lächeln führte bei Rahia zu einem Augenrollen. »Also bist du dabei oder nicht?«, fragte sie frei heraus.

Mira zögerte, nickte dann aber.

Ihre Freundin atmete laut auf. »Ausgezeichnet. Lass uns verschwinden. Ich habe auch ein paar *magische* Tricks auf Lager.«

Mira musste lachen, da Rahia das Wort magisch in die Länge zog, währenddessen sie einige Gesten mit ihren Händen vollführte. Wenige Augenblicke später hatten die Mädchen eine lebensgroße Puppe im Bett gebastelt, und sie hangelten sich aus dem Fenster. Keine von ihnen hatte den

Magier mit dem kurzgeschorenen, weißen Haar bemerkt, der sie lächelnd aus sicherer Entfernung beobachtete.

Eine Menschenmasse tummelte sich auf dem breiten Pfad. Mira bekam vor Staunen ihren Mund nicht mehr zu. Dieses bunte Treiben wirkte auf sie wie eine Traumwelt. Auch hielten sich zusätzlich zu den Menschen alle Größen und Rassen zahlreicher anderer Kreaturen und Lebewesen auf. Pferde mit menschlichen Oberkörpern, Zwerge und Zwergenfrauen mit ellenlangen Bärten, Riesen und zwischen all diesem Getümmel schwirrten flinke geflügelte Wesen umher. Das mussten Feen sein. Mira hatte noch nie eine Fee gesehen und staunte, wie schnell sie doch waren.

Schließlich erreichten sie den Hauptplatz des Festes. Unzählige Zelte, Wagen und Holzbuden säumten das ovale Gelände. Die zierlichen Rauchfähnchen der Kochfeuer schwängerten die Luft mit dem Duft der unterschiedlichsten Gerichte. Es roch nach Zimt, Anis, Zitronenminze. Nach Gewürzwein, nach gegrilltem und gesottenem Fleisch, nach Bratäpfeln. Und über allem lag der Geruch vom Rauch der Feuerstellen.

Der Platz wurde von einer Bühne dominiert, auf der sich der Festausschuss platziert hatte. Ob der König gleich erscheinen würde? Mira hoffte es. Sie konnte kaum etwas im Gedränge erkennen, da sich zu viele Leiber in ihr Blickfeld schoben. Rahia hatte ihr eingebläut, sich an ihrem Gürtel festzuhalten. Spätestens jetzt wurde ihr bewusst, warum ihre Freundin sie so eindringlich darum gebeten hatte. Ein einziges Mal schaffte es ein Zentaur, sich zwischen sie zu schieben. Mira wollte gerade loslassen, als Rahia den Pferdemenschen barsch anfuhr: »He, pass doch auf, du Trampeltier!«

»Vorsicht bei deiner Wortwahl, junges Fräulein!«, entgegnete dieser ebenso patzig. »Ein Trampeltier ist ein Kamel.«

Rahia streckte ihm drohend den Zeigefinger hin. »Eben!«

»Man sieht sich immer zweimal«, schnaubte der Zentaur und tauchte in der Menge unter.

Rahia zog Mira mit sich. Sie gelangten an ein Holzgatter, an dem zwei Wachposten aufgestellt waren. Sie trugen die Uniformen der Stadtwache und ihre frisch polierten Rüstungen glänzten in der Sonne. Auf ihrer Brust prangte das Wappen des Königs.

»Warum gehen wir nicht durch den Haupteingang?«, raunte Mira.

»Zu viele Magier«, antwortete Rahia knapp. Sie trat sofort auf einen muskulösen Hünen zu. Seine ebenen Gesichtszüge zeigten ein professionelles Lächeln, als er sie erblickte.

»Hallo, schöner Mann. Wir erbitten Einlass in das Künstlerviertel.«

Der Hüne musterte beide Mädchen, dann grinste er. »Hier wollen viele rein. Wer seid ihr zwei Hübschen denn?«

»Wir gehören zu Ruven Maléri.«

»Ruven Maléri? Der berühmte Gaukler, der bereits vor dem König spielte?«

Rahia streckte sich stolz. »Ganz genau der. Wir sind: Rahia Misterioso und Mira ...«

Mira schaute sie einen Augenblick entgeistert an. Sie kannte Rahias Nachnamen bis eben nicht – falls das überhaupt ihr echter Nachname war. Misterioso. Sie musste sich beherrschen, um nicht laut zu lachen.

Der Wachposten vollführte eine entschuldigende Geste. »Dann benötige ich trotzdem euren Freibrief.«

»Den haben wir leider nicht dabei«, gab Rahia kleinlaut von sich.

»Soso. Wer sagt mir denn, ob ihr die Wahrheit sprecht.«

»Als wenn wir lügen könnten ...« Rahia blinzelte mit den Augen, und der Wächter lachte. Doch er blieb eisern.

»So gerne ich es auch täte: Ich darf euch ohne einen Freibrief nicht hereinlassen. Befehl von ganz oben.«

In diesem Moment ertönte Ruvens Stimme. »Hier. Hierher.« Mit schnellen Schritten kam er winkend herbei. »Sie gehören zu mir. Hier ist unser Freibrief.«

Der Mann las und grinste dann. Er deutete auf Mira. »Dann bist du also *Unna Pupperschlag*?«

Ruven schaute verlegen zu Boden. Mira nickte zögernd.

»Man spricht es *Unja* aus«, erklärte Rahia und blinzelte mit den Augen.

Das Grinsen des Wächters wurde breiter. Lachend schüttelte er mit dem Kopf. »Na dann, hereinspaziert ... *Unja*. Ich wünsche euch viel Vergnügen.«

»Vielen Dank.«

Er gab den Weg frei, und die beiden traten ein.

Im Innenraum vor der Bühne befanden sich ausschließlich Gaukler. Eine derartige Farbenpracht erinnerte Mira an die Blumenfelder von *Tulapp*, die sich im Herbst über eine Gegend zwischen ihrem Dorf und der grauen Steppe erstreckten. Jedes Kleidungsstück übertraf sich an Form und Farbe. Wesen in Laternenform schwebten vorüber, Drachenschlangen, bestehend aus mehreren Menschen, trippelten um sie herum. In diesem Moment vergaß Mira alle Sorgen der Welt. Alle Probleme erstarben in einem Meer aus Masken, Federn und Stoffen.

Die Rede des Königs floss an Mira vorbei, ohne dass sie ihn überhaupt genau erkennen konnte.

»Wo ist eigentlich Unna«, bemerkte sie erst viel später.

Ruven unterbrach sein Gespräch. »Unna trifft sich mit einigen Köchen, seine zweite Leidenschaft.« Er lachte und widmete sich wieder seinem Gesprächspartner. Rahia und er kannten nahezu jeden auf dem Fest. Die Gaukler stellten Mira mehreren männlichen und weiblichen Menschen vor. Sie gaben sich Mühe, um Mira in die Welt der Spielleute einzuführen.

So raste die erste Hälfte des Tages zu schnell vorbei. Mira konnte vor Aufregung kaum ihr Mittagessen genießen. Gegen Nachmittag trennte sich auch Ruven von ihnen und die beiden Mädchen zogen alleine weiter. Es dämmerte bereits, als überall an den Zelten und Buden Fackeln, Kerzen und tönerne Öllämpchen entzündet wurden. Die Anwesenden schlossen sich zu Gruppen zusammen, um die aufgebauten Tavernen und Schenken zu belagern. Die zahlreichen Barden begannen zu musizieren. Gelächter getränkt mit Gesprächsfetzen hallte über die einzelnen Plätze, und auf allen verbreitete sich der süße Geruch von Freiheit, Lust und purer Lebensfreude. Nichts erinnerte an Tod oder einen unwirklichen Massenmörder, der ihr nach dem Leben trachtete.

Doch die Nacht hatte gerade erst begonnen.

XXXVIII

In der Schwärze der Nacht

Kyrian schlenderte über den Platz, der sich mit bunten und verrückten Kostümen füllte. Er fand schnell heraus, dass auch die Magier Verkleidungen trugen. Allerdings zeichneten sich diese meist durch dunkle Roben aus. Kyrian hatte eine neutrale Gewandung gewählt. So wurde er nicht von zu vielen Gauklern angesprochen und konnte sich frei bewegen. Er hatte darauf verzichtet, einen Verschleierungszauber anzuwenden. Die Gefahr, dass ihn ein Magier durchschaute, war zu groß.

An einem Gebäckstand verweilte Kyrian. Der Duft von Zimt zog ihm verlockend in die Nase.

»Sind das da Zimtkuchen?«, fragte er die zierliche Bäckerin.

»Jawohl, mein Herr. Die Besten aus ganz Königstadt!«

»Dann nehme ich gleich zwei.« Er bezahlte, biss hinein und seufzte auf.

»Beim leibhaftigen *Larkarack*, das sind die besten Zimtkuchen, die ich je gegessen habe.«

»Äh ... Ja, nicht wahr?«

Er schob sich ein weiteres Stück in den Mund, um nicht in die Verlegenheit eines Gespräches zu kommen, und nickte der Verkäuferin, die sich bereits dem nächsten Kunden widmete, zum Abschied zu.

Er schlenderte von Zelt zu Zelt und betrachtete die Waren. Als er aufblickte, fiel ihm beinahe sein letztes Kuchenstück aus der Hand. Stand da etwa die weiße Magierin? Fast hätte er sie übersehen, so auffällig und doch so unscheinbar. Es gab zwar nicht viele Menschen mit einer derart blassen Hautfarbe auf der Welt, weder in seiner Heimat noch auf Rodinia, so gab es hier jedoch haufenweise geschminkte Gesichter.

Er trat neben einen Tisch mit Glaswaren, heuchelte Interesse und beobachtete das Mädchen. Diese weißen Haare, diese blassroten vollen Lippen. Was ihn letztendlich überzeugte, war die Farbe ihrer Augen. Ein leichter lila Schimmer lag darin. Kein Zweifel, sie war es!

Sie stand in einer Gruppe von Gauklern, eingehakt bei einem anderen Mädchen, das verschiedener von ihr nicht hätte sein können. Allein aufgrund ihrer braunen Haut.

Wie kam er an die weiße Magierin heran? Er inspizierte die Umgebung, konnte jedoch keinen Magier ausfindig machen.

War das ein gutes Zeichen? Als er sich umschaute, schlenderten die beiden Mädchen weiter. Er nahm die Verfolgung auf und ließ seine Gedanken schweifen. Dieses weiße Mädchen …

Kyrian griff sich mit der Hand an die Stirn. Sie musste eine Zauberin sein, sonst hätten die Robenträger ihre Tarnung längst aufgedeckt. Sie hatte ihn im Wald befreit. Wahrscheinlich hatte sie auch dafür gesorgt, dass nur wenige Wachen vor seinem Gefängnis standen. Sie hatte sich nicht zu erkennen gegeben, da sie ständig von zu vielen Magiern umgeben wurde. Aber wer war dieses andere Mädchen? Etwa auch eine Magierin? Das ergab alles keinen Sinn. Er musste dichter an sie rankommen.

Kyrian wollte sich an einer Gruppe Zwerge vorbeidrängeln. Noch über ihre Köpfe hinweg sah er, wie die beiden Mädchen in eine Gasse einbogen.

»Entschuldigung, dürfte ich mal …?«

Gerade als sich Kyrian an einem Zwerg vorbeischob, bemerkte er die verkleidete Gestalt, die zielstrebig hinter den beiden herging. Der Mann, vollkommen in Schwarz, trug einen dreieckigen Hut auf dem Kopf und hob sich von den umstehenden, fast ausschließlich bunt gekleideten Festbesuchern ab. Eine weiße Porzellanmaske, deren Augen- und Nasenpartie von goldenen Ranken verziert wurde, verdeckte sein ganzes Gesicht.

Verdammt. Das konnte nur ein Magier sein. Diese Magier traf man überall. Er würde also vorsichtig sein müssen.

Als er um die Ecke bog, waren die beiden Mädchen verschwunden, genau wie die verkleidete Gestalt. Kyrian ballte die Fäuste.

Der Abend rauschte an Mira vorbei wie ein reißender Fluss. Da sie vom Abendessen gesättigt waren und der Wein seine wohltuende Wirkung verbreitete, suchten sich die beiden Mädchen ein ruhiges Plätzchen zum Verschnaufen. Am Rand eines Mauervorsprungs beobachteten sie die winzigen Lichtpunkte der Feuer unter ihnen, die auf den einzelnen Festebenen rund um die Türme brannten. Mira stützte sich mit ihren Händen ab und blickte zum Mond. Die bleiche Scheibe beleuchtete die ganze Stadt, tauchte alles in einen silbrig glänzenden Schein. Er erinnerte Mira an ein mit Stoff überzogenes Bett.

»*Mane* ist hell und die Nacht dunkel.«

Mira schaute Rahia von der Seite an. »Welch Weisheit in deinen Worten.«

Sie lachte, doch Rahia reagierte nicht. Die Gauklerin blickte ebenfalls auf die silberne Scheibe. »*Mane* ist wunderschön. Manchmal träume ich davon, in einem Meer aus Licht und weißen Blumen und …« Rahia seufzte. »Dann möchte ich am liebsten fort von hier, fort aus dieser Welt.«

»Aber sonst geht es dir gut, oder?«

»Vielleicht leben irgendwann einmal Menschen da oben. Es muss märchenhaft dort sein. Alles ist aus strahlendem Silber.« Dann lachte auch Rahia. Es war ein fröhliches, ein unbeschwertes Lachen.

Mira blickte wieder zum leuchtenden Mane empor. Eine nachdenkliche Stille überdeckte alles. Sofern dieser Fremde sie hier finden würde, könnte Rahia sie beschützen? Oder ein anderer Gaukler? Die Angst kehrte zurück und fraß sich in Miras Kopf. Heimlich und doch jeden Gedanken verschlingend, bis Mira die Stille nicht mehr ertragen konnte.

»Dieser Bralag erzählte mir, er sei ein Zauberer aus einer anderen Welt.« Mira seufzte. Ihre Stimme war nur ein Flüstern und automatisch flüsterte Rahia ebenfalls.

»Wer?«

»Na, dieser Fremde, der mich …« Sie verstummte.

»Das glaube ich nicht. Zauberer gibt es ausschließlich in den alten Sagen und Legenden.«

»Ich weiß nur von Magiern.«

»Du hast noch nie von den Zauberern gehört? Ach komm schon. Jedes Kind kennt die Sagen über ihre Grausamkeiten. Es sind herzlose Monster, die alle Wesen töten, die ihnen nicht dienen. Sie glaubten einst, sie könnten sich über die Götter stellen, doch der Zorn des Gottvaters *Mahnwa* und das Einwirken der Magier haben sie vernichtet und sie wurden über den Rand der Welt hinausgeschleudert. Im absoluten Nichts schmoren die Zauberer nun in der Hölle. So steht es geschrieben.« Als Rahia Miras entsetztes Gesicht sah, fügte sie hastig hinzu: »Ich wollte dir keine Angst machen. Das sind nur Geschichten.«

Der Platz füllte sich. Gelächter paarte sich mit dem Stimmengewirr, erklomm die Wiese in Gestalt einer Gruppe Gaukler. Sie ließen sich nieder und ein Mann in einer rotgelb gestreiften Hose hielt ihnen einen Tonkrug hin. Sein nackter, im Mondschein glänzender Oberkörper roch nach Rosenwasser.

»Lasset den Krug im Sonnenlauf kreisen«, rief er.

Mira nippte an dem honigsüßen Getränk. Rahia hingegen nahm einen tiefen Zug, trocknete sich mit ihrem Ärmel den Mund und gab den Krug einem angetrunkenen Mann.

»Zauberer, Magier; alles Verbrecher … die können mir gestohlen bleiben«, griff Rahia das Gespräch wieder auf.

»Hm, ich weiß nicht so recht. Sollte man nicht jedes Wesen zuerst kennenlernen, bevor man über seinen Charakter urteilt?«

»Ja, genau!« Rahia lachte prustend. »Du gehst auf einen hungrigen Drachen zu und sagst: ›Guten Tag, Herr Drache, ich bin die Mira, und ich denke, Sie sind so nett und fressen mich nicht.‹«

»Das ist doch etwas ganz anderes. Drachen sind Tiere. Diese Zauberer waren auch Menschen, … oder?«

»Die Frage ist, was sind sie jetzt? Dämonen? Auf jeden Fall sind sie nicht besser als diese Magier.«

»Rahia! Wie kannst du das nur sagen?« Mira riss die Hand vor den Mund.

»Wieso? Ich bin kein Freund der Magier. Das können die ruhig wissen.« Als Rahia Miras erschrockenes Gesicht sah, erklärte sie: »Ich setze kein Vertrauen in die Magier. Die haben mir damals nicht geholfen und werden es heute auch nicht tun. Aber das ist Vergangenheit. Ich will damit nicht unseren Abend verderben.«

Vielleicht war es der viele Wein, diese milde Abendluft oder ihre Stimmung, bedingt durch die bunten Lichter und Gerüche, die Mira die Worte sprechen ließen. »Ich weiß nicht. Möglicherweise hatten sie einen Grund für das, was sie taten. Genau wie dieser Fremde.«

Rahia schüttelte den Kopf. »Du spinnst. Echt. Du bist zu gut für diese Welt.«

»Nein, wirklich. Ich finde, ich sollte den Dings mal kennenlernen, um ihn zu verstehen. Dann kann ich mir eine eigene Meinung über ihn bilden … hm.« Mira verstummte.

»Sag mal, lallst du? Du bist doch betrunken. Außerdem wirst du danach niemandem mehr von deiner Meinung erzählen können. Dann bist du wohl höchstwahrscheinlich tot.«

»Rahia …«

»Zerstückelt und in Scheiben.«

»Ach, Rahia. Hör auf.«

»Gebraten und geröstet …«

Mira stöhnte auf.

»… auf ein Brot gestrichen.« Rahia machte grinsend ein hackendes Messer nach.

»Ich gebe mich geschlagen.« Mira hielt sich kopfschüttelnd die Hände vor die Augen.

Das Gelächter einer Gruppe Jongleure erregte ihre Aufmerksamkeit. Von dieser Stelle hatte man einen fantastischen Blick über die Stadt. Mehrere Menschen und andere Lebewesen genossen ihrerseits die Aussicht. Ein Pärchen küsste sich voller Leidenschaft im Mondlicht, ein Gaukler jonglierte mit mehreren Früchten, wobei er diese während des Kunststücks Stück für Stück verzehrte. Eine weißgoldene Maske stach in der Dunkelheit aus der Ansammlung der Anwesenden hervor. Mira fröstelte. Sie fühlte sich mit einem Male beobachtet.

»Es wird zu voll hier. Lass uns was zu trinken holen.«

Die Mädchen sprangen auf, und fast wäre Rahia gegen einen Betrunkenen gestoßen. »Pass doch auf. Komm, Mira, wir gehen.«

Der Mann lallte ein »Tschulligung!« und wankte davon.

Der Platz, auf dem sich die Mädchen niedergelassen hatten, bot einen herrlichen Ausblick über die Stadt. Dennoch wollte Kyrian nicht die Aussicht genießen. Er wollte die weiße Magierin. Zum zweiten Mal hatte er sie am gleichen Tag entdeckt. Aber wie sollte er an sie herankommen? Eine Weile beobachtete er sie aus der Dunkelheit. Nachdem er sich vergewissert hatte, dass er unbemerkt blieb und auch die weiße Maske ihn nicht beobachtete, konzentrierte er sich auf die Verbesserung seines Gehörs. So konnte er aus der Entfernung beide Frauen bei ihrem Gespräch belauschen. In diesem Licht sah niemand, wie das Gras zu seinen Füßen grüner wurde, da er die Energie nutzte, die er für seinen Zauberspruch benötigte. Nach einer Weile schlich sich ein Lächeln auf sein Gesicht. Die weiße Magierin verteidigte tatsächlich die Zauberer, ohne sie zu kennen.

Dieser Gedanke bestärkte ihn in dem Glauben, dass sie über die Fähigkeiten einer Zauberin verfügte. Er musste näher an sie ran, musste mit ihr sprechen. Eine Gruppe Jongleure erschien auf dem Platz, lachte und zog jegliche Aufmerksamkeit auf sich. Kyrian tat angetrunken, schwankte leicht und hängte sich an einen Mann mit einem Tonkrug in der Hand, der den beiden Mädchen etwas zu trinken anbot. Die Dunkelhäutige trank und drückte unversehens diesen Krug in Kyrians Hände. Er tat, als nähme er auch einen Schluck und reichte das Getränk weiter.

»Sollte man nicht jedes Wesen zuerst kennenlernen, bevor man über dessen Charakter urteilt?«, sagte die Hellhäutige.

Die Andere lachte. In diesem Moment fiel Kyrian der Mann mit dem Dreispitz und der weißgoldenen Maske erneut auf.

Ein Zufall? Er glaubte nicht an Zufälle.

Er beobachtet also ebenfalls die weiße Magierin.

Aber wer war er? Der Krug hatte den Mann mit der Maske erreicht, doch er trank nichts. Und mit einem Mal wurde es Kyrian klar, als er die Gestalt ein paar Worte murmeln sah, die die Luft zum Knistern brachten. Der ihm angebotene Krug erreichte nicht einmal dessen Lippen, trotzdem hatte es den Anschein, als habe er getrunken. Dann glitt er zurück in die Hand des Gebers, der ohne etwas zu bemerken fortging. Einem Normalsterblichen wäre dies sicherlich entgangen, Kyrian jedoch erkannte darin die Energieentnahme. Dieser Mann war eindeutig ein Magier. Kyrian drehte sich um und prallte mit der Dunkelhäutigen zusammen.

»Pass doch auf. Komm, Mira, wir gehen.«

Nein, nein, nein. Er hatte nicht gemerkt, dass sie sich erhoben hatte. »Tschulligung«, lallte er und wankte zur Seite.

Verdammt ... nur keine Hast. Seine Gedanken rasten. Wenn ihn der Magier entdeckte, würde seine Tarnung auffliegen, und er könnte die Sache mit dem Buch vergessen. Ärgerlich, dass er nicht an die weiße Magierin rankam. Aber er kannte jetzt ihren Namen.

Mira, ich finde dich!

XXXIX
Schlägereien und zu viel Wein

Rahia und Mira begaben sich in ein riesiges Festzelt. Tanzende Leute im Rausch der Musik, der Geruch von Bier, Gewürzwein und Rauch umarmte sie. Ein Feuerspucker hielt die Zuschauer in Atem, die Masse johlte. Zwei Akrobaten jonglierten mit Tonbechern, die sie sich im steten Rhythmus unter den Flüchen der Bedienung zuwarfen. Die Mädchen drängelten sich zum Ausschank und bestellten würzigen Wein. Mira trank viel. Sie wollte einfach nur vergessen, obgleich sie nicht versuchte, bei Rahias Tempo mitzuhalten. Diese Gauklerin vertrug erst recht eine ganze Menge und wirkte, als wäre der vergorene Honig nichts weiter als Birkenwasser.

Als die Musiker eine Pause machten, kehrte Rahia zurück. Sie trug zwei Becher einer anderen Farbe in der Hand, als die, die sie zuvor zur Theke zurückgebracht hatte.

Mira sog den honigsüßen Duft ein. »Oh je, noch mehr Met.«

Rahia lachte. »Andere Farbe, anderes Getränk. Das ist Fruchtsaft. Du sollst doch noch den Sonnenaufgang erleben.«

Mira nahm einen Schluck und lehnte sich an einen Tisch, wobei sie in die Runde blickte. Sie stieß Rahia an und deutete in die gegenüberliegende Ecke des Zeltes.

»Sieh mal, da drüben.«

Ein Zentaur inmitten einer Gruppe Zwerge trippelte von einem Bein auf das andere. Er wirkte gehetzt.

»Er wird bedroht«, stellte Mira fest.

»Hä? Was kümmert uns das?«

Mira schaute in Rahias Gesicht, doch die drehte sich weg. »Das ist aber unfair. Nun schau doch. Sie sind zu … vier, fünf … zu sechst und der Pferdemensch ist alleine.«

»Na und? Lass uns woanders hin, ja? Die Musik pausiert sowieso.«

»Oh je. Sie haben einen Riesen dabei.«

»Zwerge, Riesen. Na toll.« Rahia spähte abwesend zum Ausgang. »Ich habe keine Lust mehr hierzubleiben«, sagte sie unvermittelt.

Der Zentaur wurde von dem Riesen in den Schwitzkasten genommen, während die Zwerge anfingen, ihn zu boxen und seine Hinterläufe festzuhalten.

Mira ließ sich nicht abbringen. »Wir müssen dem Pferdemann helfen.«

»Bin ich verrückt. Hilf du ihm doch.«

Mira ballte die Fäuste und atmete tief ein und wieder aus. Sie atmete ein und wieder aus.

Dann drehte sie sich um, aber Rahia stand nicht mehr neben ihr. Wo war ihre Freundin abgeblieben, die in den langen Winternächten Geschichten über Gerechtigkeit erzählt hatte? Sollte Mira es alleine wagen? Sie hatte viel von den Gauklern gelernt, auch, wie sie sich selbst verteidigte. Miras Herz schien in ihrer Brust zu zerspringen. Es hämmerte wild gegen ihre Rippen, als wolle es die Knochen zertrümmern, um auszubrechen.

Sie atmete ein letztes Mal durch, dann schritt sie mit erhobenem Haupt und geballten Fäusten auf den Riesen zu und blieb vor der Gruppe stehen.

»Entschuldigung. Ich finde das ziemlich gemein. Ihr seid ...«

Ein Stimmengewirr prasselte auf Mira hernieder, weil vier Zwerge gleichzeitig zu reden begannen.

»Was willst *du* denn ...?«

»Wer bist du überhaupt ...?«

»Misch dich nicht ein ...!«

»Das ist unsere Angelegenheit ...!«

Aber alle vier Kommentare endeten mit einem Wort, das die Zwerge gemeinsam riefen: »... SCHNEEFLOCKE!«

Mira riss den Mund auf, was das allgemeine Gelächter um ein Vielfaches verstärkte. Selbst der Riese, der mit seinem Sabberfaden am Mundwinkel ziemlich dümmlich wirkte, stieß ein Glucksen aus und hielt sich den Bauch. Dafür jedoch musste er den Zentaur loslassen, der sogleich keuchend nach Luft schnappte. Und der nutzte seine Chance. Langsam wich er zurück. Die Zwerge schien das nicht zu interessieren, denn nun umkreisten sie Mira. Sie zupften und zerrten an ihrem Kleid herum. Dabei lachten sie meckernd.

»Wen haben wir denn hier?«

Mira schaute sich hilfesuchend um und sah gerade noch, wie sich der Pferdemensch aus dem Zelt schob. Von Rahia war ebenfalls keine Spur zu entdecken. *Na wunderbar.*

»Lässt sich diese Angelegenheit auch friedlich regeln?«, versuchte es Mira erneut.

Ein rotbärtiger Zwerg grinste. »Na klar, Puppe. Als Erstes tanzt du ein wenig für uns.«

Ein Zwerg holte eine Fidel hervor, ein Zweiter eine Maultrommel. Die Anderen packten Miras Hände und wirbelten sie zum Riesen, der ihre Hüften umfasste. Mit der Drehung kam der Schwindel.

»Auf–hö–ren …«

Sogleich stoppte der Riese, nur um daraufhin in die entgegengesetzte Richtung zu schwenken. Durch das allgemeine Gelächter drang die Stimme des Rotbärtigen: »Na? Wo ist denn jetzt dein Hengst, die alte Mähre.«

Ein mehrstimmiges Wiehern ließ die Zwerge erstarren.

»Suchst du mich? Mit Freunden kann auch ich dienen.«

Mira wurde losgelassen, wirbelte ein letztes Mal herum und stürzte. Ihr Fall wurde aufgehalten, als sie in den Armen des einen Zentauren landete. Die Zwerge stoben, durch Huftritte fortgejagt, in alle Richtungen davon.

Miras Herzschlag legte an Geschwindigkeit zu, da sie der Pferdemann anlächelte. »Ich wollte mich bei dir für deine Hilfe bedanken. Das war sehr mutig. Darf ich dich zu einer Portion Heu einladen?« Er grinste von einem Ohr zum anderen. »Oder lieber zu einem Getränk deiner Wahl?«

Mira musste nun ebenfalls lächeln. »Oh, … vielen Dank. Das ist sehr freundlich … später vielleicht.«

Der Zentaur half Mira auf die Beine, und sie rückte ihr Kleid zurecht. Dabei ließ sie ihren Blick durch das Festzelt schweifen.

»Wenn du deine Freundin suchst, dieses dunkelhäutige Mädchen: Ich sah sie hinausgehen. Sie wirkte ziemlich ängstlich.«

»Rahia? Die ist doch nicht ängstlich.«

»Wenn du das sagst. Ich danke dir jedenfalls noch einmal. Falls du mal Hilfe brauchst, dann ruf einfach nach Hektor.«

Er nickte Mira augenzwinkernd zu und trabte zu seinen Pferdefreunden. Die Röte schoss ihr ins Gesicht, als sie den nackten Rücken des Zentauren betrachtete. Eilig verließ sie das Zelt.

Rahia lief vor dem Eingang auf und ab und kaute an den Fingernägeln. Als Mira nach draußen kam, stürzte Rahia auf sie zu und umarmte sie stürmisch.

»Ich habe mir solche Sorgen gemacht.«

Mira schob sie ein Stück von sich. »Was war das denn da drinnen? Warum hast du mir nicht geholfen? Ich dachte, du heckst einen Plan aus … und was ist? Nichts ist. Du stehst hier gelangweilt rum. Hast du nicht erzählt, du bist so eine tolle Draufgängerin.«

Rahia blickte zu Boden. »Ich … das war etwas ganz anderes.«

»Wie? Was anderes? Der Zentaur hat behauptet, du hättest Angst.« Mira legte den Kopf schief.

Rahia schwieg.

Mira drehte sich in ihre Richtung und riss die Augen auf. »Du hattest Angst«, stellte sie fest. »Aber wovor?«

In diesem Moment öffnete sich die Zeltplane und zwei Zentauren stolzierten freundlich nickend an den beiden Mädchen vorbei. Rahia zuckte unmerklich und wich einen kleinen Schritt zur Seite.

Mira deutete abwechselnd auf die Pferdemenschen, dann auf Rahia. Diese Erkenntnis entlockte Mira ein Lachen.

»Du hast Angst vor … vor Pferden?«

Die Gauklerin zog die Mundwinkel schmollend nach unten. »Nicht wirklich … also … ich …« Sie verstummte und kniff die Lippen zusammen.

Mira prustete los.

»Lach nicht«, rief Rahia. »Ja, ich habe Angst vor Pferden. Weil sie, … die sind unberechenbar, und die machen, was sie wollen. Und außerdem sind sie … sehr groß.«

»Ich fass es nicht. Du hast Angst vor Pferden, aber vor unserem Moropus, der doppelt so groß und stark wie ein Bär ist und dabei wie ein Pferd ausschaut, hast du keine Angst?«

»Nicht so laut. Es muss ja nicht die gesamte Gauklerzunft mitbekommen«, zischte sie. »Und überhaupt: Unser Moropus ist längst nicht so eigenwillig wie ein Zentaur.«

»Aber Zentauren sind halbe Menschen. Sie sprechen unsere Sprache. Du kannst ihnen sagen, was dir nicht passt. Dann verstehen sie dich und respektieren dich weitestgehend.«

»Diese Pferdemenschen sind noch schlimmer. Die kann ich gar nicht einordnen. Die grinsen dich an und … und … lügen dir ins Gesicht. … Hör auf zu lachen! Das ist nicht komisch.«

»Ist es doch …«, brachte Mira hervor.

»Können wir jetzt woanders hin?«, fragte Rahia ungeduldig.

Mira umarmte sie. »Ja. Wir gehen jetzt woanders hin. Zu den Stallungen?«

»MIRA!«

Schallendes Gelächter begleitete Rahia auf ihrem weiteren Weg. Und im gleichen Moment bog eine Gruppe Zwerge um die Ecke.

»Da sind ja die Schnepfen!«

Mira rannte hinter Rahia her, dicht gefolgt von den wütenden Zwergen, deren Flüche ausschließlich die beiden Mädchen erreichten. Ihre Flucht wurde jäh unterbrochen, als sie um eine Straßenecke bogen und mit einer Gruppe zusammenstießen. Ein Tumult brach aus. Die Magier erschienen wie aus dem Nichts. Augenblicklich erfasste ein gleißendes Licht die gesamte Gruppe. Ein Band legte sich um alle Anwesenden und schnürte sie zusammen.

»Was ist hier los?« Ein Kriegermagier in dunkelgrüner Robe baute sich vor den Mädchen auf. »Nun? Ich höre. Was bedeutet der Aufruhr?«

Von den *Bewahrern der Ruhe* umstellt, brabbelten die Zwerge im wilden Durcheinander. Und Rahia tat es ihnen gleich.

Aus dem Stimmengewirr kristallisierte sich eine Frage heraus, die definitiv von keinem Zwerg gestellt worden war.

»He, ist das nicht das gesuchte Mädchen?«

Mira erstarrte. Das Blut raste durch ihre Adern und der Wein verflüchtigte sich innerhalb eines Wimpernschlages. Sie ergriff Rahias Hand. Erst als diese vor Schmerzen aufschrie, lockerte Mira ihren Druck.

»Wir sollten Meisterin Valhelia verständigen«, sagte eine andere Stimme.

Das Licht schwächte sich unvermittelt ab und eine hochgewachsene Gestalt erschien, das Gesicht von einer weißgoldenen Maske verdeckt, auf deren Kopf ein Dreispitz saß.

Mira wollte schreien, doch die Angst schnürte ihr die Kehle zu. War das der fremde Zauberer? Hatte er sie gefunden?

»Das wird nicht nötig sein. Es ist alles unter Kontrolle«, sagte der Unbekannte und lupfte seine Maske. Die *Bewahrer der Ruhe* verbeugten sich.

»Meister Bralag, wie ... was?« Der wachhabende Kriegermagier wirkte im flackernden Fackelschein sichtlich blass. »Wir konnten ja nicht ahnen, dass Ihr auf einem ... auf diesem Fest anzutreffen seid.«

»Das ist das Schöne an unverhofften Begegnungen. Aber in Wahrheit habt ihr mich auch gar nicht getroffen, ich verlasse mich da auf eure Verschwiegenheit.« Bralag lächelte humorlos. »Ein Wort zu Meisterin Valhelia und ihr verrichtet für den Rest eures Lebens den Dienst im Sonnenturm am Rand der Wüste.«

Der Wortführer der Magiergruppe schluckte. »Was sollen wir mit ihnen machen?« Er deutete auf Mira, Rahia sowie die Zwerge, die sich noch immer umringt von Magiern sahen.

»Nehmt die Zwerge in Gewahrsam. Lasst sie ausnüchtern. Um die Mädchen kümmere ich mich.«

»Sehr wohl.« Der Mann nickte und rief seinen Kameraden zu: »Ihr habt gehört, was Meister ...« Er verstummte, als er Bralags kalten Blick auf sich gerichtet bemerkte, dann gab er einen knappen Befehl. »Nehmt die Zwerge mit. Abmarsch.«

Er verbeugte sich und die *Bewahrer der Ruhe* führten die laut protestierenden Gefangenen ab.

Bralag drehte sich zu Mira um. Er lächelte.

»Unter den gegebenen Umständen sollte dich ganz Königstadt suchen. Immerhin hast du dich ohne Erlaubnis aus deinen Gemächern entfernt.«

»Es … es tut mir leid«, stammelte Mira, doch Rahia sprang für sie ein.

»Es war nicht ihre Schuld. Ich habe sie dazu überredet. Muss Mira jetzt zurück? Sie war doch noch nie auf solch einem Fest.«

Erneut lächelte Bralag unergründlich. Ein Gegenstand glitt in seiner Hand spielerisch hin und her. »Ich hatte gehofft, es ließe sich vermeiden, aber mit eurem Auftreten macht ihr es einem schwer, euch nicht in Gewahrsam zu nehmen. Ihr solltet euch vielleicht ein wenig …«, er verzog den Mund zu einem Schmunzeln. »… unauffälliger verhalten, und damit meine ich nicht, eine Schlägerei anzuzetteln.«

»Aber die haben angefangen«, entgegnete Rahia.

»Ah, ah, ah, ah«, machte Bralag und schaute sie mit erhobenen Augenbrauen an.

Mira fuhr fort: »Ihr nehmt mich nicht mit? Was wird Meisterin Valhelia dazu sagen?«

»Das lasst meine Sorge sein. Die einzige Bedingung ist, du musst dich bis morgen Abend bei mir melden und nur bei mir. Bei keinem anderen.«

Mira schaute die Gauklerin an, die unmerklich mit den Schultern zuckte und nickte.

Bralag zog ein Pergament in der Größe zweier Handflächen aus seiner Tasche. »Das ist für dich. Falls ihr erneut in Schwierigkeiten geratet oder Meisterin Valhelia über den Weg lauft, zeigt einfach dieses Dokument vor. Dort ist alles vermerkt. Und bis dahin: Vergnügt euch!«

Rahia umarmte Mira freudestrahlend.

»Ach ja, das hier habt ihr verloren«, bemerkte Bralag beiläufig.

Mira starrte einen Beutel an. »Das ist nicht unserer. Vielleicht gehört er einem Zwerg?«

Rahia schlug ihr gegen den Arm.

»Wie dem auch sei. Wenn er der Zwergengruppe gehörte, so seht es als Belohnung zur Wiederherstellung der Ruhe an. Oder ihr gebt ihn am nächsten Kontrollposten ab. Ich darf das nicht machen. Es käme ja einer Bestechung gleich.«

Bralag warf das Säckchen zwinkernd in Rahias Richtung, und diese fischte es mit einer raschen Bewegung aus der Luft. Ein Klimpern erklang. »Ich wünsche euch einen angenehmen Abend.«

Er setzte seine Maske wieder auf, nickte den beiden zu und tauchte in der Menschenmenge unter.

Die Mädchen schauten sich an.

»Das Geld geben wir ab, oder?«

Rahia lachte, während sie die Münzen zählte. »Spinnst du? Das sind … elf, zwölf … zwölf Silberstücke und eine Menge Kleingeld. Wir sind reich!«

»Aber wenn es den Zwergen gehört?«

Rahia tippte gegen Miras Oberarm, an jene Stelle, wo die Pranken des Riesen einen blauen Fleck hinterlassen hatten.

»Aua.«

»Genau«, sagte Rahia. »Sieh es als Schmerzensgeld an. Das ist ja wohl das Mindeste von diesen miesen Kerlen. Los. Ich hab Durst nach der ganzen Aufregung. Lass uns feiern gehen!«

Mira rieb sich ihren Arm und nickte. Die Nacht war noch lange nicht vorbei.

Erst als der Morgen graute, legten sich die beiden Mädchen ihre Schlafgewänder an. Rahia ließ sich auf das Bett plumpsen.

»Ich weiß nicht …« warf Mira ein. »Wir haben doch ein prunkvolles Zimmer bekommen.«

»Was gibt es Schöneres als die eigenen vier Wände?«

Lächelnd zog Rahia Mira zu sich. »Bleib hier. Alleine werde ich frieren. Außerdem: Mit wem soll ich mich noch bis zum Morgengrauen unterhalten?«

Mira kicherte. »Es wird bereits hell draußen.«

Die beiden kuschelten sich aneinander.

»Danke«, flüsterte Mira.

»Wofür?«

»Für den wunderbarsten Tag in meinem Leben. Schlaf gut.«

Miras Gesicht befand sich einen Fingerbreit von Rahias entfernt. Sie spürte deren süßlichen Atem, roch den Duft ihres Haares. Rahia streckte den Kopf vor. Unversehens trafen sich ihre Lippen. Sie waren warm und samtig weich und schmeckten nach Waldbeeren, was wohl am Fruchtwein lag.

Ein Gutenachtkuss, der entschieden zu lange anhielt. Doch das war Mira in diesem Moment egal. Sie ließ es geschehen. Alles erstrahlte bunt und die Welt drehte sich …

XL

Nach dem Fest ist vor dem Fest

An diesem Morgen schlief Mira bis zum Mittag. Als sie endlich erwachte und von einem grellen Lichtschein geblendet wurde, wusste sie im ersten Moment nicht, wo sie sich befand. In ihrem Schädel schienen Steinmetze einen überdimensionalen Felsblock zu misshandeln. Sie lag alleine im Bett. Nackt.

Hitze schoss in ihre Wangen. Was war in der vergangenen Nacht noch passiert, oder besser gesagt *vor ein paar Stunden*?

Schnell warf sie sich ihr Nachthemd über und schlurfte hinaus.

»Guten Morgen, Prinzessin!«

»Was? ... Morgen.«

»Du hast bei der hiesigen Gauklerzunft einen Eindruck hinterlassen, mein lieber Herr Gesangsverein!«

»Ich habe was? Oh, bei Hestinia ...« Mira rieb sich die pochenden Schläfen. »Hab ich mich schlecht benommen?«, hakte sie nach.

»Schlecht benommen? Im Gegenteil. Alle Welt verlangt nach dir. Das geht heute Morgen zu wie in einem Taubenschlag. Du bist eingeschlagen wie der Stein eines Trollwurfes!« Ruven streckte einen Arm zum Himmel.

»Was? Wovon redest du?«

»Na, du hast heute bereits vier Verabredungen. Jeder will mit dem *liebreizenden Neuzugang* meiner Truppe ausgehen. Ich habe vorerst alles offengelassen.«

Mira rieb sich über das Gesicht und versuchte ihre Haare zu ordnen. »Wer ...?«

»Als da wären: Parcival der Schöne. Er war hier und hat sich nach deinem Befinden erkundigt. Der berühmte Tanzmeister Wilmo von Kammrath lässt anfragen, ob du zum Tanz ausgehen willst. Falls du dich erinnerst, du hast gestern Abend angeboten, ihm ein paar Originaltänze der Landbevölkerung beizubringen«, erklärte Ruven und lachte, als er Miras Gesichtszüge entgleisen sah. »Dann war da noch

Ronaldo von Zunderschwamm, ein Feuerspucker und Jongleur. Ein Angeber, wenn du mich fragst.« Ruven stieß einen verächtlichen Laut aus. »Ach ja, so ein Pferdemensch erschien auch. Er meinte, es stünde noch eine Ladung Heu aus? Wie hieß er gleich …«

»Hektor?«

»Hektor, richtig. Du gehst aber ran.«

Mira vergrub ihr Gesicht in den Händen. »Ich brauche erst mal einen Schluck Wasser.«

Auf einmal ergoss sich ein Schwall eiskalten Wassers über ihren Kopf, so dass sie aus Leibeskräften schrie: »RAHIAAAAA!«

Rahia ließ lachend den Eimer fallen und rannte davon, verfolgt von einer völlig nassen Mira.

Später, als die beiden Mädchen vor dem Wohnwagen saßen und Brot mit Schinken verspeisten, suchte Mira in ihren lückenhaften Erinnerungen nach Antworten. Es fehlte ihr ein ganzes Stück vom vergangenen Abend und sie blickte verlegen zu Boden. Dann fragte sie aber doch Rahia in einer Lautstärke, die niemand hören sollte: »Haben wir …?«

Rahia zog die Augenbrauen hoch und grinste breit. »Haben wir was?« Sie nippte an einem Becher Wein und schaute unterdessen unschuldig zum Himmel.

»Na, du weißt schon.«

»Was? Du kannst dich nicht mehr erinnern?« Die Gauklerin tat erschrocken.

»Mach dich nicht lustig über mich … Es ist eine ernst gemeinte Frage.« Mira merkte, wie ihr das Blut in die Wangen schoss.

Rahia lachte in ihrer fröhlichen Art und fasste Mira bei den Schultern. Sie blickte ihr in die Augen. »Nein, wir haben nichts miteinander getrieben. Das würdest du wissen.« Sie zwinkerte ihr zu. »Wir haben uns nur geküsst. Ein Gutenachtkuss, das war alles.« Ein breites Grinsen zog sich über ihr Gesicht.

»Weshalb glaube ich dir nicht«, murmelte Mira.

Rahia verdrehte die Augen. »Gut, wir haben ein wenig mehr geknutscht. Sonst nichts. Wirklich!« Murmelnd fügte sie hinzu: »Obwohl ich nichts dagegen gehabt hätte.«

»Oh, wie peinlich. Es tut mir leid …«, jammerte Mira.

»Warum? Du kannst sehr gut küssen und bist eine attraktive Frau.«

»Rahia!« Mira errötete stärker. »Ich will einen Mann abbekommen ... Wenn du verstehst, was ich ... also ...«

Die Gauklerin lachte wieder, aber sie runzelte zugleich ihre Stirn. »Wir müssen nicht gleich heiraten«, sagte sie. Ihr Blick glitt zu Ruven, der im Feuer stocherte. »Ich will auch eine Familie ... eine eigene Familie mit Kindern. Irgendwann. Obwohl es mir jetzt noch unvorstellbar erscheint. Ich habe noch so viel vor in meinem Leben. Später einmal besitze ich ein eigenes Theater. Das kannst du mir glauben«, fügte sie hinzu.

»Ich wollte dich nicht kränken. Ich mag dich sehr.«

Rahia grinste. »Ich dich auch. Was machen wir heute Abend?«

Die Mädchen erstarrten, als sie die Stimme vernahmen: »Ich schätze, der Abend ist vorbei.«

Mira sprang auf, als Valhelia hinter dem Wohnwagen hervortrat. Fünf Magier begleiteten sie.

»Mirabella Hafermann, was hast du dir dabei gedacht? Du steckst in ganz schönen Schwierigkeiten. Du hast dich unerlaubt aus den Räumen des Magierturms entfernt, dich auf diesem Fest herumgetrieben und dich damit ungeahnten Gefahren ausgesetzt. Noch schlimmer, wie ich vernahm, hast du eine Schlägerei angezettelt.«

Angst mischte sich mit Wut. »Hab ich gar nicht. Die Zwerge haben angefangen!«, antwortete sie, das Kinn trotzig vorgereckt. Diesmal gab sie nicht klein bei.

Val lächelte abfällig. Sie trat schnüffelnd einen Schritt vor. »Habt ihr etwa getrunken?«

»Nein, ... nicht viel.« Mira bemühte sich, einen der Situation angepassten und ernsthaften Ton anzuschlagen, während Rahia prustend ihr Wasser auf dem Boden verteilte und sich in einer Mischung aus Husten und Lachen krümmte. Valhelia bedachte sie mit einem wütenden Blick. Ihr Gesicht nahm eine leicht rötliche Färbung an, woraufhin Mira das Pergamentstück hervorzog und Valhelia reichte.

Die Magierin starrte darauf. »Was ist das?«

»Lest es, bitte.«

»Du willst mir doch nicht erzählen, dass ein Bauernmädchen lesen kann.«

Rahia hatte sich so weit beruhigt, dass sie antworten konnte. »Ich habe es gelesen. Lesen ist in meinem Berufszweig erforderlich, will man vor dem König auftreten, und wir sind bereits vor dem König aufgetreten.«

Jetzt eilte Ruven herbei. »Verzeiht das ungebührliche Benehmen der Mädchen. Auch ich las dieses Freidokument, werte Meisterin.«

Mit jedem Satz, den Valhelia überflog, nahm die Rötung in ihrem Gesicht an Intensität zu. Ihre Hände zitterten leicht, doch sie reichte das Pergament zurück an Mira. »Bralag«, zischte sie, die Fäuste geballt. »Das wird ein Nachspiel haben.«

»Wir sind nur einmal im Jahr in Königstadt.« Ruven sprach leise, dennoch vernahm Mira seine Worte. »Also bitte, Meisterin, gönnt den beiden ihren Spaß. Mira ist das erste Mal in ihrem Leben auf diesem Fest. Wer weiß schon, wann sie das nächste Mal eine Gelegenheit dazu bekommt.«

Valhelia starrte einen Augenblick schweigend in Ruvens Gesicht. Dann lächelte sie milde. »Ich bin doch nur um ihr Wohl besorgt.«

»Wir lassen sie nicht aus den Augen. Wir sind eine große Familie.«

Valhelia hob drohend ihren Zeigefinger. »Ich mache Euch, Ruven Maléri, mit Eurem Leben dafür verantwortlich, wenn Ihr etwas zustößt! Mirabella hat sich jeden Tag im Magierturm zu melden. Meisterin Valhelia ist mein Name. Merkt ihn euch gut.« Dann wandte sich Val um. Über die Schulter gewandt sagte sie: »Auch wir behalten Mirabella im Auge.« Damit stürmte sie los.

»Was sollte das denn? Blöde Kuh«, sagte Rahia.

Mira knetete ihre Hände. »Du hättest sie nicht reizen dürfen.«

»Wieso? Sie hat doch angefangen, uns den Spaß zu verderben.«

»Ihr beide solltet wirklich ein wenig mehr auf euch achtgeben. Noch so ein Vorfall und wir landen alle im Kerker.«

»Ach, die soll sich mal nicht so haben.«

Mira setzte ein erwartungsvolles Lächeln auf. »Was machen wir jetzt?«

Ruven seufzte, musste jedoch schmunzeln. »Du freust dich, nicht wahr?«

Mira warf ihren Kopf in den Nacken. Befreit von der Last einer Standpauke oder von Schlimmerem riss sie die Arme in die Luft und rief laut in den blauen Himmel hinein: »Ich bin der glücklichste Mensch der Welt!«

»Na, dann warte mal den Kater morgen früh ab.«

»Wir nehmen eine Katze mit auf die Reise?«

»Das meint sie nicht ernst, oder?«, fragte Ruven und zog die Augenbrauen hoch, während Rahia vor Lachen zusammenbrach.

»Was?« Mira zuckte mit den Schultern.

»Du wirst morgen einen dicken Kopf haben. Einen Kater!«, erklärte Ruven.

In Mira arbeitete es einen Augenblick, dann verstand sie den Scherz. »Ach so! Einen *Kater*!« Sie lachte auf und fügte hinzu: »Das ist mir egal.« Dann grinste sie.

»Ihr solltet nicht so viel trinken, oder von Zeit zu Zeit auf Wasser umsteigen«, sagte er, während Mira bereits in den Wohnwagen lief.

»Oh je, was ziehe ich heute an. Ich muss meine Haare kämmen. Rahia, hilf mir, es ist ja schon so spät. Hatten wir nicht ein paar Verabredungen?«

Ruven gab mit einem Seufzen auf. »Rahia. Dein Part!«

Die Gauklerin rappelte sich hoch und stupste ihren Freund an. »Sei nicht so eine Spaßbremse!«

Damit folgte sie Mira ins Wageninnere.

Valhelia zog ab. Die Wut brannte in ihr, und ihre Gedanken ließen dieses Feuer weiter auflodern. Es war ihre Idee gewesen, dieses Bauernmädchen als Lockvogel zu benutzen, und nun setzte Bralag ihren Plan um und ließ diese Mirabella auf dem Fest herumspazieren. Der Heerführer wollte ganz offensichtlich den Zauberer ganz alleine fangen. Aber das würde sie nicht zulassen.

Val schnaufte abfällig. Dafür musste dieser alte Tattergreis schon früher aufstehen. Die Macht gehörte der Jugend. Aber wie würde sie ihn überlisten können?

Sie musste Bralag mehr denn je beobachten. Sie kannte sein dunkles Geheimnis, seine Neigung zu einem weißen Mädchen. Damals. Val hatte es *gesehen*. Dieses Wissen musste doch einzusetzen sein? Die passende Idee kam schon noch.

Als Erstes benötigte sie Miras Wohlwollen. Die Standpauke an diesem Tag war nicht der beste Einstieg dafür gewesen. Bralag sagte immer, kleine Geschenke erhalten die Freundschaft, große erkaufen sie. Aber den Triumph, das Bauernmädchen auf seine Seite zu ziehen, würde sie ihm niemals gönnen. Sie würde ihm zuvorkommen.

Kleine Geschenke. Vielleicht ist das die Lösung. Aber was? Schmuck? Nein, zu teuer. Etwas Auffälliges, mit dem sie leichter zu finden ist. Val überlegte. *Vielleicht ein Kleid? Egal.*

Das Fest dauerte ja noch zwei weitere Tage.

Als Kyrian die Magierschule erreichte, kroch die Sonne die westlichen Berggipfel entlang und tauchte die Stadt in ein rotgoldenes Licht. Ihm blieben drei, allerhöchstens vier Stunden, bis die Dämmerung hereinbrach und die Bibliothek ihre Tore schloss. Zeit genug, sich das Buch zu schnappen und wieder zu verschwinden. Niemand würde damit rechnen, dass er am helllichten Tag in die Bücherhallen spazierte. Das leichte Grinsen, das sich in Kyrians Gesicht schlich, verebbte jedoch noch im gleichen Augenblick. Wer sagte ihm, dass er die Schwarte überhaupt fand? Bestimmt war es sicher verwahrt.

Er seufzte. Er musste sich selbst als Magier ausgeben, um unerkannt zu bleiben. Wie er diese robenartige Kleidung doch hasste. Die Zauberer seiner Welt brauchten diese Statussymbolik nicht. Sie kleideten sich stets modisch elegant.

Magierpack! Wie gerne hätte er sie alle umgebracht. Seine Rache war nicht vergessen. Doch mit den Trollen als Verbündete ließ sie sich weitaus besser umsetzen.

Er hatte die Gewandung eines Novizen des zweiten Lehrjahres angezogen. Damit sah er jung genug aus, um kein Aufsehen zu erregen, und alt genug, um nicht von den Meistern für niedere Aufgaben belangt zu werden. Das ermöglichte ihm hoffentlich einen Zugang zur Bibliothek und zu den Lehrsälen der fortgeschrittenen Schüler.

Eine Gruppe halbwüchsiger Burschen tauchte auf. Alle trugen die gleichen dunklen Roben, die Haare kurzgeschoren. Selbst die Gesichtszüge ähnelten einander. Der einzige Unterschied bestand in der Haarfarbe.

Kyrians Herzschlag erhöhte sich, das Spiel begann. Er hatte sich vorgenommen, nicht die Erstbesten zu fragen, doch zu seiner Überraschung traf er auf dem gesamten Schulvorhof nur wenige Menschen an. Vermutlich lernten die Schüler gerade in den Gebäuden.

Er nickte freundlich. Die Männer erwiderten teilweise seinen Gruß, einige beachteten ihn kaum. Kyrian sprach die Gruppe an.

»Seid begrüßt. Wo finde ich Meister Gamtos Mokslas?«

Die Männer musterten ihn. Kyrian befürchtete fast, dass sein Vorgehen zu forsch wäre.

Ein schmächtiger Bursche antwortete jedoch flapsig: »Der verrückte Gamtos? Immer der Nase nach.«

Kyrian hob die Augenbrauen und rührte sich nicht. »Entschuldigung, ich bin neu hier. Ich soll ihn aufsuchen.«

»Da hast du aber kein Glück. Der ist heute nicht da. Versuch es morgen wieder. Er hasst das Feuerwerk, da verkriecht er sich lieber in seiner Trollhöhle.« Sie lachten lauthals.

»Wo befindet sich diese *Trollhöhle*?«

»Was er damit sagen wollte, ist: Folge dem Geruch von Wald und Tannen und du wirst auf ihn stoßen.«

»Oh. Danke sehr.«

Nicht sonderlich hilfreich, fand Kyrian, doch die Gruppe entfernte sich bereits lachend.

Natürlich blieb die Bibliothek über die Festtage geschlossen, wie konnte er nur so naiv sein. Er wartete, bis die Männer verschwunden waren, dann konzentrierte er sich.

Ein Vorteil, dass er zum Zaubern nicht reden musste. Sein Geruchssinn verbesserte sich mit der Wirkung seines

Zauberspruches um ein Hundertfaches. So konnte er die Spur aufnehmen.

Keine Stundenkerze darauf hatte er die Trollhöhle des Lehrmeisters für Pflanzenkunde ausfindig gemacht. Er war nicht da, doch Kyrian wusste nun, wo er ihn fand. Am Abend des Feuerwerks würde er ihm einen Besuch abstatten.

XLI

Schicksal und Wahrsagungen

Der letzte Tag des Festes brach an und Miras Name war in aller Munde. Die Gaukler liebten ihre unbefangene, scheue Art. Sie zeigte sich niemals aufdringlich oder aufbrausend. Hier verhielten sich die Besucher ganz anders, als Mira es von den Bewohnern ihres Dorfes gewohnt war. Hier wurde sie akzeptiert, hier spielte ihr Aussehen keine Rolle. Ja, hier wurde sie geliebt. Zumindest hatte Mira das Gefühl, denn überall begegnete man ihr herzlich. Wenn das Fest vorbei war, würde sie sicherlich ein paar der Spielleute missen. Aber was würde danach geschehen? Würde sie ab morgen die Robe einer Magierin tragen? Was wurde dann aus ihren drei Gauklerfreunden? Obwohl Unna nur ein einziges Mal innerhalb von drei Tagen mit ihnen frühstückte, mochte sie ihn.

Mira seufzte.

Am Abend sollte das große Feuerwerk stattfinden und die Aufregung ergriff von allen Gästen schleichend Besitz. Viele wollten sich bereits am Nachmittag einen guten Platz reservieren und auch Ruven ließ seine Kontakte spielen, um später besser sehen zu können. Gegen Mittag hatte er eine Stelle ausfindig gemacht und den Standort den beiden Mädchen als Treffpunkt eingetrichtert. Dort erwartete er sie auch.

Das Festzelt, in dem sie sich derweil befanden, war vor Stunden brechend voll gewesen. Inzwischen leerte es sich.

»Ich muss mal«, raunte sie Rahia ins Ohr.

»Schon wieder, Mira? Geh nur. Falls wir uns verlieren, weißt du ja, wo wir uns treffen.«

Rahia strebte zur Tanzfläche, doch als Mira zurückkam, war ihre Freundin verschwunden.

Mira wartete einen Augenblick vor dem sich leerenden Zelt und blickte in den Sternenhimmel. Geräuschvoll stieß sie die Luft aus. Ihr war schwindelig, und die Wirkung der verschiedenen Weinsorten schlug allmählich in Müdigkeit um. Sie gähnte, wischte sich mit der Hand über das Gesicht und schloss einen Moment lang die Augen.

Unwillkürlich musste sie lächeln. Im Hellen war es keine Schwierigkeit, den von Ruven genannten Treffpunkt zu finden, doch jetzt war es finstere Nacht. Mira hatte jegliche Orientierung verloren. Trotzdem wanderte sie los, um sich gleich darauf hoffnungslos zu verlaufen.

Die Festebenen lichteten sich. Die Nachtschwärmer zog es in die umliegenden Zelttavernen. Nach trinken war Mira nicht zumute. Sie hatte bereits mehr getrunken, als sie eigentlich vertrug.

Nach einer Weile gelangte Mira an eine Ecke, die sie bis dahin noch nicht gesehen hatte. Von der Hauptstraße zweigte ein schmaler Pfad ab. Man musste sich an zwei Sträuchern vorbeiquetschen, um auf den dahinterliegenden Platz zu gelangen. Mira blieb stehen und schaute am Buschwerk vorbei. Stand dort ein Zelt? Bunte, funkelnde Lichter erweckten ihre Neugier, zwangen sie förmlich näherzutreten.

Ohne genau zu wissen, warum, schlug Mira diesen Weg ein. Sie schob ein paar Zweige beiseite und trat zwischen dem Strauchwerk hindurch.

Auf dem Rasenplatz dahinter war es deutlich ruhiger. Der Festlärm verebbte zu einem Hintergrundrauschen. Stattdessen vernahm Mira eine Melodie, den Klang einer Flöte. Sie legte ihren Kopf schief. Durch den spaltbreit geöffneten Eingang drang ein rötliches Licht. Warm und einladend lockte es Mira an.

»Hallo?«, rief sie zaghaft. Als sie vor der Zeltöffnung stand, verstummte das Flötenspiel. Miras Herzschlag beschleunigte sich und Angst überschwemmte ihre Gedanken. Sie wollte bereits umkehren, als die Zeltplane aufgrund eines Windstoßes aufwehte.

Eine Frau mittleren Alters saß an einem Holztisch. Sie trug ein Kopftuch, unter dem ihre rabenschwarzen Locken hervorquollen. Die wachen Augen und ihr Lächeln strahlten pure Freundlichkeit aus. Mit einer einladenden Geste deutete sie auf einen Stuhl vor dem Tischchen. Überall brannten Kerzen. Bunt lodernde Flammen in winzigen Schälchen warfen abstrakte Muster an die Zeltwand. Es roch nach

Gewürzen, und ein warmer Luftschwall traf Mira, die wie in einem Traum das Zelt betrat. Sie merkte nicht einmal, dass sich dessen Eingang sofort verschloss. Feiner Rauch kräuselte durch die Luft, schmiegte sich an Miras Körper und umgarnte sie. Schwerfällig ließ sich Mira auf den Stuhl fallen.

»Ich habe dich erwartet, Mirabella«, sagte die Frau mit sonorer Stimme.

»Woher kennt Ihr meinen Namen?«

»Ich bin *Sibylle von Thura*, die große Wahrsagerin aus der *Orakelstadt Thurond*. Ich kann dir die Zukunft voraussagen.«

»Oh … es tut mir leid«, entgegnete Mira verlegen. »Ich kann Euch leider kein Geld geben. Ich habe keins.«

»Ich weiß. Das brauchst du auch nicht.«

Sibylle streckte ihre Hände vor. Mira, die nicht wusste, was sie machen sollte, tat es ihr gleich. Sofort ergriff die Wahrsagerin Miras rechte Hand und hielt sie fest. Sie schloss die Augen und summte eine Melodie.

Mira blickte unsicher im Zelt umher. Sie verkniff sich ein Kichern, denn die Frau wog ihren Kopf hin und her. Dieser würzige Rauch benebelte ihre Sinne.

»Ich sehe die Vergangenheit, die Gegenwart, die Zukunft.«

Sibylle streute ein Pulver in die Flammen einer Feuerschale und bläulicher Nebel kroch zischend in die Höhe. Der Geruch von Weihrauch, Tannennadeln und etwas Undefinierbarem breitete sich aus.

»Ich sehe …« Sibylle schaute angestrengt in Miras Handfläche. Ihr Zeigefinger fuhr darüber, als lese sie zwischen zerbrochenen Nussschalen das Essbare heraus.

»Ich sehe … ein Bauernhaus, in einem Dorf. Ein Bach fließt an Bäumen entlang. Weiße Birken. Wohlbehütet.«

Woher kannte die Frau Birkenbach, ihr Heimatdorf? Konnte sie wirklich in die Vergangenheit oder die Zukunft schauen? Mira zitterte leicht, als sie eine innere Unruhe erfasste.

»Ich sehe einen Mann …« Sibylle zuckte zusammen, und Mira tat es ihr gleich. »Ein gefährlicher Mann. Er nimmt viele Leben. Du wirst verfolgt. Eine große Gefahr geht von ihm aus. Doch ich sehe Hoffnung. Ich sehe ein Mädchen, eine Magierin. Sie wird dich beschützen. Sie wird dir zweimal das Leben retten, bis du …« Die Frau riss ihre Hände aus Miras, dass diese erschrak.

»Bis was?«

Sibylle schüttelte stirnrunzelnd den Kopf. »Bis … bis du gerettet wirst. Der Fremde kann nur mit deiner Hilfe unschädlich gemacht werden. Nur du kannst ihn aufhalten«, fügte sie eindringlich hinzu. »Das ist dein Schicksal.«

»Mein Schicksal?«

»Du besitzt eine besondere Gabe …« Sie stockte. Dann plapperte Sibylle, als lese sie einen Text ab.

»Such die Magierin. Die, die dich bereits einmal nach Königstadt begleitet hat. Sie ist deine Beschützerin.«

Mira nickte verwirrt. Sollte sie sich doch den Magiern ganz anvertrauen? Ihr Leben in die Hände dieser Magierin legen? Wie war ihr Name noch? Valhelia? Und von welcher Gabe sprach die Wahrsagerin?

»Geh nun«, sagte Sibylle und deutete auf den Zelteingang, der sich wie von Geisterhand öffnete, ohne dass Mira es bemerkte.

Mira stolperte ins Freie und blinzelte. Sie schwankte drei Schritte vor, blieb stehen und atmete tief durch, die Hände auf die Knie gestützt. Diese Dämpfe im Zelt konnten doch nicht gesund sein, oder benebelte der Wein derart ihre Sinne? Sie drehte sich um und … schlagartig zweifelte sie an ihrem Verstand. Da war kein Licht, die Rasenfläche des kleinen Platzes zeigte sich leer. Ohne es zu begreifen, starrte sie in die Dunkelheit, die sich vor ihr wie ein Vorhang auftat. War alles nur ein Traum? Ihr Mund fühlte sich trocken an und ihr Herz hämmerte wild gegen ihren Brustkorb. Mira bewegte sich zwei, drei Schritte rückwärts, wirbelte herum und sprang durch das Gebüsch. Ein brennender Schmerz breitete sich von ihrer Wange aus, als ihr ein Zweig ins Gesicht schlug. Sie lauschte. Der Weg war menschenleer. Wie lange hatte sie im Zelt der Wahrsagerin gesessen?

»Ruven? Rahia?«, rief Mira, während sie sich die schmerzende Stelle rieb. Dann rannte sie los.

Die Wahrsagerin blickte hinaus durch einen Spalt ihres Zeltes. Wie naiv diese Mirabella doch war, der sie eben eine völlig erfundene Geschichte aufgetischt hatte. Aber dieser verkleidete Mann mit dem Dreispitz auf seinem Kopf hatte sie gut bezahlt.

Ein Scherz, hatte er gesagt.

Ein schlechter Scherz, meinte Sibylle von Thura. Sie hatte es natürlich nicht laut ausgesprochen, denn Geld stinkt bekanntlich nicht. Dabei hatte dieses junge Ding so eine friedliche Ausstrahlung. Ohne jegliche Bosheit, das hatte sie gleich erkannt, nein, gesehen. Dieses Mädchen besaß eine besondere Gabe. So weiß, so rein.

Sibylle sah, dass sich Mirabella vorbeugte und die Hände auf die Knie stützte.

Na, die wird mir doch nicht vor das Zelt kotzen? Im selben Moment ihres Gedankens verschluckte vollkommene Schwärze das Mädchen, ohne dass diese sich bewegte. Die Wahrsagerin zog die Nase kraus. Sie wollte gerade aufstehen, als sie spürte, wie jemand hinter sie trat. Ein leises Murmeln und sie konnte sich nicht mehr bewegen.

Zwei imaginäre Hände legten sich um ihren Hals, schnitten die Luftzufuhr ab. Die Wahrsagerin röchelte, ihr Körper begann in wilden Zuckungen nach Sauerstoff zu gieren, ihre Zunge trat hervor und ihre Augen brachen in dem Moment, als der Tod seine Schwingen ausbreitete und Sibylle von Thura mit sich riss.

XLII
Feuerwerk und Zauberbücher

Kyrian verließ den Platz. Er wischte sich die Hände an seinem Gewand ab. Er hatte genug gesehen und er hatte getan, was getan werden musste. Seine Nachforschungen waren von Erfolg gekrönt gewesen. Er wusste nun, wo er das Buch finden würde.

Fast hätte er sie erreicht. Er war ihr so nahe gekommen, und konnte doch nicht mit ihr sprechen. Es war wie verhext. Dieses Mädchen ging ihm nicht aus dem Kopf. Er musste mehr über ihre Kräfte herausbekommen. Bis jetzt hatte sie sich in puncto Magie bedeckt gehalten. Oder nutzte sie ihre Fähigkeiten, wie es in Kyrians Welt üblich war? Dann wäre sie eine Zauberin.

Egal. Das Buch ist wichtiger.

Kyrian bog gedankenverloren in eine Seitengasse ein. Er wusste, wo sich diese weiße Magierin aufhielt. Wie war ihr Name gleich? Mira. Er lächelte. Sie sah ganz anders aus als beim ersten Zusammentreffen im Wald. Dort wirkte sie so bieder, eine graue Maus. Nein, lachte er innerlich, wie eine weiße Maus. Aber auf dem Fest … Er verzog anerkennend den Mund. Sie hatte sich zu ihrem Vorteil herausgeputzt.

Der Weg führte bergauf. Er seufzte. Er konnte sich später mit ihr beschäftigen. Im Moment sollte er das Buch für die Trolle besorgen. Sofort drangen neue Fragen in sein Bewusstsein. Wie viele Feinde verblieben vor Ort? Wer bewachte die Bibliothek? Kyrian schüttelte sich. Was war los mit ihm? Er war doch sonst nicht so ängstlich, so abgelenkt.

Er benötigte einen Plan. Jetzt, da die meisten Magier auf diesem Fest in der Stadt verteilt waren und auf das Feuerwerk und die Sicherheit des Volkes achtgaben, konnte er diesen von dem Trollkönig beschriebenen Lehrmeister und dieses *Allgarettura* Pflanzenbuchdings suchen.

Die Gefahr eines Brandes lag förmlich in der Luft. Ein Feuer zur Ablenkung zu legen, wäre für ihn leicht. Kyrian musste bei diesem Gedanken lächeln.

Tage zuvor hatte er die Gepflogenheiten der Torwachen zum Magierviertel ausgekundschaftet und nun passte er den günstigen Moment der Wachablösung ab. Die Neuanwärter der Magierschule gingen zum Frühlingsfest an einem einzigen Tor ein und aus – der Weg zur Bibliothek. Der Schüler, dessen Passierschein sich Kyrian »geborgt« hatte und der in diesem Augenblick in einem Weinkeller einer Schenke gefesselt schmorte, war sicherlich nicht so glücklich. Er nahm dessen Gestalt an und passierte das Tor der Magier in der Verkleidung eines Novizen. Trollzauber hin oder her. Kyrian vertraute lieber auf seine eigenen Fähigkeiten.

Hoffentlich behielten die Trolle recht und der Lehrmeister wäre vertrauenswürdig, überlegte Kyrian, als er vor einem hügelartigen Gebäude stand. Eine grobbehauene Steintreppe führte in die Tiefe. Letztendlich wusste er viel zu wenig über die Verhaltensweisen der Magier von Königstadt. Die Trolle hatten ihn zwar eine Menge gelehrt, aber reichte das? Wer sagte ihm, dass er nicht geradewegs in eine Falle lief? Ständig dieser eine Gedanke: Eintausend Jahre sind eine verdammt lange Zeit.

Eine Fackel beleuchtete den Höhleneingang. Kyrian zögerte nur einen Augenblick, dann betrat er die Höhle.

»Hallo? Meister Mokslas?«

Stille.

Im Gang vor ihm warf ein flackernder Lichtschein seine Muster an die Wand. Kyrian schlich weiter. Da war ein Geräusch, er horchte auf. Als er um die nächste Ecke bog, erblickte er durch eine Toröffnung einen Mann von hagerer Gestalt, nur mit einem Lendenschurz bekleidet. Er hockte auf dem Boden eines höhlenartigen Raumes und las in einem Buch. Kyrian zog die Augenbrauen hoch.

Der Mann schaute nicht einmal auf, hatte ihn aber dennoch bemerkt, denn er sagte mit quäkender Stimme: »Kommt morgen wieder, heute unterrichte ich nicht. Heute vergnügt sich jedermann beim Fest.«

Kyrian war im ersten Moment zu perplex, um zu antworten. Er räusperte sich. »Meister Gamtos Mokslas?«

Der Mann hob seinen Blick. »Wer will das wissen? Ihr seid keiner meiner Schüler. Was kann ich für Euch tun?« Er klappte sein Buch zu, murmelte drei Worte und erhob sich, ohne aufzustehen. Er schwebte einfach empor und kam auf seinen Beinen zum Stehen.

Damit demonstriert er seine vermeintliche Überlegenheit. Kyrian grinste innerlich. *Wenn du wüsstest …*

»Ich … ähm … es geht um Trolle«, stotterte er. Er hatte sich ablenken lassen.

»Wenn das ein Scherz meiner Schüler ist, so sagt ihnen: Ich bin heute nicht zu Späßen aufgelegt.«

»Nein, ich … mein Name ist … Kyrian. Ich bin auf der Suche nach einem Buch.«

»Mein lieber Junge, dann müsst Ihr Euer Glück ebenfalls in zwei Tagen versuchen. Die Bibliothek ist über die Festtage geschlossen.« Er lächelte feixend. »Nun, ich könnte Euch mein Buch leihen, aber leider habe ich es noch nicht ganz durchgelesen.«

»Ich …« Kyrian zögerte. Was sollte er tun? Den Mann mit einem Freundschaftszauber belegen? Oder konnte er sein Vertrauen mit Ehrlichkeit gewinnen? Kyrian entschied sich für Letzteres. »Ich bin einem Troll begegnet, und Ihr seid in der Trollkunde bewandert, wurde mir berichtet.«

Gamtos verzog die Mundwinkel zu einem verärgerten Lächeln. »Also doch ein Scherz. Ich sagte Euch bereits …« Dann stockte er. »Wo kommt Ihr her, guter Mann?«

Das Misstrauen in seiner Stimme war unüberhörbar. Kyrian war drauf und dran, die Situation zu vermasseln. Er hatte sich schlecht vorbereitet, denn er ging zum wiederholten Male davon aus, es auch ohne Hilfe zu schaffen.

»Hört mich an. Ich bin weit gereist und beschäftige mich ebenfalls mit der Trollkunde …«

»Es gibt kein Fach für Trollkunde. Ich verliere langsam die Geduld, junger Mann!« Er schritt zu einer Nische und packte das Buch einen Fluch murmelnd beiseite.

Kyrian meinte, ein sirrendes Geräusch zu vernehmen. Er musste reagieren. Die Zeit lief ihm davon.

»Das Allgarettura. Ich hörte von dem Buch.«

Gamtos drehte sich um. »Woher wisst Ihr von diesem Werk?«

»Die Trolle haben Euch als Freund ihres Volkes beschrieben. Ich besitze vielleicht die Fähigkeit, das Buch zu … entschlüsseln.«

Gamtos lachte, jedoch legte sich Neugierde auf seine Gesichtszüge. »Niemand vermag es, das Allgarettura zu lesen. Es lässt sich zwar öffnen, doch die meisten Seiten sind leer. Sie lassen sich weder beschreiben noch verändern.«

»Darf ich es sehen?«

»Das wird kaum möglich sein. Verzeiht mir, aber Ihr könntet ein geschickter Dieb sein, der mich zu übertölpeln versucht. Das Buch ist immerhin ein sehr wertvolles – weil altes – Werk.«

»Zeigt es mir. Bitte.«

»Nun gut, warum nicht. In der Zwischenzeit prüfen wir Euer Wissen bezüglich des Trollvolkes. Folgt mir.«

Gamtos schritt hinaus auf den Gang. Während des gesamten Weges in tiefere Gewölbe stellte er Fragen, die Kyrian größtenteils zufriedenstellend beantworten konnte. Wenige Augenblicke später betraten sie einen dunklen Raum. Auf ein Wort von Gamtos entzündeten sich Kerzen. Ein geschnitzter Schreibtisch stand vor einem Lichtschacht. Regale, vollgestopft mit Büchern, belagerten die Wände.

»Euer Wissen ist beachtlich, bedenkt man Euer Alter. Aber Wissen eignet man sich aus Geschriebenem an, das beweist nichts.« Gamtos zog einen dicken ledernen Band hervor und legte ihn auf den Tisch. Der Foliant wirkte trotz seiner Ausmaße unscheinbar.

Kyrian lächelte wegen der Prüfung des Lehrmeisters. »Das ist nicht das Allgarettura.«

»Ist es das nicht?«

»Nein«, antwortete Kyrian. »So wie man mir das Allgarettura beschrieben hat, besteht es aus einem Stück Holz, ein grünlicher Schimmer geht von ihm aus.«

Tiefe Falten lagen auf Gamtos' Stirn. »Was wollt Ihr mit dem Buch?« Seine Stimme hatte jegliche Wärme verloren. »Wer seid Ihr?«

Die Hände des Magiers schnellten vor, begleitet von einem magischen Spruch. Da Kyrian die ganze Zeit über damit gerechnet hatte, beschränkte er sich auf die Verteidigung. Er wollte Gamtos nicht verletzen. Obwohl ihn sein Schutzschild bereits umgab, sagte er eine undeutlich gemurmelte Formel auf, um nicht als Zauberer erkannt zu werden. Die erzeugte magische Fessel erlosch mit einem Knistern.

»Ich bitte Euch, Meister Gamtos. Ich beschäftige mich schon mein Leben lang mit den Trollen«, log Kyrian. »Ich sehe jung aus, doch bin ich erfahren auf meinem Gebiet.«

»Wo habt Ihr Eure Fähigkeiten erlernt, wenn nicht hier? In Königstadt steht die einzige Magieschule der Welt.«

»Ich … äh … Privatschüler?« Kyrian musste das Thema wechseln, ehe sein Gegenüber zu viele Fragen stellte. »Ich will nur das Buch seinen rechtmäßigen Besitzern bringen.«

Ein meckerndes Lachen erscholl. »Was für eine absurde Idee. Wozu? Die Trolle sind …«

»… nicht so dumm, wie Ihr denkt«, vervollständigte Kyrian den Satz. »Das Buch gehört dem Trollvolk, die darauf aufpassen sollten.«

Erneut bildeten sich Furchen auf Gamtos' Stirn. Er haderte mit sich. »Was wisst Ihr wirklich über die Trolle?«

»Nun ja, mein Wissen stimmt höchstwahrscheinlich nicht mit dem Euren überein.« Kyrian lächelte verlegen. »Die Trolle sind intelligente Wesen. Sie haben einst im großen Wald Bagharatan Dunkelhain gelebt.«

»Das steht in den alten Chroniken geschrieben. Das ist vergangen. Dieses Wissen ist zwar geheim, aber nicht gänzlich unzugänglich. Ihr könntet es käuflich erworben haben. In der Bibliothek arbeiten auch nur Menschen.«

»Wie kann ich Euch überzeugen? Wenn ich das Buch sehen könnte, würde ich Euch den Beweis liefern.«

»Ich bin gespannt. Lasst mich nur schnell etwas überziehen. Aber ich warne Euch: Wenn das alles ein Scherz meiner Schüler ist, sind sie dieses Mal zu weit gegangen.«

Gamtos trug die typische Kleidung eines Magiers. Er brachte Kyrian in ein Gewölbe, dessen halbrunde Decke von Säulen gehalten wurde. Dort führte ein Durchgang in eine höhlenartige Grotte, in der eine Art Altar stand. Dieser Steinquader zeigte sich leer.

Gamtos begab sich zur Wand und holte eine Kiste hervor. In der Kiste befand sich eine zweite Schatulle. Erst nach genauerem Hinschauen erkannte Kyrian, dass es sich um ein Holzstück in Buchform handelte. Geschnitzte Ranken mit Blättern verzierten den Buchdeckel. Über allem lag ein grünlicher Schimmer, als sei das Buch mit einer feinen Schicht Moos bedeckt.

Gamtos hob es ächzend heraus und legte es auf den Steinaltar. »Seht selbst«, sagte er und öffnete den Deckel.

Kyrian erspähte ein paar mickrige Sätze in einer unverständlichen Sprache. *Trollrunen.* Er sollte das Buch dem Trollkönig bringen, was scherte ihn da der Inhalt. Dieses Buch schien das Richtige zu sein. Bevor er Gamtos ausschalten konnte, musste er sichergehen.

»Darf ich?«

Als Kyrian das Buch berührte, entfalteten sich die Blätter auf dem Buchrücken. Grüne Knospen schossen empor. Der Foliant erwachte zum Leben. Und ohne sein Zutun beschleunigte sich Kyrians Herzschlag.

Der Lehrmeister stieß einen erstickten Laut aus. »Bei den Göttern«, brachte er hervor. »Wie ... wie ist das möglich? Ich kenne so etwas nur aus alten Sagen und Geschichten.«

Mit dem Loslassen des Buchdeckels verwandelte es sich in das vertrocknete Stück Holz zurück.

»Unglaublich«, stöhnte Gamtos ehrfurchtsvoll und fasste das Buch zaghaft an. Nichts geschah. Erst als Kyrian es erneut berührte, begann alles zu wachsen. Der Lehrmeister riss die Augen auf, unfähig, seine Hand vom Folianten zu lösen. Eine Ranke umschloss sein Handgelenk. Während Kyrian lauernd seine Züge beobachtete, ging eine Veränderung durch Gamtos' Gesicht. Ein Erkennen. Kyrian löste die Verbindung.

Der Lehrmeister wankte. Schwer atmend rieb er sich die Hand. »Es ... ist ... so unglaublich«, stammelte er. »Ich verstehe jetzt.« Eine Mischung zwischen Erstaunen, Freude und einem Leuchten erschien auf seinem Gesicht. Und erneut veränderte es sich. Furcht mischte sich hinzu. »Ihr müsst fort. Der Magister will Euch in die Hände bekommen.

Er besitzt noch viele von diesen Dingen aus den Urkriegen vor eintausend Jahren. Er will mit Eurer Hilfe die alten Artefakte entschlüsseln.« Die Worte sprudelten nur so aus dem Mann heraus. »Ihr müsst das Allgarettura in Sicherheit bringen. Nehmt es!« Er holte einen einfachen Band aus einer Nische, bettete ihn im Kasten, verschloss diesen sorgfältig und klemmte ihn sich unter den Arm.

Kyrian schob das hölzerne Buch unter seine Robe in einen vor die Brust geschnallten Rucksack.

Der Lehrmeister rannte los. »Beeilt Euch. Hier entlang.«

»Warum sollte ich Euch trauen? Ich habe, was ich wollte.«

»Das denkt Ihr, dem ist aber nicht so. Ich kenne Eure wahre Absicht.«

Kyrian stutzte. »Und die wäre?«, knurrte er, bereit, den Mann zu töten, wenn es sein musste. Doch Gamtos' Antwort überraschte ihn.

»Ihr wollt die graue Steppe mit Leben füllen. Aber es benötigt mehr als dieses Buch. Dafür braucht Ihr einen Samen des Majok-Baumes. Er befindet sich in der Obhut der Zentauren. Ich habe es gesehen, als wir das Allgarettura berührten. Ihr müsstet es doch auch *gesehen* haben. Kommt jetzt. Sie werden gleich hier sein.«

»Wer wird gleich hier sein?«

»Die Wächter.«

»Woher wisst Ihr das?«

»Weil ich sie gerufen habe. Ich weiß nun, dass es ein Fehler war.«

Die Botenfee hatte Meister Gamtos' Lesegrotte durch einen Luftschacht in ihrer Nische verlassen, gleich, nachdem der Lehrmeister ihr den Befehl gegeben hatte, Meister Bralag zu informieren. Sie rauschte in Windeseile die Außenmauer des Magierturmes entlang in die Arbeitsräume des obersten Heerführers. Sie umflog ein paar Wächter und verharrte vor einem doppelflügeligen Tor aus massivem Eichenholz.

»Eilbotschaft für Meister Bralag«, rief sie, und das Tor öffnete sich durch die Kraft der Magie.

Bralag stand mit dem Magister in der Mitte des Saales.

Noch während die Fee in den Raum schwebte, wiederholte sie ihre Nachricht. »Eilbotschaft für Meister Bralag! Meister Gamtos lässt euch Folgendes ausrichten: *Ich glaube, der fremde Zauberer ist angekommen.*«

Durch einen verborgenen Zugang gelangten sie in die Bibliothek. Sie durchquerten einen Lehrsaal und erreichten eine mit Bücherregalen vollgestellte Halle.

»Wo finde ich die weiße Magierin?«, fragte Kyrian aus einer Eingebung heraus, während sie immer neue Regale umrundeten. Der Raum musste riesig sein.

»Wen?«

»Ein Mädchen mit schneeweißem Gesicht.«

»Es gibt nur wenige weibliche Magierinnen.« Gamtos runzelte die Stirn. »Ein Mädchen mit schneeweißem Gesicht sagtet Ihr. Es gab ein junges Mädchen, aber die könnt Ihr nicht meinen. Das ist doch schon Jahre her.«

»Was meint Ihr damit?«

»Es muss ungefähr sechs oder sieben Jahre her sein, da gab es …«

Sie passierten eine Tür, die im selben Augenblick krachend auflog. Kyrian riss die Hände empor und konzentrierte sich.

Die ersten Lichtblitze schossen in die Bücherhalle hinein und zerfetzten das erste Regal. Papier wirbelte umher.

»Die Bücher«, schrie der Lehrmeister. Blankes Entsetzen spiegelte sich in seinem Gesicht wider. Er sprang herum und versuchte, mit seinen Händen die umherwirbelnden Blätter aufzufangen. Schriftzeichen, Abbildungen von Tieren, getrocknete Pflanzen. Eine Schmetterlingszeichnung schwebte an Kyrian vorbei. Noch hatte niemand die Halle betreten.

Ein Lichtgeschoss traf Gamtos, der unter Zuckungen zu Boden stürzte. Kyrian sandte in rascher Folge zwei Energiestöße in Richtung Tür und blickte auf Gamtos. Doch der regte sich nicht mehr. Geduckt sprintete Kyrian zum Fenster, prallte jedoch zurück. Splitter regneten auf ihn herab, als das Kristallglas zerbarst und die Geschosse ins Innere des Raumes drangen. Er saß in der Falle. Natürlich standen draußen ebenfalls Magier.

»Worauf wartet ihr. Dringt vor!«, schrie jemand.

Kyrian sprang an einem Tisch vorbei und riss diesen dabei um. Hinter ihm lagen Tafeln mit darauf befestigten Insekten.

Schmetterlinge.

Er konzentrierte sich. Die winzigen Metallstifte, die die Falter fixierten, lösten sich mit einem Zittern. Sie schossen in Richtung Eingang, in dem die ersten Magier erschienen. Geschriene Flüche erklangen, als die Nadeln ihre Ziele trafen. Kyrian nutzte die Verwirrung und zauberte sich unsichtbar. Gleichzeitig erweckte er die unzähligen geflügelten Tiere zum Leben und sandte sie zu Tür und Fenster. Dann huschte er zwischen die Regalwände. Er verharrte. Im entscheidenden Moment würde er sicherlich unbemerkt hinausschlüpfen können.

»Ich spüre eine fremde Präsenz«, knurrte eine Stimme.

Kyrian stockte der Atem. Konnte das sein? Aber wie konnten Magier die Kraft der Zauberei erkennen?

Gemurmelte Worte, ein Singsang. Urplötzlich begann eine rötliche Aura zu leuchten. Es dauerte eine Weile, bis Kyrian registrierte, dass er selbst leuchtete.

»Da hinten! Schlagt Alarm! Er ist hier! Er ist hier!«

Kyrian wirbelte herum. Er warf sich mit einem Sprung nach vorne, als eines der Regale umkippte. Ein zweiter Windstoß fegte an ihm vorbei und zerschmetterte ein weiteres Bücherbord. Folianten schossen umher, der reinste Schneesturm aus Papierfetzen umkreiste ihn.

»Eindringling! Eindringling!«, hallte es immer wieder durch den großen Saal.

Er musste diese Aura loswerden …

Ein Mann mit kurzem, weißem Haar hechtete um eine Ecke und schleuderte ohne Zögern einen Lichtblitz. Die Wucht warf Kyrian zwei Meter zurück, doch sein Schutzschild hielt die tödliche Kraft ab. Er rappelte sich auf und erkannte in dem Weißhaarigen jenen Magier aus dem Wald, nachdem er fast diese Mira befreit hatte. Der Mann sandte erneut einen Blitz in seine Richtung.

Kyrian sprintete los und schlug einen Haken. Er hörte das Krachen hinter sich, als ihn das Geschoss verfehlte. Seine Nackenhärchen stellten sich auf, als ein Schockstrahl schräg neben ihm einschlug. Ein weiterer Gegner. Kyrian konzentrierte sich. Mit einem Windstoß fegte er den Mann von den Beinen. Gleichzeitig schwang er sich in die Luft und flog zur Decke empor. Vielleicht konnte er über die Regale fliehen?

Wütende Schreie erklangen.

Er erspähte eine Öffnung im Kuppeldach, ein Belüftungsfenster. Unter ihm erschienen die ersten Magier, die den Raum stürmten. Kyrian schickte ihnen einen Feuerball entgegen. Das verschaffte ihm die nötige Zeit zur Flucht.

Kaum hatte er die Deckenöffnung erreicht, gellten bereits Rufe aus dem Innern der Bibliothek zu ihm herauf.

»Feuer! Feuer!«

Er kam nicht umhin, an die kostbaren Bücher zu denken. *So viel wisperndes Wissen, so viele geflüsterte Erkenntnisse!* Er schleuderte einen zweiten Feuerball in die Tiefe. Was scherte ihn diese Welt?

Ruven hatte in weiser Voraussicht ein paar Freunde auf die Suche nach Mira geschickt. So fand sie den Weg zu ihrem Treffpunkt doch noch.

»Wo hast du gesteckt? Wir haben uns Sorgen gemacht«, empfing Ruven sie sichtlich erleichtert. »Das Feuerwerk fängt in wenigen Momenten an.«

»Ich hab dich nicht gefunden und dachte, du bist losgegangen. Es tut mir so leid«, rief Rahia. Die beiden Mädchen schlossen sich mit einem Seufzer in die Arme. Die Wahrsagerin erschien Mira schon jetzt wie ein schlechter Traum.

Ruven hatte einen Platz direkt an der Mauer der mittleren Ebene freigehalten. Von hier aus hatte man eine herrliche Aussicht auf die zwei Türme und das Feuerwerk, das zwischen ihnen stattfinden sollte.

»Das muss das Startsignal sein. Es geht los«, rief jemand. Die Blicke der Menschen folgten dem Fingerzeig des Sprechers. Alle sahen die Blitze und einen Feuerball, der auf die Erde zuschoss. Einen Wimpernschlag darauf entlud sich mit donnerndem Getöse ein buntes Lichterspektakel am nächtlichen Himmel über Königstadt.

Als Kyrian durch die Deckenöffnung ins Freie schoss, traf ihn die eisige Kälte. Fast hätte er die Kontrolle verloren, als sich das Feuerwerk zischend und knallend in der Nähe entlud. Im ersten Moment glaubte er, er sei von einem Froststrahl getroffen worden, doch es war nur die eiskalte Nachtluft. Der Wind rauschte in seinen Ohren, bemüht, sämtliche Geräusche zu übertönen. Seine Augen tränten. Er drehte sich ein letztes Mal um. Gleich darauf durchfuhr ihn ein jäher Schreck. Aus dem Dach der Bibliothek qualmte es kaum. Stattdessen quollen dort die Magier nach draußen. *Drei, vier, fünf, …* zählte Kyrian. Er ging in einen Sturzflug. Ein Treffer in dieser Höhe hätte fatale Folgen. Und schon zischte ein Lichtblitz an ihm vorbei.

Er wich einem zweiten Blitz aus, dann tauchte er in das Straßengewirr ein.

Augenblicklich wendete er und verharrte in der Luft.

Der erste Magier, der auftauchte, flog genau in seinen Energiestrahl hinein, so dass er schreiend zu Boden trudelte. Kyrian leuchtete noch immer wie eine Fackel. Er sauste zu einem hell erleuchteten Fenster im vierten Stock eines Turmbaus.

Als der nächste Magier an ihm vorbeischoss, fegte er ihn mit einem gezielten Energiestoß vom Nachthimmel.

Die Augen zu Schlitzen verengt, wagte er sich ein Stück vor. Im selben Moment verblasste die rötliche Aura, die seinen Körper umgab. Ein ärgerliches Keuchen ertönte hinter ihm.

Kyrian wirbelte herum und erkannte einen dunklen Schatten schräg über seiner vorherigen Position. In einer blitzschnellen Bewegung schoss er einen Schockstrahl in die Richtung. Der erstickte Schrei verlor sich in der Tiefe.

Kyrian stieß die Luft geräuschvoll aus, während er in einer Gasse landete. Er sah sich um. Wo lag der tote Magier? Die Gasse war leer. Mitten auf der Seitenstraße entdeckte er den leblosen Körper. Auch diese Straße war menschenleer. Das bevorstehende Feuerwerk hielt alle in seinem Bann gefangen. Kyrian lehnte die Leiche an die Hauswand.

Dann holte er ein buntes Gewand aus seinem Rucksack und schlüpfte hinein. Seine Kleidung zog er dem Toten an und verwandelte dessen Angesicht in das Abbild seiner selbst. Mit weißer Kreide färbte er sein eigenes Gesicht, setzte eine Narrenkappe auf und rannte los. Nur raus aus der Stadt.

Durch ein Pfeifen irgendwie alarmiert, drückte er sich an die nächste Hauswand. Weitere Magier flogen am Himmel vorbei. Er zählte sechs Schatten.

Jetzt aber nichts wie weg hier.

Der direkte Weg nach Süden war zu gefährlich. Die Magier gingen sicherlich davon aus, er wolle sich im Gebirge verstecken. Wenn er über die Ostroute wanderte … Querfeldein. Dort erwartete man ihn vermutlich nicht.

Begib dich stets dorthin, wo es dein Feind am wenigsten erwartet, klang die Stimme von Targas in seinem Kopf.

»Ich vermisse dich, alter Freund …«, flüsterte Kyrian und machte sich auf den Weg nach Osten …

XLIII
Die Jagd beginnt

»Wo ist er?«, schrie der Magister mit hochrotem Kopf. Der Boden war bedeckt von unzähligen verkohlten Blättern und Pergamenten. Die Magier hatten den Brand in der Bibliothek unter Kontrolle gebracht, indem sie ein Vakuum erzeugten und so dem Feuer den Sauerstoff entzogen. Daraufhin versuchten sie, Ordnung in das Chaos zu bringen.

Bralag betrachtete unterdessen Lehrmeister Gamtos. Er war tot. Ein Lichtblitz hatte seinen Körper durchdrungen.

Der Magister stapfte auf und ab. »Nichtsnutze. Tölpel. Es kann doch nicht sein, dass ein einzelner Mann den *Bewahrern der Ruhe* entkommt.«

Ein Magier stand gebückt vor ihm. »Wir wissen es nicht. Die Aura erlosch ... wir haben ihn verloren.«

Das Magieroberhaupt schlug dem Mann gegen die Schulter. »Mir aus den Augen. Alle.«

Bralag erhob sich.

»Ihr bleibt!«

Die Kriegermagier eilten hinaus und schlossen die Tür hinter sich. Der Magister glättete mit beiden Händen seine Haare. »Wir hatten ihn doch schon. Er konnte nicht entkommen.«

»Und doch ist er entkommen.«

»Wie? Wie um alles in der Welt? Steht nicht herum und haltet Maulaffen feil. Riegelt die Stadt ab. Sucht ihn.«

Bralag verzog den Mund. »Das ist schwer möglich. Königstadt ist voll von Gästen. Die Abreisewelle des Frühjahrsfestes steht bevor. Es ist eine perfekte Fluchtverschleierung.«

»Dann lasst das Fest noch eine weitere Woche dauern.« Eine Ader an der Schläfe des Magisters trat pulsierend hervor.

»Die Bevölkerung und vor allem der König werden sich wundern, wenn wir mit dieser dreitägigen Tradition brechen. Außerdem ...«

»Ich scheiße auf die Bevölkerung und ich scheiße auf den Kö...« Der Magister atmete durch. In ruhigerem Tonfall fragte er: »Was schlagt Ihr vor?«

»Ich bin überzeugt, dieser fremde Zauberer beherrscht die Körperwandlung. Die Torwachen sind bereits verstärkt worden. Er ist unbemerkt hereingekommen, er wird auch unbemerkt hinauskommen. Um ihn zu überlisten, bedarf es mehr.«

»Mehr von was? Redet nicht um den heißen Brei herum.«

»Wir sollten uns zuerst einmal fragen, was er von Meister Gamtos Mokslas wollte. Ganz offensichtlich hat er ein Buch entwendet.« Bralag deutete auf das Holzkästchen in Buchform, das neben dem Toten lag. Durch den Sturz hatte es sich geöffnet und der Deckel war zersplittert.

»Das Buch dort in seiner Nähe befand sich niemals in der Kiste. Seht, die Abdrücke stimmen nicht überein.«

»Er hat ein Buch gestohlen? Was will er damit?«

»Es scheint ein besonderes Werk zu sein. Ich weiß, dass Meister Gamtos seltene Folianten sammelte. Er hat einmal erwähnt, er besitze ein Buch vollkommen aus Holz. Ein Pflanzenkundebuch, ein Relikt aus der Zaubererzeit.«

»Ein Holzbuch ... Mumpitz! Was soll er mit einem Buch über Pflanzenkunde anfangen? Uns verzauberte Schlingpflanzen auf den Hals hetzen?« Der Magister zog lachend die Stirn kraus, als wäge er diese Möglichkeit ab. »Wo steckt Valhelia! VAL!«, brüllte er dann unvermittelt.

Gleich darauf erschien Val. Sie bestätigte Bralags Aussage, indem sie in die Vergangenheit des toten Lehrmeisters sah.

»Er heißt Kyrian«, erklärte sie. »Gamtos erzählte etwas von irgendwelchen Samen eines Baumes. Ein Majok-Baum?« Sie hob die Schultern.

Bralag lächelte süffisant. »So nennt man die letzten Baumriesen im Königswald.«

»Wir wissen, was das für Bäume sind«, unterbrach der Magister Bralags Ausführungen. »Unterrichtet unsere Verbündeten, die Zentauren, und schickt alle verfügbaren Magier in die Königswälder. Wenn sich der Bastard die Samen holen will, schnappen wir ihn.«

Bralag nickte nachdenklich. »Wenn wir zu viele Magier schicken, könnte das den Fremden vertreiben. Er wird nicht auftauchen.«

»Habt Ihr eine bessere Idee?«

»Wir sollten uns dieses Bauernmädchen zunutze machen. Wenn der Fremde wirklich dieses weiße Mädchen sucht, aus welchen Gründen auch immer, sollten wir ihm zuvorkommen.«

»Wie das?«

»Indem das Mädchen für uns arbeitet.«

Der Magister wirkte nicht überzeugt, doch er lächelte. Das erste Mal an diesem Tag. Ohne Bralag seine Ausführungen beenden zu lassen, sagte er: »Gut. Val wird sie begleiten. Erlange ihr Vertrauen, meinetwegen erkaufe es dir. Du fährst mit ihr zu den Zentauren in die Königswälder. Dort warten wir auf diesen Fremden. Bralag: Euch benötige ich hier.«

Der oberste Heerführer nickte stumm.

Bereits in der Nacht holten die *Bewahrer der Ruhe* Mira zurück in den Magierturm.

»Wir müssen dich in Sicherheit bringen«, offenbarte ihr Valhelia. »Wir reisen morgen in aller Frühe ab.«

»Aber … Wieso? Wohin?«

Der Magister trat vor. Seine Stimme war angenehm warm und erklang in einem fast väterlichen Tonfall. »Dieser Fremde ist in der Stadt aufgetaucht. Du bist hier nicht mehr sicher. Meisterin Valhelia wird dich nach Königswald begleiten. Dort existiert ein verborgener Ort, den der Fremde keinesfalls finden wird.«

Mira schluckte. Der Kloß in ihrem Hals ließ sich nicht vertreiben. »Ich … ich gehe nicht ohne meine Freunde.«

»Das geht nicht. Wir haben das doch bereits besprochen«, sagte Val.

Mira schüttelte energisch ihren Kopf. »Ohne sie gehe ich nirgends hin.«

Val wollte zu einer Antwort ansetzen, schwieg jedoch.

Unsicher schaute Mira von einem zum anderen. War das ein Lächeln auf Bralags Lippen? Nein, scheinbar hatte sie sich getäuscht. Sein Blick war ausdruckslos.

Der Magister räusperte sich. »So sei es. Lasst sie mitfahren. Vielleicht fällt eure Reise so weniger auf.«

Fünf Stundenkerzen darauf stand eine abreisebereite Gauklertruppe vor den Toren des Magierturmes. Mira hatte kaum geschlafen. Stattdessen durfte sie sich einige Kleidungsstücke von Valhelia aussuchen. Im Gegensatz zu Rahias Kleidung war die der Magierin um ein Vielfaches prunkvoller. Val entpuppte sich als recht umgänglich und verständnisvoll. Mira entschied sich für ein paar Hosen. Ein weiterer Pluspunkt in Miras Meinung über Val.

Dann zog die Gruppe, bestehend aus Ruven, Rahia, Unna sowie Mira und Valhelia los.

Rahia war alles andere als begeistert, als Val ihr offenbarte, ihren Wagen nutzen zu wollen. Sie schleppte Kisten mit Kleidern, Büchern und diversen Gebrauchsgegenständen an, inklusive eigenem Bettzeug. Die Gauklerin gab sich geschlagen. Im Innern des Wohnwagens zierten nun Seidendecken das Bett. Rahias Bett.

Das Zelt, das sie im Tausch bekamen, wurde sogleich von Ruven und Unna in Augenschein genommen und für ausgezeichnet befunden.

Der Himmel war grau und die Tage zogen ins Land.

Der Vorteil an Valhelias Gesellschaft war der Reichtum an Speisen, die wenigstens Unna besänftigten. Ruven hielt sich ebenfalls mit Kritik zurück. Einzig Rahia machte ein unglückliches Gesicht.

Am späten Vormittag des sechsten Tages erreichten sie den Königswald.

XLIV
Forderungen

Er hatte das Buch. Er hatte es tatsächlich bekommen. Das Hochgefühl, das ihn befallen hatte, ebbte die gesamte Reise zurück zu den Trollen nicht ab. Er wanderte querfeldein, so wie immer. Dank der Trollbibliothek hatte er sich die Landkarten eingeprägt und wählte so eine günstige Strecke, frei von Hauptstraßen.

Fast erschien es ihm zu einfach, als er das Bergmassiv und dann das Reich unter dem Berg betrat. Was für eine Welt, in der jeder umherreisen konnte, ohne behelligt zu werden.

Die Trolle Barathur und Uschtrin brachten ihm echte Freude über das Wiedersehen entgegen. Sie führten Kyrian vor ihren König und sofort erkannte er die Zweifel in den Gesichtern der Anwesenden. Ebenso sah er die Hoffnung darin. Unmerklich wanderte sein Mundwinkel nach oben.

Er verbeugte sich.

»Ich habe meine Aufgabe erfüllt, König Ackarian.« Damit legte er das eingewickelte Bündel vor den Thron. Acht Lanzen richteten sich auf ihn, doch Kyrian ließ sich nicht beirren und packte das Buch aus, ohne es zu berühren. Dort lag es, ein unscheinbares Stück Holz.

Der Trollkönig lächelte. »Ich erkenne es aus unseren Überlieferungen. Es könnte durchaus das Allgarettura – das Buch der verzauberten Pflanzen sein. Es könnte sich aber auch nur um ein einfaches Stück Holz handeln.«

»Seht, wie meine Macht wirkt.« Mit einer theatralischen Geste nahm Kyrian das Buch in seine Hände und augenblicklich begann es, zu leben. Efeuranken schossen hervor, Knospen bildeten sich und der Foliant erstrahlte in einem grünlichen Glanz, moosbewachsen. Ein Raunen ließ den Raum erzittern.

»Es ist bewiesen: Ich bin ein Zauberer.« Er legte das Allgarettura vor dem König ab und es verwandelte sich zurück in das Holzstück. Ackarian nickte, doch er schwieg.

Nach einer Weile fragte Kyrian: »Wie ist eure Entscheidung ausgefallen?«

Zögernd ergriff der Troll das Wort. »Wir können dir nicht helfen. Es sei denn ...«

Kyrians Herz raste. Hatte er sich verhört? Wollten ihm die Trolle *nicht* helfen? Seine Augen verengten sich zu schmalen Schlitzen.

»Es sei denn, was?«, hakte er nach.

Der Trollkönig strich sich über sein ledernes Gesicht. »Das Buch alleine ist nutzlos. Uns fehlt der wichtigste Bestandteil.«

»Das kommt mir bekannt vor«, murmelte Kyrian und fügte lauter hinzu: »Lasst mich raten: irgendeinen Samen?«

Ackarian nickte ernst. »Ja, uns fehlen die Samen eines Majok-Baumes.«

»Das konntet Ihr mir nicht vorher sagen? Ich hätte Euch die Mistdinger mitgebracht.«

»So einfach ist das nicht. Die Zentauren bewachen jegliches Saatgut, das die Wälder betrifft. Majok-Samen gelten als sehr selten, falls es überhaupt noch welche gibt. Nur wenn die Wetterverhältnisse günstig sind und die Sterne eine bestimmte Konstellation annehmen, geben die Majok-Bäume ihre Samen preis. Da die Magier das Wetter beeinflussen, kommt eine derartige Konstellation nicht mehr zustande.«

Kyrian streckte fragend die Hände zur Höhlendecke. »Gibt es sie nun oder gibt es sie nicht?«

»Die letzten Majok-Bäume wachsen im Königswald, hoch im Norden des Landes.«

»Im Norden des Landes?« Kyrian wackelte mit dem Kopf. »Ich war im Norden des Landes«, schrie er. »Wenn ich Euch diese Samen holen soll, müsst Ihr mir schon ein wenig entgegenkommen. Was tut Ihr, wenn ich Euch schon die gesamte Arbeit abnehme? Wozu das Ganze?«

»Du sollst uns den Südwald zurückbringen, den Bagharatan Dunkelhain.«

Kyrian starrte ihn an. Nach einer endlosen Pause stieß er einen Laut aus. »Pff, na das ist doch mal eine Ansage.«

Der Trollkönig lehnte sich vor. »Es benötigt weitaus mehr als nur den Samen und das Buch. Diese zwei Dinge sind der

Grundstein. Die anderen Bestandteile, sieben an der Zahl, können wir selber besorgen. Du wirst verstehen, dass wir Trolle nicht einfach die Lande bereisen können, wie ihr Menschen sie bereist.«

»Dann findet man diese Bestandteile in der Nähe?«

»Sie befinden sich zum Teil bereits in unserem Besitz. Nur die Samen nicht.«

Kyrian fuhr sich mit der Hand durch sein Haar. Er seufzte. »Das habe ich schon einmal gehört. Und was dann?«

»Bring uns die Samen, dann helfen wir dir. Bedingungslos.«

»Bedingungslos?«

»Bedingungslos.« Der Trollkönig neigte seinen Schädel.

»Und wie wollt Ihr mir helfen, wenn ich fragen darf?«

»Es gibt eine Möglichkeit«, fuhr Ackarian fort.

»Ich bin ganz Ohr.«

»Die Macht und Kraft der Magier ist an die Wettertürme und deren Wetterkristalle gebunden, mit denen sie das Wetter in der Welt beeinflussen.«

»In eurer Welt«, verbesserte Kyrian ihn.

»Wenn die Türme zerstört sind, ist die Macht der Magier gebrochen.«

»Dann zerstört sie.«

Ackarians Gesicht wurde grimmig. »Euch kann es egal sein, was mit unserer Welt geschieht. Jedoch ist es uns nicht egal. Niemand weiß, was die Zerstörung eines Wetterturmes bewirkt. Außerdem werden sie stark bewacht.«

»Was soll passieren? In meiner Welt findet das Wetter von ganz allein statt. Es gibt den Sommer und den Winter, und dazwischen kommen jeweils Herbst und Frühling. Mit Regen, Schnee oder Sonnenschein.«

»Wir müssten uns durch harten Stein graben, um an den Turm der Magier zu gelangen.«

»Dann grabt!«

»Wenn wir graben sollen, musst du uns erst die Samen bringen.«

Kyrian verzog seinen Mund. »Wir drehen uns im Kreis. Wieso habe ich plötzlich das Gefühl, ausgenutzt zu werden?«

»Du willst die Welt ändern? Dann tu es auch«, bekam er zur Antwort.

XLV

Zwietracht

Alles war grau und nass. Die Wege bestanden aus einem braunen Matsch, zäh wie Kuchenteig, nur bei weitem nicht so lecker.

Unna hatte seine Schuhe nicht angezogen, ebenso wenig wie Rahia. »Ich versau mir doch nicht die guten Stiefel«, hatte er gesagt.

Während Val im Wagen saß, mühten sich die anderen ab, den Moropus voranzutreiben, der immer wieder mit seinen Pfoten im Morast stecken blieb. Irgendwann ging er nicht mehr weiter.

»Wir müssen rasten«, stellte Ruven fest.

»Oh ja, jetzt ein wärmendes Feuer«, sagte Mira, grinste und tat dann erschrocken: »Huch? Wo kommt denn plötzlich das viele Wasser her?«

Ruven sprang vom Kutschbock. »Na, da lässt sich aber jemand die gute Laune nicht verderben.«

»Ja, die kleine Mira hat sich mit ihren Sprüchen ganz schön schnell angepasst. Übertrifft mich ja fast an Sarkasmus«, fluchte Unna vor sich hin. »Aber nur fast.«

»Ich hatte zwei ausgezeichnete Lehrer und eine noch bessere Lehrerin«, flötete Mira vergnügt. »Wir sind doch nicht aus Salz. Außerdem: So werden wir wenigstens gleichzeitig gewaschen.«

Ruven lachte. »Alles hat Sinn!«

Die Tür des Wagens öffnete sich und Val erschien in der Türöffnung. Um ihren Körper herum zerplatzte der Regen an einer unsichtbaren Schutzblase.

»Was ist? Warum geht's nicht weiter?«

Rahia, die sich vorne beim Moropus befand, knurrte: »Halt mich zurück, Ruven. Sonst erwürge ich sie.«

»Ruhig Brauner, ruhig.«

Gemeinsam spannten sie das Zugtier aus und pflockten es neben der Straße an. Während die Gauklerin den Pflock festhielt, den Ruven mit einem Hammer in den Boden rammte, beobachtete sie Mira, die Valhelia anstrahlte und erklärte: »Wir müssen leider rasten. Die Wege sind nicht wirklich passierbar.«

Die Magierin verzog ihren Mund. Sie nickte nur, wobei sie Mira mit einem nachdenklichen Blick bedachte.

»Du solltest dir trockene Sachen anziehen. Du wirst dich erkälten. Oder nein, warte.« Val murmelte ein paar Worte.

Rahia sah, wie sich Miras Kleidung auf magische Weise trocknete, und augenblicklich prallte der Regen vom Körper ihrer Freundin ab. Rahia entgleisten die Gesichtszüge. *Ein Schutzschild.*

»Kommst du trotzdem gleich rein?«, fragte Valhelia kühl. »Es gibt etwas zu besprechen.« Dann verschwand sie im Wohnwagen. Kurz darauf schwirrte eine Botenfee aus dem Innenraum der Kutsche heraus und verlor sich im grauen Nieselregenschleier.

Rahia pustete einen Regentropfen von ihrer Nasenspitze. »Was ist das denn für eine miese Nummer? Wir stehen hier im Regen und die feine Dame schützt sich und Mira mit Magie, damit die beiden nicht nass werden?«

Ruven zuckte mit den Schultern. »Wir haben Schlimmeres überstanden.«

»Ich hasse Magier«, sagte Rahia mit gedämpfter Stimme.

Mira schaute hinter Val her.

»Mira. Nicht Maulaffen feilhalten. Hilf lieber mit«, pflaumte Rahia sie in diesem Moment an. »Ach nee, geht ja nicht. Die feine Dame wartet.«

Mira seufzte. »Ich kann doch auch nichts dafür.«

»Ja, klar.« Rahia drehte sich fort. »Na geh schon. Muss ja was ganz Wichtiges sein. Ist ihr ja hoch anzurechnen, dass sie an *meine* Einrichtung denkt, indem sie dich trocknet, bevor du *meinen* Wohnwagen betrittst.«

Mira stapfte stöhnend davon, während Rahia ihr finster hinterherschaute.

Ruven und Unna bauten das Zelt auf. Eine nasse und kalte Nacht erwartete die Gaukler, denn an ein Feuer war nicht zu denken.

Mit der Rückkehr der Botenfee verbesserte sich das Wetter. Das Verhältnis zwischen Rahia und Val jedoch besserte sich auch in den folgenden Tagen nicht. Die Gauklerin ging ihr weitestgehend aus dem Weg, was nicht einfach war, da Valhelia in *ihrem* Wagen wohnte. Aber sie lagerte lieber im Freien, als mit Val unter einem Dach zu nächtigen. Sie war nur froh, dass sich Mira Valhelias Befehl widersetzte und ebenfalls draußen schlief. Aber wie lange würde ihre Freundin noch zu ihr halten? Wie lange wehrte sich ihr Geist gegen Vals Flüstern, das sich in Mira wie ein Parasit einnistete? Schon jetzt redete sie Val nach dem Mund, und immer öfter kam es wegen dieser Magierin zum Streit. Dieses Mädchen war zu naiv. Und diese Gutgläubigkeit ärgerte Rahia maßlos.

Mira war einfach zu nett für diese Welt.

Der erste sonnige Tag seit dem Frühlingsfest begann, und sie befanden sich in einem düsteren und bedrohlich wirkenden Wald, dessen Baumkronen Mira nur erahnen konnte. Die Baumriesen maßen ein Vielfaches der Höhe aller Bäume ihres Dorfes, und nicht einmal ein Dutzend ausgewachsene Männer vermochten, einander an den Händen haltend, einen einzigen Baumstamm zu umfassen.

Gemeinsam mit Unna suchte sie trockenes Holz für das Lagerfeuer ihrer dritten Rast in dem bewaldeten Gebiet. Immer wieder schaute sie zu den hölzernen Giganten empor, lauschte mit eingezogenem Kopf auf unbekannte Geräusche.

»Ich war noch nie in einem Wald wie diesem«, flüsterte sie. »Was ist das für ein seltsamer Ort?«

»Es heißt im Volksmund, Häuser, Dörfer, ja ganze Städte befänden sich in den Baumkronen der Königswälder verborgen«, sagte Unna. »Dunkle Wesen treiben hier ihr Unheil und locken mit ihren Irrlichtern arme Wanderer ins Verderben. Wenn sie entkräftet vom Umherirren danieder sinken, schließen die Wurzeln ihre Körper ein, um die Baumseelen mit ihren toten Leibern zu düngen.« Unna lachte schallend, als er Miras entsetztes Gesicht sah, ihre Hand auf den Mund gepresst. »Das sind doch nur Märchen. Königswald ist die Welt der Holzfäller und der Zentauren. Du bist nicht weit rumgekommen, oder? Wie alt warst du noch mal?« Er grinste sie an, doch Mira knetete ihre Hände und blickte sich unsicher um.

Unna kramte in seinem Rucksack und zog eine bauchige Tonflasche hervor. »Es tut mir leid. Ich wollte dir keine Angst machen. Nimm einen Schluck hiervon.«

Jetzt endlich riss sich Mira von der düsteren Umgebung los. Sie schaute skeptisch erst die Flasche, dann Unna an. »Nein danke. Dein selbstgebranntes Gift kannst du alleine trinken.«

»Selbstgebraut trifft eher zu. Es ist Tee.« Er schüttete eine rötlich-dunkle Flüssigkeit in seinen Tonbecher und reichte ihn Mira. Sie schüttelte ihren Kopf, wobei sie Unna misstrauisch beäugte. Dann schnupperte sie doch am Becher. Zu ihrem Erstaunen stellte sie einen blumigen Geruch fest.

Unna nickte ihr aufmunternd zu. »Ein Beruhigungstee aus Melisse, Lavendel, Johanniskraut und ein paar geheimen Zutaten. Damit ich nachts besser schlafen kann.«

Noch immer nicht hundertprozentig überzeugt nippte Mira daran. Mit einem Laut des Genusses riss sie die Augen auf. »Hmmm. Eine leicht minzartige Note, ein Hauch von Zimt. Ist das Honigsüße?« Die verschiedenen Gewürze überdeckten außerdem den herben Lavendelgeschmack und ließen nur seine Süße zurück.

Sogleich entwand Unna Miras Hand das Trinkgefäß. »Nimm deinen eigenen Krug«, sagte er gespielt vorwurfsvoll und füllte ihren prompt hingehaltenen Becher. Jeder Schluck wurde von Mira mit Geräuschen kommentiert, die die Schmackhaftigkeit des Getränkes bezeugten.

»Siehst du?« Unna grinste. »Ich bin nicht immer böse.«

Der Trank verfehlte seine Wirkung nicht. Mira fühlte sich fast beschwingt und widmete sich nicht mehr ausschließlich dem Dunkel des Waldes. Wenn sie sich umsah, wirkte die Umgebung gar nicht mehr so düster. Feine Sonnenstrahlen drangen durch das dichte Dach der Baumriesen und tasteten mit ihren Lichtfingern den Boden ab. Alles leuchtete in verschiedenen Grüntönen.

Als die beiden genügend Holz gesammelt hatten, kehrten sie ins Lager zurück.

Valhelia gesellte sich erstmals ans Lagerfeuer. »Morgen erreichen wir Waldstadt«, sagte sie an Mira gewandt, ohne den Gauklern Beachtung zu schenken.

»Ich wusste gar nicht, dass hier Menschen leben.«

»Nicht nur Menschen. Es ist die Stadt der Holzfäller. Sie leben im Einklang mit Zentauren und der Natur, so seltsam sich das auch anhören mag. Die Zentauren helfen ihnen, die richtigen Bäume zu fällen sowie, gemeinsam mit den Kaschubai, den Baumbestand zu kontrollieren.«

»Kaschubai ...« Mira sog die Luft scharf ein. »Die Rindenteufel?« Als sie noch ein Kind war, hatte ihre Mutter ihr Geschichten über diese Wesen erzählt, damit sie nicht in den Wald ging. Angeblich sollten sie sich ihrer Umgebung perfekt anpassen können und unartige Kinder verspeisen.

Rahia kam Vals Antwort zuvor. »Keine Rindenteufel. Baumflüsterer. Sie sind älter als der Wald selbst. Wie man erzählt, sind sie von menschlicher Gestalt. Ihre Haut besteht aus Baumrinde und sie können mit Bäumen reden, so sagt man. Noch nie hat irgendjemand diese Wesen zu Gesicht bekommen.«

Valhelia lächelte. »Ammenmärchen. Wir Magier kommunizieren mit dem Volk der Kaschubai. Sie dienen uns.« Sie drehte sich zu Unna. »Wenn das Essen fertig ist, kannst du es für Mira und mich in den Wagen bringen. Wir speisen zusammen.« Ohne ein weiteres Wort verschwand sie im Wohnwagen.

Unna hob die Augenbrauen und deutete mit fragendem Gesichtsausdruck auf sich selbst. Ruven seufzte nur, während Rahia mit dem Kopf schüttelte und die Zunge in Vals Richtung ausstreckte.

Mira seufzte ebenfalls. Sie war einerseits glücklich, dass Val sie beschützte, denn sie hatte Valhelia über die Zeit ihrer Reise angefangen zu mögen. Andererseits spürte sie den Gauklern gegenüber eine tiefe Verbundenheit.

Sie erhob sich. Sie brauchte einfach ein wenig Zeit für sich allein.

Bald darauf brutzelte das Abendessen in der Pfanne. Rahia saß am Feuer und hing ihren Gedanken nach, genau wie Unna und Ruven. Stillschweigend.

Rahia lauschte dem Knacken des Lagerfeuers und blickte in die Glut, … bis sie aufschreckte. Es gab Geräusche, die nicht in einen Wald gehörten. Zum Beispiel war da der Klang eines aus seiner Scheide gezogenen Schwertes, der die drei Gaukler dazu brachte, einander anzublicken.

Wo steckte Mira?

Ihr Schrei erklang in der Ferne. Im gleichen Atemzug brachen vier Räuber durch das Dickicht. Abgerissene bärtige Gestalten umzingelten die Gaukler, die groben Waffen von muskelbepackten Armen festgehalten. Einer der Männer besaß nur ein Auge, eine Narbe verlief von seiner Augenbraue bis hinunter zur Wange. Alle vier trugen nagelneue Stiefel.

»Wen haben wir denn hier? Fette Beute würde ich sagen.« Der Einäugige lachte – ein Lachen, das in einem Husten endete.

Rahia wusste sofort: Das war der Anführer. Sie fixierte die Männer und nickte Ruven zu. »Ihr solltet lieber verschwinden«, gab sie zur Antwort. »Eine Magierin reist mit uns.«

Der Mann lachte erneut. »Das hätt ich auch gesagt, mein Täubchen.«

Die anderen fielen in sein Lachen ein. »Hauptsache ein Weib. Nicht wahr, Wolf?«

Der Mann mit der Augenklappe grinste. »Schnappt sie euch!«

»Valhelia!« Rahia griff sich einen Holzscheit, doch die Klinge ihres Gegenübers entwaffnete sie mühelos.

Unna zögerte. Die einzige Waffe, die wirksam schien, war die Bratpfanne mit dem zwei Ellen langen Stiel, jedoch brutzelten darin Speck und eine Menge Würstchen.

Ruven hechtete zu seinem Gehstock. Mit einem Ruck zog er den darin verborgenen Degen hervor. Sein Angreifer stockte. Sofort wandte sich ihm ein zweiter Mann zu.

Unvermittelt tauchte Val neben dem Wohnwagen auf. Sie erschien aus dem Nichts, blickte auf die Gaukler, die sich von Feinden umringt sahen, und ging. Rahia konnte es nicht glauben. »Val!«, schrie sie, doch weder die Räuber noch die Magierin reagierten darauf. Valhelia drehte sich einfach um und ging fort. Ohne Eile. Kochende Wut durchströmte Rahia. Auf Magier war kein Verlass. Sie fühlte sich in ihre Kindheit zurückversetzt.

Scheiß auf Magier. Straßenkampf!

»Bitte tu mir nichts, bitte.« Wimmernd kniete sie sich hin. Während sie mit der rechten Hand unbemerkt ein Moosbüschel ausriss, lag in ihrer Linken bereits ihr Stiefelmesser. Der Mann lachte grunzend und trat näher. In einer fließenden Bewegung schleuderte Rahia ihm das Moos ins Gesicht. Gleichzeitig zog sie ihr Messer durch seine Kniekehle und rollte zur Seite. Dann sprang sie auf. Der Mann sackte heulend zusammen. Rahias Fuß schmetterte gegen sein Kinn und ihr Widersacher rührte sich nicht mehr.

Unna wehrte sich fluchend, das Gesicht wutverzerrt, mit seiner Pfanne, während die Würstchen im Feuer verbrannten. Ruven hielt seine beiden Gegner in Schach. Die Räuber standen ihnen gegenüber.

»Schafft ihr die?«, vergewisserte sich Rahia.

Ruven antwortete nur: »Jap«, und ging zum Angriff über. Rahia sprintete ebenfalls los. Sie musste Mira finden.

Rahia erblickte als Erstes Valhelia. Sie stand hinter einem Baum und beobachtete etwas. Mira!

Zwei Männer umringten ihre Freundin. Gerade packte ein Dritter sie von hinten. Sie trat einem in sein Gemächt und der Kerl krümmte sich schnaufend.

Warum griff Valhelia nicht ein? Für eine Magierin sollte es ein Leichtes sein, drei Feinde zu vertreiben.

Rahia schleuderte ihren Dolch, verfehlte aber aus Angst, sie könne Mira treffen, das Ziel. Zitternd blieb der Dolch direkt neben einem der Männer in einen Baumstamm stecken. Die Wegelagerer wirbelten in ihre Richtung und auch Valhelia schrak zusammen. Jetzt reagierte sie, indem sie hinter dem Baum hervortrat und Magie webend die Hände hob. Ein Lichtblitz schoss über die Köpfe der Räuber hinweg. Augenblicklich ließen die Männer Mira los und suchten das Weite. Valhelia sandte einen weiteren Lichtblitz, stürmte vor und erreichte das Bauernmädchen als Erste. »Mira, geht es dir gut? Zum Glück habe ich dich gefunden.«

»Es … ich … du hast mir das Leben gerettet. Danke.« Sie umarmte Val, bevor Rahia überhaupt in die Nähe kam.

»Ich … ich will hier weg«, schluchzte Mira.

»Wir reisen noch heute ab. Es ist außerhalb von Waldstadt zu gefährlich.«

»Die anderen …«, rief Rahia atemlos und riss ihren Dolch aus dem Baum. »Wir brauchen deine Hilfe.«

Valhelia zögerte. Erst als Mira einen Laut des Entsetzens von sich gab, nickte sie.

Die Drei liefen los. Diesmal erreichte Rahia als Erste das Lager und warf sich schreiend in den Kampf.

»Scheiße, weg hier«, brüllte Wolf. Im Angesicht der Überzahl türmten die verbliebenen Räuber mit ihrem verletzten Kameraden.

Stille breitete sich alsbald aus, und Ruven nahm Mira in den Arm.

»Willst du sie nicht verfolgen?«, fragte Rahia schwer atmend. »Oder willst du wieder erstmal abwarten.«

Valhelia schaute Rahia mit eiskaltem Blick an. »Halte deine Zunge im Zaum. Miras Sicherheit geht vor.«

»Das habe ich aber anders in Erinnerung.«

Valhelia blieb äußerlich gelassen. »Packt alles zusammen! Wir reisen ab!«

Unna blickte grimmig auf die verkohlten Überreste der Würste. Dann nickte er und begann seine Sachen zu packen.

Als Rahia gehen wollte, zischte Val: »Dich will ich in meinem Wagen sehen.

»In *deinem* Wagen?«

»Sofort!«

Rahia musste sich geschlagen geben. Gegen eine Magierin konnte sie nicht gewinnen.

»Warum hast du uns nicht geholfen?«

»Für dich bin ich Meisterin Valhelia. So viel Zeit muss sein. Auch in Gefahrensituationen«, wies die Magierin Rahia zurecht.

»Aber Mira nennt *Euch* auch nicht so.«

»Das ist etwas anderes. Uns verbindet ja auch etwas.«

Rahia überhörte den Spott in ihrer Stimme. »Warum …?«

»Zuerst wirst du mich nie wieder bloßstellen. Vor niemandem. Ist das klar?«

Rahia biss die Zähne zusammen. Sie wusste, was sie im Wald gesehen hatte. Diese Magierin hatte einfach tatenlos zugesehen. Sollte Mira etwa Angst bekommen? Diese Räuber … die neuen Stiefel … Konnte sie Valhelia mit der Wahrheit konfrontieren? Val würde ihr nichts tun. Oder doch?

»Ist das klar?«

Rahia stieß die Luft geräuschvoll aus. Nach einer endlosen Pause rang sie sich ein »Ja!« ab.

»Gut. Zweitens möchte ich, dass Mira von nun an hier bei mir im Wagen nächtigt. Ich kann sie nicht schützen, wenn sie alleine dort draußen ist. Ebenso entbinde ich sie ihrer Arbeiten. Mira bleibt ab heute an meiner Seite.«

»Ich weiß nicht, ob sie das noch will, wenn sie von der Aktion im Wald erfährt.« Rahia verschränkte die Arme vor der Brust.

»Was du glaubst, gesehen zu haben, ist eine Sache. Magie überschreitet deinen Horizont. Aber ich erkläre es dir gerne, obwohl ich nicht glaube, dass du es verstehen wirst.« Valhelia lächelte süffisant. »Ich habe auf den richtigen Moment gewartet, um Mira nicht zu gefährden.«

Rahia verengte die Augen. Sie suchte eine Regung in Vals Gesicht, irgendetwas, das ihre Worte Lügen strafte. Oder hatte Valhelia recht? Nein, ein Magier konnte seine Energie so lenken, dass sie immer ihr Ziel traf. Egal wo, egal wann.

»Im Übrigen war ich es, die sie gerettet hat«, fügte Val hinzu.

Rahia starrte die Magierin an. Sie wusste, dass ihre Augen vor Zorn sprühten. Val schien von ihrer Wut belustigt zu sein. Alles in ihrem Blick sagte: *Komm schon. Schlag zu! Greif mich an!*

Doch Rahia tat ihr nicht diesen Gefallen. Vier Jahre als Gauklerin hatten sie gelehrt, solchen Menschen keinen Grund zu liefern. Stets freundlich und zuvorkommend. Sie galt schließlich als eine ausgezeichnete Schauspielerin, die sich beherrschen konnte.

»Ah, ich verstehe. *Meisterin Valhelia.*«

»Das glaube ich kaum«, stichelte Val weiter.

»Nun, wenn Ihr das sagt, Meisterin Valhelia, wird es wohl stimmen. Verzeiht, aber ich bin nur ein winziges Sandkorn auf dieser unserer Erde.« Sie schlug die Augen nieder und tat demütig, doch innerlich kochte sie. Aber sie konnte dieses Spiel spielen, wenn Val es so haben wollte.

»Gut, dass du wenigstens das verstanden hast.«

Rahia ließ sich nicht reizen. Sie hatte bereits professionell abgeschaltet. Es gehörte zur Grundausbildung eines jeden Gauklers, sich niemals durch irgendwelche Zwischenrufe des Publikums aus seiner Schauspielrolle bringen zu lassen, und Rahia spielte die Rolle der devoten Dienerin.

»Oh, bitte entschuldigt mich, Meisterin Valhelia. Ich muss noch unser Zugtier versorgen. Wenn Mira wegfällt, wird alles ein wenig länger dauern.«

Mit einem Knicks entfernte sich Rahia.

»Ich bin sicher, ihr schafft das. Aber lass dir ruhig Zeit mit dem lieben Vieh«, rief ihr Val hinterher. »Familienbande soll man pflegen!«

Als Rahia die Tür hinter sich schloss, murmelte sie vor sich hin: »Fall tot um!«

XLVI

Waldstadt

Nun, da Valhelia mit Mira den Wagen teilte, musste sie ihre Scharade ständig aufrechterhalten. Sie hasste es, sich zu verstellen, aber sie hatte sich eine Taktik zurechtgelegt. Sie würde dafür sorgen, dass Mira sie auch ohne Magie für die beste Freundin hielt. Sie würde ihr ein paar sinnlose Magieformeln beibringen und sie in dem Glauben lassen, sich selbst gegen den Fremden schützen zu können. Das würde bestimmt spaßig werden, sollte Mira im Ernstfall merken, dass die Sprüche nicht wirkten.

Verstohlen beobachtete Val das Bauernmädchen beim Umkleiden. *Diese weiße Haut ...* Einen Augenblick lang spielte sie mit dem Gedanken, mit ihr das Bett zu teilen, um ihre Gelüste zu befriedigen. Aber sie entschied sich dagegen. Ein Fehltritt, und Bralag könnte erfolgreich sein. Sie konnte noch bis Waldstadt warten. Dort gab es genug kräftige Holzfäller. Und danach gelüstete es sie gerade weitaus mehr.

In den darauffolgenden Tagen begann Valhelia damit, Mira ein paar erfundene magische Formeln zu zeigen. Sie zeigte ihr übertriebene Bewegungen und Worte, die sie benötigte, um einen imaginären Schild aufzubauen oder den Gegner zu verwirren. Diese dumme Gans konnte die Sprüche sowieso nicht nachvollziehen.

»Du machst gute Fortschritte«, lobte sie Mira dennoch. »Aber versprich mir, die Magie niemals ohne mein Beisein zu nutzen. Das kann sehr gefährlich sein.«

Mira nickte. Dann fragte sie:»Warum tust du das?«

Valhelia machte ein fragendes Gesicht. »Ich verstehe nicht ganz.«

»Ich meine, warum zeigst du mir all diese Dinge und beschützt mich?«

»Ich ... Wir Magier sind nicht so böse, wie Rahia dir einreden will.«

»Ja, aber was hat das mit mir zu tun?«

Beim Gottvater, war dieses Mädchen dumm. Oder begehrte sie etwa auf? Val zögerte. Sie redete sich um Kopf und Kragen, wenn sie Rahia ins Spiel warf. Sie durfte das gewonnene Vertrauen nicht leichtfertig aufs Spiel setzen und änderte ihre Taktik. »Wo soll ich beginnen …« Sie schluckte. »Es ist so schwer … als Magierin in einer Männerwelt zu bestehen. Die geistige Einsamkeit ist manchmal … unerträglich. Ich habe nicht viele Freundinnen, musst du wissen … Egal.«

»Oh …« In Miras Augen trat Mitleid.

»Ich will kein Mitleid von dir. Ich hätte nicht damit anfangen sollen.«

»Nein, nein, erzähl weiter. Ich kann dich sehr gut verstehen.«

»Na gut. Ich wurde … Schon als kleines Mädchen wurde ich gemieden, weil ich anders war. Magiebegabt. Die anderen hatten ständig Angst vor mir …« Val setzte alles auf eine Karte. Sie schaffte es sogar, sich eine Träne herauszuquetschen. »Ich wünschte, ich hätte eine Freundin … zum Reden.« Eine quälende Unendlichkeit sagte Mira nichts. Fast glaubte Val, sie hätte es übertrieben. Doch dann umarmte Mira sie.

»Ich glaube, wir sind wirklich seelenverwandt. Nur liegt es bei mir ausschließlich an der Hautfarbe.«

Val konnte sich das Grinsen nicht verkneifen und wich auf ein mit Sicherheit übertrieben wirkendes Lächeln aus. Sie hatte gewonnen. Ganz ohne Magie.

Die Tage ihrer Reise nach Waldstadt rannen wie Wasser durch ein Sieb. Mira sah Rahia immer seltener. Aber sie würde schon noch mit ihr reden. In Waldstadt. Ihre eigene Sicherheit war im Moment wichtiger, das sagte auch Val. Bei dem Gedanken an die Magierin freute sie sich auf ihre Gesellschaft. Sie hatte in den letzten Tagen viel von dem jungen Mädchen gelernt und fühlte sich schon selbst wie eine angehende Magierin. Sie musste lächeln. Sie hatten lange Gespräche geführt, und Mira hatte so viele

Gemeinsamkeiten festgestellt. So liebte Val zum Beispiel die Musik, genau wie sie.

Sie erschrak, als draußen ein Wiehern ertönte.

»Willkommen in Waldstadt!«, rief der stattliche Zentaur, schnaubte, neigte seinen Kopf zum Stadttor und ließ ihren Wagen passieren.

Mira saß auf dem Kutschbock zwischen Val und Ruven – er lenkte. Unna hockte auf der dreistufigen Treppe am Ende des Wohnwagens und Rahia trottete mit ausdrucksloser Miene hinterher.

Die Stadt lag inmitten eines Waldes, nein, die Stadt war ein Wald. Das Licht schimmerte grün und die Bäume hier zeigten sich ganz anders. Sie waren mindestens fünfmal so hoch und dreimal so dick wie gewöhnliche Bäume. An ihren Stämmen klebten Wendeltreppen und in ihren Kronen befanden sich die Häuser der menschlichen Bewohner von Waldstadt. Riesige, ebenerdig angelegte Hallen dienten den Pferdemenschen als Wohnstätte und in einigen Gebäuden lebten sogar Menschen mit Zentauren zusammen. Bauwerke von unglaublichem Ausmaß und majestätischer Schönheit raubten Mira den Atem.

In ihrer Heimat ging man im Wald Holz sammeln. Die Menschen hielten sich nie länger als unbedingt notwendig im Wald auf. Mira entdeckte ein Schild, auf dem ein durchgestrichener Baum zu sehen war. Die beste Gelegenheit, um ihre erlernten Lesekenntnisse zu verbessern. Sie versuchte, das Schild zu entziffern:

Das Abschlagen der Bäume im Königswald ist strengstens untersagt und wird mit dem Kerker geahndet.

»Die Bevölkerung hält sich weitestgehend an das Gesetz«, erklärte Val, die Miras Blick auf das Schild bemerkt hatte. »Im Winter kommen Magier und teilen das Holz ein. Nur bestimmte Bäume dürfen gefällt werden und für jeden abgeschlagenen Baum pflanzt man zwei neue.«

Valhelia erzählte Mira noch so einiges über die Stadt. Zwei Stundenkerzen später erreichten sie einen mächtigen, baumartigen Turm. Es war der Waldturm der Magier, ein gewaltiger Baumstamm ohne Äste und Krone, an dessen Spitze sich eine Kuppel befand.

»Ich bleibe keinesfalls hier«, sagte Rahia und drehte sich um. Ruven lief ihr hinterher. Unna zuckte mit den Schultern und folgte den beiden.

Valhelia zog Mira mit sich. »Hier kannst du noch viel mehr lernen. Es gibt hier sogar *Bücher*.« Ihre Stimme glich fast einem Singsang, und Mira folgte ihr, einen letzten Blick auf die Gaukler werfend.

Nach der Zimmerverteilung verabschiedete sich Val.

»Ich habe viele Vorbereitungen und Besorgungen zu tätigen«, sagte sie.

Mira bezog ein Zimmer in den oberen Etagen. Der Ausblick war atemberaubend. Der Wunsch nach Sauberkeit verdrängte jedoch rasch die Faszination. Nach einem ausgiebigen Bad verspürte sie eine vollkommene Erschöpfung, so dass sie einschlief und erst gegen Abend erwachte. Die Einsamkeit hielt in Miras Raum Einzug. Was die anderen wohl taten?

Es klopfte.

»Herein?«

Ruven trat ein. »Hallo, Mira.«

»Hallo, Ruven. Oh, wie schön. Ich habe gerade an euch gedacht. Wo schlaft ihr heute Nacht?«

»Wir haben unseren Wagen zurückbekommen. Rahia hat ihn erstmal komplett geputzt. So gründlich war sie seit Jahren nicht mehr.« Er lachte. »Wir stehen im Hof einer Herberge unweit von hier entfernt. Im *Saftgrün*.«

»Rahia mag nicht hier nächtigen, oder?«

Ruven seufzte. »Nein.«

Wie sollte es nun weitergehen? Mira wusste es nicht. Ihr Leben war momentan zu verworren. Traurig blickte sie aus dem Fenster.

»Rede mit ihr«, sagte der Gaukler. »Sie braucht dich.«

»Hm ... wo ist Rahia denn jetzt?«

»Valhelia sagte, sie habe versucht, mit ihr zu reden,

doch sie betrinkt sich in dieser Waldschenke, im *Birkenwasser*.«

Mira nickte. »Lass uns gehen.«

Die beiden machten sich auf den Weg zur Schenke. Dort angekommen, wollte Ruven nicht mit hinein. Er empfand es als störend, einem Gespräch unter Frauen beizuwohnen.

»Falls du mich brauchst, ich warte hier draußen.«

Mira betrat einen schummrigen Raum. Sie blinzelte ein paar Mal, ehe sich ihre Augen an das Licht gewöhnten. Rahia saß in einer Nische und nippte an einem Schwarzbier. Mira trat auf ihre Freundin zu.

»Darf ich?«

»Klar, der Platz ist doch frei.«

Mira knetete ihre Hände. Dann überwand sie sich. »Deine Laune hat sich seit Anbeginn der Reise fortlaufend verschlechtert. Was ist los? Ist es wegen der Zentauren?«, fragte sie.

»Tze. Auch …«

»Was denn noch?«

Rahia drehte sich zu Mira um. »Kannst du dir das nicht denken? Dass mir diese Valhelia mächtig auf den Geist geht, ist dir wohl noch nicht aufgefallen, oder? Nicht nur, dass sie mein Bett, meinen Wagen benutzt, nein, sie kommandiert ständig herum. Mach dies, hol das …« Rahia äffte Vals Stimme nach und stieß dann ein entnervtes Brummen aus.

»Hm … Ich finde sie gar nicht so schlimm.«

»Kein Wunder. Zu dir ist sie ja auch nett, und dich unterhält sie mit ihren magischen Spielchen. Du verbringst schon jetzt mehr Zeit mit ihr als mit uns.«

Mira verzog ihren Mund. »Das ist nicht wahr. Wir bleiben doch trotzdem beste Freundinnen.«

»*Trotzdem?* Tze …«

»Ach, du weißt, was ich meine.«

»Genau. Wundert mich eh, dass Valhelia ihrem Schoßhündchen freigegeben hat.« Sie nahm einen tiefen Schluck von dem dunklen Gebräu.

In diesem Moment erschien Valhelia in der Tür der Schenke. »Mira, hier steckst du. Ich war bereits in Sorge. Oh, … ich warte draußen auf dich.«

Die beiden Mädchen blickten auf und Rahia verzog abfällig die Mundwinkel. »Wenn man von Drachen spricht. Na, lauf schon, ehe die Meisterin dir den Popo versohlt.«

»Es ist nicht so, wie du denkst.« Mira erhob sich und ging mit gesenktem Kopf in Richtung Ausgang.

Rahia starrte geradeaus. Sie setzte ihren Krug an, doch bevor sie trank, verließ ein Laut ihre Lippen. »Wuff.«

Eine heiße Woge schoss in Mira empor. »Ich bin kein Schoßhündchen! Ich versuche nur, mein Leben zu schützen. Anscheinend ist das allen anderen egal.«

Sie drehte sich um, vernahm noch ein Klirren und stapfte hinaus. Weit kam sie nicht.

Rahia knallte ihren Krug dermaßen auf den Tisch, dass er zersprang, die dunkle Flüssigkeit spritzte gegen ihre Tunika und ergoss sich über den Boden. Mit wenigen Sätzen sprang sie hinter Mira her. Draußen packte sie ihre Freundin an der Schulter und riss diese herum.

»Es ist mir gerade nicht egal!«

Die beiden Mädchen standen sich gegenüber wie in einem Wettkampf. Ruven schaute mit schuldbewusster Miene von der gegenüberliegenden Straßenseite aus zu. Seine Hände wanderten an seinen Kopf. Auch Valhelia hielt sich zurück. Niemand wagte, in den Streit einzugreifen.

Vals Anblick reichte, um Rahias Zorn zu verhundertfachen. Es war ihr egal, ob die Magierin sie hörte oder nicht. Sie musste ihre Wut loswerden, um nicht zu platzen, und so schrie sie ihre Hilflosigkeit heraus. »Merkst du nicht, wie sie dich manipuliert?«

»Das sagst du doch nur, weil ich Val mag. Weil wir Freundinnen sind! Vielleicht bist du ja auch nur neidisch, dass ich meine Zeit mit einem anderen Menschen teile außer mit dir.«

Rahia riss die Augen auf und öffnete den Mund. Erst war sie sprachlos, dann fing sie sich: »Was? Auf eine Magierin? Ich glaub, du spinnst.«

»Was habt ihr denn damals im Wagen getuschelt?«

»Im ... he Moment mal. Das ist immerhin mein Zuhause und außerdem geht dich das einen Dreck an.«

Mira verschränkte die Arme vor der Brust. »Ich kenne Mädchen deiner Art.«

»*Mädchen meiner Art?* Ach ja?« Rahia breitete die Arme aus. »Ich bin ganz Ohr. Nur raus damit!«

»Du brauchst doch nur mit den Augen zu klimpern und schon läuft dir jeder Mann hinterher. Ich hingegen ...«

»Ach, hör auf! Jetzt kommt wieder die Mitleidsschiene. Ich hör mir so einen Schwachsinn nicht mehr länger an.«

Rahia wandte sich ab. Mira trat einen Schritt näher.

»Dann sag mir doch, was ihr im Wagen gemacht habt?«, rief sie.

Rahia wirbelte herum, und Mira zuckte zurück.

»Du kennst mich kein Stück. Gar nichts kennst du von mir«, fauchte Rahia. Sie konnte unmöglich die Wahrheit sagen. Ihr Blick glitt kurz zu Val, die am Rand stand.

Sie beobachtet mich.

»Dann ... zählt unsere Zeit auf dem Fest nichts? Ich dachte, du magst mich. Da habe ich mich wohl getäuscht.«

Jetzt verschränkte Rahia die Arme vor der Brust. »Wenn du das so siehst, ist es wohl besser, wenn du alleine mit deiner Valhelia weiterziehst. Du stehst ja eh noch nicht in Ruvens Freibrief.«

Miras Schultern sanken herab. »Ich bin auch keine Gauklerin«, sagte sie leise.

»Genau, du bist nur die Tochter eines Bauern. Oh, ich vergaß. Deine Eltern haben dich ja verkauft. Also bist du nicht einmal mehr das.«

Das saß. Rahia tat es bereits in dem Moment leid, in dem die Worte ihren Mund verlassen hatten. Sie konnte nicht mehr rational denken, konnte ihre Wut nicht mehr zähmen. Sie stieß die Worte heraus, ohne auch nur einen winzigen Bruchteil eines Wimpernschlages über die Folgen nachzudenken. Sie bereute es, als sie die Tränen über Miras Gesicht rinnen sah, aber es war zu spät.

»Warum bist du nur so gemein«, schrie Mira, drehte sich um und rannte davon. Valhelia folgte ihr.

»Ich hab nicht angefangen«, brüllte Rahia ihr aus

Leibeskräften hinterher. Sie schloss die Augen und atmete tief durch. »Es tut mir leid …«, flüsterte sie.

Sie drehte sich um und blickte in Ruvens trauriges Gesicht. Er breitete die Arme aus, doch Rahia rannte fort. In die entgegengesetzte Richtung, in die Mira verschwand.

XLVII

Trennung

Ruven hatte am Abend mit Mira gesprochen, hatte versucht, zu vermitteln, doch erfolglos. Die Gruppe trennte sich.

Am nächsten Morgen waren die Sachen gepackt. Val war die Erste und wartete bereits. Rahia verabschiedete sich nicht. Schweigend stand sie abseits und warf Valhelia hasserfüllte Blicke zu. Die seufzte und zuckte mit den Schultern.

Mira wollte dieses Mal nicht heulen, doch als sie Ruven umarmte, kämpfte sie mit ihrer Beherrschung. Seine Worte machten es nicht besser.

»Leb wohl. Du bist ein wunderbarer Mensch, und ich hoffe, wir sehen uns wieder. Nein, ich bin überzeugt davon, dass wir uns wiedertreffen. Alles hat Sinn.«

»Ich weiß deine wohlwollenden Worte des Trostes zu schätzen, lieber Ruven. Leb auch du wohl. Auch wenn ich deine Überzeugung nicht teilen kann.« Ihr Lächeln wirkte hoffnungslos. Dann umarmte sie Unna. Sie zögerte.

»Wollt ihr euch nicht wieder vertragen? Man geht nicht im Zorn auseinander«, sagte Ruven leise zu Rahia, die kaum merklich ihren Kopf schüttelte.

Als Mira hinzutrat und der Gauklerin die Hand hinhielt, sah es im ersten Moment so aus, als wolle sich diese wegdrehen. Sie blieb, erwiderte den Handschlag jedoch nicht.

»Leb wohl. Ich wünsche dir trotz alledem ein glückliches Leben«, sagte Mira.

Rahia schnaubte schweigend.

»Wir müssen aufbrechen, kommst du?«, rief Val.

Mira wandte sich ab, und auch Rahia drehte sich um und ging.

Die beiden Mädchen wanderten davon.

Die Männer schauten einander an. Unna schnäuzte, räusperte sich dann und sagte sichtlich verlegen: »Ich … verdammter Heuschnupfen … ich mach mal das Essen …«

Ruven legte den Kopf schief.

»Das zweite Frühstück«, sagte Unna.

Ruven seufzte. »Und ich versuche, Schadensbegrenzung zu betreiben.« Damit machte er sich auf den Weg, um Rahia zu suchen. Er musste nicht weit laufen. Wenige Schritte vom Weideplatz ihres Zugtieres entfernt, war das Schluchzen zu hören. Vorsichtig trat Ruven näher an das Zelt heran.

»Geh weg«, wimmerte Rahia.

»Darf ich reinkommen?«

»Nein …«, erklang es undeutlich.

»Ich komme trotzdem rein«, sagte Ruven und kroch in das Zelt.

Rahia lag auf ihrer Schlafstätte und hatte sich die Decke über ihren Kopf gezogen. Sie schluchzte geradezu herzzerreißend, als Ruven sie in den Arm nahm.

XLVIII

Die Hüter der Samen

Welch ein herrlicher Tag, frohlockte Valhelia. Sie hatte sich alle erdenkliche Mühe gegeben, um die Gaukler von Mira zu trennen und nun war es so weit. Der letzte Akt konnte beginnen. Die Vorbereitungen hatten sie ein kleines Vermögen gekostet. Die Räuber, das Geheimversteck, sie hatte sogar echte Majok-Samen bekommen. Sie hatte eine wahre Flut an Hinweisen in der Stadt verstreut. Besser ein paar mehr als zu wenig. Selbst ein Blinder konnte die Spur zur geheimen Zuflucht nicht verfehlen. Jetzt galt es, dieses Bauernmädchen dort hinzulocken.

Valhelia setzte ein besorgtes Gesicht auf und rannte Mira hinterher. Während des Laufens umgab sie ein magischer Spruch mit einer Aura der Freundschaft. *Beste Freundin, ich eile zu dir.*

»Mira. Warte.«

»Wie konnte Rahia nur so gemein sein«, schluchzte Mira und blieb stehen.

»Ich weiß es nicht. Aber vielleicht ist es besser so. Ich kann meinen Schutz jetzt ganz auf dich konzentrieren.« Sie breitete die Arme aus und Mira floh hinein.

»Bring mich fort von hier.«

»Wir reisen noch heute ab. Im Wald befindet sich eine verborgene Zuflucht. Nur du und ich wissen dann davon. Dort bist du in Sicherheit, bis der Fremde ausgeschaltet ist. Das verspreche ich dir, von Freundin zu Freundin.« Vals Stimme war nur ein Flüstern. Sie sog unmerklich Miras Duft ein, streichelte sanft ihr Haar und lächelte dabei über das ganze Gesicht.

Valhelia und Mira reisten noch am selben Tag aus Waldstadt ab. Zwei Magier, verkleidet als Bauern, und eine Botenfee begleiteten sie. Drei Tage später erreichten sie eine Waldlichtung.

»Wir sind da.«

Mira blickte sich um. Dicke Baumriesen säumten einen leeren Platz. »Hier?«

Val lachte leise. Dann murmelte sie ein paar Worte und ein Gebäude kristallisierte sich aus dem Nichts.

»Willkommen in der geheimen Zuflucht.«

Mira betrachtete voller Staunen das Bauwerk.

Das Waldhaus glich einem Gutshof mit zwei Stockwerken, einem aus Feldsteinen gemauerten Turm in der Mitte des Gebäudes und einem angrenzenden Garten. Die gesamte Lichtung besaß keinerlei Umzäunung. Lediglich ein Graben und ein Sandstreifen auf der Hausseite grenzten das Grundstück vom Wald ab. Die Wände des Hauses waren mit Lehm verkleidet. Säulen stützten das Dach, dessen dunkelgraue Holzschindeln matt im Sonnenlicht schimmerten.

»Hier wird er dich nicht finden, sei unbesorgt. Der Platz ist magisch verschleiert, wie du gesehen hast.« Val führte Mira durch den Garten. Du darfst dich frei bewegen, aber trete niemals aus dem Bannkreis heraus.«

»Der Bannkreis?«

»Siehst du diesen Streifen vor dem Graben?« Val deutete auf den Sandstreifen. »Er verläuft einmal um das ganze Haus. Das ist der Bannkreis. Tritt niemals auf ihn. Niemals. Verstehst du? Sonst bist du für den fremden Zauberer sichtbar.«

Mira nickte. Dann rang sie sich zu einer Frage durch. »Aber wie haltet ihr Wölfe oder Bären fern?«

»Du Dummerchen. Die sehen das Haus doch gar nicht. Der Bannkreis wirkt auch bei ihnen. Bei allen Lebewesen.«

Damit drehte sich Val um und ging zur klobigen Eingangstür. Das Bauernmädchen folgte ihr. Jetzt wo sich Mira nicht mehr unter den Fittichen dieser Gaukler befand, musste Val sich nicht mehr verstellen. Sie brauchte ihr nichts mehr zu zeigen. Diese dumme Gans glaubte ihr sowieso alles. Sie musste nur dafür sorgen, dass sie nicht fortlief.

Mira bezog ein Zimmer im ersten Stock. Der Turm war den beiden Magiern vorbehalten, die alle Arbeiten im Haushalt verrichteten. Am zweiten Tag traf eine Gruppe Zentauren mit vielen Kisten ein.

»Lebensmittel«, sagte Val. Eine Kiste jedoch schien etwas Wertvolles zu enthalten, denn ein fettes Vorhängeschloss sicherte ihren Inhalt. Die Magier nahmen sie in Empfang und trugen sie in den Turm.

Die Tage verliefen schweigsam, mutierten zu quälenden Wochen. Musste sie den Rest ihres Lebens in diesem Haus verbringen? Sie vermisste ihre Freunde, die Gaukler und ganz besonders vermisste sie Rahia. Ihr Lachen, ihre Fröhlichkeit.

Val hatte sich verändert. Sie hatte kaum noch Zeit für Mira und verschwand manchmal tagelang. Einmal in jeder Woche tauchten Zentauren auf, die frische Lebensmittel brachten.

Entgegen ihrer anfänglichen Idee, nie mehr ihr Zimmer zu verlassen, schlich Mira, von Val motiviert, schneller als gedacht durch den Garten. Sie wollte den Himmel sehen. Allerdings drängte sich ihr die Frage auf, wie jemandem dieses Haus nicht auffallen sollte? Aber sie hatte es selbst erlebt. Diese Spaziergänge verloren jedoch an Intensität.

Wenn der fremde Zauberer sie nicht tötete, dann die Langeweile.

Kyrian wanderte nach Norden. Das Wetter zeigte sich regnerisch und grau. Wie konnte es nur eine Welt geben, in der es ununterbrochen regnete. Wenn die Magier das Wetter kontrollierten, wie die Trolle behaupteten, warum ließen sie das Land dann ersaufen? Er nickte grimmig. Natürlich seinetwegen. Schöne Ausrede, um das Volk zu unterdrücken. Er wollte diese Magier einfach nur noch vernichten. Immer mehr.

Er fand die Spur der weißen Magierin mit Leichtigkeit. Fast schon zu leicht. Entweder lockte man ihn in eine Falle, oder sie suchte ebenfalls den Kontakt.

Kyrian erreichte Königswald. Er schloss sich einer Gruppe Holzfäller an und betrat eine Stadt aus Bäumen. Innerhalb eines einzigen Tages trug er alle Informationen zusammen, die er benötigte. Es bestand kein Zweifel: Es handelte sich um eine Falle. Es war zu offensichtlich: Die weiße Magierin Mira und die gesuchten Samen, das konnte kein Zufall sein. Aber gegen ein paar Magier kam er allemal an.

Wenn du das Übel kennst, kannst du dagegen angehen. Er lächelte.

Das Waldhaus machte er rasch ausfindig. Das schlanke Rauchfähnchen hatte, dank eines Zauberspruchs zur Verbesserung von Kyrians Geruchssinn, den Standort bereits zwei Tage im Voraus verraten. Das Haus war nicht einmal geschützt. Er nickte grimmig. Man wollte ihn mit Sicherheit in eine Falle locken.

Er schlich sich in Gestalt verschiedener Tiere heran und beobachtete. Nach einem Tag wusste er: *zwei Wachen, drei Zentauren.* Von Zeit zu Zeit erschien ein dritter Magier. Wahrscheinlich ein Bote.

Wie schalte ich sie aus? Oder sind es Verbündete?

Kyrian war sich nicht sicher. Diese Mira schien keine Gefangene zu sein, da sie sich frei auf dem Grundstück bewegte. Er könnte die Begleiter schlafen legen. Aber alle fünf gleichzeitig? Ein kaum durchführbares Unterfangen.

Er überlegte. Vielleicht am Tag, wenn eine neue Lieferung von Lebensmitteln erfolgte. Es wäre doch ein Leichtes, diese Magier aus dem Haus zu locken, wenn die Kutsche der Zentauren eine Panne hätte. Er könnte sich auch selbst in einen Zentauren verwandeln. Kyrian grinste.

Mira musste raus! Die Schweigsamkeit des Waldhauses war unerträglich. Außerhalb trieb sich keine Menschenseele herum, und außer Val, den zwei Magiern und ein paar Zentauren gab es hier niemanden. Aber im Moment waren nicht einmal die anwesend. Valhelia war zum wiederholten Male fortgegangen. Ein Zentaur erschien am frühen Vormittag und verkündete, dass ihre Kutsche einen Achsbruch hatte.

Ein Handkarren für die Lebensmittel war nicht aufzutreiben, also schickten die beiden Magier die drei stationierten Zentauren zu Hilfe. Sie selbst verblieben im Haus.

Mira trat an die frische Luft. Der Wald zeigte sich menschenleer. Sie begab sich an den Bannkreis, dort, wo sie bereits seit zwei Wochen fast täglich stand. An dieser Stelle kam es ihr sicherer vor. Vielleicht, weil Valhelia ihr diesen Platz als geschützt beschrieb, oder einfach nur, weil sich hier eine schmale Hecke befand.

Konnte man sie wirklich nicht sehen? Mit einem miesen Gefühl trat Mira einen Schritt näher heran und betrachtete den fünf Fuß breiten Graben. Das Gras wirkte auf der anderen Seite genauso grün wie auf ihrer. Als sie sich seufzend zum Gehen abwandte, knackte es im Gehölz. Mira blieb abrupt stehen. Es war still. Kein Tiergeräusch. Aber sie hatte ganz deutlich das Brechen eines Zweiges vernommen. Unwillkürlich lief ihr ein kalter Schauer über den Rücken. Sie schluckte schwer und zuckte zusammen.

War da nicht ein Schatten zwischen den Baumstämmen zu sehen?

Val? Sicherlich kehrt Val heim, fuhr es ihr durch den Kopf. Blankes Entsetzen befiel sie. Die dunkle Gestalt, die zwischen den Bäumen hervortrat, war nicht Valhelia.

Er hat mich gefunden! Oh Göttin Hestinia!

Er kann mich nicht sehen. Er kann mich nicht sehen.

Mira taumelte zurück, während der Fremde sie lauernd fixierte. Er blickte direkt in ihre Augen.

Oh Göttin ... er sieht mich! Nein! Er kann. Mich. Nicht sehen ...

Der Mann setzte sich in Bewegung.

Miras Atmung kam stoßweise. Sie wagte nicht, die Magier zu rufen, aus Angst, der Fremde könne sie hören. Sie hatte niemals gefragt, ob der Bannkreis die Geräusche im Innern verschluckte. Schlimmer noch: Was passierte eigentlich, wenn jemand den Bannkreis betrat? Auch danach hatte sie niemals gefragt.

Mira stolperte und stürzte zu Boden. Verwirrung breitete sich auf dem Gesicht des Fremden aus. Mira jauchzte innerlich. Er konnte sie wirklich nicht sehen.

In diesem Augenblick sagte der Fremde: »Lauf nicht fort. Ich will nur mit dir reden.« Dann erst übertrat er den Graben.

Kyrian bewegte sich auf Mira zu. Warum hatte sie Angst? Sie musste doch wissen, wer er war. Spürte sie nicht die gemeinsame Verbundenheit? Sie hatte ihm doch vor sechs Jahren diese Vision geschickt. Oder etwa nicht?

Mira stürzte und kroch rückwärts.

»Lauf nicht fort. Ich will nur mit dir reden«, sagte er.

Mit einem einzigen Sprung überquerte er den Graben und verharrte vor dem Sandstreifen. Das weiße Mädchen Mira rief die Worte eines magischen Spruchs. Es klang eher nach einem Kinderreim.

»Nein, tu das nicht«, murmelte Kyrian, bereit, einen Abwehrzauber zu weben. Er trat einen Schritt vor, jedoch verhakte sich sein Fuß in einer Ranke. Als er zu Boden blickte, sah er einen dünnen Faden. Zu spät hörte er das mechanische Klicken. Er kam nicht einmal dazu, sich umzudrehen. Ein fauchendes Geräusch entstand und etwas Hartes prallte gegen seinen Schädel. Das Letzte, was er vernahm, war das entfernte Siegesgeheul einer Frau. Dann verlor er die Besinnung.

Valhelia wartete endlose Stundenkerzen lang. Tag für Tag verließ sie als Mann verkleidet lautlos das Haus, um die Waldhütte aus sicherer Entfernung zu beobachten. Sie hatte in Waldstadt so viele Spuren gelegt, dass selbst ein Blinder diesen Ort hätte finden müssen. So verharrte sie auf einem nahegelegenen Baum, durch einen magischen Spruch unsichtbar. Sie musste sich gedulden.

Die Wartezeit vertrieb sie sich mit einem der Zentauren und seinem Gemächt. Das besänftigte zumindest ein wenig ihre schlechte Laune. Hinzu kam, dass Mira anfangs nicht einmal das Haus verließ, so dass Val mit ihrer Überredungskunst nachhelfen musste. Sie zeigte diesem Bauernmädchen die kleine, von einer Hecke umfriedete Nische, von der aus sie sich unbeobachtet fühlte, jedoch von außen perfekt gesehen werden konnte. Mira stand somit auf dem Präsentierteller. Der Köder war ausgelegt.

Jetzt wartete Val.

Als sie bereits aufgeben wollte, lief ein Tier in ihr Sichtfeld. Eigentlich waren es unterschiedliche Tiere an verschiedenen Tagen. In einem Wald sicherlich nichts Ungewöhnliches. Doch tierische Lebewesen, die ein Haus beobachteten, galten als seltener. Das musste der Fremde sein, oder seine Späher. Das einzige, was Val nun tun musste, war abwarten. Er würde sich diese Mira schon schnappen. Hoffentlich machten sich all das Gold und die Mühen bezahlt, die sie ausgegeben hatte. Für diesen Ort, für diese Zentauren, für die Majok-Samen, für ihren Plan. Alles passte.

Sie alleine wollte den Zauberer fangen.

Vals Warten wurde belohnt. Als der Fremde auftauchte, glaubte sie, ihr Herz zerspränge vor Freude. Fast hätte sie sich auf ihn gestürzt. Hauptsache, das Bauernmädchen verpatzte die Sache nicht.

Mira wich entsetzt zurück, der Fremde setzte ihr nach. Val wartete mit geballten Fäusten, wagte nicht zu atmen. Sie biss sich auf die Lippe, bis sie ihr eigenes Blut schmeckte.

Geduld ...

Der Fremde hüpfte über den Graben, verharrte.

GEH!

Ein zweiter Schritt.

GEH WEITER!

Dann trat er gegen die Schnur. Augenblicklich löste das in der Hecke versteckte Katapult aus. Ehe er reagieren konnte, traf der hölzerne Bolzen den Zauberer direkt am Kopf und er brach zusammen. Valhelia gab einen Siegesschrei von sich. Im Fall vom Baum schrie sie ihren Spruch und raste zum leblosen Fremden.

Sie hatte ihn tatsächlich gefangen. Sie alleine hatte ihn gefangen.

Mira war starr vor Angst. Sie hockte noch immer am Boden und blickte auf die Gestalt. War er tot? Er rührte sich nicht, doch sein Brustkorb hob und senkte sich. Unter dem Tuch, das Val mittels Magie um seinen Kopf legte, zeichneten sich alle Konturen des Gesichtes ab. Das blaue Lichtband um seinen Mund herum schimmerte durch den Stoff. Die rasche Folge mehrerer magischer Sprüche ließ einen Teil der Hecke verdorren. Eine seltsame Konstruktion kam zum Vorschein, eine Art Katapult. Mira wollte gar nicht daran denken, was passiert wäre, wenn sie gegen die Schnur getreten wäre. Hatte die Magierin dieses Risiko einkalkuliert?

Valhelia reckte die Arme zum Himmel.

»Ich habe dich gefangen. Ich! Nicht Bralag, nein, ICH habe dich gefangen. Jetzt muss mich der Magister mitnehmen.« Val lachte hysterisch und tanzte um ihn herum. Dabei trat sie ihm mit ihrem Fuß in die Seite.

»Val, was tust du?« Mira erkannte Valhelia nicht wieder.

»Sieben Tage und Nächte habe ich auf einem Baum gehockt. SIEBEN. NÄCHTE.« Mit jedem Wort trat sie ihm in die Rippen. Ein Schmerzlaut drang unter dem Sack hervor.

»Mein Plan! Er hat funktioniert! Ein simpler Köder, ein grandioser Plan.« Erneut riss Val die Arme zum Himmel und drehte sich im Kreis. »Womit fängt man einen Zauberer? Mit simpler Mechanik!«

Mira rappelte sich auf. »Was ... was bedeutet das alles?«

Valhelias Gesicht nahm einen seltsamen Ausdruck an. Sie sprach zu ihr wie eine Mutter zu ihrem Säugling. »Versteht die kleine dumme Mira nichts? Geht das zu weit über ihren Bauernverstand?«

»Was ...?«

»Du bist zu blöd.« Val schüttete sich aus vor Lachen. »Du-du glaubst einfach alles. Du glaubst an Wahrsagerinnen, an Räuber und an das Gute im Menschen.« Sie lachte gehässig.

»Was redest du da? Ich dachte, wir sind Freundinnen? Du hast mich sogar die Kunst der Magie gelehrt.«

»Die Kunst der ...« Val lachte schrill. »Als wenn du etwas von Kunst verstehst oder von Magie.«

»Der Schutzspruch, den du mir beigebracht hast, hat nicht gewirkt? Du ... du hast gelogen.« Mira wurde übel. Gleichzeitig stieg eine Hitzewelle der Wut in ihr hoch. Für diese Magierin hatte sie alles aufgegeben. Die Freundschaft zu den Gauklern, zu Rahia.

»Du glaubst doch nicht etwa, dass eine Bauerngans magische Sprüche erlernt. Du bist so dumm.«

»Wenn ich so dumm bin, erklär es mir doch«, schrie Mira.

»Uh. Wird das weiße Gössel aufsässig? Na gut, weil mein Plan so außerordentlich genial war und weil er funktioniert hat, erkläre ich ihn dir. Wo fange ich an? Die Wahrsagerin habe ich beauftragt. Du hast ihren Mist geglaubt. Einfach so.« Erneut lachte sie.

»Die Räuber sollten mir Angst machen, stimmt's? Hat Rahia das herausgefunden? Hast du uns deshalb entzweit?«

Val nickte und etwas Lauerndes trat in ihre Züge. »Du bist ja doch nicht so dumm, wie ich dachte.« Val seufzte grinsend. »Aber jetzt bist du nutzlos. Der Zauberer ist gefangen.« Sie zuckte mit den Schultern und hob die Hände.

Mira konnte es nicht fassen. Für diese falsche Schlange hatte sie die Freundschaft zu den Gauklern aufgegeben. Alles Lügen. Sie war ein Nichtsnutz, wie ihre Mutter es immer gesagt hatte. Mira schrie ihre Wut heraus, und Val schreckte einen Moment verblüfft zurück. Mira fielen urplötzlich drei Worte ein. Sie wusste nicht, warum, aber sie fand, es war eine gute Idee. Es war ihre einzige Idee.

»Numras etbia fres.«

»Was?« Vals Augen blitzten. Dann trat die Magierin einen Schritt auf Mira zu, die sich nach einer Waffe umblickte. Der Hebel der Katapultkonstruktion. Kurzerhand riss Mira ihn heraus, erstaunt über ihre Stärke.

Val trat einen weiteren Schritt vor. Fast gelangweilt sagte sie: »Eigentlich dachte ich, wir würden noch ein wenig Spaß zusammen haben. Ich habe noch nie eine Frau mit so weißer Haut im Liebesakt getötet.«

Mira erstarrte. Val murmelte etwas und sprang nach vorn.

Der Katapulthebel sauste hinunter, als Mira zuschlug und Valhelia genau auf den Scheitel traf. Die Kraft ihres eigenen Schlages ließ Mira nach vorne taumeln, denn der Schlag fuhr durch Vals Körper hindurch. Das Trugbild der Magierin verschwand und bildete sich an einer anderen Stelle neu. Mira wirbelte herum, doch auch dieses Trugbild löste sich mit einem Lachen auf, um an einer anderen Position wieder aufzutauchen. Val lachte sie aus.

»Wie dumm du bist. Ich bin die Magierin und du nur ein dummes hässliches Bauernmädchen. DAS ist der Unterschied!«

»Numras etbia fres«, schrie Mira erneut, ohne zu wissen, wofür dieser Satz nutzte. Panik erklomm ihren Geist. Einen Wimpernschlag darauf erschien Valhelia direkt vor ihr und riss ihr den Hebel aus den Händen.

Mira starrte die Magierin erschrocken an, unfähig zu reagieren. Diese holte zum Schlag aus.

»Machen wir es auf die altmodische Art: Einen Zauberer fängt man mit Mechanik, eine dumme Gans schlägt man mit dem Knüppel tot. Totgeschlagen, wie es sich für deinesgleichen gehört. DAS WIRST DU DOCH KENNEN, ODER?«

Mira zuckte zusammen. Vals Gesicht hatte nichts mehr von einem sechzehn Winter zählenden Mädchen. Eine wutverzerrte Fratze, blanker Hass glomm in ihren Augen. Dann sauste der Katapulthebel auf Miras Kopf hernieder …

Mira konnte ihren Blick nicht von Val lösen, die ihr die Worte entgegenschleuderte. Gleichzeitig sah sie aus dem Augenwinkel den fremden Zauberer am Boden liegen. Das blaue Leuchten war verschwunden. Weder hob noch senkte sich seine Brust mehr. Nun würde sie niemals die Beweggründe dieses Zauberers aus einer anderen Welt erfahren, schlussfolgerte sie.

Statt eines schmerzhaften Kopftreffers spürte Mira ein Kribbeln im Bauch. Unvermittelt fiel sie in ein imaginäres Loch und befand sich keinen Wimpernschlag darauf zwanzig Schritte im Wald von Valhelia entfernt.

Die Magierin taumelte, als ihr Schlag ins Leere ging. Völlig verwirrt irrte ihr Blick umher. Sie erfasste Miras Gestalt und sprach sofort einen Angriffsspruch. Mira blieb die Luft weg. Ihr Körper gehorchte ihr nicht mehr, als wäre sie gelähmt. Mit einem wütenden Schrei stürzte sich Val auf sie, offenbar entschlossen, ihr den Schädel zu zertrümmern.

Der rote Feuerball traf Val mitten in die Brust, bevor sie überhaupt in Miras Nähe kam. In hohem Bogen wurde sie zurückgeschleudert. Noch im gleichen Augenblick konnte Mira sich wieder bewegen. Während sie in die Knie ging, sog sie gierig die Atemluft ein. Gleichzeitig hielt sie sich die Ohren zu, denn Val schrie und wand sich wie ein Fisch im Netz, als sich der feurige Ball durch ihren Körper fraß. Dann erschlaffte die Magierin an Ort und Stelle. Das Leuchten verschwand und übrig blieb nur das leichte Schwelen in ihrem Brustkorb.

Mira wurde übel. Sie drehte sich zur Seite, beugte sich vor und übergab sich.

»Eine Nachwirkung des Entfernungssprunges«, hörte sie eine dunkle, ruhige Stimme hinter sich.

Mira wirbelte herum. Sie sah sich dem Fremden gegenüber. Sie schrie erschrocken auf. In ihrer Panik blickte sie sich nach einem Knüppel um.

»Warum hast du es nicht selbst gemacht?«, fragte der Fremde misstrauisch. Seine Augen waren zu Schlitzen verengt.

»Bitte was?« Mira hielt mit ihrer Suche inne.

Der fremde Zauberer stand knapp vier Armlängen entfernt.

»Du bist eine von ihnen.«

»Was? Ich bin keine Magierin!«

»Aber ...« Geräusche erklangen vom Haus, und die beiden Magier erschienen in diesem Moment. Als Mira sich umdrehte, war er verschwunden. Nur einen Augenblick später tauchte er zwischen den Männern auf und schlug den Ersten nieder. Die Kämpfenden verschwanden hinter der Hausecke.

Mira musste weg. Was, wenn die Zentauren auftauchten? Als hätte sie es geahnt, krachte es hinter ihr im

Unterholz. Mit einem Schrei wirbelte sie herum, die Fäuste in Abwehrhaltung, obwohl sie wusste, nichts ausrichten zu können.

Der Mann, der aus dem Dickicht brach, schrie nun ebenfalls erschrocken auf. »Mira!«

»Ruven?« Mira ließ die Fäuste sinken. »Was …? Wo …?« Gleich hinter Ruven kam Unna angetaumelt.

»Wir haben Schreie und Lärm gehört. Mira, Kind, wo kommst du her? Wir sind deiner Spur aus Waldstadt gefolgt, aber …« Unna plapperte wie ein Wasserfall drauflos, erstaunt und erfreut zugleich.

Ruven rümpfte die Nase, als er Valhelias Leiche sah. »Uuh. Ich hoffe, das warst nicht du.«

Mira starrte Unna und Ruven an. Dann blickte sie dorthin zurück, wo zuvor noch der Fremde gestanden hatte. Alles drehte sich in Miras Kopf. Die Welt verdunkelte sich schlagartig, und Mira sackte ohnmächtig in Ruvens Arme …

Es regnete. Dicke Tropfen fielen träge zu Boden, zerplatzten sternförmig wie überreife Früchte und bildeten allmählich Miniaturseen und Rinnsale. Der Waldboden hatte sich vollgesogen. Selbst die Luft war feucht. Ein milchiger Schleier lag über dem Land. Mira seufzte, während sie gedankenverloren aus der Höhle das darunterliegende Gebiet betrachtete. Seit drei Tagen hielten sie sich schon in dieser verlassenen Bärenhöhle auf. Ruven und Unna hatten Mira nach ihrer Ohnmacht hier hergebracht. Der Regen hatte zwei Tage zuvor eingesetzt. Seitdem spielte das Wetter verrückt. Regen wechselte mit Schnee, Schnee wechselte mit Hagel und Hagel wieder mit Regen. So etwas hatte es noch nie in irgendeiner Gegend Rodinias gegeben. Weder in Grünland noch in den Bergebenen von Hügelland oder in den grauen Steppen. Selbst im Gebirge von Winterland war solch ein Wetterwechsel unbekannt. Im Normalfall sorgten die Magier für das Wetter. Mira fragte sich, ob es mit diesem Zauberer zu tun hatte? Oder mit Valhelias Tod? Unwillkürlich erschauderte sie.

Es blieb ihnen nichts anderes übrig, als abzuwarten und die Natur zu bestaunen.

In was war sie nur hineingeraten? Wer war dieser Fremde? Was wollte er von ihr und warum hatte er sie nicht getötet?

Am meisten freute sich Mira, dass Rahia wieder an ihrer Seite verweilte. Die beiden führten lange Gespräche und hatten sich letztendlich unter vielen Tränen verziehen.

Mira seufzte erneut.

Warum hatte er sie nicht getötet?

XLIX
Zusammenkunft

Kyrian hatte es mal wieder verpatzt. Diese Mira verwirrte ihn zunehmend. Sie war so schön, so unschuldig, so weiß.

Seit Stundenkerzen beobachtete er die Gaukler aus sicherer Entfernung. Wenn er es sich nicht ganz verscherzen wollte, sollte er in freundschaftlicher Absicht kommen. Immerhin waren diese Menschen mit Mira zusammen, also schienen sie Freunde zu sein. Er musste sich endlich Gewissheit verschaffen. Jetzt sofort.

Kyrian bewegte sich lautlos. Dann trat er aus dem Schatten ins Licht des Lagerfeuers. Doch er achtete nicht auf die winzige Fee, die sich in der Krone der Bäume aufhielt.

Ruven schnappte sich einen brennenden Holzscheit, während Unna in einer für seine Körperfülle ungeahnt geschmeidigen Bewegung die Bratpfanne ergriff und deren Inhalt in eine Schüssel entleerte. Dann erst hielt er sie als Waffe vor seinen Körper. Heißes Fett tropfte zischend zu Boden.

»Bleib weg von ihr!«, schrie Ruven.

Mira starrte Kyrian an.

»Mira, lauf«, rief nun auch Unna.

Kyrian blieb stehen. »Immer mit der Ruhe. Ich will keinem von euch etwas tun.« Er hob beschwichtigend die Hände, was in Anbetracht eines Landes voller Magier nicht seine beste Entscheidung war, denn nun schrien alle wild durcheinander.

»Passt auf!«

»Vorsicht! Achtet auf seine Hände.«

Kyrian verdrehte die Augen, verschränkte jedoch sofort die Arme hinter seinem Rücken. »Schon gut, schon gut. Ich will nur reden.« Er konnte nicht dem Drang widerstehen.

Mit einem Grinsen fügte er hinzu: »Außerdem brauche ich meine Hände nicht.«

Mira trat vor. »Was willst du?«

»Ich will mit dir reden. Nur reden. Verstehst du?«

»Ja, ich bin ja nicht dumm.«

Kyrian erstarrte, wobei Mira lächelte. Er spürte einen spitzen Gegenstand, der in seinen Rücken gedrückt wurde. Hinter ihm stand Rahia, die Ruvens Degen fest in ihrer Hand hielt.

»Einem Magier ist nicht zu trauen«, sagte sie.

Kyrian sog geräuschvoll die Luft ein. »Ich bin kein Magier.«

»Was bist du dann?«

»Ich komme aus einer anderen Welt. Aber das übersteigt eure Vorstellungskraft.« Kyrian biss sich auf die Zunge.

»Das habe ich nicht gefragt. Wir sind hier alle nicht dumm«, sagte Rahia scharf und drückte die Degenspitze ein Stück weiter in Kyrians Rücken. Ein stechender Schmerz breitete sich aus. Er schloss kurz die Augen, öffnete sie wieder und blickte Mira an. »Ich bin ein Zauberer.«

Mira trat einen Schritt näher, während sich Unna und Ruven neben sie stellten.

»Wir sollten ihn fesseln«, wandte Unna ein.

Kyrian stöhnte auf. »Ich bitte euch. Das kann doch nicht euer Ernst sein. Als wenn mich einfache Fesseln aufhalten würden. Ich zeig euch was.«

Damit blinzelte er übertrieben mit seinen Augen. Rahia stieß einen spitzen Schrei aus, der Degen entglitt ihr und sie rieb sich die Hand. Entsetzt wich sie zurück.

»Heiß geworden?«, fragte Kyrian, den Blick über die Schulter gewandt. »Hört zu, Leute. Wenn ich euch hätte töten wollen, wärt ihr schon längst in der Unterwelt, im Totenreich oder wo auch immer. Ich will euch nichts Böses. Ich will nur reden.«

Mira trat vor Kyrian.

»Mira nicht«, rief Ruven.

Doch Mira hielt ihn mit einer Handbewegung auf. Eine gespannte Stille legte sich auf die Anwesenden.

»Wer bist du?« Ihre Stimme war nur ein Flüstern.

»Ich bin der, den du gerufen hast.«

»Ich habe niemanden gerufen.«

Kyrian runzelte die Stirn. Dann lächelte er. »Aber du hast mir eine Vision geschickt, vor sechs Jahren.«

Mira schüttelte leicht ihren Kopf.

»Aber … die weiße Magierin …«

Er schaute sich verwirrt um. Sein Blick traf Rahia, die um ihn herum schlich und neben Mira stehenblieb. Sie versuchte, böse auszusehen.

»Tja, falsche Adresse, und ich bin nicht weiß.« Sie zuckte mit den Schultern.

Kyrian blickte wieder zu Mira. »Es gibt nur eine Möglichkeit, das herauszufinden.«

Miras Augen weiteten sich, als Kyrian flüsterte: »So weiß wie Schnee …«

Die Antwort folgte prompt.

»… so blau wie die See.«

Miras Lippen waren geschlossen, denn sie hatte die Worte nicht gesprochen.

Alle Augenpaare richteten sich auf Rahia.

Kyrian schaute wieder zu Mira, die traurig den Kopf schüttelte. »Ich bin es wohl nicht, die du suchst.«

Als sich die erste Starre löste, rief Ruven: »Was hast du ihr angetan?« Doch Mira hielt ihn erneut zurück.

Rahia stand wie in Trance da.

»Wie ist das möglich?«, flüsterte Kyrian.

Er streckte die Hand aus, wagte jedoch nicht, Rahias Gesicht zu berühren.

»Woher kennst du das Schlüsselwort?«

»Ich … ich habe sie getroffen, bevor sie …« Rahia regte sich. Tränen traten in ihre Augen, ihr Körper begann zu zittern.

»Sie ist tot«, stellte Kyrian nüchtern fest.

»Ja … ich kannte nicht einmal ihren Namen. Ich …« Sie verstummte.

Eine ungeahnte Sanftheit legte sich in Kyrians Stimme. »Das Mädchen hat mir eine Botschaft geschickt. Einen Hilferuf. Ich konnte ihn damals nicht deuten. Bis ich in der Seelenwanderung geschult wurde.« Er sah Rahia an. »Du warst bei ihr, als sie starb? …«

»Ja, sie hat sich für mich geopfert. Ich habe nie herausfinden können, warum. Wie auch? Ich kannte sie nur einen einzigen Tag.«

»Wie ist sie …?«, hauchte er tonlos.

Feuchte braune Augen schauten Kyrian an. Rahia schluckte. Was zaghaft begann, endete in einem alles befreienden Redeschwall: »Sie hat sich … Es war in einer jener verfluchten Eisnächte … Ich war eines der Straßenkinder von Königstadt. Der Winter stand vor der Tür und alle Zeichen deuteten auf Schnee. Ich wollte mir eine Decke besorgen, damit ich nicht erfriere. Dieses Mädchen … « Rahia blickte immer wieder zu Mira. »Dieses Mädchen war so weiß wie Schnee.«

Miras Mund öffnete sich vor Erstaunen.

»Sie wurde aus einer Kutsche geworfen, aus einer Magierkutsche. Vier Männer traten und stießen sie und ließen sie nicht mehr hinein. Das Mädchen trug nur ein dünnes Unterkleid. Ich weiß nicht, was vorher stattgefunden hat. Jedenfalls fuhr die Kutsche fort und das Mädchen blieb zurück. Ich wollte schon gehen, doch es fing an zu schneien. Das Mädchen tat mir leid, also bin ich zu ihr hingelaufen, wollte sie zum Aufstehen bewegen. Doch sie hatte jeglichen Lebensmut verloren. Wir wurden zu allem Übel auch noch von anderen Straßenkindern angegriffen. Als es ausweglos für mich aussah, hat mich dieses Mädchen gerettet. Ich weiß nicht, woher sie diese Kraft nahm. Wir sind in mein Sommerversteck geflohen. Obwohl jeder von uns eine Decke hatte, bin ich mit beiden Decken aufgewacht. Vielleicht dachte sie, eine reicht nicht. Das Mädchen … « Rahias Stimme glich einem Wimmern und die Tränen brachen hervor. »Das Mädchen erfror, weil sie mir ihre Decke gab …« Rahia schlug die Hände vor ihr Gesicht und floh in Miras Umarmung.

Kyrian runzelte die Stirn. »Sie muss in jener Nacht die Vision geschickt haben. Sie hat dir nichts gesagt?« Er atmete tief ein und stieß die Luft geräuschvoll aus.

Rahia löste sich von Mira und schüttelte den Kopf.

»Dann war alles umsonst. Sie ist tot …« Alles verlor mit diesem Moment an Bedeutung. Targas, die anderen Männer.

Sie waren sinnlos gestorben. Wegen einer Vision, die sich zu ihm verirrt hatte.

Du hast sie in den Tod geschickt.

Er war ein Narr gewesen, zu glauben, er könne diese Welt mit Hilfe der weißen Zauberin befreien. *Befreien!* Wohl eher erobern. Letztendlich wusste er selbst nicht mehr, warum er hier war. Alles Lüge! Diese Welt wollte weder gerettet noch erobert werden. Die Gunst der Götter hatte ihn verlassen. Warum musste ausgerechnet er diese Vision auffangen? Er drehte sich um.

»Wo willst du hin?« Mira trat einen Schritt auf ihn zu.

Kyrian stieß einen seltsamen Laut aus. »Du bist nicht die, die ich gesucht habe ... die ganze Reise war sinnlos.«

»Alles hat einen Sinn, auch ...«

»Was soll das für einen Sinn haben? Ich hätte niemals in eure Welt eindringen dürfen. Ich gehöre nicht hierher.«

Die Gaukler starrten ihn an. Kyrian erkannte in ihren Augen die anklagenden Blicke. So viele Tote. Er war ein Mörder, das wurde ihm in diesem Moment schmerzlich bewusst. Die ganze Frustration, die Anspannung, entlud sich in einem gewaltigen Ausbruch, dem Kyrian sich nicht erwehren konnte. Es übermannte ihn wie die Schlammlawine eines brechenden Dammes. Unwillkürlich musste er lachen. Seine Stimme klang auf einmal schrill. »Ich habe in meiner Welt alles gehabt. Alles konnte ich mir kaufen. Alles!« Er breitete die Arme aus. »Und was ich mir nicht kaufen konnte, habe ich mir mit der Kraft der Zauberei geholt.«

»Aber das kannst du doch immer noch«, sagte Mira.

Kyrian lachte erneut. »Was denn? Hier gibt es für mich nichts von Interesse.«

Mira wich einen Schritt zurück, während Rahia die Arme vor der Brust verschränkte und »Na – schönen Dank auch« sagte.

Kyrian atmete tief durch. Dann schüttelte er seinen Kopf. »Nein. Mich hält hier nichts mehr. Es ist vorbei. Die ganze Reise ... alles sinnlos.«

»Du kannst mit uns gehen.«

»Kann ich nicht. Warum sollte ich bei einer Handvoll Gaukler mein Dasein fristen?«

Mira blieb stehen. »Dann wünsche ich dir Glück. Mögest du deinen Frieden finden. Wo auch immer dich dein Weg hintreibt.«

Ohne zu antworten, ging Kyrian los. Er wollte nur fort von diesem verfluchten Land …

L
Die Schwingen des Wahnsinns

»Er ist wie von Sinnen, Meister Bralag. Überall ist Blut.«

Schritte hallten von den Wänden eines langen Ganges wider. Laute, hastige Schritte. Die geschwungenen Lippen des jungen Magiers bewegten sich schnell, und der wache Blick in seinen blaugrauen Augen mischte sich mit Angst. »Seit kurzem ist es ruhig. Wir trauen uns nicht zu ihm hinein. Er hat auf uns geschossen.«

»Womit?«, fragte Bralag.

»Mit Blitzen, Meister.«

Was passierte dort? War es der fremde Zauberer? Hatte er Zugang zur oberen Turmebene gefunden?

Sie bogen ab und entfernten sich von den Räumlichkeiten des Magisters. Eine böse Vorahnung beschlich Bralag.

»Befindet sich der Magister in Valhelias Gemächern?«

»Ganz recht, Meister Bralag.«

Das hätte der Mann auch vorher sagen können, grollte der oberste Heerführer innerlich. »Warum habt Ihr nicht Giroll, seinen persönlichen Diener, geholt?«

»Das haben wir versucht, aber selbst den will er nicht sehen. Außerdem ist dessen Stimme viel zu leise. Der flüstert doch nur.« Der Mann musste grinsen, wurde jedoch sogleich wieder ernst, als er Bralags tadelnden Blick sah.

»Dann wurde Giroll informiert?«

»Ja, Meister Bralag.«

»Wo befindet er sich jetzt?«

»Er hat sich zurückgezogen, um das Orakel zu befragen.«

Bralag nickte. *Auch gut*, fügte er in Gedanken hinzu.

Als sie Vals Schlafgemach erreichten, erklang ein Krachen unweit der Tür. Dem Geräusch nach zu urteilen zerbarst ein hölzerner Gegenstand. Sie hielten inne.

»Seid vorsichtig. Wir haben versucht, mit ihm zu reden, aber er reagiert nicht.«

»Das erwähntet Ihr bereits. Schützt euch mit einem

Antimagieschild.« Bralag sprach die Formel laut und die beiden Magier taten es ihm gleich.

Er lauschte. Leises Wimmern drang aus dem Raum.

»Mein Magister? Ich bin es, Bralag.«

Das Wimmern verstummte. Stattdessen öffnete sich die Tür, doch niemand erschien. Der Spalt gab den Blick auf einen verwüsteten Raum frei. Der nackte Fuß einer liegenden Person kam ins Blickfeld.

Schlank und schmal, ein Frauenfuß, für Valhelias Füße zu groß. Wahrscheinlich eine Dienerin, kombinierte Bralag. Hatte der Magister sie getötet? War sie überhaupt tot? Die Magierwachen hatten es angedeutet. Er drängte die Wachen zurück.

»Ihr wartet hier.«

Es war besser, wenn die Männer nicht alles mitbekamen.

»Wir geben Euch Rückendeckung«, erwiderte der Magier, der ihn hier hergeholt hatte.

Bralag lächelte milde. »Ich bin sicher, es handelt sich um ein Missverständnis. Ihr wartet. Sollte sich jemand nähern, werde ich ihn höchstpersönlich bestrafen.« Sein Lächeln erstarb. »Zu niemandem ein Wort. Habt ihr mich verstanden?«

Die Wächter schluckten und nickten wortlos.

Bralag trat an die Tür. »Ich komme jetzt rein, mein Magister.« Dann schritt er hindurch.

Der Fuß auf dem Boden passte zu einer Dienerin. Sie lag inmitten einer beachtlichen Blutlache. Der Magister saß derweil zusammengesunken vor einem Himmelbett mit hellblauem Bezug. Darauf lag eine zweite nackte Frau, definitiv nicht Valhelia. Auch sie war tot, das Bettzeug unter ihr blutgetränkt. Hatte der Magister einen Anfall banaler Eifersucht? Bralag erblickte zwei weitere Leichen, männlicher Art, mit grässlich deformierten Oberkörpern. Nach dem wenigen Blut zu urteilen tippte Bralag auf einen magischen Spruch zum Brechen von Knochen. Gleich darauf entdeckte er die Fee, oder das, was davon übrig war: ein blutiger Klecks an der Wand, aus dem zwei Flügelchen ragten. Bralag näherte sich vorsichtig dem Bett.

»Magister? Was um alles in der Welt ist hier geschehen?«

»Sie ist tot«, sagte der Magister monoton. Dann schrie er seinen Schmerz heraus: »SIE IST TOT!«

»Meisterin Valhelia?«

»Ja.«

»Wie?« Bralag starrte erneut auf den blutigen Klumpen an der Wand. Er schluckte. Eine immense Wucht hatte eine Mulde im Stein hinterlassen und das Wesen hineingedrückt.

»Wie könnt Ihr Euch sicher sein?«

Wut verzerrte das faltige Gesicht des Magisters. Er deutete auf das blutige Etwas von Fee.

»Das Vieh hat es erzählt.«

»Ist ... war die Aussage der Botenfee glaubhaft?«

»Ja!«, schrie der Magister wieder. »Dieser Bastard hat sie getötet!« Das Oberhaupt der Magier rappelte sich auf und packte Bralag am Kragen. Blut klebte an seinen Händen. »Schafft dieses Gauklerpack hierher. Versprecht es mir«, zischte er. »Schafft sie alle her!«

Bralag löste sich vom Griff des Magisters. »Ich mache mich auf den Weg, sobald es Euch besser geht.«

»Ich will diese beiden Mädchen haben. Sie werden für Val bezahlen!«, kreischte er unter Wimmern.

»Besinnt Euch. Das seid Ihr Euren Männern schuldig. Ihr seid das Oberhaupt der gesamten Magierwelt! Wer, wenn nicht Ihr, kann die Ordnung unserer Welt wiederherstellen!«

Der Magister sackte zusammen und Bralag führte ihn zu einem Ohrensessel. Dort sank er nieder.

»Es erfordert einen Plan, an den Fremden zu gelangen, und ich habe einen Plan.«

»Scheiß drauf! Ich will ihn tot sehen.« Er blickte Bralag ins Gesicht: »Bringt mir diesen Scheißkerl!« Mit einer abfälligen Bewegung deutete er im Raum umher. »Und räumt die Schweinerei hier auf.«

Seine Stimme hatte sich gefestigt. Er war wieder ganz der Magister, das Oberhaupt der Magier von Rodinia, und doch sah Bralag deutlich den Wahnsinn in seinen Augen glimmen.

LI

Ratlos

Unna und Ruven schauten einander an.

»Was machen wir jetzt?«

»Ich weiß es nicht.«

Rahia erhob sich. Eine Zornesfalte überschattete ihr Gesicht und ließ es finster aussehen. Mit vor Trotz triefender Stimme sagte sie: »Wir machen weiter wie bisher. In welcher Stadt wollen wir als Nächstes auftreten?«

»Wie kannst du nur so sein?« Mira atmete heftig. »Vielleicht wird er unsere Welt doch noch zerstören. Oder jetzt erst recht?«

Rahia wirbelte zu Mira herum. »Wie ich kann? Du bist ja auch nicht von einer Magierin benutzt worden. Deinetwegen ist kein Verrückter hierhergekommen.« Sie stieß einen abfälligen Laut aus. »Pff, wie konnte ich nur glauben, sie hätte es für mich getan. Magier sind alle gleich.«

»Kyrian ist kein Magier …«

»Trollkacke! Was solls. Dieser fremde Kerl geht uns nichts an. Und wenn jemand fragt: Ich habe niemanden gesehen.«

»Ich geh mal lieber pinkeln«, rief Unna und verschwand im Gebüsch.

Mira schüttelte verständnislos den Kopf, schwieg jedoch. Sie erkannte Rahia nicht wieder und doch versuchte sie, ihre Freundin zu verstehen. Ihre Laune resultierte bestimmt aus dem Umstand der Erkenntnis. Immerhin hatte dieser Fremde offenbart, dass er ein Zauberer war. Wie konnte das sein?

Ruven deutete mit einem Kopfnicken Richtung Straße.

»Ich befürchte, wir haben ein Problem. Wir stecken zu tief in der Sache drin.«

Ein Reitertross preschte heran. Magier erschienen, umzingelten die Gruppe. Augenblicklich legten sich unsichtbare Fesseln um ihre Hand- und Fußgelenke. Rahia, die sich wehrte, sank ohnmächtig von einem Kampfstab niedergestreckt zu Boden. Mira wollte nach Unna rufen, doch Ruven schüttelte kaum merklich seinen Kopf und so schwieg sie.

»Wo ist der Dicke? Sollen wir nach ihm suchen?«

Ein Magier antwortete, bevor Ruven etwas sagen konnte. »Das ist egal. Wir brauchen nur die Mädchen.«

»Und was sollen wir jetzt mit dem da machen? Sollen wir ihn töten?«

Während Mira ein eisiger Schauer den Rücken hinunterlief, zuckte der Magier mit den Schultern. »Davon war nicht die Rede.« Er zögerte, dann sagte er: »Wir nehmen ihn mit. Meister Bralag wird entscheiden, was aus ihm wird.«

»Schläfert sie ein!«

Sprüche einer unverständlichen Sprache legten sich bleiern auf ihre Wahrnehmung, und alles versank in einer gedankenlosen Schwärze.

Mira wollte schreien.

Es war vorbei. Sie hatten verloren.

LII

Die Kunst der Überredung

Kyrian stapfte über den Waldpfad. Er wollte nur noch weg von diesem verfluchten Ort.

Der einzige Fluchtweg, diese Welt zu verlassen, war mit dem Schiff und der einzige Hafen befand sich in Königstadt, bewacht durch die Magier. Kyrian stieß einen Fluch aus. Er trat gegen einen Baumstumpf und fluchte erneut. Der Schmerz ließ seinen Zorn leicht verrauchen.

Er kämpfte bereits gegen die gesamte Magierwelt. Was spielte es für eine Rolle, ob er diesen Mädchen half, dieser Magierin, die keine war. Sie würden ihn nur aufhalten. Aber bei was? Bei seiner Flucht? Denn nichts anderes hatte er bis jetzt erreicht. Er war bisher nur geflohen. Erneut überwältigte ihn die bloße Wut. Mit einem Schrei stieß er einen mickrigen Baum um. Er atmete schwer, hielt dabei inne. Ja, er hatte versagt. Er blieb ein Taugenichts. Wie konnte er seinem Vater jemals wieder unter die Augen treten? Er hatte ein Schiff entwendet und seine Mannschaft auf dem Gewissen.

Mörder!

Die Stimme fraß sich durch seinen Kopf, zerstörte seine Vernunft und verleugnete jeden klaren Gedanken. Kyrians Schultern sanken herab.

Du hast versagt! Mörder!

Was sollte er nun tun? Was *konnte* er tun? Unwillkürlich musste er an dieses dunkelhäutige Mädchen denken. Geschmeidig wie eine Katze hatte sie sich bewegt, war um ihn herumgeschlichen und hatte versucht, dabei böse auszusehen. Kyrian lächelte bitter. Sein Lächeln erstarb. Wenn sie nun doch mehr wusste? Ausgeschlossen. Sie war ein einfaches Mädchen, nicht einmal magiebegabt. Das hatte Kyrian gespürt. Jedoch kamen seine Gedanken nicht von ihr los. Sie hatte etwas Anziehendes. Wie war noch ihr Name? Rahia. Bedeutete er nicht sogar »die Geheimnisvolle«?

Sein Blick fiel auf seine Gürteltasche. Die Majok-Samen befanden sich darin. Er hatte die gelegte Spur verfolgt und sie, nachdem Mira an der geheimen Zuflucht verschwunden war, im Haus gefunden und mitgenommen. Schließlich benötigten die Trolle diese Samen. Zum Teufel mit ihnen.

Kyrian stoppte und blickte auf. Er lauschte.

Woher kam dieses leise Surren? Augenblicklich konzentrierte er sich auf einen Schutzschild. Vielleicht waren Magier in der Nähe.

Eine zierliche Fee lugte vorsichtig hinter einem Baum hervor. Als sie Kyrian erblickte, schwirrte sie heran. Die Fee verharrte vier Armlängen vor ihm in der Luft. Deutlich spürte Kyrian einen Lufthauch, erzeugt durch das Schlagen der durchscheinenden Flügelchen. Ein lilienartiger Duft schwebte heran.

»Du bist der Zauberer, nicht wahr?«, begann die Fee in einem säuselnden Tonfall.

Kyrian zog die Augenbrauen zusammen.

»Wer will das wissen. Wenn dich die Magier geschickt haben, sag es lieber gleich, ehe ich dich in die Unterwelt schicke, nachdem ich dich wie eine Fliege zerquetscht habe.« Seine Antwort wirkte patziger als gewollt.

»Ich bin …« Die Fee zögerte, dann gab sie sich einen Ruck. »Nenn mich Fibi. Ich komme nicht von den Magiern und doch habe ich eine Botschaft für dich.«

Die Betonung des Wortes *Magier* ließ Kyrian aufhorchen. Seine Neugier drang wie eine Luftblase in einem See an die Oberfläche. Dennoch schnaubte er verächtlich.

»Hör mich wenigstens an.« Ihre Stimme nahm einen flehenden Unterton an.

Er nickte der Fee auffordernd zu, und sie flog dichter an Kyrian heran, blieb aber in einem Abstand, der es ihm nicht ermöglichte, sie mit der Hand zu schnappen.

»Ich kann dich an dein Ziel bringen.« Jetzt grinste das geflügelte Wesen wissend.

Was für eine Schauspielerin, dachte Kyrian.

»Woher willst du meine Ziele kennen.«

»Die weiße Magierin.«

Kyrian erstarrte. Was wusste die Fee von Mira oder Rahia? Machte es überhaupt noch Sinn, zuzuhören? Die weiße Magierin war tot.

Als habe die Fee seine Gedanken gelesen, fuhr sie fort. »Ja, sie ist tot. Aber für uns ist sie existent. Wir sehen sie. Genau wie du es kannst.«

»Das ist nur ein Trugbild. Eine Vision.«

»Nein ... nein.« Fibi schüttelte energisch den Kopf. »Du hast keine Ahnung, wer sie ist, nicht wahr?« Die Fee lachte. Es klang wie das Spiel mehrerer Glocken.

»Ich kenne nicht einmal ihren Namen. Du beginnst, meine Zeit zu verschwenden!«

»Sie heißt Eleanor, und sie ist deine Schwester!«

Kyrian hörte die Worte, doch sein Geist verarbeitete die Information nur schleppend. Tiefe Furchen entstanden auf seiner Stirn. Hatte er es nicht schon immer gespürt? Konnte es wahr sein? Aber, wer war dann er?

Fibi sprach weitere Worte, die wie durch eine Holzwand zu ihm drangen. »Bist du bereit, deine Schwester zu opfern?«

»Du lügst! Es kann nicht sein. Sie ist weiß wie Schnee. Sieh mich an. Außerdem müsste ich von hier ... stammen.« Kyrian verstummte.

»Hast du dich nie gefragt, woher das Gefühl deiner Verbundenheit kommt? Wieso du den Weg hierher durch den Nebel und ein Feld voller todbringender Klippen kanntest?«

»Unmöglich ...«

»Du bist hier geboren. Deine Mutter hat dich fortgebracht und mit einem Zauber belegt. Dein Amulett. Darauf ist der Weg verzeichnet. Die Route durch das Klippenfeld.«

»Du lügst.« Kyrian schüttelte den Kopf. Seine Finger glitten über das kalte, in Silber eingefasste Katzenauge.

»Es ist einerlei«, raunte er. »Die weiße Magierin ist tot. Niemand könnte es beweisen.«

Fibi flüsterte: »Es ist ihr Geist. Ihr Bewusstsein, getrennt vom Körper. Sie konnte vor sechs Jahren beides voneinander trennen. Der Körper verging, aber ihre Seele existiert weiter und wandelt in dieser Welt umher. Wir benötigen lediglich das Medium.«

Kyrian fuhr sich mit der Hand über das Kinn. Er wusste, es gab Seelenwanderungen. Eine schwere Übung, und doch leicht, wenn man sie beherrschte. Wieder lächelte die Fee.

»Was für ein Medium?«, fragte Kyrian.

»Der Ursprung. Die Quelle. Sie übergab einen Teil ihrer Macht an ...«

»... dieses dunkle Mädchen ... Rahia«, vollendete Kyrian ihren Satz. Fibi nickte heftig.

Konnte ein Zauberer seine Macht an einen Dritten, einen Unbegabten abgeben? Konnten es die Magier? Kyrian wusste es nicht, zumindest hatte er nichts Derartiges gehört.

»Sie befindet sich in den Händen des Magisters. Du musst sie retten!«

Ein Stich durchzog Kyrian. Wieso erzählte ihm die Fee dies erst jetzt? Er hatte die Gaukler vor wenigen Stundenkerzen verlassen. War es ein Trick?

»Das kann nicht sein. Warum sollte ich dir trauen?«

»Warum solltest du nicht?«

Kyrian schwieg. Nachdenklich kaute er auf seiner Unterlippe. Was hatte er zu verlieren? Nichts. Er war hier gestrandet und kam nicht mehr weg. Endstation.

»Wir könnten dich zu ihr bringen«, begann Fibi erneut. »Du könntest dich mit ihrem Geist verbinden und die Magier vernichten.«

»Wir?«

»Ich und meine Schwestern und Brüder.«

»Noch mehr Schwestern. Ich frage noch einmal: Warum sollte ich euch trauen? Woher wisst ihr das alles?«

»Weil wir zwischen den Ebenen wandeln können. Feenmagie, Feenzauber. Nenn es, wie du willst. Unsere Fähigkeiten überschreiten ein jegliches Vorstellungsvermögen, sind jedoch begrenzt. Aber du, du bist ein Zauberer. Du *verstehst* uns.«

Kyrian schmunzelte.

»Du glaubst mir nicht?« Wut zeigte sich auf dem Gesicht der Fee.

Kyrian wollte zu einer Erwiderung ansetzen, doch urplötzlich verschwand Fibi. Sie löste sich in Nichts auf. Kein Rauch, kein obligatorisches »Plopp«.

Ehe Kyrian wusste, wie ihm geschah, erklang die Stimme direkt an seinem Ohr.

»Ich hätte dich soeben töten können«, flüsterte Fibi. Bei ihren Worten spürte er das kalte Metall einer winzigen

Klinge an seinem Hals. Keinen Wimpernschlag darauf verschwand sie erneut.

»Warum erledigt ihr die Magier nicht einfach selbst?« Noch während er sprach, durchströmte seinen Geist die Energie der Erde, bündelte sich zu einem Zauberspruch.

Die Fee erschien und Kyrian reagierte. Er formte blitzschnell einen Ball. Dieses Mal gab es ein »Plopp« und Fibi saß in einer Luftblase gefangen. Ihre Gesichtszüge wurden ernst.

»Du hast deine eigene Frage soeben beantwortet.«

Kyrian zog die Blase zu sich heran. Er betrachtete das geflügelte Wesen. Ein hübsches kleines Ding, in menschlicher Zeit gezählt vielleicht zwanzig Winter alt. Ihm war klar, dass diese Fee durchaus mehrere tausend Leben hinter sich haben konnte. Feen alterten nicht.

Fibi blickte ihn traurig an. »Und? Hilfst du uns?«

Kyrian seufzte. »Was kann ich schon tun?«

Die Fee schwebte aufgeregt an den Rand der Luftblase. »Geh in diesen Turm der Magier und vernichte den Magister! Dieses dunkle Mädchen ist der Schlüssel. Eine weißhäutige Magierin wäre gleich nach einem Hilferuf entdeckt worden. Aber wer denkt schon von einem dunkelhäutigen Straßenmädchen, dass sie die Trägerin der Macht ist. Sie ist der Schlüssel. Du brauchst ihn nur zu greifen und die Tür zu öffnen. Die Tür zu einer Welt im Einklang mit der Natur. Werde Beherrscher dieser Welt.«

Kyrian hob abwehrend die Hände und lachte sarkastisch. »Das ist der Grund? Eine neue Weltordnung? Herrscher kommen und gehen. Wird einer vernichtet, kommt ein anderer. Und ich als Oberhaupt? Nein danke. Das erwartet mich bereits in meiner Heimat. Du musst mir schon einen triftigeren Grund geben, damit ich euch helfe.«

Fibis Lächeln verebbte. »Wir wollen endlich wieder frei sein!«, spie sie hervor und Hass trat in ihre sonst so zarten Gesichtszüge. »Keine Knechtschaft, keine Diener! Wir standen an zweiter Stelle in der Hierarchie. Wir waren neben den Zauberern das zweitwichtigste Volk auf Erden. Doch jetzt? Jetzt sind wir Dienstboten. Selbst die dreckigen Zentauren bekommen mehr Lohn als wir.

Immer mehr von uns verschwinden in den Laboren des Magisters. Die Magier haben uns einst die weiße Königin genommen. Sie zerstörten alles, wofür wir lebten. Schlimmer noch, sie zerstören die Natur. Sie nehmen die Energie, wie es ihnen gefällt. Sie zapfen die Erdenergie ab, saugen sie aus. Ihre Wettertürme bringen das Gleichgewicht der Welt durcheinander. Wir haben das längst erkannt. Du bist nicht von hier, aber du bist nicht dumm. Du hast selbst das graue Land gesehen, das sie nach ihrem Magieverzehr so hinterließen. Sogar die Trolle haben es bemerkt.« Fibi war kaum zu stoppen. »Die Elfen sind bereits verschwunden, und die Magier setzen alles daran, dass auch die Feen verschwinden. Es geht uns nicht um Macht oder derartigen Schmutz. Das ist den Magiern vorbehalten. Aber du als Zauberer solltest das Weltgefüge besser verstehen. Oder seid ihr Zauberer nach tausend Jahren der Dummheit verfallen? Warum bist du sonst hergekommen? Warum bist du hier?«

Eine berechtigte Frage. Warum war er in diese Welt eingedrungen? Er wollte der weißen Magierin zu Hilfe eilen. War es nicht die Eisnacht, das Töten zahlloser Menschen, das er beenden wollte? Aber was hatte er getan? Er hatte genau wie die Magier Unschuldige getötet. Der einfache Soldat war nicht der Übeltäter. Die wahren Mörder waren die Männer an der Spitze. Die Führungsriege. Kyrian keuchte. Er hatte sich von seinen Rachegefühlen und dem Rausch der Eroberung mitreißen lassen. Er fuhr sich mit der Hand über das Gesicht.

Fibi schien seine Gedanken zu erraten. »Es ist noch nicht zu spät«, sagte sie eindringlich. »Du kannst dem ein Ende setzen!«

Kyrian lachte freudlos auf. »Wie könnte ich meine Taten ungeschehen machen?«

»Wir können dir nicht die Schuld nehmen. Aber du kannst es wiedergutmachen. Schließ dich uns an. Kämpfe für die Gerechtigkeit. Für deine Freunde … für sie!«

»Ich habe keine Freunde. Ich weiß nicht, was du meinst.«

»Die Mädchen.«

Mira … Rahia. Die Namen gingen ihm nicht aus seinem Kopf. Wieso fühlte er sich zu beiden hingezogen?

Fibi unterbrach seine Gedanken. »Wir bringen dich mit dem Geist der weißen Magierin zusammen. Gemeinsam schafft ihr es!«

Kyrian bezweifelte das. Aber er glaubte auch nicht, diese Insel jemals lebend wieder zu verlassen.

Die besten Voraussetzungen für so ein Unternehmen, dachte er.

LIII
Im Magierturm

Bralag lehnte an der Wand nahe der Tür und beobachtete den Magister, der mit zunehmender Freude das dunkelhäutige Mädchen malträtierte. Ihre Lippe war aufgeplatzt und aus der Nase rann ein Blutfaden. Die linke Gesichtshälfte schwoll bereits an. Er verzog das Gesicht, als der Magister ihr die Faust in den Magen rammte. Das Mädchen krümmte sich und rang nach Luft. Sie war zäh. Bis jetzt hatte sie nicht geschrien. Das würde sich bald ändern.

Wenn Bralags Informanten richtig lagen, war sie einst ein Straßenkind aus dieser Stadt gewesen. Das konnte er kaum glauben, da sie ganze zehn Eisnächte überlebt haben sollte. Das hatte bisher niemand aus der untersten Bevölkerungsschicht. Die Beständigsten starben nach drei, vier oder fünf Jahren. Die Eisnacht tötete irgendwann jeden auf der Straße Lebenden. Nicht aber dieses Mädchen, das scheinbar nicht existierte. In keinem der Stadtbücher war sie verzeichnet. Lediglich durch die Truppe der Gaukler kannte er ihren Namen: Rahia.

Wieder traf die Faust den geschmeidigen Körper. Bralag wünschte sich, der oberste Magier hätte ihn mit einer anderen Aufgabe behelligt. Stattdessen sollte er diesem Verhör beiwohnen, bei dem der Magister nicht einmal Fragen stellte. Er schlug nur zu. Derart harte Methoden gegenüber einer Frau erschienen Bralag als unwürdig. Nicht dass er Gewalt verabscheue. In einer entsprechenden Situation angewandt, wirkte sie wahre Wunder und lockerte die Zungen. Wenn man denn etwas fragte.

Der Magister vergrub die Finger in ihrem schwarzen Haar und bog ihren Kopf nach hinten. Gier legte sich auf seine Gesichtszüge. Dicht an ihrem Ohr leckte er ihr eine Schweißperle vom Hals.

Bralag räusperte sich. Im gleichen Moment riss sich das Mädchen los. Sie spuckte ihren Peiniger an, doch der war vorbereitet und zuckte lachend zurück. Der blutige Speichel zerplatzte an seinem unsichtbaren Schutzschild.

»Du spuckst mich an?«, schrie der Magister. Wie von Sinnen begann er, sie zu ohrfeigen.

Bralag trat einen Schritt vor und räusperte sich erneut, laut genug, um das schallende Geräusch zu übertönen.

Der Magister fuhr herum, das Gesicht eine wutverzerrte Fratze. »Was ist?« Sogleich glätteten sich seine Züge. In lauerndem Tonfall fragte er: »Wollt Ihr mir etwas mitteilen, *Meister Bralag*?«

»Tot ist sie uns nicht nützlich.«

Der oberste Magier starrte ihn an. »Wie bitte?«

»Mein Magister, ich verstehe Euren Schmerz in Bezug auf Meisterin Valhelias Tod.«

»Ihr versteht gar nichts«, schrie der Magister außer sich. »Es ist etwas anderes, eine Schülerin zu verlieren. Ich habe Val geliebt. Niemand hat je mehr geliebt.«

»Es war keine Infragestellung, es war eine Feststellung. Tot ist sie uns nicht nützlich.«

»Ihr braucht mich nicht zu belehren wie einen Magieschüler. Ich habe Euch wohl verstanden. Ihr wiederholt Euch ja wie ein bunter Kobold. *Tot ist sie uns nicht nützlich, tot ist sie uns nicht nützlich*«, äffte der Magister Bralags Stimme nach. Die beiden Männer starrten einander an. Dann bleckte der Magister die Zähne.

»Ihr seid zu weich, Bralag, wie damals. Ob weiß, ob braun, was tut das zur Sache. Letztendlich muss ich alles selber ins Lot bringen. Wer weiß, wenn ich nicht damals den Befehl, sie zu verstoßen, gegeben hätte, wärt Ihr heute vielleicht mit der eigenen Schülerin verheiratet, Hausmann und überhaupt kein großartiger Befehlshaber. Ihr solltet mir dankbar sein.« Er wandte sich ab und betrachtete das Mädchen.

Bralags Auge begann zu zucken. Irritiert legte er einen Finger unter sein Auge. Seine Gedanken rasten. Was meinte der Magister damit? Die Vernunft gewann die Oberhand.

»Was geschieht mit diesem Gaukler?«, fragte er.

Der oberste Magier drehte sich wieder um. »Wer? Ach ja, da war ja noch einer. Tötet ihn.«

Rahia richtete sich auf und krächzte: »Nein ... nicht.«

Der Magister brachte sie durch drei gezielte Schläge zum Verstummen. Ohnmächtig sank sie in sich zusammen.

»Tötet ihn, macht mit ihm, was Ihr wollt. Ich habe zu tun. Genauso wie Ihr. Ihr habt eine Menge vorzubereiten, wenn Ihr Euch noch an unseren Plan erinnert. Ihr wartet in der Nische hinter dem Käfig. Wenn der Fremde erscheint und die Schlampe befreien will …«, der Magister schlug sich mit der Faust in die flache Hand, »… tötet Ihr ihn aus dem Hinterhalt!«

»Ja, ich erinnere mich an Euren Plan.«

Bralags Nicken entlockte seinem Gegenüber ein zorniges Grollen. »Gut. Dann dürft Ihr Euch entfernen.«

Er verbeugte sich tief, doch der Magister wandte sich bereits dem Mädchen zu. »Nichts ist einem vergönnt.« Er sprach die Formel für einen Raumsprung und löste sich innerhalb eines Wimpernschlages auf.

Bralag blieb allein zurück. Mit ausladenden Schritten lief er zur Tür, trat hindurch und schickte die beiden Türwächter in den Raum, um die Gefangene zu bewachen. Dann schloss er die Eichentür und mit ihr seine Augen. Ein unkontrolliertes Zittern durchlief seinen Körper. Er musste seine Stirn gegen das kalte Holz der Tür lehnen.

Der Magister gab damals den Befehl!

Jetzt fügte sich alles zusammen. Ja, er hatte wirklich noch viel vorzubereiten, doch seine Vorbereitungen würden dem obersten Magier sicherlich nicht gefallen.

Mira erwachte in einem kargen Raum, der nichts an Annehmlichkeiten zu bieten hatte, außer einem Bett. Er war mindestens fünfzehn Fuß hoch. Hatte man sie in einen Turm gesperrt? Angst kroch in ihr empor. Wo befanden sich die anderen?

»Rahia? Ruven? Hört mich jemand? Hallo?«

Einen kurzen Augenblick darauf drang von außen eine Stimme zu ihr herein: »Ruhe da drinnen!«

Eine steinerne Tür öffnete sich und zwei Wachen betraten ihren Raum.

»Unterrichte den Magister. Die Kleine ist aufgewacht.«
Der Mann grinste sie an, während der zweite forteilte.

»Wo sind meine Freunde? Was habt ihr mit ihnen angestellt?«

Der Magier richtete seinen Kampfstab auf Mira, die bereit war, loszustürmen.

»Bleib zurück.«

Er schritt nach hinten und die Steintür schloss sich, ehe Mira sie erreichte. Ihre Fäuste hämmerten gegen den kalten Stein.

»Aufmachen! Was habt ihr mit ihnen gemacht? Rahia, Ruven! Wo seid ihr?«

Sie schaute sich im Zimmer um, doch es gab kein Entkommen. Keine Möglichkeit zur Flucht. Das winzige Fenster in Deckenhöhe schien sie mit seinen Gitterstreben wie ein grinsender Mund zu verspotten.

LIV
Auf Abwegen

Bralag schritt einen halbrunden Gang entlang. Er sollte den Gaukler töten, hatte der Magister gesagt. Wozu? Welchen Zweck hatte es, einen wehrlosen und zumal unbeteiligten Menschen zu töten? Ihm erschloss sich der Sinn nicht. Stattdessen ergab es einen Sinn, dass der Magister Bralags Schülerin auf dem Gewissen hatte. Sie war äußerst begabt und bewandert in der Magie gewesen, doch was niemand wusste: Sie war seine Tochter, eine uneheliche Tochter zwar, aber er hatte sie geliebt und ... der Magister war ihr Mörder! Er hatte also damals den Befehl gegeben, als seine Schülerin in der Eisnacht den Tod fand.

Dafür wird er bezahlen ...

Bralag schrak aus seinen Gedanken auf, als er den schwarzhaarigen Magier erblickte. Der Junge hockte auf einem Schemel mitten im Gang. Was machte dieser Bursche hier?

»Engel«, rief er.

Der junge Mann drehte sich um, nickte ergeben und Bralag winkte ihn heran.

»Du bist doch dem Magister unterstellt, nicht wahr.«

Wieder nickte dieser. Er hielt ein Paar Schuhe und einen Lappen in den Händen.

Bralag schaute auf die Schuhe, dann direkt in Engels Augen. »Tust du gerne, was du da tust?«

Engel starrte ihn an. »I-i-ich ... «, begann er.

Bralag verdrehte die Augen und gebot ihm mit einer Handbewegung Einhalt.

»Vergiss es. Ab sofort entbinde ich dich deiner Aufgaben. Ich habe eine andere Tätigkeit für dich.« Murmelnd fügte er hinzu: »Eine Aufgabe, die eines Magieschülers würdig ist.«

Ein Lächeln erschien auf Engels Gesicht.

»Kümmere dich um diesen Gaukler. Der Magister will, dass wir ihn töten.«

Engels geweitete Augen entlockten Bralag ein Schmunzeln. »Ich kann mich nicht selber um diesen Mann kümmern, denn ich muss in den Kellergewölben etwas erledigen. Ich möchte, dass du dich um diese Angelegenheit kümmerst.«
»K-k-kommt d-drauf an.«
»Töte den Mann.«
Engel schluckte. »D-d-das m-m-mach ich nicht.«
»Das ist ein direkter Befehl vom Magister, dem du unterstellt bist. Das wäre Befehlsverweigerung.«
Der junge Bursche schüttelte den Kopf. »I-i-ch töte n-niemanden.«
Bralags Lächeln wurde breiter. Der Junge gefiel ihm. Er hatte sich scheinbar nicht getäuscht. Das war kein dummer Befehlsempfänger. In dem Magier steckte weitaus mehr, als man mit bloßem Auge zu erkennen vermochte.
»Das war die richtige Antwort. Hör genau zu, was du jetzt tun wirst,« sagte er, und nachdem er seine Ausführungen beendet hatte, fragte er Engel: »Wirst du meinem Befehl Folge leisten?«
Der Schwarzhaarige nickte grinsend.
Ja, der Junge gefiel Bralag, aber dass er direkt dem Magister unterstellt war, gefiel ihm noch viel mehr.

LV

Entscheidungen

Mira betrat in Begleitung eines Wachtrupps die säulengestützte Kuppelhalle in der Turmspitze. Mit Bestürzung fiel ihr Blick auf einen Käfig in der Mitte des Raumes, der über dem Boden schwebte. Die Gestalt darin hatte die Knie vor die Brust gezogen und hielt den Kopf gesenkt.

»Rahia«, entfuhr es Mira.

Die Gauklerin erhob sich schwerfällig. »Geh weg! Das ist eine Falle!«, kreischte sie und zerrte an ihren Ketten.

Miras anfänglicher Schrecken verwandelte sich in Entsetzen, als sie Rahias zugerichteten Körper erblickte. Ein Auge wie auch ihr Kinn waren geschwollen, dunkles getrocknetes Blut klebte an ihrer zerrissenen Kleidung. Ihr Gesicht glich einer Maske des Schmerzes.

Die Verzweiflung ihrer Freundin schmerzte Mira wie der Stich eines Dolches, der ihr Herz zu durchbohren drohte.

»Rahia. Nein. Es ist gut. Es ist alles gut«, rief sie. »Ich bin freiwillig hier.«

Sie wollte schon loslaufen, erstarrte jedoch. Urplötzlich flimmerte die Luft neben der schwebenden Gefängniszelle. Der Eisenkäfig glitt zu Boden und das Magieroberhaupt tauchte aus dem Nichts auf.

»Ich freue mich …« Der Magister konnte nicht weiter reden, denn Rahia gebärdete sich wie ein wildes Tier und versuchte, an ihn heranzukommen.

Kurzerhand schlug er mit einem Kampfstab gegen die Gitterstäbe, dass die Funken aufstoben. Rahia sackte schreiend zusammen, schluchzte und blieb liegen.

Mira bekämpfte den Impuls, einfach loszustürmen, um Rahia zu Hilfe zu eilen. Im Schatten der Säulen lauerten die *Bewahrer der Ruhe*, hinter ihr standen die Wächter des Wachtrupps. Sie konnte nicht sagen, wie viele Magier anwesend waren. Ihr blieb nichts anderes übrig, als den Magister zu beobachten.

Dieser begann erneut mit seiner feierlich anmutenden Rede: »Ich freue mich, dass du meiner Einladung gefolgt bist. Herzlich willkommen. Es sind weitere Gäste geladen und du verzeihst mir sicherlich, dass ich keinen Imbiss vorbereitet habe. Denn das Hauptgericht seid ihr.«

Sein irres Lachen jagte Mira einen eiskalten Schauer über den Rücken.

»Wie ich sehe, kommst du alleine. Wo ist der Fremde?«

»Ich weiß es nicht. Ihr habt mich doch selbst festnehmen lassen. Er ist fortgegangen, als wir …«

»Falsche Antwort!« Die Hand des Magisters wies auf Rahia, die gellend aufschrie und sich vor Schmerzen krümmte. Die Eisenkette straffte sich und riss Rahia auf die Beine.

Mira schrie ebenfalls, jedoch vor Schreck. »Nein! Bitte, lasst sie gehen.«

Der Magister ließ von Rahia ab, die reglos zusammensackte. Lediglich die Ketten hielten sie in einer aufrechten Position.

»Beende ihr Leid, indem du mir sagst, wo der Fremde sich aufhält.«

»Ich … ich weiß es nicht.«

»Wo ist der Fremde?«, erhob der Magister die Stimme.

Mira schwieg. Tränen rannen ihre Wangen hinab.

»Heul nur, du dummer Bauernabschaum. Ich freue mich, dir deinen schneeweißen Hals umzudrehen, wenn der Fremde erst in unserer Hand ist.«

»Bitte lasst Rahia gehen. Ich weiß doch nicht, wo sich der Zauberer befindet«, flehte Mira.

»Gar nichts weißt du. Dumm geboren und dumm wirst du sterben.«

Eine heiße Woge der Wut stieg in Mira an, machte sich Platz und brach aus ihr heraus. »Ich weiß eine ganze Menge. Euer Gesicht wird nicht mehr lange gewahrt bleiben. Das Volk wird sich nicht alles gefallen lassen. Ich weiß, dass Ihr mit Euren Eisnächten unschuldige Menschen tötet.«

Der Magister lachte auf. »Das hässliche Entlein wird aufsässig. Hat dir das dieser Bastard von Zauberer erzählt?«

Ein einziges Wort, gefolgt von einer Handbewegung ließ Mira keuchend zusammenbrechen. Ein stechender Schmerz breitete sich in ihren Eingeweiden aus.

»Wenn du ... mich tötest ... wirst du niemals ... an Kyrian gelangen«, presste sie stoßweise hervor.

»Oh, wir sind bereits per Du. Kyrian nennt sich also dieser Bastard.«

»Ich verfüge über eine Botschaft ... nicht Rahia ...«

»LÜGE! Ein netter Versuch, dein schmähliches Leben zu retten. Ich habe mich längst an den Gedanken deiner Gespielin gelangweilt. Obwohl ich ihr Leid ganz belustigend fand.« Der Magister kicherte, doch sogleich bildete sich eine Zornesfalte und verzerrte sein Gesicht zu einer diabolischen Fratze. »Aber du hast recht. Selbst wenn du nicht über die Botschaft verfügst, es spielt keine Rolle mehr. Ich kenne ihre Gefühle dir gegenüber. Sie liebt dich ...«

Der Magister fuhr herum. Der Schmerz in Miras Körper ebbte schlagartig ab. Ein Wassereimer schnellte durch die Luft. Er zerschellte am Käfig, während sich sein nasser Inhalt über Rahia ergoss, die hustend erwachte.

Der Magister wandte sich erneut Mira zu. »Du bist schuld, dass ich meine Geliebte verlor, meine Val ...« Er stieß einen heulenden Ton aus. Seine Hand zuckte vor und Mira krümmte sich unter einer neuen Schmerzwelle. Im Hintergrund hörte sie Rahias Stimme schreien: »Lass sie in Ruhe!«

Dann brach der Schmerz unvermittelt ab. Mira sackte in die Knie. Sofort zerrten zwei Magier sie auf die Beine.

»Ich bin ja kein Unmensch.« Mit einem gesprochenen Wort lösten sich die Ketten und die Käfigtür öffnete sich. Der Magister grinste. »Ich weiß etwas viel Besseres für dich ...«

Er zog einen Gegenstand unter seiner Robe heraus. Verschwommen erkannte Mira Rahias Dolch.

»Gleiches soll man mit Gleichem vergelten ...«

Die Klinge schoss in Miras Richtung. Sie riss die Augen auf, wollte schreien, doch die Panik schnürte ihre Kehle zu. Der Dolch blieb zitternd eine Handbreit vor ihrem Herz stehen, dann drehte er sich um seine eigene Achse und schnellte zurück. Unter dem schallenden Gelächter des Magisters traf er sein Ziel.

»Rahia ... Nein!« Miras schmerzvoller Schrei hallte durch die Halle, als ihre Freundin mit dem Dolch in der Brust zu Boden sank.

Auf ihrem Weg redete Fibi ununterbrochen, versorgte Kyrian mit allen Informationen, die er benötigte.
»Der König ist ein Trinker. Es wird klappen, glaub mir.«
Der Zauberer verzog die Mundwinkel. »Was für ein mieser Plan.« Er schnaubte resigniert. »Hätte von mir sein können.«
»Gut. Dann viel Glück!« So schwirrte die Fee schließlich davon.
Als sie an das Tor zum Magierviertel gelangte, hielt sie eine barsche Stimme zurück: »Halt! Wohin?«
»Ich muss meine Befehle keiner unbedeutenden Torwache offenbaren. Siehst du das Wappen hier?« Sie deutete auf ihre Brust, auf der das Symbol eines Turmes mit einer Krone prangte. »Ich stehe einzig und alleine dem König Rede und Antwort. Aber ich will nicht unhöflich sein: Ich will dem König eine Weinlieferung ankündigen. Noch heute erscheint der Mundschenk an diesem Tor. Ich muss nicht erwähnen, dass es sich um eine äußerst delikate Rebe handelt?«
Innerlich grinste Fibi. Gleich verlangte der Torwächter eine Flasche als Wegzoll, so wie immer, wenn sie ihren Dienst am Königsturm verrichtete.
»Das wird nicht möglich sein. Wir haben Befehl, alle Feen zum Magister zu bringen.«
Fibi blinzelte. Hatte sie sich verhört? Der Magier rollte ein Pergament aus. Sie hatte weder Zeit noch Lust, sich eine Verlautbarung des Magieroberhauptes anzuhören.
»So ein Unsinn. Ich bin Fibi, Botenfee im königlichen Dienst und ich werde mir ganz bestimmt nicht ...« ... *dein Geschwafel anhören*, wollte Fibi ihren Satz beenden. Doch in diesem Moment löste sich das Schriftstück auf und verwandelte sich in eine dunkelblaue, länglich gezogene Wolke, die Fibi umhüllte. Das Wolkenband schnürte ihr die Luft ab. Wie ein verzurrtes Päckchen plumpste sie zu Boden.

Was war das für ein Pergament? Was stand dort geschrieben? Mit Sicherheit keine Rede des Magisters. Eine Woge der Panik überschwemmte ihre Gedanken. Fibi wollte zwar den Kerker finden, um ihre Schwester zu retten, doch sie wollte nicht als Gefangene dorthin, und zum Magister wollte sie schon gar nicht.

»Was soll das ... wenn der König davon erfährt ...«, ächzte sie.

Der Magier klatschte mit begeisterter Faszination in die Hände. »Meine erste Fee! Ich habe meine erste Fee gebunden! Der Magister wird zufrieden sein.«

»Lass mich sofort frei, du Penner«, schrie Fibi.

Der Magier zog einen Vogelkäfig von einem abgedeckten Karren. Fibis Magen rumorte. Unter der Plane standen unzählige Käfige. Als der Mann sie in das eiserne Gefängnis legte und die Tür verschloss, blitzte die Klappe rot glühend auf, dann war der Eingang verschwunden. Die Käfige waren magisch versiegelt. Selbst mittels Feenmagie würde Fibi nicht mehr entkommen können.

»Lass mich frei.«

Der Magier lachte. Unter den staunenden Augen zweier Wächter trällerte er: »Ihr haltet die Stellung, Jungs. Ich geh mir jetzt meine Belohnung abholen.«

Das wird niemals funktionieren, dachte Kyrian, als er Lemmys stattliche Gestalt, der als Weinhändler verkleidet auf einem Eselskarren saß, in den letzten Stadtring einbiegen sah. Er hatte den Wirt als fähigen Mann in Erinnerung. Deshalb hatte er ihn aufgesucht und in seinem Weinkeller den Beutel mit den Majok-Samen, den er in diesem Waldhaus der Magier gefunden hatte, versteckt. Wenn diese Sache erledigt wäre, würde er zu den Trollen zurückgehen und ihnen die Samen bringen. Hoffentlich würden sie ihm dann helfen. Wenn er denn überhaupt zurückkehren konnte.

Lemmy war mit ein wenig Überredungskraft der Zauberei, bereit gewesen, Kyrian zu helfen. Ein harmloser Spaß wegen einer verlorenen Wette, hatte Kyrian ihm eingetrichtert.

»Wenn ich verliere, spendiere ich dem König ein Fass Wein.«

»Is nicht wahr. Ich wusste gleich, aus dir wird was, Junge«, hatte Lemmy von sich gegeben und gestaunt.

Alles Weitere war leichtes Spiel: der Karren, das Weinfass. Lemmy sollte lediglich zum Tor des Magierviertels fahren und das Fass dort abliefern.

»Warum gibst du es nicht selbst ab?«, hatte der Wirt gefragt, doch Kyrian schob es auf den Umstand, er sei kein Mundschenk und somit als Lieferant unglaubwürdig. Als er die Botenfee des Königs erwähnte, war das Thema beendet und ein Goldstück überzeugte Lemmy voll und ganz.

Die Unterhaltung fand zur Mittagsstunde statt. Inzwischen neigte sich der Tag dem Ende entgegen. Die zwei Türme auf der Spitze des Berges reckten ihre Schatten bedrohlich in Richtung Festplatz, den Lemmys Karren gerade passiert hatte.

Kyrian musste an die weiße Magierin denken, die er beinahe hier getroffen hätte. Nicht ganz, denn diese Mira war ja nicht die weiße Magierin. Nicht einmal das Medium. Kyrian seufzte. So rein, so weiß wie Schnee …

Er hörte Lemmy mit der Zunge schnalzen und der Moropus legte an Geschwindigkeit zu. Gemächlich und ohne jegliche Mühe zuckelte er den steilen Pfad zum Königsturm hinauf, zur letzten Ebene über der Stadt. Kyrian beobachtete die Durchfahrt von einem Hauseingang aus.

Fibi hatte alles vorbereitet und müsste sich auf dem Weg zum König befinden. Trotzdem ging er nicht davon aus, dass man Lemmy in den Magierbereich hineinließ. Er hatte sich nicht getäuscht.

Eine Torwache trat vor. »Halt! Wohin?«

»Lemmy … Lemmy Trinkaus ist mein Name, gräflicher Mundschenk aus dem Lande Montaberg. Eine Botenfee hat hoffentlich mein Erscheinen angekündigt. Ich bringe eine Lieferung für den König. Er wartet bereits.«

Kyrian verzog das Gesicht und rieb sich die Nasenwurzel. Das war nicht das, was er sich vorgestellt hatte, als er sagte, Lemmy solle improvisieren. Aber der Wächter schien sich nicht an Lemmys Namen zu stören. Kyrian bemerkte in diesem Augenblick das Alter der Magier.

Neulinge. Er grinste innerlich. *Welch ein Glück.*

»Heute geht das nicht«, offenbarte ihm der Wächter. »Wir dürfen keinen hereinlassen.«

»Ihr wollt damit doch nicht andeuten, ich müsste zurückreisen? Den ganzen Weg? Durch die Trollfurt?«

»Ihr seid durch die Trollfurt gereist?« Die Augen der beiden Wachen weiteten sich.

»Durchaus. Ich komme aus Basgamatsch. Eine schreckliche und äußerst beschwerliche Reise liegt hinter mir. Ich weiß, dafür sehe ich noch ausgezeichnet aus. Kostet ruhig vom Wein, damit ihr euch von der königlichen Qualität überzeugen könnt.«

Die Wächter blickten einander an, zuckten jedoch zusammen, als ein dritter gedrungener Mann hinzutrat.

»Was soll das? Was haltet ihr hier Maulaffen feil? Normalerweise verlangt man einen Passierschein. Ihr habt Glück, dass unsere Befehle heute lauten, niemanden passieren zu lassen. Und Ihr: Schert Euch fort und kommt ein anderes Mal wieder, wenn der König eine Audienz gewährt.«

»Seit wann muss ein königlicher Mundschenk um Audienz betteln? Ihr wisst wohl nicht, wer vor Euch steht?«

Lemmy war wirklich gut. Zeit, Plan zwei in die Tat umzusetzen.

Kyrian konzentrierte sich und rief sich das Gesicht des weißhaarigen Magiers ins Gedächtnis. Er hatte es sich damals im Wald eingeprägt, als er diese Mira befreite. Jetzt konnte er seinen Erinnerungszauber einsetzen. Innerhalb eines Wimpernschlages flimmerte seine Gestalt und verwandelte sich in Bralag, den obersten Befehlshaber der Magier.

Entschlossen trat er hinzu. Die Torwachen zuckten sichtlich erschrocken zurück und verneigten sich.

»Was geht hier vor?«, fragte Kyrian in der Gestalt des Bralag.

»Meister Bralag, wir haben Euch nicht bemerkt …« Der Mann räusperte sich. »Wir befolgen nur Eure Anweisungen«, sagte er mit fester Stimme.

»Sicher, und ihr tatet recht so. Vertrauen ist gut, Kontrolle ist besser.« Kyrian wandte sich an den Mundschenk. »Ihr habt es gehört. Ich muss Euch bitten, bis zum Morgen zu warten.«

Lemmy kratzte sich am Kopf. »Oh, nun ja. Wenn Ihr es sagt. Dann werde ich mal wieder ... also auf ein Neues.« Er wendete seinen Moropus und zog ab.

Der gedrungene Mann trat an Kyrian heran.

»Meister Bralag, solltet Ihr nicht im Turm sein? Wenn der Magister erfährt, dass Ihr hier gewesen seid, wird er außer sich sein«, raunte er. »Ich habe hier alles unter Kontrolle. Es ist niemand aufgetaucht, der ...« er stockte und blickte zum Mundschenk zurück. Ehe er einen Befehl erteilen konnte, legte Kyrian ihm die Hand auf die Schulter.

»Sorgt Euch nicht. Der Weinhändler ist harmlos.«

»Der Weinhändler ist harmlos«, bestätigte der Robenträger.

»Ich muss noch viel vorbereiten. Wo befindet sich der König?«

»In seinen Gemächern. Wie immer.« Der Mann blinzelte verwirrt.

Diese Antwort hatte Kyrian befürchtet. Wie sollte er die Gemächer des Königs finden?

»Gut. Ihr begleitet mich.«

Der Mann erschrak sichtlich. »Aber dann verlasse ich meinen Posten. Der Magister ...« Er verstummte, als Kyrian ihn mit einem Seitenblick bedachte.

Ohne ein weiteres Wort ging er voran. Die Wachposten am Eingang des Königstumes ließen die beiden passieren und niemand bemerkte das keimende Gras zu Bralags Füßen.

Der Magister drehte sich im Kreis und kreischte: »Zeig dich. Zeig dich endlich, du Bastard!«

Mira hing wie eine Marionette, der man die Fäden durchtrennt hatte, zwischen den Wächtern. Die Tränen waren versiegt. »Er wird nicht kommen«, sagte sie monoton.

»Zeig dich! Zeig dich! Zeig dich!«

»Er wird nicht kommen!«, schrie Mira aus Leibeskräften.

Der Magister wirbelte herum, sagte etwas und deutete auf Mira. Die Wachen ließen sie mit einem Schreckenslaut los, während eine unsichtbare Kraft ihren Körper in die Luft warf. Aufrecht wie an ein Kreuz geschlagen schwebte Mira wenige Handbreit über dem Boden.

Die Stimme des Magisters glich einem heiseren Zischen.

»Was faselst du da?«

»Er ist fort. Vielleicht ist er bereits aus unserer Welt verschwunden.«

»Von hier kommt niemand fort. Der Wächter tötet jeden, der unsere Welt verlassen will, jeden Verräter, ja sogar jeden, der sich nur zu weit auf das Meer hinaus wagt. Das ist mein Befehl! Meine Welt! Niemand tut etwas ohne meine ausdrückliche Erlaubnis. Mein Befehl!«

Ein unbändiges Gefühl erklomm Miras Inneres. Es war Wut. Ein verzweifeltes Aufbäumen ihres Geistes. Der Magister sollte wenigstens nicht die Genugtuung bekommen, sie gänzlich am Boden zu zerstören.

»Du kannst dir deine Befehle sonstwo hinstecken. Er wird nicht kommen«, schrie sie. »Nicht wegen mir … und nicht wegen … Rahia.« Ihre Worte zerflossen zu einem tonlosen Flüstern.

»Er wird kommen, oh doch, er wird. Das Orakel hat es prophezeit! Nicht wahr, Giroll? Es hat es prophezeit. Giroll!«

Er blickte wirr umher, ebenso auch ein Dutzend Magier.

»Wo steckt er? Giroll?«

Ein Kriegermagier trat vor. »Ihr habt ihn selbst fortgeschickt, mein Magister.«

Der Magister atmete tief ein und aus. Mit beherrschter Stimme sagte er: »Es ist egal. Er wird kommen, dieser Kyrian, und wir erwarten ihn.« Ein wissendes Grinsen legte sich auf sein Gesicht. »Ich brauche lediglich deine Gedanken zu lesen. Dann weiß ich alles, was ich wissen muss.« Er glitt in Miras Richtung und streckte seinen Arm aus. »Ich hätte deinen weißen Kopf schon längst durchforschen sollen … durchkämmen … durchforsten … kein Geheimnis bleibt verborgen.«

Mira wollte keinesfalls den Magister in ihre Erinnerungen lassen. Panik keimte in ihr auf.

»Was ist mit Pallak geschehen?«, platzte es aus ihr heraus.

»Wer?«, fragte der Magister und klang fast belustigt.
»Pallak, der Schmied aus meinem Dorf.«
»Ach, der Schmied. Ein Unfall. Valhelia hat ihn getötet ... meine kleine geliebte Val ... Sie hatte immer so wunderbare Einfälle. Du solltest Val als deine Freundin ansehen, aber was tatest du? ... Undankbares Geschöpf.«

Der Magister gab ihr eine schallende Ohrfeige. Dann stieß er einen abfälligen Laut aus.

»Du willst also Zeit schinden. Ja, jetzt bin ich mir sicher. Er wird kommen. Vielleicht kennst du ja seine Pläne.« Der Magister trat vor Mira und packte ihren Kopf an den Schläfen. »Komm, mein Täubchen. Es wird Zeit, deine Gedanken mit mir zu teilen.«

LVI
Leben und Tod

Gleißendes Licht.
Stille.
Bin ich tot?
Rahia schwebte. Sie spürte eine unendliche Ruhe in sich. Wenn der Tod so aussah, wollte sie dieses Gefühl nie wieder missen. Auch wenn dadurch die Welt der Lebenden zurückblieb. Die Magier, Ruven, Unna und … Mira. Die Ruhe ebbte ab und die Umgebung trübte sich. Das Licht verlor an Intensität.

Rahia blinzelte. Im nächsten Augenblick starrte sie auf dieses schneeweiße Mädchen aus ihrer Kindheit, die weiße Magierin.

»Du besitzt etwas von mir, das ich nun brauche. Gibst du es mir zurück?

»Gehe ich dann ins Totenreich?«

»Wir alle müssen irgendwann einmal sterben.« Eleanor lächelte. »Aber nein, deine Zeit ist noch lange nicht gekommen. Dennoch muss ich mir deinen Körper ausleihen.«

Rahia schüttelte ihren Kopf. Ihr Wunsch, sich dem friedlichen Licht zu ergeben, wurde unwiderstehlich. Sie blickte in den gleißenden Lichtkegel. So verlockend, so warm. Wie oft hatte sie sich diesen Zustand herbeigesehnt, als sie in den Straßen von Königstadt lebte. Als sie täglich am Rand des Verhungerns gestanden hatte. Ihre Angst ein ständiger Begleiter, jede Nacht geplagt von Albträumen, jeder Tag ein Überlebenskampf. Sie schloss die Augen und doch drang die Helligkeit durch ihre Lider.

Eleanors Stimme riss Rahia zurück. »Ich habe mich nicht geopfert, um jetzt zu versagen. Hilf mir, die Welt zu retten! Bitte!«

»Du hast mich benutzt. Warum?«

»Nicht benutzt. Beschützt. Es bleibt keine Zeit für Erklärungen. Bitte hilf uns. Hilf ihr.« Der Schrei ihrer Freundin hallte aus dem Reich der Lebenden zu ihr herüber.

Schmerzerfülltes Schluchzen legte ein geradezu eisernes Band um ihr Herz. Die Worte der weißen Magierin waren nur noch ein Hauchen. »Sie darf nicht sterben.«

Rahia wandte sich um. Eleanor stand eine Armlänge von ihr entfernt. Konnte ein Geist weinen? Sicher wieder ein Trick, eine List der Magierin, um sie vom Licht fernzuhalten, vom Frieden.

»Glaubst du, es ist leicht, als Körperlose umherzuirren? Nicht zu wissen, wohin und warum? Ich habe mir diesen Zustand nicht ausgesucht.« Das Mädchen streckte die Hand aus. »Entscheide dich! Für oder gegen mich.«

Rahia blickte zurück zum Lichtschein. Sie hatte sich längst entschieden. Mit einem Ruck drehte sie sich um und berührte Eleanors ausgestreckte Hand.

Die Lichtquelle erlosch.

Eine Schmerzwelle durchzuckte Rahia. Zugleich öffneten sich ihre Augen. Sie konnte nicht atmen, ein Krampf umklammerte ihren Brustkorb. Zitternd erhob sich ihr Körper, dessen Kontrolle sich ihr entzog. Beide Hände griffen zur Brust, zogen das störende Ding heraus. Ein Ächzen verließ ihren Mund, als die Luft in ihre Lungen strömte, und ein Schatten glitt aus der Wunde. Behaglichkeit und Wärme breiteten sich in ihr aus. Sie starrte den Schnitt an, der sich langsam schloss, konnte es nicht ganz begreifen. Der Dolch entglitt ihren Fingern und fiel klirrend auf den Boden. Das Geräusch ließ den obersten Magier herumfahren.

Rahia taumelte, hustete. Allmählich klärten sich ihre Gedanken. Der Schmerz schoss wellenförmig durch ihren Körper, und trotz alledem verließ ein Lachen ihre Kehle, als sie erst zu Mira und dann zum Magister blickte. Mechanisch streckte sie die Arme vor und betrachtete voller Erstaunen die zwei sich ballenden Energiekugeln daran. Dann lösten sich beide Lichtblitze.

Kyrian konzentrierte sich. Der Magier, dem er seinen Willen aufgezwungen hatte, lief vorweg. Sobald sie den Turm betreten hatten, übergab er dem Robenträger ein vorgefertigtes

Pergament und wandte auf sich einen Unsichtbarkeitszauber an. So gelangte die Botschaft hinauf, immer weiter, bis sie in der obersten Turmebene ankamen. Wieder einmal kam Kyrian nicht umhin, über die Naivität der Magier zu staunen. Er konnte unbedarft bis zum König vordringen. Unglaublich.

Der Wächter klopfte, und ein hochgewachsener Mann öffnete die Tür.

»Eine dringliche Nachricht für den König.« Der Wachposten schob das Pergament vor. Der Diener betrachtete kurz das Siegel der königlichen Weinkelterei und nahm das Schriftstück mit einem Nicken entgegen. Der Wächter entfernte sich wortlos.

Gerade als der Diener die Tür schließen wollte, drückte Kyrian die Hand des Mannes. Körperkontakt verstärkte jeden Zauber. Der Diener schloss stumm die Eingangstür, verdrehte die Augen und sackte zusammen. Kyrian blickte sich um. Er befand sich in einer Art Vorzimmer. Eine Sitzecke, ein Schreibpult, mehrere Bilder von Landschaften oder Jagdszenen an den Wänden. Er schleifte den Bewusstlosen hinter die Sitzgruppe und nahm dessen Gestalt an. Dann verriegelte er die Tür von innen.

Aus dem Nebenraum drang eine Stimme zu ihm herüber.

»Bermont? Wer war es?«

»Eine Nachricht ... für den König.« Er kannte nicht die Tonlage des Dieners, also musste er improvisieren.

»Ich will aber niemanden sehen ... Ich hoffe doch, es ist nichts Unangenehmes?«

»Ganz wie man es nimmt ...«, murmelte Kyrian, betrat den benachbarten Raum und prallte erschrocken zurück.

Der König befand sich nicht alleine in seinen Gemächern. Umgeben von Dienern, einem Koch, Musikanten sowie einigen Tänzerinnen gab er sich dem Vergnügen des Trinkens hin.

Kyrian konnte nur mit dem Kopf schütteln. Einen betrunkenen Körper zu kontrollieren nervte. Weitaus quälender war die Frage: Was machte er mit all diesen Leuten? Er konnte unmöglich diese unschuldigen Menschen töten.

Er trat auf den König zu und raunte: »Wir müssen uns unter vier Augen unterhalten.«

Er erntete ein amüsiertes Lachen. »Aber wir *sind* unter uns.« Der König hob sein Glas.

»Wir ... es ... es geht um Eure Gesundheit, mein König.«

»Warum so förmlich, Bermont. Was ist los? Trinkt etwas.«

Kyrian überlegte fieberhaft. Er hielt das Pergamentbriefchen in seinen Händen. »Wir erhielten eine Nachricht, dass man Euch vergiften will. Das Weingut Montaberg wurde geschlossen. Wir müssen ... reden.«

»Was erzählt Ihr da? Vergiften?« Unsicherheit schwang in der Stimme des Königs mit.

In diesem Moment trat ein Magier heran, kräftiger Körperbau, dunkelgrüne Robe. »Wovon sprecht Ihr da, Bermont?«, blaffte er. »Zeigt die Nachricht her! Auf der Stelle!«

»Bitte schön, wie Ihr wollt.«

Als der Magier das Pergament ergriff, packte Kyrian zu und umschloss seine Hand. Die Wirkung seines Schlafzaubers entfaltete sich augenblicklich. Der Magier wankte.

»Habt Ihr etwa auch von dem Wein gekostet? Was ist mit Euch?«, rief Kyrian gespielt entsetzt und fing den Mann auf. Die Musik verstummte, erste Schreckensschreie erschollen.

Der König jammerte mit schriller Stimme: »Aber ich habe Unmengen an Wein getrunken.«

»Deshalb wollte ich keine Panik verbreiten und mit Euch unter vier Augen sprechen«, presste Kyrian hervor. »Kommt alle herbei.« Er winkte die Leute zusammen. Allgemeines Gemurmel wurde laut.

Die Tänzerinnen machten sich zum Gehen bereit. »Wir trinken keinen Wein, wenn wir tanzen. Wir können ja wohl gehen, oder?«

»Wir müssen Ruhe bewahren. Keiner verlässt diesen Raum. Ihr zwei da, packt mit an.« Im Befehlston dirigierte er die Bediensteten, die den Magier auf ein Liegesofa legten.

»Holt die Wache, sie soll einen Arzt holen«, rief der König mit schriller Stimme.

Kyrian rieb sich die Nasenwurzel. Es musste sein. Er musste diese Leute ausschalten, ehe sie seinen Plan auffliegen ließen. Er seufzte und konzentrierte sich. Um der Mädchen willen. Vielleicht war dies sein letzter Tag. Und wenn schon. Es gab kein Zurück mehr, nur noch ein Vorwärts.

Mira schrie verzweifelt. In ihrem Kopf breitete sich Hitze aus, und sie spürte, wie der Geist des Magisters in ihr Gedächtnis dringen wollte. Ihr Blick glitt an ihm vorbei.

Spielte ihr der Schmerz einen Streich? Ungläubig öffnete sie ihren Mund, schaute Rahia an und hauchte ihren Namen. Der Dolch hätte die Gauklerin töten müssen, stattdessen rappelte sie sich auf und zog sich die Klinge aus der Wunde. Das klirrende Geräusch ließ den Magister herumfahren.

Weiter kam Mira nicht. Einer der beiden Magier, die sie festhielten, bog ihr den Arm auf den Rücken. Ihr Körper folgte dem Schmerz und beugte sich vor. Aus den Augenwinkeln sah Mira, wie Rahias Hände zwei Lichtblitze erzeugten.

Was passierte gerade?

Rahia lachte, und im nächsten Moment wich der Druck auf Miras Arm einem elektrostatischen Knistern. Einer ihrer Peiniger flog zur Seite. Der verbliebene Magier sackte mit einem Aufschrei zusammen, als ihr Ellenbogen zur Seite schnellte und sein Kinn traf. Sie spürte den Schmerz kaum, starrte mit offenem Mund Rahia an, die lachend ihre Handflächen betrachtete und dann ihren Kopf hob.

»Wo bist du, Bruder?«, rief sie. Ihre Stimme klang viel heller, kindlicher. Sie legte eine Hand auf ihre Brustwunde und ein violettes Licht breitete sich darum aus.

»Bruder!«, schrie sie erneut.

Der Magister zögerte. Dann verließ ein blauer Lichtblitz seine erhobenen Hände.

Augenblicklich materialisierte sich Kyrian vor der geöffneten Käfigtür und der Blitz zerstob an seinem imaginären Schutzschild.

»Bruder? Was bedeutet das?« Kyrian blickte sie blinzelnd an.

»Keine Zeit für Erklärungen. Ich bin nur kurz in diesem Körper. Ischtrag Marwé.«

»Ein Weltenzauber? Aber ich ...«

In diesem Moment schrie der Magister: »Bralag! JETZT!«

LVII

Beweise

Bralag trat aus dem Schatten der Säule hervor und hob beide Hände. Die Worte der magischen Formel verließen, ohne dass er darüber nachdenken musste, seinen Mund. Ein Klicken folgte. Er musste schmunzeln, als er auf die Holztür im untersten Keller des Magierturmes zutrat, deren Schloss sich soeben auf unerklärliche Weise öffnete. Die Macht der Magie.

Zu gerne hätte er das Gesicht des Magisters gesehen, wenn dieser im Moment der zuschnappenden Falle bemerkte, dass Bralag nicht zur Stelle war. Er wusste noch nicht, was er tun würde, sollte der oberste Magier gegen diesen fremden Zauberer gewinnen. Er hoffte, eine Lösung zu finden, ihn abzusetzen. Er überlegte, wer zu ihm stand, denn immerhin hatte er eine Menge Freunde, deren Einfluss sich nicht einmal das Magieroberhaupt zu entziehen vermochte. Fand Bralag in irgendwelchen geheimen Kellerräumen Beweise für die dunklen Machenschaften des Magisters, so konnte er dessen Rücktritt erzwingen, noch bevor der nächste Morgen graute.

»*Purgator!*«, flüsterte er. Rötlich leuchteten drei nadelgroße Giftpfeile am Türrahmen auf. Wie oft hatte ihm dieser Magierspruch das Leben gerettet. Sein zweiter Spruch entschärfte die Falle.

Bralag lächelte. Er hätte dem Magister durchaus mehr Einfallsreichtum zugetraut. Mit einem Knarren öffnete sich die Tür und offenbarte den Blick in eine runde Kammer. Bralag erschuf Licht. Zu seiner Enttäuschung war der Raum leer. Vier Holztüren – vier Möglichkeiten. Welchen Weg sollte er beschreiten? Was hatte sein Informant gesagt? Bralag überprüfte alle Türen, aber nur an einer befand sich eine Falle. Er schaute in die frei zugänglichen Räume. Es gab eine Schlafkammer, die, den Fesseln am Bettgestell nach zu urteilen, nicht zum Schlafen gedacht war. Und dann war da noch eine Vorratskammer, vollgestellt mit Trockennahrung und Dörrobst.

Er konnte sich nicht vorstellen, wofür all diese Nahrung diente. Warum hortete der Magister derart viele Lebensmittel?

Die dritte Eichentür führte in einen Saal, in dem sich ein Altar befand.

Na bitte, das war doch schon ein Anhaltspunkt. Bralag untersuchte den Steinquader. Er zeigte sich blitzblank, als wäre er niemals benutzt worden.

Resigniert wandte er sich an die letzte verbliebene Tür, entschärfte die Falle und öffnete sie.

Ein schummriges bläuliches Leuchten empfing ihn. Der typische Verliesgeruch von Urin, Kot und schimmligem Stroh schlug ihm entgegen, geschwängert vom süßlichen Geruch des Blutes. Er trat ein, um im nächsten Moment zu erstarren.

Zu seinem grenzenlosen Schrecken mischte sich Genugtuung.

Volltreffer! Sein Informant hatte recht behalten. Hier fand er endlich alle nötigen Beweise, die das Ende des Magisters besiegelten.

Süß ist die Rache, dachte Bralag bitter.

Unzählige Käfige hingen an der Decke, bedeckten die Regale und den Fußboden der gewaltigen Halle. Geschöpfe, zu elenden Kreaturen verkommen, sahen teilweise verendet aus, obwohl sie sich noch regten. Viele vegetierten in ihren Gefängnissen einfach so dahin. Der süßliche Geruch von Tod lag in der Luft, begleitet vom Stöhnen eines rasselnden Atems.

Bralag trat in den Raum. Je tiefer er vordrang, desto größer wuchs sein Schrecken. Die meisten der durch die Folter entstellten Lebewesen wirkten kraftlos. Einige schienen dem Wahnsinn verfallen. Er sah einen Jungdrachen mit abgetrennten Flügeln, Tiere jeglicher Gattung, einen Zwerg von den Ketten halb erdrückt, Halbmenschen. Mehrere nackte Frauen kauerten in einer Zelle.

Die vermissten Dienerinnen. Deshalb hatte der Magister ständig wechselnde Bedienstete.

Allmählich erkannte Bralag das Ausmaß des Grauens. Erschüttert wandelte er durch die Halle, deren Mitte von einem blutbesudelten Tisch dominiert wurde.

Ein Forschungslabor! Er sog scharf die Luft ein, was sich als fataler Fehler erwies, denn sogleich schüttelte er sich vor Ekel, er musste husten und würgen. Bralag erschuf magisch eine Brise, die das Atmen erleichterte. Er hatte von den Vorlieben des Magisters geahnt, doch das überstieg selbst seine Vorstellungskraft.

Der Magister hat sich also der dunklen Magie verschrieben, dachte Bralag. Lebenszauber. Dazu diente der Altarraum. *Kein Wunder, dass er hinter dem fremden Zauberer her ist.*

Unvermittelt schrak er zusammen. In einem Vogelkäfig flatterte etwas aufgeregt umher.

Bralag trat näher und erkannte eine Fee mit grimmigem Gesicht, die sich gegen die Käfigtür geworfen hatte. Als er die Hand ausstreckte, flog sie zurück.

»Vorsicht! Fass die Gitterstäbe nicht an!«, warnte sie.

Bralag hielt inne. »Warum willst du mich schützen?«

»Ich habe dich hier unten noch nie gesehen, dennoch kenne ich dich. Du bist Bralag, der oberste Heerführer. Oleri hat mir von dir erzählt.«

»Oleri? Was weißt du von meiner Botenfee?«

»Dass du kein Freund des Magisters bist. Oleri ist tot. Der Magister hat ihn getötet. Das weißt du doch ganz genau.«

»Nein, das weiß ich nicht. Hätte ich sonst gefragt? Wie ist dein Name?«

Die Fee verschränkte die Arme. »Ich nenne dir mit Sicherheit nicht meinen Namen. Damit du ihn gegen mich einsetzen kannst? Vergiss es.«

Ein unheilvolles Donnern erklang über ihren Köpfen und in die anderen Käfige kam nun ebenfalls Leben. Bralag blickte zur Decke. Feiner Staub rieselte herab, kleine Steine lösten sich und fielen klackernd zu Boden.

»Bitte lass mich frei. Bitte«, flehte die Fee. Ihr Blick irrte hektisch umher.

Bralag lächelte. Er murmelte einen Spruch, dann packte er mit beiden Händen den Käfig und zog ihn zu sich heran.

Die Fee kreischte. In ihrer Angst drückte sie sich an die Gitterstäbe.

»Wie ist dein Name?«

Als keine Antwort folgte, ließ Bralag schulterzuckend den Metallkäfig los. »*Ich* befinde mich nicht in einem Vogelkäfig.«

»Fibi! Mein Name ist Fibi!« Die zierliche Fee hastete zur Käfigtür. »Bitte lass mich frei!«, flehte sie.

Bralag drehte sich um.

»Aus dem Geschlecht der Dolden«, schrie Fibi von Panik ergriffen hinter ihm her. »Ich habe dir meinen Namen gesagt, bitte, lass mich frei! Bitte!«

Bralag war sicher, dass sie die Wahrheit sagte. Er blieb an der Tür stehen und legte ein dickes Buch auf die Schwelle.

»Wie es scheint, schuldest du mir etwas, Fibi aus dem Geschlecht der *Dolden*. Ich komme irgendwann einmal darauf zurück.« Auf Bralags Murmeln, gefolgt von einem Fingerschnippen, öffnete die Zellentür. Sofort huschte die Fee nach draußen.

»Warte. Wo geht es raus?«

Bralag schnalzte mit der Zunge: »Das wäre zu viel des Guten. Aber ein Tipp: immer der Nase nach. Du wirst es schaffen, da bin ich mir sicher.«

Dann begab sich Bralag in einen geheimen Fluchttunnel, der im einzigen Hafen von Königstadt endete.

LVIII

Weltenzauber

»Jetzt, Bralag! JETZT!«

Unendlich träge breitete sich die Erkenntnis auf dem Gesicht des Magisters aus. Bralag würde nicht erscheinen.

»Du Bastard! Verräter!«, schrie er.

Kyrian blickte sich gehetzt um. Wie sollte er einen Weltenzauber anwenden? Er hatte noch nie …

Eleanor sprach durch Rahias Mund. »Zu schwach … Muss gehen. Beschütze die Mädchen … alle beide!«

»Welchen Weltenzauber?«

»Du wirst … wissen …« Rahia schloss die Augen. Blutrotes Licht strömte aus ihrer Wunde und verlosch.

»Eleanor?« Kyrian bekam Rahias Körper zu fassen, bevor dieser zusammensackte.

»Ihr werdet alle sterben«, kreischte der Magister mit hochrotem Kopf. Seine Stimme riss Kyrian in die Realität. Mit der Stimme schossen Lichtblitze auf ihn zu und brachten ihn ins Wanken. Die Stäbe des Käfigs zerschmolzen in einer immensen Welle aus Hitze und Funken. Er taumelte zurück, warf sich zur Seite, wobei er Rahia mit sich zog.

Solange er Rahia bei sich hatte, konnte er keinen Gegenangriff starten. Wie sollte er kämpfen und zeitgleich beide Mädchen schützen? Wo war Mira überhaupt?

Sein Blick irrte durch den Saal.

In diesem Moment hob der Magister die Hände und erzeugte einen Wirbel aus dunklen Wolken, die seinen Körper verhüllten.

Ein Schreck durchfuhr Kyrian. Runenmagie! Ein Zweig der dunklen Künste, der von den Zauberern als äußerst gefährlich erachtet wurde. Das war nicht gut, gar nicht gut. Konnte er gegen einen Runenmagier bestehen?

Wie zur Bestätigung drang die Stimme aus der Dunkelheit: »Ich bin ein Rúhnbar, ein Runenbewahrer. Du kannst mich nicht besiegen. Tötet ihn!«

Den anderen Magiern schien dieser Umstand der dunklen Magie nicht bewusst gewesen zu sein. Sie zögerten einen Wimpernschlag lang, und als sie reagierten, griff nur die Hälfte an. Wertvolle Zeit für Kyrian. Er warf sich zur Seite, dann versank die Welt in einem Blitzlichtgewitter.

Die Geschosse von mehr als einem Dutzend Magier schlugen um ihn herum ein. Sein Schutzschild würde niemals einer derartigen Gewalteinwirkung standhalten können. Jedenfalls nicht lange genug. Schon spürte er die Hitze. Er kam nicht einmal dazu, sich dagegen zu wehren. Seine volle Konzentration beruhte darauf, am Leben zu bleiben. Wenn er jetzt sprang, wäre die Schlacht verloren.

Kyrian erschuf eine Illusion und zauberte Rahia mehrere Schritte entfernt zur Seite. Dann entdeckte er Mira. Sie kroch hinter einer Säule hervor und blickte immer wieder zu Rahias Trugbild. So sollte das nicht laufen. Denn Kyrian hatte die Illusion für die Magier erschaffen.

Er feuerte eine Reihe von Lichtblitzen ab. Mira sprang auf. Sie wollte loslaufen, doch das dunkle Wolkengebilde versperrte ihr den Weg. Ein Schrei verließ ihre Lippen. Der Magister materialisierte sich und streckte die Hände vor.

Kyrian versetzte sich direkt zwischen Mira und die Wolke, in der Hoffnung, seinen Schutzschild aufrechterhalten zu können. Seine Konzentration ließ bereits nach.

Zwei schwarze Blitze schossen aus dem Wolkengebilde hervor.

Kyrian schrie auf und landete in Miras Armen. In seiner Brust schwelten die Eintrittsstellen.

Mira gab einen entsetzlichen, schmerzvollen Klagelaut von sich. »Nein. Kyrian!«

Begleitet von dem irren Gelächter des Magisters, blickte er in ihre Augen. Ein leichter violetter Schimmer lag darin. Wie schön sie doch waren. Er wollte etwas sagen, irgendetwas Tröstendes, aber seine Stimme versagte.

Stattdessen flüsterte Mira: »Du wolltest mich die ganze Zeit beschützen, nicht wahr? Du wolltest mich nie töten?«

Er nickte.

Tränen rannen ihr Gesicht hinab. »Ohne dich erscheint mir die Welt ... kleiner. Warum bist du nur auf deinem Weg umgekehrt?«

Umgekehrt ... Plötzlich stieß Kyrian ein lachendes Geräusch aus. *Du wirst wissen ...*

»Wenn ich könnte, würde ich die Zeit zurückdrehen ... Ich würde sagen: Tu es!«, flüsterte sie. »Zerstöre die Welt! Lass deinem Hass freien Lauf!« Sie streckte die Hand aus und berührte seine Wange. Zaghaft. Sie wusste nicht, warum sie es sagte, doch die Worte entstanden wie von selbst. Ihre Stimme war nur noch ein geflüsterter Hauch.

»Tu es für mich ... und erschaffe die Welt neu!«

Das war es. Kyrian schloss die Augen und legte seinen Kopf in den Nacken. Er lachte auf. Ein kurzes, befreiendes Lachen. Dann sah Mira das Leuchten in seinem Rücken, als der Magister erneut einen schwarzen Strahl sandte.

Kyrian sackte zusammen und Mira schwankte unter der Last. Sie schrie gellend, als sich der Rücken des Körpers langsam auflöste. Der Leichnam fiel zu Boden.

Der Magister belachte schallend seinen Sieg.

Miras Wut stieg ins Unermessliche. Sie ballte die Fäuste.

»Du Bastard!«, spie sie dem Magister entgegen.

»Oh ... das kleine Bauernmädchen wird trotzig«, höhnte das Magieroberhaupt. »Du enttäuschst mich ein wenig. Ich hätte ja wenigstens Tränen erwartet. Betteln und flehen wie sonst auch.« Dann verebbte sein Lächeln.

Mira stand nur stumm da. Die Worte des Magisters zählten für sie nicht mehr. Ihr war nicht nach Tränen zumute.

Nicht jetzt! Nicht heute!

»Genug! Dein Ende naht.« Der Magister richtete die Hände auf Mira. »Du warst nutzlos und bleibst nutzlos.«

Nun war es Mira, die lächelte. Sie streckte sich voller Stolz. Wenn sie schon sterben sollte, wollte sie ihrem Feind nicht die Genugtuung geben, ihre Angst offen sehen zu können. Etwas Erhabenes legte sich über ihre Gestalt.

Der Magister blinzelte irritiert. Seine Hand ruckte vor, dann schoss ein Lichtblitz auf Mira zu. Im Reflex wollte sie die Augen schließen. Doch sie zwang sich, hinzuschauen. Wie fühlte sich der Tod an? Sie würde es jeden Moment herausfinden.

Mira zuckte zusammen, als das Licht in bunten Funken vor ihr zerstob. Sie lächelte.

Kyrian.

Er war noch da!

Ihr Blick fiel auf die Gestalt am Boden. Sie war tot, ohne Zweifel. Der halbe Rücken fehlte und der Brustkorb mit seinem blutigen Hohlraum zeigte sich in aller Deutlichkeit. Mira bekämpfte die Übelkeit, zwang sich, hinzuschauen und mit einem Male erkannte sie das Gesicht. Dieses Gesicht hatte sie schon einmal auf dem Frühlingsfest gesehen. Die Begrüßungsrede!

Vor ihr lag der König.

Der Magister stutzte. Erneut schoss er einen Lichtblitz ab. Wieder geschah nichts. Lediglich die Luft vor Mira flimmerte. In diesem Flimmern erschienen zwei Augen. Augen, so tief und so blau wie ein Bergsee und so eisig kalt. Überdimensional groß.

Der Magister brüllte auf. Vor Entsetzen wich er zurück, schrie einen Magierspruch. Ein anhaltender Energiestrahl fegte aus seinem Körper und prallte auf Miras Schutzschild. Sie geriet ins Wanken und drehte sich weg, hielt den Arm schützend vor ihr Gesicht.

»Stirb endlich, du Miststück! Das ist dein Untergang!«, kreischte der Magister.

»Nein«, war das raue Flüstern zu vernehmen, dem Rauschen des Windes in einer Baumkrone gleich. Als die Stimme weitersprach, schwoll sie an, wie ein erwachender Sturm. »Nicht ihr Untergang ... es ist der Untergang deiner Welt!«

Damit breitete sich das Flimmern aus. Ein Grollen erscholl und ließ die Wände erbeben.

Mira reagierte sofort. Sie drehte sich um und rannte los. Zu Rahia. Das Flimmern hatte inzwischen die wenigen verbliebenen Wächter erreicht. Unter spitzen Schreien lösten sie sich auf, während die raue Stimme flüsterte: »Schatten zu Licht. Hell zu dunkel. Leben zu Tod.«

Die Schreie gellten weiter durch den Raum.

Das Flüstern wurde lauter. »Fest wird flüssig, Stahl zu Wasser. Meister zum Schüler.«

Der Magierturm begann zu beben. Die ersten Steine brachen und Sandstaub rieselte von der Decke herab. Die Stimme dröhnte mittlerweile, hallte von den Wänden wieder.

»*Aus groß wird klein!* Die Welt kehrt sich um.«

In diesem Moment explodierten die Augen und das Flimmern fiel in sich zusammen.

LIX
Die Flucht aus dem Turm

Fibi schwirrte zu einem der anderen Käfige. Sie traute sich nicht, die Tür zu berühren. Panik stieg in dem geflügelten Wesen empor. »Feli, was soll ich machen …«

Eine zweite Fee blickte mit traurigen Augen auf, dann sank sie in sich zusammen.

Immer mehr Steine lösten sich nun aus der Decke des Raumes, krachten unter Poltern zu Boden. Ein Brocken zertrümmerte das Gefängnis eines Kobolds und erschlug diesen. Blaue Funken stoben in die Höhe.

Fibi überlegte. *Wenn der Käfig zerstört wird, ist der magische Bann gebrochen. Das ist es.*

Sie flog zum Tisch, nahm eines der darauf liegenden Messer sowie einen Strick und kehrte ächzend damit zurück.

»Vorsicht!«, rief sie, doch als sich die zweite Fee nicht rührte, brüllte Fibi sie an: »Feli! Reiß dich zusammen!«

Wie aus einem Traum erwacht, kam Leben in die Gefangene, die nun aufsprang. Fibi ließ die Klinge von oben zwischen den Riegel der Tür fallen und legte das Seil über das obere Ende des Messerknaufs.

Wohin mit dem anderen Ende? Sie drehte sich einmal im Kreis und hörte Felis Schrei. Als sie sich umwandte, blickte sie direkt in das zuschnappende Maul eines Jungdrachen, dessen Käfig von einem Stein zerstört worden war.

Mit einem langgezogenen Aufschrei warf sich Fibi zur Seite. Der Drachenkopf bekam nur das Seil zu fassen und fuhr zu der Fee herum, die sofort an die Decke schwirrte. Dieser Ruck reichte aus, um den Käfigriegel zu öffnen. Das Ungeheuer sah ihr verdutzt hinterher, dann ruckte sein Kopf in die Richtung der geöffneten Käfigtür.

»Hallo …«, sagte Feli ängstlich.

Von oben schrie Fibi. »Hier ist ein Loch. Hier geht es raus.« Sie kehrte um, verharrte einen Augenblick vor dem Drachen, und bevor dieser wusste, wie ihm geschah, blies sie ihm direkt in die Nüstern. Die Augen des Untieres weiteten sich. Sein Maul nahm eine leicht spitze Form an, während die Nase zuckte und sich der Nasenrücken kräuselte. Er sog zweimal Luft an. Dies war der Moment, in dem Feli aus ihrem Käfig schlüpfte und mit Fibi zur Hallendecke sauste.

Das Niesen entlud sich in einem Feuerstoß und warf den Jungdrachen um einen guten Schritt nach hinten. Enttäuscht schaute er auf die verkohlten Gitterstäbe.

Die beiden Feen befanden sich bereits auf einer anderen Gebäudeebene. Kurz darauf stürzte die Decke ein und begrub die gefangenen Geschöpfe zusammen mit dem hungrigen Drachen unter sich.

Fibi flog um ihr Leben. Sie konnten nicht mit Höchstgeschwindigkeit fliegen, da ihnen zu viele Hindernisse den Weg versperrten. Dauernd verharrten sie in der Luft, um sich zu orientieren. Steine prallten zu Boden, Staub rieselte von der Decke. Feli, die sich gefangen hatte, übernahm die Führung. Sie zwängten sich zwischen einem Mauerspalt hindurch in einen darüber liegenden Gang und flohen weiter im Zickzack über eine gewundene Steintreppe nach oben. Magier liefen in einem wilden Durcheinander umher, Schreie gellten durch das Gebäude. Jeder versuchte, sich in Sicherheit zu bringen. Und dabei bemerkte niemand zwei durch einen Feenzauber verschleierte Botenfeen.

Ein Rütteln erschütterte den Turm in seinen Grundfesten. Unter ihnen brach Wasser in die Kellergewölbe ein, ein Riss entstand in der Außenwand und Fibi sah schimmernde Sonnenstrahlen hereinscheinen.

»Hier lang«, schrie die Fee. Feli sauste an ihr vorbei.

Jubelnd schoss Fibi in die Freiheit. Die Freude schwand jäh, als sie von einem Trümmerteil getroffen in den Burggraben stürzte.

Mira stoppte schlitternd neben der Gauklerin.

»Rahia, Rahia. Wach auf.« Sie rüttelte ihre Freundin an den Schultern, bis diese ein hustendes Stöhnen ausstieß. Blut sickerte wieder aus der Brustwunde.

»Schön dich zu sehen ...« Rahia stöhnte mehr, als dass sie sprach.

»Kannst du aufstehen? Wir müssen hier weg und ich gehe nicht ohne dich.«

Rahia lächelte schief. Mit Miras Hilfe rappelte sie sich auf und die Mädchen erreichten die Tür. Kaum dass sie nach draußen gehechtet waren, implodierte der Raum und mit ihm verhallte der Schrei des Magisters in unendlich weite Ferne.

Rahia krümmte sich vor Schmerz. Über die Treppen würde sie es niemals schaffen. Das Flimmern hatte bereits beide Seiten des Korridors eingeschlossen und überall verschwanden Steine im Gemäuer. Ein ohrenbetäubendes Grollen erfüllte den Gang, da der Magierturm in sich zusammenfiel.

»Zum Fenster!«, schrie Mira. Sie riss die Fensterflügel auf. Links neben ihr befand sich ein Balkon, dessen Brüstung von einem Gesteinsbrocken abgerissen worden war. Unter ihr befand sich der Burggraben.

Das müssen um die zweihundert Fuß sein, die es von hier nach unten geht, überlegte sie erschrocken. Ihnen blieb keine andere Wahl.

Mira kehrte zurück zu Rahia und warf einen eiligen Blick auf ihre Freundin. Als sie ihr Gesicht sah, durchfuhr sie die Gewissheit wie ein plötzlicher Schmerz.

Sie wird nicht springen.

Rahia lehnte gekrümmt an der Wand. Sie stöhnte mit zusammengebissenen Zähnen. »Flieh, Mira. Ehe es zu spät ist. Ich kann ... lass mich hier. Alleine wirst du es schaffen.«

»Du spinnst wohl.« Miras Stirn lag in Falten. Dann zog sie ihre Freundin einfach mit sich.

Um zu dem Balkon zu gelangen, mussten sie näher an das Inferno heran. Vor ihnen löste sich, von einem abscheulichen Knirschen begleitet, die Tür samt halbem Korridor auf. Das Grollen war zu einer Lautstärke angeschwollen, die eine normale Unterhaltung unmöglich machte. Es bedurfte keiner Worte. Rahia musste mitkommen, ob sie wollte oder nicht.

Sie rannten los. Mira rüttelte an der Balkontür.

»Ich kann dich jetzt nicht mehr beschützen«, keuchte

Rahia. Ihre Augen begannen, feucht zu schimmern. »Danke für die schöne Zeit.«

Mira erriet die Worte mehr, als dass sie sie hörte. Sie riss die Tür auf, drehte sich um und strich Rahia zärtlich die Tränen aus dem Gesicht, während diese die Arme ausstreckte.

Ein schrecklicher Gedanke durchzuckte Mira: *Wird sie mich nach draußen stoßen?*

Im gleichen Augenblick trat sie auf ihre Freundin zu und umarmte sie lächelnd. Mira hatte längst ihre Entscheidung getroffen.

»Leb wohl«, schluchzte Rahia.

Mira schaute direkt in ihre Mandelaugen. Dann beugte sie sich an Rahias Ohr und flüsterte fast unhörbar: »Ich lasse dich nicht zurück. Wir. Gehen. Gemeinsam …«

Mit jedem Wort zog sie Rahia ein Stückchen weiter auf den Balkon. Schritt für Schritt.

»Was …? Lass los … Was hast du vor?« Rahia versuchte, sich aus der eisernen Umklammerung zu lösen.

»Oh ja. Wir gehen gemeinsam bis in den Tod … und wenn es sein muss darüber hinaus«, rief Mira gegen das Grollen an.

Ein weiterer Schritt.

Schon umspielte der Wind ihre Haare.

Ein letzter Schritt … dann erreichten sie den Rand des Balkons. Unendlich langsam kippte Mira nach hinten und hielt Rahia dabei fest.

Rahia starrte Mira aus aufgerissenen Augen an. Mira meinte sogar, einen Funken Stolz darin zu erkennen. Doch kein Schrei verließ Rahias Lippen, als sie in die Tiefe stürzten.

Mira lächelte. Sie spürte, wie ihr Blut mit hundertfacher Geschwindigkeit durch ihre Adern raste, wie der Wind an ihren Haaren und ihrer Kleidung zerrte.

Die Außenmauer des Turmes zerriss wie Pergament. Felsbrocken schossen an ihnen vorbei, schlugen in den Burggraben und zerfurchten seine Oberfläche. Das Rauschen in ihren Ohren schwoll zu einem alles verschlingenden Tosen an. Sie sah in Rahias Gesicht, in ihre Augen, die sich weiteten, je länger sie fielen.

Rahia hielt die Luft an und instinktiv tat Mira es ihr gleich. Dann erfolgte der Aufprall ...

Der Schmerz war unbarmherzig. So musste es sich anfühlen, wenn einem die Haut bei lebendigem Leibe abgezogen wurde. Selbst unter Wasser hörte Mira den Schrei, bis sie merkte, dass sie es war, die schrie.

Silbrig schimmernde Luftblasen stiegen an die Wasseroberfläche, als die Luft aus ihren Lungen gepresst wurde. Alles um sie herum versank in Schwärze.

Rahias Umarmung erschlaffte. Mira versuchte zu schwimmen, doch ihre Beine gehorchten ihr nicht. Das Brennen in ihrem Rücken lähmte ihren Körper. Verschwommen erkannte sie, wie Rahia fortgerissen wurde.

Nein, nein, NEIN!

Mira wusste nicht, ob sie selbst laut geschrien hatte. Eine Panikwelle drohte, ihren Verstand zu verschlucken. Es war egal. Bunte Lichtblitze flammten vor ihren Augen auf. Ihre letzte Atemluft war verbraucht.

Das Licht aus weiter Ferne kam näher. Rasend schnell flog Mira darauf zu, wobei sie gepackt und nach oben gerissen wurde. Sie tauchte aus der Dunkelheit auf, hustete und spuckte. In ihrer Not sog sie die Luft in ihre Lungen, die wie der Blasebalg eines Schmieds zu pumpen begannen. Ruven schwamm neben ihr und hielt sie über Wasser.

»Hör auf zu zappeln!«, schrie er.

Mira beruhigte sich.

»Wo ... Rahia?«, brachte sie keuchend hervor.

»Unna bringt sie an Land«, rief Ruven. »Es ist noch nicht vorbei. Wir müssen hier weg!«

Das Gurgeln und Schmatzen um sie herum schwoll an. Unna brüllte vom Ufer etwas Unverständliches. Hektisch deutete er nach oben.

Eine Mauerzinne donnerte neben ihnen ins Wasser. Alle beide schrien auf und schwammen los. Weitere Mauerteile klatschten auf die Wasseroberfläche, hinterließen meterhohe Wasserfontänen und rissen alles mit in die Tiefe, was unter sie geriet. Ein Wasserstrudel entstand.

Ruven erreichte bereits das Ufer. Blankes Entsetzen schimmerte in seinen Augen, als er ihren Namen schrie. Mira wollte gar nicht wissen, was da über ihr die Sonne verdunkelte. Sie tauchte und versuchte so einem Großteil der linken Turmhälfte, die gerade auf sie niederstürzte, zu entkommen. Der Schmerz in ihrem Rücken wuchs ins Unerträgliche. Ihr blieb die Luft weg.

Als sie auftauchte, traf nur ein winziges Steinchen ihren Kopf. Benommen kroch sie ans Ufer.

Ruven lachte. »Der-der halbe Turm ... unglaublich. Geschrumpft. Du ... du lebst«, stammelte er.

Unna stand bewegungslos mit einem Seil am Rand.

Mira schaute zum Gebäude. Die oberen Stockwerke fehlten vollständig. Der Magierturm schrumpfte.

Aus groß wird klein, klang Kyrians Stimme in ihren Gedanken nach. War da noch ein anderes Geräusch? Ein Schrei. Ein heller, glasklarer Laut. Mira lauschte und vernahm deutlich einen Hilfeschrei. Sie suchte nach der Ursache, bis sie ein zappelndes Wesen entdeckte. Der Strudel zerrte bereits voller Gier an dem Winzling.

Ohne zu zögern, schnappte sie ein Ende des Seils, schrie »Festhalten!« und sprang zurück ins Wasser.

»Mira! Was tust du?«, kreischte Ruven.

Kurz bevor es unterging, ergriff sie das Geschöpf und öffnete erstaunt den Mund. Sie hatte jedoch keine Zeit mehr, das Wesen genauer zu betrachten, denn der Sog verstärkte sich, als die Verkleinerung des Turmes sein Fundament erreichte.

»Zieht!«, hörte Mira Ruven schreien.

Unna rannte los, das Seil in der Hand. Er drückte dem Zugtier das Seilende in die Pfoten und augenblicklich stürmte es samt Wagen vorwärts. *Der Moropus! Ein gutes Tier.*

Mira sauste aus dem Wasser und rollte sich ab, doch das Brennen in ihrem Rücken ließ sie aufschreien, so dass ihr das gerettete Wesen entglitt. Einen Moment verharrte sie, hockte, ihren Kopf auf den Boden gesenkt, die Fäuste geballt, während sie in den Stoff ihrer Tunika biss.

Ruven erschien neben ihr. Er sog scharf die Luft ein. »Was hast du dir dabei gedacht? Kannst du aufstehen? Wir müssen weg.« Er versuchte, Mira aufzuhelfen, als ihr das geflügelte Ding einfiel. Es war fort.

»Hier … ich …«, stotterte sie verwirrt. »Da war ein Wesen … klein und es hat ganz jämmerlich geschrien … fast menschlich.« Mira zuckte mit den Schultern.

Ruven schüttelte den Kopf. »Eine Botenfee?«

»Ja, es hatte Flügel … es ist verschwunden.«

»Dann ist sie eben weggeflogen. Apropos ›Verschwinden‹. Das sollten wir auch schleunigst!«

Unna erschien und verzog sein Gesicht, als er Mira sah.

»Ist … ist es … so schlimm?«, presste sie hervor.

Ruven stieß die Luft geräuschvoll aus, dann sagte er: »Das bekommen wir wieder hin, aber jetzt weg hier!«

Feli zog Fibi mit sich. Während ihre Füßchen über das Gras rauschten, blickte Fibi andauernd zurück zu dem schneeweißen Mädchen. Wieso hatte das Mädchen sie gesehen? Ihre Flügel waren nass, aber ihr Feenzauber funktionierte und so waren sie getarnt. Unsichtbar für menschliche Augen. Gleich, nachdem Bralag sie freiließ und sie Feli befreite, hatte sie ihren Verschleierungszauber angewendet. Niemand konnte sie sehen, nicht einmal diese Magier. Warum hatte das Mädchen sie also gerettet?

Die letzte Königin war schneeweiß gewesen. Damals, vor fast eintausend Jahren.

»Ob er tot ist?«

»Der Zauberer? Vermutlich, wer könnte so etwas überleben?«, meinte Ruven. »Ich glaube, wir sollten untertauchen … nur bis Gras über die Sache gewachsen ist.«

Die anderen ließen ein zustimmendes Gemurmel verlauten. Mira schwieg, sie dachte nach.

Von diesem Hügelrastplatz aus hatte man einen herrlichen Blick auf die zwei Türme. Normalerweise. Jetzt blickten alle vier auf die freie Stelle neben dem Königsturm, von dem nichts darauf hindeutete, dass hier vor kurzem noch ein Gebäude von gigantischem Ausmaß gestanden hatte.

Binnen einer halben Stundenkerze hatte die Kutsche der Gaukler Königstadt verlassen. Die Stadttore waren unbewacht, denn ein jeder betrachtete mit Schrecken das Unglück vom Fall des Magierturmes.

Unna brach das Schweigen als Erster. »Ich werde meine Schwester in *Sperra* besuchen. Sie wird sich freuen, mich zu sehen.«

Alle anderen nickten, hielten die Blicke weiterhin auf die Stadt gerichtet.

»Und ich werde meinen alten Musiklehrer in Kalaris aufsuchen. Vielleicht dichte ich sogar ein Lied über das hier.«

Mira und Rahia schauten Ruven an und lächelten.

»Aber zuerst sollten wir euch in Sicherheit bringen. Gudrun, die Kräuterfrau, würde sich ebenfalls freuen, wenn ihr sie besucht.«

»Gudrun? Nach all den Jahren? Ich weiß nicht.«

»Warum nicht? Mira könnte eine Menge von ihr lernen.«

Rahia seufzte müde. »Ja, warum eigentlich nicht …?«

Der Wasserstand des Burggrabens hatte sich beachtlich gesenkt. Das Gurgeln verstummte und Ruhe breitete sich über allem aus. Die tiefsten Keller des Magierturmes waren geflutet, doch schien ein Teil des Wassers sich einfach aufgelöst zu haben. Eine Nebelwand lag schützend über dem gesamten Bereich der zwei Türme.

Bralag schritt vor einem gewaltigen wassergefüllten Krater auf und ab. Es gab nichts aufzuräumen. Keine Trümmerteile, keine Steine, keine Leichen. Ein Turm, der Magierturm, war gänzlich verschwunden. Was war das für ein Zauber? Niemals zuvor hatte er Derartiges erlebt. Was ihn aber viel mehr beunruhigte, war der Umstand, Giroll hier unter den Überlebenden zu entdecken. Der alte, runzlige Diener des Magisters stand abseits des Geschehens und blickte mit gefalteten Händen zu Bralag hinüber. Solange Bralag denken konnte, hatte dieser Mann die oberen Stockwerke des Magierturmes nie verlassen. Warum stand er dort, unbeachtet von den anderen Magiern, die durcheinanderliefen und das Loch zu erkunden versuchten?

Ein Magier erschien. »Meister Bralag, der König …«
»Was ist mit dem König?«
»Er ist verschwunden. Wir fanden seinen gesamten Hofstaat gefesselt in der obersten Turmebene des Königsturmes.«

Bralag runzelte die Stirn und nickte. Bedächtig schritt er auf Giroll zu. Als er diesen erreichte, fragte er frei heraus: »Wer seid Ihr, Giroll?«

»Ich bin nur ein Diener des Magisters. Aber der Magister ist nicht mehr.«

»Nein, wer seid Ihr wirklich.«

Der Alte lächelte und seine Augen verfärbten sich für einen winzigen Moment pechschwarz.

»Ich bin mein Leben lang Diener des jetzigen Magisters gewesen. Davor habe ich dem Magister gedient und davor dem, und das seit fast eintausend Jahren. Doch der Magister ist nicht mehr. Was soll nun aus mir werden?«

Bralag verstand schlagartig. Das war es also. Giroll war das allsehende Auge Rodinias, das Orakel.

Er zog lächelnd eine Augenbraue hoch. »Tretet in meinen Dienst. Das Volk braucht einen *neuen* Magister.«

»Und einen König. Euer Wunsch ist mir Befehl, *mein königlicher* Magister.«

Der Wind trug Bralags Gelächter über den Vorplatz der Magierebene. König und Magister!

Epilog

Unna trennte sich als Erster von ihnen. Er umarmte alle zum Abschied und gab jedem ein Geschenk. Mira bekam eine hölzerne Flöte, eine ähnliche wie die, die sie in ihrem Heimatdorf hatte liegenlassen müssen, als sie verkauft worden war. Natürlich kamen ihr wieder die Tränen, aber auch Rahia weinte.

»Wir werden uns wiedersehen. Im nächsten Jahr starten wir ganz groß durch. Es ist ja nicht für immer, dass sich unsere Wege trennen.«

Mira schniefte. Dann lachte sie. »Alles hat einen Sinn.«

Nach sechs Tagen erreichten Ruven, Mira und Rahia die Stadt *Tarnow*. Sie suchten ohne Umwege Gudrun die Kräuterfrau auf.

Ruven blieb noch zwei Tage, dann verabschiedete er sich. Dieses Mal vergoss Rahia bittere Tränen, was ihren Gesundheitszustand obendrein verschlechterte. Sie benötigte dringend Ruhe. Die Reise hatte ihren Körper zusätzlich zu ihren Verletzungen geschwächt.

Die Wochen zogen ins Land, der seelische Schmerz verebbte nach einer Weile. Die Zeit heilt alle Wunden, so heißt es. Hier lag es eher an Gudruns Heilkräutern und Miras Pflege, dass Rahias Genesung derart gut voranschritt. Und Rahia war zäh. Ihre Freundin wollte so bald wie möglich ihr Training aufnehmen. Sie war nun mal eine Gauklerin mit Leib und Seele und wollte es bleiben. Doch etwas hatte sich in ihr verändert. In allen von ihnen. Rahia zeigte sich stiller, nachdenklicher. Sie brauchte offenbar noch eine Menge Zeit.

Die Zeit heilt alle Wunden. Mira lächelte.

Unentwegt arbeitete sie unter den aufmerksamen Augen der Kräuterfrau, mixte in ihrer unscheinbaren Apotheke

Salben und Tinkturen an und half, wo sie konnte. Sie lernte schnell. Nach zwei Monaten durfte Mira zum ersten Mal die Kundschaft alleine bedienen. Gudrun war zur Kräutersuche in einen nahegelegenen Wald gegangen. Rahia hatte es sich nicht nehmen lassen, sie zu begleiten.

Die kleinen Ölschalen verbreiteten ein schummriges Licht in dem fensterlosen Raum. Sie zauberten eine Vielzahl tanzender Schatten an die Wände.

Mira zuckte zusammen, als die Türglocke anschlug.

»Moment. Ich bin gleich bei Ihnen«, rief sie, legte den Tiegel beiseite und wischte sich die Hände an ihrer Schürze ab. Ihre Nackenhärchen richteten sich auf, als sie spürte, wie jemand das Arbeitszimmer betrat.

»Hallo«, sagte eine leise Stimme. »Bist du immer noch der Meinung, dass wir uns kennenlernen sollten?«

Mira glaubte, ihr Herz setzte aus. Dann begann es, mit hundertfacher Geschwindigkeit zu schlagen. Sie wirbelte herum und ein strahlendes Lächeln überzog ihr Gesicht.

»Ja … ja, das sollten wir unbedingt.«

Die Danksagung
Eine kleine Zusatzgeschichte

Es war einmal, ein kleiner Junge. Der besaß eine übersprühende Fantasie aber keinen Mut. Er schrieb Gedichte und eine kleine Geschichte (um die es hier aber nicht geht). Der fehlende Mut ließ auch die Fantasie ruhen. Nur ab und zu erwachte sie kurzzeitig, um dann wieder in seligen Schlummer zu verfallen.

Aber kaum 30 Jahre später, der Junge ward von Arbeit und dem Leben gezeichnet, regte sich die Fantasie in ihm wieder.

Sie gähnte ausgiebig und sagte dann: »Es wird Zeit. Der Eine ist auf dem Weg. Du solltest beginnen!«

Das dachte auch der Junge und begann zu schreiben.

Aber fast wäre er gescheitert, denn Zweifel und Angst fochten einen harten Kampf mit der Fantasie aus. Drei gegen einen, denn Zeitmangel schlug unfairerweise aus dem Hinterhalt zu.

Letztendlich behielt die Macht der Fantasie die Oberhand und trug den Sieg davon. Sie hatte selbstverständlich auch ihre Helfer und einen Überläufer, der das Schicksal besiegelte, denn die Angst verwandelte sich plötzlich in Mut.

Diesen Helfern sei das Buch gewidmet. Denn ohne ein paar besondere Menschen, gäbe es das Buch »Rodinia« nicht.

Als da wären: Mein Schreibcoach Susanne Diehm (www.Schreibenbefluegelt.de), ohne deren Hilfe Sie als Leser nicht dieses Werk in Händen halten würden. Sie hat mich stets motiviert und animiert weiterzumachen.

Ann-Kathrin Karschnick, die den Stein unbewusst ins Rollen brachte und mich ebenfalls animierte weiterzuschreiben.

Natürlich gilt der Dank auch meinem Verleger Schemajah Schuppmann. Danke, dass du an mich geglaubt hast.

Tausend Dank an Melanie Phantagrafie für das grandiose

Cover (https://phantagrafie.wordpress.com/) und an Anne Nöggerath (von www.schattenherz.net) für die wunderbare Landkarte.

Selbstverständlich danke ich ganz besonders meiner Familie für ihre Geduld. Meine Frau Marion hat mir steht's den Rücken freigehalten, damit ich auf Messen oder zu einem Schreibworkshop fahren konnte. (Obwohl die Worte: »Schreib doch einen Krimi, dann lese ich es auch« einen nicht wirklich motivieren, wenn man einen Fantasy-Roman schreibt. Aber: Ich liebe dich.)

Ich danke meinem Sohn Yorick, durch dessen ständige Fragen Plotlöcher aufgefallen und mir neue Ideen eingefallen sind.

Ein besonderer Dank an meine Mutter und im Gedenken an meinen Vater, dem es sicherlich gefallen hätte.

Weiterhin danke ich …

… meiner Rollenspielgruppe (Christian, Alex und Olaf) für die Inspiration und die aufmunternden Worte: »Alter, schreib bloß mal ein Buch.«

… meinen Arbeitskolleginnen (Eva, Netti und Sandra), die ich dreieinhalb Jahre mit meinen Fantasien und dieser Geschichte genervt habe.

… meinen Freunden und Testlesern: (Elke: Danke für das Vorab-Korrektorat), Evi-Lotti, Eva, Netti, SCHILDWALL: Micha Weichbart und Hunold; und die vielen anderen, die auch nur Teilstücke des Romans testgelesen haben.

… den Zuhörern meiner diversen Vorablesungen und selbstverständlich Ihnen als Leser!

Vielen Dank, dass Sie mein Buch in den Händen halten.

In diesem Sinne: … es hat erst begonnen!

Laurence Horn

Laurence Horn widmet sich als Reenactor seit mehr als 15 Jahren der historischen Darstellung des Mittelalters, der Kampfdarstellung im Freikampf sowie der experimentellen Archäologie. Er arbeitet dabei national wie international mit renommierten Museen zusammen. Hieraus schöpft er die Inspirationen und Ideen seiner Geschichten, die er von 2006 bis heute in einer Rollenspielgruppe als deren Spielleiter schreibt.

Der 1967 geborene Autor lebt mit seiner Familie in Herrnburg, einem Dorf am östlichen Rande Lübecks. Beruflich ist er in Hamburg bei einem Kommunikationsunternehmen beschäftigt.